SCARPETTA

SCARPETTA

Patricia Cornwell

Traducción de Luis Murillo Fort

EDICIONES B
GRUPO ZETA

Barcelona • Bogotá • Buenos Aires • Caracas • Madrid • México D.F. • Montevideo • Quito • Santiago de Chile

Título original: *Scarpetta*

Traducción: Luis Murillo Fort

1.ª edición: febrero 2010
1.ª reimpresión: marzo 2010
2.ª reimpresión: abril 2010

© 2008 by CEI Enterprises, Inc.
© Ediciones B, S. A., 2010
   Consell de Cent, 425-427 - 08009 Barcelona (España)
   www.edicionesb.com

Printed in Spain
ISBN: 978-84-666-4286-6
Depósito legal: B. 17.627-2010

Impreso por LIBERDÚPLEX, S.L.U.
Ctra. BV 2249 Km 7,4 Polígono Torrentfondo
08791 - Sant Llorenç d'Hortons (Barcelona)

Para Ruth
(1920-2007)

Y como siempre con gratitud,
para Staci

El estado mental del loco se puede describir,
en efecto, como un sueño caótico.

MONTAGU LOMAX,
The Experiences of an Asylum Doctor, 1921

1

Las mangas de la bata de quirófano de la doctora Kay Scarpetta llevaban pegados fragmentos de tejido cerebral como húmedas hilachas grisáceas y la pechera estaba salpicada de sangre. Las sierras Stryker gemían de mala manera, el agua de los grifos tamborileaba y el aire estaba impregnado de un polvillo de huesos que parecía harina. Tres mesas llenas y nuevos cadáveres esperando turno. Era martes, 1 de enero, el día de Año Nuevo.

No necesitó recurrir a Toxicología para saber que su paciente había estado bebiendo antes de accionar el gatillo de su escopeta con el dedo gordo del pie. No bien lo hubo abierto, detectó el acre y pútrido olor del alcohol al descomponerse. Hacía años, cuando trabajaba de interna en Patología Forense, se había preguntado muchas veces si los adictos al alcohol no se volverían abstemios de golpe si visitaran un depósito de cadáveres. Quizás enseñándoles una cabeza abierta como una huevera y dejándoles olfatear la pestilencia del champán post mórtem, se volverían todos adictos al agua Perrier. Ojalá fuera así de fácil...

Vio cómo su segundo de a bordo, Jack Fielding, levantaba las brillantes vísceras de la cavidad torácica de una estudiante que había sido atracada y muerta en un cajero automático y esperó su inevitable exabrupto. Durante la reunión de personal médico de aquella mañana, Fielding había hecho el exasperado comentario de que la víctima tenía la misma edad que su propia hija, ambas grandes atletas y a punto de empezar estudios de Medicina. Cuando Fielding barría para su casa, siempre había jaleo.

—¿Es que ya no afilamos los cuchillos? —bramó.

La hoja de una sierra oscilante Stryker chilló en el momento en que el ayudante procedía a abrir un cráneo y respondía a grito pelado:

—¿Tengo cara de estar mano sobre mano?

Fielding tiró el cuchillo al carrito, con rabia.

—¿Cómo coño se puede trabajar así? —dijo.

—Joder, que alguien le dé un Xanax o algo. —El ayudante abrió el cráneo del todo valiéndose de un escoplo.

Scarpetta colocó un pulmón en la báscula y utilizó un *smartpen* para anotar el peso en una agenda electrónica. No había a la vista ningún rotulador, portapapeles ni impreso. Cuando subiera, lo único que tendría que hacer sería pasar al ordenador lo que había escrito o bosquejado, pero la tecnología no brindaba ningún remedio para sus fluidos pensamientos y éstos aún fluían después de terminar y haberse quitado los guantes. La suya era una moderna oficina de médico forense, puesta al día con las cosas que ella consideraba esenciales en un mundo que ya apenas si reconocía, un mundo donde la gente creía todo lo que enseñaban las series forenses de televisión y la violencia no era un problema social sino una guerra.

Empezó a seccionar el pulmón al tiempo que tomaba mentalmente nota de que era de constitución normal, con su lisa y reluciente pleura y un parénquima atelectásico de un rojo muy oscuro. Mínima cantidad de espuma rosada. Por lo demás, no se apreciaban lesiones discretas a simple vista y la vasculatura pulmonar no era digna de mención. Hizo una pausa cuando entró Bryce, su auxiliar administrativo, con aquella expresión entre esquiva y desdeñosa en el rostro juvenil. No es que tuviera remilgos respecto a lo que aquí se traían entre manos, sino que ponía mala cara por cualquier motivo. Arrancó varias toallas de papel de un expendedor, se cubrió la mano con ellas y levantó el auricular del teléfono mural negro, que mostraba luz en la línea uno.

—Benton, ¿sigues ahí? —dijo—. Bien, aquí está, empuñando un cuchillo descomunal. Supongo que ya te habrá hablado del menú de hoy, ¿no? La estudiante de Tufts es lo peor, su vida a cambio de doscientos pavos. Los Bloods o los Crips, sí, una de esas bandas de mierda. El tipo fue filmado por las cámaras de vigilancia. Sale en las noticias. Jack no debería ocuparse de ese caso, pero a mí nadie me consulta. De ésta le da un aneurisma. Oh, y luego está el suicida. Vuelve de Irak sin un maldito rasguño. Sí, él está bien. Felices fiestas y que la suerte te sonría.

Scarpetta se subió el protector facial, se quitó los ensangrentados guantes y los tiró a un contenedor para residuos patológicos de color rojo. Luego fue a lavarse las manos en una pila honda de acero inoxidable.

—Nubarrones dentro y nubarrones fuera —le dijo Bryce a Benton por charlar, aunque éste no era muy aficionado a la charla—. Estamos a tope y Jack con su cabreo depresivo. Quizá deberíamos hacer algo. Una escapadita de fin de semana a ese hospital de Harvard que tú conoces, ¿eh? Seguramente nos aceptarían en plan familia al completo...

Scarpetta le arrebató el teléfono, retiró las toallas de papel y las arrojó a la papelera.

—No critiques tanto a Jack —le dijo a Bryce.

—Me parece que va de esteroides otra vez, por eso está tan irritable.

Scarpetta le dio la espalda —a él y a todo lo demás— y preguntó a Benton:

—¿Qué ha pasado?

Habían hablado por teléfono de madrugada; que la llamara otra vez al cabo de unas horas mientras ella estaba en plena autopsia no auguraba nada bueno.

—Me temo que tenemos un problema —dijo Benton.

Así, con estas palabras, se lo había dicho también la víspera al volver ella a casa después de pasar por la escena del crimen en el cajero automático. Lo había encontrado poniéndose la chaqueta para ir a Logan a tomar el puente aéreo. El Departamento de Policía tenía un «problema» y le necesitaban allí con urgencia.

—Jaime Berger pregunta si puedes venir —añadió ahora.

Oír ese nombre siempre ponía a Scarpetta en tensión, sentía una inmediata tirantez en el tórax que nada tenía que ver con la fiscal neoyorquina en tanto que persona. Jaime Berger siempre estaría vinculada a un pasado que Scarpetta prefería olvidar.

Benton dijo:

—Cuanto antes mejor. ¿Puedes tomar el vuelo de la una?

Según el reloj de pared eran casi las diez. Tendría que terminar el trabajo, ducharse, cambiarse, y antes quería pasar por casa. «Comida», pensó. Mozzarella casera, puré de garbanzos, albóndigas, pan. ¿Qué más? La ricotta con albahaca fresca que tanto le gustaba a Benton en la pizza. Había preparado todo eso y más, el día anterior, sin saber que estaba a punto de pasar la Nochevieja sola. En el apartamento que tenían en Nueva York no habría nada de comer. Cuando Benton estaba solo, siempre compraba comida hecha.

—Ven directamente a Bellevue —dijo él—. Puedes dejar las bolsas en mi oficina. Tengo tu caso a punto y esperando.

Scarpetta apenas le oía entre el rítmico raspar de un cuchillo que estaba siendo afilado con largas y agresivas pasadas. De pronto sonó un timbrazo y, en la pantalla de vídeo por circuito cerrado que había sobre la encimera, una manga oscura emergió de la ventanilla del conductor de una furgoneta blanca mientras empleados del servicio de reparto llamaban al timbre.

—¿Puede contestar alguien? —dijo Scarpetta a voz en cuello.

En la planta destinada a reclusos del moderno centro hospitalario de Bellevue, el fino cable de los auriculares conectó a Benton con su esposa, a unos doscientos cincuenta kilómetros de distancia.

Benton explicó que la noche anterior un hombre había sido ingresado en la Unidad de Psiquiatría Forense, aclarando:

—Berger quiere que tú le examines las heridas.

—¿De qué lo acusan? —preguntó Scarpetta.

En segundo plano, Benton pudo oír las voces inconfundibles, el ruido del depósito de cadáveres... o lo que él, irónicamente, llamaba el «centro de deconstrucción».

—Todavía no hay cargos —dijo—. Anoche hubo un asesinato. Un caso raro.

Pulsó la tecla de la flecha apuntando hacia abajo para subir el texto que tenía en la pantalla del ordenador.

—Entonces ¿no hay una orden judicial para que yo intervenga? —La voz de Scarpetta se movió a la velocidad del sonido.

—Aún no. Pero hay que examinar al tipo ahora mismo.

—Deberían haberlo hecho ya, en cuanto ingresó. Si es que había alguna prueba, a estas alturas ya estará contaminada o habrá desaparecido.

Benton siguió pulsando la tecla de la flecha y releyendo lo que tenía en la pantalla, mientras se preguntaba cómo plantearle a ella la cuestión. Notaba por su tono de voz que ella no estaba al corriente, y confió en que no se enterara de lo sucedido por otra persona. Lucy Farinelli, la sobrina de Scarpetta, había hecho muy bien en plegarse al deseo de Benton de ocuparse de ello personalmente. Claro que, hasta ahora, no lo estaba haciendo demasiado bien.

Jaime Berger le había llamado hacía unos minutos empleando un tono muy profesional, de lo cual había inferido que no estaba al corriente de los malditos chismes que corrían en Internet. Benton no estaba seguro de por qué no le había dicho nada cuando tuvo la oportunidad. El caso era que no lo había hecho. Debería haber sido sincero con Berger hacía un montón de tiempo, explicárselo todo casi medio año antes.

—Las heridas son superficiales —le dijo a Scarpetta—. Está aislado, no hablará ni cooperará a menos que vengas tú. Berger no quiere que nadie lo coaccione y ha decidido que el examen podía esperar hasta que tú llegaras. Y ya que él así lo quiere...

—¿Y desde cuándo es el preso quien decide?

—Llámalo razones políticas. Ah, y no es un recluso, como tampoco lo es ninguno de los que están en la sala. Una vez que ingresan son pacientes, no reclusos. —Benton no se reconocía a sí mismo, diciendo estas cosas—. No está acusado de ningún delito, ya te lo he dicho. No hay orden judicial. No hay nada de nada. Básicamente es un ingreso civil. No podemos retenerlo las setenta y dos horas de rigor porque él no ha firmado ningún consentimiento, y como te digo, no se le acusa de ningún delito, al menos por el momento. Puede que la cosa cambie una vez que lo hayas examinado tú, pero de momento puede largarse cuando le dé la gana.

—¿Esperas que yo encuentre algo que proporcione a la policía una causa probable para acusarlo de asesinato? ¿Y qué es eso de que no ha firmado un...? Espera: ¿este paciente entra por su propio pie en una planta destinada a prisión con la condición de que pueda salir cuando le parezca bien?

—Cuando nos veamos te daré más detalles. No espero que encuentres nada, Kay. Expectativas, cero. Sólo te pido que vengas porque se trata de una situación muy compleja. Y Berger te necesita aquí.

—A pesar de que ese individuo puede que ya no esté cuando yo llegue.

Benton detectó la pregunta que ella no iba a formular. No estaba actuando como el imperturbable psicólogo forense que Scarpetta conocía desde hacía veinte años, pero ella no iba a decir tal cosa. Se encontraba en el depósito de cadáveres y no estaba sola. No le iba a preguntar qué demonios le pasaba.

—No se marchará antes de que llegues tú, eso por descontado —dijo Benton.

—No entiendo por qué está ahí. —Scarpetta no estaba dispuesta a tragar así por las buenas.

—Verás, no estamos del todo seguros, pero para resumir: cuando la policía llegó a la escena del crimen, él insistió en que lo trasladaran aquí, a Bellevue...

—¿Y cómo se llama?

—Oscar Bane. Dijo que sólo se sometería a una evaluación psicológica si la hacía yo. Me avisaron y, como ya sabes, salí pitando para Nueva York. Al tipo le dan miedo los médicos. Sufre ataques de pánico.

—¿Cómo supo de ti?

—Porque sabe quién eres.

—¿Sabe quién soy?

—La poli tiene su ropa, pero Bane dice que si quieren sacarle pruebas corporales (y no hay orden judicial, como te vengo diciendo), tendrás que ser tú quien lo haga. Pensamos que al final accedería a ser examinado por un forense del centro. Nada, ni por ésas. El tipo no da su brazo a torcer, dice que le aterran los médicos. Tiene odinofobia, dishabiliofobia.

—¿Tiene miedo al dolor y a desnudarse delante de alguien?

—Y caliginefobia. Temor a las mujeres bonitas.

—Ah, y por eso conmigo se iba a sentir a salvo...

—Esto iba en broma. Él piensa que eres guapísima, y desde luego a ti no te tiene miedo. Soy yo el que debería tenerlo.

Ahí estaba la verdad del asunto. Benton no quería que fuera a Bellevue. Ni tan siquiera a Nueva York.

—A ver si lo he entendido. Jaime Berger quiere que tome un avión (con la nevada que está cayendo aquí), que examine a un paciente en la sala de reclusos, que no está acusado de ningún delito...

—Si puedes salir de Boston, aquí el tiempo está bien. Hace frío, nada más. —Benton miró por la ventana y no vio otra cosa que gris.

—Déjame terminar con este sargento que fue baja en Irak pero no se enteró hasta llegar a casa. Nos veremos a media tarde —dijo Scarpetta.

—Buen viaje. Te quiero.

Benton colgó, empezó a pulsar de nuevo la flecha de bajar, luego la de subir, leyendo y releyendo de nuevo, como si pensara que si leía muchas veces aquella anónima crónica de sociedad, no le parecería tan insultante, tan fea, tan odiosa. Duelen más las pedradas que las palabras, como decía Scarpetta. Bueno, eso podía ser verdad en el patio de colegio, pero no en la vida adulta. Las palabras sí podían hacer daño. Mucho daño. ¿Qué clase de monstruo había escrito una cosa así? ¿Y cómo lo averiguó, el monstruo?

Alcanzó el teléfono con la mano.

Scarpetta prestó escasa atención a Bryce mientras iban en coche hacia el aeropuerto internacional Logan. Él no había dejado de hablar ni un segundo desde el momento en que había pasado a recogerla por su casa.

Sobre todo, se había extendido en sus quejas contra el doctor Jack Fielding, recordándole por enésima vez que volver al pasado era como el perro que regresa a su propio vómito. O como la mujer de Lot quedando convertida en estatua de sal por mirar atrás. Las analogías bíblicas de Bryce eran tan inagotables como cargantes, además de ajenas a sus creencias religiosas —suponiendo que las tuviera—, sólo eran perlas sueltas de un trabajo que había hecho en la universidad sobre la Biblia como obra literaria.

Lo que su auxiliar administrativo quería subrayar era el despropósito de contratar a gente que pertenece a tu pasado. Fielding pertenecía al pasado de Scarpetta. Había tenido problemas, pero ¿y quién no? Cuando ella aceptó el cargo que ocupaba ahora y se puso a buscar un subjefe, se acordó de Fielding, pensó qué debía de estar haciendo, lo localizó y averiguó que no estaba haciendo gran cosa.

La aportación de Benton había sido inusualmente torpe, un poco paternalista incluso, cosa que Scarpetta entendía más ahora. Le había dicho que ella buscaba estabilidad y que muchas veces la gente se mueve hacia atrás, en lugar de hacia delante, cuando se siente abrumada por un cambio. Experimentar el deseo de contratar a un viejo conocido era comprensible, había dicho Benton, pero añadiendo que el peligro de mirar atrás era que sólo veíamos lo que queríamos ver. Veíamos lo que nos hacía sentir seguros.

Lo que Benton no había querido abordar era por qué ella no se sentía segura. No había querido meterse en el terreno de qué opinaba acerca de la vida que compartía con él, una vida hogareña tan caótica y disonante como no podía serlo más. Desde el inicio de su relación hacía quince años con un lío entre adúlteros, no habían vivido en el mismo lugar, ni sabido qué era eso de compartir el día a día, hasta el verano anterior. Habían celebrado una ceremonia muy sencilla en Charleston, Carolina del Sur, en el jardín trasero de la cochera donde ella acababa de abrir una consulta privada que se vio obligada a cerrar.

Después se habían mudado a Belmont, Massachusetts, para estar cerca de McLean, la clínica psiquiátrica donde trabajaba él, y del nuevo cuartel general de ella en Watertown, donde acababa de entrar como médico forense en jefe del Distrito Noreste de la Mancomunidad. Como estaban relativamente cerca de

Nueva York, a ella le pareció buena idea que aceptaran la doble invitación del John Jay College of Criminal Justice para dar allí conferencias, invitación que incluía consultas no remuneradas para el Departamento de Policía, la Oficina del Médico-Forense de Nueva York y centros de psiquatría forense como Bellevue.

—... Ya sé que tú estas cosas no te las miras, o que incluso ni siquiera las consideras importantes, pero aun a riesgo de que te mosquees, te lo voy a decir. —La voz de Bryce penetró finalmente en las cuitas mentales de Scarpetta.

—¿Qué es lo que no considero importante?

—Vaya, has vuelto. Tranquila. Estaba hablando solo, manías mías.

—Lo siento. Rebobina.

—No he dicho nada después de la reunión de personal porque no quería distraerte de todo el follón que ha habido esta mañana. Quería esperar a que hubieras terminado y pudiésemos tener una charla íntima a puerta cerrada. Y como nadie me ha hecho ningún comentario, no creo que lo hayan visto. Eso es bueno, ¿no? Como si Jack no estuviera ya bastante cabreado esta mañana. Sí, vale, cabreado lo está siempre, y por eso tiene eccema y alopecia. Por cierto, ¿le has visto esa costra que tiene detrás de la oreja derecha? Le convienen unas vacaciones. Para los nervios van de maravilla.

—¿Cuántos cafés te has tomado hoy?

—¿Por qué siempre me las cargo yo? Desconectas hasta que lo que trato de comunicar alcanza su masa crítica, y entonces ¡bum!, y yo soy el malo de la película. Mira, si vas a estar en Nueva York más de una noche, avísame cuanto antes para que pueda buscar sustituto. ¿Tú crees que debería montarme unas cuantas sesiones con ese preparador que te gusta tanto? ¿Cómo se llamaba...?

Bryce se llevó un dedo a los labios, en actitud de pensar.

—Kit —se respondió a sí mismo—. Un día de éstos, cuando me necesites para chico de los recados en Nueva York, él podría probar conmigo. Michelines.

Se pellizcó la cintura.

—Claro que, según dicen, a partir de los treinta lo único que funciona es la liposucción —dijo—. ¿Llegó el momento del suero de la verdad?

La miró de soslayo, moviendo sus manos como si no pertenecieran a su cuerpo y tuvieran vida propia.

—Lo confieso, busqué su nombre en Internet —dijo—. No entiendo cómo Benton permite que ese tipo se te acerque. Me recuerda a, ¿cómo es que se llama, ese de *Queer as Folk*? El jugador de fútbol. Conduce un Hummer y es homófobo total hasta que se lía con Emmett, que todo el mundo dice que es igualito a mí, o al revés, ya que el famoso es él y no yo. Pero tú seguramente no miras esa serie.

—¿Por qué el malo de la película? —dijo Scarpetta—. Y, por favor, no apartes las dos manos del volante, tenemos ventisca. ¿Cuántos lingotazos te has metido en el Starbucks esta mañana? Encima de tu mesa había dos vasos enormes. Espero que no sean los dos de esta mañana. Recuerda lo que hablamos sobre la cafeína: es una droga, y por lo tanto crea adicción.

—Eres la prota total —continuó Bryce—. Lo nunca visto. Es muy extraño. Normalmente no se trata de un solo famoso, ¿sabes? Porque sea quien sea el cronista, se dedica a merodear por la ciudad en plan gilipollas clandestino, y luego se caga en un montón de *celebrities* de una sentada. Hace una semana le tocó a Bloomberg y a la modelo esa, como se llame, una que siempre acaba en chirona por tirar cosas al personal. Esta vez le salió el tiro por la culata; la echaron de Elaine's por decirle una marranada a Charlie Rose. O no, espera, quizá fue a Barbara Walters. No, me estoy haciendo un lío con algo que salió el otro día en *The View*. Quizá la modelo como-se-llame iba a por ese cantante que sale en *American Idol*. No, ése salía en *Ellen*, no es que estuviera en Elaine's. Y no Clay Aiken ni Kelly Clarkson. ¿Quién es el otro? El TiVo es que me mata. Se diría que el mando a distancia va cambiando de canal cuando tú no tocas nada. ¿Te ha pasado alguna vez?

Los limpiaparabrisas peleaban inútil e hipnóticamente contra la nieve que embestía contra el cristal como un enjambre de mosquitos blancos. Estaban llegando a Logan y el tráfico era lento pero fluido.

—Bryce... —dijo Scarpetta con el tono que empleaba para advertirle de que se callara e hiciera el favor de contestar—. ¿Qué es lo importante?

—Esa nauseabunda página web de cotilleo. Gotham Gotcha.

Ella había visto anuncios en los autobuses y taxis de Nueva York, se hablaba de un columnista anónimo y particularmente virulento. Las apuestas sobre quién se escondía detrás iban desde un don nadie cualquiera hasta un periodista ganador de un Pulitzer que se lo pasaba en grande escribiendo maldades y encima cobrando.

—Re-pug-nan-te —dijo Bryce—. Vale, se supone que ha de serlo, de acuerdo, pero esto es repugnante con mala leche. Y no es que yo lea esa bazofia... Pero, por razones obvias, te tengo como alerta Google. Sale una foto, eso es lo peor de todo. Nada favorecedora, la verdad.

2

Benton se retrepó en su butaca de escritorio y contempló la fea vista de ladrillo rojo bajo la monótona luz invernal.

—Parece que has pillado un catarro —dijo por el teléfono.

—Estoy un poco indispuesta. Por eso no te había llamado antes. No me preguntes qué hicimos anoche para merecerlo. Gerald no se quiere levantar de la cama. Oh, y no lo digo en el buen sentido —respondió la doctora Thomas.

Trabajaban juntos en McLean. Y ella era, además, la psiquiatra de Benton. Lo cual no tenía nada de extraño. Como gustaba de decir la doctora Thomas, que era oriunda de la región minera del oeste de Virginia, «los hospitales son más incestuosos que la gente de campo». Los médicos en prácticas tenían mucho trato entre ellos y con las respectivas familias y amistades. Follaban unos con otros aunque no, en principio, con sus familias y amistades respectivas. De vez en cuando se casaban. La doctora Thomas lo había hecho con un radiólogo de McLean que había examinado a Lucy, la sobrina de Scarpetta, en el laboratorio de neuroimagen donde Benton tenía su despacho. La doctora conocía, grosso modo, los asuntos de Benton. Era la primera persona en quien él había pensado hacía unos momentos, al darse cuenta de que necesitaba hablar con alguien.

—¿Has abierto el *link* que te envié por correo? —preguntó Benton.

—Sí, y la pregunta clave es ¿quién te preocupa más? Supongo que tú. ¿Qué me dices?

—Te digo que, de ser así, mi actitud me parecería terriblemente egoísta —respondió Benton.

—Sentirse humillado, o encornudado, sería normal —dijo ella.

—Olvidaba que en otra vida habías sido actriz shakespeariana. Eso de «encornudado» hacía siglos que no lo oía, y además no es pertinente. Kay no se marchó del nido para caer en brazos de otro hombre. La sacaron a la fuerza. Y ni siquiera sentí que me ponían cuernos cuando pasó. Estaba demasiado preocupado por ella. Y ahora no me salgas con que «la dama protesta demasiado», como en *Hamlet*.

—Permíteme que te diga que cuando pasó no había público —replicó la doctora Thomas—. ¿Es acaso más real cuando todo el mundo lo sabe? ¿Le has contado lo que sale en Internet? ¿Lo ha visto ella ya?

—No se lo he contado, y estoy seguro de que Kay no ha visto nada. Me habría llamado para ponerme al corriente. Ella es así.

—Desde luego. Kay y sus frágiles héroes con pies de barro. ¿Por qué no se lo has dicho?

—Espero el momento propicio.

—¿El tuyo o el de ella?

—Kay estaba en la morgue —dijo Benton—. Quería esperar y decírselo personalmente.

—Retrocedamos, Benton. Hablaste con ella de madrugada. ¿No es lo que hacéis siempre cuando estáis separados?

—Hemos hablado esta mañana temprano.

—Vale, y cuando has hablado con ella esta mañana temprano, tú ya sabías lo que salía en Internet porque Lucy te llamó —dijo la doctora Thomas—. ¿Cuándo?, a la una, para contártelo a ti, porque tu hipomaníaca sobrina política tiene programadas alarmas sonoras en su ordenador para que la despierten como a los bomberos si uno de sus buscadores detecta algo importante en el ciberespacio.

La doctora no hablaba en broma. Lucy tenía, en efecto, alarmas que la avisaban cuando uno de sus buscadores encontraba algo que ella necesitaba saber.

—De hecho —dijo él—, me llamó a eso de las doce. Después de que colgaran la maldita crónica.

—Pero a Kay no la llamó.

—No, lo cual dice mucho en su favor, y sólo me lo soltó cuando le dije que yo me ocuparía.

—Cosa que no has hecho —replicó la doctora Thomas—. Así que volvemos al punto de partida. Hablaste con Kay esta mañana temprano, cuando hacía horas que sabías lo que corría en Internet, ¿no? Pero no le dijiste nada. Ni lo has hecho todavía. No creo que sea por decírselo en persona. Desgraciadamente, es más que probable que se entere por otro antes que por ti... si no lo ha hecho ya.

Benton tomó aire lentamente. Apretó los labios y se preguntó desde cuándo, exactamente, había perdido la fe en sí mismo y en su capacidad de interpretar el entorno y de reaccionar en consecuencia. Y es que recordaba haber sido siempre una persona con una misteriosa habilidad para calar a la gente a la primera. Scarpetta llamaba a eso su truquito para las fiestas. Le bastaba conocer a alguien u oír un simple retazo de conversación: raramente erraba el veredicto.

Pero esta vez Benton no había sido capaz de detectar el peligro y todavía no acababa de entender cómo había sido tan tremendamente obtuso. A lo largo de los años había visto crecer la ira y la frustración de Pete Marino, sabía perfectamente que sólo era cuestión de tiempo que el desprecio de Marino hacia sí mismo alcanzara el cortocircuito. Pero Benton no tenía miedo; no atribuía a Marino el suficiente mérito como para temerle. Ni siquiera estaba seguro de haber pensado nunca que Marino tenía polla antes de que ésta se convirtiera en un arma.

No acababa de entenderlo. A todo el mundo, o casi, le resultaba imposible superar el carácter tosco, machista y voluble de Marino, y esta combinación era el pan de cada día para Benton. La violencia sexual, independientemente de cómo se catalizara, era lo que daba de comer a los psicólogos forenses.

—Tengo pensamientos homicidas respecto a él —le dijo a la doctora Thomas—. Nunca haría nada, por supuesto. Son sólo pensamientos. Me pasan muchas cosas por la cabeza. Creía haberme olvidado de él y me sentía orgulloso de mí mismo, ¿sabes?, orgulloso de cómo había manejado el asunto. ¿Dónde estaría Marino de no ser por mí? Con todo lo que he hecho por él y ahora quiero matarlo. Lucy quiere matarlo también. El recordatorio de esta mañana le ha hecho un flaco favor, y ahora lo sabe todo el mundo. Se repite la historia.

—Quizá no. Quizá se ha vuelto real para ti por primera vez.

—¿Real? Por supuesto que sí. Lo ha sido siempre —dijo Benton.

—Pero es diferente cuando lo lees en Internet y sabes que hay un millón de personas leyéndolo también. Real, sí, pero a otra escala. Por fin estás teniendo una reacción emocional. Antes sólo era intelectual. Lo habías procesado así, mentalmente, como autodefensa. Yo creo que es un gran avance, Benton, si bien muy desagradable. Lo siento.

—Él no sabe que Lucy está en Nueva York, y si ella lo ve... —Benton interrumpió sus pensamientos—. Bueno no. Dudo que ella pensara en matarlo, porque eso ya lo ha superado. Hace tiempo. No, ella no lo mataría, que lo sepas.

Benton observó cómo el cielo gris cambiaba sutilmente el rojo de los viejos ladrillos frente a su ventana, y al variar de postura y frotarse la barbilla captó su propio olor viril y el tacto de la barba de dos días, que según Scarpetta tenía el mismo aspecto que la arena. Había estado despierto toda la noche, sin salir del hospital. Necesitaba ducharse. Afeitarse. Comer y dormir.

—A veces yo mismo me sorprendo cuando digo cosas como lo de Lucy, ¿entiendes? Es ni más ni menos que un recordatorio de hasta qué punto se me ha complicado la vida. La única persona que realmente no ha querido matarlo nunca es Kay. Ella todavía se considera culpable en cierto modo, y eso me pone a cien. No sabes cómo. Con ella evito siempre hablar del tema. Supongo que por eso no le he dicho nada todavía. Mientras tanto, todo quisque lo está leyendo en Internet, maldito sea. Estoy cansado. He pasado la noche ocupado con alguien de quien no te puedo hablar pero que va a dar muchos quebraderos de cabeza.

Dejó de mirar por la ventana. No miró nada en concreto.

—Vamos avanzando —dijo la doctora Thomas—. Me preguntaba cuándo ibas a dejar de tirarte el rollo de que eres un santito. Estás cabreadísimo y no eres ningún santo. Ya que estamos, los santos no existen.

—Cabreadísimo. Pues sí, estoy cabreadísimo.

—Con ella.

—Sí, es verdad —dijo Benton, y reconocerlo le asustó—. Sé que no es justo. ¡Joder!, es ella la que salió mal parada. Kay no lo pidió, por supuesto. Llevaba trabajando con él casi media vida, ¿por qué no le iba a abrir la puerta aunque él estuviera como una cuba y desvariando? Para eso son los amigos, ¿no? Aun sabiendo lo que él sentía por ella, nadie puede culpar a Kay.

—Él la ha deseado, sexualmente, desde que se conocieron —dijo la doctora Thomas—. Más o menos como te pasó a ti. Se enamoró de Kay. Igual que tú. ¿Quién fue el primero de los dos? La conocisteis más o menos por la misma época, ¿no es así? En mil novecientos noventa.

—Que él la desea... Bueno, sí, eso ha venido pasando desde hace mucho tiempo. Que él tuviera esos sentimientos y que ella los toreara intentando por todos los medios no herirle. Puedo pasarme el rato analizando todo esto, pero qué quieres que te diga...

Benton estaba mirando otra vez por la ventana, hablando a los ladrillos.

—Ella no podía haber actuado de ninguna otra forma —dijo—. No tuvo ninguna culpa de lo que él le hizo. Y en muchos sentidos tampoco fue culpa de él. Nunca haría esas cosas estando sobrio. Ni de lejos.

—Pareces muy convencido —dijo la doctora Thomas.

Benton giró en su butaca y miró lo que había en la pantalla de su ordenador. Luego volvió a dirigir la vista hacia la ventana como si el frío cielo grisáceo contuviera algún mensaje, alguna metáfora. Retiró un clip de un artículo que estaba revisando y grapó las páginas, repentinamente furioso. La American Psychological Society probablemente no iba a aceptar otro maldito artículo de investigación sobre respuestas emocionales a miembros de grupos sociales de no pertenencia. Alguien de Princeton acababa de publicar exactamente lo mismo que Benton se disponía a enviarles. Enderezó el clip: el reto era hacerlo sin dejar la menor traza de curvatura. Al final siempre se partían.

—Ser tan irracional, precisamente yo —dijo—. Tan torpe. Pero así ha sido. Desde el primer día. Irracional respecto a todo, y ahora estoy a punto de pagarlo.

—¿Estás a punto de pagarlo porque otras personas saben lo que le hizo tu amigo Pete Marino?

—Marino no es amigo mío.

—Creía que sí. Creía que tú pensabas que sí —dijo la doctora Thomas.

—No nos hemos tratado. No tenemos nada en común. Jugar a los bolos, las motos, ver partidos de fútbol y beber cerveza. Bueno, cerveza no. Ya no. Así es Marino. Yo no soy así. Ahora que lo pienso, no recuerdo ni siquiera haber ido a cenar juntos una sola vez, él y yo. En veinte años. No tenemos nada en común. Jamás tendremos nada en común.

—Marino no es de una familia elitista de Nueva Inglaterra. No cursó estudios de posgrado, no trabajó para el FBI. No forma parte del cuerpo docente de la Facultad de Medicina de Harvard. ¿Quieres decir eso?

—Oye, no intento parecer un esnob —dijo Benton.

—Si no me equivoco, ambos tenéis en común a Kay.

—No hasta ese punto. Las cosas no fueron tan lejos.

—¿Hasta dónde era preciso que fueran, entonces?

—Ella me dijo que la cosa no llegó a tanto, que él hizo otras cosas. Cuando por fin la tuve desnuda delante de mí, pude ver a qué se refería. Kay inventó excusas un día o dos, mintió como pudo. Pero yo sabía que no se había pillado las muñecas con la puerta trasera del coche.

Benton recordó aquellos moretones oscuros como nubes de tormenta y con el perfil exacto que habrían tenido si alguien le hubiera atado las manos a la espalda y la hubiera incrustado contra la pared. Kay no le había dado ninguna explicación cuando Benton le vio por fin los pechos. A ella nadie le había hecho nunca una cosa así, y él no había visto nada igual salvo en su trabajo. Sentado en la cama, mirándola, tuvo la impresión de que un monstruo —además de un cretino— hubiera magullado las alas de una paloma o la tierna carne de un niño. Imaginó que Marino había intentado devorarla.

—¿Alguna vez has sentido rivalidad respecto a él? —La voz de la doctora Thomas sonó lejana mientras Benton visualizaba estigmas que no le apetecía recordar.

—Lo malo, supongo —se oyó decir—, es que nunca he sentido gran cosa.

—Marino ha pasado mucho más tiempo que tú con Kay —dijo la doctora—. En algunos hombres, eso despertaría rivalidad. Sensación de amenaza.

—Kay nunca se ha sentido atraída por él. Ni se sentiría aunque él fuese el único hombre sobre el planeta.

—Bueno, la respuesta a eso no la tendremos a no ser que queden sólo ellos dos, en cuyo caso ni tú ni yo nos enteraremos.

—Debería haberla protegido mejor de lo que lo he hecho —dijo Benton—. Una cosa que sí sé hacer, proteger a las personas, se trate de seres queridos, de mí mismo o de gente que no conozco de nada. Soy un experto en la materia, de lo contrario hace tiempo que habría muerto. Y otros muchos también.

—De acuerdo, Míster Bond, pero esa noche tú no estabas en casa. Estabas aquí.

Fue como si la doctora Thomas le hubiera propinado un puñetazo. Benton lo encajó en silencio, casi no podía respirar. Siguió toqueteando el clip, doblando aquí y desdoblando allá, hasta que se partió.

—¿Te sientes culpable, Benton?

—Ya hemos hablado de esto —respondió él—. Y no he pegado ojo.

—Sí, hemos revisado toda clase de hechos y posibilidades. Por ejemplo, que tú nunca te has permitido la posibilidad de experimentar el insulto personal de lo que Marino le hizo a Kay, con la que te casaste muy poco después. ¿Demasiado rápido, quizá? ¿Fue porque sentías la necesidad de manteneros unidos, tanto más cuanto que tú no la protegiste, no lo impediste? A mí me parece que es lo que haces cuando te encargan un caso. Asumir la investigación, manejarla, microgestionarla, mantenerla a distancia prudencial de tu psique. Pero estas normas no rigen cuando se trata de algo que nos afecta personalmente. Me dices que sientes impulsos homicidas respecto a Marino, y en nuestras últimas conversaciones hemos analizado lo que llamas tu actuación sexual con Kay, aunque ella no es necesariamente consciente de eso, si la cosa no ha cambiado. Como tampoco era consciente de que tú sí eres consciente de que hay otras mujeres, de un modo que te resulta inquietante. ¿Sigue siendo verdad todo eso?

—Es normal que un hombre sienta atracción por alguien sin hacer nada al respecto.

—¿Sólo les pasa a los hombres? —preguntó la doctora Thomas.

—Ya me entiendes.

—¿De qué es consciente Kay?

—Trato de ser un buen marido —dijo Benton—. La quiero. Estoy enamorado de ella.

—¿Te preocupa la posibilidad de tener una aventura, Benton, de engañarla?

—No. En absoluto. Yo nunca haría tal cosa —dijo él.

—No. En absoluto. Nunca. A Connie la engañaste. La dejaste por Kay. Pero eso fue hace mucho tiempo, claro.

—Nunca he amado a nadie tanto como a Kay. Jamás podría perdonármelo.

—Mi pregunta es si te fías completamente de ti mismo.

—No lo sé.

—¿Te fías completamente de ella? Kay es muy atractiva, y ahora debe de tener muchos admiradores gracias a la CNN. Una mujer guapa y poderosa tiene dónde elegir. ¿Qué me dices de su preparador personal? Dijiste que no soportas la idea de que le ponga las manos encima.

—Me alegro de que Kay se cuide, y tener un preparador personal es bueno. La gente se evita lesiones, sobre todo si nunca han trabajado con pesas y ya no tienen veinte años.

—Se llama Kit, si no me equivoco.

A Benton le caía mal Kit. Siempre buscaba algún pretexto para no utilizar el gimnasio del apartamento si Scarpetta estaba haciendo ejercicio con Kit.

—Lo cierto es —dijo la doctora Thomas— que Kay seguirá

actuando igual, tanto si confías en ella como si no. A mí lo que me interesa es saber si tú te fías de ti mismo.

—No sé por qué insistes tanto en eso —dijo Benton.

—Desde que te casaste, tus pautas sexuales han cambiado. O eso me dijiste tú la primera vez que hablamos. Buscas excusas para no hacer el amor cuando se presenta la oportunidad y luego quieres cuando, entre comillas, no deberías. Eso también me lo dijiste tú. ¿Sigue en pie?

—Seguramente —dijo Benton.

—Es una manera de vengarte de ella.

—¡Yo no me estoy vengando por lo de Marino! Kay no hizo nada malo. —Benton intentó no parecer enojado.

—Ya —dijo la doctora Thomas—, me refería más bien a vengarte de que ella sea tu esposa. Tú no quieres una esposa, no la has querido nunca, y no es de eso de lo que te enamoraste. Te enamoraste de una mujer poderosa, que es distinto. Te sientes sexualmente atraído por Kay Scarpetta, no por una esposa.

—Ella es Kay Scarpetta y es mi esposa. De hecho, y en más de un sentido, ahora tiene más poder del que había tenido nunca.

—No es a los demás a quienes hay que convencer de eso.

La doctora Thomas siempre le daba a Benton un trato especial, a saber, era más agresiva y polémica que con sus otros pacientes. Ella y Benton compartían un terreno común que iba más allá del vínculo terapéutico. Cada cual entendía cómo procesaba el otro la información, y a la doctora Thomas no se le escapaba ninguno de los disfraces del camuflaje lingüístico. Negación, evasiva, comunicación pasiva: todo eso no se daba aquí. No iban a tener largas sesiones de silenciosas miradas mientras el psiquiatra espera a que el paciente decida por fin abordar lo que le molesta. Un minuto en el vacío, y ella ya estaría apremiando a Benton como había hecho la última vez: «¿Has venido para lucir tu corbata Hermès, o te ronda algo por la cabeza? Quizá deberíamos retomar el tema de la última sesión. ¿Cómo sigue tu libido?»

—¿Y Marino? —dijo—. ¿Piensas hablar con él?

—Seguramente no —dijo Benton.

—Parece que tienes mucha gente con la que no hablar. Bien,

te dejo con mi estrafalaria teoría de que, a un cierto nivel, todo lo hacemos porque queremos hacerlo. De ahí que sea tremendamente importante arrancar de raíz nuestras motivaciones antes de que ellas nos arranquen a nosotros. Gerald me está esperando. Recados pendientes. Esta noche damos una pequeña fiesta aquí en casa, ¡lo que nos faltaba!

Era su manera de decir «se acabó». Benton tenía que procesar.

Se levantó del escritorio y fue hasta la ventana. Contempló la plomiza tarde invernal. Diecinueve pisos más abajo, el jardincito del hospital estaba pelado, la fuente de hormigón seca.

3

¡GOTHAM GOTCHA![*]

¡Feliz año nuevo a todos!

Mis buenos propósitos tienen que ver con vosotros: ¿qué podría resultaros más interesante? Y mientras le daba vueltas en la cabeza... Bueno, quiero decir, como cuando hacen la moviola de los acontecimientos del año. Nos pasan por la cara todas las cosas horribles que sucedieron para que podamos deprimirnos a tope una vez más. ¿Y sabéis quién apareció en mi supermegatelevisor de plasma alta definición de cincuenta y ocho pulgadas?

Nada menos que la supermegarreina: la doctora Kay Scarpetta.

Subiendo los escalones del juzgado para testificar en otro sensacionalista proceso por asesinato. Detrás de ella, su colega el investigador Pete Marino, o sea, que el juicio era de hace al menos seis o siete meses. Porque creo que todos sabemos que ese pobre gusano ya no es su compinche. ¿Le ha visto alguien? ¿Está acaso en alguna cárcel cósmica? (Imaginaos lo que debe de ser trabajar con una diva forense como la Scarpetta. Yo me suicidaría, ¡siempre que no tuviera que hacerme ella la autopsia!)

Pero volvamos a la escena: cámaras a porrillo, periodis-

---

[*] En argot callejero, algo así como «¡Te pilló Nueva York!». (*N. del T.*)

tas, aspirantes, espectadores por todas partes. Porque, ella es la experta, ¿vale? La llaman de aquí a Italia porque ¿quién mejor? Me serví otra copa de Maker's Mark, subí el volumen de Coldplay y me quedé mirando cómo testificaba con ese lenguaje patológico que emplea para que pocos de nosotros entendamos poca cosa más que a una chiquilla la violaron a conciencia, se le encontró incluso un rastro de esperma en la oreja (yo creía que eso sólo era posible en el sexo por teléfono). Le machacaron la cabeza contra el suelo y murió por, ojo al dato, «lesión por objeto contundente». Entonces me digo:

¿Quién demonios es esa Scarpetta, vamos a ver?

Si le quitas la fama, ¿qué queda?

Total, me puse a investigar un poco. De entrada es un ser político. No os creáis esas chorradas sobre el adalid de la justicia, la voz de los que no tienen voz, la doctora que cree en eso de «Lo primero, no hacer daño». (¿Seguro que la palabra «hipócrita» no viene de Hipócrates?) Scarpetta es sólo una megalómana que nos manipula a través de la CNN para que pensemos que presta un servicio altruista a la sociedad, cuando en realidad se sirve únicamente a sí misma...

Scarpetta había visto suficiente y metió la BlackBerry en su bolso, asqueada por haber cedido a la sugerencia de Bryce de que mirara esa tontería. Estaba tan enfadada con él como si su auxiliar hubiera sido el autor, y podría haber prescindido de su crítica a la fotografía que acompañaba la información. Aunque la pantalla de su BlackBerry era pequeña, vio lo suficiente para tener una amplia impresión de lo que Bryce había querido decir al comentar que la foto era poco favorecedora.

Tenía pinta de diablesa, con la bata ensangrentada, el protector facial, un cubrepelo desechable que recordaba a un gorro de baño; la boca abierta a media frase, la mano enguantada blandiendo un escalpelo como si estuviera amenazando a alguien. El reloj cronógrafo de caucho negro era un regalo que Lucy le había hecho en 2005 por su cumpleaños, por tanto la fotografía era de algún momento de los últimos tres años y medio.

¿Dónde se la habían hecho?

Scarpetta no lo sabía. El fondo estaba retocado.

—Treinta y cuatro dólares con veinte centavos —dijo el taxista en voz alta al frenar de golpe.

Scarpetta miró por la ventanilla la verja de hierro del antiguo hospital psiquiátrico de Bellevue, un siniestro edificio de piedra rojiza construido hacía un par de siglos donde no había entrado un paciente en varias décadas. Ni luces, ni coches, ni un solo ser humano, la caseta del guarda vacía.

—No es aquí —dijo, alzando la voz, por la abertura del tabique de plexiglás—. Es otro Bellevue.

Repitió la dirección que había dado al subir al taxi en el aeropuerto La Guardia, pero cuantas más explicaciones daba, más insistía él, señalando con el dedo la inscripción de la entrada: Hospital Psiquiátrico. Scarpetta se inclinó hacia delante, indicándole unos edificios altos y grises que destacaban unas manzanas más allá, pero él dale que te pego en su mal inglés. No pensaba llevarla a ninguna otra parte, ya podía ir bajando del taxi. Ella acabó entendiendo que el taxista realmente no sabía que el hospital de Bellevue no era este espanto que parecía salido de *Alguien voló sobre el nido del cuco*. Debía de haberla tomado por una antigua paciente del psiquiátrico en plena recaída grave. ¿Por qué, si no, llevaba equipaje?

Scarpetta decidió, pese al viento glacial, que prefería andar el resto del camino a seguir discutiendo con el taxista. Pagó la carrera, se apeó del coche, se cargó las bolsas una en cada hombro y empezó a tirar de la maleta con ruedas llena de comida casera. Pulsó un botón de su auricular inalámbrico.

—Ya casi estoy lle... —empezó a decirle a Benton—. ¡Maldita sea! —La maleta volcó como si alguien le hubiera disparado un tiro.

—¿Kay? ¿Dónde estás?

—Acabo de bajar de un taxi...

—¿Qué? Te oigo mal... —dijo él, y la batería ya no quiso colaborar más.

Bregando con sus bultos, Scarpetta se sintió como una persona sin techo. La maleta se ladeaba a cada momento, y cuando ella se inclinaba para enderezarla, las bolsas se le escurrían de los hombros. Helada y de muy mal humor, llegó por fin al moderno Bellevue en la confluencia de la Primera Avenida y la calle 27 Este, un centro hospitalario a pleno rendimiento, con una entrada acristalada, un jardín, unidades reformadas de traumatología y cuidados intensivos, y una planta de psiquiatría forense para pacientes masculinos cuyos supuestos delitos iban desde saltarse el torniquete del metro hasta asesinar a John Lennon.

El teléfono del escritorio de Benton sonó minutos después de que hubiera perdido la comunicación con Scarpetta. Estaba seguro de que era ella, que lo intentaba de nuevo.

—¿Qué ha pasado? —dijo.

—Eso te iba a preguntar yo —contestó la voz de la fiscal Jaime Berger.

—Perdona, creía que eras Kay. Parece que tiene problemas...

—Eso parece. Gracias por mencionarlo cuando hemos hablado antes. Veamos, de eso hace seis o siete horas, ¿no? ¿Por qué no me has dicho nada?

Berger debía de haber leído *Gotham Gotcha*.

—Es muy complicado —respondió Benton.

—Seguro que sí. Tenemos que ocuparnos de una serie de complicaciones, diría yo. Dentro de dos minutos estoy ahí. Nos vemos en la cafetería.

Pete Marino vivía y respiraba pollo frito y tira de asado, pues el apartamento que tenía en un edificio sin ascensor de Harlem estaba muy cerca de Manna's Soul Food. Era injusto para alguien a quien la privación de comida y bebida había creado un apetito insaciable por todo aquello que no podía tomar.

Su improvisado comedor era una bandeja y una silla de respaldo recto encaradas al incesante tráfico de la Quinta Avenida. Depositó varias rodajas de pavo sobre una rebanada de pan integral, dobló ésta por la mitad y la mojó en un charco de mostaza del Nathan's Coney Island previamente escanciada en un plato de papel. Se zampó la mitad de una lata de cerveza sin alcohol Sharps en sólo dos tragos. Desde su huida de Charleston había perdido veinte kilos y determinadas partes de su personalidad. Cajas llenas de ropa motera (incluyendo un buen surtido de prendas de cuero Harley-Davidson) fueron a parar a un bazar de la calle Ciento dieciséis, donde a cambio consiguió tres trajes, un blazer, dos pares de zapatos de vestir y una colección de camisas y corbatas, todo ello imitaciones made in China.

Ya no llevaba el diamante en la oreja, con lo que su lóbulo derecho lucía un agujerito mal situado, acaso símbolo de una vida descentrada y con importantes carencias. Había dejado de afeitarse la cabeza como si fuera una bola de billar, y el poco pelo gris que todavía tenía circundaba su cabezota como parte de un halo opaco sostenido por sus orejas. Había pactado consigo mismo renunciar a las mujeres hasta que estuviera listo, y su moto y su pickup no le servían de nada al no haber sitio donde aparcar, de modo que también había renunciado a eso. Su terapeuta, Nancy, le había ayudado a comprender la importancia del autocontrol a la hora de interactuar con los demás, al margen de que fueran así o asá, o que se merecieran lo que pudiera pasarles.

Nancy había dicho, con su elocuencia habitual, que el alcohol era la cerilla encendida que prendía la hoguera de su cólera, explicando acto seguido que su adicción a la bebida era una enfermedad contagiada por su padre, obrero semianalfabeto e inepto que pillaba borracheras violentas cada día de paga. Resumiendo, Marino había heredado una grave dolencia que, por lo visto, a tenor de la gran actividad que observaba al pasar rápidamente por delante de bares y tiendas de licores, tenía visos de epidemia. Él pensaba que esto venía sucediendo desde los tiempos del paraíso terrenal, y que no fue una manzana sino una botella de bourbon lo que la maldita serpiente le dio a Eva, botella que ésta había compartido luego con Adán, lo que dio pie al sexo y a que fueran expulsados de allí sin otra cosa con que taparse el culo que unas hojas de parra.

Nancy le advirtió de que si no asistía regularmente a las reuniones de Alcohólicos Anónimos, se convertiría en un «borracho seco», un individuo que sin el beneficio de un pack de seis latas se volvía irascible, desagradable, compulsivo y desenfrenado. El lugar de reunión más próximo de los AA, como los llamaba Marino, era una iglesia que no estaba lejos de un local donde hacían trenzas al estilo tradicional africano, cosa que le pareció bastante oportuna. Pero Marino no se había convertido en un habitual, ni tampoco lo contrario. Al mudarse a Harlem, había asistido tres veces en tres días, sintiéndose incomodísimo cuando los concurrentes, sospechosamente amables y amistosos, se habían acercado a él para presentarse y Marino no había tenido otra salida que prestar solemne juramento, como si estuviera en un juicio.

«Me llamo Pete y soy alcohólico.»

«Hola, Pete. Bienvenido.»

Envió varios e-mails a Nancy explicando que iba contra la naturaleza y el adiestramiento de un poli confesar nada, más aún en una sala repleta de desconocidos, cualquiera de los cuales podía convertirse en un borracho seco en potencia a quien Marino quizá tendría que meter un día en chirona. Además, le habían bastado tres sesiones para completar los Doce Pasos de rigor, aunque había decidido saltarse la lista de personas a quienes pedir disculpas. El motivo para ello era el paso número nueve, según el cual uno no debía disculparse si con eso podía herir todavía más a la persona a quien hubiera hecho daño, y para él eso quería decir todo el mundo.

El paso diez era más sencillo, y Marino había llenado una libreta entera con los nombres de aquellos que le habían hecho alguna trastada a él.

No había incluido a Scarpetta en ninguna de las listas hasta que se produjo una extraña coincidencia. Encontró el apartamento en donde vivía ahora, hizo un trato con el casero para que se lo alquilara a un precio razonable a cambio de servicios tales como ocuparse de desahucios, pero luego descubrió que el sitio estaba tan cerca de la oficina del ex presidente Bill Clinton, que Marino pasaba a menudo frente al edificio de catorce pisos camino de la boca de metro que había en la esquina de la Ciento veinticinco y Lenox. Pensar en Bill Clinton le llevó a pensar en Hillary Clinton, y eso le llevó a meditar sobre mujeres que eran lo bastante poderosas como para ser presidente de Estados Unidos o algo parecido. Y de ahí a pensar en Scarpetta sólo hubo un paso.

La cosa llegaba al extremo de que a veces, en sus fantasías, casi confundía a la una con la otra. Veía a Hillary en la CNN y luego veía a Scarpetta en la CNN, y para cuando cambiaba de canal confiando en distraerse con un programa de deportes o una película de pago, ya estaba deprimido. El corazón le dolía como una muela rebelde. Se obsesionaba con Scarpetta, le obsesionaban las listas en las que ella no estaba. Escribía su nombre en una, luego lo tachaba y lo escribía en la otra. Fantaseaba sobre una Casa Blanca donde reinara ella, pero después se veía inscrito en la lista de amenazas a la seguridad nacional y no le quedaba más remedio que huir a Canadá.

O quizás a México. Había pasado varios años en el sur de Florida y se apañaba mejor con los hispanoparlantes que con los que hablaban francés. Nunca había entendido a los franceses, y tampoco le gustaba su comida: ¿qué decir de un país que carecía de una cerveza nacional, como Budweiser, Corona, Dos Equis, Heineken o Red Stripe?

Se terminó un segundo emparedado de pavo, echó un trago más de Sharps y se dedicó a observar a gente cuyas únicas ambiciones eran comida preparada, *boutiques*, bares de zumos naturales, sastrerías, o quizás el cercano cine Apollo. Todo ello entre sones discordantes de un tráfico (coches, camiones, peatones) que a Marino no le molestaba en lo más mínimo. Cuando hacía buen tiempo dejaba las ventanas abiertas hasta que ya no aguantaba el polvo. Lo que quería evitar era el silencio. Ya había soportado bastante en la rehabilitación, donde no le permitían escuchar música ni mirar la tele, no podía distraer la cabeza, siempre ocupada con las confesiones de borrachos y drogadictos, con sus propias obsesiones y con los ecos de conversaciones embarazosamente descarnadas con Nancy.

Se levantó de la silla y recogió el plato de papel, la servilleta y la botella vacía de Sharps. Su cocina distaba menos de seis pasos, tenía una ventanita sobre el fregadero que le permitía una vista de hierba artificial y sillas y mesas de aluminio, todo ello rodeado por una valla de tela metálica: era lo que anunciaban como el jardín trasero del bloque de apartamentos.

Sobre la encimera tenía su ordenador. Leyó la crónica de sociedad de la mañana, que había guardado en el portátil decidido a averiguar quién se escondía detrás de aquello y localizar después al canalla para hacerle algo que modificara definitivamente su anatomía.

Las herramientas de investigación que conocía no funcionaron. Las búsquedas en Google no aportaron un maldito dato sobre *Gotham Gotcha* que no conociera ya. Fue inútil tratar de seguir la pista del autor a través de los anunciantes de comida, bebidas alcohólicas, libros, electrónica, películas y programas de televisión. No existía ninguna pauta, solamente la validación de que millones de fans estaban enganchados a un puto sitio de cotilleo cuyo eje lo constituía hoy el peor episodio en la vida de Marino.

Sonó el teléfono.

Era el agente Mike Morales.

—Qué hay —dijo Marino.

—Aquí, chupando datos, bro* —dijo Morales con su típica voz cachazuda.

—Yo no soy tu bro, y a mí no me hables en plan rapero enrollado.

El modus operandi de Morales era hacer como que estaba medio dormido y harto de todo, dopado con sedantes o analgésicos, cosa que Marino dudaba, pero a saber... Detrás de la fachada neblinosa de Morales había un esnob de mierda que había estudiado en Dartmouth y luego en John Hopkins, donde había terminado Medicina para decidir que prefería ser poli en Nueva York, cosa que Marino no acababa de creerse. Nadie que pudiera ser médico acababa metido a policía.

Aparte de eso, Morales era un as inventando anécdotas sobre sí mismo y se partía el culo de risa cuando los otros polis se las tragaban. Supuestamente, el presidente de Bolivia, Evo, era

* De *brother*, en inglés «hermano» o también «colega». *(N. del T.)*

primo suyo, y su padre se habría mudado a Estados Unidos con la familia porque creía en el capitalismo y estaba harto de pastorear llamas. Supuestamente, Morales había crecido en los barrios pobres de Chicago y había sido compinche de Barack Obama hasta que interfirió la política, cosa que les parecía verosímil a quienes no lo conocían bien. Ningún candidato a la presidencia habría querido tener por amigo a alguien que usaba la jerga del hip-hop y que tenía pinta de miembro de banda callejera, empezando por sus vaqueros holgados a medio culo y las cadenas y anillos de oro, y terminando por su peinado con trenzas africanas.

—He estado haciendo ecuaciones todo el día, tío.

—No sé de qué coño me hablas.

—Despejando incógnitas, ¿te suena eso? Olvidaba que aparte de ser un inculto te falta sentido del humor. Quiero decir buscando y analizando pautas, tendencias, modus operandi, reclamaciones, desde aquí hasta Dollywood, y me parece que he ligado algo.

—¿Qué, aparte de Berger? —dijo Marino.

—¿Qué tendrán, mujeres como ella y Scarpetta? Daría la vida a cambio de que la doctora me acariciase donde le diera la gana. ¿Te imaginas, tío, hacerlo con las dos a la vez? Oh, bueno, quién sino tú se lo va a imaginar mejor.

La aversión que sentía por Morales se transformó inmediatamente en odio. Morales siempre le estaba tocando las narices, menospreciándolo, y si Marino no se cabreaba era sólo por el período de prueba que él mismo se había impuesto. Benton le había pedido un favor a Berger. Si ella no hubiera dicho que sí, a saber dónde estaría ahora. Probablemente haciendo de despachador en algún miserable departamento de policía en el quinto infierno. O todo el día borracho en un refugio para gente sin techo. O muerto.

—Puede que nuestro asesino no sea un novato —dijo Morales—. He encontrado otros dos homicidios que tienen algo que ver. No en Nueva York, pero acuérdate de que Oscar es autónomo y, comillas, no va a la oficina. Tiene coche propio. Tiene ingresos disponibles porque cada cumpleaños recibe de su familia un cheque libre de impuestos, y ahora mismo el límite está en doce de los grandes: así no se sienten culpables por el hijo único que les salió monstruito. Oscar no tiene nadie a quien mantener, aparte de sí mismo, quiero decir que es imposible saber si viaja mucho o poco, o a qué se dedica, ¿vale? Ya que estoy metido, igual consigo aclarar un par de viejos éxitos...

Marino abrió la nevera, sacó otra Sharps, quitó la chapa y la tiró al fregadero, donde resonó como perdigones impactando en un blanco metálico móvil.

—¿Qué otros dos homicidios? —preguntó.

—Encontré coincidencias con dos tipos de nuestra base de datos. Como te decía, fuera de Nueva York, por eso no se nos había ocurrido. Ambos en el verano de 2003, con dos meses de diferencia. Un chaval de catorce años enganchado a los esteroides. Lo encontraron desnudo, con las manos y los tobillos atados, estrangulado con algún tipo de cuerda que no apareció en la escena del crimen. De buena familia de Greenwich, Connecticut. Dejaron el cadáver cerca del concesionario Bugatti. Caso sin resolver, no hay sospechosos.

—¿Dónde estaba Oscar en el verano de 2003? —dijo Marino.

—En el mismo sitio que ahora. Tenía el mismo empleo y pasaba su maldita existencia en el mismo apartamento. Es decir, pudo haber estado en cualquier parte.

—Pues no veo la conexión. ¿Ese chico, qué? ¿Hacía mamadas a cambio de droga y pilló un cliente que no le convenía? Es lo que parece. ¿Y tienes algún motivo para pensar que a Oscar Bane le van los quinceañeros?

—¿Te has fijado en que nunca sabemos a qué coño se dedica la gente hasta que empiezan a violar y a asesinar y empiezan a salir todos los trapos sucios? Pudo haber sido Oscar. Como te digo, le gusta conducir. Tiene pasta para ir por ahí y tiempo de sobra para hacerlo. Fuerte como un roble. No deberíamos descartarlo.

—¿Y qué hay del otro caso? ¿Más quinceañeros?

—Una mujer joven.

—Dime quién pudo cargársela y por qué piensas que pudo ser Oscar —dijo Marino.

—Perdón. —Morales bostezó sonoramente—. Estoy ordenando mis papeles. Qué lío, santo cielo. Bien, ella fue la primera, después vino el chaval. Guapa, veintiún años, recién trasladada a Baltimore desde su pueblo natal en Carolina del Norte, tenía un empleo insignificante en una emisora de radio, su sueño era meterse en televisión pero acabó dedicándose a ciertas actividades extraescolares para conseguir pastillitas. En otras palabras, era vulnerable en todos los sentidos. Desnuda, maniatada, estrangulada con algún tipo de cuerda que no apareció en la escena del crimen. Cadáver hallado en un contenedor de basura cerca del puerto.

—¿ADN en alguno de los dos casos? —preguntó Marino.

—Nada útil, y no había señales de agresión sexual. ¿Fluido seminal? Negativo.

—Sigo sin ver la conexión —dijo Marino—. Homicidios donde alguien hace lo que no debería para conseguir droga y acaba maniatado, estrangulado, etcétera, los hay a porrillo.

—¿Recuerdas que Terri Bridges llevaba una cadenita de oro en el tobillo izquierdo? Nadie sabe de dónde salió. Raro que no llevara encima ninguna otra alhaja, y cuando presioné a Oscar acerca de la pulsera, me dijo que no la había visto nunca.

—Ya, ¿y?

—Estos otros dos casos, igual. Ningún adorno salvo la pulserita de oro en el tobillo izquierdo. El lado del corazón, ¿no? ¿Onda grillete? ¿Onda eres mi esclava erótica? Podría ser la rúbrica del asesino. La rúbrica de Oscar, tal vez. Ahora estoy reuniendo los expedientes, sigo buscando datos y demás. Transmitiré alertas a los sospechosos habituales, incluyendo a tu pandilla de otros tiempos.

—¿Qué pandilla? —Los pensamientos de Marino viraron del oscuro al negro. No podía ver entre los nubarrones que poblaban su cabeza.

—Benton Wesley. Y esa agente, o poli, o lo que sea, que estaba buenísima y que por desgracia es intocable para este tu seguro servidor si los rumores son ciertos. Naturalmente, tu pequeño hallazgo de los portátiles cuando te pasaste hoy por la escena del crimen sin mi autorización ha sido como echarle a ella un hueso.

—No necesito tu permiso para nada. No eres mi madre.

—Vale. La mamá sería Berger, ¿no? Quizá deberías preguntarle quién manda aquí.

—Si lo necesito, lo haré. Ahora mismo me limito a hacer mi trabajo. Investigar este homicidio, tal como ella espera que haga.

Apuró la cerveza y fue a por otra a la nevera. Según sus cálculos, si cada botella tenía cero coma tres grados de alcohol, podía empezar a sentirse ligeramente borracho bebiendo al menos una docena seguida. Lo había probado antes, y no había sentido otra cosa que muchas ganas de mear.

—Ha montado un chiringuito de análisis forense informático y Berger está pero que muy interesada. Hablo de Lucy, la sobrina de Kay Scarpetta.

—Sí, ya sé quién es.

Marino también conocía la empresa de Lucy en el Village, y sabía que Scarpetta y Benton tenían que ver con el John Jay. Sabía muchas cosas que prefería no hablar con Morales ni con nadie más. Lo que ignoraba era que Lucy, Benton y Scarpetta estuvieran metidos en el caso de Terri Bridges, o que Scarpetta y Benton estaban en ese preciso momento en la ciudad.

La voz de chulo de Morales:

—Quizá te consolará saber que no creo que Kay vaya a estar por aquí el tiempo suficiente como para que se produzca un encuentro inoportuno.

No cabía la menor duda: Morales había leído la maldita crónica en Internet.

—Ha venido para examinar a Oscar —añadió Morales.

—¿Y eso?

—Parece ser que ella es el plato combinado de Oscar. Él la reclamó, y por lo visto Berger le concede todos sus deseos a ese pitufo.

Marino no pudo soportar la idea de que Scarpetta estuviera a solas con Oscar Bane. Le ponía a cien que Oscar hubiera pedido que fuese ella en concreto, porque eso sólo podía significar una cosa: que la conocía mucho más de lo debido.

—Sugieres que podría ser un asesino en serie —dijo Marino—. Entonces ¿qué está haciendo con la doctora? No puedo creer que Berger o quien sea le haya puesto semejante trampa, menos aún cuando Oscar podría salir de ahí en cualquier momento. ¡Joder!

Estaba andando de un lado a otro. Con doce zancadas podía cubrir toda la superficie del apartamento.

—Es posible que en cuanto termine, se vuelva volando a Massachusetts y no tengas que preocuparte de nada —dijo Morales—. Eso está bien, habida cuenta de que ya tienes suficientes preocupaciones.

—¿De veras? A ver, explícamelo tú.

—Te recuerdo que éste es un caso delicado, y que no manejaste muy bien la cosa cuando Oscar Bane te abrió su corazón el mes pasado.

—Me regí por el manual.

—Pues mira que es gracioso: en cuanto surge un problema, a nadie le importa una mierda. Por lo que respecta a tu ex jefa Kay, te aconsejo que la evites. Bueno, tampoco es que tengas ningún motivo para estar en su compañía ni para presentarte de improviso en Bellevue. Por ejemplo.

Marino se encendió al oír que Morales la llamaba Kay. Él, Marino, nunca la había llamado así y eso que habían trabajado codo con codo; probablemente había pasado más de diez mil horas con ella en la morgue, en su despacho, en el coche, en escenas de crimen, en casa de ella —vacaciones incluidas— y hasta tomando una copa en su habitación de hotel cuando trabajaban con casos fuera de la ciudad. Y si él no la llamaba Kay, ¿quién coño se creía que era este Morales?

—Mi consejo es que te dejes ver lo mínimo hasta que Kay haya regresado a Massachusetts —dijo Morales—. Bastante estrés lleva ya encima, ¿me oyes, tío? Y lo que no quisiera es que la próxima vez que la llamemos para que nos eche una mano, ella pase de todo por tu culpa. No nos conviene que deje su puesto en John Jay, que renuncie a la consultoría. Porque entonces Benton lo dejaría también, para tener contenta a su mujer. Y los perderíamos a ambos por tu culpa. Tengo previsto trabajar un montón de años con los dos. En plan los Tres Mosqueteros.

—No sabes quiénes son. —Marino estaba fuera de sí, el corazón le latía con fuerza en el cuello.

—Si renuncian, saldrá a la luz —dijo Morales—. Y ya sabes cómo corre la voz en estos casos. Será un escándalo porque saldrá en primera plana del *Post*, un titular grande como un rascacielos diciendo que Jaime Berger, la superfiscal de crímenes sexuales, contrató a un delincuente sexual y puede que sea despedida. Increíble cómo puede caer un castillo de naipes, tío. Bueno, tengo que colgar. Y sobre eso de Internet, lo que pasó entre Kay y tú. No quiero ser indiscreto...

—Pues cállate la boca —le espetó Marino.

4

Las piernas de Oscar Bane, sin vello y encadenadas, colgaban de la mesa de reconocimiento donde estaba sentado, en una de las enfermerías de la sala para reclusos de Bellevue. Cuando él la miraba con sus ojos de distinto color —uno azul, otro verde—, Scarpetta tenía la inquietante sensación de ser observada por dos personas diferentes.

De pie junto a la pared había un funcionario del Departamento de Prisiones, recio como las Montañas Rocosas, lo bastante cerca de la mesa de trabajo como para intervenir si Oscar se ponía violento, cosa que parecía improbable. Estaba asustado. Había estado llorando. Scarpetta no presintió en él ninguna agresividad, viéndolo allí sentado, cohibido por la fina bata de algodón que le venía larga pero que a cada momento se abría bajo el nudo a la altura de la cintura. Las cadenas sonaban metálicas cada vez que movía las piernas, o las manos esposadas, para taparse.

Oscar era una persona pequeña, un enano. Si bien tenía las extremidades y los dedos desproporcionadamente cortos, la escueta bata revelaba que en todo lo demás estaba bien dotado. Casi se podía decir que Dios le había compensado por lo que Scarpetta sospechaba debía de tratarse de una acondroplasia, causada por una mutación espontánea del gen responsable de la formación del esqueleto, afectando principalmente a los huesos largos de brazos y piernas. El torso y la cabeza eran desmedidamente grandes para sus extremidades, y sus dedos regordetes divergían entre el medio y el anular, dando a sus manos un aspecto como de tridente. Por lo demás, y descontando lo que, a cambio de sufrimiento y mucho dinero, se había hecho hacer, su anatomía era normal.

Su deslumbrante dentadura había sido restaurada o blanqueada, posiblemente llevaba coronas, y sus cortos cabellos estaban teñidos de color amarillo oro. Sus uñas estaban pulidas, perfectamente cortadas, y, aunque Scarpetta no habría puesto la mano en el fuego, atribuía su frente sin arrugas a inyecciones de Botox. Lo más extraordinario era su cuerpo, que parecía esculpido en mármol beige de Carrara con venas de un gris azulado. De una musculatura totalmente armoniosa, estaba desprovisto casi por completo de pelo. En conjunto, con aquellos ojos tan diferentes y su hechura de Apolo, Oscar le resultaba de lo más surrealista y estrafalario, y lo que Benton le había comentado sobre sus diversas fobias le pareció bastante extraño. No podía tener la pinta que tenía sin haberse postrado a los pies del dios Dolor y de quienes lo infligían.

Notó cómo la taladraban esos ojos azul-verde mientras abría el maletín que Benton le había dejado en su despacho. A diferencia de aquellos cuyas profesiones no exigían fórceps, sobres y bolsas de pruebas, equipo fotográfico, fuentes de luz especiales, hojas afiladas y todo lo demás, Scarpetta se veía obligada a llevar una vida de duplicaciones. Si una botella de agua no pasaba el control del aeropuerto, menos todavía el maletín de investigación, y hacer ostentación de su escudo de médico forense sólo servía para llamar más la atención.

Lo había intentado una vez en Logan y había terminado siendo interrogada, cacheada y sometida a otras invasiones, por si resultaba ser una terrorista que, curiosamente (así hubieron de reconocerlo los funcionarios de seguridad), era la viva imagen de esa famosa doctora que salía en la CNN. Al final, de todos modos, no le permitieron llevar consigo el maletín en el avión y, como se negó a despacharlo con el equipaje, decidió viajar en coche. Ahora guardaba duplicados de todas las amenazas a la seguridad en Manhattan.

—¿Comprende cuál es el objeto de estas muestras y por qué no está obligado a darlas? —le preguntó a Oscar.

Él miró cómo ordenaba sobres, fórceps, cinta métrica y otros utensilios forenses sobre la mesa de reconocimiento cubierta de papel. Volvió la vista hacia la pared.

El funcionario de prisiones dijo:

—Mira a la doctora cuando te habla, Oscar.

Oscar continuó mirando a la pared.

Con voz tensa, de tenor, dijo:

—Doctora Scarpetta, ¿le importaría repetir lo que ha dicho?

—Ha firmado usted un documento accediendo a que le tome ciertas muestras biológicas —respondió ella—. Quiero cerciorarme de que entiende usted la información científica que estas muestras pueden aportar y que nadie las ha solicitado.

Aún no le habían imputado ningún delito. Scarpetta se preguntó si Benton, Berger y la policía interpretaban ese fingirse enfermo por parte de Oscar como señal de que de un momento a otro iba a confesarse autor de un asesinato que ella ignoraba por completo. Esto la ponía en una posición insostenible y sin precedentes. Como Oscar no estaba bajo arresto, ella no podía divulgar nada de lo que él pudiera revelarle a menos que renunciara a la confidencialidad doctor-paciente, y el único documento de renuncia que Oscar había firmado hasta ahora era este en el que la autorizaba a tomarle muestras biológicas.

—Ya sé lo que buscan —dijo él, mirándola—. El ADN. Sé por qué necesita usted cabellos míos.

—Las muestras serán analizadas y, en efecto, el laboratorio tendrá su perfil de ADN. Por el pelo podemos saber si es usted un adicto crónico. La policía, los científicos, buscan también otras cosas. Pruebas físicas...

—Sé lo que es eso.

—Sólo quiero asegurarme.

—No tomo drogas, y desde luego no soy un adicto crónico a ninguna clase de sustancia —dijo con voz temblorosa, volviéndose de nuevo hacia la pared—. Y mi ADN, lo mismo que mis huellas dactilares, está por todo el apartamento de ella. Mi sangre también, me hice un corte en el dedo gordo.

Enseñó el pulgar de la mano derecha, alrededor de cuyo segundo nudillo lucía una tirita.

—Dejé que me tomaran las huellas al venir aquí —dijo—. No estoy en ninguna base de datos. Comprobarán que jamás he cometido un delito. Nunca me ponen multas. No me meto en líos.

Miró fijamente el fórceps que ella acababa de coger y sus ojos desiguales reflejaron miedo.

—No hace falta eso —dijo—. Lo haré yo mismo.

—¿Se ha duchado desde que llegó aquí? —preguntó Scarpetta, dejando a un lado el fórceps.

—No. Les dije que no me ducharía hasta que me viera usted.

—¿Se ha lavado las manos?

—No. He tocado lo mínimo posible, básicamente el lápiz con que su marido me hizo hacer unos tests psicológicos. Dibujar la figura humana. Me he negado a comer. No quería que mi cuerpo experimentase ninguna modificación hasta que usted llegase. Me dan miedo los médicos. No me gusta el dolor.

Scarpetta abrió varios paquetes de hisopos y aplicadores mientras él observaba atentamente, como si esperara que en cualquier momento pudiera hacerle daño.

—Quiero rascarle bajo las uñas —dijo ella—. Sólo si no le parece mal. Podemos obtener pruebas físicas, ADN de las uñas de manos y pies.

—Sí, ya sé. No encontrará nada que pruebe que yo le hice algo a la chica. Encontrar su ADN no significa nada. El mío —volvió a decir— está por todo el apartamento.

Se quedó muy quieto mientras la doctora Scarpetta usaba un raspador de madera para rasparle bajo las uñas. Ella se sintió en todo momento observada por los ojos azul-verde, una luz cálida que tocaba su cabeza y otras partes de su cuerpo, como si la estuviera examinando mientras ella lo examinaba a él. Cuando hubo acabado de rascar, vio que Oscar se había vuelto hacia la pared. Él le pidió que no mirara mientras se arrancaba un pelo de la cabeza, que después ella le ayudó a introducir en un sobre; a continuación hizo lo mismo con uno del pubis, que fue a parar a otro sobre. Para ser alguien con tanta aversión al dolor, ni siquiera dio un respingo, pero su rostro estaba tenso, y su frente, perlada de sudor.

Scarpetta sacó un cepillo de dientes de su envase y hurgó con él uno de los carrillos de Oscar. A éste le temblaron las manos.

—Ahora dígale que se marche, por favor. —Se refería al funcionario de prisiones—. No hace falta que esté aquí. No es con él con quien estoy hablando.

—No lo has entendido —dijo el funcionario—. Tengo que estar, y la decisión no depende de ti.

Oscar se quedó callado, la vista fija en la pared. El funcionario miró a Scarpetta, esperando a ver qué hacía.

—Yo creo que no hay problema —decidió ella, dirigiéndose al forzudo.

—Preferiría no abandonar la habitación, doctora. Oscar está muy nervioso.

No parecía que estuviese nervioso, pero ella no dijo nada. Más bien lo veía aturdido y molesto, y al borde de la histeria.

—Nervioso, no, pero sí encadenado como Houdini —dijo Oscar—. Meterme en el calabozo, vale, pero no hacía falta ponerme grilletes como si fuera un asesino en serie. Me extraña que no me pasees por ahí metido en una jaula, como a Hannibal Lecter. Está claro que el personal de este centro ignora que las restricciones mecánicas en hospitales psiquiátricos fueron abolidas mediado el siglo XIX. ¿Qué he hecho yo para merecer todo esto?

Alzó las manos esposadas, y ahora farfullaba de rabia e indignación.

—Es porque los ignorantes como tú pensáis que soy un monstruo de feria —dijo.

—Oye, Oscar —replicó el guardián—. A ver si te enteras de esto. No estás en un psiquiátrico normal. Y te recuerdo que ésta es la sala destinada a los reclusos. —Se dirigió a Scarpetta—. Prefiero quedarme, doctora.

—Un monstruo de feria. Es lo que piensa la gente ignorante como tú.

—No habrá problema —volvió a decirle Scarpetta al guardián, entendiendo que Berger aconsejara proceder con precaución.

Oscar siempre estaba al quite para señalar lo que consideraba injusto. Se apresuraba a recordarle a todo el mundo que él era una persona enana, cuando de hecho eso no era lo primero que la gente percibía, a menos que estuviera de pie. Ciertamente, no era lo que a ella le había llamado la atención al entrar en la enfermería. Sus ojos diferentes la habían mirado con fijeza, de un verde y un azul tanto más sorprendentes cuanto que contrastaban con la blancura de sus dientes y el amarillo del pelo, y aunque sus facciones no eran perfectas, el modo en que encajaban la había invitado a mirar, a estudiar. Seguía preguntándose qué era lo que le recordaba Oscar Bane. Tal vez a un busto en una antigua moneda de oro.

—Estaré ahí fuera —dijo el funcionario.

Salió cerrando la puerta, que, como todas las de esa sala, no tenía tirador. Solamente los funcionarios de prisiones disponían de llave, y era importante que el pestillo de doble cilindro estuviera en posición de cierre. Si el pestillo estaba sacado, la puerta no se cerraba del todo, evitando así dejar atrapado a un miembro del personal o a un asesor como ella dentro de una habitación pequeña con un tipo corpulento que, por ejemplo, acabara de descuartizar a alguien.

Scarpetta cogió la cinta métrica y le dijo a Oscar:

—Quisiera medirle los brazos y las piernas. Necesito la estatura y el peso exactos.

—Mido un metro veintiséis —dijo él—. Peso cuarenta y nueve kilos. Calzo un treinta y seis o un treinta y cinco. A veces un treinta y ocho si son de mujer. Otras un siete. Depende de la horma. Tengo el pie ancho.

—Brazo izquierdo desde la articulación glenohumeral hasta la punta del tercer dedo. Si no le importa, estire los brazos todo lo que pueda. Perfecto. Cuarenta y uno coma dos centímetros el brazo izquierdo. Cuarenta y uno coma ocho, el derecho. Es normal. La mayor parte de la gente tiene un brazo más largo que el otro. Ahora las piernas, a ver si puede mantenerlas estiradas. Voy a medir desde el acetábulo, el encaje del hueso de la cadera.

Palpó a través de la fina tela y midió las piernas hasta la punta de los dedos de los pies; al moverse él, las cadenas resonaron flojito y sus músculos saltaron. Tenía las piernas unos cinco centímetros más largas que los brazos, y ligeramente arqueadas. Anotó las medidas y recogió unos papeles de la encimera.

—Déjeme que confirme los datos que me dieron al llegar —dijo—. Tiene usted treinta y cuatro años, el apellido de su madre es Lawrence. Diestro, según pone aquí —y continuó hasta la fecha de nacimiento y su dirección en Nueva York, pero luego él la interrumpió.

—¿No va a preguntarme por qué quise que viniera usted? ¿Por qué lo exigí? ¿Por qué me cercioré de que comunicaran a Jaime Berger que no iba a cooperar a menos que usted viniera? Que la folle un pez. —Ahora le lagrimeaban los ojos y su voz empezaba a temblar—. Terri aún estaría viva de no ser por ella.

Giró la cabeza hacia la derecha y miró a la pared.

—¿Tiene problemas auditivos, Oscar? —preguntó Scarpetta.

—El oído derecho —dijo él con una voz que, a intervalos, cambiaba de octava.

—Pero con el izquierdo, ¿oye bien?

—De pequeño tuve infecciones de oído crónicas. Estoy sordo del oído derecho.

—¿Conoce personalmente a Jaime Berger?

—Es una desalmada, la gente le importa una mierda. Usted es muy diferente. A usted le preocupan las víctimas. Yo lo soy. Necesito que cuide de mí. Usted es todo lo que tengo.

—¿En qué sentido es una víctima? —Scarpetta estaba etiquetando sobres.

—Mi vida se ha arruinado. La persona que significa más para mí ha muerto. No volveré a verla nunca. No me queda nada. Me da igual morir. Sé quién es usted y sé lo que hace. Lo sabría aunque no fuera usted famosa. Con fama o sin ella, yo sabría quién es y a qué se dedica. Tuve que pensar rápido, muy rápido. Después de encontrar... de encontrar a Terri... —La voz se le quebró, y tuvo que parpadear para que no le saltasen las lágrimas—. Dije a la policía que me trajeran a este sitio. Aquí estaría a salvo.

—¿A salvo de qué?

—Dije que podía ser un peligro para mí mismo. Y ellos me preguntaron «¿Y para los demás?». Yo respondí que no, que sólo para mí mismo. Solicité que me tuvieran incomunicado en esta sala porque no puedo estar con los presos comunes. Aquí me llaman «el miniasesino». Se ríen de mí. La policía no tiene causa probable para arrestarme, pero me considera un perturbado y no quiere perderme de vista. Y yo tengo dinero y pasaporte porque vengo de una buena familia de Connecticut, aunque mis padres no sean muy buena gente. Si muero, me da igual. La policía y Jaime Berger ya han dictado veredicto: soy culpable.

—Hacen lo que pueden por complacerle. Está usted aquí. Ha visto al doctor Wesley. Y ahora me tiene a mí —le recordó Scarpetta.

—A usted la utilizan, nada más. Yo no les importo nada.

—Le prometo que no dejaré que nadie me utilice.

—Ya lo están haciendo. Para cubrirse las espaldas. A mí ya me han condenado, no están buscando a nadie más. El verdadero asesino anda suelto. Él sabe quién soy. Pronto habrá otra víctima. Quienquiera que lo haya hecho volverá a matar. Tienen un móvil, una causa, a mí me advirtieron pero no pensé que se referían a Terri. Nunca se me ocurrió que quisieran hacerle daño a ella.

—¿Le advirtieron, dice?

—Se comunicaron conmigo. Tengo las comunicaciones.

—¿Le ha contado esto a la policía?

—Si no sabe quiénes son, tiene que vigilar a quién se lo dice. Yo intenté avisar a Jaime Berger hace cosa de un mes de que era arriesgado para mí dar a conocer lo que sé. Pero en ningún momento me pasó por la cabeza que Terri pudiera correr peligro. No se comunicaron conmigo en relación con Terri. Por eso no supe que ella estaba en peligro.

Se secó las lágrimas con el dorso de las manos y las cadenas tintinearon.

—¿De qué manera avisó a Jaime Berger, o intentó hacerlo?

—Llamé por teléfono a su oficina. Ella misma se lo dirá. Haga que le explique hasta qué punto es una desalmada. Haga que le explique lo que le importa. Porque no le importa nada. —Caían lágrimas por sus mejillas—. Y ahora Terri ya no está. Yo sabía que iba a pasar algo malo, pero no que le pasaría a ella. Y usted se preguntará por qué. Pues bien, no lo sé. Quizás es que odian a la gente pequeña, nos quieren borrar de la faz de la tierra. Como hicieron los nazis con los judíos, los homosexuales, los gitanos, los lisiados, los enfermos mentales. Todo aquel que ponía en peligro a la raza aria acabó en los hornos crematorios. Me han robado la identidad, me han robado los pensamientos, y lo saben todo sobre mí. Di parte de ello, pero Berger no me hizo el menor caso. Exigí justicia mental, pero ella ni se dignó ponerse al teléfono.

—Hábleme de la justicia mental.

—Cuando alguien te secuestra la mente, la justicia se encarga de rescatarla. La culpa es de Jaime Berger. Ella podría haberlo evitado. No he recuperado mi mente. Ya no tengo a Terri. Sólo la tengo a usted. Ayúdeme, por favor.

Scarpetta hundió las manos en los bolsillos de su bata y tuvo la sensación de estar hundiéndose en arenas movedizas. No quería ser el médico de Oscar Bane. Debería decírselo ahora mismo, decirle que no quería tener más relación con él. Debería abrir aquella puerta metálica pintada de beige y olvidarse de todo.

—Ellos la mataron. Sé que fueron ellos —dijo Oscar.

—¿Y quién cree usted que son ellos?

—No sé quiénes son. Me han estado siguiendo, es un grupo especializado que apoya alguna causa. Soy su blanco. Esto viene pasando desde hace meses. ¿Cómo puede haber muerto Terri? Quizá soy un peligro para mí mismo. Quizás es cierto que quiero morir.

Se echó a llorar.

—Yo la quería más que... a nadie en el mundo —continuó—. Todo el rato pienso que voy a despertar. Que no es verdad. Que no puede ser verdad. Que no estoy aquí. Odio a Jaime Berger. Quizás un día matarán a alguien a quien ella quiera. Para que se entere. Para que lo pase así de mal. Ojalá suceda. Ojalá asesinen a alguien a quien ella quiera muchísimo.

—¿A usted le gustaría matar a alguien a quien ella ame? —preguntó Scarpetta.

Le pasó unos cuantos pañuelos de papel. Las lágrimas no dejaban de manar, la nariz le moqueaba.

—No sé quiénes son —dijo él—. Si salgo, me seguirán otra vez. Saben dónde me encuentro ahora mismo. Intentan tenerme controlado asustándome, acosándome.

—¿Y cómo lo hacen? ¿Tiene motivos para creer que alguien le acecha?

—Electrónica avanzada. Hay mil y un artilugios que se pueden conseguir por Internet. Voz transmitida al cráneo mediante microondas. Sonido silencioso. Radar de penetración a través de paredes. Tengo muchos motivos para creer que he sido seleccionado como blanco para control mental, y si usted piensa que estas cosas no pasan, recuerde los experimentos con radiaciones que hizo el gobierno terminada la Segunda Guerra Mundial. A aquella pobre gente la alimentaron con materiales radiactivos, les inyectaron plutonio como un paso más en la investigación sobre la guerra atómica. No me lo invento.

—Estoy al corriente de esos experimentos —dijo Scarpetta—. Es innegable que ocurrió.

—Yo no sé lo que quieren de mí —dijo Oscar—. Es por culpa de Berger. Toda la culpa es de ella.

—Explíquese.

—La Oficina del Fiscal del Distrito es quien investiga robos de identidad, acechos, acosos, de modo que llamé para hablar con la fiscal, pero no quisieron ponerme con ella. Ya se lo he dicho. Me pasaron con un poli, un capullo. Me tomó por demente, claro, y nadie hizo nada. No hubo ninguna investigación. A nadie le importa. Yo confío en usted. Sé que se preocupa por las personas, lo he visto con mis propios ojos. Le ruego que me ayude. Por favor. Estoy completamente desprotegido. Aquí no puedo ampararme en nada. Sin protección.

Scarpetta vio que tenía ligeras abrasiones en el lado izquierdo del cuello, y que la fase de formación de costra parecía relativamente reciente.

—¿Y por qué habría de confiar en mí? —le preguntó.

—No me puedo creer que diga eso. ¿Qué intenta hacer para manipularme?

—Yo no manipulo a nadie. Y no tengo la menor intención de manipularlo a usted.

Oscar Bane la miró detenidamente mientras ella hacía lo propio con otras abrasiones.

—Está bien —dijo él—. Supongo que necesita medir mucho sus palabras. No importa. Yo ya la respetaba antes de todo aquello. Usted tampoco sabe quiénes son. Debe tener mucho cuidado.

—¿Todo aquello?

—Sí, fue muy valiente al hablar del asesinato de Bhutto. Terri y yo lo vimos en la CNN. Fue un programa muy largo, hablaban de todo eso, usted se mostró muy compasiva acerca de aquella tragedia, además de valiente y práctica. Pero yo me di cuenta de lo que usted sentía por dentro. Me di cuenta de que estaba tan desolada como nosotros. Estaba realmente anonadada, y no era teatro. Hacía lo posible por ocultarlo. Entonces supe que podía confiar en usted. Lo comprendí. Terri también, por supuesto. Pero fue decepcionante. Le dije a Terri que tenía que pensarlo desde la perspectiva suya. Supe que usted era de fiar.

—No veo claro que por verme en un programa de televisión se pueda deducir que soy una persona fiable.

Sacó una cámara de su maletín.

Viendo que él no respondía, dijo:

—Cuénteme por qué Terri se sintió decepcionada.

—Ya sabe por qué, y es algo totalmente comprensible. Usted respeta a las personas —dijo Oscar—. Se preocupa por ellas. Las ayuda. Yo evito a los médicos hasta que no me queda otra opción. No soporto el dolor. Les digo que me seden, que me pongan una inyección de Demerol, lo que sea con tal de no sentir daño. Lo reconozco. Me dan miedo los médicos. Me da miedo el dolor. No puedo mirar la aguja si me ponen una inyección. Si la miro, me desmayo. Les digo que me tapen los ojos, o que me inyecten donde yo no pueda verlo. Usted no va a hacerme daño, ¿verdad? No va a pincharme, ¿eh?

—No. Nada de lo que yo pueda hacer debería resultar doloroso —dijo ella mientras le detectaba abrasiones bajo la oreja izquierda.

Eran superficiales, sin indicios de regeneración epitelial en los bordes. La costra también era reciente. Oscar parecía haberse sosegado con sus palabras, y con el tacto de sus manos.

—¿Quién puede estar siguiéndome?, ¿quién me espía? —empezó otra vez con lo mismo—. Gente del gobierno, quizá, pero ¿de qué gobierno? Quizá se trata de una secta. Sé que usted no le teme a nadie, a ningún gobierno, secta, banda o lo que sea, porque si no no diría las cosas que dice por la tele. Terri opinaba lo mismo. Usted es su héroe. Ah, si supiera que yo estoy aquí ahora con usted, hablando de ella. Puede que lo sepa. ¿Usted cree en la otra vida? ¿Cree en eso de que el alma del ser amado permanece contigo?

Levantó los ojos, inyectados en sangre, como si buscara a Terri.

—Qué va a ser de mí —dijo.

—Permita que le aclare una cosa —dijo Scarpetta. Arrimó una silla de plástico y se sentó muy cerca de la mesa—. Ignoro lo que se supone que hizo o dejó de hacer. Ignoro quién es Terri.

La sorpresa fue manifiesta en la cara de Oscar.

—Pero ¿qué me dice?

—Le digo que a mí me llamaron para que examinara sus heridas y yo accedí a hacerlo. Probablemente no soy la persona con quien usted debería estar hablando. Mi máxima preocupación es su bienestar, por tanto me veo obligada a decirle que cuanto más me habla de Terri, de lo que pasó, mayor es el riesgo que corre.

—Usted es la única persona con quien debo hablar.

Se secó la nariz y los ojos y miró a Scarpetta como si tratara de dilucidar algo sumamente importante.

—Usted tiene sus motivos —dijo—. Quizás es que sabe algo.

—Le aconsejo que hable con un abogado. De esta forma, cada palabra que usted diga será confidencial.

—Usted es médico. Cualquier cosa que hablemos es confidencial. No puede permitir que la policía se inmiscuya en su trabajo, y ellos no tienen derecho a ningún tipo de información a menos que yo lo autorice o que haya una orden judicial. Debe usted proteger mi dignidad. Lo dice la ley.

—La ley también dice que si a usted le imputan un delito, mis notas podrán ser citadas por la acusación o por la defensa.

Piénselo bien antes de seguir hablándome de Terri, o de lo que pasó anoche. Repito: cualquier cosa que yo diga puede ser citada en juicio.

—Jaime Berger tuvo una oportunidad de hablar conmigo. Es muy distinta de usted. Merecería que la despidieran. Merece sufrir como yo estoy sufriendo y perder lo que yo he perdido. La culpa es suya.

—Intentaré dejárselo claro otra vez. Si a usted lo acusan de un crimen, yo puedo ser citada y no me quedará más remedio que revelar todo cuanto he observado aquí. Jaime Berger podría citarme. ¿Entiende usted eso?

Los ojos de diferente color la miraron, todo su cuerpo rígido de ira. Scarpetta tenía en mente la puerta metálica, pensando si abrirla o no.

—No encontrarán ninguna causa justificable para acusarme de esto —dijo él—. Yo no les impedí que se llevaran mi ropa, mi coche. He dado consentimiento para que entraran en mi piso porque no tengo nada que ocultar, y usted puede ver por sí misma cómo me veo obligado a vivir. Quiero que lo vea. Insisto en que lo vea. No les dejaré entrar si no va usted también. No existe la menor prueba de que yo haya hecho daño a Terri alguna vez, a menos que la inventen. Cosa que podrían hacer. Pero usted me protegerá porque es mi testigo. Velará por mí esté donde yo esté, y si algo me ocurre, sabrá que forma parte de un plan. Y no puede decirle a nadie nada que yo no quiera que sepan los demás. Ahora mismo, legalmente, no puede revelar nada de lo que haya entre usted y yo. Ni siquiera a su marido. Dejé que él me hiciera la evaluación psicológica, y verá cómo le dice que no estoy loco. Confié en él porque es un experto. Pero, sobre todo, sabía que podía ponerse en contacto con usted.

—¿Le dijo lo que me está diciendo a mí ahora?

—Dejé que hiciera la valoración, eso es todo. Él me miraba la cabeza, y usted todo lo demás. Si no, yo no cooperaba. No comente lo que hemos hablado, ni siquiera con él. Si eso cambia y se me acusa falsamente y a usted la citan a juicio... Bueno, para entonces ya creerá en mí y luchará por ayudarme. Debería creer en mí. Tampoco es que no me conozca de nada.

—¿Qué le hace pensar que le conozco de algo?

—Oh, vaya. —La miró con furia—. Le han dado instrucciones de no hablar. Estupendo. No me gusta nada este juego. Pero bueno, vale. Solamente le pido que me escuche y que no me traicione ni viole el juramento hipocrático.

Scarpetta tenía que poner fin a esto, pero estaba pensando en Berger. Oscar no había amenazado, todavía, a Berger. A menos que lo hiciera, Scarpetta no podía revelar nada de cuanto había dicho, lo cual no le impedía seguir pensando en Berger, en cualquier persona próxima a Berger. Deseó que Oscar Bane desembuchara de una vez, que dijera en términos nada ambiguos que constituía un peligro para Berger o para quien fuese. Así se acabaría la confidencialidad y, como mínimo, tendrían que arrestarlo por proferir amenazas.

—Voy a tomar notas. Las guardaré en una carpeta por si he de consultarlas después —dijo Scarpetta.

—Notas, sí. Quiero que haya un registro de la verdad y que esté en su poder. Por si sucede algo.

Ella sacó un bloc y un bolígrafo de un bolsillo de su bata.

—Por si yo muero —dijo Oscar—. Supongo que no hay escapatoria. Seguramente darán conmigo. Seguramente éste es el último año que estreno. Seguramente me da igual.

—¿Por qué dice eso?

—Haga lo que haga, vaya adonde vaya, ellos lo saben.

—¿Ahora también?

—Puede. Pero ¿sabe una cosa? —Miró hacia la puerta—. Hay mucho acero que atravesar. No sé si son capaces de atravesarlo, pero voy a tener cuidado con lo que digo y lo que pienso. Escúcheme con atención. Es preciso que lea mi mente mientras le sea posible. Al final conseguirán controlar lo poco que quede de mi voluntad, de mis pensamientos. Quizás están haciendo ensayos. Tienen que practicar con alguien. Sabemos que la CIA tuvo programas clandestinos de modificación de conducta mediante neuro-electromagnetismo durante medio siglo, ¿y quiénes eran sus conejillos de Indias? ¿Y qué cree usted que pasa si uno acude a la policía? Misterio: no hay informes de nada. Lo mismo que cuando di parte a Jaime Berger. No me hicieron caso. Y ahora Terri está muerta. No soy un paranoico. No padezco una crisis esquizoide o psicótica. No tengo un trastorno de personalidad, no estoy delirando. No creo que la banda del Telar de Aire me persiga con su máquina infernal, pero uno no sabe a qué atenerse con los políticos: igual es por eso que estamos librando una guerra en Oriente Medio. Hablo en broma, por supuesto, aunque ya no me sorprendería nada.

—Parece que entiende mucho de psicología y de historia de la psiquiatría.

—Soy licenciado. Doy clases de Historia de la Psiquiatría en el Gotham College.

Scarpetta jamás había oído hablar de ese centro y le preguntó dónde estaba.

—En ninguna parte —respondió él.

5

Su nombre de usuario era Arpía porque eso era lo que solía llamarla su marido. No siempre como un insulto, a veces era en plan cariñoso.

«No seas arpía», le soltaba, con estas mismas palabras, si ella se quejaba de sus puros o de que no recogía los platos. «Echemos un trago, mi pequeña arpía», era señal de que estaba de buen humor, eran las cinco de la tarde, y quería ver las noticias.

Ella llevaba bebidas y unos anacardos a la salita, y su marido le indicaba por señas que se sentara a su lado en el sofá de pana color pardo rojizo. Tras media hora de noticias —huelga decir que nunca buenas— él se quedaba callado y no la llamaba arpía ni le dirigía la palabra, y la cena se desarrollaba sin más sonidos que los del acto de comer y deglutir, y después él se iba a leer a la alcoba. Un día salió a hacer un recado y ya no volvió más.

Ella no se hacía ilusiones sobre lo que él habría dicho de haber estado aquí. Seguro que desaprobaría que ella fuese la anónima administradora del sistema de la página web *Gotham Gotcha*. Tildaría lo que ella hacía de repugnante, de basura pensada para explotar a la gente sin piedad, y diría que era de locos tener un puesto de trabajo sin conocer a ninguno de los implicados, ni siquiera de nombre. Le parecería clamorosamente sospechoso que Arpía no supiese quién demonios era el cronista anónimo.

Más que nada, le parecería increíble que hubiera sido contratada vía telefónica por un «agente» que no era norteamericano. El hombre dijo que vivía en Gran Bretaña, pero su acento era tan inglés como el de Tony Soprano, y había obligado a Arpía a firmar numerosos documentos legales sin que su asesor los revisara primero. Cuando hubo hecho todo lo que se le pedía, la tuvieron un mes a prueba. Sin paga. Pasado ese período, nadie la llamó para decirle lo maravillosamente bien que lo había hecho ni qué contento estaba el Jefe (como Arpía había bautizado mentalmente al anónimo cronista) de contar con ella. No le dijeron una sola palabra.

De modo que siguió adelante, y cada dos semanas recibía una transferencia en su cuenta bancaria. No se le retenían impuestos, no tenía porcentaje de beneficios, y tampoco se le reembolsaban los gastos (meses atrás había tenido que comprar un ordenador nuevo y un amplificador de señal). No podía pedir la baja, no tenía vacaciones ni le pagaban horas extra. Pero, como le había explicado el agente, «estar disponible las veinticuatro horas y los siete días de la semana» era parte de las obligaciones de su puesto de trabajo.

Antiguamente Arpía había tenido empleos reales con jefes reales, el último en el departamento de *marketing* de una empresa de consultoría. No se chupaba el dedo, sabía perfectamente que las exigencias de su actual empleo eran disparatadas y que podía presentar una demanda si supiera contra quién. Pero no iba a hacer tal cosa. Le pagaban razonablemente bien y era un honor trabajar para un anónimo famoso cuya crónica de sociedad era la comidilla de Nueva York, si no de todo el país.

Las vacaciones eran para Arpía una época de mucho ajetreo. Y no por motivos personales, pues de hecho no se le permitía tener motivos personales para nada. Pero el tráfico cibernético aumentaba de manera inevitable y el *banner* del sitio web constituía un gran reto. Arpía era inteligente, pero reconocía no estar especialmente dotada para el diseño gráfico.

En esta época del año la programación experimentaba también una escalada importante. En vez de tres columnas por semana, el Jefe incrementaba el ritmo de publicación para tener contentos a admiradores y patrocinadores, y los recompensaba por haber sido una fiel, entusiasta y lucrativa audiencia durante todo un año. A partir de Nochebuena, Arpía tenía que colgar una columna diaria. A veces estaba de suerte y recibía varias de golpe. Entonces las programaba de forma que aparecieran de manera automática, lo cual le permitía tomarse un pequeño respiro. Aprovechaba para hacer un par de recados, o ir a la peluquería o a dar un paseo, en lugar de esperar a que el Jefe le siguiera enviando material. El Jefe nunca pensaba en las molestias que eso pudiera causar a Arpía, y lo cierto era que tal vez se trataba de algo peor.

Arpía sospechaba que el Jefe lo tenía todo previsto, programado sin duda, de forma que las crónicas llegaran de una en una, a despecho de que tuviera escritas suficientes para varios días. De esto se deducían dos importantes rasgos de inteligencia.

En primer lugar, a diferencia de ella, el Jefe tenía su vida propia y amontonaba trabajo a fin de poder dedicarse a otras cosas, tal vez viajar o estar con los amigos y la familia, o simplemente descansar. Segundo, el Jefe sí pensaba en Arpía, estaba lo suficientemente involucrado en su relación como para recordarle de vez en cuando que ella era pequeña e insignificante, que estaba por completo controlada por quienquiera que fuese el anónimo famoso. Lo de Arpía era una no-existencia, no le asistía el derecho a disfrutar de un par de días libres cuando el trabajo estaba terminado y mejor que no pensara en ello siquiera. Debía estar pendiente del Jefe y de sus caprichos. El Jefe respondía (o no) a sus plegarias, normalmente con un dedo en el ratón y el cursor en «enviar».

Era una suerte, de hecho, que Arpía temiera estas fiestas como la peste, porque las consideraba nada más que un barco vacío que la llevaba de un año al siguiente, recordándole lo que no tenía y aquello que el futuro no le iba a deparar, y que la biología era cruel y le jugaba muy malas pasadas a la mente. Ella no recordaba que el proceso hubiera sido gradual, como la lógica le había hecho pensar siempre: que si una canita aquí, que si una arruguita allá...

Un día se miró en el espejo y no vio a la mujer de treinta años que ella era por dentro, ni reconoció el desastre que le devolvía la mirada. Últimamente, con las gafas puestas, descubría que estaba rodeada de piel fofa y arrugada. Manchas pigmentadas se habían instalado, como okupas, por todo su cuerpo, y pelos que no estaban donde les correspondía estar la fastidiaban con su presencia. No entendía para qué necesitaba ella tantas venitas como no fuera para alimentar de sangre a células empeñadas en morir porque sí.

Le vino bien que durante el sombrío trayecto entre Nochebuena y Año Nuevo no hubiera tenido un solo momento libre, y se encontraba a la espera de la nueva crónica (que él pudiese tener muchas otras preparadas era lo de menos). El crescendo culminaba por Nochevieja, cuando el Jefe solía enviar dos columnas a la vez. Naturalmente, eran siempre las más sensacionalistas.

Arpía había recibido la segunda un rato antes y se quedó tan sorprendida como perpleja. El Jefe nunca escribía dos crónicas seguidas con la misma persona como protagonista, especialmente en un caso de «doble envío» como el de hoy, y la segunda, al igual que la primera, versaba en exclusiva sobre la doctora Kay Scarpetta. No había duda de que iba a ser un éxito, porque tenía todos los requisitos para ello: sexo, violencia y la Iglesia católica.

Arpía anticipó un aluvión de comentarios por parte de los admiradores de la página, y posiblemente un nuevo y codiciado premio Pluma Envenenada, que iba a dejar a todo el mundo intrigado, como la vez anterior, cuando nadie acudiera a recibirlo. Pero no pudo por menos de inquietarse. ¿Qué tenía la respetada médico forense que había incitado de esta manera al Jefe?

Releyó atentamente la segunda crónica, asegurándose de no haber pasado por alto ningún error tipográfico u ortográfico. Optimizó el formato mientras se preguntaba de dónde demonios habría sacado el Jefe información tan personal, que ella acababa de marcar con el consabido INV en rojo. La Información Nunca Vista era siempre la más codiciada. Con raras excepciones, todos los chismes procedían de anécdotas, rumores e invenciones remitidas por fans, que Arpía se encargaba de pasar, tras un proceso de criba, a un archivo electrónico. Pero nada de lo que se decía aquí sobre la doctora Scarpetta figuraba entre lo que Arpía había cribado o seleccionado previamente.

¿De dónde había sacado el Jefe todo eso?

Aparentemente, y suponiendo que fuera verdad, la doctora Kay Scarpetta había nacido en el seno de una familia italiana pobre y analfabeta; la hermana se tiraba a chicos antes de la pubertad; la madre era tonta de capirote, y el padre era un obrero que no se enteraba de nada. La pequeña Kay echaba una mano en el modesto colmado familiar. Durante muchos años hizo el papel de médico mientras él se moría de cáncer en su habitación, lo cual explicaba su posterior adicción a la muerte. El cura se apiadó de ella y consiguió que le concedieran una beca en una escuela parroquial de Miami, donde ella destacó por ser una chismosa y una llorona, además de la empollona de la clase. Las otras chicas, con razón, la odiaban.

Llegado a este punto de la crónica, el Jefe pasaba al «modo anécdota», que era cuando escribir se le daba mejor.

... Esa tarde en concreto, Kay, nuestro pimpollo de Florida, se encuentra a solas en el laboratorio de química, metida en un trabajo para subir nota, cuando de repente aparece la hermana Polly. Viene como flotando por la sala vacía, con escapulario, toca y velo, y clava sus severos ojillos beatos en la pequeña Kay.

—¿Qué nos manda el Señor acerca del perdón, Kay? —inquiere la hermana Polly, las manos en sus virginales caderas.

—Que debemos perdonar a los demás como Él nos perdona.

—¿Y has acatado Su palabra? ¿Qué me dices?

—No, no la he acatado.

—Porque te chivaste.

—Estaba resolviendo un problema de mates, hermana, y tenía los lápices encima del pupitre, y Sarah me los partió por la mitad. Tuve que comprar otros, y ella sabe que mi familia es pobre...

—Y ahora te has ido de la lengua otra vez. —La hermana mete la mano en un bolsillo, diciendo—: Dios cree en la restitución. —Pone una moneda de veinticinco centavos en la mano de Kay y luego le propina una bofetada.

La hermana Polly le aconseja que rece por sus enemigos y los perdone. La amonesta severamente porque la pequeña Kay es una pecadora con lengua viperina, e insiste en recordarle que Dios no ve con buenos ojos a las chismosas ni a las chivatas.

Luego, en el baño que hay al fondo del pasillo, la hermana Polly cierra la puerta, se despoja de su ceñidor de cuero negro y ordena a la pequeña Kay que se quite el uniforme de cuadros escoceses y la blusa con cuello Peter Pan y todo lo que lleve debajo, y que se agache con los brazos en torno a las rodillas...

Una vez revisada la columna, Arpía tecleó su contraseña de administradora del sistema para entrar en la programación de la página web. Colgó el texto, aunque no sin recelo. ¿Había hecho algo últimamente la doctora Scarpetta como para instigar el odio de quienquiera que fuese el Jefe?

Miró por la ventana que tenía delante al venirle a la cabeza la imagen del coche de policía que llevaba horas aparcado frente al bloque de pisos que había al otro lado de la calle. Quizás era porque un agente se había mudado allí, aunque no le cuadraba que un policía normal pudiera permitirse el lujo de pagar los alquileres de Murray Hill. Entonces pensó que tal vez se trataba de una operación de vigilancia. Quizás había algún ladrón o maníaco suelto. Sus pensamientos volvieron a la clara intención del Jefe de estropearle el Año Nuevo a la doctora Scarpetta, de quien Arpía siempre había sido una admiradora.

La última vez que había visto a la médico forense en la tele había sido después de Navidad, a raíz del asesinato de Benazir Bhutto, y la doctora estaba explicando, con mucha diplomacia y delicadeza, los daños que podían causar la metralla, una bala o un traumatismo, según qué parte del cerebro o de la espina dorsal fuese la afectada. ¿Tendría algo que ver con la primera crónica del Jefe de esta mañana, y con la propina de ahora? Quizá la doctora Scarpetta había tocado la fibra de algún prejuicio radical. De ser así, ¿para qué clase de individuo trabajaba Arpía? ¿Era alguien que sentía odio hacia los paquistaníes, el islam, la democracia, los derechos humanos, o a que las mujeres ocuparan puestos de responsabilidad? También podía tratarse de una simple coincidencia y que una cosa no tuviera nada que ver con la otra.

Pero Arpía, en el fondo, no pensaba eso, y su intuición dio paso a una espantosa conjetura que hasta entonces no se había planteado. ¿Cómo sabía ella que no estaba trabajando para una organización terrorista que se valía de esta lucrativa crónica de sociedad vía Internet para difundir propaganda por vía subliminal, comunicarse con simpatizantes extremistas y, lo que era peor, financiar atentados terroristas?

Arpía lo ignoraba, pero, si estaba en lo cierto, sólo era cuestión de tiempo que alguien le hiciera una visita. Podían ser los de Seguridad Nacional, o un miembro de la secta terrorista que se escondía tras este empleo tan supersecreto como sospechoso, y del que ella no había mencionado ni una sola palabra a nadie.

Que Arpía supiese, las únicas personas que estaban al corriente de que trabajaba para *Gotham Gotcha* eran el agente con acento italiano que la había contratado por teléfono (a quien no conocía y cuyo nombre ignoraba) y el famoso anónimo que era quien escribía las crónicas y se las enviaba por correo electrónico para que Arpía las corrigiera y ajustara a formato. Después ella las colgaba, y el programa hacía el resto para que los textos apareciesen a las doce de la noche y un minuto. Si esto tenía que ver con terroristas, entonces la doctora Scarpetta era uno de sus objetivos. Querían destruirla personal y profesionalmente, su vida podía estar en peligro.

Arpía necesitaba prevenirla.

Pero ¿cómo iba a hacerlo sin reconocer que ella, Arpía, era la anónima administradora del sistema de esta página web anónima?

Imposible.

Meditó sobre ello sentada frente a su ordenador, mirando por la ventana el coche de policía y preguntándose si habría alguna manera de hacer llegar un mensaje a la doctora Scarpetta.

Justo mientras su mente estaba ocupada en estos paranoicos y desagradables pensamientos, unos golpes en la puerta la sobresaltaron. Quizás era el extraño joven del apartamento de enfrente. Como la mayor parte de la gente que tenía familia, se había marchado de vacaciones, pero quizás había vuelto y quería pedirle algo o hacerle alguna pregunta.

Atisbó por la mirilla y se llevó una sorpresa al ver una cara grande y de facciones duras, la cabeza medio calva y unas gafas con montura metálica muy pasadas de moda.

¡Cielo santo!

Corrió al teléfono y marcó el número de la policía.

Benton Wesley y Jaime Berger estaban sentados frente a frente en sendos bancos de color rosa en un rincón discreto del bar de Bellevue. De todos modos, no hacía falta reconocer a Berger para fijarse en ella.

Era cautivadoramente atractiva, de estatura media y delgada, con unos ojos de un intenso azul oscuro y lustrosa cabellera negra. Siempre bien vestida, hoy llevaba un blazer gris marengo de cachemir, una chaqueta de punto negra, una falda negra con corte en la parte de atrás y mocasines negros con pequeñas hebillas plateadas en los costados. Berger no era provocativa, pero no le daba miedo tener aspecto de mujer. Era bien sabido que cuando la atención de abogados, policías o violadores empezaba a desperdigarse por su paisaje anatómico, ella se inclinaba hacia ellos, se señalaba los ojos y decía: «Mire esto. Míreme aquí cuando le hable.»

A él le recordaba a Scarpetta. El mismo timbre de voz grave que exigía atención porque no la pedía, las facciones de corte similar, el estilo arquitectónico físico igualmente atractivo para él, líneas sencillas y curvas generosas. Benton tenía sus fetiches. No podía por menos de admitirlo. Pero, como le había señalado por teléfono hacía poco a la doctora Thomas, era fiel a Scarpetta y lo sería siempre. Incluso le era fiel mentalmente; cuando su imaginación derivaba hacia programas eróticos en los que no salía ella, cambiaba de canal. Benton nunca la engañaría. Jamás.

No siempre había sido tan virtuoso. Lo que la doctora Thomas había dicho era verdad. Había engañado a su primera mujer, Connie, y si tenía que ser honesto, la cosa había empezado a poco de estar juntos, cuando decidió que era perfectamente admisible y, más aún, saludable disfrutar de las mismas revistas y películas que otros hombres, sobre todo durante aquellos cuatro meses de retiro casi monacal en la academia del FBI, cuando por la noche no podía hacer gran cosa aparte de tomar unas cervezas en el salón y luego volver a su alojamiento y aliviar brevemente la tensión de llevar aquel tipo de vida.

Benton mantuvo esta clandestina pero saludable práctica sexual a lo largo de su matrimonio hasta que Scarpetta y él, después de trabajar juntos en tantos casos, acabaron en una habitación del Travel-Eze Motel. A la postre había perdido a su esposa y la mitad de una sustanciosa herencia, y sus tres hijas continuaban sin querer saber nada de él. Todavía ahora, algunos de sus antiguos colegas del FBI no le tenían el menor respeto o, cuando menos, recusaban su conducta. A él le daba igual.

Peor que esa indiferencia y que tener un vacío allí donde debería haber una chispa de remordimiento era el hecho de que lo volvería a hacer si se le presentara la oportunidad. Y de hecho, en su pensamiento lo hacía a menudo. Rebobinaba para reproducir una y otra vez la escena en el motel: él, sangrando de unos cortes que era preciso grapar; ella haciéndole la cura. Y apenas había terminado Scarpetta de vendarle las heridas, cuando él ya la estaba desnudando. Era mucho más que fantasía.

Lo que siempre le asombraba al rememorarlo era cómo había podido trabajar con ella durante casi cinco años sin sucumbir antes. Cuanto más revisaba el libro de su vida en las sesiones con la doctora Thomas, más le sorprendían ciertas cosas, y entre ellas la impermeabilidad de Kay. Ella realmente no se había enterado de lo que él sentía, estaba mucho más pendiente de sus propios sentimientos. En todo caso, así se lo había dicho ella cuando Benton le reconoció que, con raras excepciones, cada vez que ella lo veía con el maletín sobre el regazo, quería decir que estaba escondiendo una erección.

«¿La primera vez que nos vimos, también?»

«Es probable.»

«¿En la morgue?»

«Sí.»

«¿Revisando casos en aquella horrenda sala de conferencias, allá en Quantico, mirando informes, fotografías, en medio de aquellas rigurosas, inacabables y muy serias conversaciones?»

«Sobre todo entonces. Después, cuando te acompañaba hasta tu coche, tenía que aguantarme para no subir y...»

«Si lo llego a saber —le dijo Scarpetta una noche en que habían bebido mucho vino—, te habría seducido inmediatamente, en vez de perder cinco malditos años cantando en solitario...»

«¿Cantando en solitario? Entonces tú...»

«Hombre, que trabaje con muertos no quiere decir que yo también lo esté.»

—Por eso no pienso hacerlo, es el motivo principal —estaba diciéndole Jaime Berger—. Corrección política. Sensibilidad política. ¿Me estás escuchando o sólo lo haces ver?

—Te escucho. Si pongo cara de tonto es por falta de sueño.

—Quiero evitar en lo posible que se piense en prejuicios. Sobre todo ahora, que hay mucha más conciencia del enanismo y de los estereotipos que se le han asociado a lo largo de la historia. Por ejemplo, el *Post* de esta mañana trae un titular así de grande: «Enana asesinada.» Espantoso. Justo lo que no queremos. Me veo venir una reacción violenta, sobre todo si otras fuentes cogen el testigo y se arma un escándalo. —Le estaba mirando a los ojos. Hizo una pausa—. Por desgracia, yo no puedo controlar a la prensa, ni tú tampoco.

Lo dijo como si quisiera dar a entender algo más.

Benton se lo olía. Sabía perfectamente que Berger tenía algo más en su orden del día, aparte del caso de Terri Bridges. Había cometido un error táctico; debió sacar el tema de *Gotham Gotcha* en el momento oportuno.

—Los placeres del periodismo contemporáneo —dijo Berger—. Nunca sabemos qué es verdad y qué no.

Acusaría a Benton de mentirle por omisión. Pero técnicamente no era así, porque técnicamente Pete Marino no había cometido ningún delito. La doctora Thomas lo había expresado muy bien. Benton no estaba en casa de Scarpetta cuando eso sucedió y nunca conocería los matices y sutilezas de lo que Marino le había hecho aquella noche húmeda y calurosa en Charleston, el pasado mes de mayo. La conducta de un Pete Marino borracho y grosero había quedado sin constancia escrita y, casi, tampoco hablada. Haber hecho la menor alusión a ello habría significado para Benton traicionar a Scarpetta —bueno, y a Marino también—, y de hecho vendría a ser un testimonio de oídas que, en cualesquiera otras circunstancias, Berger jamás iba a tolerar.

—Por desgracia —dijo Benton—, lo mismo está ocurriendo aquí. Los otros pacientes se meten con Oscar.

—Vodevil, ferias ambulantes, el Mago de Oz —añadió Berger.

Cogió su taza de café, y Benton se percató una vez más de que sus manos no lucían el anillo de diamante de muchos quilates ni la alianza a juego. A punto había estado de preguntarle al respecto el verano anterior, después de no verla durante varios años, pero se contuvo al comprobar que ella nunca mencionaba a su multimillonario marido ni a sus hijastros. Berger jamás hacía el menor comentario sobre su vida privada. Ni siquiera los polis metían baza.

Tal vez no había nada que comentar. Tal vez su matrimonio estaba incólume. Tal vez había desarrollado una alergia a los metales, o tenía miedo de que le robaran los anillos. Pero en este último caso, debería pensárselo antes de lucir el reloj Blancpain que llevaba en la muñeca. Benton suponía que era una edición limitada y que debía de costar alrededor de cien mil dólares.

—Perfiles negativos en los medios de comunicación, en la industria del espectáculo —continuó Berger—. Bobos, necios. La película *Amenaza en la sombra*. Enanos de cuento, enanos en la corte imperial. Y, muy a propósito, el omnipresente enano que todo lo ve, desde el triunfo de Julio César hasta el hallazgo de Moisés entre los juncos. Oscar Bane fue testigo de algo, y al mismo tiempo acusa a otros de ser testigos de todo. Eso de que le acechan, de que le espían, de que está sometido a una especie de acoso electrónico y de que la CIA podría estar implicada y que lo están torturando con armas electrónicas y antipersona como parte de un experimento o una persecución.

—A mí no me dio tantos detalles —replicó Benton.

—Es lo que dijo cuando se presentó en mi oficina hace un

mes para dar parte, ya volveré a eso después. ¿Qué valoración haces de su estado mental?

—Los resultados son altamente contradictorios. El MMPI-DOS indica rasgos de introversión social. Durante el Rorschach tuvo percepciones de casas, flores, lagos, montañas, pero no de personas. Una pauta similar con el TAT. Un bosque con ojos y caras en las frondas, indicativo de alguien desconectado de sus semejantes, alguien tremendamente ansioso, paranoico. Soledad, frustración, miedo. Los dibujos del test proyectivo eran maduros, pero no había una sola figura humana, sólo rostros con ojos vacíos. Paranoia, una vez más. Sensación de ser observado, vigilado. Sin embargo, nada indica que su paranoia venga de antiguo. Ahí está la contradicción; ahí está lo desconcertante. Es un paranoico, pero no creo que esto venga de lejos —repitió Benton.

—Tiene miedo de algo, ahora mismo, algo que para él es real.

—En mi opinión, sí. Está asustado y deprimido.

—Paranoia —dijo Berger—. Y según tu experiencia y el tiempo que le has dedicado, no crees que sea algo inherente a él. No se remonta a su infancia. Quiero decir, no es un paranoico porque haya nacido enano... Quizá los demás se mofaban de él, lo trataban mal, y Oscar se sintió discriminado.

—A primera vista, no parece que tuviera esas experiencias tempranas, salvo con la policía. Me dijo repetidas veces que odia a la policía. Y a ti también.

—Sin embargo, ha cooperado con la policía. Exageradamente, diría yo. Me temo que su excesiva cooperación no va a resultar demasiado útil —dijo ella como si no hubiera oído eso de que Oscar la odiaba.

—Supongo que podrás sacarle algo —añadió Benton.

O, en otras palabras, si la víctima fuese una ventana rota, Berger conseguiría hacer confesar a la piedra.

—Me fascina que coopere con un grupo de personas en las que de hecho no confía —dijo ella—. Sin embargo, es como si nos diera carta blanca. Muestras biológicas y una declaración, siempre y cuando la interlocutora sea Kay. La ropa, el coche, el apartamento, a condición de que Kay esté allí. ¿Por qué?

—Tendrá que ver con sus miedos, quizá —dijo Benton—. Yo me aventuraría a afirmar que está empeñado en demostrar que no existe ninguna prueba que lo relacione con el asesinato de Terri Bridges. Concretamente, demostrárselo a Kay.

—Es a mí a quien debería interesarle demostrarlo.

—No confía en ti. De Kay sí se fía. De una manera irracional, y eso es lo que me preocupa. Pero, volviendo a su insistencia, Oscar quiere demostrarle que es un buen chico. Mientras ella le crea, se siente a salvo. Físicamente y en la imagen que tiene de sí mismo. Lo que necesita ahora es que ella dé su validación. Sin Kay, él casi no sabe ni quién es.

—Ya, pero nosotros sí sabemos quién es y lo que probablemente hizo.

—Debes comprender —dijo Benton— que este temor al control de la mente es muy real para millares de personas que se sienten víctimas de armas mentales. Que el gobierno los espía, los reprograma, que controla sus pensamientos, su vida entera, por mediación de películas, juegos de ordenador, sustancias químicas, microondas, implantes. Y en los últimos años esos temores han aumentado de manera espectacular. No hace mucho, paseando por Central Park, me encontré a un tipo que estaba hablando a las ardillas. Me lo quedé mirando un rato, y entonces él se volvió y me dijo que era víctima de esto que estamos hablando ahora. Ir a ver a las ardillas es su manera de soportar la tensión, y si consigue que coman cacahuetes de su mano, quiere decir que todavía está cuerdo; no va a permitir que esos cabrones se salgan con la suya.

—Sí, así es Nueva York. Y las palomas llevan buscadores.

—Y a los pájaros carpinteros les lavan el cerebro con ondas gravitacionales Tesla —dijo Benton.

Berger frunció el entrecejo.

—¿Por aquí hay pájaros carpinteros?

—Pregúntale a Lucy sobre los avances tecnológicos, sobre ciertos experimentos que parecen salidos de las pesadillas de un esquizofrénico. Sólo que todo esto es real. No dudo de que Oscar lo cree así.

—Creo que eso no lo pone en duda nadie. Pero todo el mundo piensa que está chiflado. Que su chifladura podría haberlo empujado a asesinar a su novia. Mencioné sus extraños artilugios: un escudo de plástico pegado con cola a la parte posterior de su móvil; otro escudo de plástico en el bolsillo de atrás de sus vaqueros; una antena exterior en su lujoso todoterreno que parece no responder a ningún fin específico. El agente Morales (todavía no lo conoces) dice que son artefactos antirradiactivos. Si no recuerdo mal, creo que dijo un medidor TriField. ¿Puede ser?

—Sí, sirve para tomar muestras de campos magnéticos en ondas ELF y VLF. En otras palabras, un detector. Una herramienta electromagnética de medición —dijo Benton—. Te sitúas en medio de una habitación con el medidor y puedes ver si te están vigilando electrónicamente.

—¿Y funciona?

—Los cazafantasmas lo usan mucho —respondió Benton.

6

El inspector P. R. Marino rechazó por tercera vez un té, un café, un refresco, un vaso de agua. Ella insistió.

—En alguna parte son las cinco —dijo ella, repitiendo como un loro la vieja ocurrencia de su marido—. ¿Qué tal un traguito de bourbon?

—No se moleste —dijo Marino.

—¿Seguro? No hay ningún problema. Hasta yo puede que pruebe un poquito.

Volvió a la sala de estar.

—No, gracias.

Ella se sentó otra vez y de «poquito» nada. Se había servido generosamente. Los cubitos repiquetearon cuando dejó la copa sobre un posavasos.

—Normalmente no soy así —dijo desde el sofá de pana—. No soy una alcohólica.

—Y yo no me dedico a juzgar a la gente —dijo el inspector Marino, la mirada fija en el bourbon como si se tratara de una mujer atractiva.

—A veces una necesita algo para los nervios —dijo ella—. Mentiría si fingiera que no me ha asustado usted un poco.

Todavía temblaba después de sus buenos diez minutos dale que te pego sobre si él era en verdad de la policía. Eso de enseñar una placa frente a la mirilla era un truco que había visto en muchas películas, y si la persona que había contestado en el 911 no le hubiera dicho que estuviera tranquila, que el hombre que llamaba a su puerta era legal, y hubiera continuado al teléfono, sin colgar, mientras ella abría la puerta, ahora él no estaría sentado en su sala de estar.

El inspector Marino era un hombre corpulento, con la piel cuarteada y un cutis levemente rojizo que a ella le hizo pensar si no tendría la tensión alta. Casi calvo del todo, con unos tristes mechones de pelo gris en forma de cuarto creciente sobre la calva, tenía aspecto y modales de ser alguien que todo lo hacía a lo bruto, que no escuchaba a nadie, y con el que no podías andarte con jueguecitos. Estaba segura de que era capaz de agarrar a dos hampones por el cogote, uno con cada mano, y mandarlos a la otra punta de la habitación como si fueran sacos de heno. Sospechaba que de joven debía de haber tenido muy buen tipo. Sospechaba también que ahora estaba soltero, o que más le valía estarlo, porque si tenía pareja y ella le dejaba salir de casa con esa pinta, entonces era que le daba igual o que era una mujer de cuna más que dudosa.

De buena gana le habría dado un par de consejos sobre su forma de vestir. Cuando un hombre tenía los huesos grandes, la regla era que un traje barato y mal cortado —sobre todo si era negro—, una camisa blanca de algodón, sin corbata, y zapatos negros de piel con suela de goma y cordones, le daban un aire tipo Herman Munster. Pero no iba a decirle nada al respecto por temor a que pudiera reaccionar como reaccionaba su marido, de modo que procuró no fijarse demasiado en el policía.

Siguió, en cambio, haciendo nerviosos comentarios entre traguito y traguito, y preguntándole de nuevo si no le apetecía tomar nada. Cuanto más hablaba y más traguitos daba, menos decía él, allí sentado en el sillón reclinable preferido de su esposo.

El inspector Marino no le había comunicado aún el motivo de su visita.

—Bueno —dijo ella por fin—, no hablemos más de mí. Seguro que está usted muy ocupado. ¿Qué clase de inspector ha dicho que era? Imagino que investigará robos y tal. En esta época del año se dan muchos. Si yo pudiera elegir, viviría en un edificio con portero y tal. Lo que ha pasado en la acera de enfrente, supongo que es por eso que ha venido.

—Le agradeceré que me cuente todo lo que sepa —dijo el inspector, y su enorme corpachón ocupando el sillón reclinable pareció encoger la imagen que ella tenía de su marido sentado allí—. ¿Se ha enterado por el *Post*, o algún vecino le ha dicho algo?

—Ni una cosa ni otra.

—Me interesa porque las noticias apenas si se han hecho eco del suceso. Tenemos buenos motivos para no dar a conocer los detalles. Cuanto menos se sepa de momento, mejor. Ya comprenderá usted por qué, ¿no? Así que esta pequeña charla entre usted y yo es, digamos, confidencial. Nadie debe enterarse. Investigo para la Oficina del Fiscal del Distrito. Eso quiere decir juicios y demás. Sé que usted no va a querer hacer nada que pueda estropear un caso abierto. ¿Le suena Jaime Berger?

—Sí, desde luego —respondió Arpía, lamentando haber dado a entender que sabía algo y preguntándose en qué clase de lío se estaba metiendo—. Hace muy bien en abogar por los derechos de los animales.

Él se la quedó mirando. Ella se lo quedó mirando a él hasta que no pudo aguantar más.

—¿He dicho algo malo? —preguntó, alcanzando de nuevo el vaso.

Las gafas del inspector titilaron al mover él la cabeza, como una linterna en busca de algo oculto o perdido. Su atención pareció crecer al detectar la extensa colección de perros de porcelana y de cristal, así como con las fotos de ella en compañía de su marido y los diversos perros que habían tenido a lo largo de los años. Ella adoraba los perros. Los quería mucho más que a sus hijos.

Entonces el inspector bajó la vista a la alfombra de color azul y canela bajo la vieja mesita de cerezo y preguntó:

—¿Tiene perro?

Se había fijado sin duda en los pelitos blancos y negros incrustados en la alfombra, y no por culpa de ella. No había conseguido quitarlos con el aspirador, y no le apetecía ponerse a gatas y arrancarlos uno por uno mientras seguía llorando la prematura muerte de *Ivy*.

—No crea que soy una mala ama de casa —dijo—. Los pelos no sé cómo se lo hacen, pero se meten en las cosas y luego cuesta mucho quitarlos. Lo mismo pasa con los perros, pobrecitos: se te meten en el corazón. No sé qué tendrán, pero seguro que Dios tuvo algo que ver, y el que diga que los perros son animales y nada más es que no tiene alma. Los perros son ángeles caídos, mientras que los gatos no viven en este mundo, sólo están de paso. Si vas descalzo, los pelos de perro se te pueden clavar en la piel como si fueran astillas. Yo siempre he tenido perro. Ahora mismo no. ¿Participa usted en la cruzada de la señora Berger contra el maltrato a los animales? Ay, creo que me está afectando el bourbon.

—Cuando dice animales, ¿a cuáles se refiere? —preguntó él, y quizá fue por rebajar la tensión, pero ella no estuvo segura—. ¿A los de cuatro patas o a los de dos?

Arpía decidió que era mejor tomárselo en serio y dijo:

—Estoy convencida de que tendrá usted mucho trato con animales de dos patas, pero a mi modo de ver ésa es una manera tremendamente inexacta de llamarlos. Los animales no son fríos ni crueles. Sólo desean ser amados, a menos que tengan la rabia o les pase alguna otra cosa o se trate de la cadena alimenticia. Pero aun así, ellos no roban ni asesinan a personas inocentes. No atracan pisos mientras los inquilinos están de vacaciones. Me imagino lo que debe de ser volver a casa y encontrarse con una sorpresa así. La mayoría de estos bloques del vecindario deben de ser facilísimos de robar. No hay porteros, no hay guardias de seguridad, muy pocos tienen alarma antirrobo. Yo, desde luego, no tengo, como sin duda habrá observado usted. Su trabajo consiste en pillarlo todo, y a juzgar por su aspecto, hace tiempo que se dedica a esta profesión. Hablo del género cuatro patas.

—¿El género cuatro patas? —El inspector Marino estaba casi a punto de sonreír, como si ella le resultara divertida.

Debían de ser imaginaciones suyas. O el bourbon.

—Disculpe mi incongruencia —dijo ella—. He leído artículos sobre Jaime Berger. Una mujer de tomo y lomo. En mi opinión, todo aquel que defienda a los animales es persona decente. Sé que Berger ha cerrado varias tiendas de mascotas donde vendían animales enfermos y genéticamente en peligro, y puede que usted haya echado una manita. De ser así, se lo agradezco mucho. Una vez compré un perrito en una tienda de ésas.

El inspector escuchaba sin dar muestras de nada. Y cuanto más escuchaba él, más hablaba ella y más viajes hacía su mano hacia el bourbon, normalmente tres intentos hasta asir el vaso y llevárselo a la boca. Arpía había pasado de pensar que la encontraba interesante a creer que sospechaba de ella. Y todo eso en sólo uno o dos minutos.

—Un boston terrier llamado *Ivy* —dijo ella, estrujando un pañuelo de papel.

—Preguntaba lo del perro —replicó Marino— porque estaba pensando si sale usted mucho. Quiero decir para sacar a un perro de paseo, por ejemplo. Quizás es usted una persona muy observadora y sabe lo que pasa en su barrio. La gente que saca el perro a pasear suele fijarse en lo que ocurre a su alrededor, más aún que la gente que pasea niños en cochecito. No es una cosa muy sabida. —Sus gafas sobre ella otra vez—. ¿Se ha fijado en la cantidad de personas que cruzan la calle con el cochecito por delante? ¿A quién atropellarán primero? En cambio, los que llevan perro son más cuidadosos.

—Y que lo diga. —Arpía se alegró mucho de no ser la única que había notado esa misma imbecilidad en la gente que llevaba delante el cochecito de niño al cruzar las endemoniadas calles de la ciudad—. Pero no, ahora mismo no tengo perro.

Otro largo silencio. Esta vez fue él quien lo rompió.

—¿Qué le pasó a *Ivy*?

—Verá, no fui yo quien la compró en esa tienda de mascotas de la esquina. Puppingham Palace, se llama. «Donde tratamos a su mascota a cuerpo de rey.» Mejor sería decir «Donde los veterinarios viven como reyes», creo yo, porque la mayoría de veterinarios de la zona saca casi todos sus dinerillos de ese infame local. A la mujer que vive enfrente le regalaron a *Ivy*, y como no podía quedársela me la dio a mí. *Ivy* murió de parvovirosis a los pocos días. No hace mucho de eso, fue hacia el día de Acción de Gracias.

—¿A qué mujer se refiere?

Arpía tuvo un sobresalto.

—No me diga que es a Terri a quien le han entrado a robar. Nunca lo hubiera pensado, porque ella es la única que está siempre en casa, con las luces encendidas, y no se me habría ocurrido que alguien pudiera entrar en un apartamento estando el inquilino dentro.

Alcanzó el vaso una vez más, lo sostuvo con ambas manos.

—Claro que igual salió anoche, como la mayoría de la gente por Nochevieja —dijo.

Tomó un trago, algo más que un trago.

—No puedo saberlo —siguió diciendo—, porque siempre me quedo en casa y me voy a la cama temprano. No espero a ver las campanadas. Es algo que no me interesa en absoluto. Para mí todos los días son iguales.

—¿A qué hora se acostó anoche? —preguntó el inspector Marino.

Ella estaba segura de que lo preguntaba como si pensara que ella estaba dando a entender que no había visto nada y no la creyera.

—Oh, ya veo adónde quiere ir a parar —dijo—. No se trata de si me acosté a tal o cual hora. Lo que quería decir es que no estaba sentada al ordenador.

Lo tenía justo delante de la ventana que le permitía una vista perfecta del apartamento de Terri, en la primera planta del bloque de enfrente. Él miró hacia allá.

—Bueno, no lo digo porque me pase el rato mirando por la ventana, a la calle —continuó—. Cené en la cocina a eso de las seis, como cada día. Sobras de un guiso de atún. Después me fui a mi habitación y leí un rato; las cortinas siempre están echadas.

—¿Qué está leyendo ahora?

—Ya veo, quiere ponerme a prueba, por si me invento cosas. Pues, *Chesil Beach*, de Ian McEwan. Es la tercera vez que leo esa novela. Y siempre confío en que al final se encuentren el uno al otro. ¿Lo ha hecho alguna vez?, ¿volver a leer un libro, o ver una película, pensando que el final será como uno desearía?

—A menos que sea un *reality show*, todo termina tal como termina. Es un poco como los crímenes y las tragedias. Pasan los siglos, y sigue habiendo atracos, accidentes automovilísticos y, lo peor de todo, asesinatos.

Arpía se levantó del sofá.

—La última. ¿Seguro que no quiere? —Todo esto, yendo hacia su minúscula cocina, que no había sido reformada desde hacía cuatro décadas.

—Para que lo sepa —la voz de él la siguió—, anoche no había nadie más en casa, ni en este edificio ni en el de enfrente. Todos los inquilinos, salvo usted, se marcharon de vacaciones antes de Navidad.

Había investigado antecedentes. Lo sabía todo de todo el mundo, ella incluida, pensó Arpía, llenando el vaso de Maker's Mark, al cuerno los cubitos. Bueno, ¿y qué? Su marido era contable, un hombre respetado, y ninguno de los dos se había metido nunca en líos ni relacionado con personas desagradables. Dejando aparte su secreta vida profesional, de la que ni siquiera un inspector de policía podía haberse enterado, ella no tenía nada que ocultar.

—Es muy importante que haga memoria —dijo el inspector cuando ella volvió a la sala de estar—. ¿Vio u oyó algo durante el día de ayer que pudiera ser de interés? ¿Alguien que levantara sus sospechas? Bueno, o que le hiciera sentir esa cosa especial, ya me entiende, una sensación aquí.

Se señaló la tripa, que ella imaginó debió de ser formidable en tiempos. Lo pensó por la piel que le colgaba bajo el mentón. Hace años debía de ser mucho más grueso.

—No —dijo—. Esta calle es muy tranquila. Hay determinado tipo de gente que no merodea por este barrio. Ahora bien, tenemos al joven que vive en el otro apartamento de esta planta. Es médico y trabaja en Bellevue. Fuma hierba y de alguna parte debe de sacarla, pero ni por un momento se me ha ocurrido pensar que la compre en esta zona. Seguramente en las cercanías del hospital, que no es un barrio muy agradable, que digamos. La mujer que vive justo debajo de mi apartamento, que, naturalmente, da a la calle como el mío...

—Ninguno de ellos estuvo aquí anoche.

—Es un poco antipática, y le iba a decir que tiene un novio

con el que riñe cada dos por tres. Pero hace más de un año que viene por aquí, así que dudo de que sea un criminal.

—¿Y qué me dice de operarios, personal de mantenimiento, etcétera?

—De vez en cuando los de la compañía del cable. —Miró hacia la ventana—. En el tejado hay una antena parabólica, desde aquí se ve bastante bien, y alguna vez sí que he visto a alguien reparándola o lo que sea que hiciera.

Él se levantó y miró por la ventana hacia el tejado plano del edificio al pie del cual estaba aparcado el coche de policía. La chaqueta le quedaba muy ceñida por detrás a la altura de los hombros, y ni siquiera la llevaba abrochada.

Sin volverse, dijo:

—Veo una vieja escalera de incendios. ¿Será por ahí que suben los operarios? ¿Alguna vez ha visto a alguien trepar por esa escalera? Menuda broma, montar una parabólica ahí arriba. A mí, ni que me pagaran todo el oro del mundo subiría por esa escalera.

Miró hacia la oscuridad exterior. En esa época del año, a las cuatro ya se hacía de noche.

—No sé —dijo Arpía—. Que yo recuerde, no he visto subir a nadie. Imagino que habrá otra manera de acceder al tejado. ¿Cree usted que el ladrón se coló por el tejado? Vaya, eso sí que me preocuparía.

Miró hacia el enyesado del techo, preguntándose qué habría al otro lado.

—Yo estoy en el segundo piso, así que no creo que pudiera afectarme la presencia de un intruso. Seguro que las puertas de acceso están cerradas con llave.

Arpía empezaba a ponerse muy nerviosa.

—Este edificio también tiene una vieja salida de incendios, ¿sabe usted? —dijo.

—Hábleme de la señora que le dio el perrito.

Se sentó pesadamente y la butaca crujió como si fuera a partirse en dos.

—Sólo sé que se llama Terri. Es fácil describirla, ¿sabe?, porque resulta que es lo que ahora llaman una persona pequeña.

Nunca me ha gustado emplear la palabra «enano». Pasan muchos programas sobre la gente pequeña, y yo los miro con gran interés puesto que vivo enfrente de una persona pequeña. Y su novio también es una persona pequeña. Rubio, muy guapo, de buena constitución. Eso sí, extremadamente bajo. Un día regresaba yo del supermercado y le vi de cerca cuando se apeaba de un todoterreno. Lo saludé y él me devolvió el saludo. Llevaba en la mano una rosa amarilla de tallo largo, una sola. Eso lo recuerdo muy bien, ¿sabe usted por qué?

La cara y las gafas del inspector estaban a la espera.

—El amarillo sugiere intensidad. No la típica rosa roja de toda la vida. Me gustó el detalle. Y era casi el mismo amarillo de su pelo. Como si quisiera expresar que no sólo era su novio, sino sobre todo su amigo. A mí nunca me han regalado una rosa amarilla, ni una sola vez. Me habría gustado recibir rosas amarillas por san Valentín. Mucho más que rojas. Y no digamos ya las de color rosa, que parecen flores anémicas. El amarillo es potente. Ver una rosa amarilla me colma el corazón de luz.

—¿Cuándo fue eso, exactamente?

Arpía se esforzó por recordar.

—Yo había comprado media libra de pechuga de pavo. ¿Quiere que vaya a buscar el recibo? Las viejas costumbres, ya se sabe. Mi marido era contable.

—A ver, inténtelo.

—Por supuesto. Él viene a verla los sábados, de eso estoy segura. Así que debió de ser el sábado de la semana pasada, a media tarde. Aunque, si lo pienso bien, creo que lo he visto a otras horas por el vecindario.

—¿En coche, quiere decir? ¿Andando? ¿Él solo?

—Solo. Lo he visto pasar en coche, sí, un par de veces durante el mes pasado. Salgo al menos una vez al día para hacer un poco de ejercicio, ya sabe, y aprovecho para hacer recados. A no ser que el tiempo lo impida, tengo que salir. ¿Está seguro de que no quiere tomar nada?

Ambos miraron al mismo tiempo el vaso de bourbon.

—¿Recuerda la última vez que lo vio por esta zona? —preguntó él.

—Navidad cayó en martes. Sí, creo que debí de verle ese día. Y otra vez unos días antes. Ahora que lo pienso, en el último mes lo habré visto tres o cuatro veces, pasando con el coche. Quiero decir que seguramente lo habrá hecho en más ocasiones, cuando yo no lo veía. Espere, es que no me expreso bien. Lo que quiero decir es...

—¿Se fijó en si él miraba hacia ese edificio de enfrente? ¿Conducía despacio? ¿Aparcó en algún momento? Sí, descuide, ya la he entendido. Si usted lo vio una vez, puede que haya pasado por aquí una veintena de veces sin que usted se apercibiera.

—Conducía despacio, sí. —Tomó un sorbito—. Y lo ha expresado usted a la perfección.

Este inspector era mucho más inteligente de lo que aparentaba, por aspecto y por manera de hablar. No le gustaría tener problemas con él. Era de los que cazaba a la gente sin darles tiempo a tener el menor presentimiento, y eso le hizo pensar. ¿Y si resultaba que estaba investigando a una banda terrorista, o algo así, y por eso estaba ahora aquí?

—¿A qué hora del día? —preguntó él.

—No siempre la misma.

—Usted ha pasado aquí las fiestas. ¿Y su familia?

Por la manera de decirlo, ella sospechó que él ya sabía que tenía dos hijas que vivían en el Medio Oeste, ambas siempre muy ocupadas y ambas bastante falsas cuando eran atentas.

—Mis dos hijas prefieren que vaya yo a verlas —dijo— y a mí no me gusta viajar, menos aún en esta época del año. Ellas no quieren gastar dinero viniendo a Nueva York, y menos en estas fiestas. Nunca pensé que viviría para ver que el dólar canadiense vale más que el nuestro. Hacíamos broma a costa de los canadienses, pero sospecho que ahora son ellos los que se ríen de nosotros. Creo haberle dicho que mi marido era contable. Me alegro de que ya no lo sea: eso del dólar le partiría el corazón.

—Dice usted que no ve nunca a sus hijas.

Él todavía no había hecho el menor comentario acerca de su marido ninguna de las veces que salía a colación. Pero estaba segura de que el inspector Marino estaba al corriente. Era cosa de dominio público.

—Digo que no viajo nunca —respondió—. Las veo de vez en cuando. Cada equis años vienen a pasar unos días. En verano. Pero se hospedan en el Shelburne.

—Ese que está cerca del Empire State, ¿no?

—Sí, un hotel bonito de aspecto europeo, en la calle Treinta y siete. Se puede ir andando desde aquí. Nunca me he hospedado en ese hotel.

—¿Por qué no viaja usted?

—No viajo, y ya está.

—Ni falta que hace. Hoy en día sale carísimo, y los vuelos se retrasan o son cancelados. Y eso cuando no te quedas atrapado en una de las pistas y el inodoro empieza a desbordarse. ¿Le ocurrió alguna vez? Porque a mí sí me pasó.

Ella había destrozado por completo el pañuelo de papel y se sintió como una tonta al pensar en el Shelburne imaginando momentos de su vida en los que habría sido estupendo pasar allí unos días. Ahora era imposible. No podía alejarse de su trabajo. Además, ¿para qué?

—No viajo, simplemente.

—Eso ha dicho antes.

—Prefiero quedarme donde estoy. Y usted está empezando a hacerme sentir incómoda, como si me estuviera acusando de algo. Se hace el simpático para que le cuente cosas, como si yo tuviera alguna información. Pues no. No tengo ninguna información. Y no debería hablar con usted cuando estoy bebiendo.

—Si yo la acusara de algo, ¿de qué podría ser? —dijo el inspector con aquel rudo acento de Nueva Jersey, sus gafas mirándola ahora a la cara.

—Pregúnteselo a mi marido —replicó ella, dirigiendo la vista hacia el sillón reclinable, como si el marido estuviera todavía allí—. Él le miraría de hito en hito y con toda la seriedad del mundo querría saber si dar la lata es un delito. En tal caso, él le diría que me encerrara usted en una mazmorra y tirara la llave.

—Bueno, mire. —La silla crujió al inclinarse él un poco hacia delante—. A mí no me parece usted de las que dan la lata, sino una persona agradable que no debería pasar las vacaciones sola. Una mujer despierta a quien no se le escapa ningún truquito.

Sin saber por qué, Arpía sintió ganas de llorar, y entonces se acordó del hombrecillo rubio y su solitaria rosa amarilla. Pero pensar en eso la hizo sentir todavía peor.

—No sé cómo se llama —dijo—. Me refiero al novio. Pero tiene que estar loco por Terri. Fue él quien le regaló el cachorro que a su vez ella me dio a mí. Parece ser que no se lo esperaba, y como no podía tener un perro y en la tienda se negaron a quedárselo otra vez, me lo dio a mí. Bien pensado, fue bastante raro. Alguien con quien te cruzas de vez en cuando por la calle, y que de golpe y porrazo se presente un día con una cesta cubierta por un paño, como quien lleva algo que acaba de cocinar, aunque eso tampoco habría tenido ningún sentido porque, como ya digo, yo no la conocía y esa persona nunca había tratado de entablar amistad ni nada conmigo. Me dijo que necesitaba encontrar casa a un cachorrito, y que si no me importaría quedármelo. Sabía que yo vivía sola y que no trabajaba fuera de casa, dijo, y no se le ocurría a quién más acudir.

—¿Cuánto hace de esto?

—Cosa de un mes. Yo le expliqué que el perrito había muerto. Esto fue una semana más tarde, creo, un día que me tropecé con ella por la calle. Le supo muy mal y me pidió disculpas, incluso insistió en comprarme otro cachorro pero siempre y cuando lo eligiera yo. Dijo que me daría el dinero, cosa que a mí me pareció un detalle muy frío. Ya veo que su cerebro está trabajando a marchas forzadas, se pregunta si alguna vez he estado en su apartamento. Pues no, nunca. Ni siquiera he entrado nunca en ese edificio, así que no puedo tener la más mínima idea de qué podría querer robarle un ladrón. Como joyas o cosas así. No recuerdo haberla visto llevando joyas caras. Qué digo, ni siquiera recuerdo que llevara joyas de ninguna clase. Le pregunté que para qué iba yo a querer otro perro, con garantía o sin ella, viniendo de la misma tienda donde su novio había comprado a *Ivy*, y ella dijo que no había ninguna garantía y que no tenía intención de comprar nada en esa tienda de mascotas, pero que yo no debía sacar conclusiones apresuradas. No todas las tiendas eran tan horribles como ese Puppingham Palace. Por ejemplo, me dijo que la cadena Tell-Tail Hearts estaba la mar de bien y que ella no tendría inconveniente en darme el dinero si yo quisiera comprar algo en una de esas tiendas, ya fuera en Nueva York o en Nueva Jersey. He leído comentarios positivos sobre esa cadena, la Tell-Tail Hearts, e incluso había pensado seriamente en probar de nuevo. La verdad, quizá debería hacerlo, a la vista de lo que ha pasado. Cualquier cosa que ladre o gruña: si tienes perro, no te entran ladrones.

—Salvo si lo saca de paseo —dijo el inspector Marino—. Por ejemplo, de noche. En tales circunstancias estaría expuesta a que la atracaran, o a que alguien se cuele en el edificio y se meta en su apartamento.

—No soy una ingenua, por lo que a seguridad se refiere —dijo Arpía—. Si el perro es pequeño, no hace falta sacarlo a la calle. Hay pipicanes caseros. Hace muchos años tuve un yorkshire y le enseñé a que hiciera sus necesidades en una cosa de ésas. El perrito me cabía en la mano, pero hay que ver cómo ladraba. Iba directo a los tobillos. En el ascensor tenía que cogerlo en brazos, o cuando venía alguien a casa. Hasta que se acostumbraba a ellos. Naturalmente, a *Ivy* no la saqué nunca. Tan pequeña y con tan mala salud, no le convenía andar por estas aceras asquerosas. Estoy segura de que ya tenía parvovirosis cuando el novio la compró en ese odioso Puppingham Palace.

—¿Y por qué da por hecho que fue el novio quien compró el cachorro?

—¡Santo Dios! —exclamó Arpía.

Sostuvo el vaso con ambas manos y consideró lo que él parecía dar a entender.

—Estoy sacando conclusiones —dijo—. Sí, tiene toda la razón.

—Ya ve usted. Es lo que les digo siempre a los testigos con los que hablo.

—¿Testigos?

—Usted la conocía. Y vive justo al otro lado de la calle.

¿De qué era ella testigo?, se preguntó mientras destrozaba

otro pañuelo de papel y miraba al techo, confiando en que más allá no hubiera ninguna puerta de acceso.

—Haga como que está escribiendo el guión de una película —dijo él—. ¿Tiene papel y lápiz? Terri regalándole a usted el cachorro. Escriba esa escena. Yo me quedo aquí sentado mientras redacta, y después me lee lo que ha escrito. ¿De acuerdo?

7

Después del 11-S, el consistorio decidió construir la Oficina del Médico Forense, un edificio de quince plantas que tenía el aspecto de un rascacielos de oficinas de cristal azul.

La tecnología —incluyendo análisis STR y SNP y genotipado en muestras subóptimas— era tan avanzada, que los científicos podían analizar algo tan pequeño como diecisiete células humanas. No había lista de espera. Si Berger necesitaba unas pruebas de ADN por un caso de alta prioridad, en teoría podía obtener los resultados en cuestión de horas.

—No hay manos en la masa —dijo Berger.

Le pasó a Benton una copia del informe mientras la camarera les servía más café.

—Pero harina sí, toda la que quieras —continuó—. Por ejemplo, las muestras vaginales de Terri Bridges son lo más confuso que he visto en muchos años. Ni pizca de fluido seminal, ADN de múltiples donantes. Lo he hablado con la doctora Lester, pero no me ha servido de mucho. Estoy impaciente por saber qué saca en claro Kay de todo esto.

—¿Han cotejado todos los perfiles en el CODIS?* —preguntó Benton.

—Hay una sola coincidencia. Para colmo, es una mujer.

—¿Motivo de que sus datos estén ahí? —Benton echó un

* Siglas de Combined DNA Index System, una especie de base de datos relativos al ADN. *(N. del T.)*

vistazo al informe. No sacó gran cosa: sólo que la doctora Lester había presentado muestras, y luego los resultados objeto del comentario de Berger.

—Homicidio involuntario en 2002 —dijo ella—. Se quedó dormida al volante y atropelló a un chico que iba en bici, declarada culpable, sentencia suspendida. Aquí no habríamos sido tan clementes, por muy mayor que sea ella y aunque en el momento del accidente estuviera más que sobria. Eso ocurrió en Palm Beach, Florida, pero se da la circunstancia de que tiene un piso aquí, en Park Avenue, y que ahora mismo está en la ciudad. Sin embargo, anoche se encontraba en una fiesta de fin de año a la hora en que Terri fue asesinada. Y no lo digo porque sospeche nada de ella. Más motivos para que el juez de Palm Beach se mostrara tan benévolo: esa mujer se partió la columna al chocar contra el ciclista. Bien, ¿alguna idea brillante de por qué el ADN de una parapléjica de setenta y ocho años estaba en la vagina de Terri Bridges junto con el de otras muchas personas?

—Ninguna. A no ser que se haya producido algún error al tomar la muestra o durante el análisis.

—Me han dicho que eso está descartado. Oh, sí, todos sentimos un profundísimo respeto por la profesionalidad de la doctora Lester. Qué demonios, ¿por qué tuvo que ser ella quien hiciera la maldita autopsia? Supongo que ya estás enterado.

—Morales me dijo algo. He visto el informe preliminar. Ya sabes qué opino de la doctora Lester.

—Y tú ya sabes lo que opina ella de mí. ¿Puede existir una mujer misógina? Porque yo estoy convencida de que odia a las mujeres...

—Está la envidia, o la percepción de que otras mujeres podrían minimizar tu estatus. En otras palabras, seguro que sí. Las mujeres pueden odiar a las mujeres. En esta legislatura hemos visto muchos casos.

—El laboratorio ha tomado la iniciativa de analizar el ADN de todas las autopsias de esta mañana, no fuera el caso que las muestras de Terri hubieran resultado contaminadas o mal etiquetadas —dijo Berger—. Es más, las han cotejado con todos los que trabajan en la Oficina del Médico Forense, incluidos el jefe del departamento y los policías que estuvieron anoche en la escena del crimen, los cuales, naturalmente, constan ya en la base de datos a efectos de exclusión. Resultado: negativo en el caso de la gente de la morgue, salvo el forense que se personó (no era la doctora Lester) y salvo Morales y los dos tipos que trasladaron el cadáver al depósito. Hoy en día basta con que respires en la escena del crimen, y ya sale tu ADN. Lo cual es bueno y malo a la vez.

—¿Ha preguntado alguien a esa señora de Palm Beach si conoce a Oscar Bane o tiene algún tipo de vínculo con él? —dijo Benton.

—Yo misma me ocupé de esa desagradable tarea —respondió Berger—. Me dijo por teléfono que nunca había oído hablar de él hasta que leyó el *Post*. Para expresarlo diplomáticamente, estaba indignada y disgustada porque alguien pudiera suponer que ella tenía algo que ver con el susodicho. Me dijo, y sólo estoy parafraseando, que aunque estuviera en la misma habitación con un enano, ella no le miraría ni le dirigiría la palabra por miedo a que él se sintiera cohibido.

—¿Sabe esa mujer por qué se nos metió en la cabeza relacionarla con Oscar? ¿Mencionaste su ADN?

—Desde luego que no. Le dije que su nombre había salido durante la investigación y ella dedujo que los padres del chico de dieciséis años, alumno brillante de Eagle Scout, a quien atropelló accidentalmente al volante de su Bentley siempre intentan causarle problemas, léase actitudes tan agresivas (y cito textualmente) como demandarla para que pague facturas de médicos que no cubre el seguro, ¿y qué culpa tiene ella de eso? Se quejó también de los dramones que contaban a la prensa y la televisión. Ella suponía que los padres, al enterarse de lo de la (y cito otra vez) «Enana asesinada», habrían visto una nueva ocasión para arrastrarla por el fango público.

—La madre que la parió.

—Yo sigo pensando que pudo haber contaminación —dijo Berger—. No me explico, si no, lo del ADN. Puede que Kay descubra algo que a mí se me escapa ahora mismo. Mañana, espero, tendremos el ADN de Oscar Bane. Cabe esperar, por supuesto, que su ADN esté por todas partes. Un resultado positivo no significará necesariamente gran cosa.

—¿Y el correo electrónico? Tengas o no su consentimiento, podrías acceder a él, ¿no? Imagino que le mandaba mensajes a Terri —dijo Benton.

—Podemos acceder y eso haremos. Pero nadie se lo va a decir. Ante un tribunal, me refiero, y creo haber dejado esto bastante claro. Oscar no está cooperando tanto como podría parecer. La cosa no cambiará mientras no tengamos una causa probable para arrestarlo. Eso me pone a mí en una situación complicada. Debo andarme con mucho cuidado, pero también necesito saber lo que Kay saca en claro. Oscar le está contando algo, ahora mismo, algo que a nosotros no nos ha dicho y que ella no está autorizada a revelar. Ya sé que no hace falta que lo pregunte, pero ¿Kay tiene algún tipo de vínculo con Oscar Bane?

—Si lo tiene, ella no lo sabía o no era consciente, de lo contrario habría dicho algo en cuanto mencioné el nombre al llamarla por teléfono —dijo Benton—. Pero no lo averiguaremos a menos que Oscar sea arrestado o acceda a renunciar a la confidencialidad médico-paciente. Conozco a Kay. No va a decir nada que no deba.

—¿Y alguna conexión con Terri Bridges? ¿Podría ser?

—Lo dudo mucho. Si Oscar habla de Terri con ella y Kay ve que hay alguna relación, inmediatamente se recusará o como mínimo nos lo hará saber para que nosotros decidamos.

—No tiene gracia hacerla pasar por esto —dijo Berger—. Bueno, no la tiene para ninguno de vosotros dos. Imagino que es falta de costumbre. Cenáis a diario hablando de asuntos profesionales, incluso los fines de semana, las vacaciones. Quizás hasta dan pie a alguna pelea. —Ahora lo miró a los ojos—. Todo está permitido a menos que testifiquéis como expertos en el mismo caso judicial, uno para la defensa y el otro para la acusación, y eso no ocurre casi nunca. Formáis un verdadero equipo, los dos. No hay secretos. Sois profesionalmente inseparables. Y, ahora, inseparables también como individuos. Supongo que todo va bien.

—En efecto, no tiene ninguna gracia. —Las referencias personales no le habían gustado—. Sería más fácil si a Oscar lo acusan de asesinar a su novia. Esperar que ocurra algo así es horrible.

—Hay muchas cosas que desearíamos que ocurran y no queremos admitirlo —dijo ella—. En cualquier caso, si él asesinó a Terri Bridges, no habrá que buscar más.

Se acordaba de la nieve que escocía como las ortigas, y de que necesitaba una libra de café fuerte pero no tenía ganas de salir. Entre una cosa y otra, nada bueno podía decir de ese día.

Había tenido más dificultades de las normales con una de las crónicas del Jefe, una especialmente maliciosa que llevaba por título «Expediente EX» y que era una lista de famosos cuyos admiradores se habían vuelto en su contra, explicando el porqué. Lógicamente, Arpía no podía incluir eso al redactar la escena para el inspector Marino. Como tampoco podía hablar, por ejemplo, del espanto que tuvo cuando hizo pasar a Terri sin darse cuenta de que la página web *Gotham Gotcha* se veía a tamaño natural en su monitor de veinticuatro pulgadas.

Terri dejó la cesta sobre la mesita baja y se acercó al escritorio, que estaba delante de ella, ahora que Arpía lo pensaba mientras escribía en el bloc, saltándose lo que estaba recordando en este preciso momento.

Entonces Terri miró lo que había en la pantalla y Arpía tuvo que pensar qué explicación podía darle para justificar aquella columna de *Gotham Gotcha*, ajustada a formato e incorporada en lenguaje de programación.

«¿Qué es esto?» Terri era tan baja que el monitor le quedaba a la altura de la vista.

«Leo *Gotham Gotcha*, lo confieso.»

«¿Por qué se ve así? ¿Es programadora informática? No sabía que trabajara.»

«Soy tan boba que necesito códigos de visualización. Siéntese, por favor. —Arpía casi le dio un empujón para poder salir del programa—. Y no, yo no trabajo.» Quiso dejarlo claro enseguida.

Terri se sentó en el sofá, y, como tenía las piernas poco desarrolladas, los pies le asomaban rectos sobre el borde del cojín. Dijo que usaba el correo electrónico, pero que por lo demás era analfabeta en cuestión de ordenadores. Sí, claro, conocía *Gotham Gotcha* porque por todas partes veías anuncios y a cada momento oías alguna referencia a esa página web, pero ella no la leía. No le quedaba tiempo para dedicarse a la lectura, con el curso de posgrado, aunque de tenerlo tampoco leería crónicas de sociedad. No le iban esas cosas. Había oído decir que esa página era repugnante y de muy baja estofa. Quiso saber si Arpía opinaba lo mismo.

—Yo no sé escribir un guión de cine —le dijo Arpía al inspector Marino—. Tengo entendido que hace falta un formato y un lenguaje especiales, y si no me equivoco los que escriben guiones utilizan un *software* especial. Cuando estuve en Vassar fui a un cursillo de teatro y leí bastantes guiones de obras y también de musicales, y me consta que no están escritos para ser leídos, sino para ser representados, cantados, etcétera. Espero que no se ofenda usted, pero prefiero ceñirme a la prosa convencional. En fin, déjeme que le lea esto.

Sentía picor en la garganta. Los recuerdos y el bourbon estaban afectando a sus emociones, y presintió que el inspector Marino no estaría sentado en el sillón reclinable si hubiera tenido algo mejor que hacer. Sí, claro que tenía mejores cosas que hacer. Pedirle que escribiera una escena de película quería decir que lo que había ocurrido al otro lado de la calle era sólo un detalle de algo sin duda mucho más grande. Sólo podía haber otra explicación, y era la peor de todas. Marino era un espía encubierto, tal vez a sueldo del gobierno federal, y creía que ella estaba liada con terroristas basándose en su insólita actividad bancaria, como las transferencias recibidas desde el Reino Unido y el hecho de que ella no pagara los impuestos correspondientes, puesto que, sobre el papel, no parecía que tuviera otros ingresos aparte de los subsidios de la seguridad social y cuatro cosillas que cobraba de aquí y de allá.

Leyó lo que había escrito en el bloc.

—Terri dejó el cesto encima de la mesita baja y se subió ágilmente y sin pensarlo dos veces al sofá. Estaba claro que era una persona acostumbrada a improvisar, a buscar soluciones a los inconvenientes derivados de tener las extremidades cortas. Lo consiguió sin el menor esfuerzo aparente, pero como yo no la había visto nunca sentarse, me chocó un poco que sus pies sobresalieran del borde del cojín como si fuera una niña de cinco años o un personaje de dibujos animados. Debo añadir que, al margen de lo que dijo o hizo, no bien hube abierto la puerta supe que la pobre estaba tremendamente triste. Es más, se la veía nerviosísima, y por la manera de sostener la cesta intuí que dentro llevaba algo raro que no deseaba y que la hacía sentirse incómoda.

»Tengo que describir cómo iba vestida, porque eso, naturalmente, forma parte de la escena. Llevaba vaqueros y botines, calcetines azul marino y una camisa de algodón también azul marino. No llevaba puesta chaqueta, pero sí unos guantes azules de lavar platos, porque había salido disparada de su casa como si hubiera un incendio. Era evidente que estaba en plena crisis.

»—Pero ¿qué ha pasado? —le dije, y le ofrecí un refresco, que ella rechazó.

»—Sé que le gustan mucho los animales, sobre todo los perros —dijo Terri, mirando las figuritas de cristal y porcelana, regalo de mi marido, que yo tenía por todas partes.

»—Es verdad, pero no sé cómo ha podido enterarse. Desde que usted se mudó a ese apartamento, yo no he tenido ningún perro.

»—Cuando nos paramos a charlar en la calle, usted suele mencionarlos y fijarse en la gente que saca a pasear a su perro. Perdone. Se trata de algo urgente y no sé a quién más acudir.

»Retiré el paño que cubría la cesta y pensé que se me partía el corazón. *Ivy* no era más grande que una linterna, y estaba tan quieta que al principio creí que estaba muerta. Terri me dijo que se la habían regalado, y que como ella no podía quedársela, su novio había intentado devolverla. Pero en la tienda no habían querido saber nada. *Ivy* no estaba bien, y en ese preciso momento tuve la corazonada de que la perrita iba a durar poco. No se movió hasta que la saqué de la cesta y la sostuve en brazos.

Entonces *Ivy* arrimó su cabecita a mi cuello. Le puse *Ivy* porque se me agarró* como la...

Arpía se secó los ojos con un pañuelo de papel y luego le dijo al inspector Marino:

—No puedo. Lo siento. Hasta ahí puedo llegar. Es demasiado doloroso... y todavía me pone a hervir la sangre. ¿Por qué tiene usted que fastidiarme de esta manera? Si está jugando conmigo, pienso presentar una queja ante la oficina de Jaime Berger. Me importa bien poco que tenga usted placa de policía. Y si resulta que es un agente secreto del gobierno, dígalo claramente y acabemos de una vez.

—No estoy jugando con usted, y ya le aseguro yo que de agente secreto, nada de nada —dijo él, y Arpía pudo detectar cierta bondad en su tono por lo demás firme—. Le aseguro que no estaría insistiendo si no se tratara de algo importante. Evidentemente, el hecho de que Terri le trajera un cachorro enfermo es algo que yo necesito saber puesto que no es normal, y no cuadra con algunas otras cosas que he podido averiguar. Hace unas horas he estado en el apartamento de Terri. Fui allí después de hablar con sus padres, que viven en Arizona. Usted quizá ya lo sabía.

—Ni idea. Imagino que el piso estará todo patas arriba.

—Me ha dicho antes que no había entrado nunca.

—Así es.

—Por decirlo de alguna manera: Terri no es persona de tener mascota. Los suelos están tan limpios, que se podría comer en ellos, y alguien tan preocupado por la limpieza y el orden jamás tendría perro ni gato. Ella no los tenía, y el motivo de que pueda afirmar tal cosa es que después de ver su apartamento y fijarme en todos esos jabones antibacterianos y demás arsenal, volví a telefonear a sus padres e hice unas cuantas preguntas más. Fue así como surgió el asunto de las mascotas. Me dijeron que, ya de niña, ella nunca quiso saber nada de tener una mascota. Jamás tocaba a un perro o un gato, le daban miedo, y odiaba a los pájaros de qué manera. Si intenta usted hacer un esfuerzo por re-

* *Ivy* significa «hiedra» en inglés. *(N. del T.)*

cordar, quizá le vengan a la memoria un par de detalles importantes. Veamos: Terri no llevaba chaqueta, pero sí unos guantes de lavar platos. Usted supuso que Terri estaba fregando cuando alguien se presentó con el cachorro enfermo a modo de regalo, y que, presa del pánico, cruzó la calle para venir aquí.

—En efecto.

—¿Le preguntó usted por qué llevaba puestos esos guantes?

—Sí. Y eso es lo que me dijo. Parecía un poco avergonzada, se los quitó y me los dio para que yo los tirara.

—¿Tocó ella al cachorro después de quitárselos?

—No, ni antes ni después. Se quitó los guantes cuando ya se marchaba. Supongo que debería haber explicado esto. Fue ya hacia el final.

—Exacto. Ella llevaba puestos los guantes porque tenía miedo de los gérmenes. Y no llevaba chaqueta porque no quería que cogiera gérmenes del cachorro enfermo, o del apartamento de usted, y es más fácil lavar una camisa que una chaqueta. Seguro que también dejaría aquí la cesta y el paño.

—Desde luego.

—Ella sabía perfectamente que el perrito estaba enfermo y moribundo cuando se lo entregó.

—Ya le he dicho que me enfadé.

—Cómo no. Ella sabía que el perro iba a morir pronto, y va y se lo endilga a usted. Fue un detalle muy feo. Sobre todo teniendo en cuenta que usted ama a los animales. Se aprovechó de usted porque tiene buen corazón, en especial en lo que se refiere a los perros. Pero la pregunta del millón es: ¿de dónde sacó ella a *Ivy*? ¿Me sigue usted?

—Por supuesto —dijo Arpía, y ahora sí estaba verdaderamente enfadada.

Los pocos días que había tenido a *Ivy* habían sido un infierno. Arpía no hizo otra cosa que llorar mientras intentaba que *Ivy* bebiera un poco de agua y comiera algo. Y para cuando la llevó al veterinario, ya era demasiado tarde.

—Nadie que conociera a Terri le habría regalado un cachorro pensando que era una buena idea —dijo el inspector—. Especialmente si estaba enfermo. Dudo mucho que su novio fuera capaz de algo así, a menos que sea un hijo de la gran puta y quisiera hacerle daño, hacerla sufrir o timarla.

—Ella, desde luego, no estaba nada contenta. Diré más: parecía fuera de sí.

—Me recuerda a las jugarretas que los niños les hacen a las niñas en el colegio. Ya sabe, asustarlas con una araña, meter una serpiente dentro de una caja de zapatos, cualquier cosa con tal de hacer que la niña chille de miedo. Terri tenía miedo a los gérmenes, a la suciedad, a la enfermedad y la muerte. Regalarle un cachorro enfermo era una putada.

—Si todo eso que dice es verdad, tuvo que ser cosa de un malvado.

—¿Cuánto tiempo han vivido usted y Terri Bridges una enfrente de la otra? —El cuero de la butaca crujió cuando Marino estiró las piernas.

—Terri se mudó aquí hace un par de años. Nunca supe su apellido. Quiero dejar claro que no éramos amigas. Nos cruzábamos por la calle, eso es todo. Normalmente en la acera cuando entrábamos o salíamos, aunque también quisiera dejar claro que no me consta que ella saliera mucho a la calle. No creo que tenga coche. Va a pie, igual que yo. En todo este tiempo me la he encontrado también en otros sitios. Una vez en Land's End; resulta que a las dos nos gustan los zapatos que venden allí. Estaba comprándose unas botas Mary Jane, eso lo recuerdo. Y otra vez me topé con ella cerca del Guggenheim. Ahora que lo pienso, creo que fue la última vez que visité ese museo, había una exposición de Jackson Pollock. Nos pusimos a hablar un rato allí mismo, en la acera.

—¿Ella iba a un museo?

—Lo dudo. No, yo creo que sólo estaba paseando. Pero recuerdo que tenía la cara bastante colorada, llevaba sombrero y gafas de sol, a pesar de que el día estaba nublado. Recuerdo que pensé si no le habría dado alergia alguna cosa, o si no habría estado llorando. Pero no hice preguntas. No me gusta fisgar.

—Se apellida Bridges —volvió a decir el inspector—. Salía hoy en el *Post*. De modo que nadie lo había mencionado.

—No leo el *Post*. Las noticias las miro en Internet. —Al momento, lamentó haberlo dicho. Lo último que le faltaba era que el inspector empezara a preguntarle sobre lo que hacía en Internet—. Bueno —añadió—, y por la tele, claro. ¿Puedo preguntarle si ha sido muy seria la cosa? Quiero decir si le robaron mucho. Ese coche de policía lleva ahí abajo no sé cuántas horas, y usted ha estado en su apartamento y yo no he vuelto a ver a Terri. Seguro que habrá ido a pasar unos días con su familia, o con su novio. Después de una cosa así, yo no podría pegar ojo. Me he fijado en que a veces habla usted en pasado, como si ella ya no estuviera. Y dice que ha telefoneado a sus padres, de lo que deduzco que la cosa es grave. No sé qué tendrá que ver en esto su familia de Arizona... bueno, me refiero a por qué tendría usted que haber hablado con ellos. Ha sido una cosa seria, ¿verdad?

—Me temo que no ha podido ser peor —dijo él.

Arpía notó algo en el estómago, como si unos dedos la agarraran.

El cuero crujió al inclinarse él hacia delante en un sillón que no estaba pensado para un hombre de su envergadura.

—¿De dónde saca usted la idea de que se trata de un robo? —preguntó el inspector Marino.

—No sé, pensaba que... —Ella apenas si podía hablar.

—Siento decirle que no fue un robo. Su vecina fue asesinada anoche. Cuesta de creer que no se haya enterado, con todo el lío que había, justo enfrente de su casa. Coches de policía, un furgón del médico forense...

Arpía se acordó de la doctora Scarpetta.

—Las luces de los coches, portazos, gente comentando... Y usted no se enteró de nada —dijo él de nuevo.

—¿Vino la doctora Scarpetta? —balbució ella, secándose los ojos, con el corazón a cien.

La mirada de él: fue como si Arpía lo hubiera mandado a tomar viento.

—¿Qué coño quiere decir? —le espetó.

Ella se dio cuenta demasiado tarde. No había asociado, hasta ese instante, las dos cosas. No se lo podía creer. ¿Luego P. R. Marino era Pete Marino, el nombre que aparecía en la crónica que ella acababa de editar y colgar en la página web? No podía ser la misma persona, ¿o sí? Ese tal Marino vivía en Carolina del Sur, ¿no? Y no trabajaba para Jaime Berger, de eso estaba segura. Una mujer como ella no contrataría a un tipo así, ¿verdad? Estaba al borde del ataque de pánico, el corazón le latía de tal manera que hasta sintió dolor en el pecho. Si este Marino era el mismo sobre el cual había escrito el Jefe, no pintaba nada en casa de Arpía, ni en la butaca de su marido. Que ella supiese, podía ser el loco que había asesinado a la pobre mujer indefensa de la casa de enfrente.

Ése era el método que utilizaba el Estrangulador de Boston. Se hacía pasar por una persona amable y responsable; tomaba una taza de té con la víctima, charlando tranquilamente en la sala de estar, y luego...

—¿Qué pasa con la doctora Scarpetta? —El inspector Marino la miró como si ella lo hubiera ultrajado.

—Me preocupa —respondió Arpía con toda la calma que pudo, sujetando sus manos sobre el regazo para que no temblaran tanto—. Me preocupa toda esa publicidad que genera y lo que ella... bueno, el tema. Es algo que atrae a los que hacen las cosas de las que ella habla.

Tomó aire. Había dicho lo correcto, ni más ni menos. Lo que no debía hacer era dar la impresión de que hubiera leído nada sobre la doctora Scarpetta en Internet, concretamente la columna que ella misma había colgado hoy.

—Tengo la sensación de que está pensando en alguna cosa en particular —dijo él—. Más vale que lo suelte.

—Temo que la doctora pueda estar en peligro —contestó Arpía—. Es sólo un presentimiento.

—¿En qué se basa? —Él la miró totalmente impávido.

—Terroristas —dijo ella.

—¿Terroristas? —La impavidez menguó un poco—. ¿Qué terroristas? —Ya no parecía tan ofendido.

—Hoy en día es lo que más preocupa a todo el mundo. —Arpía lo intentó por ese camino.

—Mire —dijo Pete Marino, poniéndose de pie cual gigantesca torre—. Le voy a dar mi tarjeta. Quiero que se esfuerce en pensar. Si le viene cualquier cosa a la cabeza, aunque a usted le parezca trivial, llámeme enseguida. No importa la hora.

—No sé quién pudo hacer una cosa así. —Se levantó y fue con él hacia la puerta.

—Siempre son los que pensamos que no lo harían —dijo él—. Sea porque conocían a la víctima o porque no.

8

El ciberespacio como lugar ideal donde escapar a las burlas. Gotham era una universidad *online* donde los estudiantes veían el talento y la inteligencia de Oscar Bane, y no el recipiente enano que los contenía.

—No pudo ser un alumno o un grupo de ellos —le dijo a Scarpetta—. Nadie me conoce. Mi dirección y mi número de teléfono no constan. No existe un centro real, físico, adonde vaya gente. El claustro de profesores se reúne varias veces al año en Arizona. Y prácticamente ya no nos vemos más.

—¿Y su dirección de correo electrónico?

—Sale en la web de Gotham. Por fuerza. Supongo que así empezó todo. En Internet. Es muy fácil robar la identidad a alguien. Lo dije cuando fui a la Oficina del Fiscal del Distrito, que seguramente era así como habían dado conmigo. Pero no les interesaron mis conjeturas. No me creyeron, y eso me hizo pensar que quizás ellos forman parte de la operación. Porque en el fondo se trata de apoderarse de mi mente.

Scarpetta se levantó de la silla y se metió la libreta y el boli en el bolsillo de la bata.

—Voy a ponerme al otro lado de la mesa —dijo— para poder mirarle la espalda. Imagino que de vez en cuando sale usted por ahí.

—Al colmado, el cajero automático, la gasolinera, el médico, el dentista, el cine, un restaurante. Cuando todo esto empezó, decidí variar mi rutina: otros sitios, otras horas, otros días.

—¿Gimnasio? —preguntó Scarpetta mientras le deshacía el nudo de la bata y se la bajaba suavemente hasta las caderas.

—Hago un poco de ejercicio en mi casa. Y todavía hago *footing*, seis días a la semana: camino entre seis y ocho kilómetros.

Las lesiones tenían una pauta clara y eso no hizo que Scarpetta sintiera menos compasión por él.

—No siempre el mismo recorrido ni a la misma hora del día. Voy cambiando —añadió él.

—¿Asociaciones, clubes, alguna organización a la que pertenezca o esté vinculado de alguna manera?

—Gente Pequeña de América. Pero lo que está pasando no tiene nada que ver con ellos, en absoluto. Como le he dicho, el acoso electrónico empezó hace cosa de tres meses. Que yo sepa, claro.

—¿Ocurrió algo fuera de lo normal, hace tres meses? ¿Algún cambio en su vida?

—Terri. Empecé a salir con Terri. Y entonces ellos empezaron a seguirme. Tengo pruebas. Están en un CD escondido en mi apartamento. Si ellos entraran, no lo encontrarían. Necesito que lo coja usted cuando esté dentro.

Scarpetta midió las abrasiones en la parte baja de la espalda.

—Cuando esté dentro de mi apartamento, quiero decir —continuó Oscar—. He dado mi consentimiento escrito a ese hombre, el policía. No me cae bien. Pero él me preguntó y yo le di mi consentimiento, la llave de mi casa, la información para la alarma, porque no tengo nada que ocultar. Y quiero que usted entre ahí. Le dije al policía que quiero que entre usted con él. Tiene que ser pronto, antes de que ellos se adelanten. Si no lo han hecho ya.

—¿Quién? ¿La policía?

—No, los otros.

Su cuerpo se relajó al contacto con los dedos enguantados de Scarpetta.

—De ellos no me extraña nada, tienen muchos recursos —prosiguió—. Pero aunque hayan entrado, seguro que no lo encontraron. Estoy convencido. Es imposible. El CD está dentro de un libro. *The Experiences of an Asylum Doctor*, de Littleton Winslow. Fue publicado en Londres en 1874. Cuarto estante de la segunda librería, la que está a la izquierda de la puerta del cuarto de invitados. Sólo lo sabe usted.

—¿Le comentó a Terri que alguien le seguía, que le espiaban? ¿Sabía ella lo de ese CD?

—Al principio, no. No quería preocuparla. Terri tiene problemas de ansiedad. Pero luego no me quedó más remedio: tuve que decírselo hace varias semanas, cuando ella empezó a insistir en que quería ver mi piso y yo me negaba. Entonces me acusó de estar ocultando algo, y al final tuve que decírselo. Quise asegurarme de que entendiera que era arriesgado llevarla a mi apartamento porque yo estaba siendo víctima de acoso electrónico.

—¿Y el CD?

—A ella no le dije dónde lo tengo, sólo lo que contiene.

—¿Pensaba Terri que por el hecho de conocerlo a usted también correría peligro? Quiero decir, al margen de dónde se vieran.

—Es evidente que nunca me siguieron hasta su apartamento.

—¿Evidente? ¿Por qué?

—Ellos me dicen adónde me siguen. Verá: le expliqué a Terri que estaba convencido de que no sabían nada de ella y de que no corría ningún peligro.

—¿Le creyó ella?

—Eso la preocupó, pero no estaba asustada.

—Parece raro, siendo alguien propensa a la ansiedad —dijo Scarpetta—. Me extraña que no estuviera asustada.

—Las comunicaciones cesaron de golpe. Llevaban semanas con eso, y de repente nada. Por un momento llegué a pensar que yo ya no les interesaba. Naturalmente, sólo estaban preparándome para lo más cruel de todo.

—¿A qué comunicaciones se refiere?

—Correos electrónicos.

—Si dejaron de enviarle correos después de que usted le hablara a Terri de ellos, ¿se podría pensar que esos mensajes se los enviaba ella?, ¿que era Terri quien le mandaba lo que sea que pongan esos mensajes y que a usted le hacen sentirse acosado, espiado? ¿Y que luego, cuando usted lo mencionó, ella dejara de escribirlos?

—Es totalmente imposible. Ella jamás habría hecho algo tan odioso. Menos aún a mí. No, no puede ser.

—¿Por qué está tan seguro?

—Terri no habría podido hacerlo. ¿Cómo iba a saber que un día haciendo *footing* di un rodeo y acabé, qué sé yo, en Columbus Circle, si yo no le había dicho nada? ¿Cómo podía saber que había ido a la tienda a comprar café si no le comenté nada?

—¿Existe algún motivo por el que ella hubiera podido contratar a alguien para que lo siguiera?

—Nunca habría hecho una cosa así. Además, después de lo que ha pasado, carece de sentido pensar que ella tuviera algo que ver. ¡Terri está muerta! ¡Ellos la mataron!

La puerta metálica se movió ligeramente y los ojos del guardia asomaron a la rendija.

—¿Todo bien?

—Sí, ningún problema —dijo Scarpetta.

Los ojos desaparecieron.

—Pero no recibió más correos —le dijo ella a Oscar.

—Estaba escuchando detrás de la puerta.

—Ha alzado usted la voz, Oscar. Si no se calma, el guardia volverá a entrar.

—Hice una copia de seguridad de lo que ya había recibido y borré todo lo demás de mi ordenador, de manera que ellos no pudieran acceder para borrar los correos o modificarlos a fin de hacerme aparecer como un mentiroso. Los originales están en ese libro que le digo, *The Experiences of an Asylum Doctor*. Littleton Winslow. Colecciono libros y documentos antiguos.

Scarpetta tomó fotografías de lesiones y racimos de señales de uñas, todo ello en la misma zona del lado inferior derecho de la espalda.

—Psiquiatría y temas relacionados, mayormente —dijo él—. Tengo mucho material, incluso cosas que hablan de Bellevue. Sé más de este centro que la gente que trabaja aquí. A usted y a su marido seguro que les parecería interesante mi colección. Quién sabe, quizás algún día se la podré enseñar. La invito a que haga uso del material. A Terri siempre le ha interesado la historia de la psiquiatría, las personas la fascinan. Le interesa mucho saber por qué la gente hace lo que hace. Dice que podría pasarse un día entero sentada en un parque, o en un aeropuerto, observando a la gente. ¿Por qué se ha puesto guantes? La acondroplasia no es contagiosa.

—Por su propia protección.

Era y no era así. Quería poner una barrera de látex entre su propia piel y la de Oscar. Él ya había cruzado la línea: antes de haberla conocido siquiera, ya la había cruzado.

—Saben adónde voy, los sitios donde he estado, dónde vivo —dijo Oscar—. Pero no conocen el apartamento de ella, ni su edificio. No conocen Murray Hill. Jamás he tenido motivo para creer que supieran nada de Terri. Nunca han mostrado ese sitio cuando me hacen saber dónde he estado un día cualquiera. ¿Por qué no iban a hacerlo? Voy allí todos los sábados.

—¿A la misma hora siempre?

—A las cinco.

—¿Dónde de Murray Hill?

—No lejos de aquí. Se puede ir a pie. Está cerca del cine Loews. A veces vamos a ver una película y luego comemos perritos calientes y patatas fritas al queso, cuando queremos derrochar.

La espalda de Oscar tembló mientras ella la tocaba. Registrando el dolor de la pérdida.

—Los dos cuidamos mucho el peso —dijo—. Nunca he tenido razones para creer que me siguieran hasta Murray Hill, a ningún sitio donde ella y yo estuviéramos juntos. De haberlo sabido, habría hecho algo para protegerla. No le habría permitido vivir sola, quizá la habría convencido incluso de que se mudara a otra ciudad. No hice nada de eso. Yo jamás le haría daño. Es el amor de mi vida.

—Hace tiempo que te lo quería preguntar. —El rostro astuto y atractivo de Berger observó detenidamente a Benton—. Si Kay es tía de Lucy, ¿eso te convierte a ti en tío de Lucy, o eres más bien un tío de facto, un cuasi tío? ¿Ella te llama tío Benton?

—Lucy no hace puñetero caso a su cuasi tío ni a su tía. Espero que a ti te escuche. —Benton sabía muy bien qué se traía Berger entre manos.

Berger le estaba pinchando, provocando. Quería que sacara a relucir la maldita crónica de *Gotham Gotcha*, que confesara y que se entregara a la merced de su tribunal. Pero él estaba decidido a no darle ni una pizca de información, porque no había hecho nada malo. Cuando fuera el momento oportuno, él podría defenderse sin problema. Podría justificar su silencio recordándole a ella que, legalmente, Marino no fue acusado de nada, no hubo cargos en su contra, y que no iba a ser él, Benton, quien violara la intimidad de Scarpetta.

—¿Lucy tiene los portátiles? —preguntó él.

—Aún no. Pero falta poco. Y en cuanto tenga la configuración de las cuentas de correo electrónico, iremos a los proveedores y obtendremos las contraseñas. La de Oscar también.

—Cuando te reuniste con ella para hablar de lo que...

—No me he reunido con ella todavía —le interrumpió Berger—, sólo hablamos por teléfono unos minutos. Me sorprende que no me dijeras que se había mudado a la ciudad. Bueno, bien pensado, no me sorprende nada. —Ella cogió su café—. Tuve que averiguar por diversas fuentes que hacía poco se había mudado aquí y que tenía su propia empresa. Se ha ganado buena fama en muy poco tiempo, de ahí que decidiera pedirle ayuda a ella para el caso que nos ocupa.

Bebió un poco y dejó otra vez el tazón sobre la mesa, todos sus movimientos pausados y reflexivos.

—Debes comprender que habitualmente él y yo no tenemos contacto —dijo.

Se refería a Pete Marino. Habían empezado las repreguntas.

—Sabiendo lo que sé —continuó—, y suponiendo que haya algo de cierto en todo ello, no creo que Lucy le dijese que estaba en Nueva York o que hayan tenido el menor contacto; puede que ella ni siquiera sepa que Marino está aquí. Me pregunto por qué tú no se lo has dicho. ¿O acaso estoy haciendo suposiciones equivocadas? ¿Se lo has dicho?

—No.

—Tiene miga, la cosa. Lucy se viene a vivir a Nueva York y

tú no le dices que él está aquí. Vivito y coleando, en mi brigada de ADN. Y su secreto podría haber estado a salvo un tiempo más de no ser porque tuvo la mala suerte de ser él quien atendió el teléfono cuando Oscar Bane llamó el mes pasado.

—Lucy todavía se está instalando, no ha intervenido en muchos casos —dijo Benton—. Un par de ellos en el Bronx y en Queens. Éste será su primer caso en Manhattan, es decir, el primero que atañe a tu jurisdicción. Naturalmente, antes o después ella y Marino iban a enterarse de dónde estaba cada cual. Mi esperanza era que eso ocurriera por sí solo y a nivel profesional.

—No, Benton, tú no esperabas nada parecido. Has tomado decisiones desatinadas y no has utilizado la lógica para prever las inevitables consecuencias. Y ahora tus dos grados de separación han empezado a converger. Debe de ser una sensación indescriptible, eso de mover personas como quien mueve peones y de repente un día darse cuenta de que por culpa de una tontería de crónica de sociedad, tus peones están destinados a encararse entre sí y, quizás, a eliminarse mutuamente de tu tablero de ajedrez. A ver si puedo resumir lo que ha pasado.

Con un leve movimiento de sus dedos, dijo no a la camarera que se acercaba con más café.

—Tu plan original no incluía que ella residiera en Nueva York —dijo Berger.

—Yo no sabía que John Jay iba a...

—¿A pediros que colaborarais los dos como asesores, conferenciantes? Seguro que intentarías convencer a Kay de que rehusara.

—Me parecía poco sensato.

—Cómo no.

—Acababan de nombrarla jefa del departamento, su vida cambiaba por completo. Le aconsejé que no aceptara más cosas, que se evitara el estrés. Le dije que lo dejara correr.

—Cómo no.

—Ella insistió, diciendo que si podíamos echar una mano estaría bien hacerlo. Y que no quería limitarse.

—Típico de Kay —dijo Berger—. Siempre dispuesta a ayudar en lo que sea y siempre sabiendo cuál es su sitio. El mundo es su escenario. Difícilmente podías tenerla encerrada en un rincón perdido de Massachusetts, y tampoco podías insistir más de la cuenta porque eso implicaba explicarle por qué no la querías en Nueva York. Te encontraste con una patata caliente. Ya habías instalado a Marino en Nueva York y, reconócelo, me habías convencido a mí para que lo contratara. Y ahora Kay va a estar yendo y viniendo de Nueva York, es posible que acabe colaborando en casos del ámbito de mi oficina. Y como tú y ella vais a estar entrando y saliendo de la ciudad, ¡qué bien!, Lucy se viene a vivir a la Gran Manzana. ¿Y qué mejor sitio para ella que el Village? ¿Cómo ibas tú a prever estas cosas cuando pergeñaste tu plan maestro? Y, claro, por esa misma razón tampoco previste que yo averiguaría el verdadero motivo de que me endosaras a Marino.

—No diré que eso no me preocupara —replicó Benton—. Simplemente confiaba en que no se produciría en breve plazo. Y tampoco me competía a mí hablar de...

Ella le cortó.

—A Marino no le has dicho nada, ¿verdad? Del John Jay, del apartamento que tenéis aquí...

—No le he dicho que Kay va y viene de Nueva York. No le he dicho que Lucy se muda a la ciudad.

—O sea: no.

—Hace tiempo que no hablo con él y no tengo ni idea de lo que Marino puede haber averiguado por su cuenta. Pero sí, tienes razón. Jamás esperé que pudiera pasar nada de esto cuando te recomendé a Marino. No obstante, no me competía a mí divulgar...

Ella le cortó otra vez:

—¿Divulgar? Yo diría que ya has divulgado mucho, sólo que no toda la verdad.

—Sería un testimonio de terceros...

—Su historia era tan triste. Y, claro, experta fiscal que es una, yo me la tragué de cabo a rabo. Marino y su problema con el alcohol. Deja el trabajo porque no soporta tu relación con Kay, está deprimido y tiene tendencias autodestructivas. Un mes en un centro de tratamiento y sale fresco como una rosa, así que yo debería contratarlo. No en vano empezó su carrera en el Departamento de Policía, y tampoco era un desconocido para mí. Si no recuerdo mal, dijiste que sería «mutuamente beneficioso».

—Marino es un investigador de puta madre. Al menos concédeme eso.

—¿De veras pensaste, siquiera por un momento, que él nunca lo descubriría?, ¿que Kay y Lucy no lo descubrirían? Es increíble. El día menos pensado Kay tendrá que revisar un informe de autopsia por cuenta de mi oficina, un informe en el que Marino puede haber tenido algo que ver. Es muy probable que eso suceda. A fin de cuentas Kay entra y sale de la morgue en calidad de asesora. Y semana sí, semana no, está en la CNN...

—Marino pensará que hace el programa vía satélite desde Boston.

—Vamos, hombre. Que yo sepa, a Marino no le han hecho una lobotomía desde la última vez que os visteis. Lo que ya no tengo claro es si no te habrán hecho una a ti.

—Mira —dijo Benton—, yo confiaba en que con el tiempo... En fin, que podríamos manejar la situación. Y yo no me dedico a contar historias de mal gusto que, seamos sinceros, no son más que rumores.

—Tú lo único que querías era evitar enfrentarte a la realidad, y por eso se ha armado todo este lío. No me vengas con tonterías.

—De acuerdo, estaba dando tiempo al tiempo.

—Ya, ¿y hasta cuándo? ¿Hasta la próxima reencarnación?

—Hasta que supiera qué hacer al respecto. Perdí el control de la situación.

—Bueno, vamos acercándonos a los hechos. No se trata de un testimonio de terceros, y tú lo sabes. Se trata de la actitud del avestruz que mete la cabeza en la arena.

—Jaime, mi único deseo era restablecer una cierta cortesía, no sé si me entiendes. Salir del *impasse* y hacerlo sin malicia, sin daños irreparables.

—Y que todos volvierais a ser amigos como por arte de magia. Restaurar el pasado, los buenos viejos tiempos. Y fueron felices... Falsas ilusiones. Cuentos de hadas. Supongo que Lucy lo odia. Es probable que Kay no. A ella no la veo odiando a nadie.

—No sé qué reacción puede tener Lucy cuando vea a Marino. Que lo verá. ¿Y después, qué? Es preocupante. No tiene ninguna gracia.

—Yo no me río.

—Ya la has visto en acción. Esto es muy serio.

—Pensaba que Lucy habría superado con la edad eso de matar a gente por cumplir con lo que considera su deber.

—Lucy lo verá tarde o temprano, o al menos se enterará —dijo Benton—, ya que tú has decidido aprovecharte de sus habilidades profesionales.

—De las que, por cierto, tuve noticia por el fiscal del distrito de Queens y un par de polis. No por ti. Tampoco querías que yo supiese que Lucy estaba en Nueva York, confiabas en que nunca recurriría a ella, el tío velando por su sobrina de facto. Porque si yo decidía recurrir a ella, Lucy se presentaría en mi oficina, y ¿a quién se iba a encontrar allí?

—¿Eso es lo que pasó cuando hablaste con ella por teléfono? —preguntó Benton—. ¿Dijiste algo de Marino?

—Que yo sepa, Lucy no está al corriente. Por ahora. La respuesta es no. No le dije nada de Marino. Estaba demasiado ocupada pensando en la mujer que asesinaron anoche, en lo que puede haber en sus portátiles y qué podría hacer Lucy al respecto. Estaba demasiado ocupada pensando en la última vez que vi a Lucy, fue en mi apartamento, a su regreso de Polonia, y tú y yo sabemos muy bien qué fue lo que hizo allí. Una actuación brillante, osada. Espíritu parapolicial sin restricciones territoriales. Y ahora monta su propia empresa de análisis forense por ordenador. *Connextions*. Un nombre interesante.* Está claro que Lucy va a dar mucha guerra. Y es un alivio que sea así. La noté cambiada, no es la Lucy que yo conocí. No tan interesada en impresionar a los demás, más reflexiva. Siempre le habían gustado mucho los acrónimos, ¿te acuerdas? Cuando era la niña prodigio del cursillo de verano en Quantico se inventó aquello de CAIN, Criminal Artificial Intelligence Network. Diseñó

* Introduce la palabra *next*, «próximo», «lo que viene a continuación», en la palabra *connections*, «conexiones». *(N. del T.)*

una cosa así siendo una quinceañera. No me extraña en absoluto que fuese tan detestable, insumisa y lanzada. Y tan antipática. En fin, puede que haya cambiado. Cuando hablé con ella (de acuerdo, por teléfono, no en persona) me pareció madura, menos pedante y egocéntrica, y tuvo el detalle de agradecer que yo hubiera tomado la iniciativa de contactarla. Repito, nada que ver con la Lucy de antaño.

Benton estaba más que sorprendido de que Berger recordara tantas cosas de la antigua Lucy y que pareciera tan fascinada por la actual.

—Todo esto me pasó por la cabeza mientras ella me contaba que aquel *software* suyo de hace un montón de tiempo estaba más anticuado que el Arca de Noé —dijo Berger—. No, no mencioné a Marino para nada. No creo que Lucy tenga ni idea de que él trabaja ahora en mi unidad de crímenes sexuales y concretamente en el caso en cuya investigación yo acababa de pedirle que colaborara. Es evidente que no sabe nada, de lo contrario habría dicho algo. En fin, se enterará tarde o temprano. Voy a tener que decírselo.

—¿Te sigue pareciendo una buena idea, meterla a ella en este caso?

—Probablemente no lo es, pero estoy en un dilema, por si no lo he dejado suficientemente claro. No tengo intención de echarme atrás porque, la verdad, si Lucy es tan buena en lo suyo como la pintan, entonces la necesito. El crimen por Internet es actualmente uno de nuestros mayores desafíos. Nos enfrentamos a un mundo de criminales invisibles y anónimos que, en muchos casos, no parecen dejar pruebas o, si lo hacen, es para despistar. No voy a permitir que Marino, ni una crónica de sociedad, ni tus inseguridades o asuntos conyugales echen por tierra lo que tengo en marcha. Haré lo que crea mejor para este caso. Punto.

—Conozco las aptitudes de Lucy —dijo Benton— y, francamente, serías tonta si no te valieras de ella.

—Tú lo has dicho. Tendré que valerme de ella. Pero el presupuesto municipal no da para contratar a *cracks*.

—Seguramente lo haría gratis. No le hace falta el dinero.

—Deberías saber que no hay nada gratis, Benton.

—Y es verdad, Lucy ha cambiado. No es la misma persona que conociste la última vez, cuando podrías haber...

—No hablemos de lo que yo podría haber hecho. De lo que me confesó aquella noche, hace cosa de cinco años, ya no recuerdo nada. El resto de la historia no llegó a contármelo. Por lo que a mí respecta, ella no fue a Polonia. Sin embargo, tengo confianza en que este tipo de cosas no se repetirán. Y sólo me faltaría otro lío con el FBI y el ATF.*

En el inicio de su carrera, Lucy había sido básicamente despedida de ambas agencias.

—¿Cuándo le vas a dar los portátiles? —preguntó Benton.

—Pronto. Antes necesito una orden judicial para examinar el contenido, yo y todos mis patitos detrás.

—Me sorprende un poco que no te pusieras a ello enseguida, anoche —dijo Benton—. Es posible que lo que hay en los portátiles nos dé la clave del caso.

—He aquí la respuesta: anoche no teníamos los portátiles. En el primer registro no los encontraron. Marino los descubrió esta mañana, durante una segunda pasada.

—Primera noticia. No sabía que Marino estuviera metido en esto.

—Tampoco yo sabía que Oscar era la misma persona con la que Marino habló hace un mes hasta que Morales hubo despejado la escena del crimen anoche. Después de atar cabos, llamé a Marino y le dije que lo quería en el caso puesto que ya estaba implicado en él.

—Sí, y porque necesitas cubrirte las espaldas —dijo Benton—. Todo el mundo pensará que Oscar llamó a tu oficina pidiendo ayuda y que tú le fallaste. Que Marino le falló. Nadie se afanará más por cubrirte las espaldas que alguien que necesita desesperadamente cubrirse las suyas propias. He aquí la cínica situación. Ah, pero estás de suerte. A Marino no se le escapa

---

* Agencia de Alcohol, Tabaco, Armas de Fuego y Explosivos (del inglés *Bureau of Alcohol, Tobacco, Firearms and Explosives,* abreviado ATF). *(N. del T.)*

una. Probablemente es el mejor elemento de toda tu maldita brigada. No te has dado cuenta todavía porque Marino es de esos tipos fáciles de subestimar, y tú ahora no eres imparcial. A ver si adivino lo que pasó. Marino asume personalmente la tarea de hacer un registro en la escena del crimen, y va y encuentra lo que podría ser la prueba más importante: los portátiles de la víctima. ¿Dónde diablos estaban, debajo del parqué?

—En el armario, metidos dentro de un maletín. Lógicamente, ella pensaba llevarlos consigo en el avión con destino a Phoenix que debía tomar esta mañana. Eso y otra maleta —respondió Berger.

—¿Quién averiguó que tenía pensado viajar a Phoenix?

—¿Oscar no te dijo nada anoche?

—A mí no me dijo nada de nada. Cooperó en la evaluación y ya está, te lo he dicho antes. De modo que anoche nadie sabía que esa mujer iba a tomar un avión, ¿eh? Entonces, ¿quién lo averiguó y cómo?

—Supongo que Marino, que es un buen investigador y cuando empieza llega hasta el final. Y es un poco llanero solitario, porque lleva en esto el tiempo suficiente como para saber que uno no revela información sólo porque tu interlocutor sea poli, o incluso fiscal o juez. La gente de lo penal es la más chismosa del oficio y la que menos sabe tener la boca cerrada cuando debería. Llevas razón con respecto a Marino, y eso le va a crear algunos enemigos, me lo veo venir. De ahí que encuentre todavía más penoso todo lo que ha salido a la luz sobre su persona. Por lo visto, localizó a los padres de Terri en Scottsdale antes que nadie (incluido Morales) y les comunicó la muerte de su hija. Ahí se enteró de que Terri pensaba pasar unos días en casa de sus padres, y eso fue lo que le empujó a ir a su apartamento.

—Veamos —dijo Benton—, anoche no había por allí ningún billete de avión que pudiera estimular la inteligencia de los polis que efectuaron el registro, porque ahora todo se hace electrónicamente.

—Exacto.

—Eso explica por qué no vi equipaje de ninguna clase en las fotos de la escena del crimen que me pasó Morales.

—Esas fotos son del primer registro, el que hizo él. Entiendo por qué anoche nadie vio el equipaje de mano. Ojo, que no estoy justificando nada.

—¿Sospechas que alguien lo escondió deliberadamente?

—Cuando dices alguien, ¿te refieres a Oscar?

—No tendría mucho sentido. —Benton hizo una pausa—. Si le preocupaban los ordenadores de su novia, ¿por qué no se los llevó? ¿Para qué esconderlos en el armario?

—La gente hace muchas cosas que carecen de sentido, por muy meticulosamente que hayan planeado un crimen.

—Entonces, caso de que él fuera el asesino, es un tipo muy desorganizado —dijo Benton—. En cambio, si algo no era Terri era desorganizada, a juzgar por las fotos que he visto de su apartamento. Una persona extraordinariamente pulcra. ¿Hipótesis? Que tal vez había terminado de hacer el equipaje y fue ella misma quien lo quitó de la vista, porque tenía compañía. Yo creo que es imprudente suponer que Oscar planeó un crimen. A mí, al menos, no me cuadra que él la matara.

—Convendrás conmigo en que lo más sensato es no irse por las ramas y empezar por lo que está más a mano. En este caso, Oscar Bane es mi primer sospechoso. Lo malo es que no tenemos pruebas. De momento.

—Bueno, al menos Oscar no te lleva ventaja en lo que respecta a esos portátiles. No están en su poder, y en la sala donde se encuentra ahora no dispone de acceso a Internet —dijo Benton.

—Te recuerdo que está ahí por decisión propia. No tenía por qué. Y eso es algo que me sigue pareciendo tremendamente sospechoso y me hace dudar de su equilibrio mental. Tanto si encontrábamos esos ordenadores como si no, él debía de saber que tarde o temprano conseguiríamos el nombre o nombres de usuario de Terri, y el servidor, para acceder a su correo electrónico. Y que eso nos permitiría leer los e-mails que él le enviaba, porque no puedo imaginar que Terri y él no se enviaran mensajes a menudo. Pero no parece que a Oscar le preocupe. Si no estuviera aquí, incomunicado, podría haber ido corriendo a casa y manipular lo que creyera necesario. Ah, pero no lo ha hecho. ¿Por qué?

—Tal vez no lo considera necesario porque no hizo nada malo. O puede que sea lo bastante experto en ordenadores como para manipular cosas sin que se note que ha metido mano. O, si él es el asesino y planeó matar a Terri, ya hizo esas manipulaciones antes de asesinarla.

—Un prodigio de lógica, Benton. Planificación por parte de alguien que se considera más listo que nosotros. Manipula de antemano y luego se presenta aquí en Bellevue porque supuestamente teme que el asesino vaya ahora a por él. Dicho en otras palabras, está jugando con todos nosotros y con «ellos», sean quienes sean. Y encima puede que disfrute haciéndolo.

—Estoy planteando hipótesis desde un punto de vista objetivo —se defendió Benton—. Otra más. Oscar no es el asesino pero sabe que todo el mundo va a sospechar de él, y viniendo a Bellevue por iniciativa propia, se gana el derecho a vernos a mí y a Kay, e incluso convencer a una tercera persona de que es inocente y corre peligro.

—No me digas que eso es lo que crees.

—Lo que creo es que considera a Kay como un refugio, independientemente de lo que haya hecho o dejado de hacer.

—Cierto, la reclama a ella porque en mí no puede confiar. Creo que mi nuevo mote es «superzorra». —Berger sonrió al decirlo—. Vaya, espero que sea nuevo... como mínimo en lo de «súper».

—A su modo de ver, tú le faltaste al respeto.

—Si te refieres a cuando llamó hace un mes a mi oficina, la mitad de los locos de esta ciudad lo hace a diario. Cierto, no quise hablar con él. Pero no tiene nada de raro. De muchas de las llamadas que recibimos ni siquiera me entero, así que imagínate. Parece ser que me bautizó como «superzorra», añadiendo que si algo malo pasaba, la culpa la tendría yo.

—¿Y a quién le dijo todo esto, pregunto? ¿A Marino? ¿Cuando hablaron por teléfono hace un mes?

—La conversación está grabada.

—Ojalá no se filtre a la prensa.

—Desde luego, eso no ayudaría mucho. Porque algo malo pasó, en efecto. Malo es decir poco, además. No me cabe duda de que hemos de tener cuidado con ese Oscar Bane. Normalmente mi actitud sería mucho más enérgica con alguien en su situación. A propósito, yo sí sospecho que él asesinó a su novia. Es lo que tiene más sentido. Y en caso de ser así, la paranoia de que hace gala sería puramente situacional: tiene miedo de que lo cacen.

Agarró su maletín al tiempo que retiraba la silla hacia atrás, momento en que la falda subió lo suficiente para que él vislumbrara la hondonada entre sus esbeltos muslos.

—Sin pruebas concretas —dijo Benton—, no deberíamos descartar lo que Oscar dice. Es posible que lo estén siguiendo. No tenemos constancia de que no sea así.

—Sí, claro, todo es posible: el monstruo del lago Ness, el yeti, qué sé yo. Lo único que sé es que hay una bomba de relojería conectada, por la vía de los medios de comunicación y por la vía legal, y todo porque no le hicimos caso cuando llamó el mes pasado. Lo último que quisiera es ver a la Asociación de Gente Pequeña montando una manifestación delante de mi oficina. No quiero más problemas, que bastantes tengo ya. Demasiados. Lo cual me recuerda, y lo diré y basta... —Hizo una pausa para agarrar su chaqueta y cruzaron la cafetería, atestada de gente—. Si hubiera un escándalo, ¿debo preocuparme por que Kay lo saque en la CNN? ¿Será por eso que Oscar exigió que viniese ella? ¿Está buscando cobertura informativa?

Benton paró en la caja para pagar. Una vez fuera, dijo:

—Ella nunca te haría una cosa así.

—Tenía que preguntarlo.

—Y aunque fuera de ésas, no puede —dijo Benton mientras caminaban hacia el pórtico—. Una de dos, o es el médico de Oscar, o acaba siendo tu testigo.

—No sé si Oscar tenía todo esto en mente cuando se empeñó en verla en persona —dijo Berger—. Quizá pensó que le estaba proporcionando a Kay una estupenda pre-exclusiva.

—Mira, no tengo ni idea de lo que pensó, pero ojalá yo no la hubiera convencido de que aceptara. Ojalá no hubiera dejado que la convenciera nadie.

—Ahora hablas como un marido, Benton. Y la última frase, evidentemente, va por mí.

Él no dijo nada.

Los tacones altos de Berger repicaron en el suelo de granito.

—Cuando haya cargos contra Oscar, si llega el momento —dijo—, puede pasar que lo que le está contando a Kay sea la única información que tengamos con un cierto nivel de credibilidad. Es bueno, por varios motivos, que sea ella quien lo esté examinando. Nos conviene que Oscar esté contento; nos conviene tratarlo de la mejor manera posible. Queremos que se sienta a salvo, y lo mismo aquellos que lo rodean. —Se puso la chaqueta—. Cuando Marino habló con él por teléfono, Oscar soltó varias veces la expresión «crimen por odio». Insistió mucho en que él era una persona pequeña, y Marino, por supuesto, no entendió qué diablos quería decir con eso. Tuvo que preguntárselo. Oscar, que ya estaba bastante alterado, respondió: «Un puto enano.» Dijo que por eso lo estaban siguiendo, vigilando, espiando. Lo que estaba en marcha era un crimen por odio...

El móvil de Berger sonó.

—Habrá que decirle a Kay que Marino está aquí —agregó mientras se colocaba el auricular inalámbrico.

Escuchó durante unos instantes, su rostro tocado por la cólera.

—Nos ocuparemos de eso —dijo—. Me parece del todo inaceptable... ¿Que si me lo esperaba? Bueno, yo diría que empieza a ser la pauta, ¿no?, pero confiaba en que... No, no, no. Imposible, no puedo. En este caso, no... Bien, yo preferiría... Sí, claro, pero debido a determinadas circunstancias, no tengo claro que... ¿Yo? Por supuesto. ¿Y quién demonios no lo ha visto? —Miró a Benton—. Entonces entenderás por qué no quiero hacer eso... sí, claro que te oigo bien. Lo he captado clarísimamente la primera vez que lo has dicho. Bueno, supongo que puedo averiguar si ella está dispuesta y llamarte después. Pero yo no la culparía si se larga como alma que lleva el diablo, directo a Logan para tomar el último puente aéreo.

Apagó el móvil.

Habían salido del hospital, estaban en la acera. Eran casi las cuatro y ya oscurecía. El frío intenso convertía su aliento en bocanadas de humo.

—Marino no tiene mala intención —se sintió obligado a decir Benton—. No pretendía que la cosa acabara de aquella manera.

—Traducido: me estás diciendo que cuando violó a Kay no lo hizo con mala intención. —Así, tal cual, mientras se cubría los ojos con unas gafas grises con lentes de espejo—. ¿O es que todo eso que sale hoy en Internet es falso? Maldita sea, ojalá lo hubieras mandado a cualquier otra oficina, y no a la mía. Está metido hasta las cejas en este caso y no hay modo de mantenerlos a los dos separados indefinidamente. Tienes que hablar con ella.

—Lo que sale en esa página web da una falsa impresión.

—Vaya, lo que disfrutaría un lingüista forense analizando esta frase, Benton. Pero haré caso de lo que dices. Eso que sale en Internet es pura invención. Me alegro mucho.

Berger se puso unos guantes de cabritilla y se subió el cuello de su abrigo de visón.

—Yo no he dicho que todo sean falsedades —replicó él. Luego miró hacia el lejano Empire State, con sus luces navideñas rojas y verdes, un faro lanzando destellos en lo alto de la aguja para advertir a los aviones. Berger le puso una mano en el brazo.

—Mira —dijo, en un tono más amable—. Deberías haberme explicado que la verdadera razón de que Marino se marchara de Charleston, de que dejara a Kay, es lo que le hizo a ella. Me voy a esforzar mucho por ser comprensiva. Sé lo que todo eso te debió de afectar. Que me lo cuenten a mí.

—Yo lo arreglaré.

—No, Benton, tú no arreglarás nada. Tirarás para delante, como tenemos que hacer todos a lo largo de este complicado camino.

Retiró la mano, y fue como si lo rechazara.

—Es increíble que estuvieras dispuesto a hacer cualquier cosa por Marino —añadió Berger—. Debo admitir que eres como un amigo para él. Pero ¿motivos? ¿Quieres saber mi opinión? Tú confiabas en que lo que hizo Marino dejaría de ser verdad si le echabas una mano, si le cubrías las espaldas. Ah, pero ahora todo el mundo está al corriente. ¿Sabes cuántas llamadas he recibido hoy, acerca de la maldita columna en Internet?

—Deberías preguntarle a él. Estaba borracho. No lo despidas.

—Todos los violadores a los que he encerrado estaban ebrios o drogados, o las dos cosas, o fue de común acuerdo, o empezó ella, o no pasó nada. Lo despediré en caso de que él se lo busque. He decidido que esta batalla es de Kay, no tuya, ni de Lucy. Aunque dudo mucho que Lucy lo vea de esta manera.

—Kay lo ha superado.

Con las manos hundidas en los bolsillos contra el frío, Berger dijo:

—Oh. Entonces ¿para qué tanto empeño en que ella no sepa que Marino trabaja para mí? ¿Por qué mantenerlo en secreto? Pensaba que era porque dejó su empleo, descompensado por lo tuyo con Kay, porque estaba celoso, algo tan evidente como ese Empire State que te tiene hechizado ahora mismo. Marino decidió que era el momento de dejarla libre y enmendarse. ¡Estúpida de mí! Nunca llamé a Kay para corroborar tu historia. No pedí referencias... Porque me fiaba de ti.

—Lo ha intentado. Sí, lo ha intentado más que nadie. Eso debería quedarte claro. Tú lo ves a menudo. Haz que se sincere contigo, que te cuente lo que hizo —dijo Benton.

—Tú me mentiste, que conste.

Berger estaba buscando un taxi.

—No te mentí, que conste. Y él no violó a Kay.

—¿Estabas tú allí?

—Kay dijo que la cosa no llegó a tanto. No puso ninguna demanda. Para ella se trata de un asunto privado. No es de mi incumbencia hablar de ello contigo ni con nadie más. Al principio no me dijo nada. Oh, sí, de acuerdo: mi avestrucismo. Supongo que no supe juzgar. Pero lo que salía esta mañana en Internet está deformado. Pregúntale a Marino y verás. Imagino que lo habrá leído. O que no tardará en verlo.

—¿Y Lucy? Sólo para saber a qué atenerme.

—Ella ya ha visto la columna, claro. Fue ella quien me llamó para contármelo.

—Me sorprende que no lo matara allí mismo, con la veneración que siente por tía Kay.

—Estuvo a punto.

—Me alegro de saberlo. No hace tanto, Lucy habría sido muy capaz. Me debes un favor.

Un taxi amarillo giró peligrosamente hacia ella y frenó en seco.

—Necesito que Kay se pase esta noche por el depósito —dijo Berger—. Y nadie mejor que tú para pedírselo.

Montó en el coche.

—Ah, la llamada que he recibido antes. —Le miró y dijo—: Necesito que Kay examine el cadáver, si no hay inconveniente. Me temo que la doctora Lester me la está jugando otra vez. La estamos localizando. Va a ir perdiendo el culo a la morgue y cooperará aunque tenga que llamar al mismísimo alcalde.

Cerró la puerta del taxi. Benton se quedó parado en la acera viendo cómo el coche se alejaba, cortando a otros dos vehículos entre un desafinado concierto de bocinazos.

9

Scarpetta examinó unas abrasiones, alargadas y superficiales, que Oscar tenía en el lado izquierdo de la parte superior de la espalda, mientras éste le explicaba cómo se las había hecho.

—Él ya estaba dentro y me atacó —estaba diciendo—. Huyó a todo correr, y entonces la vi a ella. La policía no me creyó, lo noté por la cara que ponían. Creen que esto me lo hice forcejeando con ella. Usted puede ver que no forcejeé, ¿verdad?

—Sería útil que me describiera qué llevaba puesto anoche —respondió Scarpetta.

—Usted ya ve que estas heridas no son de forcejear con ella. No encontrarán mi ADN en las uñas de Terri. Porque ella no me arañó. Ella no peleó conmigo. Nunca nos peleábamos. Bueno, una pequeña discusión de vez en cuando. Ella ya estaba muerta.

Scarpetta esperó a que se calmara. Estaba llorando. Luego repitió la pregunta.

—Dígame, ¿qué ropa llevaba usted anoche cuando peleó con...?

—No pude verle bien.

—Está seguro de que era un hombre.

—Sí.

—¿Recuerda a qué hora fue eso?

—A las cinco.

—¿En punto?

—Soy muy puntual. Todas las luces estaban apagadas, incluso la de la entrada. Las ventanas, todas a oscuras. Aquello me extrañó. Terri me esperaba, su coche estaba aparcado en la calle. Yo dejé el mío detrás. Había espacios libres, por ser Nochevieja mucha gente había salido. Me quité el abrigo y lo dejé en el asiento del acompañante. Llevaba puesta una camiseta y unos vaqueros. A ella le gusta que me ponga camisetas, de esas sin mangas. Le encanta mi cuerpo. Yo me mantengo en forma porque a ella le gusta, cualquier cosa sólo por complacerla. Adora el sexo. Yo no podría estar con una mujer que no adorara el sexo.

—¿Normal, rudo, creativo? —dijo Scarpetta.

—Soy muy considerado y muy suave. Por fuerza, debido a mi tamaño.

—¿Qué me dice de fantasías? *Bondage*, cosas por el estilo. Es importante que se lo pregunte.

—¡Jamás! ¡Eso nunca!

—No le estoy juzgando. Muchas personas hacen un montón de cosas, siempre y cuando ambos estén de acuerdo.

Él se quedó callado y vacilante. Scarpetta se dio cuenta de que tenía una respuesta diferente de la que había dado.

—Se lo prometo, no estoy juzgando —dijo ella—. Sólo intento ayudarle. Da igual lo que dos adultos hagan entre ellos mientras estén de acuerdo en hacerlo.

—Le gustaba que yo la dominara —dijo él al fin—. Sin dolor. Sólo que la sujetara, que la inmovilizara. Le gustaba que yo mostrara mi fuerza.

—¿A qué se refiere con sujetarla? Lo pregunto porque cualquier información puede ayudarnos a entender lo que pasó.

—Pues a sujetarle los brazos sobre la cama. Pero nunca le hacía daño. Nunca le dejé una sola señal.

—¿Alguna vez utilizó algún tipo de ligadura? ¿Esposas, objetos similares? Sólo para estar segura.

—Quizá su ropa interior. A ella le gusta llevar prendas sexys. Si le ato las manos con el sujetador, eso no le hace ningún daño. Se trata sólo de sugerir, de jugar. Nunca le pegué ni la estrangulé ni hice nada en serio. Fingíamos, eso es todo.

—¿Y a usted? ¿Le hacía ella estas cosas?

—No. Sólo yo. Tengo mucha fuerza, y eso es lo que le gusta a Terri, que se aprovechen de ella, pero sólo como un juego, nunca en serio. Ella es muy sexy, muy excitante, me dice lo que más le gusta y yo lo hago, y siempre me sorprende. En la cama lo pasamos muy bien.

—¿Hicieron el amor anoche? Es importante.

—¿Cómo íbamos a hacerlo, si ella ya estaba muerta? Fue espantoso cuando entré y la vi allí. ¡Oh, Dios, Dios!

—Siento tener que hacerle estas preguntas. ¿Entiende usted por qué son importantes?

Oscar asintió con la cabeza al tiempo que se secaba los ojos y la nariz con el dorso de las manos.

—Anoche hacía mucho frío —dijo Scarpetta—. ¿Por qué dejó el abrigo en el coche? Y más teniendo en cuenta que todas las luces estaban apagadas y usted preocupado.

—Me lo quité para sorprenderla.

—Explíquese.

—Ya le he dicho que a ella le gusta que me ponga camisetas ajustadas. Incluso pensé en quitármela cuando ella abriera la puerta. Era una camiseta sin mangas. De color blanco. Quería que ella abriese la puerta y me encontrara en paños menores.

Demasiado prolijo. El abrigo quedó en el coche por algún otro motivo. Estaba mintiendo, y mentía mal.

—Tengo llave de su casa —dijo Oscar—. Entré en el vestíbulo y llamé al timbre de su apartamento.

—¿Tiene llave del portal o también del apartamento? —preguntó ella.

—Las dos. Pero siempre llamo al timbre. No entro así como así. Llamé al timbre y de repente la puerta se abrió y aquel tipo se abalanzó sobre mí, me agredió, tirando de mí hacia dentro, y luego cerró de un portazo. Ése fue quien la mató. Es la misma persona que ha estado siguiéndome, espiándome, atormentándome. O uno de ellos, al menos.

El intervalo de veinticuatro horas cuadraba con la antigüedad de las lesiones, pero eso no significaba que Oscar estuviera diciendo la verdad.

—¿Dónde tiene ahora el abrigo? —preguntó Scarpetta.

Él estaba mirando a la pared.

—Oscar...

Continuó igual.

—Le estoy hablando, Oscar.

Él respondió sin dejar de mirar a la pared.

—Estará donde lo hayan dejado ellos. La policía, quiero decir. Les dije que podían registrar el coche, que podían hacer lo que les diera la gana. Pero que no iba a permitir que me tocaran ni un pelo. Les dije que la llamaran a usted para que viniese. Yo nunca le habría hecho daño a Terri.

—Cuénteme más sobre ese forcejeo con la persona que estaba dentro del apartamento.

—Estábamos cerca de la puerta y todo estaba muy oscuro. Él me golpeaba con una linterna de plástico. Me rasgó la camiseta. Ha quedado hecha jirones y sucia de sangre.

—Dice que estaba muy oscuro. ¿Cómo sabe que le pegaba con una linterna?

—Me enfocó con ella al abrir la puerta, directo a los ojos, dejándome ciego por momentos, y luego empezó a agredirme. Y forcejeamos.

—¿Dijo él alguna cosa?

—Sólo le oí jadear. Después echó a correr. Llevaba puesto un abrigo de piel y unos guantes también de piel. Probablemente no tendrá marcas de la pelea. Probablemente no habrá dejado su ADN ni fibras textiles, esas cosas. Ese tipo era listo.

No, el listo era Oscar, ofreciendo explicación a preguntas no formuladas. Y mintiendo.

—Cerré la puerta, con llave, y encendí todas las luces. Grité llamando a Terri. Noto como si un gato me hubiera clavado las uñas en la nuca, ojalá no me salga una infección. Quizá podría usted recetarme un antibiótico. Me alegro de que esté aquí. Yo les dije que era imprescindible que viniera. Todo sucedió tan deprisa, y estaba tan oscuro... —Lágrimas, otra vez empezó a sollozar—: Grité llamando a Terri.

—¿Y la linterna? —le recordó Scarpetta—. ¿Estaba encendida durante la pelea?

Él dudó, como si hasta ahora no hubiera pensado en ello.

—Debió de apagarla —dijo al fin—. O quizá se rompió mientras me golpeaba con ella. Tal vez es miembro de algún escuadrón de la muerte, no lo sé. Y me da igual lo inteligentes que sean. El crimen perfecto no existe. Usted siempre cita a Oscar Wilde: «Nadie comete un crimen sin cometer alguna estupidez.» Excepto usted. Sí, sólo usted podría conseguirlo, cometer el crimen perfecto. Usted misma lo dice a menudo.

Scarpetta no recordaba haber citado nunca a Oscar Wilde, y jamás había dicho que ella pudiera cometer el crimen perfecto. Además de una estupidez, sería tan indignante como ofensivo. Examinó el racimo de arañazos en forma de luna que tenía en el hombro izquierdo.

—Ese hombre cometió un error. Tenía que haber cometido al menos uno. Sé que usted lo puede adivinar. Siempre dice que puede adivinarlo todo.

No, eso tampoco lo había dicho nunca.

—Quizás es la voz y la manera que tiene de expresarse. Su sencillez. Es usted muy hermosa.

Apretó los puños sobre su regazo.

—Ahora que la veo en persona, me doy cuenta de que no es por el maquillaje ni por el ángulo de la cámara.

La miró con sus ojos azul-verde.

—Tiene algo que me recuerda a Katharine Hepburn, sólo que usted es rubia y no tan alta.

Los puños temblaron, como si estuviera tratando con todas sus fuerzas de no hacer algo con ellos.

—Le sientan muy bien los pantalones, igual que a ella. Bueno, creo que Katharine usaba pantalones de hombre. Da lo mismo. No me interprete mal. No le estoy tirando los tejos. Me encantaría que me abrazara. ¡Necesito que me abrace!

—No puedo hacer eso. ¿Comprende usted por qué? —dijo ella.

—Le he oído decir muchas veces que trata a los muertos con dulzura y consideración. Que los toca como si estuvieran vivos y que les habla como si ellos pudieran oírla. Que las personas pueden ser atractivas y deseables incluso muertas, y que por eso la necrofilia no es tan difícil de entender como la gente piensa, sobre todo si el cuerpo aún está caliente. ¿Y por qué no puede abrazarme?

Ella nunca había dicho que tocara el cuerpo de los muertos como si estuvieran vivos, ni que les hablara como si pudieran oírla. Jamás había dicho que un cadáver fuera deseable o atractivo ni que la necrofilia fuese algo comprensible. ¿A qué venía todo esto?

—¿La persona que lo agredió hizo algún intento de estrangularlo? —preguntó. Las señales de uñas que tenía en la nuca eran verticales. Perfectamente verticales.

—Hubo un momento en que me agarró del cuello con las manos y siguió clavándome las uñas mientras yo rodaba de costado, hasta que conseguí zafarme —dijo Oscar Bane—. Porque soy fuerte. No sé qué habría pasado si no llego a ser tan fuerte.

—Antes ha dicho que empezaron a espiarlo a partir de su relación con Terri. ¿Cómo la conoció?

—Por Internet. Ella era alumna mía desde hacía un tiempo. Ya sé, usted no puede hablar de ello.

—¿Cómo dice?

—Olvídelo. Estoy de acuerdo —dijo él—. Terri estaba apuntada a mi curso de Historia de la Psiquiatría; quería ser psicóloga forense. Es curioso que tantas mujeres quieran ser psicólogos forenses, ¿no? He visto que en esta sala hay docenas de guapas estudiantes del John Jay. Pero ¿no es lógico pensar que a las mujeres, especialmente si son guapas, les darían miedo los pacientes que hay aquí?

Scarpetta empezó a examinarle el torso, amplio y sin vello, midiendo nuevas abrasiones superficiales. Rozó sus heridas y él descansó las muñecas esposadas sobre la ingle, mientras los ojos de distinto color se movían como manos explorando lo que ella tenía debajo de la bata de laboratorio.

—¿No le parece que una mujer podría tener miedo de trabajar en un sitio como éste? —dijo—. ¿Y usted? ¿Tiene miedo?

Cuando Arpía recibió aquella críptica llamada un año y medio atrás, no imaginó hasta qué punto iba a cambiarle la vida.

El hombre de acento italiano se identificó como agente de una compañía de depósito británica y le dijo que había conseguido sus señas indirectamente, a través de la consultoría en donde ella había trabajado como administradora de bases de datos. Con su mal inglés, añadió que quería enviarle una propuesta de trabajo por correo electrónico. Arpía imprimió el mensaje, y todavía ahora conservaba la página pegada en la puerta del frigorífico como recordatorio de las sincronicidades de la vida:

> Webmaster: Debe ser capaz de tomar iniciativas, trabajar sin supervisión desde su propia casa, tener don de gentes y talento para el melodrama. Se requiere experiencia técnica limitada. Confidencialidad imprescindible. Otros requisitos a negociar. ¡Importantes ingresos potenciales!

Arpía había respondido al instante, diciendo que estaba muy interesada pero que necesitaba un poco más de información. En respuesta a ciertas preguntas, el misterioso agente explicó —a su manera— que don de gentes sólo quería decir que tenían que interesarle las personas y punto. No estaba autorizada a hablar con ellas pero debía conocer qué cosas despertaban sus «instintos más básicos». (Arpía no tardó en saber que esas cosas eran el voyeurismo y morirse de gusto ante las humillaciones y los apuros del prójimo.)

Su correo aceptando la oferta, en un formato idéntico a como ésta le había sido enviada, seguía pegado también en la puerta del frigorífico:

> Acepto todas las condiciones. Puedo empezar de inmediato y no tengo inconveniente en trabajar siempre que sea necesario, incluidos fines de semana y vacaciones.

En cierto modo, Arpía se había convertido en una ciberversión anónima por poderes de su humorista preferida, Kathy

Griffin, cuyos programas y monólogos miraba obsesivamente, pescando siempre alguna nueva sugerencia sobre cómo cortar en filetes a ricos y famosos y servirlos a una audiencia insaciable que crecía en proporción directa al empeoramiento del mundo en general. La gente estaba desesperada por reír; necesitaba desesperadamente airear sus frustraciones, sus rencores y furias, cargar contra las doradas cabezas de turco, que era como Arpía gustaba de pensar en esos intocables y privilegiados que podían molestarse mucho o poco pero nunca sentirse heridos por los dardos y las flechas del desaire y el ridículo.

Porque, a ver, ¿qué daño podías hacerle a alguien como Paris Hilton o como Martha Stewart? Los chismes, las insinuaciones despiadadas, las revelaciones —incluso la cárcel— sólo afianzaban su trayectoria, haciendo que la gente las envidiara y las adorara todavía más.

El más cruel de los castigos era que no te hicieran ningún caso, sentirte invisible e inexistente, ni más ni menos que como Arpía se había sentido cuando tantísimos empleos de asistente técnico informático y de mercadotecnia —incluido el de ella— fueron externalizados a la India. Como si la hubieran arrojado por la borda a traición y sin salvavidas. Jamás olvidaría cuando tuvo que recoger sus efectos personales y sacarlos en una caja grande de cartón, como había visto en las películas. Milagrosamente, empero, cuando ya pensaba que no podría seguir viviendo en un barrio como Murray Hill y estaba preguntando por viviendas más baratas pero no en los bajos fondos, recibió la llamada del representante italiano del Jefe desde el Reino Unido.

Si de alguna cosa podía quejarse ahora, era de esa soledad que de forma inesperada le había creado una agudeza especial para los asesinos en serie y los pistoleros, haciéndole sentir cierta lástima por ellos. ¡Qué duro era guardar un secreto cuando había tanto en juego! A menudo se preguntaba qué haría la gente si supiera que la señora que tenían delante en la cola del hipermercado era responsable en buena parte de la página de cotilleo más popular en la historia de Internet.

Pero no podía decírselo a nadie, tampoco al policía que acababa de estar en su casa. No podía atribuirse ningún mérito. No podía tener amistades y arriesgarse a cometer un desliz. Menos mal, pensaba, que no les tenía mucha confianza a sus hijas y que apenas si hablaba con ellas. Sería sensato no tener novio ni marido otra vez. Porque, aun cuando abandonara este empleo, jamás podría revelar nada de su antigua y extraordinaria profesión. Había firmado suficientes acuerdos de confidencialidad y no divulgación de datos como para acabar en la cárcel de por vida, o en el asilo para pobres, o (y quizá ya estaba desvariando) morir de muerte no natural si se le ocurría cometer la menor infracción. Pero ¿qué podía revelar ella?

De entrada, no sabía quién era *Gotham Gotcha*. La persona que escribía las crónicas podía ser un hombre o una mujer, una persona joven o mayor, norteamericana o no. O quizá la página web era un fenómeno colectivo, cosa de un grupito de genios del MIT,* o de espías chinos, o de la flor y nata de una empresa de alta tecnología especializada en Internet. Arpía cobraba un buen dinero y estaba enormemente orgullosa de ser una *celebrity* (anónima y por delegación), pero todo este asunto había empezado a pasarle factura de un modo que ella no había previsto. Estaba empezando a dudar de su propia razón de ser, cosa que probablemente estaba relacionada con su insensato comportamiento durante la visita del investigador Marino.

Arpía estaba ávida de relacionarse con gente de carne y hueso, ávida de conversar, de que alguien estuviera por ella o tuviera algo que decir respecto de lo que hacía, y había perdido la costumbre de mantener un diálogo de cierta enjundia con un ser humano que estuviera presente. Para ella había sido un acontecimiento tener a un ser vivo en su sala de estar y que se fijara en los pelos del cachorro que había en la alfombra, o que fuese testigo de que ella llevaba un chándal rojo de pana que en algunos puntos era rosa claro debido a un percance con la lejía. Había sentido pena de que se marchara, y al mismo tiempo alivio, pero sobre todo pena, cuanto más pensaba en ello. Hasta entonces no había sido consciente de encontrarse en una situación límite.

* Instituto Tecnológico de Massachusetts. *(N. del T.)*

Ahora lo era y entendía el porqué. Desde luego que lo entendía. ¿Y quién no?

El dinero invisible que ingresaban cada dos semanas en su cuenta bancaria, los comentarios impersonales y desagradecidos por correo, las instrucciones que recibía de vez en cuando, podían para el caso haber venido de Dios, a quien Arpía tampoco había llegado a conocer ni siquiera en foto y cuyo nombre real era motivo de polémica. Si ella necesitaba palabras de aliento, de elogio o de gratitud, si necesitaba unas vacaciones o un regalo por su cumpleaños, de nada le servían ni el Jefe ni Dios. Ambos permanecían callados e invisibles.

A Dios, suponía ella, se le podía perdonar habida cuenta de que tenía una montaña de empleados y discípulos de los que ocuparse. No así en el caso del Jefe, que sólo la tenía a ella. La visita del investigador Marino había redundado en una cierta sensación de claridad. Ella era una creación del Jefe, lo tenía asumido y se sentía agradecida por ello, pero también sentía rencor. Había hipotecado su vida. No tenía perro ni amigos, no osaba viajar ni entablar conversaciones triviales, y no recibía visitas a menos que se presentaran por iniciativa propia. Y la única persona a quien podría haber calificado de «conocida» había sido asesinada la noche anterior.

En qué horribles condiciones había aceptado vivir. Y la vida era muy corta. Podía acabarse —de la manera más espantosa— en un abrir y cerrar de ojos. El Jefe era un explotador, un ser apático e injusto. Sin Arpía, el Jefe no podía llenar la página web con lo que ella escogía de entre los millares de correos, imágenes, comentarios vulgares y alusiones malintencionadas que recibía de los admiradores de la página. Arpía hacía todo el trabajo y el Jefe se llevaba todos los honores, aun cuando los fans no supieran quién era el Jefe.

Se sentó frente al ordenador, con las cortinas echadas para no tener que ver el edificio de enfrente ni pensar en lo que había sucedido la víspera. No quería mirar el coche de policía aparcado aún frente al edificio de Terri y que el agente a quien perteneciera el vehículo informara a Marino de que la vecina a quien había interrogado horas antes estaba espiando por la ventana.

Aunque le habría encantado recibir otra visita, no podía permitirse tal cosa. El investigador Marino sospechaba de ella. Arpía estaba convencida de que él creía que anoche había visto algo, y tras unas cuantas búsquedas en Internet después de que él se marchara, había comprendido por qué.

La muerte de Terri era todo un misterio, y de los feos. Nadie decía cómo había muerto, sólo que el tipo rubio de la rosa amarilla, a quien Arpía había saludado recientemente, estaba encerrado en Bellevue igual que el Hijo de Sam* cuando lo pillaron, y que el forense que había practicado la autopsia no había dado detalles. Pero seguro que eran espeluznantes. El caso debía de ser muy importante puesto que habían pedido ayuda a la doctora Scarpetta, nada menos. Eso era lo que deducían tras haber sido vista por la tarde en los aeropuertos Logan y La Guardia, y posteriormente en Bellevue, tirando de una maleta con una rueda en mal estado, supuestamente camino de reunirse con su marido, psicólogo forense, en la sala destinada a reclusos donde estaba retenido el novio de Terri.

Seguro que el Jefe se sacaría de la manga otra columna sobre la doctora Scarpetta. *Blogs* de todas clases estaban reaccionando ya a las crónicas publicadas hoy, con comentarios de lo más variado. Si bien bastantes personas opinaban que era lamentable que se hubiera hecho pública cualquier violación sexual en la persona de Scarpetta —ya fuera por parte del investigador Marino, ya por la hermana Polly—, muchas otras personas pedían más.

«¡Detalles! ¡Pormenores!»

«¿Por qué iba nadie a romperle los lápices a una niña?»

«Las mujeres como ella se lo buscan. Por eso se sienten atraídas por el crimen.»

«Me extraña lo del policía, pero no lo de la monja.»

Arpía se había sentido extrañamente desmotivada desde la partida del investigador Marino, y más le valía ponerse a examinar la información y las últimas imágenes enviadas por admira-

---

* Son of Sam, alias de David Richard Berkowitz (1953), asesino y pirómano cuyos crímenes aterrorizaron a Nueva York. *(N. del T.)*

dores, en caso de que hubiera algo importante que colgar o que guardar en la carpeta especial del Jefe.

Abrió y eliminó docenas de aburridas y banales anécdotas de carácter más o menos calumnioso, así como imágenes tomadas con cámara de teléfono móvil, hasta que llegó a un correo enviado hacía apenas unas horas. Se sintió excitada, aunque escéptica, sólo con leer el «asunto».

¡FOTO NUNCA VISTA!
MARILYN MONROE EN LA MORGUE

No había mensaje, sólo un archivo adjunto. Arpía descargó la imagen, y al abrirla en alta resolución en su monitor, experimentó algo que le hizo comprender de golpe eso de que los pelos se te pongan de punta.

—Cielo santo —murmuró—. ¡Dios bendito! —gritó.

El cuerpo de Marilyn Monroe, recosido como un muñeco de trapo, yacía desnudo sobre una reluciente mesa metálica, sus rubios cabellos húmedos y pegados a la cara, un poco hinchada pero reconocible. Arpía fue aumentando la imagen por zonas, volviendo loco al ratón mientras hacía lo que sin duda iban a hacer después los fans de la página. Arrugó la nariz, amplió, arrugó la nariz de nuevo al mirar los antaño espléndidos senos de la diosa del cine, ahora aplastados por la espantosa vía de tren de las suturas en forma de V que iban desde las clavículas hasta el escote y luego bajaban por su antaño espléndido cuerpo, esquivando antiguas cicatrices quirúrgicas para perderse en el vello púbico. Sus ojos azules, así como sus labios, estaban cerrados, y ampliando todo lo que permitía el *software*, Arpía halló la verdad que el mundo había reclamado siempre y que sin duda merecía conocer.

Tal cual: lo supo, y podía demostrarlo.

Más claro, imposible.

Los detalles estaban a la vista. Pruebas: el pelo recientemente teñido de rubio sin asomo de raíces oscuras. Las cejas perfectamente depiladas. Las cuidadas uñas de manos y pies, y las piernas sin rastro de vello. Era esbelta, no le sobraba ni le faltaba un solo gramo.

Marilyn había sido muy meticulosa con su aspecto físico, se había cuidado muchísimo y había vigilado su peso hasta el trágico momento final. Y una persona muy deprimida no hace eso. La fotografía era una prueba irrebatible de lo que Arpía había sospechado siempre.

Se puso a teclear. El texto tenía que ser breve. Aquí el escritor era el Jefe, no ella, y sólo se le permitía inventar un máximo de veinte palabras para un título o un encabezamiento, cosas así:

¡MARILYN MONROE ASESINADA!
(Esta imagen puede herir la sensibilidad del espectador)

Una fotografía nunca vista de la autopsia demuestra sin ningún género de duda que la aclamada estrella de cine Marilyn Monroe no sufría depresión en el momento de su muerte, y que no se quitó la vida.

Detalles claramente visibles durante la autopsia llevada a cabo el 5 de agosto de 1962 en Los Ángeles revelan pruebas concluyentes de que fue el mal —no un accidente ni un suicidio— lo que acabó con la vida de la actriz.

Arpía supo que tenía que parar. Sin incluir los números y los signos de puntuación, había superado casi cinco veces el límite establecido. Pero seguro que en este caso el Jefe iba a hacer una excepción; mejor aún, quizá le pagaría un extra y se desharía en elogios.

Saltó a la ventana del buscador y encontró fácilmente el «informe oficial» de la autopsia redactado por el famoso doctor Thomas Noguchi y los resultados del laboratorio. Leyó con atención, pese a no entender muchas de las frases. Buscó el significado de «lividez fija» y «zona equimótica». Buscó un montón de cosas, y cada vez estaba más indignada.

¡Cómo se atrevía este hatajo de hombres ávidos de poder, mujeriegos y egoístas, a hacerle esto a Marilyn! Muy bien, el mundo ya podía dejar de especular sobre lo que pasó. Los dedos de Arpía volaron sobre el teclado.

La información ultrasecreta aportada por el informe de la autopsia cuadra perfectamente con lo que se puede apreciar a simple vista en esta extraordinaria fotografía. Marilyn Monroe, desnuda y desvalida, fue inmovilizada sobre la cama (eso explica las contusiones que aparecen en su cadera izquierda y parte baja de la espalda) mientras los asesinos le administraban un enema cargado de barbitúricos.

Marilyn no murió de una dosis suicida de Nembutal, pues en ese caso habría habido al menos algún rastro de cápsulas y un residuo amarillento en el estómago y el duodeno: y no había tal cosa. Añádase a ello el detalle de la decoloración violácea del colon, ¡justo lo que cabría esperar tras un enema envenenado!

Y, a propósito, si ella misma se hubiera administrado el enema, ¿dónde estaban todas las cápsulas vacías?, ¿dónde estaba el frasco del enema?

Una vez que las drogas quedaron incorporadas a su organismo, es de sentido común pensar que Marilyn no pudo salir corriendo de su casa para deshacerse de las pruebas y luego volver, quitarse la ropa, acostarse en la cama y subirse la colcha hasta la barbilla. Después de ese enema, Marilyn habría quedado incapacitada, perdido el conocimiento y... fallecido pocos minutos después. De hecho, ¡ni siquiera pudo llegar al cuarto de baño! Cuando le sobrevino la muerte, su vejiga estaba llena. Así consta en el informe de la autopsia.

Marilyn Monroe fue asesinada porque no quiso tener la boca cerrada. ¡No importa quién diera la orden de matarla!

10

Desde la ventana de su oficina en la octava planta, Jaime Berger veía leones rampantes tallados en bajorrelieve en el edificio de granito que había enfrente.

Quiso la casualidad que estuviera mirando por esa misma ventana el día que el vuelo 11 de American Airlines cruzó el despejado cielo azul a una altura inusualmente baja para estrellarse contra la torre norte del World Trade Center. Dieciocho minutos más tarde, el segundo avión se incrustaba en la torre sur. Sin dar crédito a sus ojos, vio cómo ardían y se derrumbaban esos símbolos de poder que conocía desde pequeña, vio llover ceniza y escombros sobre esa parte de Manhattan. Y pensó que el mundo se terminaba.

Desde entonces se preguntaba qué cosas habrían cambiado de no haber estado ella en Nueva York aquel martes por la mañana, sentada en la oficina hablando por teléfono con Greg, que estaba solo en Buenos Aires porque ella tenía otro de sus juicios de campanillas (uno del que ya ni se acordaba).

Siempre había importantísimos juicios (y olvidables) que requerían su presencia en la ciudad mientras Greg se largaba a lugares maravillosos del mundo entero con sus dos hijos de un anterior matrimonio. Greg había decidido que Londres le gustaba más y tenía allí un piso, aunque luego resultó que lo que tenía era una amante, una joven abogada inglesa. Se habían conocido unos años antes, cuando ella estuvo trabajando durante unas semanas para la oficina de Berger con ocasión de un proceso muy estresante.

Berger no le había dado importancia a que Greg y la chica cenaran juntos mientras ella, Berger, seguía trabajando hasta que las agujas se caían del reloj. (Así solía expresarlo él.)

Permaneció en una especie de limbo conyugal hasta que un día Greg se presentó de improviso en la oficina para llevarla a almorzar. Fueron andando hasta Forlini's, un local muy frecuentado por políticos y potentados de la justicia penal. Marido y mujer se sentaron uno enfrente del otro, rodeados de paneles de madera noble y recargadas pinturas al óleo de la madre patria. Él no le dijo que tenía un lío desde hacía años sino simplemente que quería cortar, y en aquel preciso momento los pensamientos de Berger derivaron nada menos que hacia Kay Scarpetta. Había una razón lógica.

En Forlini's cada reservado llevaba el nombre de una persona influyente, y el que ocupaban ahora Berger y Greg era, qué coincidencia, el de Nicholas Scoppetta, actual jefe de bomberos. Al ver el apellido en la pared, Berger pensó en Scarpetta, diciéndose que de haber estado en su lugar, ella, Scarpetta, se habría levantado del maldito banco de piel color rosa oscuro y se habría largado del restaurante, en vez de someterse a —cuando no provocar— burdas mentiras y humillaciones.

Pero Berger no se movió ni presentó objeciones. Aguantó el tipo, dominándose como siempre, mientras Greg planteaba la estúpida teoría de que había dejado de quererla. Que no la quería desde el 11-S, tal vez aquejado de estrés postraumático, pese a que era muy consciente de que se encontraba fuera del país en el momento del atentado terrorista, pero verlo tantas veces en las noticias había sido casi tan duro como estar allí.

Greg dijo que lo que le había pasado y continuaba pasando a Estados Unidos —sobre todo en lo referente a sus propias inversiones en bienes raíces y a la caída en picado del dólar— era muy traumatizante y que por eso se mudaba a Londres. Quería un divorcio discreto, y cuanto más discreto y de mutuo acuerdo fuera, mejor para todos. Berger preguntó si quizás alguna mujer no tendría, «discretamente», algo que ver en el asunto; quería comprobar si Greg era capaz de ser sincero. Él contestó que esa pregunta era irrelevante cuando dos personas ya no se querían, y luego hizo una no muy sutil acusación diciendo que Berger tenía otros intereses, y no se refería a los profesionales. Ella no protestó, ni hizo más preguntas ni presentó siquiera alegaciones de que jamás había violado los términos del contrato matrimonial, aunque se le hubiera pasado por la cabeza hacerlo.

Ahora Berger estaba discretamente divorciada, discretamente aislada y era discretamente rica. Hoy, la planta donde tenía su oficina estaba desierta. Al fin y al cabo era fiesta, o día de baja general, según el entusiasmo con que uno hubiera celebrado el Año Nuevo. Pero Berger no tenía ningún incentivo para quedarse en casa. Aquí siempre había trabajo que hacer. De modo que con su ex marido al otro lado del charco, los hijos de él ya crecidos y ninguno propio, se encontraba a solas en el frío edificio de piedra estilo art déco, no lejos de la Zona Cero, incluso sin nadie que atendiera el teléfono.

Y cuando sonó a las cinco en punto de la tarde, exactamente veinticuatro horas después de la hora en que Oscar Bane decía haber llegado a casa de Terri Bridges, Berger contestó ella misma, sabiendo ya quién telefoneaba.

—No —le dijo a Lucy—, en la sala de conferencias, no. Seremos sólo tú y yo. Mejor en mi despacho.

Oscar miró el reloj colgado de la pared en su armazón de plástico y se llevó al rostro las manos esposadas.

Ayer a esta misma hora, Terri tenía que haberle abierto la puerta, y tal vez lo hizo. O tal vez lo que él afirmaba era la verdad y ella ya estaba muerta ayer a esta misma hora. El minutero del reloj dio una sacudida y señaló las cinco y un minuto.

Scarpetta preguntó:

—¿Terri tenía amigos?

—Sólo por Internet —dijo Oscar—. Así se relacionaba ella, y así fue como aprendió a confiar en la gente. O a comprender que no podía fiarse. Ya lo sabe. ¿Por qué me hace esto? ¿Por qué no puede reconocerlo? ¿Qué se lo impide?

—No sé qué es lo que quiere que reconozca.

—Ha recibido instrucciones.

—¿Qué le hace pensar eso? ¿Instrucciones para hacer qué, ya que estamos?

—Vale, bueno —dijo él, irritado—. Me estoy cansando de este juego. De todos modos se lo voy a decir. Tengo que creer que usted me está protegiendo. Tengo que creer que por eso contesta con evasivas. Lo acepto y voy a responder a su pregunta. Terri conocía a gente por Internet. Ser persona pequeña, y mujer, te convierte en alguien extremadamente vulnerable.

—¿Y en qué momento empezaron ustedes dos a salir?

—Al cabo de un año de enviarnos correos electrónicos. Un día vimos que ambos pensábamos ir a una reunión en el mismo sitio y a la misma hora. En Orlando, una reunión de la Gente Pequeña. Fue entonces cuando supimos que ambos teníamos acondroplasia. Después de lo de Orlando empezamos a vernos regularmente. Ya se lo he dicho. Hace tres meses.

—¿Por qué en casa de Terri, ya desde el principio?

—A ella le gustaba así. Es una persona muy limpia, obsesivamente pulcra.

—¿Le preocupaba que el piso de usted pudiera estar sucio?

—No sólo el mío, sino la mayoría de los sitios.

—¿Era obsesiva-compulsiva? ¿Tenía fobia a los gérmenes?

—Cuando íbamos a alguna parte, quería que nos duchásemos al llegar a su casa. Al principio pensé que era un preámbulo para ir a la cama, y ya me parecía bien. Ducharnos juntos, quiero decir. Pero luego vi que era por la limpieza. Yo tenía que estar muy limpio. Entonces llevaba el pelo largo, pero ella hizo que me lo cortara porque así es más fácil tenerlo limpio. Terri decía que el cabello, el vello en general, acumula suciedad y bacterias. Yo me porté como un buen chico pero le dije que había un sitio del que no pensaba quitarme los pelos. Que ahí abajo no decidía nadie más que yo.

—¿Adónde va a que lo depilen?

—A una dermatóloga de la 79 Este. Lo hace con láser. Ya no tendré que pasar un mal rato por ese motivo.

—¿Y Terri? ¿Iba al mismo sitio?

—Fue ella quien me recomendó a esa dermatóloga. Se llama

Elizabeth Stuart. Tiene mucha clientela y está muy bien considerada. Terri hace años que va.

Scarpetta anotó el nombre de la doctora y preguntó por otros médicos o especialistas a los que Terri hubiera podido acudir, y Oscar dijo que no sabía o no se acordaba, pero que estaba seguro de que en el apartamento de Terri habría manera de encontrar información sobre ello. Era una mujer que lo tenía todo muy bien organizado, añadió.

—Jamás tiraba nada que pudiera ser importante, pero tenía un lugar para cada cosa. Si yo colgaba la camisa del respaldo de una silla, Terri iba a por una percha. Apenas si habíamos terminado de comer, y ya tenía los platos metidos en el lavavajillas. Odiaba el desorden. Odiaba que las cosas estuvieran fuera de sitio. La agenda, el impermeable, las botas de nieve, lo que fuera, todo lo apartaba de la vista aunque tuviera la intención de utilizarlo cinco minutos después. Ya sé que eso no es normal.

—¿Ella también lleva el pelo muy corto?

—Se me olvida que usted no la ha visto.

—Así es, lo siento.

—Terri no se lo hacía cortar mucho, pero siempre lo llevaba muy limpio. Si iba a alguna parte, tan pronto estaba de vuelta se daba una ducha y se lavaba el pelo. Nunca tomaba un baño, porque eso supone estar sentado en agua sucia. Es lo que ella dice siempre. Las toallas sólo las utiliza una vez, y luego a la lavadora. Ya sé que no es normal. Le sugerí que hablara con un especialista sobre su ansiedad, le dije que eso era un trastorno obsesivo-compulsivo, no un caso serio pero sí con algunos de los síntomas. No se lavaba las manos cien veces al día, ni evitaba pisar grietas en la acera, ni le hacía ascos a la comida preparada. Nada de eso.

—¿Y cuando hacían el amor? ¿Tomaban precauciones especiales debido a su manía por la pulcritud?

—Sólo que yo vaya limpio. Después nos duchamos, nos lavamos el pelo el uno al otro, y muchas veces repetimos en la ducha. A ella le encanta hacerlo en la ducha. Lo llama «sexo limpio». Yo quería que nos viéramos más de una vez a la semana, pero la cosa no pasó de ahí. Siempre el mismo día de la semana, siempre a la misma hora. Supongo que porque es tan organizada. Los sábados a las cinco. Hacíamos el amor después de comer algo. Algunas veces tan pronto llegaba yo. No me quedaba a dormir. A ella le gusta despertarse sola y ponerse a trabajar. Mi ADN está por todas partes en su apartamento.

—Pero anoche no hicieron el amor.

—¡Eso ya me lo ha preguntado antes!

Apretó los puños, y en sus musculosos brazos asomaron las venas.

—¡Cómo le iba a hacer el amor!

—Sólo quiero asegurarme. Entienda que debo preguntárselo.

—Siempre uso preservativo. Están en el cajón, al lado de su cama. Ella tendrá mi saliva.

—¿Y eso?

—La abracé. Intenté hacerle el boca a boca. Cuando vi que había fallecido, la besé, la acaricié, la tuve en mis brazos.

—Esto de aquí, y esto —dijo Scarpetta, tocando los moretones que tenía en el esternón—. ¿Es de cuando el agresor le golpeó con la linterna?

—No todo. Quizá también de chocar contra el suelo. No lo sé.

Las contusiones varían de color, pueden indicar la forma del objeto causante. Las de Oscar eran de un morado rojizo. Tenía dos en el pecho, una en el muslo izquierdo, todas de unos cinco centímetros de ancho y ligeramente curvas. Lo más que podía deducir Scarpetta era que encajaban con el canto de una linterna, y que Oscar había sido golpeado con fuerza moderada aproximadamente a la misma hora en que las otras lesiones se habían producido.

Sacó fotos en primer plano, consciente de que él podía estrangularla con facilidad usando el antebrazo, sin darle posibilidad de gritar. En cuestión de minutos habría muerto.

Percibió el calor de su cuerpo. Lo olió. Luego, el aire que los separaba se enfrió de nuevo al apartarse ella y volver a la mesa, donde se puso a hacer anotaciones mientras él le miraba la espalda. Notaba sus ojos desparejos, y nada cálidos. Era como sentir dos frías gotas de agua. La veneración que Oscar sentía por ella empezaba a enfriarse. Para él ya no era una estrella televisiva. Era una mujer de carne y hueso, una persona real que le estaba decepcionando, traicionando. Ése era casi siempre el camino de la adoración al héroe, porque en el fondo no se trataba nunca del objeto de la misma.

—Estamos igual que hace millares de años —dijo Oscar, sin esperar a que se diera la vuelta—. La gente no cambia: las mismas peleas, las atrocidades, las mentiras, el odio...

—Si lo cree así —añadió ella—, ¿qué sentido tiene que quiera investigar sobre psicología?

—Para entender de dónde proviene el mal, es preciso seguirle los pasos —respondió Oscar—. ¿En qué acabó la cosa? ¿Navajazos, la cabeza decapitada de un excursionista? ¿Discriminación de un tipo o de otro? ¿Qué parte de nuestro cerebro sigue siendo primitivo en un mundo donde la violencia y el odio son contraproducentes desde el punto de vista de la supervivencia? ¿Por qué no podemos borrar esa parte de nuestro código genético tal como eliminamos genes en los ratones? Sé lo que está haciendo su marido.

Hablaba deprisa y con un tono pétreo, mientras ella sacaba de su maletín una extrusora de silicona y un recambio de polivinilsiloxano.

—Hablo de la investigación que está llevando a cabo en ese hospital de Harvard. McLean. Utilizando la MRI* funcional. ¿Estamos llegando a alguna conclusión? ¿O vamos a seguir torturando y violando y matando y librando guerras y cometiendo genocidios sobre la base de que ciertas personas no merecen los derechos humanos fundamentales?

Scarpetta ajustó el cartucho, retiró el tapón rosa y presionó el gatillo de la extrusora, derramando base blanca y catalizador transparente sobre una toalla de papel hasta conseguir un flujo regular. Luego acopló el casquillo mezclador y volvió a la mesa de reconocimiento, explicando a Oscar que iba a aplicarle un compuesto de silicona en los dedos de la mano y en las heridas.

* Imagen por Resonancia Magnética. (*N. del T.*)

—Va muy bien para tomar impresiones elásticas de superficies rugosas o lisas, como las uñas de sus dedos o incluso la propia huella dactilar —dijo—. No tiene efectos secundarios dolorosos, y no debería haber ninguna reacción cutánea. Los arañazos y demás han formado costra y esto no va a afectarlos, pero si en un momento dado desea que pare, me lo dice. Quisiera confirmar que tengo su consentimiento.

—Lo tiene —dijo él.

Se quedó muy quieto mientras ella le tocaba las manos, con cuidado especial en el dedo pulgar lastimado.

—Voy a limpiar suavemente sus dedos y sus lesiones con alcohol isopropílico —dijo—. Es para que las secreciones de su cuerpo no interfieran con el proceso curativo. Esto no le va a doler. Como mucho, puede que le escueza un poco. Avíseme si quiere que pare.

Él guardó silencio y la miró limpiarle los dedos, uno por uno.

—Estoy intentando adivinar cómo es que tiene conocimiento de la investigación que el doctor Wesley está llevando a cabo. Él no ha publicado nada todavía. Pero sé que lleva tiempo reclutando individuos y que todo ello ha sido objeto de mucha publicidad. ¿Debo suponer que es ésa la respuesta?

—No tiene importancia —dijo Oscar, mirándose las manos—. Nada cambia. La gente sabe por qué está llena de odio, pero eso no cambia nada. Los sentimientos no se pueden cambiar. Ni toda la ciencia del mundo cambiará los sentimientos.

—Discrepo —dijo Scarpetta—. Tendemos a odiar aquello que tememos. Y odiamos menos cuando tenemos menos miedo.

Cada vez que presionaba el gatillo para aplicar la mezcla inodora en los dedos de Oscar, la pistola soltaba un chasquido.

—En principio, cuanto más sabemos, menos miedo tenemos y menos odiamos. Voy a cubrir cada dedo hasta la primera articulación, y cuando el compuesto se haya secado, lo podremos quitar como esos dedos de goma que se usan para contar billetes. Es un material excelente para evaluación microscópica.

Utilizó una espátula de madera para extender y alisar el compuesto, que, para cuando hubo terminado de cubrir los múltiples rasguños y arañazos, ya estaba empezando a vulcanizar. Era interesante que él no le hubiera preguntado para qué necesitaba impresiones de las yemas de sus dedos, y de las uñas, así como de los arañazos que supuestamente le había infligido el hombre que, según él, le había atacado. Oscar no preguntó nada porque seguramente lo sabía, y en el fondo para ella era menos importante el estudio microscópico de esas impresiones que el hecho mismo de que él viera que se las tomaba.

—Listo. Ahora ponga las manos en alto, por favor.

Miró sus ojos azul-verde, que la estaban mirando a ella.

—Aquí hace fresco —dijo Scarpetta—. Unos veinte grados, diría yo. Esto estará listo en cosa de cuatro minutos. Voy a subirle la bata otra vez para que se sienta más cómodo.

Percibió el olor acre a sudor y reclusión, a dientes sin cepillar y agua de colonia. Se preguntó si un hombre se molestaría en ponerse colonia si tuviera la intención de asesinar a su amante.

11

Lucy colgó su cazadora del perchero y, sin que nadie la invitara a hacerlo, arrimó una silla adonde Berger estaba sentada y abrió un portátil MacBook Air.

—Disculpa —le dijo Berger—. Estoy acostumbrada a que la gente se siente al otro lado de mi mesa.

—He de enseñarte una cosa —dijo Lucy—. Tienes buen aspecto. Estás igual que siempre.

Miró sin tapujos a Berger.

—No —añadió—. Se te ve mejor, quizá mejor incluso que la primera vez que nos vimos, hace ocho años, cuando había dos rascacielos más a pocas manzanas de aquí. Cuando voy en mi helicóptero y aparece el horizonte de la ciudad, me parece como si a Nueva York le hubieran arrancado dos colmillos. Luego sigo el curso del Hudson a unos doscientos cincuenta metros de altitud y cuando paso sobre la Zona Cero, el agujero está todavía ahí.

—No creo que sea cosa para tomarlo a la ligera —dijo Berger.

—Yo no me lo tomo a la ligera en absoluto. Sólo que me gustaría que todo cambiara. Para no seguir teniendo la impresión de que ganaron los malos de la película, no sé si me explico.

Berger siempre había visto a Lucy vestida con prendas prácticas, y los vaqueros ceñidos y deshilachados así como la camiseta negra que llevaba puestos no servían para esconder ningún tipo de arma. El ancho cinturón era de piel de cocodrilo, con una hebilla Winston de un tigre dientes de sable hecha artesanalmente con metales y piedras preciosos, y la cadena gruesa que llevaba al cuello con un colgante de turquesa en forma de calavera era Winston también, un objeto considerado artístico y, por tanto, caro. Lucy estaba en muy buena forma, se había cortado el pelo, de color caoba con matices de oro rosa. De no ser por los pechos, podría haber pasado por un joven modelo masculino.

—Los portátiles de Terri Bridges —dijo Berger, y señaló una mesa que había cerca de la puerta, con un paquete envuelto en papel marrón y pulcramente sellado con la típica cinta adhesiva roja para las pruebas.

Lucy miró el paquete como si su presencia no pudiera ser más obvia.

—Supongo que tienes una orden de registro —dijo—. ¿Alguien ha mirado ya lo que hay en los discos duros?

—No. Son todos tuyos.

—Cuando averigüe qué cuentas de correo tiene, necesitaremos acceso legal para eso también. Y rápido. Es probable que se requieran otros permisos según con quién estuviera implicada... aparte del novio ese que está en Bellevue.

—Por supuesto.

—Una vez que localice su proveedor de correo electrónico y compruebe su historial, necesitaré contraseñas.

—Me sé la lección, lo creas o no.

—A no ser que quieras que piratee. —Lucy empezó a teclear.

—Mira, vamos a evitar esa palabra, por favor. Es más, no te la he oído decir nunca.

Lucy sonrió un poco mientras sus dedos se movían ágilmente sobre el teclado. Inició una presentación en PowerPoint. CONNEXTIONS: *La Solución de las Redes Neuronales*

—Por Dios, no me digas que vas a hacer esto —dijo Berger—. ¿Tienes idea de cuántas presentaciones de ésas veo a la semana?

—Esto no lo has visto nunca. —Lucy pulsó una tecla—. ¿Sabes algo de neurociencia computacional?, ¿de tecnología basada en redes neuronales artificiales? Son conexiones que procesan información casi como lo hace el cerebro humano.

El índice de Lucy, que lucía un grueso anillo de plata, siguió tecleando. Llevaba puesto un reloj que Berger no reconoció, pero parecía militar: esfera negra, índices luminosos y correa de caucho.

Lucy vio que Berger lo miraba y dijo:

—¿Quizá sabes algo sobre tecnología de iluminación? ¿Te suena el tritio gaseoso, un isótopo radiactivo que al desintegrarse hace que los números y otras marcas del reloj brillen para que sean más fáciles de leer en la oscuridad? Me lo compré yo. ¿El Blancpain te lo compraste tú, o fue un regalo?

—Fue un regalo que me hice a mí misma. Recordatorio de que el tiempo es oro, por así decirlo.

—Pues el mío es un recordatorio de que debemos servirnos de lo que otros temen, porque uno no teme a nada que no sea poderoso.

—Yo no me siento obligada a demostrar mis ideas llevando un reloj radiactivo —dijo Berger.

—Un total, a lo sumo, de veinticinco milicuríes, o digamos una exposición de cero coma un microsieverts a lo largo de un año. O sea, lo mismo que nos da la radiación normal. En otras palabras, inofensivo. Un buen ejemplo de que la gente rechaza cosas porque es ignorante.

—A mí me llaman muchas cosas, pero nunca ignorante —replicó Berger—. Vamos a ponernos con los portátiles.

—El sistema artificial que he desarrollado, mejor dicho, que estoy desarrollando, porque las posibilidades son infinitas, y aquí habría que preguntarse si lo infinito, por su propia esencia, no transforma lo artificial en algo real. Porque para mí, artificial es sinónimo de finito. De donde se deduce que lo infinito ya no será artificial.

—Tenemos que ponernos con los portátiles de la víctima —repitió Berger.

—Antes es necesario que comprendas lo que estamos haciendo —dijo Lucy.

Sus verdes ojos miraron a Berger.

—Porque no soy yo, sino tú, quien va a tener que explicarlo todo en el tribunal —añadió.

Empezó con el PowerPoint, y esta vez Berger no la interrumpió.

—Mente húmeda, otro concepto que no conoces —dijo Lucy—. El modo en que nuestro cerebro reconoce voces, rostros, objetos, y los orienta hacia un contexto que tenga sentido, que sea revelador, instructivo, predictivo, y ya estoy viendo que no miras ni me escuchas siquiera.

Apartó las manos del teclado y observó detenidamente a Berger como si fuera una pregunta a responder.

—Lo que quiero de ti es muy sencillo —dijo Berger—. Revisar el correo electrónico, hasta el último archivo, recrear todo lo eliminado, identificar pautas que puedan darnos aunque sea una pista muy pequeña sobre quién, qué, cuándo, dónde. Si la asesinó alguien que ella conocía, es bastante probable que ahí dentro encontremos información. —Señaló una vez más hacia el paquete que había sobre la mesa cercana a la puerta—. Y aunque se trate de un desconocido, es posible que ella mencionara algo que pueda orientarnos sobre cómo se produjo el primer contacto. No hace falta que te lo explique. Has sido investigadora toda tu vida.

—No exactamente.

Berger se levantó de la mesa.

—Te haré un recibo —dijo—. ¿En qué has venido?

—Como aquí no tienes helipuerto, he tenido que venir en taxi.

Lucy había cerrado la puerta al entrar. Ahora estaban de pie frente a ella.

—He supuesto que uno de tus muchachos me llevaría de vuelta al Village y me depositaría en mi oficina —dijo Lucy—. Firmaré los papeles que haga falta. Pro forma, mantener la cadena de pruebas, etcétera. Todo eso que aprendí en primer curso.

—Yo me ocuparé.

Berger hizo una llamada. Al colgar, le dijo a Lucy:

—Tú y yo tenemos otra cosa de que hablar.

Lucy se recostó en la puerta, las manos hundidas en los bolsillos del vaquero.

—A ver si lo adivino —dijo—. Es por lo de Internet. A propósito, quien programa esa página web es de un pedestre que mata. ¿Tú crees en la regla de oro? «Trata a los demás como quieres que te traten a ti.»

—No estoy hablando específicamente de *Gotham Gotcha*

—dijo Berger—. Pero hay algo relacionado con eso que tú debes conocer. Marino trabaja para mí. Doy por sentado que podrás y sabrás manejar la situación.

Lucy se puso la cazadora.

—Quiero que me des garantías —insistió Berger.

—¿Y me dices esto ahora?

—Hasta esta tarde a primera hora no he sabido que hubiera motivo para tener esta conversación. Tú y yo ya habíamos quedado en vernos. Así han ocurrido las cosas, y es por eso que no lo he sacado antes.

—Pues en adelante, cuando contrates a alguien, procura echar un vistazo a los antecedentes —dijo Lucy.

—Eso lo discutes con Benton, porque fue él quien me habló de Marino el verano pasado. Lo que he leído esta mañana es la primera noticia que tengo de por qué Marino se marchó de Charleston. Insisto en que lo más importante, ahora mismo, es si vas a poder manejarlo.

—Nada más fácil. No pienso tener nada que ver con ese tipo.

—Pero eso no depende de ti únicamente, Lucy —dijo Berger—. Si quieres trabajar para mí, es preciso que te controles. Marino tiene prioridad sobre ti porque...

—Es bueno conocer tu definición de justicia —la interrumpió Lucy—, puesto que no fui yo quien agredió criminalmente a alguien y luego consiguió de manera fraudulenta un puesto de trabajo.

—Eso no es legal ni literalmente cierto, y no pienso discutir sobre ello. Lo único que importa es que Marino está muy metido en esta investigación y yo no puedo apartarlo sin que haya repercusiones. Es más, no quiero apartarlo del caso por varias y buenas razones, como el hecho de que él esté implicado directamente puesto que hace un mes atendió una queja por parte del novio de la víctima. No voy a deshacerme de Marino porque a ti te parezca bien. Hay otros expertos en informática forense. Que quede claro.

—No hay nadie más que pueda hacer lo que yo hago. Que quede claro. Pero prefiero cortar antes de empezar. Si eso es lo que deseas.

—No, no es eso lo que deseo.

—¿Sabe Marino que mi tía está aquí?

—Por usar tu léxico de aviadora, ahora mismo se diría que soy un controlador aéreo —dijo Berger—. Hago lo que puedo para que todo fluya sin que haya choques de ninguna otra clase. El objetivo es conseguir aterrizajes suaves y estratégicos.

—Es decir, él sabe que está aquí.

—No, no estoy diciendo eso. Yo no le he comentado nada, pero puede que otros lo hayan hecho. Sobre todo ahora que es noticia de primera plana, aunque sea en Internet. Puede que sepa desde hace tiempo que Kay va y viene de Nueva York, pero a la luz de su conflictivo pasado en común, no me sorprende que en ningún momento me haya hablado de ella.

—¿Y tú nunca le has hecho el menor comentario? —Los ojos de Lucy se ensombrecían de cólera por momentos—. Sobre cómo estaba ella, qué tal le iba en la CNN, cómo le sentaba la vida de casada... Vaya, tendré que buscar un hueco para quedar con mi tía cuando esté en la ciudad.

—Marino y yo no charlamos. Nunca ha sido mi deseo convertirme en su nueva Scarpetta. No soy Batman y no necesito ningún Robin. Y conste que no es un comentario ofensivo dirigido a Kay.

—Más te vale, ahora que ya sabes lo que Robin le hizo a Batman.

—Mira, yo no estoy completamente segura de lo que pasó —dijo Berger en el momento en que sonaba el teléfono—. Tu coche está a punto.

Scarpetta arrancó lentamente la silicona endurecida y la introdujo en sobres de plástico para pruebas. Luego, de un armarito sacó toallitas antisépticas y pomada antibacteriana, deshizo nuevamente el nudo de la bata de Oscar y se la bajó otra vez hasta las caderas.

—¿Está seguro de que fue una brida de nailon? —preguntó.

—Salen en la tele —dijo Oscar—. Ahora las usan los militares, la policía, para atar a la gente como si fueran bolsas de basura.

—Esto no le va a doler.

Oscar se quedó inmóvil mientras ella le limpiaba otra vez las heridas y aplicaba la pomada.

—Ellos no eran nadie para tocarla —dijo—. Yo ya la tenía abrazada, ¿qué más habría dado que fuera yo quien la pusiera encima de la camilla? Y no esos capullos, venga a manosearla. Le quitaron la toalla que la cubría. Yo lo vi. Cuando me hicieron salir del cuarto de baño. Le quitaron la toalla. ¿Por qué? Pues porque querían verla.

—Estaban buscando pruebas. Heridas...

Le subió la bata y volvió a anudársela con cuidado.

—Para eso no hacía falta quitarle la toalla —replicó él—. Les dije que no había sangre salvo en los rasguños de las piernas. Como si él la hubiera golpeado con algo. Una tabla, quizá. No sé de dónde sacaría el tipo una tabla. No vi ninguna cosa que pudiera haber producido esos rasguños en las piernas de Terri. Su cara estaba de color granate. Se le veía una línea en el cuello, muy marcada, como si la hubiera estrangulado con una cuerda o algo así. El objeto, fuera cual fuese, ya no estaba alrededor de su cuello. La policía no tenía por qué haberle quitado la toalla para ver eso, para tomarle el pulso, para mirarle las muñecas. Bastaba con verla para darse cuenta de que estaba muerta. Tengo frío. ¿Hay alguna manta por ahí?

Al no encontrar ninguna, Scarpetta se quitó la bata y se la puso a Oscar sobre los hombros. Estaba tiritando. Los dientes le castañeteaban.

—Me senté a su lado en el suelo, le acaricié el pelo, la cara, le dije cosas. Llamé al nueve-uno-uno. Recuerdo unos pies. Botines negros y pantalón oscuro moviéndose en la entrada. Yo la tenía envuelta con una toalla, abrazándola.

Miró hacia la pared antes de continuar.

—Oí voces que me decían que me apartara de ella. Me agarraron de mala manera. Empecé a gritar, diciendo que no pensaba dejarla, pero me obligaron por la fuerza. Ni siquiera me permitieron verla una vez más. Ya no he vuelto a verla. Su familia vive en Arizona y allí es adonde la mandarán, y yo no podré volver a verla nunca más.

—Dijo usted que esa universidad *online* tiene su base en Arizona.

—El padre de Terri es el decano —dijo a la pared—. Por eso se metió ella. Lo llaman Gotham College como si estuviera aquí, en Nueva York, pero no está físicamente en ninguna parte descontando el edificio que hay en Scottsdale, probablemente porque es un buen sitio para vivir y mucho más barato que aquí. Los padres de ella tienen una casa grande cerca de Camelback Mountain. A Scottsdale nunca fuimos juntos porque la siguiente reunión no es hasta marzo. Ella no es del claustro de profesores, pero habría ido... De hecho, tenía que haber tomado un avión a primera hora de esta mañana para pasar unos días en Scottsdale.

—Cuando estuvo anoche en su apartamento, ¿vio el equipaje? ¿Terri había hecho las maletas?

—Ella no deja cosas por ahí a menos que esté a punto de usarlas. Además, sabe que me fastidia ver su maleta si yo no la voy a acompañar. Eso nos habría estropeado la noche.

—¿Estaba usted invitado a ir con ella a Scottsdale?

—Terri prefería primero hablarles de mí.

—Después de tres meses, ¿sus padres no sabían que ella salía con usted?

—La protegen mucho. O, mejor dicho, la controlan mucho. —Siguió mirando a la pared, como si ésta fuera su interlocutor—. Ella no quería contarles nada hasta estar segura. Yo le dije que no me extrañaba que fuera obsesivo-compulsiva. Teniendo esos padres...

—¿Y de qué creía ella que tenía que estar segura?

—De mí. De que íbamos en serio. Yo estaba más colado por ella que ella por mí.

Oscar seguía mezclando los tiempos de los verbos, como suele suceder cuando un ser querido se nos acaba de morir.

—Yo enseguida supe lo que quería. Pero sus padres... Bueno, si al final la cosa no funcionaba, ella se ahorraba dar explicaciones. Siempre les ha tenido miedo, teme que no aprueben lo que hace. Dice mucho en su favor que se decidiera a irse de casa. Tienen otros dos hijos que no son gente pequeña, estudiaron en la universidad y hacen lo que quieren. Pero Terri no. Ella es la más lista de la familia, una de las personas más inteligentes que he conocido. Ah, pero sus padres la retuvieron en casa hasta que cumplió los veinticinco, hasta que no pudo aguantar más porque ella quería ser algo en la vida. Hubo pelea, y al final se marchó.

—¿Y cómo vino a Nueva York, con lo caro que es?

—Eso fue antes de conocerla yo, pero me dijo que tenía dinero ahorrado. Y sus padres le pasaban algo, no mucho. Después hicieron las paces, creo que vinieron a verla una vez y no les gustó dónde vivía. Aumentaron la asignación que le daban y Terri se mudó al apartamento donde está ahora. Así me lo contó ella. Hay que reconocer que sus padres la han apoyado, al menos monetariamente.

La cara se le puso roja de ira y sus rubios cabellos adquirieron un brillo como de metal.

—Con personas así, siempre hay algún compromiso —dijo luego—. Sospecho que empezaron a controlarla a distancia. Ella se volvió más obsesiva. Detecté un tono cada vez más ansioso en sus mensajes. Todo eso, antes de que nos conociéramos en persona. Y estos últimos meses la cosa fue a peor, no sé por qué. Ella no podía evitarlo. Tengo que verla. Por favor, déjeme verla. ¡Quiero decirle adiós! Odio a la policía. Que se jodan.

Se enjugó los ojos con sus manos esposadas.

—¿Por qué han de ser tan fríos? Siempre gritando y empujando. Y hablando por la maldita radio. Yo no entendía nada de nada. Odio a ese inspector...

—¿El mismo a quien invitó usted a registrar su apartamento? —preguntó Scarpetta.

—¡Yo no me meto con ellos! El tipo ese gritaba, me ordenaba que le mirara a los ojos. Yo le expliqué que no le oía bien si le miraba. No paraba de hacer preguntas, no paraba de exigir respuestas. ¡Míreme, míreme! Yo al principio intentaba colaborar. Le dije que alguien debía de haber llamado al timbre de la calle y que ella pensaría que era yo. Quizá creyó que llegaba más temprano y que había olvidado las llaves. Tuvo que haber alguna razón para que ella pensara que no había problema en abrir la puerta.

—Incide usted en que Terri era muy ansiosa. ¿Se excedía quizás en su cautela?

—Esto es Nueva York, y aquí la gente no abre la puerta así como así. Y ella siempre ha sido muy cauta. Es algo común entre las personas de nuestro tamaño. Por eso, entre otras cosas, sus padres la protegían tanto, por eso la tuvieron prácticamente encerrada en casa durante tantos años. Ella no habría abierto la puerta de no haberse sentido a salvo.

—Entonces, ¿qué cree usted que pasó? ¿Cómo pudo entrar el intruso?, ¿tiene alguna idea de por qué iba a querer nadie hacer daño a Terri?

—Ellos tienen sus motivos —respondió Oscar.

—Cuando estuvo en el apartamento, ¿vio señales de robo? ¿Pudo ser ésa la causa?

—No noté que faltase nada, pero tampoco lo miré.

—¿Joyas? ¿Terri llevaba algún anillo, un collar, y quizás habían desaparecido?

—Yo no quería dejarla. No tenían derecho a apartarme de ella, a meterme en el coche de ese inspector como si fuera un asesino. Tiene más pinta de asesino él que yo, vestido como los de las bandas y con el pelo trenzado. Me negué a hablar.

—Antes ha dicho que habló. Dentro de la casa.

—Ellos ya habían sacado conclusiones. Odio a la policía. Siempre los he odiado. Paseándose en sus coches patrulla, charlando, riendo, observando. Una vez alguien me rayó el coche y rompió todas las ventanillas. Yo tenía entonces dieciséis años, y aquel poli va y dice: «Vaya, conque tenemos un "pequeño" problema, ¿eh?» Al sentarse en el asiento del conductor con los pies apoyados en los pedales especiales, las rodillas le quedaron una a cada lado del volante. Y el otro poli venga a reír. ¡Que se jodan!

—¿Y aparte de la policía? ¿Otras personas le han tratado mal, se han burlado de usted?

—Me crié en un pueblo, todo el mundo me conocía. Tenía amigos. Estuve en el equipo de lucha libre y sacaba buenas notas. El último año de instituto fui delegado de curso. Soy realista. No corro riesgos estúpidos. Me gusta la gente. Las personas, en su mayoría, están bien.

—Y, sin embargo, elige trabajar de manera que pueda evitarlas.

—Se prevé que a la larga la mayoría de estudiantes cursará estudios universitarios por Internet. Por otro lado, la policía cree que todo el mundo es culpable de algo: si tu aspecto es diferente o tienes algún tipo de discapacidad. En mi misma calle vivía un chaval con síndrome de Down. Los polis siempre sospechaban de él por cualquier motivo, daban por hecho que violaría a todas las chicas del vecindario.

Scarpetta empezó a recoger sus cosas. Ya había terminado. Cotejar las impresiones de silicona de uñas, rasguños y arañazos, y ampararse en mediciones y fotografías sólo iba a corroborar lo que ya sabía. Él debía de haberse dado cuenta, y, si no, sería ella quien se lo hiciera ver.

—Usted entiende lo que podemos sacar de todo lo que he hecho hoy, ¿verdad, Oscar? Las impresiones de silicona de sus dedos y sus lesiones; las fotografías y las mediciones precisas...

Él miró a la pared. Ella continuó tirándose un ligero farol.

—Podemos examinar estas impresiones al microscopio.

—Ya sé lo que pueden hacer —dijo él—. Sé para qué ha sacado los moldes de silicona. Y sé que ahora los examinará al microscopio.

—Dejaré que se ocupe de ello el laboratorio. A mí no me hace falta, creo que ya tengo la información que necesito —dijo ella—. Todo esto se lo hizo usted mismo, ¿no? Los rasguños, los moretones. Están al alcance de sus brazos, y el ángulo es exactamente el que tendría si fueran lesiones autoinfligidas.

Él guardó silencio.

—Si cree realmente en esa idea mítica de que yo puedo resolver el crimen perfecto, ¿llegó a dudar en algún momento que yo adivinaría que se hirió usted mismo?

Nada. Mirando a la pared.

—¿Por qué? —preguntó ella—. ¿Lo que quería era que viniese yo aquí y determinara que esto se lo había hecho usted?

—No puede decírselo a nadie. No puede decírselo a su marido. No puede decírselo al inspector Morales. Ni a Berger, ni a ese capullo de su oficina que no me creyó el mes pasado.

—En las actuales circunstancias, lo que haya habido entre nosotros es confidencial. Pero le recuerdo que tarde o temprano eso puede cambiar.

—Era la única forma de conseguir que viniera usted. Tenía que estar herido.

—¿Y el supuesto agresor? —preguntó ella.

—No existe. Llegué a casa de Terri y las luces estaban todas apagadas. La puerta no estaba cerrada con llave. Entré corriendo, llamándola a gritos. Y la encontré en el cuarto de baño. Ahí sí estaba la luz encendida, como si él hubiera querido causarme una conmoción. Desde donde aparqué el coche, no se ve esa luz, porque el baño está en la parte de atrás. Con unas tijeras de la cocina le corté las bridas. Fue entonces cuando me herí en el pulgar. Un corte muy superficial, no estoy seguro de cómo me lo hice, pero al coger las tijeras el bloque de los cuchillos se volcó y supongo que uno de ellos me dio en el dedo. Me lo envolví con una toallita de papel, corrí hasta el coche y tiré el abrigo dentro. Me senté con ella en el cuarto de baño, me desgarré la camiseta y me hice todo esto. Hay sangre en la camiseta. Luego llamé a la policía.

—¿Y la linterna? ¿Se golpeó con ella?

—La encontré en el cajón de la cocina. La limpié bien y la dejé en el suelo de la sala de estar, cerca de la puerta.

—¿Por qué se tomó la molestia de limpiarla si su ADN y sus huellas dactilares están por todo el apartamento, y en el cuerpo de Terri?

—Para poder decir a la policía que el intruso llevaba guantes. Eso corroboraría mi versión. Los guantes impidieron que hubiera huellas en la linterna. Les dije que eran guantes de piel.

—¿Y las tijeras de cocina? ¿Qué hizo con ellas después de cortar la brida?

Torció el gesto, y ella casi pudo ver cómo recreaba mentalmente la escena. Oscar empezó a jadear, a mecerse, y su voz tembló:

—Tenía las manos de un color horrible, rojo azulado, las uñas completamente azules. Le froté las muñecas y las manos para activar la circulación. Intenté eliminar aquellos surcos profundos frotando y frotando.

—¿Recuerda usted qué hizo con las tijeras?

—Esa brida estaba muy apretada. Tuvo que dolerle. Las tijeras las dejé en el cuarto de baño. En el suelo.

—¿Y cuándo decidió autolesionarse porque, como ha dicho antes, era el único modo de hacer que viniera yo aquí?

—Estaba sentado con ella en el suelo del cuarto de baño. Sabía que me culparían a mí. Sabía que si podía hablar con su marido, podría acceder a usted. Tenía que conseguirlo. Yo confío en usted, y usted es la única persona que se preocupaba por ella.

—Yo no la conocía.

—¡No me mienta! —gritó él.

12

Arpía se había aficionado al Maker's Mark, que era lo mismo que bebía el Jefe. Se sirvió un vaso hasta arriba, con hielo, igual que el Jefe.

Alcanzó el mando a distancia del televisor Samsung de pantalla plana de cuarenta pulgadas, como el que el Jefe tenía antes pero ya no, según las crónicas. Si lo que había leído ella era cierto, el Jefe se había comprado un Panasonic de plasma de cuarenta y ocho pulgadas. A menos que eso fuera tan sólo otra promoción pagada. Era difícil distinguir lo real de lo inventado por motivos pecuniarios, pues la parte «empresarial» de *Gotham Gotcha* era tan misteriosa para ella como todo lo demás.

«Terroristas, seguro», pensó Arpía.

¿Y si el dinero iba a parar a eso? ¿Y si los terroristas se habían equivocado de edificio y matado a su vecina de enfrente, cuando de hecho iban a por Arpía pues presentían que ella estaba al corriente de sus intenciones? ¿Y si agentes del gobierno que iban tras los terroristas habían investigado la web hasta dar con Arpía y se habían confundido de apartamento? No era difícil. Las viviendas estaban justo una enfrente de la otra, sólo que Arpía vivía un piso más arriba. Los gobiernos liquidaban gente a cada momento, como sin duda le pasó a Marilyn Monroe porque sabía demasiado.

Quizás Arpía también sabía demasiado, o los malos así lo creían. Le estaba entrando tal pánico, que fue a buscar la tarjeta que el investigador Pete Marino le había dado al partir. Tomó un trago de bourbon, con la tarjeta en la otra mano, y a punto estuvo de marcar el número de teléfono. Pero ¿qué le iba a decir? Además, no tenía claro qué pensaba de él. Si lo que el Jefe había escrito era verdad, ese Marino era un maníaco sexual que no había recibido su castigo, y lo último que Arpía deseaba tener dentro de su piso era un maníaco sexual.

Colocó una silla delante de la puerta del piso, encajándola bajo el tirador como había visto hacer en las películas. Se aseguró de que todas las ventanas estuvieran bien cerradas, de que no hubiera nadie en la salida de incendios. Buscó en la guía de televisión si había alguna buena comedia, y en vista de que no, puso su DVD favorito de Kathy Griffin.

Arpía se instaló delante del ordenador, tomó un trago de bourbon con hielo y tecleó su contraseña para meterse bajo el capó, como algunos informáticos llamaban a entrar en la programación de una página web.

Lo que vio la dejó tan desconcertada que no supo si creérselo.

La foto de Marilyn Monroe, con el impactante escrito de la propia Arpía, había recibido ya más de seiscientos mil accesos. ¡En menos de una hora! Le vino a la cabeza el vídeo de Saddam Hussein en el patíbulo, pero no, eso había tenido menos de doscientos mil en la primera hora. Su asombro se tornó orgullo, a pesar de sentirse un tanto aterrada. ¿Qué iba a hacer ahora el Jefe?

Arpía pensaba justificar su desobediencia civil y literaria argumentando que, si ella no hubiera escrito el articulito sobre el asesinato de Marilyn, el mundo no conocería la verdad. Era una cuestión de ética. Además, como el Jefe nunca colgaba noticias frescas, ¿qué podía importarle su iniciativa? Al Jefe no le interesaba nada de actualidad, lo único que le importaba era machacar a quienquiera que fuese su víctima en un momento dado.

Salió de la página y empezó a cambiar canales en el televisor, convencida de que alguien se habría hecho eco de su sorprendente revelación. Esperaba ver a la doctora Scarpetta hablando de ello en la CNN con Anderson Cooper o Wolf Blitzer o Kitty Pilgrim. Pero no, ni rastro de la célebre médico forense a quien el Jefe odiaba tanto, y nada tampoco acerca de Marilyn Monroe.

Bueno, quizá todavía era pronto. Bebió más bourbon y quince minutos después accedió de nuevo al programa para ver cómo iba la cuenta de visitas. Se quedó estupefacta al comprobar que casi un millón de personas habían hecho clic en la foto de Marilyn yaciendo en el depósito de cadáveres. Arpía jamás había visto nada igual. Salió de la programación y entró en el sitio propiamente dicho.

—¡Oh, Dios mío! —exclamó, con un vuelco en el corazón.

La página parecía poseída por el demonio. Las letras de *Gotham Gotcha* bailaban sin cesar combinándose caprichosamente entre sí (OH MAGO TACHO GT HAGO CHAT) y, de fondo, el horizonte urbano de Nueva York estaba a oscuras y detrás del mismo el cielo resplandecía de un color rojo sangre; después, el árbol navideño del Rockefeller Center aparecía boca abajo en pleno Central Park, se veía a los patinadores girar dentro del restaurante del Boathouse, los comensales sentados a sus mesas sobre el hielo del Wollman Rink, y luego empezaba a caer una tremenda nevada, sonaban truenos, los relámpagos iluminaban una tempestad terrorífica que acababa dentro de la juguetería FAO Schwarz antes de convertirse en un vuelo sobre el Hudson, donde la Estatua de la Libertad ocupaba de repente la pantalla y se desintegraba como si el helicóptero hubiera chocado contra ella.

Sucesivamente, sin parar, el *banner* parecía presa de una repetición desquiciada que Arpía era incapaz de detener. Esto lo estaban viendo millones de admiradores y no conseguía salir de allí por más teclas que tocara. Los iconos no respondían ni a tiros. Cuando intentaba acceder a la columna de aquella mañana, o a la crónica de propina que había colgado más tarde, o a cualquiera de las del archivo, le salía la temida rueda de colores. No podía enviar un correo al sitio ni entrar en Cotilleo Gotham, donde los fans podían chatear o discutir o decir cosas espantosas sobre personas que no conocían.

No podía visitar el Boletín Borde, ni Mirando por la Mirilla, ni Photo Chop Suey, ni siquiera Cuarto Oscuro, donde podías ver Gore Fotos o En Cueros y Famosos, ni el superpopular Post Mortem, donde Arpía colgaba fotografías tomadas con el sujeto ya muerto, como la más reciente de Marilyn Monroe.

Cientos de miles de admiradores no podían abrir esa foto con el articulito que ella había escrito para ilustrarla, si la página web estaba bloqueada y en un desbarajuste total. «Esto es una conspiración», pensó. Claro, la Mafia, se le ocurrió con un escalofrío al pensar en el misterioso agente italiano que la contratara por teléfono. ¡El gobierno! Arpía había levantado la liebre y ahora la CIA, el FBI o Seguridad Nacional habían saboteado el sitio para que el mundo no conociera la verdad. O quizás era realmente cosa de terroristas.

Arpía volvió a clicar en los iconos, uno por uno, pero nada, y a todo esto el *banner* seguía desplegando su desquiciada sopa de letras: ¡GOTHAM GOTCHA OH MAGO TACHO GT HAGO CHAT!

Benton esperaba frente a la enfermería, y en el resquicio de la puerta al cerrarse, los ojos desparejos de Oscar miraron a Scarpetta antes de desaparecer tras el acero beige. Ella oyó cómo le quitaban las esposas y grilletes.

—Vamos —dijo Benton, tocándole un brazo—. Hablaremos en mi despacho.

Alto y esbelto, parecía dominar cualquier espacio en que se encontrara, pero se le veía cansado, como si estuviera incubando un virus. Su cara estaba tensa, sus cabellos blancos revueltos, e iba vestido como un empleado institucional con un insulso traje gris, camisa blanca y anodina corbata azul. Llevaba un reloj deportivo barato y su sencilla alianza de platino. Todo signo de lujo era poco prudente en una sala para reclusos, donde el promedio de permanencia era de tres semanas. Más de una vez le había ocurrido evaluar a un paciente en Bellevue y un mes más tarde encontrarse a esa misma persona por la calle, escarbando en un contenedor de basura en busca de comida.

Tomó el maletín de Scarpetta y ella retuvo los sobres de pruebas diciendo que debía entregarlos a la policía.

—Avisaré para que pase alguien por mi oficina antes de que nos marchemos —dijo Benton.

—Esto debería ir directamente a los laboratorios. Tienen

que analizar el ADN de Oscar Bane e introducirlo lo antes posible en la base de datos.

—Llamaré a Berger.

Dejaron atrás la enfermería. Dos carritos con ropa de cama sonaron como un tren, y una puerta barrera se cerró con estrépito mientras pasaban junto a unas celdas que habrían sido espaciosas para lo normal en un centro penitenciario de no ser porque había en ellas hasta seis camas. Los hombres, en su mayoría con uniforme demasiado grande o demasiado pequeño, estaban enfrascados en acaloradas conversaciones. Unos miraban el oscuro vacío del East River por las ventanas enrejadas, otros observaban la sala a través de los barrotes. Uno de los pacientes creyó oportuno usar en ese momento el retrete metálico y sonrió a Scarpetta mientras meaba y le decía lo bien que lo pasarían juntos. Sus compañeros de celda empezaron a discutir sobre cuál quedaría más guapo en la tele.

Benton y Scarpetta se detuvieron ante la primera barrera, que nunca se abría lo bastante rápido pues el guardia de la sala de control estaba ocupado con el ajetreo normal de su oficio. Benton avisó en voz alta que iban a pasar y esperaron allí. Volvió a dar una voz mientras un hombre fregaba el pasillo que daba a la sala de esparcimiento, donde había mesas y sillas, unos cuantos juegos de mesa y un viejo gimnasio casero con piezas no desmontables.

Más allá había cuartos de entrevistas y zonas para terapia de grupo, así como la biblioteca de temas judiciales con sus dos máquinas de escribir, que, al igual que los televisores y los relojes murales, estaban cubiertas con plástico para impedir que los pacientes pudieran desmontar algo y utilizar los componentes para improvisar un arma. En su primera visita, Scarpetta había visto todas las dependencias. Confiaba en que nada hubiese cambiado.

Por fin, la puerta metálica corredera pintada de blanco se abrió para cerrarse de nuevo al franquearla ellos, y una segunda se abrió para dejarlos pasar. El guardia de la sala de control devolvió a Scarpetta su carné de conducir y ella entregó el pase de visitante, intercambio que se produjo en silencio y a través de gruesos barrotes mientras unos funcionarios escoltaban a un paciente recién llegado que vestía el chándal naranja chillón de Rikers Island. Algunos presos eran transferidos aquí cuando necesitaban atención médica. Scarpetta nunca dejaba de sorprenderse ante las cosas que los malhechores eran capaces de hacerse a sí mismos para pasar una temporadita en Bellevue.

—Es uno de nuestros habituales —dijo Benton mientras la puerta de acero se cerraba—. Un tragón. La última vez fueron pilas. No recuerdo si triple A, o doble A. Como ocho, se tragó. Antes fueron piedras y tornillos. Ah, y una vez pasta de dientes, con tubo y todo.

Scarpetta sintió como si le arrancaran el alma del cuerpo, como a un abrigo el forro. Ella no podía ser quien era, no podía revelar sentimientos, no podía compartir lo hablado con Oscar ni el menor detalle de lo que éste le había explicado sobre sí mismo o sobre Terri. La distancia profesional que ponía Benton, y que siempre alcanzaba su punto álgido en la sala de reclusos, la mantenía en un estado de absoluta frialdad. Aquí era donde él pasaba miedo aunque no pudiera confesarlo, y tampoco hacía falta, porque ella le conocía bien. Desde la vez que Marino se había emborrachado tanto y había perdido el control, Benton no salía de un callado y crónico estado de pánico que se negaba a reconocer. Para él, todo macho era una bestia en potencia que querría llevársela a su guarida, y no había forma de tranquilizarlo a ese respecto.

—Voy a dejar la CNN —dijo ella mientras iban hacia el despacho de Benton.

—Entiendo la situación en que te ha puesto Oscar. No tienes culpa de nada.

—Querrás decir la situación en que me has puesto tú.

—Es Berger la que quiso que vinieras —dijo Benton.

—Pero fuiste tú quien se lo pidió.

—Si de mí dependiera, todavía estarías en Massachusetts —dijo él—. Pero Oscar no estaba dispuesto a hablar si no venías tú.

—Bueno, espero no ser la causa de que él esté aquí.

—Sea cual sea la causa, tú no puedes responsabilizarte de nada.

—Eso que dices suena feo.

El pasillo estaba desierto, las puertas cerradas. Estaban solos y no se molestaron en disimular el tono tenso de su diálogo.

—Espero que no estés insinuando que un fan pasado de vueltas pueda haber gastado una broma de muy mal gusto para poder tener una audiencia conmigo —añadió Scarpetta—. Confío en que no estés dando a entender eso.

—Una mujer ha muerto. Eso no es ninguna broma —dijo Benton.

Ella no podía comentar nada sobre la convicción de Oscar de estar siendo espiado y de que quien estaba detrás era el asesino de Terri Bridges. Quizá Benton ya lo sabía, pero ella no podía preguntar. Como tampoco podía revelar que Oscar Bane se había autolesionado, que había mentido sobre ello a la policía y a todo el mundo. Lo máximo que podía hacer era hablar con generalidades.

—No tengo ninguna información que pueda justificar que hable de él contigo —dijo, dando a entender que Oscar no había confesado nada, ni indicado que pudiera constituir un peligro para sí mismo o para otros.

Benton abrió la puerta de su despacho.

—Has estado mucho rato con él —dijo—. Recuerda lo que te digo siempre, Kay. La primera pista son tus tripas. Qué te dicen las tripas sobre ese individuo. Y lo siento si parezco nervioso. No he dormido nada. En realidad, las cosas son complicadas de cojones.

El espacio que el hospital había asignado a Benton era reducido, con libros, revistas y todo lo demás apilado por todas partes de la mejor manera posible. Se sentaron a cada lado del escritorio, y éste parecía una manifestación sólida, maciza, de una barrera emocional que ella no podía traspasar. Él no tenía ganas de sexo, al menos con ella. Scarpetta no creía que lo estuviera teniendo con nadie más, pero los beneficios de la vida conyugal parecían incluir conversaciones cada vez más breves e impersonales... y menos tiempo de cama. Estaba convencida de que él había sido más feliz antes de que se casaran, y de esa triste realidad no podía echar las culpas a Marino.

—¿Qué te han dicho tus tripas? —preguntó Benton.

—Que no debería hablar con él —respondió Scarpetta—. Que nada debería impedirme hablar contigo. La cabeza me dice otra cosa.

—Aquí en Bellevue estás como asesora. Podemos hablar profesionalmente de él en tanto que paciente.

—No sé nada de Oscar en tanto que paciente tuyo. Y no puedo hablar de él en tanto que paciente mío.

—¿Nunca habías oído hablar de él antes de ahora? ¿Ni de Terri Bridges?

—Eso sí te lo puedo decir. No, nunca. Y voy a pedirte que no me engatuses. Ya conoces mis limitaciones. Las conocías esta mañana, cuando me has llamado por teléfono.

Benton abrió un cajón y sacó dos sobres. Se los pasó estirando el brazo por encima del escritorio.

—No sabía qué podía pasar una vez llegaras aquí —dijo—. La policía podía haber encontrado algo, quizá lo habrían arrestado y ahora no estaríamos hablando de todo esto. Pero tienes razón. Por el momento, el bienestar de Oscar ha de ser tu prioridad. Eres su médico, pero no por ello tienes que verle otra vez.

Dentro de uno de los sobres había un informe de ADN, y dentro del otro unas fotografías tomadas en la escena del crimen.

—Berger quería que tuvieras una copia del análisis del ADN. Las fotos y el informe policial son de Mike Morales —dijo Benton.

—¿Lo conozco?

—No hace mucho que está en la división de inspectores. No lo conoces, quizá no hará falta. Por decirlo con mucha suavidad, Morales es un gilipollas. Él tomó las fotos y redactó el informe preliminar. Lo otro procede de muestras que tomó la doctora Lester del cuerpo de Terri Bridges. Hay más fotografías, pero aún no las he recibido. Son de un segundo registro efectuado esta tarde, cuando encontraron una maleta hecha, metida en un armario, y resulta que dentro estaban los portátiles de Terri. Al parecer, pensaba volar a Arizona esta mañana para ir a pasar unos días con su familia. Nadie sabe por qué el equipaje estaba escondido dentro del armario.

Scarpetta pensó en lo que le había dicho Oscar Bane. Terri no dejaba cosas tiradas por ahí. Era sumamente pulcra y ordenada, y a Oscar no le gustaban las despedidas.

—Una explicación posible —dijo Benton— es que ella fuera muy ordenada. Quizá de un modo obsesivo. Lo entenderás cuando veas las fotos.

—Sí, yo diría que es una explicación muy plausible —comentó ella.

Benton la miró, tratando de determinar si Scarpetta acababa de darle información. Ella no rompió el contacto visual ni el silencio. Él buscó un número en el directorio de su móvil y luego llamó a Berger por el teléfono inalámbrico. Le preguntó si podía enviarle a alguien para recoger las pruebas que Scarpetta había obtenido de Oscar Bane.

Escuchó unos instantes, miró a Scarpetta y luego le dijo a Berger:

—Estoy completamente de acuerdo. Puesto que él puede marcharse cuando le venga en gana, y ya sabes lo que opino yo de eso. No, aún no he encontrado el momento... Está aquí conmigo. ¿Por qué no se lo preguntas tú?

Benton movió el aparato hacia el centro de la mesa y le tendió el auricular a Scarpetta.

—Gracias por el favor —dijo Jaime Berger, y Scarpetta intentó recordar cuándo habían hablado por última vez.

Hacía cinco años.

—¿Cómo lo has encontrado? —preguntó Berger.

—Muy dispuesto a colaborar.

—¿Crees que se quedará?

—Lo que creo es que mi situación es muy incómoda. —Era una manera de decir que no podía hablar de su paciente.

—Lo comprendo.

—Lo único que puedo decirte —añadió Scarpetta— es que estaría bien que hicieras analizar cuanto antes su ADN. A eso no le veo inconveniente.

—Por suerte, ahora hay montones de personas que adoran hacer horas extra. Lástima que una de ellas no sea la doctora Lester. Ya que estamos, te haré una pregunta y libraré a Benton del asunto, a menos que él te haya dicho ya algo. ¿Te importaría echar un vistazo al cadáver de Terri Bridges, esta noche? Benton te dará más detalles. La doctora Lester está en camino, viene de Nueva Jersey. Siento pedirte algo tan desagradable, y no me refiero al depósito de cadáveres.

—Si puedo echar una mano... —contestó Scarpetta.

—Bien. Hablaremos más tarde. Deberíamos quedar un día u otro. Podríamos cenar en Elaine's —dijo Berger.

Parecía ser la frase favorita de mujeres profesionales como ellas. Quedar, almorzar juntas (o incluso cenar). Eso mismo habían dicho Berger y ella la primera vez, hacía ocho años, cuando Berger fue llamada a Virginia como fiscal especial para un caso que fue uno de los más estresantes en la vida de Scarpetta. Y también habían dicho de quedar la última vez, en 2003, cuando ambas estaban preocupadas por Lucy, recién llegada de una operación clandestina en Polonia de la cual Scarpetta sólo sabía muy poco, salvo que lo que su sobrina había hecho no era legal. Ni, desde luego, ético. Berger había tenido una sentada con Lucy en su propio ático neoyorquino, y lo que habían hablado seguía siendo un secreto para Scarpetta.

Curiosamente, Berger sabía más cosas sobre ella que casi todo el mundo y, sin embargo, no eran amigas. Difícilmente podían quedar para hacer otra cosa que hablar de trabajo, por más veces que apuntaran la posibilidad de ir a almorzar, a cenar o a tomar una copa juntas (y que lo dijeran en serio). Su falta de conexión no se debía sólo a las vicisitudes de dos vidas muy ajetreadas que chocan entre sí y luego siguen cada una su camino. Las mujeres poderosas tendían a ser solitarias porque su instinto les decía que no podían fiarse de nadie.

Scarpetta devolvió el auricular a Benton.

—Si Terri era obsesivo-compulsiva —dijo— debería haber indicios de ello en su cuerpo. Parece que voy a tener la ocasión de comprobarlo por mí misma. Qué coincidencia.

—Estaba a punto de decírtelo, Kay. Berger me había pedido que te preguntara si podrías.

—Dado que la doctora Lester está de camino a la ciudad, yo diría que he aceptado sin saber de qué iba la cosa.

—Puedes marcharte cuando termines y quedar al margen —dijo Benton—. A no ser que imputen a Oscar. Entonces no sé cómo puede afectarte esto. Todo dependerá de Berger.

—No me digas que ese hombre mató a alguien para que yo me fijara en él...

—No sé qué decirte de nada. En este momento no sé qué pensar de casi nada. Por ejemplo, el ADN obtenido de las muestras vaginales de Terri. Echa un vistazo.

Scarpetta sacó el informe de uno de los sobres y empezó a leer mientras él le explicaba lo que Berger le había dicho sobre la mujer de Palm Beach.

—¿Qué? ¿Se te ocurre una solución al enigma? —preguntó él.

—Lo que falta aquí es el informe de Lester sobre qué muestras sacó. Tú has dicho vaginales.

—Es lo que me dijo Berger.

—Ya, pero ¿qué eran y de dónde exactamente? Aquí no pone nada. O sea que no. No voy a arriesgar ninguna opinión sobre los insólitos resultados o lo que podrían significar.

—Vale, lo haré yo. Contaminación. Pero no me preguntes qué pinta en todo eso una anciana en silla de ruedas, porque no lo sé.

—¿Podría tener algún tipo de conexión con Oscar Bane?

—Parece ser que no. Berger la llamó para preguntárselo.

Sonó el teléfono de Benton. Él respondió, escuchando en un largo silencio, la expresión seria, imparcial.

—Creo que no ha sido muy buena idea —dijo finalmente—. Siento que haya pasado eso... Por supuesto, lo lamento a la luz de lo que... No, no quise decírtelo por esa misma razón... Porque yo, no, espera. Haz el favor de escuchar. La respuesta es que yo... Lucy, por favor. Déjame terminar. No espero que lo comprendas, y ahora no podemos entrar en eso. Porque... No lo dirás en serio. Porque... Mira, cuando alguien no tiene nadie más a quien recurrir... Nos apañaremos, Lucy. Hablamos luego, ¿vale? Cálmate, después hablamos. —Y cortó.

—¿Qué diantres pasa? —preguntó Scarpetta—. ¿Qué te decía Lucy? ¿Qué es lo que lamentas y quién es ese que no tiene a quién recurrir?

Benton estaba pálido pero impasible.

—A veces pierde el sentido del espacio y del tiempo —dijo—, y lo último que necesito ahora es una de sus rabietas.

—¿Rabietas? ¿A santo de qué?

—Ya sabes cómo se pone.

—Normalmente se pone así por una buena razón.

—No podemos entrar en eso ahora. —Había dicho casi lo mismo al hablar por teléfono con Lucy.

—¿Cómo quieres que me concentre después de haberte oído decir esas cosas? ¿Entrar en qué? ¿A qué te refieres?

Benton guardó silencio. A Scarpetta le gustaba mucho cuando él se bloqueaba después de que ella le hubiera hecho una pregunta.

—A *Gotham Gotcha* —dijo Benton, cosa que a ella le sorprendió y le molestó a la vez.

—No me digas que esa tontería nos va a dar que hablar.

—¿Lo has leído?

—Empecé a leerlo mientras iba en el taxi. Bryce dijo que me convenía.

—¿Lo leíste todo?

—No. Me dejaron tirada en la calle antes de terminar.

—Mira esto.

Él tecleó algo mientras ella se le acercaba.

—Qué raro —dijo Benton, frunciendo el ceño.

La página web tenía un grave error de programación o estaba caída. Los edificios se veían sin luz, el cielo estaba todo rojo y el enorme árbol navideño de Rockefeller Center aparecía boca abajo en Central Park.

Benton empezó a mover el ratón sobre la almohadilla sin dejar de clicar todo el rato el botón izquierdo.

—Algo se ha jodido; la página no funciona —dijo—. Pero, por desgracia, hay manera de abrir la maldita columna.

Tecleando con brío, procedió a hacer una búsqueda.

—Esa mierda sale en todas partes —dijo.

Aparecieron referencias a *Gotham Gotcha* y la doctora Kay Scarpetta en la pantalla. Benton clicó un archivo y abrió una copia de dos crónicas —no una— que alguien había cortado y pegado en un sitio sobre medicina forense. La poco favorecedora fotografía de Scarpetta llenó la pantalla y ambos se la quedaron mirando un momento.

—¿Crees que te la hicieron en Charleston? —preguntó él—, ¿o en tu nueva oficina? ¿Te dice algo el color de ese pijama? ¿No lleváis pijama color arándano en Watertown?

—Depende de lo que nos pase el servicio de vestuario médico. Una semana puede que nos toque de color verde, la siguiente semana morado, azules varios, arándano, qué sé yo. En los últimos años eso es cosa habitual en muchos depósitos de cadáveres. Como mucho puedo especificar que no me traigan algo simpático, como los Simpson o Tom y Jerry. Rigurosamente cierto. Sé de algunos patólogos que se ponen cosas así, como si fueran pediatras.

—¿Y no recuerdas que alguien te sacara una foto mientras practicabas una autopsia? Quizá con la cámara del móvil.

Scarpetta se esforzó por pensar y luego dijo:

—No, porque si hubiera pillado a alguien, se la habría hecho borrar. Yo jamás permitiría una cosa así.

—Lo más probable es que sea de cuando empezaste a salir en la CNN. Cosas de la fama. Un poli, tal vez. Alguien de una funeraria, de una agencia de retirada de muebles.

—Eso sería un mal asunto —dijo ella, y pensó en Bryce—. Me haría sospechar de alguien de mi equipo. Oye, y ¿quién es esa monja, la hermana Polly?

—Ni idea. Lee esto primero.

Desplazó el cursor sobre la primera columna del día, a la parte que él quería que leyera:

... pero bajo esa impenetrable fachada hay un secreto que ella tiene muy bien escondido. Por más que viva en un mundo de acero inoxidable, Scarpetta no es ciertamente una mujer de acero. Es débil, es un desastre.

Os diré una cosa: la pueden violar.

Habéis leído bien. Violable como cualquier otra mujer, sólo que esta vez la culpa es de la víctima. Ella se lo buscó. Por tratar mal y menospreciar a su camarada en investigaciones, hasta que una noche de exceso etílico en Charleston él ya no pudo aguantar más. Ese pobre Pete Marino da un poco de lástima, la verdad...

Scarpetta volvió a la silla. Esto pasaba de castaño oscuro, ya no era simple cotilleo.

—No voy a preguntar por qué la gente es tan odiosa —dijo—. Hace tiempo que aprendí que no valía la pena preguntar. Al final me di cuenta de que los motivos son lo de menos, por más que puedan arrojar alguna luz. Lo que importa es el resultado final. Si descubro quién ha hecho esto, lo demandaré.

—No te diré que no dejes que te afecte demasiado.

—Creo que es precisamente lo que has hecho, al no decírmelo. Lo que pasó en Charleston no llegó a los medios. Yo nunca di parte. Además, es inexacto. Esto es una calumnia. Me querellaré.

—¿Contra quién? ¿Contra una bazofia suelta por el ciberespacio?

—Lucy podría averiguar quién lo ha hecho.

—Hablando de Lucy, no sé si es coincidencia que la página esté como está —dijo Benton—. Seguramente no hay mejor remedio. Igual queda bloqueada para siempre.

—¿Es que le has pedido a Lucy que lo haga?

—Acabas de oírme hablar con ella. Claro que no. Pero ya la conoces. Lucy es muy capaz de hacer algo así, y los resultados son mucho más contundentes que un proceso judicial. De calumnia, nada. No puedes demostrar que lo que ha escrito esa persona (sea quien sea) es mentira. No puedes probar que las cosas ocurrieron de tal o cual manera.

—Vaya, lo dices como si no creyeras lo que te conté.

—Kay. —La miró a los ojos—. No nos peleemos por esto. Tienes que estar preparada para lo que va a venir. La gente no sabía nada, y ahora sí. Te harán preguntas. Y lo mismo con respecto a esto otro... —Leyó un poco más—. Eso de la escuela parroquial y la hermana Polly. Esa historia no la conocía.

Scarpetta apenas si lo leyó, no le hacía falta, y repuso:

—No existe ninguna hermana Polly y lo que pasó no es como lo explican ahí. Fue otra monja, y desde luego no hubo lúbrico azotamiento en los lavabos.

—Pero hay algo de verdad.

—Sí. Miami, la beca para la escuela parroquial. Y la enfermedad terminal de mi padre.

—Y la tienda de comestibles. ¿Las otras chicas te llamaban pimpollo?

—No quiero hablar de eso, Benton.

—Sólo trato de determinar qué hay de cierto y quién podría estar al corriente. ¿Qué se sabe de toda esta historia? ¿Ha salido algo a la luz?

—Tú estás al corriente de lo que se sabe. Y no, nada de todo eso, sea cierto o sea falso, ha salido a la luz. Desconozco de dónde procede la información.

—No me preocupa tanto lo que es falso —dijo él—. Quiero saber lo que hay de verdad en todo eso y si se ha publicado algo que pueda haber servido de fuente a estas columnas. Porque si no lo hay, como tú pareces sugerir, entonces es que alguien próximo a ti está filtrando información a ese gacetillero.

—Marino —dijo Scarpetta con renuencia—. Él sabe cosas de mí que otros no.

—Naturalmente, todo lo relativo a Charleston. Aunque a él no me lo imagino usando esa palabra.

—¿Qué palabra, Benton?

Él guardó silencio.

—No te atreves a pronunciarla, ¿verdad? La palabra «violación». Aunque no fuera eso lo que ocurrió.

—Yo no sé qué ocurrió. Ése es mi problema —dijo él—. Solamente sé lo que tú has querido explicarme.

—¿Te sentirías mejor si lo hubieras presenciado?

—¡Por el amor de Dios!

—Necesitas ver hasta el último detalle, como si eso pudiera dar el caso por cerrado —dijo Scarpetta—. ¿Y quién es el que siempre está diciendo que las cosas no se cierran nunca del todo? Creo que tanto tú como yo. Y ahora este individuo, hombre o mujer, y quienquiera que le esté filtrando información se salen con la suya. ¿Por qué? Sencillamente, porque tú y yo estamos aquí de morros, desconfiando el uno del otro, distanciados. Mira, probablemente sabes más tú que Marino de lo que pasó. Dudo mucho que él recuerde gran cosa de lo que hizo o dijo aquella noche. Y, por su bien, espero que así sea.

—Yo no quiero que nos distanciemos, Kay. No entiendo por qué todo esto parece preocuparme más a mí que a ti.

—Sí que lo entiendes, Benton. Te pasa que sientes más impotencia que la que yo sentí entonces, porque no pudiste hacer nada por impedirlo, y yo al menos pude impedir que pasara lo peor.

Benton fingió leer otra vez las crónicas. En realidad, trataba de reponerse.

—¿Marino puede saber lo de Florida? —preguntó—. ¿Qué le contaste de tu infancia? No, deja que cambie la pregunta. Lo que hay de verdad en esto —señaló al monitor—, ¿sale de información que tú le diste?

—Marino me conoce desde hace casi veinte años. Conoce a mi hermana, a mi madre. Naturalmente sabe ciertas cosas de mi vida. No recuerdo todo lo que le puedo haber contado, pero para quienes han estado próximos a mí no es ningún secreto que pasé mi infancia en un no muy recomendable barrio de Miami, que no teníamos un centavo, y que mi padre murió de cáncer después de muchos años postrado por la enfermedad. Y que en la escuela las cosas me fueron muy bien.

—¿Y la niña que te rompió los lápices?

—Eso es una ridiculez.

—O sea que existió.

—Sí, la típica matona. Ya no recuerdo cómo se llamaba.

—¿Te pegó una monja dos bofetadas?

—Porque me enfrenté a esa niña, y fue ella la que se chivó, no al revés. Una de las monjas me castigó, eso es todo. No hubo escena morbosa en los lavabos. Y es ridículo que estemos hablando de toda esta historia.

—Yo creía conocer todas tus peripecias. Me hace sentir extraño que no sea así, haber tenido que enterarme por Internet. Ridículo o no, este tipo de detalle va a correr de boca en boca, probablemente ya ha empezado. No puedes eludirlo, ni siquiera en la CNN, donde tienes amigos. Cuando estés en el plató, alguien se verá obligado a preguntar algo. Me parece que tendrás que acostumbrarte a eso. Mejor dicho, «tendremos».

Ella no estaba pensando en ese problema en concreto. Estaba pensando en Marino.

—De eso te hablaba Lucy hace un rato, cuando te ha llamado, ¿verdad? —dijo—. Te estaba hablando de él.

Benton no respondió. Ésa fue su respuesta. Sí. Lucy le hablaba de Marino.

—¿Qué querías decir con eso de que él no tenía nadie más a quien recurrir? ¿O es que te referías a otra persona? No me ocultes nada. Y menos ahora.

—Me refería a lo que hizo. Como el que atropella a alguien y se da a la fuga. Así lo ha expresado Lucy —dijo Benton, y ella le calaba ahora mejor que antes—. Porque Marino desapareció, y ya te he explicado hasta la extenuación que cuando alguien siente que no tiene en dónde meterse, busca una salida. Esto no es nuevo. Ya conoces la historia. Y conoces a Lucy.

—¿De qué historia hablas? Yo no sé nada. Marino desapareció, y nunca creí que se hubiera matado. No es de ésos. Ni es tan valiente ni es tan estúpido para suicidarse, y lo que le da más miedo es ir al infierno. Sí, él cree en la existencia de un infierno físico en el centro de la tierra. Y si va a parar allí, arderá eternamente. Esto me lo confesó en otra de sus borracheras. Ha mandado al infierno a media humanidad del puro miedo que le tiene.

La expresión de Benton era de una inenarrable tristeza.

—No sé de qué historia me hablas y no te creo —dijo ella—. Esto es que hay algo más.

Se miraron a los ojos y luego Benton dijo:

—Está en Nueva York. Desde julio del mes pasado. Exactamente desde el primer fin de semana.

Le explicó que ahora trabajaba para Berger, que ésta había descubierto por la crónica de marras el verdadero motivo de que Marino se hubiera marchado de Charleston, un detalle sórdido que ella probablemente desconocía cuando lo contrató. Y ahora Lucy sabía lo de Marino porque Berger acababa de verse con ella y se lo había dicho.

—Por eso me llamaba Lucy —añadió Benton—. Y, como te conozco muy bien, sospecho que tú habrías querido que le echara una mano a Marino, a pesar de los pesares. Habrías querido que cumpliera su deseo de ponerse en tratamiento y, por así decir, de empezar una nueva vida sin que tú supieras nada.

—Deberías habérmelo dicho hace tiempo.

—No podía revelar detalles de él. A nadie. Del mismo modo que tú no puedes contarme nada sobre Oscar. Confidencialidad entre médico y paciente. Marino me llamó a McLean poco después de esfumarse de Charleston y me pidió que le buscara un centro de tratamiento. Me pidió que hablara luego con su terapeuta, que interviniera, que diera mi opinión profesional.

—¿Y después le buscaste trabajo en la oficina de Jaime Berger? ¿También es un secreto? ¿Qué tiene eso que ver con la confidencialidad?

—Marino me pidió que no te lo contara.

La voz de Benton afirmaba haber hecho lo correcto, pero en su mirada se detectaba la incertidumbre.

—Aquí no se trata de la confidencialidad médico-paciente, ni siquiera de que tú seas honesto —dijo ella—. Tu razonamiento carece de toda lógica porque es evidente que él no podía trabajar para Jaime Berger sin que yo, antes o después, me enterara. Que es justo lo que ha pasado.

Empezó a rebuscar entre los papeles del informe policial porque no quería mirar a Benton. Notó que tenía alguien detrás antes de que la persona hablara, y al darse la vuelta se llevó una sorpresa.

El hombre que estaba en el umbral, con su ropa holgada de rapero, las gruesas cadenas de oro y el pelo con trenzas a la africana, parecía recién fugado de la sala de reclusos.

—Kay, creo que no conoces al agente Morales —dijo Benton, y en un tono no especialmente amistoso.

—Me juego algo a que no te acuerdas, pero una vez estuvimos a punto de conocernos —dijo Morales, entrando descaradamente y mirándola de arriba abajo.

—Lo siento. —En el sentido de que ella no lo recordaba, y no se molestó en tenderle la mano.

—Fue el primer fin de semana de septiembre pasado. En la morgue —dijo Morales.

Irradiaba una inquietante energía que la hizo sentir incómoda y nerviosa, y se imaginó que aquel individuo actuaba siempre por instinto y con precipitación, y que era propio de él dominar todo cuanto tocaba.

—Yo estaba un par de mesas más allá de donde tú examinabas a ese tipo que encontraron en el East River, flotando cerca de Ward's Island. Ya veo que no te acuerdas de mí. No quedaba claro si el tío se hartó de la vida y se tiró del puente, o si alguien quiso acortarle el trayecto hasta el más allá, o si tal vez le dio un infarto y se cayó terraplén abajo. El caso era de Lester *la Peste*. Resulta que la doctora no supo atar cabos, no reconoció el dibujo en forma de helecho que el tío tenía en el torso, y que era ni más ni menos que la típica arborización debida al impacto de un rayo, cosa que ella había descartado porque no le encontró quemaduras en los calcetines ni en los zapatos, chorradas así. Con una brújula demostraste que la hebilla del cinturón estaba magnetizada, que es lo habitual en estos casos, ¿no es cierto? En fin, normal que no te acuerdes. Volviste a salir enseguida con un par de balas que había que analizar en el laboratorio.

Sacó un formulario de pruebas del bolsillo posterior de sus voluminosos vaqueros, lo desdobló y se puso a rellenarlo inclinado sobre la mesa, tan cerca de ella que con el codo le rozaba el hombro mientras escribía, lo que obligó a Scarpetta a mover la silla hacia un lado. Morales le pasó el formulario y el bolígrafo, y ella rellenó el resto y firmó. Luego él cogió los sobres con las pruebas de Oscar Bane y se marchó.

—Berger está hasta el gorro de él —dijo Benton.

—¿Está en su brigada?

—No, eso haría las cosas más sencillas, porque así podría controlarlo al menos un poco —dijo Benton—. Morales tiene el don de la ubicuidad. Cada vez que hay un caso importante, se las apaña para aparecer por allí. Como lo de la muerte por un rayo que mencionaba. Ah, por cierto, es muy probable que no te perdone nunca por no acordarte de él, de ahí que haya hecho hincapié hasta tres veces.

13

Benton se retrepó en su butaca de piel de imitación y guardó silencio mientras Scarpetta miraba unos papeles al otro lado del pequeño y deteriorado escritorio.

Le encantaba el puente recto de su nariz, las líneas muy marcadas de la mandíbula y los pómulos, así como su manera pausada pero grácil de moverse cuando hacía cualquier cosa, como pasar una página. Mentalmente la veía como la primera vez, el día en que apareció en el umbral de la sala de conferencias, la melena rubia despeinada, sin maquillar, los bolsillos de su larga bata blanca llenos de bolígrafos, pañuelos, notas de llamadas telefónicas que no había tenido tiempo de devolver pero que antes o después devolvería.

Benton se había dado cuenta enseguida de que, pese a toda su fortaleza y toda su seriedad, Scarpetta era reflexiva y bondadosa. Lo había intuido en sus ojos durante ese primer encuentro, y ahora lo veía otra vez pese a que ella estaba preocupada, pese a que él la había herido una vez más. No podía imaginar que no fuera suya y eso le hizo sentir una punzada de odio, de odio hacia Marino. Aquello en lo que Benton había estado metido desde que era un adulto, se le había colado en casa. Marino había dejado entrar al enemigo y ahora Benton no sabía cómo hacerlo marchar.

—¿A qué hora llegó la policía a la escena del crimen? —preguntó Scarpetta sin levantar la cabeza—. ¿Y por qué me estás mirando?

—Alrededor de las seis y cuarto. Lo he estropeado todo. No estés enfadada conmigo, por favor.

—¿Cómo les avisaron? —Scarpetta pasó una página.

—Llamada telefónica. Él dice que encontró el cuerpo de Terri a eso de las cinco pero no llamó al nueve-uno-uno hasta las seis. A las seis y nueve minutos, para ser exacto. La policía llegó apenas cinco minutos después.

Viendo que ella no decía nada, cogió un clip y empezó a enderezarlo. No solía hacer estas cosas.

—Encontraron la puerta de fuera cerrada —dijo—. Hay otros tres apartamentos en el edificio, no había nadie, tampoco el portero. La policía no podía entrar, pero la vivienda de ella está en la planta baja, de modo que fueron a la parte de atrás, se asomaron a las ventanas y por un resquicio en la cortina vieron a Oscar en el cuarto de baño, meciendo el cuerpo de una mujer. Estaba tapada por una toalla azul. Él lloraba histéricamente mientras la estrechaba entre sus brazos y la acariciaba. Los polis aporrearon el cristal hasta que él los oyó y fue a abrir la puerta.

Benton hablaba telegráficamente, su cerebro estaba torpe, un tanto desorganizado, en parte debido a la extrema tensión. Siguió retorciendo el clip. La miró.

Tras un prolongado silencio, ella levantó la vista y le dijo:

—¿Qué pasó luego? ¿Habló Oscar con los agentes?

«Está cotejando notas. Quiere equiparar lo que yo sé con lo que le dijo Oscar. Se muestra fría y distante porque no me va a perdonar», pensó Benton.

—Lo siento —dijo—. No estés enfadada conmigo, por favor.

Ella aguantó su mirada.

—¿Y cómo es que la mujer sólo llevaba encima un sujetador y una bata? —dijo—. Si quien llamaba a la puerta era un desconocido, ¿habría abierto así?

—Ahora no podemos analizar esto a fondo. —Benton se refería a su relación, no al caso—. ¿Lo podemos dejar en suspenso?

Era el modo que tenían de expresarlo cuando asuntos privados aparecían en el momento y el lugar inoportunos. La mirada de ella y el matiz más oscuro de azul en sus ojos los interpretó él como que aceptaba la tregua; ella estaba dispuesta a dejarlo en suspenso porque lo quería, aunque él no se lo mereciera.

—Es una buena pregunta —dijo Benton—. Lo de cómo iba vestida cuando fue a abrir la puerta. Tengo algunas observaciones que hacer, pero ya llegaremos a eso.

—Y cuando la policía entró en el apartamento, ¿qué fue lo que hizo Oscar exactamente?

—Sollozaba, chillaba, se le doblaban las rodillas a cada momento. Insistía en volver al cuarto de baño, y los agentes tuvieron que agarrarlo uno por cada lado mientras intentaban hacerle caminar. Dijo que él había cortado la brida de nailon. Estaba en el suelo del baño, al lado de unas tijeras que decía haber sacado de la cocina.

—¿Lo dijo así, brida de nailon? ¿O eso fue cosecha de los agentes? ¿De dónde salió esa palabra? Es importante saber quién la sacó primero.

—No lo sé.

—Pues alguien tiene que saberlo.

Benton hizo un ocho con el clip mientras lo que habían dejado en suspenso, flotando, caía en picado. Antes o después hablarían, pero hablar no restauraba la confianza hecha añicos como tampoco restaura los huesos rotos. Mentiras y más mentiras. El eje de su vida giraba en torno a la mentira, mentiras bienintencionadas o al menos necesarias profesionalmente; por eso mismo Marino constituía un peligro.

La base de la relación de Marino con ella no había sido nunca la mentira. Cuando la forzó, no lo hizo por desprecio ni por odio, ni por humillarla. Marino tomaba lo que le apetecía en vista de que ella no se lo daba, porque era su única manera de aniquilar un amor no correspondido al que no podía ya sobrevivir. Su traición era, en realidad, una de las cosas más honestas que Marino había hecho jamás.

—Y no sabemos dónde ha ido a parar el objeto con que la estrangularon —dijo Benton—. Parece ser que el asesino se lo quitó del cuello una vez muerta y se lo llevó. La policía cree que fue otra brida.

—¿En qué se basan?

—No es habitual llevar dos tipos de ligadura distintos a la escena del crimen —respondió Benton.

Continuó toqueteando el clip hasta que se partió.

—Y, por supuesto, se supone que el asesino llevaba consigo la o las bridas. No son cosas que uno suela tener en su casa.

—¿Para qué molestarse en quitarle la brida del cuello y en cambio no la de las muñecas? —preguntó ella—. Si es que fue eso lo que pasó.

—No sabemos cómo piensa ese individuo. Prácticamente sólo conocemos las circunstancias en que se produjo el crimen. Sospecho que para ti no es ninguna sorpresa que la policía piense que fue Oscar.

—¿En qué se basan?

—O el asesino tenía llave, o ella le dejó entrar. Y, como tú has apuntado, Terri llevaba una bata y poco más. Hablemos de eso. ¿Por qué se sentía tan cómoda, tan confiada? ¿Cómo sabía ella quién era el que llamaba desde la puerta de fuera? No hay cámara, no hay portero automático. Yo deduzco que estaba esperando a alguien. Abrió la puerta de fuera (ya había oscurecido), y eso que en el edificio no había nadie más. Y después abrió la puerta del apartamento. O la abrió alguien. A los violadores les encantan las vacaciones. Mucho simbolismo y muy poca gente. Si fue Oscar quien la mató, anoche era el momento ideal para llevarlo a cabo y hacer ver que fue otro.

—Es lo que la policía piensa que ocurrió, imagino que quieres decir.

«Otra vez está cotejando —pensó Benton—. ¿Qué sabe ella que yo no sé?»

—A ellos les parece lo más lógico —respondió él.

—¿Cuando llegó la policía, encontró la puerta del apartamento cerrada con llave o sin?

—Con llave. Oscar la cerró en un momento dado. Resulta un tanto extraño que habiendo telefoneado al nueve-uno-uno, no fuera después a abrir la puerta de la calle. Y tampoco abrió la del apartamento. No sé cómo pensaba él que iba a entrar la policía.

—A mí no me parece raro en absoluto. Al margen de lo que Oscar hiciera o no, probablemente tenía miedo.

—¿De qué?

—Si él no la mató, es probable que tuviese miedo de que volviera el asesino.

—¿Y cómo iba a entrar el asesino en el edificio, si no tenía llave?

—La gente no siempre piensa en todos los detalles cuando está asustada. Tu primer impulso cuando tienes miedo es cerrar las puertas.

«Está comprobando la versión de Oscar. Él debe de haberle dicho que cerró la puerta del apartamento porque estaba asustado.»

—¿Qué dijo cuando telefoneó al nueve-uno-uno? —preguntó ella.

—Escúchalo tú misma —dijo Benton.

El CD estaba ya en su ordenador. Abrió un archivo de audio y subió el volumen:

OPERADORA DEL 911: Nueve-uno-uno, ¿de qué urgencia se trata?

OSCAR (histérico): ¡Sí! ¡Policía...! ¡Mi novia...!

OPERADORA DEL 911: ¿Qué problema tiene, señor?

OSCAR (casi inaudible): Mi novia... cuando he entrado en el...

OPERADORA DEL 911: Dígame, ¿qué ha pasado?

OSCAR (chillando): ¡Que está muerta! ¡Muerta! ¡Asesinada! ¡Alguien la ha estrangulado!

OPERADORA DEL 911: ¿Que la han estrangulado?

OSCAR: ¡Sí!

OPERADORA DEL 911: ¿Sabe usted si la persona que la ha estrangulado está todavía en la casa?

OSCAR (llorando, casi inaudible): No... ¡Mi novia está muerta!

OPERADORA DEL 911: Tenemos unidades en ruta. No se mueva de donde está, ¿de acuerdo?

OSCAR (ininteligible): Es que ellos...

OPERADORA DEL 911: ¿Ellos? ¿Hay alguien con usted?

OSCAR: No... (inaudible)

OPERADORA DEL 911: No cuelgue. Los agentes están al llegar. ¿Qué ha ocurrido?

Oscar: Al llegar me la he encontrado tirada en el suelo... (ininteligible).

Benton cerró el archivo.

—Después colgó, y no contestó al teléfono cuando la operadora quiso ponerse en contacto con él. Si no hubiera colgado, a la policía le habría sido más fácil entrar en el apartamento. En cambio, los agentes tuvieron que rodear el edificio por la parte de atrás y aporrear la ventana.

—En esa grabación parecía verdaderamente aterrorizado —dijo Scarpetta.

—Lo mismo que Lyle Menendez cuando llamó al nueve-uno-uno para decir que sus padres habían sido asesinados. Y ya sabemos cómo terminó la historia.

—Sólo porque los hermanos Menendez... —empezó a decir ella.

—Sí. Ya sé que eso no significa que Oscar asesinara a Terri Bridges. Pero tampoco lo contrario —dijo Benton.

—¿Y qué explicación das tú a que Oscar dijera «ellos», como si no fuera cosa de un solo asesino? —preguntó Scarpetta.

—Pura paranoia, claro —contestó él—. Y ahí sí estoy seguro de que no fingió. Pero no necesariamente es un punto a su favor, desde la perspectiva de la policía. Los paranoicos cometen asesinatos porque se dejan engañar por su paranoia.

—¿Es lo que piensas tú? —dijo Scarpetta—. ¿Que se trata básicamente de un caso de violencia doméstica?

«Ella no lo cree —pensó Benton—. Ella cree otra cosa. ¿Qué le habrá dicho Oscar?»

—Entiendo que la policía haya sacado esa conclusión —respondió él—, pero me gustaría tener pruebas concretas.

—¿Qué más sabemos?

—Lo que él dijo.

—¿En la escena o ya dentro del coche del agente Morales?

—Oscar no quiso cooperar con él una vez estuvieron fuera del apartamento.

Benton arrojó el clip a la papelera, y sus fragmentos produjeron un ruidito al chocar contra el metal vacío.

—A esas alturas —prosiguió— sólo quería ir a Bellevue, decía que no pensaba hablar con nadie más que conmigo. Después exigió que vinieras tú. Y en eso estamos.

Empezó a torturar otro clip. Ella le miró hacerlo.

—¿Qué explicó a la policía cuando todavía estaban en casa de Terri? —preguntó Scarpetta.

—Que cuando llegó al edificio, las luces estaban apagadas. Abrió la puerta de la calle y luego llamó al timbre del apartamento. La puerta se abrió y un individuo se abalanzó sobre él y, tras agredirlo, echó a correr. Oscar cerró la puerta, encendió las luces, fue a mirar, y encontró el cuerpo de Terri tirado en el cuarto de baño. Dijo que no tenía nada alrededor del cuello, pero que vio una marca rojiza.

—Y aunque supo que estaba muerta, esperó a llamar a la policía. ¿Por qué? Según tú, ¿cómo se explica eso?

—Oscar estaba desorientado. Fuera de sí. ¿Quién puede saber la verdad? Pero no es causa probable para arrestarlo. Lo cual no significa que la poli no se alegrara de acceder a su solicitud y encerrarlo. Tampoco ayuda demasiado que sea enano, amante del culturismo, y que viva o trabaje casi todo el tiempo en el ciberespacio.

—Conoces su profesión. ¿Qué más?

—Lo sabemos todo salvo lo que él mismo no quiere contarnos. ¿Y tú? —preguntó machacando el clip—. ¿Qué piensas?

—Puedo hablar en hipótesis.

Él respondió con un silencio para darle pie a continuar.

—He conocido muchísimos casos en los que la policía no es avisada de inmediato —dijo ella—. El asesino necesita tiempo para organizar la escena del crimen de forma que parezca otra cosa. O bien la persona que encuentra el cadáver intenta disimular lo que ha ocurrido en realidad. Vergüenza, posibles repercusiones, un seguro de vida. Asfixiofilia, por ejemplo: estrangulación por ritual erótico que termina trágicamente y la víctima muere asfixiada. Suele ser accidental. Entra la madre, ve al hijo de cuero negro, con máscara, cadenas, pinzas en los pezones, o incluso travestido. Colgando de una viga, pornografía por todas partes. Ella no quiere que la gente recuerde así a su hijo y no llama a la policía hasta haberse deshecho de las pruebas.

—¿Alguna otra hipótesis?

—La persona se siente tan afligida, le resulta tan duro haber perdido a su amor, que se demora acariciando y abrazando el cadáver, lo cubre si está desnudo. Trata de recuperar a la víctima como era antes, creyendo que eso podrá devolverle la vida.

—Un poco como lo que hizo él —dijo Benton.

—Tuve un caso en que el marido encontró a su esposa muerta en la cama. Una sobredosis. Se acostó a su lado, la abrazó, y no llamó a la policía hasta que el rígor mortis fue completo y el cadáver estaba helado.

Benton se la quedó mirando largo rato.

—Remordimiento en casos domésticos —dijo—. Marido mata a esposa. Hijo mata a madre. Remordimiento, desolación, pánico. El homicida no llama enseguida a la policía. Abraza al cadáver, lo acaricia, le habla, llora. Algo precioso que se ha roto y no se puede arreglar. Algo se ha ido para siempre.

—Un tipo de conducta más propio de crímenes por impulso —dijo Scarpetta— que de crímenes premeditados. El caso que nos ocupa no parece impulsivo. Cuando un maltratador lleva su propia arma, sus propias ligaduras (como cinta adhesiva o bridas de nailon), es que hubo premeditación.

Benton se pinchó sin querer con el clip y vio cómo le salía una gotita de sangre. Se chupó la yema del dedo.

—No tengo botiquín a mano —dijo ella—, y ahora que lo pienso, debería llevar siempre uno en el maletín. Habrá que limpiar la herida y poner una tirita...

—Kay, no quiero que estés metida en esto.

—Si lo estoy es porque me metiste tú, o al menos permitiste que así fuera. —Le miró el dedo—. Déjalo sangrar todo lo que haga falta. No me gustan las heridas punzantes, son peor que los cortes.

—No fue mi intención meterte en el caso. No tenía elección.

Estuvo a punto de decir que él no tomaba decisiones por ella, pero calló porque habría sido otra mentira. Scarpetta le pasó unos pañuelos de papel.

—Odio esto —dijo Benton—. Siempre lo odio cuando estás en mi mundo, no en el tuyo. Un cadáver no te coge apego, no tiene sentimientos con respecto a ti. No estableces una relación con alguien que está muerto. No somos robots. Un tipo tortura a otro hasta matarlo y yo estoy sentado delante de él. Es una persona, un ser humano. Es mi paciente. Cree que soy su mejor amigo hasta que me oye testificar ante el tribunal que él es capaz de distinguir el bien del mal. Al tipo le cae cadena perpetua, o incluso puede que acabe en el corredor de la muerte. No importa lo que yo pueda pensar, ni mis creencias. Sólo hago mi trabajo. He actuado correctamente a los ojos de la justicia. Pero saber eso no hace que me sienta mejor, menos angustiado.

—Ni tú ni yo sabemos lo que es no sentirse angustiado —dijo Scarpetta.

Él se apretó el dedo, dejando el Kleenex teñido de rojo. La miró allí sentada al otro lado del escritorio, se fijó en sus hombros rectos, sus fuertes y hábiles manos, el delicioso contorno de su cuerpo bajo el traje de chaqueta, y la deseó. Se sentía excitado a escasas puertas de una prisión y, sin embargo, cuando estaban solos en casa apenas si la tocaba. ¿Qué le había pasado? Era como si hubiera sufrido un accidente y hubieran recompuesto mal sus piezas.

—Deberías volver a Massachusetts, Kay —dijo—. Si lo inculpan y a ti te citan a declarar, entonces vienes y ya apechugaremos con lo que sea.

—No pienso huir de Marino —dijo ella—. No pienso eludirlo.

—Yo no estoy diciendo eso. —Pero sí, era exactamente lo que había querido decir—. Me preocupa Oscar Bane. Podría salir de Bellevue en cualquier momento, y quisiera que estuvieses lo más lejos posible de él.

—Lo que quieres es que esté lo más lejos posible de Marino.

—No sé para qué querrías estar cerca de él. —Sus sentimientos se desinflaron, su voz sonó dura.

—Yo no he dicho que quiera eso, he dicho que no pensaba huir. No fui yo quien echó a correr como un cobarde, sino él.

—Con un poco de suerte dentro de unos días mi participación en esto terminará —dijo Benton—. Luego ya será cosa del Departamento de Policía. No te imaginas el trabajo acumulado que tengo en McLean. Sólo voy por la mitad de mi investigación, aunque ya no estoy nada seguro sobre ese artículo que he de mandar a la revista. Tú no tienes por qué hacer esa maldita consulta. ¿A santo de qué le vas a sacar otra vez las castañas del fuego a la doctora Lester?

—¿En serio quieres que acepte ir al depósito y luego no me presente?, ¿que me desentienda de todo después de que Berger me ha pedido ayuda? El último puente aéreo es a las nueve. No iba a llegar de ninguna manera, lo sabes muy bien. ¿Por qué me hablas así?

—Lucy podría llevarte en el helicóptero.

—Allá arriba está nevando. La visibilidad es de medio metro, poco más.

Ella lo miró, y a Benton le resultó difícil esconder sus sentimientos, porque la deseaba. La deseaba ahora mismo, en el despacho, y si ella llegaba a saber en qué estaba pensando, le repugnaría. Pensaría que él había estado revolcándose demasiados años en todas las perversiones imaginables y que, al final, se había contagiado.

—Siempre me olvido de que allí hace otro tiempo —dijo.

—No pienso irme a ninguna parte.

—Bueno, entonces no hay más que hablar. Está claro que hiciste equipaje para días.

Las maletas estaban junto a la puerta.

—Traigo comida —dijo Scarpetta—. Aunque te encantaría llevarme a cenar a algún sitio romántico, hoy comemos en casa. Si es que llegamos.

Se miraron fijamente a los ojos. Ella acababa de hacerle la pregunta que quería formular desde hacía rato pero no se había decidido a hacer.

—Mis sentimientos hacia ti no han cambiado. Si supieras lo que siento a veces... Simplemente no te lo digo —respondió él.

—Pues quizá sería mejor que empezaras.

—Eso hago.

Quería poseerla allí mismo y ella lo presintió, y no se echó atrás. Quizá quería lo mismo. Para él era fácil olvidar que existía una razón para que ella fuese tan refinada y tan precisa, que la ciencia era sólo la correa que ponía al cuello del animal salvaje para poder andar con él, y de este modo comprenderlo y manejarlo. La manera en que ella había decidido exponerse en la vida no podía ser más desnuda, primitiva, contundente. Y nada le sorprendía.

—Creo que un elemento muy importante de este caso es por qué asesinaron a Terri Bridges en el cuarto de baño —dijo ella—. Y por qué estamos tan seguros de que fue así.

—La policía no encontró pruebas de que hubiera sido asesinada en ninguna otra dependencia de la casa. Tampoco nada que sugiriera que hubiesen trasladado el cuerpo hasta el cuarto de baño. ¿Qué traes de comer?

—Lo que íbamos a cenar anoche. Cuando dices que nada indica que trasladaran el cuerpo, ¿a qué te refieres? ¿Qué podría haber indicado algo así?

—Sólo sé que Morales dice que nada indicaba que la hubieran movido.

—Es bastante lógico —añadió Scarpetta—. Si llevaba muerta menos de dos horas, el cadáver no podía dar ninguna pista. La lividez, el rígor mortis, suele tardar al menos seis horas en desarrollarse. ¿El cuerpo estaba caliente?

—Él dijo que cuando la encontró allí, le tomó el pulso. Estaba caliente.

—Bien. Si Oscar no la mató, quien lo hizo debió de salir del apartamento poco antes de que él llegara. Bonita coincidencia, una suerte increíble para el asesino, que nadie le interrumpiera. Por unos minutos no se cruzó con Oscar. Suponiendo, claro está, que el asesino y Oscar no sean la misma persona.

—Si no lo son —dijo Benton— habría que pensar por qué iba a suponer nadie que Terri estaría sola en casa por Nochevieja. A no ser que la eligieran al azar. Tenía las luces encendidas cuando el resto del edificio estaba a oscuras, y en esta época del año la gente que se queda en casa suele dejar las luces encendidas durante todo el día, al menos a partir de las cuatro, que es cuando se pone el sol. Se trata de saber si Terri fue víctima de la oportunidad.

—¿Y coartada? ¿Oscar tiene alguna, que tú sepas?

—¿Tiene alguna, que sepas tú?

Ella le miró apretarse el dedo para que saliera toda la sangre posible.

—Estaba tratando de recordar cuándo te vacunaste del tétanos por última vez —dijo Scarpetta.

14

No había sido difícil buscar en el Centro del Crimen en Tiempo Real, del Departamento de Policía, y encontrar los dos casos que había mencionado Morales. Lo que requirió un poco más de tiempo fue conseguir respuesta de los investigadores que habían llevado esos casos.

Marino estaba desabrochándose la chaqueta en su apartamento cuando el teléfono sonó. Eran las seis y veinte. La mujer dijo apellidarse Bacardi, como el ron que a él le gustaba tomar mezclado con Dr. Pepper. Marino devolvió la llamada por el inalámbrico y le hizo un resumen del caso Terri Bridges, preguntando si ella había oído hablar alguna vez de Oscar Bane, o si alguien que se ajustara a su descripción había sido visto en los alrededores cuando se produjo el homicidio de Baltimore, en el verano de 2003.

—Antes de que partamos al galope a la caza del hombre —dijo Bacardi—, ¿qué te hace pensar que los casos están relacionados?

—En primer lugar, quede claro que esto no es idea mía. Es de otro policía, un tal Mike Morales, y le salieron esos dos casos buscando en la base de datos. ¿Lo conoces?

—Ahora mismo no me suena. O sea que no te atribuyes el mérito. Eso es que estáis perdidísimos.

—Tal vez sí, tal vez no —dijo Marino—. Hay similitudes en el modus operandi entre tu caso y el mío. Y otro tanto con el de Greenwich. Imagino que estarás al corriente...

—Estudié el caso hasta que se me cayeron los ojos. Eso acabó con mi matrimonio. Él murió de cáncer el año pasado. No, no digo mi marido, sino el investigador de Greenwich. ¿De dónde eres tú? Tienes acento de Nueva Jersey.

—Pues sí, de la parte chunga. Siento lo del inspector de Greenwich. ¿Cáncer de qué?

—De hígado.

—Si yo todavía tuviera, seguro que la palmaría de eso.

—Un día estaba aquí, y al siguiente no. Igual que mi ex y que mis dos últimos novios.

Marino se preguntó cuántos años tendría y si estaba tratando de decirle que no tenía pareja.

—Volviendo a Terri Bridges —dijo—. Llevaba una pulsera en el tobillo izquierdo. Una cadenita de oro. Lo vi en las fotografías, porque el cadáver no llegué a verlo. No estuve en la escena del crimen ni he ido al depósito.

—¿Oro auténtico?

—Como digo, sólo he visto las fotos, pero el informe habla de diez quilates. Será que lo pone en el pasador, si no, no sé cómo lo han averiguado.

—Cariño, a mí me basta con mirar. De joyas puedo decirte todo lo que quieras. Verdaderas, falsas, buenas, malas, caras, baratas. Antes investigaba delitos contra la propiedad. Además, me gustan las cosas que no puedo comprar, y antes prefiero no tener nada a tener una mierda, no sé si me entiendes.

Marino se miró el traje, uno barato, imitación diseño italiano, fabricado en China. Estaba seguro de que si le llovía encima, dejaría un rastro de agua sucia de tinte negro, como un calamar. Se quitó la chaqueta y la dejó sobre el respaldo de una silla. Se despojó de la corbata y se puso rápidamente unos vaqueros, un jersey y la vieja cazadora Harley que tenía desde hacía siglos y de la que no había querido desprenderse nunca.

—¿Puedes mandarme por correo electrónico una foto de la pulsera? —le preguntó Bacardi.

Su voz era melódica y alegre. Parecía interesada en lo que hacía e interesada por él. Hablar con ella lo estaba enardeciendo como no le ocurría desde hacía mucho. Quizá porque había olvidado lo que se sentía cuando a uno lo trataban como a un igual o, más importante aún, con el respeto que se merecía. ¿Qué había cambiado en los últimos años para hacer que se sintiera tan mal como persona?

Lo de Charleston había sido un accidente que tenía que ocurrir, y ahí estaba el quid de la cuestión. No se trataba de una supuesta enfermedad. Una vez que hubo comprendido esto, Nancy, su terapeuta, y él tuvieron grandes discrepancias, por no decir una fea discusión. Esto fue poco antes de terminar el programa de tratamiento. Nancy había empezado a decir que todo lo que era disfuncional en la vida de Marino se debía a su alcoholismo y que los borrachos y los yonquis, a medida que se hacían viejos, se convertían en exageradas versiones de sí mismos.

Incluso le había hecho un esquema una soleada tarde de junio cuando se encontraban a solas en la capilla, con todas las ventanas abiertas, y les llegaba el olor a mar y los chillidos de las gaviotas sobrevolando el pedregoso litoral de la North Shore, donde él debería haber estado pescando o paseando en moto o, mejor aún, sentado con los pies en alto y bebiendo whisky, en vez de culparse como un imbécil por ello. Nancy le había argumentado con pelos y señales de qué manera, una vez que él y la cerveza se hubieran hecho «muy buenos amigos» cuando él tenía sólo doce años, su vida había iniciado un lento deterioro salpicado por traumas, que ella fue anotando con trazo grueso y denominó así:

Peleas
Malas notas
Marginación
Promiscuidad sexual
Riesgo/boxeo/armas/poli/motos

Nancy había seguido así durante una hora, haciendo una lista exhaustiva de todo lo jodido. Lo que básicamente le demostró fue que, desde la primera cerveza, él había tomado un peligroso camino de agresión, promiscuidad, amistades rotas, divorcio y violencia, y que cuantos más años tenía, menos tiempo pasaba entre un trauma y otro, porque era algo intrínseco a la Enfermedad. Sí, la Enfermedad se apoderaba de ti, y al hacerte mayor ya no estabas en condiciones físicas de oponerte a su dominio. O algo por el estilo.

Después Nancy había firmado y puesto fecha al esquema (debajo de su nombre dibujó una carita sonriente), y cuando le entregó la maldita cosa, cinco páginas en total, él le dijo: «¿Qué pretendes que haga? ¿Que lo pegue en la puerta de la puta nevera?»

Se levantó entonces del banco y se acercó a la ventana, desde donde contempló cómo las olas rompían con furia contra el granito negro despidiendo chorros verticales de espuma, y fue como si ballenas y gaviotas se amotinaran delante de él para intentar sacarlo de la cárcel.

«¿Ves lo que has hecho? —le dijo Nancy, sentada todavía en el banco, mientras él contemplaba encandilado el día más hermoso que había visto jamás, preguntándose por qué no estaba disfrutando fuera—. Acabas de apartarme de ti, Pete. Ése es el alcohol, que habla.»

«Chorradas —replicó él—. No he tomado un puto trago desde hace un mes. El que hablaba era yo.»

Ahora, hablando con una mujer a la que no conocía y que tenía un apellido que le hacía gracia, se daba cuenta de que en realidad no le había ido tan mal hasta que dejó de ser un poli de verdad. Cuando finalmente dejó el Departamento de Policía de Richmond y empezó a trabajar como investigador privado para Lucy, y más tarde para Scarpetta, había acabado perdiendo toda su autoridad y todo respeto por sí mismo. No podía arrestar a nadie. Qué diablos, ni siquiera podía ponerle una multa a un capullo o hacer que la grúa se le llevara el coche. Lo único que podía hacer ahora era valerse de la prepotencia y lanzar hueras amenazas. Para eso, igual le podían haber cortado la polla. ¿Qué había hecho, entonces, el pasado mes de mayo? Tenía que demostrar a Scarpetta que aún tenía polla, porque lo que estaba haciendo en realidad era demostrárselo a sí mismo y rehacer su vida. No ponía excusas, no estaba diciendo que lo que había hecho fuera correcto. Jamás había dicho nada parecido, y desde luego tampoco lo pensaba.

—Te conseguiré todo lo que necesites —le dijo a Bacardi.

—Sería estupendo.

Imaginó con perverso placer la reacción de Morales. Marino estaba hablando con la persona que investigaba el homicidio de Baltimore, haciendo lo que le daba la gana.

Jódete, Morales.

Marino había prestado juramento como miembro del Departamento de Policía de Nueva York. Más aún, pertenecía a la brigada de élite de la fiscal del distrito, y Morales no. ¿Por qué tenía que mandarle ese hip-hopero imbécil? ¿Sólo porque la víspera estaba de servicio y fue él quien acudió a la escena del crimen?

—¿Estás delante del ordenador? —le preguntó a Bacardi.

—Solita en casa, feliz Año Nuevo. Dispara. ¿Tú viste las campanadas en la Gran Manzana? Yo no. Me dediqué a comer palomitas mientras miraba *The Little Rascals*. No te rías. Tengo las versiones originales, todas.

—Cuando yo era un chaval, podías ponerle Buckwheat a cualquier cosa sin que viniera nadie a tocarte los cojones por racista. Tuve una gata que se llamaba *Buckwheat*. ¿Y sabes qué? Era blanca.*

Abrió un sobre grande y extrajo copias de los informes de la policía y de la autopsia. Luego abrió el sobre de fotografías y dispuso éstas sobre la encimera de formica —tapando un par de quemaduras de cigarrillo— hasta encontrar lo que estaba buscando. Con el inalámbrico remetido bajo la mandíbula, introdujo una foto en el escáner conectado a su portátil.

—Que sepas que este caso tiene algunas connotaciones políticas —dijo.

—Oh, vaya, ¿sólo algunas?

—Mira, de todo esto más vale que hablemos sólo tú y yo, mejor no meter a nadie más. Quiero decir que si alguien se pusiera en contacto contigo (me da igual si es el mismísimo gran jefe del Departamento de Policía), te agradeceré que no men-

---

* Buckwheat era el apodo de uno de los protagonistas de *The Little Rascals* (traducido aquí como «La Pandilla», una serie de televisión. El personaje, y el chaval que lo interpretaba, era negro. *(N. del T.)*

ciones mi nombre pero que me lo hagas saber. Yo me ocuparé de todo. Hay ciertas personas que...

—Me estás diciendo que el cielo es azul y la hierba verde, Pete. No te preocupes.

Le agradó que ella lo llamara Pete. Abrió el correo electrónico para adjuntar la imagen escaneada.

—Si recibo alguna llamada —dijo ella—, serás el primero en saberlo. Y te agradeceré que tú hagas otro tanto. Por aquí ronda mucha gente que quiere anotarse el tanto de resolver el asunto de esta señora de Baltimore, y del chaval de Greenwich. Ya te digo yo que la gente es muy rara. Todo el mundo quiere tener cosas en su haber, sean méritos o capital. Eso explica, por ejemplo, la crisis hipotecaria. Y no lo digo en broma.

—Sobre todo si te llama Morales —añadió Marino—. Me sorprende que no lo haya hecho. Claro que no parece que le vaya eso de hacer un seguimiento.

—Y que lo digas. El típico aquí te pillo, aquí te mato. Aparece en las grandes ocasiones y luego se esfuma para que los demás limpien lo que ha ensuciado o terminen lo que empezó. Un inútil, un aprovechado.

—¿Tienes hijos?

—Ya no viven conmigo, y añado que por suerte. Han salido bastante bien, vistas las circunstancias. Ahora estoy mirando la foto. ¿Y nadie sabe por qué esa Terri Bridges, la víctima, llevaba una pulsera en el tobillo?

—Ahí está la cosa. Su novio, Oscar, afirma que él nunca se la había visto.

—Una pulsera es una pulsera, aquí y en la Patagonia, pero yo no acostumbro hacer caso omiso de las pruebas circunstanciales —dijo Bacardi—. Supongo que habrás adivinado que paso de los cuarenta y que no me fío de dejar un caso al capricho de un maldito microscopio. ¿Esos jovenzuelos? Nada de nada. Es como aquel concurso de la tele. Detrás de la puerta número uno hay un vídeo de un tipo que viola y asesina a una mujer a la que ha secuestrado. Detrás de la puerta número dos tenemos el ADN de una colilla encontrada en el camino de entrada. ¿Cuál eligen?

—No me provoques...

—Sí, tú y yo formando pareja. A veces les digo, a los jovencitos, ¿sabéis qué significa CSI?* Pues significa Cómo Sois de Insoportables. Porque cada vez que oigo nombrar ese término o acrónimo o lo que sea, pienso para mí, cómo sois de insoportables. En serio, no lo aguanto. A ver, Pete, dime. Cuando tú empezabas, ¿existía eso del CSI?

—Fue un invento de la tele. Existían técnicos de escena del crimen, naturalmente. O bien, en la mayoría de los casos, gente como tú y como yo sacábamos el artilugio para tomar huellas dactilares, la cámara, la cinta métrica y todo eso, y lo hacíamos nosotros solitos. Yo no necesitaba un láser para hacer un bosquejo de la escena y anotar correctamente todas las dimensiones. El Luminol funciona igual de bien que todos esos nuevos productos químicos y que esos focos de última generación. Llevo toda la vida usando el Luminol disuelto en un frasco de spray. Para investigar un homicidio no necesito a Los Supersónicos.

—Hombre, yo no diría tanto. Lo nuevo es mucho mejor, no hay punto de comparación. De entrada, puedo trabajar una escena sin dejarlo todo hecho un desastre. Ya sabes, a una anciana le entran a robar y ya no hay que echarlo todo a perder con los polvos de talco. La tecnología me permite ser un poco considerada. Pero yo no tengo caja mágica. ¿Y tú?

—Siempre me olvido de recargarla —dijo él.

—¿Vienes por Baltimore alguna vez, Pete?

—Hacía tiempo que no oía decir eso. Lo de dejar un caso al capricho del microscopio. O sea que sí, tengo más de cuarenta. Enseguida te llegan unos archivos. ¿Estás mirando el correo mientras despotricamos? ¿Y tú? ¿Vienes a Nueva York?

Marino estaba escaneando unas páginas del informe policial y los hallazgos preliminares de la autopsia de la doctora Lester.

—Yo no empecé así —dijo Bacardi—. Todavía creo en eso de hablar con la gente y considerar posibles móviles, al viejo estilo. Sí, por supuesto que voy a Nueva York. O podría ir, cómo

* Siglas en inglés de «Investigación de la Escena del Crimen». *(N. del T.)*

no. Primero deberíamos intercambiar fotos de anuario, pero juro que desde que me hice el trasplante de cara tengo mejor aspecto.

Marino sacó una Sharps de la nevera. Tenía que conocer a esta mujer. La cosa pintaba bien.

—Estoy mirando la fotografía de la pulsera. ¡Caramba! Es igual que las otras —dijo Bacardi—. Las tres de diez quilates. Diseño en espiga, muy fina. Según la escala de esta foto, diría que tu pulsera (como las otras dos) mide unos veinticinco centímetros de largo. De las que se compran en un quiosco o en Internet por cuarenta o cincuenta pavos. Una diferencia interesante que noto, a primera vista, es que en mi caso y en el de Greenwich los cadáveres no estaban en el interior. Parece que las víctimas habían salido para ligar droga a cambio de sexo y encontraron algún cliente en busca de una oportunidad. La tuya (Terri Bridges) ¿tiene antecedentes de drogadicción o un pasado secreto que pudiera haberla expuesto a que le ocurriera algo así?

—No tengo información que haga pensar que estaba enganchada al OxyContin o algo parecido. Lo único que sé es lo que estás viendo. Su tasa de alcohol dio negativo. Demasiado pronto para un diagnóstico precoz, pero no hay rastro de droga en su apartamento. Tampoco sabemos, en su caso, si el asesino no estaba de ronda en busca de víctimas. Suponiendo que no sea el novio. Y aun así, era Nochevieja. No había ninguna otra persona en el edificio. Tampoco había nadie en el bloque de enfrente, salvo una mujer que no estaba mirando por la ventana en el momento que sospechamos que Terri fue asesinada. Supuestamente. Y esta vecina me contó un par de cosas que me chocaron. Como lo del perro. ¿A quién se le ocurre regalar un cachorro enfermo, sabiendo que el animal va a morir pronto?

—A Ted Bundy.*

—Es lo que pienso yo.

—Entonces será que el tipo rondaba por allí en coche y vio una oportunidad —dijo Bacardi.

---

* Célebre asesino en serie que fue ejecutado en la silla eléctrica en 1989. (*N. del T.*)

—No sé. Necesito echar un vistazo a fondo a ese barrio. Pensaba salir otra vez dentro de nada, a husmear. Pero lo que sí te puedo decir es que anoche estaba casi desierto. Nueva York es así. Llega el fin de semana, o las vacaciones, y ves que los coches sudan tinta, o gasolina, vaya. Y si algo he aprendido después de tantos años en esto, es que no hay una fórmula. Puede que el tipo hubiera salido por buena conducta y tuviese una recaída. Quizás es Oscar Bane, quizá no. Súmale el pequeño problema de que tus dos casos ocurrieron hace la friolera de cinco años.

—No pretendo saber por qué la gente hace lo que hace, ni cuándo, pero creo que «recaída» es una buena manera de decirlo. Yo pienso que los asesinos en serie tienen la misma cosa compulsiva que un adicto al alcohol o a las drogas.

La nevera volvió a proveer a Marino de una Sharps.

—Quizás haya un motivo para que todo esté en calma durante un tiempo —dijo la amistosa voz de ella por el auricular—. Y luego aparece un problema, una separación, un despido, apuros económicos, y ya estamos otra vez.

—O sea: todo.

—Sí. Cualquier cosa puede provocar la recaída. Estoy mirando lo que acabas de enviarme y de entrada no entiendo por qué el forense ha dejado el caso pendiente. ¿Ese tal doctor Lester no está seguro de que sea un homicidio?

—Doctora, no doctor, y la fiscal del distrito y ella están a matar.

—Si no hay homicidio, entonces tenéis un problemilla con el novio.

—¿Ah, sí? —dijo Marino—. Pues ya me dirás cómo se acusa a alguien de un caso pendiente. Pero Berger ha llamado a otro forense para que dé una segunda opinión, la doctora Scarpetta.

—¿En serio? —Era el tono de una admiradora.

Marino deseó no haber mencionado a Scarpetta, pero luego se dijo que no estaba bien guardarse información, y la intervención de Scarpetta era importante. Siempre que aparecía ella, todo cambiaba. Además, si Bacardi iba a volverse en su contra, ahora era un buen momento y así acababan de una vez.

—Precisamente —dijo— ahora está saliendo mucho en Internet. Y no con buenas palabras. Te lo cuento sólo porque tarde o temprano te enterarás.

La pausa fue larga hasta que Bacardi habló:

—Y tú eres el tío que trabajaba con ella en Charleston. Lo he oído esta mañana en las noticias de la radio.

A Marino no se le había ocurrido que los chismes de Internet pudieran acabar filtrándose a las ondas radiofónicas. Fue como recibir un puñetazo a traición.

—No mencionaban nombres. —El tono de ella era menos amistoso—. Sólo han dicho que fue agredida sexualmente por un colega de trabajo cuando ella era jefa de departamento en Charleston; un investigador con quien Scarpetta llevaba tiempo trabajando. Los típicos locutores polémicos, sensacionalistas, diciendo las mamarrachadas de rigor, básicamente riéndose a costa de ella e inventando lo que el otro pudo haberle hecho. He sentido bastante asco.

—Si algún día tú y yo llegamos a vernos las caras, quizá te contaré toda la historia —dijo Marino, siendo el primer sorprendido.

Solamente se lo había contado a Nancy —todo lo que podía recordar de lo que sucedió—. Ella le había escuchado con aquella expresión sincera que, pasado un tiempo, a él empezó a tocarle mucho las narices.

—No necesitas darme explicaciones —dijo Bacardi—. Yo no te conozco, Pete. Lo que sí sé es que la gente dice de todo, y nunca sabes qué hay de verdad hasta que te pones a indagar por tu cuenta. Y yo no me propongo saber cosas de tu vida, ¿vale? Ahora mismo sólo quiero saber qué le pasó a mi señora, a ese chaval de Greenwich, y a tu chica de Nueva York. Te enviaré por correo electrónico lo que he reunido hasta ahora. Ahora bien, si quieres leerlo todo, necesitarás una semana entera. Y no olvides comprar ibuprofeno.

—Me han dicho que no hay ADN en tu caso ni en el de Greenwich. Y tampoco indicios de agresión sexual.

—Es lo que llaman la pesadilla de la elección múltiple —dijo ella.

—Quizás un día te lo cuento mientras comemos unos pastelillos de cangrejo, ahí en Baltimore —dijo Marino—. No saques conclusiones de un simple cotilleo. O cuando vengas tú por aquí. ¿Te gusta la carne?

Ella no contestó.

Él se sintió tan deprimido como si alguien hubiera atado sus sentimientos a un bloque de hormigón. Estaba deshecho. Ese capullo de *Gotham Gotcha* lo había dejado hecho polvo. Conoces a una mujer que se apellida como tu ron favorito y ahora ella hace como si tuvieras la viruela y escupieras al hablar.

—Me refería a los formularios del ViCAP* y chorradas así —dijo Bacardi—. Ya sabes, marcar la casilla, elección múltiple como en el colegio cuando hay más de una respuesta. Pues sí, en efecto, ni un solo indicio de agresión sexual, aunque en ambos casos había evidencias de lubricación. Un ungüento tipo vaselina que dio negativo por esperma: vaginalmente en el caso de mi señora, analmente en el del chico de Greenwich. Un revoltijo de ADN, supercontaminado. No hubo coincidencias en el CODIS. Suponemos, puesto que los encontraron desnudos y en el exterior, que a la pomada esa o lo que fuera se le pegaron toda clase de contaminantes. Imagínate cómo le queda a uno el ADN si lo dejan tirado en un contenedor. Añádele a eso pelos de perro, y de gato también.

—Qué interesante —dijo Marino—. En mi caso el ADN también está contaminado. Nos salió una coincidencia de una anciana minusválida que atropelló a un ciclista en Palm Beach.

—¿Lo atropelló con una silla de ruedas? ¿Iba lanzada y se saltó un semáforo en rojo? Perdona, ¿es que alguien ha cambiado la película y a mí no me han dicho nada?

—Hay otra cosa interesante —continuó Marino, yendo con el inalámbrico hacia el cuarto de baño—: el ADN de tus casos está en el CODIS. Y el ADN del nuestro acaba de ser cotejado con el CODIS. ¿Sabes qué significa eso?

Tapó el auricular con la mano mientras orinaba.

* Siglas en inglés de «Programa para Detención de Criminales Violentos». *(N. del T.)*

—Todavía estoy flipando con lo de la silla de ruedas —dijo Bacardi.

—Lo que quiere decir —continuó Marino cuando hubo terminado— es que hay un verdadero follón de perfiles de ADN. A ti no te salió una coincidencia con la anciana de Palm Beach porque su ADN no estaba en tus víctimas. A saber por qué. Creo que deberías venir a Nueva York y hablar con todo el mundo. Lo antes posible, por ejemplo mañana a primera hora. ¿Tienes coche?

—A vuestras órdenes, chicos. Puedo estar ahí dentro de unas horas.

—Yo siempre he creído —dijo Marino— que cuando las cosas son tan diferentes, es que tienen algo en común.

15

—Nadie está acusando a nadie de nada —le dijo Benton por teléfono a Bryce, el auxiliar administrativo de Scarpetta—. Sólo me preguntaba qué pudo haberte pasado por la cabeza, así, de bote pronto... ¿De veras?... Sí, es cierto... Ah, eso es muy interesante. Se lo diré.

Colgó.

Scarpetta no estaba prestando demasiada atención. Le interesaban mucho más unas fotografías del cuarto de baño de Terri Bridges que tenía puestas ahora en fila sobre un espacio despejado de la mesa de Benton. Se veía un inmaculado suelo de gres y una encimera de mármol, ambos blancos. Junto a un lavabo con barrocos apliques dorados había un tocador empotrado, con productos cosméticos, un cepillo, un peine. De la pared pintada de rosa colgaba un espejo oval con marco dorado; el espejo estaba torcido, sólo un poco, pero se notaba. A primera vista, era la única cosa en toda la estancia que parecía incluso remotamente alterada.

—Tu pelo —dijo Benton, mientras la impresora se despertaba.

—¿Qué le pasa a mi pelo?

—Te lo mostraré.

Otro primer plano del cadáver, éste tomado desde un ángulo distinto, una vez retirada la toalla. Los rasgos acondroplásicos de Terri eran más acusados que los de Oscar. Tenía la nariz un poco chata y la frente pronunciada; brazos y piernas eran gruesos y como la mitad de largos de lo normal, y sus dedos regordetes.

Benton giró sobre la butaca, sacó una hoja de la impresora y se la pasó a Scarpetta.

—¿Es necesario que mire eso otra vez? —preguntó ella.

Era la foto que acompañaba la columna de *Gotham Gotcha* de aquella mañana.

—Bryce me ha dicho que te fijes bien en el pelo.

—Está tapado —dijo ella—. Sólo se ve un asomo de flequillo.

—Es lo que dice él. Antes lo llevabas más corto. Le ha enseñado la foto a Fielding, y él opina igual.

Scarpetta se pasó los dedos por el pelo, entendía qué querían decir Bryce y Fielding. En el último año se lo había dejado crecer casi un par de dedos.

—Es verdad —dijo—. Bryce, alias Don Higiénico, siempre me está chinchando con eso. Ahora lo tengo de un largo que no puedo taparlo por completo, pero no tan largo como para remeterlo hacia dentro. Y por eso siempre me asoma el flequillo.

—Sí, él y Fielding dicen eso mismo —corroboró Benton—. Esta foto es reciente. Reciente quiere decir de los últimos seis meses, porque ambos piensan que la foto es de cuando ellos ya trabajaban contigo. Se basan en la longitud de tu pelo, en el reloj que llevas puesto, y que ese protector facial es el que usas ahora.

—Es un protector normal y corriente, no esas gafas de seguridad con monturas de diferentes colores para que el depósito parezca una discoteca.

—Lo que sea, pero yo me inclino a darles la razón —dijo Benton.

—No digo que no. Evidentemente, si fue tomada en Watertown, ellos están en la lista de sospechosos. ¿Y no recuerdan que nadie me hiciera una foto?

—Ahí está el problema. Como te decía, todo quisque que entra o sale de tu chiringuito podría haber hecho la foto. Por tu manera de estar, por la expresión de tu cara, se nota que no tenías ni idea de que estabas siendo fotografiada. Yo apostaría por una foto rápida hecha con la cámara de un móvil.

—Entonces Marino queda descartado —dijo ella—. No lo he tenido tan cerca como para eso.

—Mira, Kay, sospecho que a él le hace aún menos gracia que a ti lo que ha salido en Internet. No tendría sentido pensar que Marino está detrás de esto.

Siguió examinando fotos de Terri Bridges muerta en el cuarto de baño. La cadenita de oro que lucía en el tobillo izquierdo la dejó perpleja. Le pasó un primer plano a Benton.

—Oscar dijo a la policía que él nunca había visto esa pulsera —dijo Benton—. Y como tú no parece que sepas de dónde ha salido, deduzco que o bien Oscar te ha contado que no sabía nada de eso, o bien no lo ha mencionado siquiera.

—Me limitaré a decir —replicó ella— que no sé absolutamente nada al respecto. Pero no le pega mucho, esa pulsera. De entrada, le aprieta demasiado. Una de dos, o tenía la pulsera desde hace mucho tiempo y había engordado, o bien alguien se la regaló sin pensar o importarle siquiera qué talla necesitaba. Dicho de otro modo, no creo que se la comprara ella.

—Vale. Entonces haré un comentario muy sexista —dijo Benton—. Es más probable que ese error lo cometa un hombre, no una mujer. Si eso se lo hubiera regalado una amiga, por ejemplo, sin duda habría reparado en que Terri tenía los tobillos gruesos.

—Oscar, por supuesto, está al corriente de todo lo relacionado con el enanismo —dijo Scarpetta—. Está muy pendiente de su cuerpo. Difícilmente habría comprado una talla de menos, puesto que conocía íntimamente el cuerpo de ella.

—Y, además, niega haber visto nunca ese brazalete.

—Si la persona de la que estás enamorado te quisiera ver sólo una vez a la semana y decidiendo ella el lugar y la hora, ¿qué pensarías tú al cabo de un tiempo? —dijo Scarpetta.

—Que tenía un lío con otro —respondió Benton.

—Más cosas. Si yo pregunto por esa pulsera, ¿qué implicaciones tiene que lo haga?

—Que Oscar no te ha hablado de ella.

—Sospecho que Oscar, en el fondo, tenía verdadero miedo de que Terri estuviera saliendo con alguien —dijo Scarpetta—.

Como para asumir conscientemente lo que suponía infligirse unas lesiones que él no puede soportar. Da igual que quedara más o menos conmocionado al ver el cadáver, si es que eso es lo que ocurrió. Debería haberse fijado en el tobillo. Que no lo saque a relucir dice más, en mi opinión, que si lo hubiera mencionado por iniciativa propia.

—Él teme que sea un regalo de otro —dijo Benton—. Aquí lo que nos interesa es saber si ella se veía con alguien más. Ese otro podría ser el asesino.

—Posiblemente.

—También se podría aducir que Oscar la mató precisamente porque descubrió que tenía un competidor —dijo él.

—¿Motivos para pensar que ella tuviera un lío con otro?

—Bueno, voy a aceptar que tampoco conoces la respuesta a esto. Si ella tenía un lío, y fue el susodicho quien le regaló la pulsera, ¿cómo es que la llevaba puesta sabiendo que Oscar estaba a punto de llegar?

—Terri siempre podía decir que se la había comprado ella. Lo que no me cuadra es que se la pusiera: no era de su talla.

Miró con atención otra de las fotografías, ropa aparentemente tirada en la bañera: pantuflas de color rosa, una bata rosa rajada desde el cuello hasta los puños, un sujetador rojo con puntillas, abierto por delante y con los tirantes cortados.

Se inclinó sobre la mesa para pasarle a Benton la fotografía.

—Probablemente ya tenía las muñecas atadas a la espalda cuando el asesino le quitó la bata y el sostén —dijo—. Eso explicaría lo de cortar los tirantes, y las mangas.

—Es decir, que fue rápidamente sometida por el agresor —apuntó Benton—. Un ataque relámpago. Ella no se lo esperaba, tanto si fue justo después de abrir la puerta como si hacía rato que él estaba dentro. La ató para poder dominarla, y luego empezó a quitarle la ropa.

—No le hacía falta cortar la ropa si su objetivo era violarla. Le bastaba con abrirle la bata por delante.

—De ese modo la aterrorizaba. Forma parte de la dominación. Lo cual encaja con un homicidio sexual de tipo sádico. No significa que no lo hiciera Oscar. Ni lo contrario.

—¿Y la ausencia de bragas? Como no sea que olvidaran mencionarlo en el informe. No es muy normal llevar puesto el sujetador debajo de la bata, pero no las bragas. Imagino que comprobarán las tijeras para ver si hay fibras de esas prendas que cortaron. Y en cuanto a posibles fibras en la ropa que llevaba puesta Oscar, supongo que debería haberlas del cuerpo de la víctima, de la toalla, puesto que estuvo sentado allí con ella, abrazándola.

Scarpetta encontró varias fotos de tijeras de cocina junto al inodoro, en el suelo. Un poco más allá estaba la brida de nailon, o ligadura desechable, con que le habían sujetado las muñecas. Estaba cortada por el lazo. Hubo algo que la intrigó. Al darse cuenta de qué era, le pasó la fotografía a Benton.

—¿Notas algo raro? —preguntó.

—Cuando empecé a trabajar en el FBI se utilizaban esposas, no esas bridas. Y ni que decir tiene que con los pacientes nunca usamos bridas.

Fue su manera de reconocer que no era un experto en la materia.

—Ésta es incolora, casi transparente —dijo ella—. Yo había visto bridas de color negro, amarillo o blanco.

—Bueno, que tú no hayas visto...

—Por supuesto. No significa necesariamente nada.

—Es probable que haya nuevas versiones, que salgan nuevos fabricantes a cada momento, y más estando metidos en una guerra como estamos ahora. Policía, fuerzas armadas, todos llevan esas cosas colgadas del cinturón, y a docenas en sus vehículos. Son ideales para su rápida aplicación a múltiples prisioneros. Y, como casi todo hoy en día, es fácil conseguirlo por Internet.

—Pero extremadamente difícil de quitar —dijo Scarpetta—. A eso quería ir a parar yo. Con unas tijeras de cocina no es fácil cortar una brida. Hacen falta multiherramientas especiales, como una Scarab.

—¿Y cómo es que Morales no dijo nada?

—Será que nunca ha probado de cortar una de esas bridas con unas tijeras de cocina —respondió ella—. Al igual que la gran mayoría de agentes de policía. La primera vez que me topé con un caso así, hubo que recurrir a una sierra de cortar carne. Ahora tengo una Scarab en el depósito. Homicidios, muertos bajo custodia, suicidios con bridas en las muñecas, los tobillos, el cuello. Una vez que tiras de la correa a través, no hay vuelta atrás. Resumiendo: alguien dejó ahí las tijeras para hacer ver que cortaron la brida con ellas, o bien, y a eso iba, la correa transparente que se ve en la foto no es una brida. ¿La policía encontró correas parecidas en alguna otra parte de la casa?

Los ojos color avellana de Benton la miraron atentamente.

—Sabes tanto o tan poco como yo —le dijo—: lo que hay en el informe y en el inventario de pruebas. Pero está claro que si hubieran encontrado más correas de ésas, el informe diría algo, a menos que Morales sea el peor poli de este planeta. La respuesta, creo, es no. Así que volvemos a lo de la premeditación. El asesino llevó las bridas consigo. Puede que empleara eso mismo para estrangularla, o puede que no.

—Seguimos utilizando el género masculino —dijo Scarpetta—, pero Terri Bridges era muy menuda. Una mujer podría haberla dominado sin dificultad. Incluso un chaval, ya que estamos, fuera chico o chica.

—Si fue una chica o una mujer, estaríamos ante un crimen insólito. Pero eso podría explicar por qué la víctima no tuvo reparo en abrir la puerta. A no ser, una vez más, que Oscar lo organizara todo para que pareciese un crimen sexual cuando de hecho es otra cosa.

—La ligadura que faltaba en la escena del crimen —dijo Scarpetta—. Eso no cuadra con lo que sugieres. Más bien parece que el asesino se la llevó por alguna razón.

—A modo de *souvenir*, tal vez —dijo Benton—. La ligadura, una prenda de lencería como las bragas. Un mecanismo para hacer realidad una fantasía violenta a posteriori. Como si rebobinara lo que ocurrió, porque eso le proporciona una gratificación sexual. Es un tipo de conducta que raramente se observa en homicidios de índole doméstica. Los *souvenirs* suelen indicar un depredador sexual que objetiviza a su víctima, un desconocido o poco menos. No, desde luego, un novio ni un amante. A no ser que se trate de un montaje. —Insistió en esa hipótesis—.

Oscar es un tipo muy inteligente. Muy calculador y de mente ágil.

Tan calculador y tan ágil de mente como para volver al coche y dejar dentro el abrigo, a fin de asegurarse de que su versión del agresor desconocido, la camiseta desgarrada y las diversas lesiones, fuera plausible para la policía. Pero ¿cuándo había hecho eso Oscar, suponiendo que fuera verdad? Scarpetta dedujo que debió de ser después de arañarse él mismo y golpearse con la linterna, y que luego se dio cuenta de que no era posible justificar las heridas si llevaba puesto el abrigo.

—Quizás estamos ante un asesino de los que se llevan *souvenirs* y dejan uno de muestra —dijo—. Siempre y cuando la cadenita se la pusiera el propio asesino a la víctima, probablemente después de matarla. Como los anillos de aquel caso que tuviste hace años en California. Cuatro estudiantes, y en cada homicidio el asesino le puso una sortija a la víctima en el dedo anular. Pero el simbolismo de un anillo de plata me parece de muy distinta índole que el de una pulsera para el tobillo.

—En un caso sería posesión —dijo Benton—: por este anillo te hago mía. En el otro, dominio: coloco un grillete alrededor de tu tobillo. Me perteneces.

Más fotografías: una mesa puesta para dos personas. Velas, copas de vino, servilletas de hilo con argollas azules, platos, platos para el pan, ensaladas. En el centro de la mesa, un arreglo floral. Todos los detalles muy cuidados, todo en su sitio, haciendo juego, sí, pero allí faltaba imaginación y calor.

—Era una obsesiva —dijo Scarpetta—. Una perfeccionista. Pero se tomó muchas molestias por él. Yo creo que Oscar le importaba bastante. ¿Había música cuando llegó la policía?

—El informe no dice nada.

—¿La televisión puesta? Hay un aparato en el salón, pero en la foto se ve apagado. ¿Alguna pista sobre lo que podía estar haciendo ella cuando llamaron a la puerta? Quiero decir aparte de la comida que debió de preparar a lo largo de la tarde.

—Lo que ves en las fotos y lo que pone en los informes, es prácticamente todo lo que sabemos. —Benton hizo una pausa—. Porque Oscar sólo accedía a hablar si era contigo.

Scarpetta releyó el informe en voz alta:

—Horno a ciento diez grados, dentro un pollo entero, se supone que cocinado. Sólo lo puso allí para mantenerlo caliente. Espinacas frescas en una cazuela, todavía sin hervir. Fogón apagado.

Otra foto: una linterna negra de plástico sobre la alfombra, cerca de la puerta del apartamento.

Otra foto: prendas de ropa muy bien puestas encima de la cama. Un suéter rojo, escote pronunciado. Parecía de cachemir. Pantalones rojos. Como de seda. ¿Zapatos? Ni rastro. Ni de bragas tampoco.

Otra más: ni pizca de maquillaje en la cara de la víctima.

Scarpetta reconstruyó: Terri iba a vestirse de manera provocativa y vistosa con prendas rojas suaves al tacto. Llevaba puesto un sujetador sexy, una bata y unas pantuflas no tan sexys, tal vez esperando hasta un poco antes de que Oscar llegara para maquillarse un poco y acabar de vestirse seductoramente. ¿Dónde estaban los zapatos? Quizás era que no solía llevarlos por casa. ¿Y dónde estaban las bragas? Algunas mujeres no usan bragas. Quizá Terri era así. Pero entonces eso no cuadraba con lo que Oscar le había contado sobre su obsesión por la higiene y los «gérmenes».

—¿Se sabe si tenía por costumbre no llevar bragas? —le preguntó a Benton.

—No tengo ni idea.

—¿Y dónde están los zapatos? ¿Tomarse tantas molestias para elegir lo que iba a ponerse, y no pensó en los zapatos? Tres posibilidades: no había elegido todavía; el asesino se los llevó; o Terri no llevaba zapatos para andar por casa. Lo cual me resulta extraño y difícil de aceptar. Una persona obsesivo-compulsiva con la pulcritud no va por ahí descalza. Y luego, cuando se puso la bata llevaba pantuflas. No estaba descalza. Y alguien tan obsesionado con la suciedad y las bacterias probablemente usaría bragas.

—Yo no sabía que Terri fuera obsesivo-compulsiva —dijo Benton.

Scarpetta comprendió que había revelado algo que no debía.

Benton no estaba dispuesto a dejarla escapar.

—Oscar no me habló de ella cuando hice la evaluación, como ya sabes —dijo—. No capté ningún detalle que me hiciera pensar que Terri era obsesivo-compulsiva, o que prestara una exagerada atención a la limpieza. Aparte de lo que se ve en las fotos. Y, en efecto, se nota que era muy ordenada. Pero no hasta el grado de una compulsión. Así pues, si no encaja que anduviera descalza y sin bragas, estamos de nuevo ante la hipótesis del asesino amante de los *souvenirs*. Lo cual nos aleja de Oscar. Que se llevara esos objetos de la escena del crimen y que luego volviera corriendo para estar allí cuando apareciera la policía, me parece muy cogido por los pelos.

—Estoy bastante de acuerdo.

—Tú no crees que fuera Oscar, ¿verdad? —dijo Benton.

—Lo que creo es que la policía no debería dar por sentado que el asesino es, entre comillas, ese enano perturbado que ahora mismo está a buen recaudo aquí en Bellevue.

—Oscar no está loco. Ya sé, no es una palabra bien aceptada, pero la usaré igual. No tiene un trastorno de personalidad. No es sociópata, narcisista ni *borderline*. La valoración psicológica revela una tendencia a la cólera y la autoexclusión, y parece ser que algo le provocó paranoia y reforzó su sensación de que necesita separarse de los demás. En resumen, tiene miedo de algo. No sabe en quién confiar.

Scarpetta pensó en el CD que Oscar afirmaba tener escondido en su biblioteca.

Marino caminaba por una oscura calle arbolada de Murray Hill, mirando con ojos de depredador.

El edificio de piedra rojiza de Terri Bridges estaba flanqueado por un parque infantil y la consulta de un médico. Ambas cosas habían estado cerradas la noche anterior. En la acera de enfrente, a cada lado del edificio de dos plantas de su peculiar vecina, había una cantina de estilo francés y una panadería, ambas cosas también cerradas la víspera. Marino lo había comprobado y, después de investigar la zona a conciencia, había llegado a la misma conclusión que Morales: cuando Terri abrió la puerta, nadie estaba mirando.

Y aunque algún transeúnte hubiera pasado casualmente por allí en ese momento, no habría sabido qué pensar al ver a una persona subir los escalones de la entrada y llamar al timbre de la puerta principal, o abrirla con su propia llave. Marino sospechaba que el agresor habría estado esperando hasta estar seguro de que no hubiera nadie en las cercanías, y eso le hizo pensar de nuevo en Oscar Bane.

Si su intención fue matar a Terri, no importaba que alguien le viera entrar. Él era su novio. Iba a cenar a su casa, o la gente supondría que tal era el motivo de su visita; dejar el Jeep Cherokee aparcado enfrente era lo más normal del mundo si uno no tenía intenciones violentas. Después de hablar con Bacardi, Marino ya no tenía ninguna duda sobre qué tipo de crimen estaba investigando. A todas luces se trataba de un acto premeditado, de motivaciones sexuales, cometido por alguien cuyo equipo de asesinar incluía bridas, lubricante y una pulserita de oro de diez quilates.

Si Oscar no era inocente, les iba a costar muchos sudores atraparlo, porque tenía todos los motivos del mundo para presentarse en casa de Terri Bridges la tarde anterior. Según todas las apariencias, Terri lo esperaba a cenar. Según todas las apariencias, preveía una velada romántica. Hasta ahora la escena del crimen no aportaba nada, habría restos de Oscar por todas partes, incluso en el cadáver de Terri. ¿El crimen perfecto? Tal vez, de no ser por una cosa descabellada: la insistencia de Oscar (un mes antes de la muerte de Terri Bridges) en que alguien le estaba espiando, lavando el cerebro, en que le habían robado la identidad.

Recordaba los desvaríos de Oscar cuando éste telefoneó a la Oficina del Fiscal. A menos que fuera psicosis, ¿qué sentido tenía llamar tanto la atención, siendo un asesino que había matado ya al menos a dos personas?

Se sintió culpable. ¿Qué habría pasado si le hubiera hecho más caso a Oscar, si le hubiera animado incluso a entrevistarse personalmente con Berger? ¿Por qué no le concedió, al menos en parte, el beneficio de la duda? ¿Estaría él, Marino, caminando ahora por una acera oscura en esta fría noche ventosa?

Tenía las orejas entumecidas, los ojos le lloraban, y estaba furioso consigo mismo por haber bebido tanta Sharps. Al tener a la vista del edificio de Terri, se fijó en que había luz en su apartamento, las cortinas estaban echadas, y un coche de policía aparcado enfrente. Marino visualizó al agente dentro del apartamento, protegiendo la escena del crimen hasta que Berger diese la contraorden. Se lo imaginó muerto de aburrimiento. Lo que Marino daría por pedirle que le dejara usar el baño, pero eso estaba completamente descartado en una escena del crimen.

Ahora los únicos servicios públicos eran la intemperie misma. Marino siguió escudriñando los alrededores en busca de un buen sitio donde aliviarse. Las farolas de la entrada del edificio estaban encendidas, y se acordó de que en el informe de Morales decía que la víspera, cuando la policía se personó alrededor de las seis, estaban apagadas.

Pensó nuevamente en Oscar Bane. Daba igual que alguien le hubiera visto suficientemente bien como para identificarlo después. Era el novio de Terri, ¿no?, tenía llave del portal, y ella lo estaba esperando. Si las luces de fuera no estaban encendidas cuando él llegó, bien, ¿por qué no lo estaban? Hacia las cinco de la tarde, hora en que se suponía que había llegado, ya debía de ser de noche.

Cabía la posibilidad de que las luces hubieran estado encendidas al llegar, y que él, por alguna razón, las hubiera apagado al entrar en el edificio.

Se detuvo a media manzana de la casa de Terri, mirando hacia la 29 Este. Se imaginó siendo el asesino, imaginó lo que habría sentido al acercarse al edificio. ¿Qué habría visto? El día de ayer había sido frío y húmedo, con ráfagas de viento de hasta cuarenta kilómetros por hora, un tiempo muy desapacible para andar por la calle. Casi tanto como lo era ahora mismo.

A eso de las tres y media de la tarde, el sol se había puesto y la entrada del edificio debía de estar en sombras. Era dudoso que las farolas estuvieran encendidas, funcionaran o no con temporizador. A media tarde, cualquiera que hubiese estado dentro del edificio habría tenido las luces encendidas, con lo que al depredador le habría resultado muy fácil ver qué inquilino estaba en casa.

Marino apresuró el paso hacia el parque infantil. Estaba ya orinando contra la cancela oscura cuando divisó una forma voluminosa en el tejado plano del edificio de Terri, cerca de la brumosa silueta de la antena parabólica. La forma se movía. Marino se subió la cremallera del pantalón y fue hacia la parte oeste del edificio al tiempo que sacaba su pistola del bolsillo de la chaqueta. La salida de incendios era una escalera estrecha y empinada, y demasiado pequeña para los pies y las manos de Marino.

Estaba casi seguro de que si subía por ella la desclavaría de la pared y caería de espaldas al suelo. El corazón le latía con fuerza, y mientras empezaba a subir de uno en uno los peldaños, con la Glock calibre cuarenta en una mano y las rodillas temblando, empezó a sudar profusamente bajo la cazadora Harley.

Antes nunca tenía vértigo, pero le ocurría de vez en cuando desde que se había ido de Charleston. Benton decía que eso era consecuencia de la depresión y de la ansiedad, le había recomendado un nuevo tratamiento con un antibiótico llamado D-cicloserina, sólo porque en un proyecto de investigación con ratas había funcionado muy bien. Nancy, la terapeuta de Marino, decía que su problema venía de un «conflicto inconsciente» y que, a menos que siguiera sobrio, nunca conseguiría determinar cuál era exactamente ese conflicto.

Marino no abrigaba ninguna duda sobre el origen del conflicto. Ahora mismo era una maldita escalera atornillada a una pared exterior. Finalmente, cuando llegó al tejado, el corazón le dio un vuelco al encontrarse cara a cara con el cañón de una pistola, pistola que esgrimía una figura oscura tumbada boca abajo como un francotirador. Ninguno de los dos se movió.

Un segundo después, Mike Morales enfundó el arma mientras se incorporaba.

—¡La madre que te parió! —susurró con furia—. ¿Se puede saber qué coño haces aquí?

—¿Y qué coño haces tú, si se puede saber? —le espetó Marino, también en voz baja—. Te he tomado por un puto asesino en serie.

Se apartó rápidamente del borde del tejado y añadió:

—Tienes suerte de que no te haya volado la cabeza, cabrón.

Se guardó la Glock en el bolsillo de la cazadora.

—Ya habíamos hablado de esto —dijo Morales—. No puedes ir por ahí sin decirme qué mierda te propones. Voy a hacer que te pongan de patitas en la calle, tío. De todos modos, Berger te va a echar...

Era casi imposible distinguir su cara en la oscuridad, y llevaba ropa oscura y holgada. Parecía un sin techo o un camello.

—No sé cómo coño voy a bajar de aquí —dijo Marino—. ¿Sabes lo vieja que es esa escalera? Por lo menos tiene un siglo, ya ves lo que te digo. De cuando la gente medía casi la mitad que ahora.

—¿Qué te ha entrado? ¿Intentas demostrar algo? Porque, mira, lo único que estás demostrando es que deberías trabajar de segurata en un centro comercial o algo así.

El tejado era de cemento, con su voluminoso sistema de climatización y la parabólica. En el edificio de enfrente donde Marino había estado hacía unas horas, las únicas ventanas con luz eran las del apartamento de la vecina, en la segunda planta, y tenía las cortinas echadas. En la otra acera, pero por la parte de atrás del edificio donde ahora se encontraba, había también gente en casa. Un hombre viejo tecleaba sentado a su ordenador, ajeno por completo a que estuviera siendo observado. En la planta inmediatamente inferior una mujer con pijama verde hablaba por un inalámbrico desde el sofá de su sala de estar, gesticulando mucho.

Morales estaba poniendo verde a Marino por haberlo estropeado todo.

—Yo sólo he impedido que hagas de mirón —replicó Marino.

—Puedo mirar lo que me dé la gana y cuando me dé la gana. Aunque no digo que me tapara los ojos si hubiera algo interesante que mirar.

Señaló con el dedo la antena parabólica, inclinada unos sesenta grados y orientada hacia el sur de Tejas, sobre cuyo cielo nocturno había un satélite que Marino no podía imaginar.

—Acabo de instalar una cámara de red en el soporte de la antena —dijo Morales—. Es por si se presenta Oscar. Quizás intentará entrar en el apartamento de su novia, ya sabes, el viejo truco de volver al lugar del crimen. Bueno, o por si lo intenta alguien más. No tengo ideas preconcebidas. Puede que no la matara Oscar, pero yo apuesto por él. Y también a que se cargó a la vieja y al chaval.

Marino no estaba de humor para comunicar la noticia de su conversación con Bacardi. Incluso de no haber estado subido a un tejado, y muy a disgusto por ello, tampoco le habría venido en gana contárselo a Morales.

—¿El agente que está ahí abajo, en la escena del crimen, sabe que tú estás aquí? —preguntó.

—No, hombre, no. Y si se lo dices, te pego una patada en el culo que te mando abajo en menos de cinco segundos. La manera más rápida de joder una operación de vigilancia es contárselo a otros polis. Tú incluido.

—¿Y no se te ha ocurrido pensar que su coche parece un anuncio luminoso del Departamento de Policía? Quizá tendrías que sugerirle que lo aparque en otro sitio, si es que esperas que el asesino vuelva a hurtadillas.

—Ya lo moverá. De entrada ha sido una estupidez que lo haya aparcado ahí enfrente.

—La máxima preocupación suele ser que la gente normal o los medios crean que pueden meter las narices. Pero si quitas el coche... Vale. Adiós elemento disuasorio. Haz como te plazca. ¿Tienes idea de por qué anoche no estaban encendidas las luces de la entrada? —dijo Marino.

—Sólo sé que no lo estaban. Lo pone en mi informe.

—Ahora están encendidas.

Un viento racheado los zarandeaba como si estuvieran en alta mar, y Marino creyó por un momento que iba a caer al vacío. Tenía las manos tiesas y se bajó las mangas para tapárselas.

—Entonces me huelo que las apagó el asesino —dijo Morales.

—¿Apagarlas después de entrar en el edificio? Qué cosa tan rara.

—Quizá las apagó cuando se marchaba, para que nadie pudiera verle en caso de que pasara alguien por allí, a pie o en coche.

—Oscar no se marchó, por lo tanto no pudo haber ser sido él.

—No sabemos qué hizo Oscar —dijo Morales—. Puede que entrara y saliera para deshacerse de ciertas cosas, qué sé yo, como lo que utilizó para estrangularla. ¿Dónde has dejado el coche?

—A un par de calles de aquí —respondió Marino—. Nadie me ha visto.

—Oh, claro, tío, el rey de la sutileza. Antes me ha parecido que lo que subía por la escalera era un gato de ciento veinte kilos. Lástima que no hayas llegado un poquito más temprano. ¿Ves a esa señora que habla por teléfono?

Indicó el apartamento donde la mujer del pijama verde seguía gesticulando.

—Es increíble que haya tanta gente que no corra los visillos —dijo Morales.

—Supongo que es el motivo de que estés aquí arriba —replicó Marino.

—La ventana de la izquierda, ¿la ves? Ahora la luz está apagada, pero hace cosa de media hora parecía la pantalla de un cine, con ella de protagonista estelar.

Marino observó la ventana como si de un momento a otro pudiera iluminarse y revelar lo que se había perdido.

—Estaba saliendo de la ducha y se le ha caído la toalla. Bonito par de tetas, en serio —dijo Morales—. Un poco más y me caigo del puto tejado. ¡Ah, me encanta este trabajo, colega!

Marino habría renunciado a ver cincuenta mujeres desnudas con tal de ahorrarse tener que bajar por aquella escalera. Morales se puso de pie, aparentemente tan a gusto en las alturas como una paloma, mientras Marino empezaba a deslizarse hacia el borde del tejado con el corazón otra vez a cien. De repente, se preguntó qué demonios le había entrado; había hecho mil y un viajes en los helicópteros de Lucy; antes le encantaban los ascensores de cristal y los puentes colgantes. Ahora, en cambio, odiaba tener que subirse a una escalera para cambiar una maldita bombilla.

Vio alejarse a Morales en dirección a la antena parabólica y tuvo una extraña sensación. Morales había estudiado en escuelas de élite. Era médico, o podría serlo si le diera la gana. Tenía buena figura, por más que se empeñara en hacer pensar a la gente que era el cabecilla de una banda o un gánster hispano. Individuo contradictorio donde los hubiere, y desde luego no tenía ningún sentido subir aquí a instalar una cámara, con un poli dos plantas más abajo vigilando la escena de un homicidio, y no haberle dicho nada. ¿Y si el poli le había oído?

Y Marino recordó entonces lo que la vecina de enfrente había dicho acerca de un acceso al tejado, y que había visto a operarios cerca de la antena. Podía ser que Morales no hubiera subido por la escalera de incendios. Quizá lo había hecho por otro medio (mucho más fácil, además) y era tan capullo como para no revelarle el secreto.

Notó la mordedura fría del acero cuando aplicó las manos a la escalera y empezó a descender muy despacio. No supo que había llegado abajo hasta que notó el suelo bajo sus zapatos. Se apoyó un momento en la pared de piedra para calmarse y recobrar el resuello, y luego fue hasta la entrada del edificio, bajó los escalones y miró hacia arriba para ver si Morales estaba allí. No lo vio.

Dirigió el potente haz del módulo linterna/láser que llevaba con las llaves del coche y de su casa hacia las farolas que había a cada lado de la entrada cubierta de hiedra. Examinó los escalones, el rellano, barrió luego con la luz arbustos y cubos de basura. Llamó a centralita y dijo que avisaran al agente que estaba dentro del apartamento de Terri Bridges para que bajase a abrirle la puerta. Esperó un minuto y luego la puerta se abrió. Pero no era el mismo policía que le había abierto unas horas antes.

—¿Te lo pasas bien? —dijo Marino, cerrando la puerta al entrar en el vestíbulo.

—Ahí dentro empieza a apestar —dijo el agente, que tenía aspecto de quinceañero—. No voy a comer pollo nunca más.

Marino encontró dos interruptores a la izquierda de la puerta. Los accionó. Uno era para las luces exteriores, el otro para la del vestíbulo.

—¿Tú sabes si funcionan con temporizador? —preguntó.

—No, no funcionan con temporizador.

—Entonces ¿cómo es que esta noche están encendidas las de la entrada?

—Las he conectado yo al llegar, hace cosa de dos horas. ¿Quieres que las apague?

Marino dirigió la vista hacia la escalera de madera que subía a la segunda planta.

—No, déjalas encendidas —dijo—. ¿Has estado arriba? Parece que los otros inquilinos no han regresado aún.

—No he movido el culo de ahí dentro. —Señaló hacia el apartamento de Terri, cuya puerta había dejado ligeramente entornada—. No ha entrado nadie en el edificio. Yo, si fuera una mujer y viviera sola, me lo pensaría dos veces antes de volver.

—No hay más mujeres solas en el edificio —dijo Marino—, sólo la del apartamento que estás vigilando. —Señaló la puerta del otro lado del vestíbulo—. Ahí viven dos tíos, ambos son bármanes. Probablemente nunca están aquí de noche. Y arriba, bueno, justo encima de Terri Bridges vive uno que va al Hunter College, se paga los estudios paseando perros. En el apartamento del otro lado, hay un italiano que trabaja de asesor para una empresa financiera británica que es la arrendataria. O sea, uno de esos alquileres de empresa. El italiano seguramente no está nunca.

—¿Alguien ha hablado con ellos?

—Yo no, pero he rastreado sus historiales. Nada que llame la atención. Hablando con los padres de la víctima tuve la sensación de que no era muy simpática, que digamos. Nunca hablaba de los otros inquilinos y no parecía conocerlos ni que le interesaran. Claro que esto no es el sur. Aquí la gente no hace una tarta para el vecino con la intención de husmear en sus asuntos. Tú tranquilo. Voy a estar un rato arriba, echando un vistazo.

—Vale, pero ve con ojo porque el investigador Morales está en el tejado.

Marino se detuvo en el primer peldaño de la escalera.

—¿Qué? —dijo.

—Sí, hará como una hora que ha subido.

—¿Te ha dicho qué venía a hacer?

—Yo no pregunto.

—¿Te ha dicho que movieras el coche de sitio?

—¿Y para qué?

—Pregúntale a él —respondió Marino—. Morales es el superinvestigador, el de las grandes ideas.

Al llegar al segundo piso vio que en el techo, entre los dos apartamentos, había una compuerta de acero inoxidable con tirador en forma de T. Bajo la misma había una escalera de mano con peldaños antideslizantes, una barra de seguridad y una bandeja de trabajo con varios destornilladores. A pocos pasos de allí, la puerta de un armario para utensilios diversos estaba completamente abierta.

—¡Hijo de la gran puta! —murmuró.

Se imaginó a Morales en el tejado, partiéndose de risa mientras le oía bajar con gran esfuerzo por la escalera de incendios, cuando podía haberle dicho dónde estaba el acceso. Marino habría descendido cinco robustos peldaños hasta un edificio bien iluminado, en vez de treinta exiguos escalones a la intemperie y completamente a oscuras.

Dobló la escalera de mano y la metió en el armario.

Iba camino de donde tenía el coche cuando sonó su móvil. Vio que ponía «número desconocido» y dio por sentado que era Morales, cabreadísimo.

—¿Holaaa? —contestó alegremente, sin dejar de andar.

—¿Marino? —Era Jaime Berger—. Estoy intentando localizar a Morales.

Había mucho ruido de fondo, tráfico rodado, y Berger parecía muy enfadada.

—Acabo de verle —dijo Marino—. Ahora mismo digamos que no está disponible.

—Bien, si hablas con él, le dices que le he dejado tres mensajes. No habrá un cuarto. Quizá podrías ocuparte tú del problema. Llevamos ya dieciocho contraseñas.

—¿Para ella sólo? —Se refería a Terri Bridges.

—El mismo proveedor de correo electrónico, pero con diferentes nombres de usuario. A saber por qué. Y su novio tiene una. Estoy saliendo de un taxi.

Marino oyó que el taxista decía algo y Berger contestaba, luego oyó cerrarse la puerta y la voz le llegó mejor.

—Un segundo —dijo él—. Déjame que llegue al coche.

Su Impala azul oscuro sin identificar estaba aparcado un poco más adelante.

—Dónde estás y qué estás haciendo —dijo Berger.

—Es una larga historia. ¿Morales te ha contado algo sobre un caso en Baltimore y otro en Greenwich, Connecticut?

—Creo haber dejado claro que no he podido hablar con él.

Marino abrió la puerta del coche y montó al volante. Puso el motor en marcha y abrió la guantera en busca de un bolígrafo o algo con que escribir.

—Voy a mandarte un correo electrónico. Creo que podré hacerlo desde mi BlackBerry —dijo—. Y Benton debería verlo.

Silencio.

—Si te parece bien, le enviaré lo que tengo a él también.

—Sí, cómo no —dijo ella.

—Espero que no te importe que lo diga, pero aquí falla la comunicación. Un ejemplo: ¿tú tienes idea de si anoche los polis echaron un vistazo a lo que había encima del apartamento de Terri? ¿Comprobaron el acceso al tejado o vieron la escalera de mano que hay en el armario de utensilios?

—Ni idea.

—Pues a eso me refiero. El informe no menciona nada —dijo Marino—. No hay fotos de eso.

—Muy interesante.

—El asesino podría haber entrado y salido fácilmente por el tejado, sin que nadie lo viera. Hay una escalera de incendios en el lado oeste del edificio. Como digo, por ahí no te ve nadie.

—Morales debería conocer la respuesta.

—Descuida. Seguro que el tema saldrá antes o después. Otra cosa. Habría que pasar cuanto antes el ADN de Oscar por el CODIS. Lo de Baltimore y Greenwich... No sé si te han llegado ya los correos electrónicos.

—Eso está en marcha, creo. He pedido respuestas para esta

misma noche. Sí, me han llegado —dijo Berger—. Muy bonito por parte de Morales no molestarse en avisar sobre esos otros dos posibles casos.

—O sea que Oscar está en el CODIS o lo estará pronto —dijo Marino—. Seguramente Morales pensaba hacerlo y no ha encontrado el momento.

—Sí, claro —dijo Berger.

—Le diré algo sobre el ADN a la investigadora de Baltimore con la que he contactado. Tampoco es que confíe demasiado en que salga una coincidencia con Oscar en esos otros casos. No sé, pero algo no cuadra. No me lo imagino matando a la mujer y al chico. Y luego a su novia.

Marino sabía muy bien que cuando Berger no te interrumpía, no cambiaba de tema, era que te tomaba en serio. Siguió hablando, pues, ya que ella seguía escuchando, con cuidado de no ser demasiado concreto puesto que él estaba hablando por un móvil.

—Sobre esos dos casos —dijo Marino—, la información que no he enviado es lo que acababan de contarme por teléfono: les salió el ADN de un montón de personas, un barullo.

—¿Igual que en el caso nuestro? —dijo Berger.

—No quiero entrar en todo eso ahora, por motivos de seguridad —dijo Marino—. Pero quizá deberías mandarle un mensaje a Benton. Sé que está aquí, en la ciudad. Morales me lo ha dicho, y también que iban a ir después al depósito de cadáveres. Habrá que confiar en que no nos topemos de narices. Yo simplemente voy y lo digo. No tiene sentido dejar de mentar al diablo.

—Todavía no están en el depósito. La doctora Lester viene con retraso.

—Dudo que venga alguna vez, con o sin retraso, pero ésa es otra historia —dijo Marino.

Berger se rio.

—Yo creo que dentro de una hora estarán todos allí —dijo, y el tono había cambiado por completo.

Como si ahora lo encontrara interesante y divertido, quizá como si no lo odiara.

—Benton y Kay —añadió ella.

Se lo estaba comunicando a Marino y, al hacerlo, era su manera de decir que no lo consideraba su enemigo. No, mejor aún: le estaba diciendo que podía confiar en él y respetarlo sin más.

—Pero sería interesante que nos reuniéramos todos —dijo Marino— y discutiéramos el caso. Le he pedido a la investigadora de Baltimore que venga. Llegará a primera hora de la mañana, dispuesta a ayudar.

—Estupendo —dijo Berger—. Ahora lo que necesito es que consigas las contraseñas e historial de cuenta de los nombres de usuario que estoy a punto de enviarte. He mandado ya un fax al proveedor para que congele las cuentas de manera que queden activas. Y la otra cosa que quería decirte: nadie más debe conocer esta información. Déjaselo bien claro a todo aquel con quien hables. Me da lo mismo si llaman de la Casa Blanca, las contraseñas no hay que dárselas a nadie más. Hablo por el móvil.

Debía de referirse a Oscar Bane. A Marino no se le ocurría quién más podía saber los nombres de usuario y proveedores de correo de Terri y Oscar. Y sin ellos no había manera de conseguir las contraseñas. La luz interior del coche estaba apagada y así la dejó. Una vieja costumbre. Se valió de la linterna para anotar los nombres de usuario y demás información que Berger le pasaba.

—¿Oscar Bane continúa en Bellevue? —preguntó Marino.

—Evidentemente, eso es un problema. —Su tono no fue tan práctico y profesional como de costumbre.

Sonaba casi simpática, y hasta curiosa, como si nunca hubiera tenido demasiado en cuenta a Marino y ahora sí.

—No creo que por mucho tiempo —añadió ella—. Y han pasado más cosas. Estaré en Connextions, un grupo de análisis informático forense que, si no me equivoco, tú ya conoces. Te paso el número.

Se lo dio.

—Intentaré contestar el teléfono antes que Lucy —dijo Berger.

16

Jet Ranger estaba casi sordo y bastante cojo y tenía serios problemas con las evacuaciones. El viejo bulldog de Lucy no era neoyorquino de nacimiento.

Su enemistad con el asfalto y el hormigón era un grave inconveniente en una ciudad donde había desalmados que rociaban de pimienta roja los trechos de tierra o de hierba que pudiera haber alrededor de algún improbable árbol. La primera vez que *Jet Ranger* había estornudado mientras olfateaba en busca del retrete perfecto, Lucy supuso sin equivocarse que la culpa era de la tienda más cercana al raquítico arce, y solventó el asunto de la manera más expeditiva. Sin discutir ni dar explicaciones.

A la mañana siguiente entró en el comercio, una tienda de reparación de calzado, esparció veinte onzas de pimienta roja triturada y, por si el pasmado propietario no captaba el mensaje, soltó una generosa dosis en la maloliente dependencia posterior al salir por la puerta de atrás. Después, a título anónimo, denunció la tienda a la asociación pro derechos de los animales.

El lento y artrítico bulldog necesitó su buena media hora de paseo para hacer lo que tenía que hacer, de modo que cuando Lucy llegaba a su casa con la bolsa de caquita perruna en la mano, divisó a Berger a la luz de las farolas de gas, silueteada contra la pared de ladrillo viejo, esperando junto a los tres escalones que la separaban de la puerta de roble macizo.

—En los dispensarios las hay de colorines —dijo la cara en sombras al ver la bolsa—. Y no son transparentes.

Lucy tiró las perfectas deyecciones de *Jet Ranger* a un contenedor de la basura y dijo:

—Espero no haberte hecho esperar demasiado. Aquí el amigo es de campo. Supongo que se crió en un sitio con hierba de verdad y una cerca de madera pintada de blanco. Se llama *Jet Ranger*, como el primer helicóptero que tuve. *Jet Ranger*, te presento a Jaime Berger. No sabe trucos, como eso de dar la pata o perseguirse la cola. Es bastante simple, ¿verdad, mi niño?

Berger se agachó para rascarle el pescuezo sin importarle, aparentemente, que su largo abrigo de visón inundara la sucia acera, entorpeciendo así el paso de viandantes. La gente tenía que dar un rodeo en la fría semioscuridad mientras ella le besaba la coronilla a *Jet Ranger*, el cual respondió dándole un lametazo en el mentón.

—Estoy impresionada —dijo Lucy—. Normalmente casi nadie le cae bien. Es lo que pasa por vivir con un gilipollas. Y digo «un» porque no me estoy refiriendo a mí sino a su antiguo dueño, fuera quien fuese. Lo siento —le dijo al perro, haciéndole una caricia y rozando sin querer la manga de Berger—, no debería hablar así como así de tu doloroso pasado ni emplear la palabra «dueño». Ha sido una grosería por mi parte. —Volviéndose a Berger—. Yo no soy su dueña. De hecho, tengo que pagar una buena pasta para que me deje alimentarlo, acariciarlo, sacarlo de paseo, dormir con él...

—¿Cuántos años tiene? —preguntó Berger.

—Pues no lo sé. —Lucy masajeó las moteadas orejas del bulldog—. Poco después de mudarme a esta casa, un día cuando despegaba del helipuerto de la 30 Oeste tras un viaje desde Boston, lo vi corretear por la carretera del West Side. ¿Sabes esa cara de pánico que ponen los perros cuando están extraviados? Y además cojeaba.

Lucy le tapó las orejas a *Jet Ranger* para que no pudiese oír la continuación.

—Sin collar —dijo—. Seguro que lo habían tirado de un coche, porque es viejo, el pobre, va cojo, no ve tres en un burro. O sea, ya no les hacía gracia. No suelen vivir más allá de diez años. A él debe de quedarle poco.

—La gente da asco —dijo Berger, incorporándose.

—Vamos —le dijo Lucy al perro—. No pongas mala cara por el abrigo de Jaime; seguro que todos esos pobrecitos visones murieron de causa natural...

—Hemos de conseguir las contraseñas lo antes posible —dijo Berger—. Puede que eso nos explique todo lo demás.

—No sé qué pueda ser «lo demás», ya que apenas me he enterado de lo primero. Estamos poniéndonos al día —dijo Lucy—. Pero lo poco que sé es suficiente como para estar preocupada por mi tía. Y lo estoy.

—Eso entendí, cuando me llamaste.

Lucy insertó una llave interactiva en una cerradura de seguridad Mul-T-Lock y la alarma se disparó al abrir la puerta principal. Luego marcó un código en el teclado numérico y el pitido cesó. Entraron.

—Cuando veas de qué te estoy hablando —dijo Lucy después de cerrar la puerta—, tu primer impulso será despedirme. Pero no lo harás.

Arpía se consideraba un as de la administración de páginas web, pero de programadora no tenía nada. No era ninguna experta en tecnología de la información.

Sentada frente a su ordenador, contemplaba impotente cómo *Gotham Gotcha* persistía en su delirio mientras un técnico de la web le decía por teléfono que el problema era un desbordamiento de programación. El número de usuarios que intentaban acceder a determinada información de la página había excedido la capacidad de memoria, por lo demás enorme, del servidor, y ahora mismo la situación estaba totalmente fuera de control: millones de personas por minuto estaban clicando una foto del Cuarto Oscuro, lo cual, en opinión del técnico, sólo podía significar una cosa:

—Un gusano. Un virus, vaya. Pero nunca había visto nada igual. Más bien parece un gusano mutante.

—¿Y cómo se ha infiltrado un gusano, mutante o sin mutar, en el sistema? —preguntó Arpía.

—Es probable que un intruso haya ejecutado un código arbitrario y haya sacado partido de la vulnerabilidad del servidor *proxy* en cuanto a capacidad de memoria. Quien sea que lo haya hecho, no es ningún aprendiz.

Siguió explicando que lo más habitual era que alguien enviara un archivo adjunto con un gusano que no era reconocido por ninguno de los programas antivirus disponibles. El gusano en cuestión simulaba la acción de un usuario abriendo una imagen que ocupaba mucho espacio, «como una fotografía», dijo, y añadió que «este gusano se copia a sí mismo simulando a millones de personas que abrieran la misma imagen al mismo tiempo, lo cual colapsa el programa del servidor y, por si fuera poco, se diría que este gusano en concreto está ejecutando también una destrucción de datos. En otras palabras, es una extraña mutación, un macrovirus. Y posiblemente un troyano si, por ejemplo, está extendiendo también el virus a otros programas, que es lo que yo me temo».

El técnico hizo repetido hincapié en que aquí había alguien que sabía muy bien lo que hacía, como si sintiera secreta envidia por el saboteador capaz de originar semejante destrucción.

Arpía preguntó, cándidamente, qué imagen era la culpable y el técnico respondió sin ambages que el gusano era consecuencia de una fotografía de Marilyn Monroe. Y mientras él se extendía sobre el órdago causado por el gusano mutante, Arpía se imaginaba ya la conspiración. Los implicados en el asesinato de Marilyn hacía casi medio siglo continuaban teniendo un interés especial en que la opinión pública no conociera la verdad.

Eso apuntaba al gobierno, o, dicho de otro modo, a la política y al crimen organizado. Quizá ya había terroristas entonces, pensó. Quizás estas personas estaban de algún modo relacionadas y le tenían el ojo echado a ella, sólo porque había sido lo bastante boba de aceptar un empleo del cual no sabía nada y a instancias de personas anónimas que tal vez eran criminales.

Que ella supiese, el técnico que estaba al teléfono podía ser un malhechor, un terrorista, quizás un agente del gobierno, y todo esto de que la foto de Marilyn Monroe había lanzado el gusano mutante era una cortina de humo para impedir que Arpía descubriera lo que estaba pasando en realidad: el sitio web se había autodestruido como aquellos magnetófonos en la serie *Misión: Imposible*, porque, sin querer, Arpía se había metido en medio de un complot de gran envergadura contra una primera potencia o un Imperio del Mal.

Se sentía extraordinariamente confusa y angustiada.

—Se dará usted cuenta, supongo —le dijo al presunto técnico informático—, de que yo no tengo ni idea de qué está pasando. No quiero y no he querido nunca tener nada que ver con esto. Bueno, y no lo digo porque yo sepa nada de nada, que quede claro.

—Es bastante complejo —dijo él—. Incluso para nosotros. Trato de hacerle entender que se trata de un código muy sofisticado. Por fuerza tiene que serlo. Y cuando digo «código» hablo de un programa que está incrustado en algo a primera vista inocuo, como un archivo de datos o un archivo adjunto.

A ella le daba absolutamente igual, como le daba igual que no hubiera forma de parar al maldito gusano o que todos los intentos de reiniciar el sistema hubieran fracasado. Se le nublaron los ojos mientras el técnico sugería la posibilidad de cargar una versión archivada anterior de *Gotham Gotcha*, pero los otros servidores disponibles no tenían mucho espacio libre en disco y eran mucho más lentos, y eso podía causar también un bloqueo. Existía la posibilidad de comprar un servidor nuevo, pero no sería con carácter inmediato y tendría que pedir aprobación a la «oficina de la empresa», y como en Gran Bretaña era cinco horas más tarde que aquí, no iba a encontrar a nadie.

Señaló que cargar una versión anterior de la web supondría también tener que repoblar la página y subir de nuevo toda la información reciente, y avisar a los admiradores de que tendrían que reenviar sus correos y sus imágenes. Todo lo cual suponía días, cuando no semanas, de trabajo, a la gente no le iba a gustar nada, y los que se habían afiliado durante la última semana no iban a salir en la versión antigua de la base de datos, cosa que les iba a sentar muy mal. La página web podía estar bloqueada durante días. O semanas.

Cuando el Jefe averiguara que el gusano era culpa de la foto de Marilyn Monroe en el depósito, Arpía iría derechita a la calle, como mínimo. No tenía ningún plan de reserva. Estaría igual que hacía un año y medio, sólo que ahora no le iba a caer llovida del cielo una oferta de trabajo de unos desconocidos sin nombre. Esta vez iba a tener que renunciar al apartamento, que era como renunciar a lo poco que le quedaba ya de quien ella había sido antaño. Sólo que peor. La vida, para la gran mayoría de las personas decentes, era cada vez más dura. No se imaginaba cómo iba a salir de ésta.

Dio las gracias al técnico y colgó.

Comprobó que todas las persianas estuvieran echadas y se sirvió otro bourbon, que fue bebiendo mientras iba de acá para allá, muerta de miedo, al borde del llanto, pensando en lo que podía acontecer en las próximas horas.

El Jefe no lá despediría en persona, eso se lo encargaría al misterioso agente que apenas si hablaba inglés. Si era cierto que el Jefe estaba conchabado con una secta terrorista, entonces la vida de Arpía corría grave peligro. Un asesino podía colarse tranquilamente en su apartamento mientras ella estaba durmiendo.

Necesitaba un perro.

Cuanto más bourbon bebía, más deprimida, asustada y sola se sentía. Recordó la crónica que había colgado unas semanas antes de Navidad, donde hablaba de la cadena de tiendas de mascotas que Terri le había recomendado después de morir *Ivy* y ofrecerse a comprarle otro perro.

Arpía la buscó en Internet.

Casualmente, la tienda principal de Tell-Tail Hearts estaba muy cerca de su casa. Y no cerraban hasta las nueve.

El *loft* era un espacio amplio y despejado, con vigas y ladrillo vistos, suelos de madera color tabaco y todo perfectamente restaurado y modernizado. Aparte de terminales de trabajo, butacas giratorias y una mesa de conferencias redonda y de cristal, no había más muebles. Ni una sola hoja de papel por ninguna parte.

Lucy le había dicho a Berger que se pusiera cómoda, informándole de que no había ningún riesgo en cuanto a seguridad. Todos los teléfonos eran inalámbricos y estaban dotados de dispositivos de mezclado, y el sistema de alarma era probablemente mejor que el del Pentágono. En alguna parte del *loft* debía de tener armas de fuego y otras armas letales, material lo suficientemente prohibido para que te ahorcaran como a un pirata. Berger no preguntó y, desde luego, no se sentía segura. Pero tampoco hizo el menor intento de ponerle remedio. Sencillamente se dedicó a pensar, a deliberar, y a estar nerviosa.

De fondo sonaba Annie Lennox mientras Lucy estaba en su cabina acristalada, frente a tres pantallas de vídeo tan grandes como la mayoría de televisores planos de última generación. La luz difusa dibujaba claramente su perfil, la frente lisa, la nariz aguileña, la expresión intensa, como si no deseara hacer otra cosa que navegar por algo que a Berger ya le estaba dando jaqueca. Una jaqueca colosal, de las que solían obligarla a tenderse en el suelo en un cuarto a oscuras y con compresas calientes sobre los ojos.

Se quedó de pie junto a la butaca de Lucy y rebuscó en su maletín, confiando en que hubiera por allí un Zomig, porque era la única medicación que le funcionaba. El envase que encontró entre las páginas de un bloc de papel estaba vacío.

Lucy estaba explicando más de lo que Berger deseaba saber sobre lo que el *software* de redes neuronales estaba obteniendo de uno de los portátiles encontrados en el piso de Terri Bridges, y la tecnología empleada para ello. Berger quería que Lucy se pusiera de una vez con el segundo portátil, el que Terri sólo utilizaba aparentemente para Internet. Estaba ansiosa esperando la llamada de Marino con las contraseñas del correo electrónico. A saber si aún estaría aquí cuando él llamara. Pero la pregunta principal era qué demonios estaba haciendo en este *loft*. En parte sabía la respuesta y estaba inquieta por todo y por nada, no sabía qué hacer. Lucy y ella tenían entre manos un problema morrocotudo. No, más de uno.

—Normalmente —estaba diciendo Lucy—, cuando se elimina un archivo de un sistema operativo, hay bastantes probabilidades de recuperar los datos si se intenta hacerlo cuanto antes.

Berger se sentó a su lado. En la negrura del espacio electrónico, brillantes trocitos de texto blanco —frases y palabras fracturadas— volvían a conectarse entre sí. Pensó en ponerse las gafas de sol, pero tuvo la impresión de que no serviría de mucho. Esto iba para largo y ella no pensaba ponerle freno.

De haberlo intentado de verdad, no habría tomado hoy un taxi hasta el Village, por muy crítico, urgente y razonable que fuera lo que Lucy le había dicho por teléfono, al llamarla para sugerirle que echara un vistazo a lo que estaba pasando. No era la primera vez que Berger estaba a solas con Lucy, pero de eso hacía bastantes años, cuando la sorprendente, complicadísima y tremenda sobrina de Scarpetta era demasiado joven y Berger estaba demasiado casada. Si una cosa no hacía nunca era violar contratos o perder casos por culpa de tecnicismos.

Ahora no tenía ningún contrato y Lucy era menos joven, y el único tecnicismo era lo que Berger decidiera inventar.

—Pero no parece que Terri tuviera motivos para recuperar nada de lo que borraba —dijo Lucy—, y es por eso que ahora ves partes extensas de texto intacto mezcladas con fragmentos de todos los tamaños, muchos de ellos tan pequeños que son sólo añicos. Cuanto más se tarda en recuperar datos borrados o corruptos, más probabilidades hay de que datos recién creados ocupen áreas del disco duro liberadas al eliminar otras cosas. Y de ahí que al *software* le resulte más difícil localizar lo que había ahí originalmente.

Lo que estaban viendo, para resumir, eran fragmentos de una tesis que ofrecía una perspectiva histórica de la ciencia forense y de la psiquiatría, cosa que no tenía por qué sorprender. Las investigaciones y la información proporcionada por sus padres indicaban que Terri Bridges estaba inscrita en el Gotham College, de donde su padre era decano, y que estaba trabajando en un posgrado sobre Psicología Forense. Berger veía pasar palabras y frases de medicina forense mientras el dolor aumentaba en sus sienes e iba concentrándose detrás de sus ojos.

Detectó alusiones a Body Farm, a los hospitales psiquiátricos de Bellevue y Kirby, así como los nombres de numerosos expertos forenses de cierta fama, incluida la doctora Kay Scarpetta. Salían referencias a ella constantemente, y ésa era la razón de que Lucy le hubiera dicho antes que igual querría despedirla. En efecto, ganas no le faltaban. Por más de una razón, habría sido la medida más sensata a tomar.

De entrada, parecía ser que Terri —o quienquiera que hubiese utilizado este portátil— había reunido centenares de artículos, videoclips, fotografías y otros elementos publicados en relación con Scarpetta. Eso suponía un conflicto de intereses, y de los gordos, a lo que venía a sumarse otro problema que probablemente ya estaba ahí desde un principio.

Berger recordaba el sobresalto que tuvo la primera vez que ella y Lucy se vieron allá en Richmond ocho años atrás, un sobresalto que a Berger le había parecido tan excitante como, para ser realistas, desafortunado en aquel entonces. Qué estúpidos tiempos aquellos, cuando tenía treinta años largos y casi se había convencido a sí misma de estar por encima de ciertas tentaciones, como probaba la vida que se había impuesto. Era capaz de decir «no». El hecho era (y a sus cuarenta y seis años, ahora lo tenía muy claro) que no habría tenido que dar ninguna respuesta si no hubiera habido una pregunta.

—Los portátiles tienen instalado lo que yo llamaría un *software* de seguridad corriente, todo preprogramado, precargado. —Lucy estaba explayándose sobre este particular—. Yo no lo usaría nunca porque sólo reconoce virus y *spyware* conocidos. Y los conocidos no son los que me preocupan. Éste tiene antivirus, anti-*spyware*, anti-*spam*, anti-*phising*, cortafuegos y detector de redes inalámbricas.

—¿Eso es raro? —Berger se frotó las sienes.

—Para un usuario corriente, sí. Esa mujer, o quien sea, estaba muy pendiente de la seguridad. Pero no como podríamos estarlo personas como tú y yo. Todo este arsenal de protección es lo que veo en gente muy preocupada por los *hackers*, el robo de identidad. Pero no tienen ni idea de programación y han de recurrir a un *software* prefabricado, que en muchos casos es caro y ni mucho menos tan bueno como lo pinta la publicidad.

—Podría ser que Terri y Oscar Bane compartieran paranoia —dijo Berger—. Tenían miedo de que alguien los estuviera controlando. Al menos, sabemos que Oscar estaba muy asustado. Casi se puso histérico cuando llamó por ese motivo hace cosa de un mes y mantuvo una poco afortunada conversación con Marino. Ojo, Marino está libre de culpa. Si volviera a ocurrir una cosa así, yo le diría que no me pasara la llamada de Oscar Bane, igual que hice entonces.

—Quién sabe si, en caso contrario, las cosas habrían sido diferentes —dijo Lucy.

—A primera vista era uno más de los muchos disparates que recibimos diariamente por teléfono.

—Aun así. Quizá tú podrías haber cambiado las cosas.

Las manos de Lucy eran fuertes, pero se movían con garbo sobre el teclado. Cerró una ventana de programación que tenía abierta en la pantalla y de nuevo apareció el espacio profundo, con fragmentos de texto pasando de un lado a otro, moviéndose, buscando la parte que faltaba. Berger procuró no mirar.

—Si te pusiera la grabación, lo entenderías perfectamente —explicó—. Habla como un chiflado. No para de repetir que alguien, una persona o un grupo, se está apoderando de su mente por medios electrónicos, que hasta ahora ha conseguido resistir a su control, pero que ellos conocen todos sus movimientos. Ahora mismo, tengo la sensación de que alguien me está haciendo eso a mí. Me disculpo por adelantado. Muy de vez en cuando me dan estas jaquecas, y estoy haciendo un gran esfuerzo para que no me dé una ahora...

—¿Has tenido un cibermareo alguna vez? —preguntó Lucy.

—No estoy segura de saber qué es eso.

—¿Y cinetosis?

—Eso sí —dijo Berger—. Me mareo si miro algo cuando estoy en un coche en marcha, y de cría siempre vomitaba en los parques de atracciones. Pero ahora prefiero no pensar en eso.

—Ya veo que no querrás volar conmigo.

—Los helicópteros de la policía no me preocupan, siempre y cuando no les quiten las puertas.

—Desorientación, náuseas, vértigo, incluso migrañas —dijo Lucy—. Son cosas que se suelen asociar a la realidad virtual, pero puede provocarlas cualquier movimiento en un monitor de PC. Como estar mirando esto de aquí. Yo he tenido mucha suerte, a mí no me afecta. Me pueden someter todo un día a simulación de accidente a gran escala, y me quedo tan pancha. Podría servir de maniquí para las pruebas de la CIA. Bien pensado, creo que debería haberme dedicado a eso.

Se retrepó en la butaca e introdujo las puntas de los dedos en los bolsillos delanteros de sus vaqueros, una franqueza física que era casi como una invitación, y la mirada de Berger se sintió atraída por ella como le ocurría con una pintura o escultura provocativas.

—Verás lo que vamos a hacer —dijo Lucy—. Tú mira los monitores sólo cuando te diga que hay algo que debes ver. Si sigues encontrándote mal, extraeré los datos para que puedas verlos en formato estático de procesador de textos. Incluso pasaré por alto mi regla de oro y recurriré a la impresora. Bueno, tú no mires el monitor. Volvamos a lo que te decía sobre los programas de protección instalados en esos portátiles. Estaba sugiriendo que deberíamos comprobar si el ordenador personal de Oscar tiene instalado el mismo *software*, y ver si encontramos pruebas de que sea él quien lo compró. ¿Podemos entrar en su casa?

Lucy continuaba utilizando la primera persona del plural, y Berger no le veía ningún sentido.

Era todo demasiado desquiciado para que hubiese un plural, se repetía Berger una y otra vez, intentando convencerse a sí misma de dejarlo correr pero, a continuación, convenciéndose a sí misma de seguir adelante.

Cerró los ojos, se frotó las sienes, dijo:

—Es fácil suponer que era Terri quien estaba investigando a Kay, pero ¿cómo sabemos que no lo hacía Oscar? Estos portátiles quizá son suyos y los tenía en el apartamento de Terri por algún motivo. En cuanto a tu pregunta, no, no podemos acceder a su ordenador. O a los varios que pueda tener en su casa. No hay causa probable y no tenemos su consentimiento.

—¿Huellas de Oscar en estos portátiles?

Estaban ambos sobre una mesa, conectados a un servidor.

—Todavía no lo sé —respondió Berger—. Pero eso no probaría nada, de hecho, puesto que él entraba y salía del apartamento de Terri. En teoría, aún no sabemos quién ha escrito todo esto. Lo único claro, como tú me has hecho ver, es que Kay constituye un punto de atención.

—Bastante más, diría yo. No mires la pantalla, pero ¿qué está pasando ahora? Está clasificando por notas al pie. Ibídem tal y cual, fechas. Notas que parecen ser correlativas con palabras textuales de mi tía Kay.

—¿Estás diciendo que Terri la entrevistó?

—Parece ser que alguien lo hizo. Tú no mires, el ordenador no necesita tu ayuda ni tu visto bueno. Está clasificando por referencias, miles de referencias entre paréntesis, proceden de múltiples borradores de la misma tesis. Y cientos de estas parentéticas referencias pertenecen a entrevistas realizadas en diferentes momentos. Supuestas entrevistas a mi tía.

Berger abrió los ojos y vio palabras y frases fragmentadas que pasaban a toda velocidad, empalmándose unas con otras.

—Podrían ser transcripciones de entrevistas en la CNN o en periódicos —sugirió—. Y tenías razón. La próxima vez preguntaré. Eso me ha dado mareo. No sé qué diablos me pasa. Creo que debería marcharme.

—No pueden ser transcripciones —replicó Lucy—. No todas, ni siquiera la mayoría. Cronológicamente, eso no cuadra. «Scarpetta, diez de noviembre», «Scarpetta, once de noviembre», y a continuación el doce y el trece. No, Terri no la entrevistó. Nadie habló con ella. Todo esto es inventado.

Era indescriptiblemente extraño, mirar cómo Lucy miraba a los monitores y discutía con su ingenio cibernético como si fuera su mejor amigo.

Berger reparó en el perro, *Jet Ranger*, que roncaba debajo de la mesa.

—Referencias a cuatro entrevistas diferentes que tuvieron lugar en días sucesivos —continuó Lucy—. Y aquí otra vez. Tres días consecutivos. Lo ves, es tal como te digo. Mi tía no viene a la ciudad y sale en la tele cada día de la semana, casi nunca concede entrevistas a la prensa. ¿Y esta otra de aquí? No, joder, imposible.

Berger pensó en levantarse de la silla y decir adiós, pero la simple idea de meterse en un taxi en movimiento le resultó insoportable. Seguro que acababa vomitando.

—¿El día de Acción de Gracias? Ni por asomo. —Lucy parecía estar discutiendo con los datos mismos—. Ese día estuvimos juntas en Massachusetts. Mi tía no salió en la CNN, y ya te aseguro yo que no estaba siendo entrevistada por ningún periódico ni por ninguna estudiante de posgrado.

17

El viento era tan frío que mordía, y la media luna alta y pequeña no iluminaba nada mientras Scarpetta y Benton se dirigían hacia el depósito de cadáveres.

La acera estaba casi desierta, las pocas personas con las que se cruzaron parecían no tener rumbo ni apenas un motivo para vivir. Un joven liaba un canuto. Otro estaba recostado en una pared, tiritando. Scarpetta notó que ambos los miraban y se sintió vagamente inquieta. Se sentía al descubierto y vulnerable, pero los motivos estaban demasiado mezclados como para poder identificarlos enseguida. Pasaron varios taxis amarillos, la mayoría con rótulos luminosos que anunciaban bancos, financieras y similares, típico después de las fiestas, cuando los ciudadanos deben hacer frente a las consecuencias del jolgorio navideño. Pasó un autobús con un anuncio de *Gotham Gotcha*, y Scarpetta notó un alfilerazo de ira.

Luego sintió miedo. Benton debió de darse cuenta, porque buscó su mano y se la sujetó mientras seguían andando.

—Es lo que he conseguido —dijo ella, pensando en el cotilleo por Internet—. Durante más de veinte años supe sortear más o menos la publicidad, pero ahora ya ves: primero la CNN y ahora esto.

—No es que lo hayas conseguido —dijo Benton—. Es lo que hay, así son las cosas. Y no es justo. Precisamente porque no hay nada que lo sea, estamos yendo ahora adonde estamos yendo. Somos dos expertos en cosas injustas.

—No me quejaré más, lo prometo —dijo ella—. Tienes toda la razón: una cosa es entrar por tu propio pie en el depósito, y otra que te entren en camilla.

—Por mí, puedes quejarte cuanto quieras.

—No, gracias —añadió ella, apretándose contra su brazo—. Ya he terminado.

Los faros de los coches iluminaron las ventanas del viejo hospital psiquiátrico de Bellevue, frente a cuya verja de hierro, pasada una travesía, estaba la Oficina del Forense con sus ladrillos de color azul, dos furgonetas blancas con lunas tintadas aparcadas junto al bordillo esperando la orden de hacer una nueva y triste salida. Benton llamó al timbre del interfono desde el escalón superior de la entrada. Esperaron. Volvió a llamar varias veces, impacientándose.

—Será que se ha marchado —dijo—. O quizás es que ha decidido no presentarse.

—Eso no sería ni la mitad de divertido —dijo Scarpetta—. Le encanta hacer esperar a la gente.

Había cámaras por todas partes y se imaginó a Lenora Lester observándolos por un monitor y pasándolo en grande. Varios minutos después, y cuando Benton ya estaba por dar media vuelta, la doctora Lester apareció tras el cristal de la puerta y procedió a abrirla. Llevaba puesto un pijama largo de quirófano y unas gafas redondas de montura metálica, el pelo entrecano recogido con horquillas. Su cara era vulgar y sin más arrugas que el surco profundo que iba desde la parte superior de su nariz hasta la mitad de la frente, y sus ojos oscuros eran menudos y se movían como los de una ardilla esquivando coches.

Una enorme fotografía de la Zona Cero ocupaba casi toda una pared del vestíbulo. La doctora Lester les dijo que la siguieran, como si ellos dos no hubieran estado nunca allí.

Se dirigió a Benton, cosa que hacía siempre.

—Tu nombre salió a relucir la semana pasada, a raíz de otro caso —dijo, caminando un poco por delante de ellos—. Estuvieron aquí dos agentes del FBI y un criminólogo de Quantico. Salimos a hablar de *El silencio de los corderos*, y me acordé de que en esa época tú eras el jefe del Departamento de Psicología Conductista. ¿No fuiste el principal asesor de esa película? ¿Cuántos días pasaron en la academia? ¿Cómo eran Anthony Hopkins y Jodie Foster?

—No —dijo Benton—, yo estaba trabajando en un caso.

—Qué pena. En aquel entonces el interés de Hollywood por nosotros era bastante estimulante. En muchos aspectos sirvió para cambiar esos ridículos estereotipos que la gente tenía sobre nuestro trabajo y nuestra manera de ser.

Scarpetta se contuvo de decir que la película no había hecho mucho por disipar ciertos mitos, puesto que la célebre escena de la polilla tenía lugar en una funeraria, no en una moderna sala de autopsias. También se calló que si alguien encajaba a la perfección con el estereotipo del patólogo forense como la Parca, ésa era precisamente la doctora Lester.

—Y ahora no pasa un día sin que me llamen para que asesore un programa o una película. Escritores, guionistas, productores, directores: todo el mundo quiere presenciar una autopsia y pisotear alguna escena del crimen. Uf, te aseguro que estoy harta.

El largo pijama batía contra sus rodillas mientras ella caminaba a pasitos rápidos.

—En cuanto a este caso, habré recibido ya como una docena de llamadas. Será porque la víctima es enana. La primera de mi carrera, por cierto. Muy interesante. Lordosis lumbar moderada, piernas arqueadas, cierta protuberancia frontal. Ah, y megaloencefalia, es decir, agrandamiento del cerebro —explicó, como si Scarpetta no supiera qué era eso—. Algo corriente en personas con acondroplasia, pero no afecta a la inteligencia ni al cociente intelectual. O sea que esta mujer no era estúpida. La culpa de lo que pasó no va por ahí.

—¿Qué es lo que quieres dar a entender? —preguntó Benton.

—Es más que probable que este caso tenga gato, o gatos, encerrados. Supongo que habrás echado un vistazo a las fotos de la escena del crimen, y enseguida te pasaré unas cuantas tomadas durante la autopsia. La típica asfixia por estrangulación mediante ligadura. Bueno, suponiendo que se trate de un homicidio.

—¿Suponiendo?

—En un caso tan atípico, no hay que desechar ninguna opción. Ella, por ser menuda, era más vulnerable que otros a que las cosas se complicaran. Metro veintitrés. Cuarenta kilos. Si es un accidente (sexo violento, por decir algo), ella corría más riesgo de que las cosas fueran demasiado lejos.

Scarpetta intervino:

—En varias fotos he visto que tenía sangre y contusiones en las piernas. ¿Cómo encajaría eso en tu hipótesis de sexo violento?

—Prácticas sadomasoquistas con final imprevisto. No sería la primera vez. Varas, látigos, patadas, castigos que van demasiado lejos.

Habían llegado a la planta administrativa: viejas baldosas de linóleo gris y puertas de color rojo subido.

—No encontré lesiones de tipo defensivo —continuó la doctora Lester—. Si la asesinaron, el que lo hizo consiguió dominarla enseguida. Quizá con una pistola, un cuchillo, para obligarla a hacer tal o cual cosa. Pero no puedo descartar la posibilidad de que ella y su novio, o la persona con quien estuvo anoche, organizaran algún tipo de juego erótico y que las cosas no les salieran como habían previsto.

—¿A qué pruebas, en concreto, te refieres como para suponer que estaban metidos en eso que tú llamas un juego erótico? —preguntó Benton.

—En primer lugar, a lo que se encontró en el apartamento. Entiendo que a ella le gustaba representar un papel, por así decirlo. Y lo que es más importante, por regla general en un intento de violación el violador hace que le víctima se desnude. —La doctora Lester hablaba sin aminorar el paso—. Forma parte del placer que obtiene de ello, obligarla a desnudarse y anticipar lo que va a venir. Luego vendría lo de atarla. Atarla y tomarse después la molestia de cortarle la bata y el sujetador, a mí me suena a juego erótico. Más aún si a la víctima le gustaban las fantasías sexuales, y, por lo que me han dicho, a ella le encantaba el sexo.

—En realidad —dijo Benton—, cortarle esas prendas después de haberla atado habría sido mucho más terrorífico que hacerla desnudarse primero.

—Es lo que nunca me ha convencido de la psicología forense. El perfil del paciente responde a opiniones personales. Lo que tú supones terrorífico podría ser excitante, todo depende del individuo.

—Cuando algo de lo que diga responda a una opinión personal, te lo haré saber —dijo Benton.

Berger fue consciente del roce del brazo de Lucy, de que casi se tocaban, mientras hacía anotaciones en un bloc. En la pantalla continuaba el baile de datos fragmentados, veloces, de un blanco brillante, y cuando los miró le hirieron la vista y sintió dolor de verdad.

—¿Tú crees que podremos recuperar la mayoría de las cosas? —preguntó.

—Sí —respondió Lucy.

—¿Y seguro que estos borradores son de hace un año?

—Por lo menos. Te lo podré decir con precisión cuando hayamos terminado. Tenemos que llegar al primer archivo que ella guardó. Bueno, digo «ella» pese a que soy consciente de que aún no sabemos quién escribió esto.

Lucy tenía los ojos muy verdes; cuando se encontraron con los de Berger, su mirada fue intensa y persistente.

—No parece que salvara archivos de la misma manera que yo —comentó Berger—. Quiero decir que para tener todo este arsenal de *software* de seguridad, corriente o no, se diría que era poco cuidadosa. Yo, por ejemplo, cuando trabajo en un informe siempre hago una copia y la guardo con un nombre distinto.

—Así es como hay que hacerlo —corroboró Lucy—. Pero ella no se tomaba esa molestia. Revisaba y guardaba siempre el mismo archivo, con las últimas modificaciones. Qué estúpida. La inmensa mayoría de la gente lo hace así. Por suerte, cada vez que introducía un cambio y guardaba ese archivo, la fecha de modificación variaba. Aunque no puedes verlo cuando miras la lista de sus documentos, ese dato está ahí, perdido entre todo el follón. El ordenador encontrará las fechas, clasificará en función de éstas y hará un análisis de pautas. Por ejemplo, ¿cuántas veces en un mismo día revisó y guardó (ella o quien sea) el mismo archivo? En este caso, el archivo principal de la tesis. ¿Qué días de la semana trabajaba dicha persona en la tesis? ¿A qué hora del día o de la noche?

Berger tomó notas y dijo:

—Podría darnos una idea del dónde y del cuándo. Una idea sobre sus hábitos personales. Lo cual podría llevarnos a saber con quién estaba. Si, por ejemplo, se pasaba casi todo el día trabajando en casa, salvo cuando veía a Oscar los sábados por la noche. O si iba a escribir a otros sitios, tal vez incluso a la casa de otra persona. ¿Había alguien más en su vida de quien no tengamos noticia?

—Yo puedo conseguirte una secuencia temporal de todas las teclas que tocó —dijo Lucy—, pero no me pidas que averigüe dónde trabajaba. A través del correo electrónico se puede obtener una dirección IP, y a partir de ahí saber, por ejemplo, si consultaba el correo electrónico fuera de su casa, en un cibercafé. Pero no hay localización posible cuando hablamos de archivos de procesador de textos. No podemos dar por hecho que trabajaba en la tesis desde su casa. Quizás iba a alguna biblioteca. Tal vez Oscar sabría si ella siempre trabajaba en su apartamento. Eso si es que dice la verdad. Que nosotras sepamos, él es quien ha escrito esta tesis. Te lo seguiré recordando...

—No encontraron material de investigación en el apartamento de Terri —dijo Berger.

—Ahora mucha gente tiene archivos electrónicos. Nada de papel. Los hay que nunca imprimen nada a menos que sea absolutamente necesario. Yo, por ejemplo. No me gusta dejar un rastro de papel.

—Kay sabrá sin duda hasta qué punto es correcto lo que Terri, u otra persona, estaba recopilando y escribiendo —dijo Berger—. ¿Podremos recrear de cabo a rabo todos los borradores?

—Yo no lo expresaría así. Digamos que puedo recuperar lo que hay aquí. Ahora el ordenador está clasificando por bibliografía. Cada vez que Terri hacía una nueva entrada o modificaba algo, se creaba automáticamente una nueva versión del mismo archivo. Por eso ves tantas copias de lo que parece ser un mismo documento. Bueno, tú no lo ves. Espero que no estés mirando. ¿Qué tal te encuentras?

Lucy giró la cabeza hacia ella, la miró fijamente.

—No sé qué responder —dijo Berger—. Quizá debería marcharme. Tenemos que pensar qué vamos a hacer respecto a esto.

—Y en vez de pensar tanto en todo, ¿por qué no esperas un poco y ves qué es lo que tenemos aquí? Aún es pronto para saberlo. Pero no, no deberías marcharte. No te vayas.

Sus respectivos asientos estaban uno al lado del otro. Lucy hacía bailar sus dedos sobre el teclado y Berger tomaba notas. La cabezota de *Jet Ranger* apareció entre ambas sillas. Berger empezó a acariciarlo.

—Seguimos clasificando —dijo Lucy—, pero ahora por diversas disciplinas forenses: huellas dactilares, ADN, pruebas físicas. Copiado y guardado en una carpeta con el nombre Ciencia Forense.

—Archivos que fueron sustituidos —apuntó Berger—. Un archivo copiado encima del anterior. A mí siempre me han dicho que al copiar un archivo encima de otro, el antiguo desaparece por completo.

Sonó el teléfono del despacho.

—Es para mí —dijo Berger. Puso la mano sobre la muñeca de Lucy para impedir que contestara ella.

18

El despacho de la doctora Lester era una exposición de títulos, certificados, menciones honoríficas, así como de fotos donde se la veía con casco y traje blanco de seguridad, excavando en El Hoyo, como llamaban a lo que había quedado del World Trade Center quienes trabajaban allí.

Estaba orgullosa de su colaboración en la investigación del 11-S y no parecía que eso la hubiera afectado personalmente. Scarpetta no había salido tan bien parada después de casi seis meses en Water Street, examinando a mano como un arqueólogo millares de cubos de tierra, buscando efectos personales, fragmentos humanos, dientes, huesos. Ella no tenía fotos enmarcadas en su casa. No tenía presentaciones en PowerPoint. No le gustaba hablar de ello, se había sentido casi literalmente envenenada por la experiencia, de un modo que aún hoy la desconcertaba. Era como si el terror experimentado por aquellas víctimas al ser conscientes de su muerte segura hubiera quedado flotando, impregnando de miasmas el espacio en donde habían estado al morir y los restos que dejaron y que luego hubo que rescatar, meter en bolsas, numerar. Casi no podía explicarlo, pero no era algo para vanagloriarse ni para presumir.

La doctora Lester cogió un sobre grueso que había encima de su mesa y se lo pasó a Benton.

—Fotos de la autopsia, mi informe preliminar, el análisis del ADN —dijo—. No sé qué te dio Mike de todo esto, a veces se despista un poco.

Mencionó a Mike Morales como si fueran grandes amigos.

—Según la policía, se trata de un homicidio —dijo Benton.

No abrió el sobre sino que se lo entregó a Scarpetta, ostensiblemente.

—No es la policía quien debe decirlo —contestó la doctora Lester—. Seguro que Mike no piensa lo mismo. O caso de que sí, él sabe cuál es mi postura.

—¿Y qué dice Berger? —preguntó Benton.

—Ella tampoco es quien ha de decidir si es o no homicidio. La gente lo pasa realmente mal haciendo cola. Yo siempre digo que los condenados que terminan aquí abajo no tienen la menor prisa, así que tampoco deberíamos tenerla los demás. De momento he dejado sin concretar la causa de la muerte, sobre todo a la luz del ADN. Si este caso ya me hacía dudar, ahora, la verdad, estoy completamente en el limbo.

—Entonces no cuentas con determinar la causa de la muerte en breve plazo —dijo Benton.

—Yo ya no puedo hacer nada. Estoy a la espera —dijo.

Era justo lo que Scarpetta no quería oír. Además de no haber pruebas que justificaran detener a Oscar, legalmente no había habido ningún crimen. Podía ser que se viera obligada a mantener el secreto de lo hablado con él durante mucho tiempo.

Al salir del despacho, la doctora Lester dijo:

—Por ejemplo, en la vagina tenía una especie de lubricante. No es corriente en un caso de homicidio.

—Es la primera vez que alguien menciona un lubricante —dijo Scarpetta—. No sale en ninguno de los informes preliminares que he leído.

—Comprenderás, naturalmente —respondió la doctora Lester—, que estos perfiles de ADN que da el CODIS no son más que números. Y como yo siempre digo, un pequeño error en los números basta para que salga una posición cromosómica totalmente diferente. La cosa más insignificante puede crear un problema gordo. Me huelo que lo que tenemos aquí es algo excepcional, un falso positivo a consecuencia de un error informático.

—No salen falsos positivos, ni siquiera como algo excepcional —dijo Scarpetta—. Ni siquiera cuando hay mezcla de ADN, como en casos donde más de una persona agredió sexualmente a la víctima o hubo contaminación cruzada debido a que distintas personas tuvieron contacto con un objeto o sustancia, por ejemplo un lubricante. Una mezcla de perfiles de ADN de diferentes personas no puede ser idéntica por arte de magia al perfil de una mujer de Palm Beach, sin ir más lejos.

—El lubricante, sí. Lo que da pie a otra posible explicación —dijo la doctora Lester—. Contaminación cruzada, como tú misma acabas de sugerir. Un profesional del sexo que no dejó semen, es decir, podría ser un hombre o una mujer. ¿Qué sabemos nosotros de la vida privada de la gente hasta que la traen aquí? Por eso nunca me doy prisa en afirmar que algo es homicidio, suicidio, accidente, hasta que conozco todos los hechos. Habrás leído en el informe que la presencia de fluido seminal daba negativo.

—No sería la primera vez —dijo Scarpetta—. Ni siquiera sería raro. Como tampoco es inaudito el uso de lubricante en una violación, por cierto. Vaselina, glicerina, bronceador, incluso mantequilla. Podría hacer una lista larga de todo lo que he visto.

Caminaban detrás de la doctora por otro pasillo que se remontaba a varias décadas atrás, cuando a los patólogos forenses se los llamaba sencillamente «carniceros». No hacía mucho tiempo, en realidad, la ciencia y los muertos compartían poca cosa más que el análisis del grupo sanguíneo, huellas dactilares y radiografías.

—No hay evidencias de fluido seminal en o dentro del cuerpo de la víctima, ni en la ropa encontrada en la bañera —dijo la doctora Lester—. Tampoco en el resto de la escena del crimen. Emplearon luz ultravioleta, por supuesto, como hice yo. No hay nada que dé un blanco tan brillante y característico como el fluido seminal.

—Algunos violadores utilizan preservativo —dijo Scarpetta—. Y más ahora, que todo el mundo está al corriente del ADN.

Datos fragmentados seguían apareciendo sobre el fondo negro de los monitores, reacoplándose a velocidad de vértigo como si huyeran y fueran atrapados.

Tal vez Berger empezaba a aclimatarse al ciberespacio. La jaqueca, misteriosamente, había desaparecido. O quizás el remedio era la adrenalina. Se sentía agresiva porque no le gustaba sentirse agredida. Ni por Morales ni, desde luego, por Lucy.

—Deberíamos ponernos con el correo electrónico —repitió por segunda o tercera vez desde que Marino había telefoneado.

A Lucy no parecía interesarle absolutamente nada Marino o lo que éste pudiera estar haciendo, y la insistencia de Berger no le estaba haciendo mella. Tenían ya las contraseñas, pero Lucy se negaba a prestar atención a ninguna otra cosa hasta no tener una idea clara de por qué el nombre de su tía continuaba apareciendo con alarmante frecuencia en las fraccionadas revisiones de la tesis que Terri —o tal vez Oscar— había redactado.

—Creo que tu interés es demasiado personal —le dijo Berger—, y eso es precisamente lo que me preocupa. Tenemos que mirar los e-mails, pero tú prefieres mirar lo que alguien ha escrito sobre tu tía. Y no digo que no sea importante.

—Aquí es donde tienes que fiarte de que estoy haciendo las cosas bien —dijo Lucy, emperrada en lo suyo.

El bloc donde estaban escritas las contraseñas seguía estando encima de la mesa, junto al teclado de Lucy.

—Paciencia —dijo ésta—. Cada cosa a su tiempo. Yo no te digo cómo tienes que llevar un caso.

—Pues da la impresión de que es exactamente lo que estás haciendo. Yo quiero echar un vistazo a esos e-mails y tú quieres seguir leyendo esa tesis o lo que sea. No me ayudas, Lucy.

—Todo lo contrario. Lo que hago es ayudar, no sometiéndome a tus deseos ni permitiéndote que me digas cómo he de hacer mi trabajo. Se trata de que nadie me influya ni me dirija, no sé si queda claro. Sé lo que estoy haciendo, y hay muchas cosas que tú todavía no comprendes. Es preciso que sepas exactamente qué estamos haciendo y por qué y de qué manera, porque si estamos ante un caso de altos vuelos como yo me temo, te van a hacer muchas preguntas. No seré yo quien se siente en el banquillo y explique al jurado la parte informático-forense de esta investigación, y tú no vas a poder citarme como testigo por una razón obvia. Al menos una.

—Tenemos que hablar de eso —dijo Berger, lacónica.

—El asunto de la relación —dijo Lucy.

—Te desautorizarían. —Berger aprovechó la oportunidad para verbalizar sus recelos y así, quizá, poner fin a ciertas cosas.

O tal vez Lucy se disponía a sugerir precisamente eso. Tal vez estaba a punto de abandonar y de poner fin a ciertas cosas.

—No sé qué hacer, francamente —dijo Berger—. Si pudieras ser objetiva al respecto, yo te pediría sugerencias. Te metiste en algo sin saber que estabas implicada personalmente. Y ahora, ¿qué hacemos? Sospecho que tú tampoco quieres seguir adelante. Estarás pensando que no es buena idea y que deberíamos despedirnos y seguir cada cual su camino. Ya buscaré otra empresa.

—¿Ahora que sabemos que mi tía está implicada? ¿Tú estás de guasa? Lo peor que podría hacer ahora es abandonar —dijo Lucy—. Yo no dejo esto colgado. Seguramente quieres despedirme. Ya te advertí de que pasaría esto. Y te dije también que no hay otra empresa igual, no me lo hagas repetir.

—Podrías dejar que otra persona terminara de ejecutar tu programa...

—¿Mi *software* exclusivo, marca registrada? ¿Tienes idea de lo que cuesta? Sería como dejar que otro pilotara mi helicóptero sin estar yo sentada detrás, o dejar que otro se acueste con mi amante.

—¿Tu amante comparte techo contigo? ¿Vives en este *loft*? —Berger había visto una escalera que llevaba a un segundo nivel—. Vivir donde uno trabaja es arriesgado. Quiero pensar que esa persona no tiene acceso a ningún material ultrasecreto...

—Tranquila, *Jet Ranger* no sabe la contraseña para entrar en nada —dijo Lucy—. Vaya, que no, que nadie toca mi *software*. Es mío. El código lo escribí yo. Nadie podrá descifrarlo, y eso lo hice totalmente a propósito.

—Tenemos un conflicto de envergadura que ni tú ni yo habíamos previsto —dijo Berger.

—Si quieres verlo así... Pero yo no pienso abandonar, de ninguna manera.

Berger echó un vistazo a la pantalla: igual que antes, datos y más datos en un mareante carrusel. Miró a Lucy y deseó que ella no abandonara.

—Si me despides, te estarás perjudicando a ti misma sin necesidad —dijo Lucy.

—No tengo la menor intención de perjudicarme. Ni a ti tampoco. No quiero complicar la situación. Dime lo que quieres hacer.

—Voy a enseñarte algunas cosas sobre cómo recuperar archivos sobreescritos, porque como has señalado tú antes, la gente no sabe que eso se puede hacer. Seguro que el abogado de la otra parte se meterá contigo por este motivo. Recurriré a una analogía (ya habrás notado que las encuentro útiles). Pongamos que vas a tu lugar de vacaciones favorito, a Sedona por ejemplo. Pongamos que te hospedas en un determinado hotel con una determinada persona. Para hacerlo más sencillo, digamos que esa persona es Greg. Imágenes, sonidos, olores, sentimientos, sensaciones táctiles quedan registrados en tu memoria, la mayor parte de manera inconsciente.

—¿Qué te propones? —preguntó Berger.

—Un año más tarde, tú y Greg tomáis el mismo avión para ir a Sedona en las mismas fechas, alquiláis el mismo coche, os hospedáis en la misma habitación de ese mismo hotel. Pero la experiencia no va a ser idéntica. La modifica todo aquello que ha sucedido en tu vida desde entonces, la modifican tus emociones, tu relación con él, tu salud, la de Greg, las cosas que te preocupan, las que le preocupan a él, el tiempo que hace, la economía, las reformas, detalles de todo tipo como las flores y los bombones sobre las almohadas de la cama. Sin ser consciente de ello, estás superponiendo archivos nuevos a los antiguos, archivos que no son idénticos, aunque a ti se te escapen las diferencias.

—Quiero dejar clara una cosa —dijo Berger—. No me gusta que la gente meta las narices en mi vida privada ni que viole mi espacio.

—Lee lo que sale sobre ti en Internet. Hay cosas agradables y otras no tanto. Lee la Wikipedia. —Lucy le aguantó la mirada—. No estoy diciendo nada que no sea de dominio público. Tú y Greg pasasteis la luna de miel en Sedona, que es uno de tus lugares preferidos. A propósito, ¿qué tal está él?

—No tienes ningún derecho a investigarme.

—Por supuesto que lo tengo. Quería saber exactamente de qué va todo esto, y creo que lo sé. A pesar de que no hayas sido lo que se dice honesta conmigo...

—¿Qué he dicho yo que te parezca deshonesto?

—No has dicho nada, ése es el problema —replicó Lucy.

—Desconfías de mí sin motivo alguno, y no deberías.

—Mira, no voy a renunciar a lo que estoy haciendo por una cuestión de espacio personal o un posible conflicto de intereses —dijo Lucy—. Aunque me ordenes que lo deje. Lo he descargado todo a mi servidor, de modo que si quieres coger los portátiles y marcharte, adelante. Pero no impedirás que yo siga con esto.

—No quiero pelear contigo —dijo Berger.

—Sería poco sensato.

—Por favor, no me amenaces.

—No te amenazo. Comprendo tu situación y comprendo que la lógica te diga que lo mejor sería apartarme de este caso, apartarme de todo. Pero, verás, resulta que no puedes impedirme que haga lo que estoy haciendo. En el apartamento de una mujer que acaba de ser supuestamente asesinada había información sobre mi tía. Una tesis que Terri Bridges u otra persona estaban redactando, revisando constantemente, un trabajo yo diría que obsesivo. Eso es lo que debería tenernos preocupadas a ti y a mí; no lo que piense la gente o si nos van a acusar de algo.

—¿De qué nos iban a acusar?

—De tener un conflicto de intereses. Por lo de mi tía. Por todo lo demás.

—La gente puede pensar lo que quiera, me tiene sin cuidado, en eso te equivocas —dijo Berger—. He aprendido que es mejor hacerles pensar lo que yo quiero que piensen a tener que preocuparme por ello. Y se me da bastante bien. Qué remedio.

Quiero asegurarme de que Kay no se huele siquiera que está pasando algo. Necesito hablar con ella.

—Le habría dicho algo a Benton. Y a ti también. Mi tía jamás habría accedido a examinar a Oscar Bane si hubiera tenido alguna relación con él, o con Terri Bridges.

—Cuando le pedí que examinara a Oscar, a Kay no se le dio prácticamente ninguna información sobre el caso, ni siquiera el nombre de la víctima. Tal vez conocía de algo a Terri pero no ató cabos hasta que estuvo con Oscar en esa habitación.

—Repito —dijo Lucy—, a estas alturas mi tía ya habría dicho algo.

—No sé qué opinas tú, pero a mí me parece muy raro que un alumno no haga ningún esfuerzo por contactar fuentes para una tesis doctoral. ¿Terri Bridges estaba escribiendo sobre Kay y ni siquiera intentó ponerse en contacto con ella? ¿Estamos seguras de que no? Tal vez hizo algún intento, y Kay simplemente no se acuerda porque no le interesó.

—Se acordaría, seguro, y como mínimo habría rechazado educadamente la propuesta. Tía Kay no conocía de nada a esta mujer.

—¿Crees realmente que puedes ser objetiva, que todo esto no te superará?, ¿que estás dispuesta a manejar la situación?

—Puedo. Y claro que estoy dispuesta —dijo Lucy, atenta de repente a lo que acababa de aparecer en una pantalla.

Múltiples versiones de título y autor —*Scarpetta,* de Terri Bridges— en un amplio surtido de fuentes y tamaños.

—Ha empezado a buscar por portadas —dijo Lucy—. ¿Esta mujer estaba como una chota o qué?

19

La morgue estaba en la planta inferior, lo cual facilitaba el ir y venir de las furgonetas y vehículos de rescate que traían los muertos y se los llevaban otra vez.

El olor a desodorante industrial pesaba en el ambiente del silencioso pasadizo de camillas abandonadas. Dejaron atrás habitaciones donde se amontonaban restos de osamentas y especímenes de cerebros, y luego el siniestro ascensor metálico que servía para subir los cadáveres al piso de arriba, donde se los podía mirar tras unos cristales. Scarpetta se sentía especialmente solidaria con aquellos cuya última imagen de un ser amado era ésta. En todos los depósitos de cadáveres donde había trabajado, el cristal era irrompible y las salas de observación tenían detalles civilizados como pósteres de paisajes y plantas de verdad, y a los deudos nunca se los dejaba sin vigilancia.

La doctora Lester los condujo a la sala normalmente restringida a despojos muy descompuestos, radiactivos o infecciosos, y un leve rastro de pestilencia le llegó a Scarpetta como si alguna desgracia especial estuviera invitándola a entrar. Muchos forenses preferían no trabajar aquí.

—¿Hay alguna razón para que tengas este cadáver aislado? —preguntó—. Si la hay, quizá sería el momento de que nos lo explicaras.

La doctora Lester accionó un interruptor y las luces cenitales iluminaron una mesa fija de autopsias, de acero inoxidable, varios carritos de quirófano y una camilla sobre la que yacía un cuerpo tapado por una sábana azul desechable. Sobre una superficie de trabajo, un monitor grande de pantalla plana estaba dividido en seis cuadrantes donde aparecían imágenes rotatorias del edificio y del acceso para vehículos.

Scarpetta le dijo a Benton que esperara en el pasillo y fue al vestuario contiguo a buscar mascarillas, fundas para pelo y zapatos y batas. De una caja extrajo guantes de nitrilo color morado mientras la doctora Lester le explicaba que tenía el cadáver en la sala de descomposición porque daba la casualidad de que el frigorífico estaba vacío. Pero Scarpetta apenas si prestó atención; era imperdonable no haberse molestado en empujar la camilla unos cuantos metros hasta la sala de autopsias, donde había mucho menos riesgo biológico y además no apestaba.

La sábana crujió ligeramente cuando Scarpetta dejó al descubierto un cuerpo pálido con el torso largo, la cabeza grande y las extremidades atrofiadas típicas de la acondroplasia. Lo que primero llamó su atención fue la ausencia de vello en todo el cuerpo. Sospechó que Terri Bridges se había sometido a depilación por láser (lo cual habría supuesto toda una serie de dolorosos tratamientos), y esto encajaba con lo que Oscar Bane le había contado sobre las fobias de Terri. Pensó en la dermatóloga que él había mencionado.

—Supongo que llegó tal cual —dijo, moviendo una de las piernas del cadáver para ver mejor—, que no la has afeitado tú.

Naturalmente, no podía revelar información que Oscar le hubiera dado, y eso le causaba una gran frustración.

—Desde luego que no —respondió la doctora Lester—. ¿Para qué iba a afeitarle nada? No había ningún motivo.

—¿La policía dijo algo? ¿No han encontrado nada en la escena del crimen?, ¿no han averiguado nada, a través de Oscar o de algún testigo, sobre el hecho de que ella se depilara todo el cuerpo o sobre otros procedimientos similares?

—No. Sólo que se habían fijado —dijo la doctora Lester.

—Entonces nadie ha mencionado que pudiera ir a algún sitio a que se lo hicieran. Un dermatólogo, un centro de estética...

—Sí, Mike dijo algo al respecto. Anoté el nombre. Era una dermatóloga. Mike dijo que pensaba llamarla.

—¿Y cómo supo de esa dermatóloga? —preguntó Benton.

—Había facturas en el apartamento. Según tengo entendido, sacó un montón de facturas, correspondencia, cosas por el estilo, y se puso a mirar. Todo normal. Huelga decir que eso nos lleva a otra conjetura: que su novio sea pedófilo. La mayoría de hombres que quieren que una mujer se depile el vello púbico son pedófilos. Practicantes o no, eso ya es otra cuestión.

—¿Sabemos con absoluta certeza que depilarse el pubis fuera idea del novio? —dijo Benton—. Quizás era a ella a quien le gustaba así.

—Le da un aspecto prepubescente —dijo la doctora Lester.

—No hay nada más que se lo dé, diría yo —replicó Benton—. Y el pubis depilado podría tener que ver con el sexo oral.

Scarpetta acercó un foco a la camilla. La incisión en forma de Y iba de clavícula a clavícula, juntándose en el esternón y prolongándose hasta la pelvis, y se la habían cosido con hilo grueso dejando un dibujo que a ella siempre le recordaba a las pelotas de béisbol. Movió la cabeza del cadáver para ver bien la cara y notó cómo el cráneo serrado de Terri Bridges se movía bajo el cuero cabelludo. La tez era de un rojo oscuro, negruzco, las manchas pequeñas en la piel, encarnadas. Bajo los párpados, la esclerótica estaba completamente roja por la hemorragia.

No había tenido una muerte fácil ni rápida.

La estrangulación por ligadura afecta a las arterias y venas que aportan sangre oxigenada al cerebro y retiran la sangre desoxigenada. Cuando la ligadura apretó el cuello de Terri, ocluyendo las venas que drenan la sangre, la que seguía llegando a su cerebro no tuvo adónde ir. Al incrementar la presión los capilares reventaron, de ahí la congestión y la acumulación de pequeñas hemorragias. El cerebro quedó privado de oxígeno, y Terri murió de hipoxia cerebral.

Pero no enseguida.

Scarpetta alcanzó una lupa y una regla de un carrito y examinó las abrasiones. Tenían forma de U y estaban justo debajo de la quijada, formando un ángulo hacia la nuca, más pronunciado en los costados, y se fijó en el leve dibujo de marcas lineales superpuestas. Eso quería decir que la ligadura que habían empleado era lisa, sin bordes definidos, y su anchura variaba entre noventa y cinco milímetros y un centímetro y medio. Lo había visto otras veces, cuando la ligadura era un artículo de tela o de algún otro material elástico que se estrechaba al ser estirado, y viceversa.

Hizo señas a Benton para que se acercara.

—Yo lo veo más como un agarrotamiento —dijo Scarpetta.

Resiguió las marcas horizontales parcialmente escoriadas alrededor del cuello; las señales se detenían más allá de los maxilares inferiores.

—La inclinación indica que el asaltante estaba situado detrás y más arriba de ella, y que no usó un nudo corredizo ni otro medio a fin de estrechar la ligadura —añadió—. Sujetó ambos extremos y tiró con fuerza hacia atrás y hacia arriba, repetidas veces. Un poco como cuando un coche patina atascado en la nieve; se mueve sobre sus propias huellas pero no exactamente, y es difícil calcular cuántas veces se ha desplazado así. Fíjate en lo encarnadas que están las manchas de la piel, en la congestión: eso también corrobora la hipótesis de agarrotamiento.

Benton miró a través de la lupa y palpó con los dedos enguantados las marcas del cuello, moviéndose de un lado al otro para ver mejor.

Scarpetta notó el contacto de su cuerpo y un batiburrillo de olores y sensaciones la distrajo momentáneamente. El aire gélido, desagradable e inerte de la sala contrastaba con la calidez que emanaba del cuerpo de él, y Scarpetta pudo notar la tensión vital que lo recorría, mientras continuaba explayándose sobre su teoría del agarrotamiento múltiple.

—Por las señales que veo aquí, yo diría que al menos tres veces —dijo ella.

La doctora Lester se apartó un poco de la camilla, cruzada de brazos y con una expresión de desasosiego en la cara.

—¿Cuánto tiempo tardó en perder el conocimiento cada vez que el agresor le hacía eso? —preguntó Benton.

—Tal vez unos diez segundos —respondió Scarpetta—. La muerte habría sobrevenido en cuestión de minutos a no ser que hubieran aflojado la ligadura, que es lo que debió de pasar. El asesino dejó que volviera en sí y luego la estranguló de nuevo, repitiendo la operación hasta que ella ya no recobró el conocimiento. O tal vez se cansó de apretar.

—O alguien le interrumpió —aventuró Benton.

—Tal vez. Pero este ritual repetitivo explica la profunda congestión de la cara y la abundancia de hemorragias minúsculas.

—Sadismo —dijo él.

La doctora Lester se acercó un poco.

—O sadomasoquismo con final trágico —dijo.

—¿Miraste si tenía fibras? —le preguntó Scarpetta—. ¿Algo que pueda darnos una pista sobre qué tipo de ligadura fue la empleada?

—Recuperé fibras, del cabello y otras partes del cuerpo. Las están analizando ahora en el laboratorio. No había fibras en las abrasiones del cuello.

—Yo les metería toda la prisa posible —dijo Scarpetta—. No creo que fuera sadomasoquismo. Esos surcos secos, profundos, que tiene en las muñecas indican que las ataron juntas, muy fuerte, y con algo que tenía bordes afilados.

—El laboratorio analizará el ADN de la brida.

—No, estas marcas no son de una brida —dijo Scarpetta—. Precisamente, las bridas de nailon tienen bordes redondeados para no producir lesiones. Supongo que ya habrás...

La doctora Lester la cortó.

—Ha ido todo a los laboratorios. Lo primero que trajeron aquí, como es natural, fue la ligadura. Mike me la mostró a fin de que yo pudiera cotejarla con los surcos de las muñecas y tal vez con las marcas en el cuello. Después se la llevó. Pero hay varias fotos entre las que te he dado antes.

Scarpetta quería ver la ligadura al natural, no en foto, por si le recordaba algo con lo que se hubiera topado anteriormente. Buscó las fotografías, y los primeros planos le dijeron más que las fotos de la escena del crimen. Lo que Oscar supuestamente había cortado de las muñecas de Terri era una correa transparente de sesenta y tres milímetros de anchura y cincuenta y cuatro centímetros de largo, desde el extremo en punta hasta el cierre de trinquete. Un lado tenía muescas, el otro era liso; los bordes afilados.

No llevaba número de serie ni ninguna otra cosa que pudiera indicar el fabricante.

—Parece una brida para atar cables —dijo Benton.

—Pero está claro que no es de las que utilizan para *bondage*, nada que pudiera servir de esposas —dijo Scarpetta.

—Pero la mayoría de estas bridas industriales son negras —reflexionó Benton en voz alta mientras miraba varias fotografías—. Todo lo que va al aire libre y puede degradarse por efecto de los rayos ultravioleta suele ser negro, no transparente ni de color claro.

—Posiblemente se trata de una atadura para bolsa de un solo uso —apuntó Scarpetta—. De interior, ya que es incolora. Pero estaríamos hablando de una bolsa grande y robusta, no de la típica bolsa de basura.

Miró hacia uno de los fregaderos, al lado del cual había una bolsa rojo chillón para desperdicios con el símbolo universal de peligro biológico, puesta sobre un pequeño contenedor de acero inoxidable.

—Ahora que lo pienso, donde las he visto de este tipo es precisamente aquí. Para esas cosas. —Señaló hacia el contenedor.

—Nuestras bolsas llevan un cordoncillo —le espetó la doctora Lester, como si Scarpetta estuviera sugiriendo que la ligadura utilizada en Terri Bridges procediera del depósito de cadáveres.

—Aquí lo importante —dijo Scarpetta— es que los que practican el sadomasoquismo no suelen atarse con tanta fuerza como para cortar la circulación, y raramente emplean correas y similares con bordes afilados que no puedan aflojarse fácilmente o quitar mediante una llave. Y este tipo de brida —añadió, señalando la fotografía— no se puede aflojar una vez aplicado. Lo único que puedes hacer es apretar más. Terri debió de sufrir. No había forma de liberarla como no fuese pasando un cuchillo u otro instrumento afilado por debajo de la ligadura. Y aquí se aprecia un pequeño corte, junto al hueso de la muñeca izquierda. Supongo que ésa fue la causa. Podría ser de las tijeras de cocina, suponiendo que sea cierto que utilizaron unas. ¿Había rastros de sangre en el cuerpo cuando lo trajeron aquí, aparte de la de las piernas?

—No —respondió la doctora Lester, mirándola fijo con sus ojos oscuros.

—Si estaba muerta cuando le quitaron la ligadura y fue así como se produjo ese corte, Terri no habría sangrado, o muy poco —dijo Scarpetta—. Esto no fue un juego sexual. Demasiado dolor físico como para que se trate de un juego.

—La razón de ser del sadomasoquismo es el dolor, creo yo.

—Pero aquí sólo gozaba una persona —replicó Scarpetta—, la que infligía el daño.

La portada correspondía a una revisión con fecha de hacía unas tres semanas, el 10 de diciembre.

—Un archivo realmente grande que estamos lejos todavía de haber recuperado por completo —informó Lucy—. Pero este capítulo te dará una idea.

Lo había abierto como archivo de texto, y Berger empezó a leer mientras Lucy le daba a la flecha para ir bajando el texto:

... Mientras manipulo un cadáver, pienso de qué manera podría haberlo asesinado mejor. Con todo lo que sé, por descontado que podría cometer el crimen perfecto. Cuando estoy con mis colegas y llevamos suficiente whisky encima, nos gusta inventar situaciones que jamás expondríamos en una reunión profesional, o delante de la familia, los amigos, ¡y mucho menos de nuestros enemigos!

Le pregunté cuál era su whisky favorito.

Tendría que decidir entre un whisky de malta irlandés, Knappogue Castle, y un pura malta escocés, el Brora.

No me suena ninguno de los dos.

No me extraña. Knappogue es probablemente el mejor whisky irlandés del mundo, y una botella cuesta cerca de setecientos dólares. Y Brora es tan exquisito que cada botella va numerada y te cuesta lo que los libros de texto de un curso entero.

Tiene que irle muy bien, para poder pagar semejantes caprichos. ¿Y no se siente culpable, habiendo tanta gente que se está quedando sin casa y que no puede ni llenar el depósito del coche?

Que yo renuncie a un espléndido whisky escocés no le va a llenar a usted el depósito, suponiendo que tenga coche. Está demostrado que las mejores marcas (ya sea un Château Pétrus, un whisky de malta o un tequila de agave de primera calidad) son menos perjudiciales para el hígado y el cerebro.

Entonces la gente rica que consume productos de calidad ¿puede abusar más del alcohol? Eso sí que no lo había oído decir nunca.

¿Cuántos hígados y cerebros humanos ha seccionado usted?

Hábleme de otros ejemplos del lado oscuro. ¿Qué otras cosas comenta entre bastidores, sobre todo cuando está con sus colegas de profesión?

Hablamos de la gente famosa a la que le hemos hecho la autopsia. En el fondo, a todos nos habría gustado tener en la camilla a Elvis, o a Anna Nicole Smith, o a Lady Di. Mire, yo soy igual que todo el mundo. Quiero encargarme de casos especiales, como los asesinatos en serie de Gainesville; quiero ser la que llega a la escena del crimen y al cruzar la puerta se encuentra con la cabeza cercenada mirándole desde un estante. Me habría encantado ser interrogada por Ted Bundy cuando se representó a sí mismo en su propio juicio por asesinato. Qué digo, ojalá hubiera podido hacerle la autopsia después de que lo ejecutaron.

Hábleme de algunos casos destacables.

He tenido la suerte de que me tocaran bastantes. Por ejemplo, muerte por un rayo, donde nadie más supo determinar la causa puesto que la mujer yacía en un campo, con toda la ropa desgarrada y esparcida por allí. Lo primero que piensas es que se trata de una violación. Pero la autopsia no reveló ninguna señal de lesiones. ¿La clave de la cuestión? El dibujo en forma de ramas conocido como Lichtenberg o árbol eléctrico. O bien si la persona lleva algún objeto ferroso, como una hebilla de cinturón, estará imantado, o el reloj de pulsera se para en el instante de la muerte... siempre compruebo esas cosas. La mayoría de los forenses no lo hace porque son inexpertos o ingenuos o sencillamente no muy buenos.

Esperaba que fuera usted más compasiva.

Entendámonos: un muerto es un muerto. Yo puedo mostrar toda la empatía del mundo y hacer que un jurado se eche a llorar.

Pero ¿de veras siento como si me arrancaran el corazón cuando entra la camilla con la última tragedia? ¿Me importa que los policías hagan ciertos comentarios que la gente no llegará a oír?

¿Qué clase de comentarios?

Alusiones sexuales, eso es lo más típico. El tamaño del pene del difunto, especialmente si es muy grande o muy pequeño; el tamaño de los pechos de la difunta, sobre todo cuando son del tipo fotografía a doble página. Conozco a muchos forenses que se llevan recuerdos. Llámele trofeos. Una prótesis de cadera de algún famoso. Un diente. Un implante de mama, y eso siempre lo quieren los hombres. (No me pregunte qué hacen con los implantes, pero normalmente están muy a mano.) Un implante de pene... ésos son divertidos.

¿Alguna vez se ha quedado algo como recuerdo?

Una. Fue hace veinte años, en el inicio de mi carrera, unos asesinatos que hubo en Richmond, donde acababan de nombrarme jefe del departamento. Pero el trofeo no era de un cadáver, sino de Benton Wesley. La primera vez que nos vimos fue en mi sala de conferencias. Al marcharse él, yo me quedé su vaso de café, uno de esos tan altos que dan en el 7-Eleven. Mi apetito carnal se despertó tan pronto le vi.

Y con ese vaso de café, ¿qué hizo luego?

Me lo llevé a casa y pasé la lengua por el borde. Como si así lo estuviera saboreando a él, probándolo.

Pero de hecho no se acostaron hasta mucho después, ¿unos cinco años?

Eso es lo que cree todo el mundo, pero no, la cosa no fue así. Lo llamé después de aquel primer encuentro y le invité a tomar una copa en mi casa, con la excusa de seguir hablando de los casos en privado. Y no bien llegó y cerramos la puerta, ya nos estábamos magreando.

¿Quién empezó?

Yo lo seduje. De esa forma le evitaba problemas morales, puesto que estaba casado. Yo me había divorciado y no salía con nadie. Su mujer, la pobre... Benton no le confesó que éramos amantes hasta casi cinco años después, fingiendo que la cosa acababa de empezar porque su matrimonio ya no se sostenía ni con pinzas.

¿Y nadie se enteró de nada, en todo ese tiempo? ¿Pete Marino? ¿Lucy? ¿Rose, su secretaria?

Siempre he pensado que Rose debía de sospechar algo, por su forma de actuar cuando Benton aparecía en casa una vez más, o cuando me reclamaba en Quantico para otra consulta. Rose murió de cáncer el verano pasado, así que no podrá preguntárselo.

No parece que trabajar siempre con muertos la haya inhibido sexualmente.

Todo lo contrario. Cuando has explorado hasta el último centímetro del cuerpo humano tantas veces como para haber perdido el último vestigio de repulsión o de timidez, ya no hay límites en lo sexual y en cambio sí mucho campo para experimentar...

—¿Puedes enviar esto a Kay por correo electrónico? —dijo Berger cuando el texto se interrumpió de repente—. Para que le eche un vistazo cuando tenga un momento. Quizá se le ocurra algo que a nosotras se nos escapa.

—Supuestamente de una de las entrevistas de este último día de Acción de Gracias —dijo Lucy—. Que yo sé que no concedió. Como sé que ella jamás hablaría a nadie en ese tono grosero.

—Me he fijado en el uso de varias fuentes. ¿Qué opinas de eso?

—El autor, Terri o quien sea, juega mucho con fuentes —concedió Lucy.

Estaba haciendo un esfuerzo por mantener la calma, pero estaba a punto de explotar. Berger lo presentía y estaba a la espera. En otros tiempos, la cólera de Lucy era muy de temer.

—Y yo diría que hay mucho simbolismo en juego —estaba diciendo Lucy—. En esta «entrevista», por ejemplo, cuando Terri hace preguntas (voy a suponer que es Terri), la fuente es Franklin Gothic y está en negrita. Para las «respuestas» de mi tía utilizó Arial en un cuerpo más pequeño.

—Lo que equivaldría a decir que Terri ha suplantado a Kay en importancia.

—Peor aún. Para vosotros los puristas del procesamiento de

textos, Arial tiene bastante mala fama. —Lucy seguía mirando el texto mientras hablaba—. La han llamado vulgar, sosa, falta de carácter, y se la considera una desvergonzada impostora. Hay artículos a punta pala sobre Arial.

Evitó la mirada de Berger, y ésta preguntó:

—¿Impostora en el sentido de plagio, de violación de derechos? No sé de qué me hablas...

—Está considerada una copia de Helvética, un tipo de letra que fue creado en los años cincuenta y llegó a ser muy popular en todo el mundo —explicó Lucy—. Para el lego, no hay diferencia entre Helvética y Arial. Pero para un purista, un profesional de la imprenta o el diseño, Arial es un parásito. Lo paradójico del caso es que algunos diseñadores jóvenes creen que Helvética está basada en Arial, y no al revés. ¿Entiendes el alcance simbólico? Porque a mí, francamente, me da miedo.

—Claro que lo veo —dijo Berger—. Podría sugerir que Terri y Kay han intercambiado papeles en lo que se refiere a ser médicos forenses de fama mundial. Muy parecido a lo que hizo Mark David Chapman antes de matar a John Lennon. Llevaba una etiqueta con el nombre de Lennon, no el suyo propio. Y como Sirhan Sirhan cuando dicen que dijo que asesinando a Bobby Kennedy se haría más famoso.

—El cambio de fuentes es progresivo —dijo Lucy—. Cuanto más reciente es el borrador, más pronunciado es el cambio, en el sentido de realzar la importancia de Terri y minimizar la de mi tía, dándole además una pátina negativa.

—Lo cual hace pensar que el vínculo emocional que Terri tenía hacia Kay se estaba volviendo hostil, desdeñoso. Bueno, debería decir el «autor», pero para simplificar seguiré diciendo Terri —explicó Berger—. Y ahora que lo pienso, tiene muchos puntos de contacto con lo que ocurrió entre Kay y Marino. Él la adoraba, y después quiso destruirla.

—Ni es tan simple ni es lo mismo —objetó Lucy—. Marino tenía un motivo para estar enamorado de mi tía. La conocía personalmente. Terri no tenía ningún motivo para sentir nada por ella. Es pura alucinación.

—Estamos dando por supuesto que era aficionada a los tipos de letra. Volvamos a eso —dijo Berger, continuando con su valoración.

Lucy se mostraba diferente, había cambiado de una manera genuina. Apasionada e irritable, eso sí, pero no saltaba como antaño (y, en opinión de Berger, Lucy siempre estaba a un paso de la conducta violenta). Ése había sido su defecto, lo que la convirtió en una joven peligrosa.

—Más que una aficionada, yo diría que entendía mucho de fuentes —dijo Lucy—. Utiliza una distinta para las notas al pie, la bibliografía, los encabezados, la tabla de materias. No es algo que suela hacer mucha gente cuando escribe una tesis. Como mucho, cambian el tamaño y emplean cursivas, pero no todas estas florituras. De hecho, la mayoría de la gente utiliza el tipo de letra, la fuente, que viene por defecto en los procesadores de texto y que por regla general es Times New Roman.

—Ejemplos —dijo Berger, anotando en un bloc—. ¿Qué fuentes usa Terri, para qué y por qué? En teoría, claro.

—Para notas al pie, Palatino Linotype, que se lee muy bien tanto en la pantalla del ordenador como en papel impreso. Para la bibliografía, Bookman Old Style. También muy legible. Para encabezamientos de capítulo elige MS Reference Sans-Serif, que es muy utilizada en titulares. Insisto, es muy raro encontrar tanta variedad de tipos en un trabajo universitario. Lo que yo deduzco es que su manera de escribir, no sólo la forma en sí, era muy personalizada.

Berger se la quedó mirando un buen rato.

—¿Y cómo demonios sabes todo eso, así de pronto? —preguntó—. Yo jamás había prestado ninguna atención a las fuentes. Ni siquiera sé cuál utilizo cuando escribo mis resúmenes.

—La misma fuente por defecto que utilizaba Terri, Times New Roman, diseñada para el *Times* de Londres. Un tipo de letra estrecho, y por lo tanto económico, pero muy legible. He visto que tenías papeles encima de la mesa cuando he estado antes en tu despacho. En el campo informático forense, te diré que el detalle aparentemente más trivial puede ser de gran importancia.

—Como quizás ocurre en el caso que nos atañe.

—Eso te lo aseguro yo —dijo Lucy—. Todo este despliegue de fuentes fue deliberado, ella tuvo que seleccionarlas de una lista. Ahora bien, si existe o no un simbolismo en el sentido de elegir una u otra fuente según cómo se sentía con respecto a otra persona, por ejemplo a mi tía, no tengo ni idea. Sin embargo, mi opinión es que todo esto apesta, y diría que llevaba peligrosos derroteros. Si Terri fue realmente quien escribió esto, y todavía estuviera viva, yo la consideraría una amenaza para mi tía Kay. Un peligro incluso físico. De entrada, está difamando a alguien a quien no conocía.

—Kay tendría que demostrar que todo esto es falso. ¿Y cómo demostrar, por ejemplo, que no es verdad la anécdota del vaso de café? ¿Cómo sabemos que eso no es cierto?

—Porque mi tía nunca habría hecho una cosa así.

—Creo que no estás en situación de decir lo que pueda hacer Kay en privado —dijo Berger.

—Estás muy equivocada —replicó Lucy, mirándola a los ojos—. Tú también puedes corroborarlo. Pregunta a cualquiera si mi tía alguna vez ha hecho burla de un cadáver, o ha permitido que alguien la hiciera. Pregunta a todo aquel que haya estado alguna vez con ella en el depósito, o en la escena de un crimen, si disfruta con los casos morbosos o si le habría gustado hacer la autopsia de Ted Bundy. Ojalá todo esto no salga en un juicio.

—Yo hablaba del vaso de café. ¿Por qué te molesta tanto imaginar a Kay como una persona con instintos sexuales? ¿Le has permitido nunca ser un ser humano? ¿O acaso es la madre perfecta, peor aún, alguien que no es totalmente perfecto?

—Mira, admito que en otro tiempo tuve problemas con eso, que peleaba para captar su atención, que no le permitía tener un solo defecto ni sentimientos de verdad —dijo Lucy—. Yo era una tirana.

—¿Y ahora?

—Quizá Marino fue la última radiación, la última dosis de quimio. Sin proponérselo, curó algo maligno que había en mí y, de hecho, mi tía y yo estamos mejor cada cual por su lado. Me di cuenta de que ella tenía una vida aparte, y eso me parece bien, más que bien. Me parece mejor así. Y no es que entonces no lo supiera, sino que no quería enterarme. Y ahora está casada. Si Marino no hubiera hecho lo que hizo, dudo que Benton se hubiera decidido a dar el paso de casarse.

—Hablas como si la decisión la hubiera tomado él solo. ¿Kay no tuvo nada que decir?

—Siempre le ha dejado ser como es. Y así habría sido de cualquier modo. Ella lo ama. Probablemente no podría estar con nadie más, porque hay tres cosas que no soporta y que es incapaz de tolerar: que la controlen, que la engañen y que la aburran. Uno solo de estos tres inconvenientes, y ya prefiere estar sola.

—Eso me suena a unos cuantos sospechosos que conozco —dijo Berger.

—Sí, supongo que es verdad.

Berger volvió a concentrarse en lo que salía en el monitor y dijo:

—Bien, por desgracia lo que hay en estos portátiles son pruebas, y la gente implicada en el caso lo leerá. Podría llegar a hacerse público, es cierto.

—Eso la destruiría.

—No la destruirá —dijo Berger—, pero es preciso que averigüemos de dónde salió la información. No creo que sea todo inventado. Terri, o quien sea el autor de esto, sabe demasiado. Por ejemplo, lo del primer encuentro entre Benton y Kay en Richmond, hace veinte años.

—No fue entonces cuando empezaron —dijo Lucy.

—¿Y tú cómo lo sabes?

—Porque ese verano lo pasé en casa de ella. Y Benton no apareció por allí ni una sola vez. Además, cuando mi tía no estaba trabajando en la oficina o donde fuera, estaba conmigo. Yo entonces era una mocosa regordeta y neurótica, loca de atar y siempre pendiente de llamar su atención. O sea, siempre buscándome problemas e incapaz de comprender que la clase de problemas de los que ella se ocupaba solían hacer que uno terminara asesinado o violado. Mi tía no se largaba por ahí dejándome sola, de ninguna manera. Ten en cuenta que había un asesino en serie que tenía aterrorizada a toda la ciudad. Y yo nunca vi un vaso de café del 7-Eleven, por cierto.

—Que no vieras ninguno no significa nada —dijo Berger—. ¿Por qué iba a enseñártelo ella, y menos aún explicarte que lo había traído de la oficina y quién lo había utilizado?

—De acuerdo —replicó Lucy—, pero en parte siento no haber visto ninguno. Mi tía estaba muy sola entonces.

20

Scarpetta puso el cadáver de Terri Bridges sobre un costado para examinarlo frontalmente y por detrás.

Aparte de las señales en el cuello y un pequeño corte en una muñeca, las únicas heridas visibles empezaban a medio muslo, en su cara anterior. Eran contusiones largas y estrechas con múltiples abrasiones lineales que habrían sangrado bastante, la mayoría de ellas horizontales, como si la hubieran golpeado con un objeto de superficie plana con canto en ángulo.

Tenía las rodillas muy magulladas, lo mismo que la parte superior de los pies, y mirando con la lupa, Scarpetta descubrió incrustadas en ellos minúsculas astillas que recordaban a cabellos rubios. La intensa rojez de las heridas y la ausencia de hinchazón indicaban que todas ellas se habían producido cerca del momento de la muerte. Tal vez unos minutos antes, tal vez una hora.

La respuesta de la doctora Lester al descubrimiento de las astillas fue que quizás, en algún momento, el cuerpo había sido arrastrado y que solamente esas zonas —rodillas y pies— habían estado en contacto con una superficie de madera, un suelo. Scarpetta argumentó que pocos suelos de madera eran tan bastos como para causar astillas, a menos que la madera no hubiera sido tratada.

—De momento, no vas a conseguir que descarte que sea un accidente —afirmó tozuda la doctora Lester—. Prácticas sadomasoquistas con ligaduras, varas, látigos... A veces la cosa va demasiado lejos.

—¿Y el forcejeo? —intervino Benton—. ¿Eso también encaja con tu teoría de que podría tratarse de un accidente?

—Retorcerse y gritar de dolor. Lo he visto en los vídeos que criminalistas como tú enseñáis en las reuniones —dijo Lester, y el surco entre sus cejas pareció ahondarse, como si una grieta vertical dividiera su frente—. Parejas que conectan la cámara sin saber que sus rituales de perversión acabarán en tragedia.

—¿Por qué no echas un vistazo a las fotografías? —le dijo Scarpetta a Benton—. Las de la escena del crimen. Examinemos unas cuantas cosas.

Benton tomó un sobre y entre los dos ordenaron fotos del cuarto de baño. Ella señaló una donde se veía el tocador y, justo encima, el espejo oval ligeramente torcido.

—Las heridas de las piernas fueron causadas por un impacto entre moderado y fuerte con un objeto contundente plano y con canto en ángulo. ¿El borde del tocador y el fondo del cajón, quizá, suponiendo que hubiera estado sentada frente al mismo? Eso explicaría por qué todas las lesiones están en la cara anterior y de medio muslo para abajo. Nada en la cara posterior ni en ninguna zona más arriba de eso. Nada en la espalda ni en las nalgas, que suelen ser los blancos preferidos en el sadomasoquismo.

—¿Sabes si la policía encontró algún tipo de arma en la escena del crimen que pudiera haber causado estas lesiones? —preguntó Benton a la doctora Lester.

—No que yo sepa —respondió ella—. Pero tampoco me sorprende. Si quienquiera que estuvo con ella se marchó llevándose lo que empleó para estrangularla, es muy probable que se llevara también lo que utilizó para pegarle. Ojo, si es que le pegaron. Yo, francamente, me inclinaría por el homicidio si hubiera violación, pero no se aprecian indicios de tal cosa. Ni inflamación, ni laceraciones, ni fluido seminal...

Scarpetta volvió a la mesa de autopsias y movió la lámpara para iluminar la pelvis del cadáver.

La doctora Lester la miró y dijo:

—Ya te he explicado que saqué varias muestras.

El tono denotaba un cierto amilanamiento, un ponerse a la defensiva.

—También tomé la iniciativa de hacer varias platinas —añadió—, que luego examiné al microscopio por si había esperma. Nada. Negativo. Se enviaron muestras al laboratorio de ADN, ya conoces los resultados. En mi opinión, es improbable que hubiese coito, aunque eso no quiere decir que no estuviera en los planes. Creo que primero deberíamos estar seguros de que ella no planeaba algo consentido, en cuyos preliminares entraría el *bondage*.

—¿Encontraron lubricante en la escena del crimen? —preguntó Scarpetta—. ¿Algo quizás en el cuarto de baño o al lado de la cama, que pudiera indicar que la fuente había sido la víctima? En la lista del informe policial no he visto nada de eso.

—La policía dice que no.

—Pues es de la mayor importancia —añadió Scarpetta—. Si no hay fuente de lubricante en el apartamento, podría indicar que quien estuvo allí con ella lo llevó consigo. Y hay un sinfín de razones por las que podría haberse producido un coito (o intento de ello) sin que haya presencia de semen. La más evidente es una disfunción eréctil, cosa bastante habitual en una violación. ¿Otras posibilidades? Él se había sometido a una vasectomía, o bien padecía azoospermia, con lo que la ausencia de células espermáticas sería absoluta. O también un bloqueo de los conductos de la eyaculación. O incluso eyaculación retrógrada, cuando el esperma y el semen fluyen hacia la vejiga en lugar de ser expulsados a través del pene hacia la vagina. O, por último, medicamentos que entorpecen la formación de espermatozoides.

—Te repito lo que ya he dicho antes. No sólo no hay esperma sino que a la luz ultravioleta tampoco brilló nada que pudiera indicar presencia de semen. No parece que el agresor, sea quien sea, eyaculara.

—Depende de si el semen estaba muy adentro del canal vaginal o del recto —objetó Scarpetta—. Sin disección o algún tipo de tecnología forense con fibra óptica que pueda incorporar rayos ultravioleta, es imposible ver nada. ¿Probaste con la luz en el interior de su boca? ¿Tomaste muestras de la boca y el recto? ¿Pasaste hilo dental entre sus dientes por si había fluido seminal?

—Desde luego.

—Bien. Me gustaría echar una ojeada.

—Adelante.

Cuanto más resuelta se mostraba Scarpetta, menos combativa y segura de sí misma parecía la doctora Lester.

Scarpetta abrió un armario y encontró un espéculo todavía dentro de su envoltorio. Se puso guantes nuevos y procedió a hacer con el cadáver lo que haría un ginecólogo durante un examen pélvico de rutina. Inspeccionó los genitales externos y no vio lesiones ni nada anormal; después, con el espéculo, abrió el canal vaginal, donde encontró suficiente lubricante para varias muestras que acto seguido pasó a platinas de microscopio. Tomó también muestras del recto. Hizo otro tanto con el interior de la boca y la garganta, pues a veces la víctima aspira o traga fluido seminal mientras está siendo sodomizada oralmente.

—¿Contenido del estómago? —preguntó.

—Una pequeña cantidad de un fluido amarronado —dijo la doctora Lester—, aproximadamente veinte centímetros cúbicos. Hacía horas que no comía nada.

—¿Lo guardaste?

—Para qué. He hecho analizar los fluidos corporales de costumbre para ver si había droga.

—Yo no pensaba tanto en drogas como en la posibilidad de semen —dijo Scarpetta—. Si Terri fue sodomizada oralmente, podría haber rastros de semen en el estómago. Puede que incluso en los pulmones. Lamentablemente, hemos de pensar de manera creativa.

Cogió un escalpelo de uno de los carritos y ajustó una hoja nueva. Empezó a hacer incisiones en las rodillas de Terri y enseguida notó, bajo la piel magullada, las rótulas fracturadas. Lo estaban en varios trozos, cosa muy común en accidentes de tráfico donde las rodillas se incrustan en el salpicadero.

—Mira, por favor, de conseguirme imágenes electrónicas de todas las radiografías —dijo.

Hizo incisiones en los muslos y descubrió capilares rotos de más de dos centímetros de hondo, hasta el músculo. Utilizando como escala una regla de quince centímetros, le pidió a Benton que hiciera fotografías y tomó anotaciones en unos diagramas del cuerpo humano que sacó de unos compartimientos que había sobre la mesa de trabajo.

Con un fórceps extrajo astillas de las rodillas y el empeine de los pies y las colocó en varias platinas. Luego, sentándose al microscopio compuesto, manipuló luz y contraste y desplazó el portaobjetos. Con un aumento de 100X pudo ver las traqueidas —las células conductoras de agua de la madera— y determinar que había superficies aplastadas en puntos de contacto donde la chapa había sido encolada con un adhesivo muy potente.

Las astillas procedían de contrachapado previamente desbastado con un objeto raspante. Ella y Benton volvieron a examinar la foto del cuerpo desnudo de Terri en el cuarto de baño. De fondo se veía la encimera de mármol blanco con el tocador empotrado y una sillita metálica dorada con respaldo en forma de corazón y asiento de raso negro. Encima del tocador había una bandeja con superficie de espejo que contenía cosméticos, un cepillo y un peine. Todo estaba perfectamente ordenado y bien puesto a excepción del espejo oval, y, estudiando detenidamente la foto con una lupa, Scarpetta pudo confirmar que el canto de la encimera estaba escuadrado a la altura del tocador. Y el borde era afilado.

Examinó más fotografías del cuarto de baño, tomadas desde diferentes ángulos.

—Es un mueble integral —le dijo a Benton—. La encimera que rodea el lavabo, los armaritos y el tocador con su cajón forman una sola unidad. Y si te fijas bien, en esta foto tomada a ras de suelo se ve que la encimera tiene un fondo de contrachapado pintado de blanco, junto a la pared de azulejos. Parecido a las mesas de trabajo empotradas en encimeras de cocina. Ahora bien, como suele pasar con este tipo de contrachapado, la cara inferior que no queda a la vista no está pintada. Es posible que el bajo del cajón del tocador no lo esté, eso es lo que quiero decir. Por lo que se aprecia al microscopio, podemos afirmar que las astillas extraídas de las rodillas de la víctima y de los empeines son de contrachapado sin pintar. Tenemos que ir a la escena del crimen.

La doctora Lester estaba detrás de ellos, mirando en silencio. Scarpetta se explicó:

—Creo que es posible que él la obligara a sentarse en la silla y mirarse en el espejo mientras la estrangulaba, y que cuando ella forcejeó (a violentos puntapiés) se golpeara las piernas contra el canto de la encimera, lo cual habría producido esas abrasiones lineales, las contusiones que se observan en sus muslos. Las rodillas golpearon con tal violencia la parte inferior del tocador, que sus rótulas quedaron destrozadas. Si la cara inferior del tocador es de contrachapado sin pintar, eso explicaría las astillas, tanto en las rodillas como en los empeines. Teniendo las piernas tan cortas, los pies no le habrían llegado a la pared; habrían golpeado la cara inferior del cajón.

—Suponiendo que sea así —concedió la doctora Lester—, tendrá alguna relación. Si ella forcejeaba con tanta violencia, y alguien la estaba obligando a mirarse en el espejo, sentada en la silla, todo cambia.

—Una cuestión importante es saber cómo estaba el cuarto de baño cuando Oscar entró allí y encontró el cuerpo —dijo Benton—. Suponiendo que su versión sea cierta, claro.

—Creo que podríamos tomar unas medidas y ver si su historia es cierta o no —dijo Scarpetta—. Todo depende de la silla. Si Terri estaba sentada en ella y Oscar de pie, detrás, no creo que él pudiera tirar hacia arriba de la ligadura lo suficiente como para conseguir el ángulo que muestran las marcas en el cuello. Pero hay que ir allí. Y lo antes posible.

—Lo primero que voy a hacer es preguntárselo directamente —dijo Benton—. Quizás a mí me lo contará, si cree que han aparecido nuevas pruebas y le conviene cooperar. Me acercaré a la sala de reclusos y veré si se muestra razonable.

Lucy estaba examinando correos mientras Scarpetta explicaba por el teléfono de manos libres por qué quería hacer enviar muestras de los orificios de Terri Bridges y una silla entera al Complejo de Seguridad Nacional en Oak Ridge, Tennessee.

—Tengo amigos en el Y-Doce —le dijo a Berger, buscando

su aprobación—. Creo que este caso podría dar un giro total. En cuanto tengan las pruebas, será cuestión de horas. Lo que llevará más tiempo va a ser aspirar toda la cámara, porque este lubricante tipo vaselina contiene mucha humedad y eso hará el proceso más lento.

—Yo creía que fabricaban armas nucleares —contestó Berger—. ¿No procesaron ellos el uranio para la primera bomba atómica? No estarás sugiriendo que Terri Bridges tenía algún tipo de conexión con algo relacionado con terrorismo, ¿verdad?

Scarpetta dijo que, si bien era cierto que el Y-Doce producía componentes para el arsenal nuclear de Estados Unidos y contaba además con el mayor stock de uranio enriquecido, a ella lo que le interesaba eran sus ingenieros, químicos, físicos y, sobre todo, científicos de materiales.

—¿Te suena el microscopio electrónico de exploración Visitec? —dijo.

—Imagino que adonde quieres ir a parar es a que aquí no tenemos de eso —respondió Berger.

—Que yo sepa no hay ningún laboratorio forense en todo el planeta que disponga de un microscopio de diez toneladas con un aumento de doscientos mil X, detectores para EDX y FTIR, detección por rayos X de dispersión de energía y espectroscopia Fourier por infrarrojos —dijo Scarpetta—. En cuestión de minutos tienes la morfología y la composición química de una muestra tan pequeña como una macromolécula o tan grande como un motor de coche. Podría ser que quiera meter una silla entera en la cámara. Pero es preciso verlo. No voy a preguntarle a Lucy si nos presta su avión para que la policía envíe pruebas ipso facto a Oak Ridge y las entregue a uno de mis amigos científicos en mitad de la noche, hasta estar segura de que hay un motivo.

—Cuéntame más de esa silla —dijo Berger—. ¿Por qué te parece tan importante?

—Es del cuarto de baño. Creo que Terri estaba sentada en ella cuando la asesinaron, una hipótesis que no puedo proceder a verificar sin un examen manual. Tengo motivos para creer que estaba desnuda en la silla, y como sabemos que el lubricante está contaminado con una mezcla de ADN, podría contener también rastros de otras sustancias orgánicas e inorgánicas. No sabemos aún para qué se usó el lubricante, de dónde salía, ni su composición. Pero ese supermicroscopio podría darnos pistas, y muy rápido. Quisiera ir a la escena del crimen, al piso de Terri, lo antes posible.

—Hay un agente allí las veinticuatro horas —dijo Berger—, no habrá problema para que entres. Pero quiero que te acompañe un investigador. También necesito preguntarte otra vez si tuviste algún tipo de relación con Terri o con Oscar antes de ahora.

—Ninguna.

—En un ordenador que estaba en el piso de Terri estamos descubriendo cosas que quieren indicar lo contrario. Al menos por lo que respecta a ella.

—Pues no. Dentro de quince o veinte minutos terminamos aquí —dijo Scarpetta—. Luego sólo tenemos que pasar por el despacho de Benton para recoger unas cosas. Di a quien sea que nos espere delante del hospital.

—¿Qué te parece si ese quien sea es Pete Marino? —Berger fue deliberadamente desabrida.

—Si lo que yo creo que le pasó a Terri Bridges es cierto —dijo Scarpetta, y ella también se mostró desabrida, como si hubiera esperado que Berger hiciera aquella propuesta—, nos enfrentamos a un sádico sexual que podría haber asesinado a otras dos personas en 2003. Benton ha recibido e-mails, de Marino, los mismos que has visto tú.

—Hace horas que no abro mi correo —dijo Berger—. De hecho ahora mismo nos estamos poniendo con los e-mails de Terri Bridges. Y de Oscar Bane.

—Si mis suposiciones son correctas, no veo cómo él podría haber hecho lo que creo que hizo el asesino. De acuerdo, aún no han pasado su ADN por la base del CODIS. Pero una cosa sí puedo decir: si Oscar hubiera estado de pie detrás de Terri mientras ella estaba sentada en la silla, habrían quedado prácticamente a la misma altura. A no ser que él se hubiera subido a algo, un taburete, y mantener el equilibrio mientras hacía todo lo demás le habría resultado bastante difícil, por no decir imposible.

—¿Qué es lo que acabas de decir?

—Por la acondroplasia —explicó Scarpetta—. El torso de los dos es de longitud normal pero no así sus brazos ni sus piernas. Tendré que enseñártelo con medidas concretas, pero, por ejemplo, si alguien con acondroplasia mide un metro veintitrés y está sentado delante de alguien de estatura similar que está de pie, la cabeza y los hombros de ambos estarán casi a la misma altura.

—No acabo de entender lo que dices. Parece un acertijo.

—¿Sabe alguien dónde está Oscar ahora? Habría que asegurarse de que se encuentra a salvo. Puede tener buenas razones para estar paranoico si no la asesinó él, y yo tengo mis dudas. Todas las que quieras.

—Cielo santo —dijo Berger—. ¿Cómo que «dónde está»? No me digas que se ha largado de Bellevue.

—Benton acaba de pasar por la sala de reclusos —dijo Scarpetta—. Suponía que tú estabas al corriente.

21

La tienda principal de la cadena Tell-Tail Hearts estaba en Lexington Avenue, unas pocas manzanas al oeste de Grace's Marketplace, y mientras caminaba por la ventosa oscuridad, Arpía iba pensando en la columna que había colgado hacía unas semanas.

Recordaba que en ella se hacía mención de la pulcritud y del personal con bata de médico que ofrecía el máximo nivel de atención, ya fuera una dieta alimenticia, cuidados médicos o sencillamente afecto. Todas las tiendas de la cadena abrían siete días a la semana, de diez de la mañana a nueve de la noche, de este modo se aseguraban que los cachorros, en especial, por su delicada constitución, no estuvieran a solas durante largos períodos. Cuando cerraban, la calefacción y el aire acondicionado permanecían encendidos, y las criaturitas se sentían acompañadas gracias al hilo musical. A raíz de la muerte de *Ivy*, Arpía había investigado bastante y sabía hasta qué punto era vital para los cachorros estar hidratados y calientes y no deprimirse por la soledad.

Cuando divisó la tienda a mano izquierda, se llevó una sorpresa porque no era lo que esperaba ni tenía nada que ver con lo que el Jefe había escrito. El escaparate parecía un vertedero de papel de periódico a tiras, y una boca de incendios de plástico rojo estaba precariamente inclinada hacia un lado. No había cachorros de perro ni de gato en el escaparate, y el cristal estaba más que sucio.

Tell-Tail Hearts quedaba comprimida entre In Your Attic, donde a primera vista vendían trastos viejos, y una tienda de música llamada Love Notes, que liquidaba existencias por cierre del negocio. El cartel que había en la mugrienta puerta blanca de la tienda de mascotas decía CERRADO, pero todas las luces estaban encendidas y encima del mostrador había una bolsa grande de comida para llevar con el membrete de Adam's Ribs, el asador de tres puertas más allá. Aparcado enfrente había un sedán negro Cadillac, con alguien sentado al volante y el motor en marcha.

El chófer pareció observarla cuando Arpía abrió la puerta de la tienda y penetró en una niebla invisible de acondicionador perfumado, cuyo envase descansaba sobre la caja registradora.

—¿Hay alguien? —preguntó en voz alta.

Varios cachorros empezaron a agitarse, a ladrar, a mirarla. Había gatitos dormitando en lechos de virutas de madera, y peces de colores aleteando lánguidamente en peceras. El mostrador abarcaba tres paredes y detrás del mismo, casi hasta el techo manchado de humedad, había jaulas llenas con diminutos representantes de todas las mascotas imaginables. Arpía procuró no establecer contacto visual con ninguno de los animales. Se conocía demasiado bien.

El contacto visual iba directo al corazón y ella sabía que sin comerlo ni beberlo acabaría llevando a alguien a casa, y no podía llevárselos a todos. Ella los quería a todos, pobrecillos animales. Necesitaba investigar de manera inteligente, hacer las preguntas oportunas y estar convencida de cuál sería la mejor elección antes de que nadie sacara un cachorro de su jaula y lo depositara en sus brazos. Tenía que hablar con el encargado.

—¿Hola? —llamó de nuevo.

Se acercó a una puerta de la parte de atrás, que estaba entreabierta.

—¿Hay alguien ahí?

Abrió la puerta del todo. Una escalera de madera bajaba al sótano, y pudo oír a un perro que ladraba, al que enseguida se le unieron varios más. Empezó a descender lentamente los escalones, con cuidado porque había poca luz y llevaba demasiado bourbon encima. Caminar desde su casa hasta la tienda le había hecho bien, pero no había sido suficiente. Tenía la mente embotada y la nariz un poco entumecida, como le ocurría siempre que estaba ebria.

Una vez abajo, vio que se hallaba en una especie de almacén envuelto en sombras y que apestaba a vómito, heces y orina. Entre una pila de cajas de vitaminas y bolsas de comida para animales, había jaulas llenas de tiras de papel hediondo. Entonces vio una mesa de madera con frascos de cristal y jeringas, así como bolsas rojas con el membrete DESHECHOS INFECCIOSOS estampado en letras negras y un par de gruesos guantes negros de goma.

Más allá de la mesa había una cámara frigorífica.

La puerta metálica estaba abierta y Arpía pudo ver lo que había dentro. Un hombre vestido con traje oscuro y sombrero negro de *cowboy* y una mujer con un vestido largo gris estaban de espaldas a ella, sus voces amortiguadas por el aire ruidoso. Arpía vio lo que estaban haciendo y quiso salir de allí lo antes posible, pero sus pies parecían pegados al suelo de cemento. Se quedó allí mirando, horrorizada, y entonces la mujer la vio y Arpía dio media vuelta y echó a correr.

—¡Alto! —gritó una voz profunda a su espalda—. ¡Deténgase!

Oyó pisadas fuertes y, en su apresuramiento, perdió pie en un escalón y se golpeó la espinilla. Una mano la agarró fuertemente del codo, y vio que el hombre del sombrero de *cowboy* la llevaba de nuevo hacia la parte iluminada del almacén. Y allí estaba ahora la mujer del vestido gris, mirándola de muy mala manera, pero parecía demasiado agotada como para tomar medidas en contra de Arpía por su intromisión.

El hombre del sombrero inquirió:

—¿Quién diablos se ha creído que es para andar fisgando por aquí de esa manera?

En su rostro disipado, los ojos se veían negros e inyectados en sangre. Sus patillas eran blancas y pobladas y llevaba muchas alhajas de oro.

—Yo no estaba fisgando, señor —protestó Arpía—. Estaba buscando al encargado. —El corazón le latía como un tambor.

—La tienda está cerrada —dijo el hombre.

—Venía a comprar un cachorro —dijo ella, y de pronto rompió a llorar.

—En la puerta hay un cartel que dice CERRADO —insistió el hombre mientras la mujer permanecía en silencio a su lado.

—Pues la puerta no está cerrada. He bajado para avisarles. Cualquiera podría entrar.

Arpía no podía contener las lágrimas, y no podía borrar de su mente lo que acababa de ver en el congelador.

El hombre miró a su compañera, como pidiendo una explicación. Después fue hasta la puerta principal y murmuró algo por lo bajo. Probablemente había comprendido que Arpía estaba diciendo la verdad; si no, ¿cómo podía haber entrado?

—Bueno, pues la tienda está cerrada. Hoy es fiesta —dijo. Ella le calculó unos sesenta y cinco años, quizá setenta. Su acento era del Medio Oeste, arrastraba mucho las palabras.

Tuvo la impresión de que el hombre había estado haciendo lo mismo que ella un rato antes, beber alcohol, y se fijó en que el enorme anillo que lucía tenía la forma de una cabeza de perro.

—Lo siento —dijo Arpía—. Al ver las luces encendidas, he entrado creyendo que estaría abierto. Le ruego que me disculpe. Tenía pensado comprar un cachorrito y algo de comida y un par de juguetes. Una especie de regalo de Año Nuevo que me hago a mí misma.

Alcanzó una lata de comida de un estante y, antes de pensarlo mejor, dijo:

—Oiga, ¿esto no lo habían prohibido cuando el escándalo de la comida importada de China?

—Me temo que se confunde con la pasta de dientes que llevaba melamina —le dijo el hombre a la mujer del vestido gris, que tenía una cara mofletuda e inerme y una melena negra teñida sujeta mediante un pasador.

—Cierto. Era pasta de dientes —dijo ella, y tenía el mismo acento que él—. Mucha gente tuvo problemas de hígado. Por supuesto, nunca te cuentan toda la historia, como que debían de ser alcohólicos y por eso tenían problemas hepáticos.

Arpía no estaba desinformada, sabía lo del dentífrico que

había causado varias muertes por su contenido en dietileno glicol, y aquellos dos sabían muy bien que no era eso de lo que Arpía estaba hablando. Era un mal sitio este —quizás el peor del mundo—, se había presentado en un mal momento, el peor momento imaginable, y había visto algo espantoso que iba a afectarla de por vida.

¿En qué estaría pensando? Era primero de año, última hora de la tarde, ninguna tienda de mascotas de la ciudad iba a estar abierta. Entonces ¿qué hacían estos dos aquí?

Después de haber visto el sótano, ya sabía por qué estaban en la tienda.

—Será mejor aclarar confusiones —dijo el hombre—. Usted no tenía por qué haber bajado ahí.

—Pero si no he visto nada. —Una clara indicación de que lo había visto todo.

El hombre del sombrero de *cowboy* y las alhajas dijo:

—Cuando un animal muere de algo contagioso, hay que actuar, y actuar rápido para evitar que otros animales se contagien. Y una vez hecho lo que hay que hacer, es preciso proceder a su almacenamiento provisional. ¿Entiende usted adónde quiero ir a parar?

Arpía reparó en seis jaulas vacías con sus puertas abiertas. Deseó haberlas visto al entrar; quizá se habría marchado entonces. Le vinieron a la cabeza las otras jaulas vacías que había en el sótano, lo que había encima de la mesa, lo que había dentro de la cámara frigorífica.

Se echó a llorar otra vez.

—Pero algunos se movían —balbució.

—¿Vive usted cerca? —preguntó el hombre.

—No mucho.

—¿Cómo se llama?

Estaba tan asustada, tan alterada, que fue lo bastante estúpida para decírselo, y luego añadió, estúpidamente:

—Y si está pensando que soy una inspectora del Departamento de Agricultura, o que pertenezco a alguna sociedad pro derechos de los animales... —Meneó la cabeza—. Yo sólo venía a comprar un cachorro. No he pensado que era festivo, eso es todo. Sí, entiendo que los animales se ponen enfermos: tos de las perreras, parvovirosis. Lo pilla uno, y ya lo pillan todos.

El hombre y la mujer la miraron en silencio como si no les hiciera falta hablar para acordar un plan de acción.

—Le diré lo que vamos a hacer —le dijo el hombre a Arpía—. Mañana nos llega una remesa grande con toda clase de mascotas. Vuelva mañana y elija lo que más le guste. Por cuenta de la casa. Si le gusta un springer spaniel, un shih tzu, o un salchicha...

Sin dejar de llorar, Arpía dijo:

—Perdón. Estoy un poco borracha.

La mujer agarró el envase de acondicionador que estaba sobre la caja registradora y se dirigió hacia la puerta del sótano. La cerró tras franquearla, y Arpía oyó cómo bajaba por la escalera. Ahora estaba a solas con el hombre del sombrero de *cowboy*. Tomándola del brazo, éste la acompañó hasta la puerta y salieron a la calle, donde seguía todavía el Cadillac negro. El chófer de uniforme y gorra se apeó y les abrió la puerta de atrás.

El hombre del sombrero le dijo a Arpía:

—Suba y la acompañaré hasta su casa. Hace mucho frío para ir andando. ¿Dónde vive usted?

Lucy se preguntó si Oscar Bane estaría al corriente de que su novia tenía dieciocho nombres de usuario de correo electrónico. Él era mucho menos complicado y, probablemente, más honesto: sólo tenía uno.

—Cada uno de los dieciocho era para un fin concreto —le estaba diciendo a Berger—. Votar en encuestas, visitar ciertos *blogs*, chatear, colgar comentarios de consumidores, suscribirse a publicaciones en Internet, y otro par de nombres para entrar en páginas de noticias.

—Eso es mucho —dijo Berger, echando una ojeada a su reloj.

Lucy conocía a pocas personas a las que les costara tanto estarse quietas. Berger era como un colibrí que nunca se posaba, y, cuanto más inquieta parecía, más lenta iba Lucy con todo, cosa que encontraba paradójica pues casi siempre ocurría al revés.

—Tampoco tanto, en realidad —dijo Lucy—. Su servicio de

correo electrónico, como la mayoría en la actualidad, era gratuito siempre y cuando ella no quisiera opciones adicionales. Pero cuentas de correo básicas podía abrir todas las que le diese la gana, y todas eran prácticamente indetectables porque no necesitaba tarjeta de crédito, puesto que no hay tarifa a pagar, y tampoco tenía que proporcionar ningún tipo de información personal a no ser que ella quisiera. Es decir, todo completamente anónimo. Me he topado con personas que tienen centenares, son como una multitud de un solo individuo, sus diferentes alias hablan o discuten los unos con los otros, en salas de chat o en secciones de comentarios. O puede que hayan hecho un pedido de cualquier cosa o se hayan suscrito a algo y no quieren que se los pueda asociar fácilmente o qué sé yo. Pero con escasas excepciones, por muchos alias que tenga una persona, en general sólo hay uno que sea realmente esa persona, por así decir. El nombre que utilizan para su correspondencia normal. El usuario de Oscar es Carbane, muy fácil de descifrar ya que es la segunda sílaba de su nombre de pila precediendo al apellido. Bueno, a no ser que le guste la química orgánica y se refiera al análogo sistemático del hidruro mononuclear CH-4, o que construya maquetas de aeródromos y sea una alusión a los montantes de cabana que llevan las alas de los biplanos. Pero lo dudo. El nombre de usuario de Terri es Lunasee, y primero tendríamos que echar un vistazo a esos correos.

—¿Por qué elegiría un nombre como ése una estudiante de posgrado de Psicología Forense? —preguntó Berger—. Parece una insensatez hacer una alusión a lunáticos o a cualquier otro término despectivo salido de la Edad Media. Bien mirado, no es que sea una insensatez, sino una muestra de insensibilidad.

—Tal vez Terri era una mujer insensata e insensible, no voy a ser yo quien idealice a un muerto. Muchas víctimas de asesinato no eran gente nada agradable en vida.

—Empecemos a mediados de diciembre y sigamos hasta los más recientes —dijo Berger.

Había ciento tres e-mails desde el 15 de diciembre. Siete iban dirigidos a los padres de Terri, y el resto eran entre Terri y Oscar. Lucy los clasificó por hora y fecha, sin abrirlos, para ver si había alguna pauta de quién escribía más a menudo y cuándo.

—Hay bastantes más de él —dijo—. El triple. Y parece que le escribía a todas horas. En cambio, no veo correos de ella que fueran enviados más tarde de las ocho de la noche. Y de hecho, la mayoría de los días, no hay ningún mensaje de ella a partir de las cuatro de la tarde. Qué extraño. Hace pensar que trabajaba por la noche.

—A lo mejor hablaban por teléfono. Con un poco de suerte, Morales ya habrá empezado con los registros telefónicos —dijo Berger—. Bueno, ésa sería su obligación. O igual se ha marchado de vacaciones y no me ha dicho nada. O quizá le convendría buscarse otra profesión. Sí, la última opción es la que me gusta más.

—¿Y qué le pasa a ese tío? ¿Por qué lo aguantas? Te trata con una falta absoluta de respeto.

—Trata a todo el mundo con la misma falta de respeto; él lo llama «priorizar».

—¿Y cómo lo llamas tú? —dijo Lucy, continuando con los e-mails.

—Yo lo llamo ser un creído y querer tocar las narices —dijo Berger—. Morales piensa que es más listo que nadie, yo incluida, pero aquí el problema es que, efectivamente, es más listo que la mayoría. Y sabe hacer muy bien su trabajo cuando le da la gana. La mayor parte de las veces, sus prioridades acaban teniendo su lógica y consigue hacer las cosas en mucho menos tiempo del que tardan los demás. O bien se las ingenia para que otros hagan el trabajo por él y después se vale de su picardía para colgarse la medalla y al mismo tiempo poner en aprietos al que le ha ayudado. Probablemente es lo que está haciendo ahora.

—El otro sería Marino, ¿no? —dijo Lucy.

Fue como si hubiera decidido que le resultaba más fácil pensar en Marino como si no lo conociera de nada. O acaso no lo odiaba tanto como Berger pensaba.

—Sí, lo está dejando en la estacada —dijo Berger—. Y Marino parece ser el único que está haciendo lo que toca.

—¿Está casado? —Lucy siguió abriendo e-mails—. Por supuesto, no me refiero a Marino.

—Morales no es de los que se comprometen. Al final siempre acaba estropeándolo absolutamente todo.

—Corrían rumores de una historia entre vosotros dos.

—Oh, claro. Nuestra famosa cita en Tavern on the Green —dijo Berger.

Miraron por encima la típica correspondencia trivial que la gente intercambia por vía electrónica.

—El asesinato en Central Park el otoño pasado —dijo Lucy—. La corredora de maratón que fue violada y estrangulada. Cerca del Ramble.

—Morales me llevó en coche a la escena. Después paramos a tomar café en Tavern on the Green y hablamos del caso. Al día siguiente toda la ciudad hablaba de que éramos pareja.

—Eso fue porque salió en *Gotham Gotcha*. El típico usuario anónimo que envía un comentario, en este caso acompañado de una foto de los dos con cara de estar muy a gusto.

—No me digas que tienes buscadores resoplando día y noche en busca de datos sobre mí.

—Mis buscadores no resoplan —replicó Lucy—. Son demasiado rápidos para eso. La fuente para esa página de cotilleo es principalmente lo que envían los lectores. Y casi siempre es de forma anónima. ¿Cómo sabes tú que no fue Morales?

—Eso habría sido muy hábil de su parte, sacar una foto de los dos estando uno a cada lado de una mesa.

—Pudo encargar a otro que lo hiciera —dijo Lucy—. Para dejar constancia de su victoria: el inspector supermacho tiene una cita íntima en Tavern on the Green con la fiscal superestrella. Ten cuidado con él.

—Por si no has captado lo más importante, aquello no era una cita —dijo Berger—. Sólo estábamos tomando café.

—Es curioso, tengo buena onda con él. Reconozco ciertos rasgos en ese tipo a pesar de que no lo he visto en mi vida. Alguien como tú, que debería tener poder absoluto sobre él, que le supera por rango y por clase, pero Morales va y «prioriza». ¿Te obliga a hacer cola, a esperar turno? ¿Hace que pienses constantemente en él, por el lado negativo, porque te pone la zancadilla siempre que puede? ¿Quién es aquí el que manda? Es un truco probado y seguro. Ponte dominante, sé irrespetuoso, y en un par de días tienes a la superjefa en tu cama.

—Vaya, no sabía que fueras una experta en el tema —dijo Berger.

—No en ese tema. Cuando lo he hecho con un tío, nunca ha sido porque él había impuesto su dominio, sino porque yo había cometido un error.

—Perdona, no debería haber dicho eso.

Berger siguió leyendo e-mails. Lucy se quedó callada.

—Lo siento —dijo Berger de nuevo—. Morales me pone furiosa, tienes razón, no lo puedo controlar y no puedo quitármelo de encima. Personas como él no deberían entrar en la policía. Son demasiado individualistas. No aceptan órdenes. No son jugadores de equipo, y todo el mundo los detesta.

—De ahí mi fulgurante carrera con los federales —dijo Lucy, seria, con voz queda—. Sólo que yo no voy con jueguecitos. Nunca intento subyugar y menospreciar a los demás para obtener de ellos lo que me interesa. Morales no me gusta. Y no necesito conocerlo. Ándate con ojo, es de esas personas que podría causarte problemas serios. Me preocupa que nunca sepas dónde se encuentra ni qué demonios está haciendo.

Se centró en cuatro mensajes desplegados en pantalla dividida; mensajes entre Terri y Oscar. Después añadió:

—Yo no creo que hablaran por teléfono. Enviado a las ocho cuarenta y siete, enviado a las nueve y diez, enviado a las diez y catorce, enviado a las once diecinueve. ¿Para qué iba a mandarle Oscar un mensaje casi cada hora si hablaban por teléfono? Fíjate que los de él son largos, mientras que los de ella son sistemáticamente breves.

—Una de esas veces en las que lo que no se dice importa más que lo que se dice —observó Berger—. No hay referencias a llamadas telefónicas, a ninguna respuesta de Terri, a ningún contacto con ella. Oscar dice cosas como «Pienso en ti», «Ojalá estuviéramos juntos ahora», «¿Qué estás haciendo? Seguramente, trabajar». No hay un verdadero intercambio entre los dos.

—Exactamente. Él escribe a su amada varias veces cada tardenoche. Ella no le contesta.

—Sin duda él es el más romántico de los dos —dijo Berger—. No estoy insinuando que ella no estuviera enamorada, porque lo ignoro. Eso no lo sabemos y puede que no lo sepamos nunca. Pero sus mensajes son menos efusivos, más reservados. Él, en cambio, no se priva de hacer alusiones sexuales que en muchos casos son casi pornográficas.

—Según qué entiendas tú por pornográfico.

Berger volvió a un mensaje que Oscar había escrito a Terri hacía menos de una semana.

—¿Qué le ves a esto de pornográfico? —preguntó Lucy.

—Lo diré de otra manera: sexualmente explícito.

—A ver, ¿tú no te ocupabas de crímenes sexuales? —dijo Lucy—. ¿O te he confundido con una maestra de escuela dominical? Oscar habla de explorarla con la lengua; no hace más que decirle que escribir de eso le excita.

—Yo creo que intentaba practicar el cibersexo con ella. Y que ella lo rechazaba no respondiendo. Y él se enfadaba.

—No, él intentaba hacerle ver cómo se sentía —comentó Lucy—. Y es probable que, al no obtener reacción por parte de ella, eso le creara inseguridad y le hiciera insistir.

—Inseguridad o cólera —remarcó Berger—. Y ese aumento de las alusiones sexuales no es sino una manifestación de su cólera y de su agresividad. Una mala combinación, cuando la persona a quien van dirigidos estos sentimientos va a ser asesinada en breve.

—Ya me imaginaba que trabajar con delitos sexuales te iba a pasar factura. Por ejemplo, que no te sea fácil distinguir entre erotismo y pornografía, entre deseo y lubricidad, entre inseguridad y rabia, o aceptar que ciertas repeticiones instantáneas no son una degradación sino una celebración —explicó Lucy—. Tal vez estás agotada, o saciada, porque todo lo que ves es repugnante y violento, y por lo tanto lo sexual está ligado al crimen.

—Mira, lo que no veo es la menor referencia a sexo violento, a *bondage*, a sadomasoquismo —dijo Berger mientras ambas leían—. Y te agradecería que dejaras de analizarme. O de hacer pinitos de aficionada...

—Yo podría analizarte, y no serían pinitos de aficionada, pero antes tendrías que pedírmelo.

Berger no hizo tal, y continuaron leyendo.

—Hasta ahora —dijo Lucy— ninguna referencia a nada que suene a perversión, de acuerdo. Nada de violencia, ninguna alusión a esposas, collares de perro, todas esas maravillas. Tampoco a lubricantes tipo el que tía Kay te comentaba hace un ratito. Ni lociones, ni aceites para masaje, nada. Ah, por cierto, he mandado un SMS a mis pilotos: estarán esperando en La Guardia por si hay que mandar pruebas a Oak Ridge. Ah, pero los lubricantes no son compatibles con el sexo oral a no ser, claro está, que sean comestibles, por decirlo a lo bruto. Y lo que decía tía Kay suena más a un lubricante tipo vaselina, que casi nadie va a usar si piensa practicar sexo oral después.

—Y otra cosa curiosa —dijo Berger—. Esos condones que Terri tenía en la mesita de noche. Lubricados. Entonces ¿para qué iba Oscar a utilizar un lubricante tipo vaselina?

—¿Sabes qué clase de preservativos tenía en la mesita de noche?

Berger abrió su maletín y extrajo un dosier. Rebuscó entre los papeles hasta dar con la lista de pruebas encontradas en la escena del crimen.

—Durex Love —dijo.

Lucy tecleó el nombre en Google e informó segundos después:

—De látex, un veinticinco por ciento más fuertes y una talla más grandes que los normales, fáciles de colocar con una sola mano (no está de más saberlo). Cabeza muy grande con extremidad especial (eso también vale la pena saberlo). Pero incompatibles con lubricantes de base de petróleo como la vaselina, que pueden llegar a romper el látex al reblandecerlo. Entre esto y que no hayan encontrado un lubricante de ese tipo en el apartamento, ya te imaginas lo que estoy pensando. Para mí, todo apunta a alguien que no se llama Oscar.

Más correos, acercándose al día del asesinato. La frustración de Oscar, su amor sexual no correspondido, eran cada vez más aparentes, sus frases rayando lo irracional.

—Un montón de pretextos —dijo Lucy—. Pobre hombre. Estaba hecho polvo.

Berger leyó un poco más y comentó:

—Da como rabia, hace que Terri me caiga bastante mal y que sienta lástima por Oscar, lo confieso. Ella no quiere ningún tipo de prisas. Él tendrá que tener paciencia. Ella está abrumada de trabajo.

—Lo que diría alguien que lleva una segunda vida —comentó Lucy.

—Tal vez.

—Los enamorados no se ven una sola noche a la semana. Y menos si, como en el caso de ellos, ninguno de los dos tiene su lugar de trabajo físico fuera del domicilio. Eso, al menos, lo sabemos. Algo no cuadra. Cuando estás enamorado y te corroe el deseo, no puedes dormir, casi no comes, no puedes concentrarte en tu trabajo. Y desde luego no puedes estar tantos días lejos de la persona a quien amas.

—A medida que nos acercamos al día de los hechos, la cosa empeora —dijo Berger—. Oscar está casi paranoico, enfadadísimo por el poco tiempo que pasan juntos. Se diría que recela de Terri. ¿Por qué sólo quiere verlo una vez a la semana, y sólo el sábado por la noche? ¿Y por qué, después, prácticamente lo echa a patadas de su cama antes de que amanezca? ¿Por qué de repente quiere ver el apartamento de Oscar cuando jamás había mostrado el menor interés? ¿Qué piensa Terri que encontrará allí? A él no le parece buena idea. Le hubiera dicho que sí al principio, pero ya no. La quiere tanto, dice. Es el gran amor de su vida. Y ojalá no le hubiera pedido ver su piso, porque no podía decirle el motivo de que la respuesta fuese no. Dice que un día se lo explicará, cara a cara. Esto es muy extraño. Llevan meses saliendo, acostándose, ¿y ella nunca ha estado en su piso? ¿Y ahora de repente le entran las ganas? ¿A santo de qué? ¿Y por qué no quiere Oscar? ¿Por qué no quiere explicarle el motivo si no es cara a cara?

—Tampoco le cuenta nunca dónde ha estado ni qué ha hecho, tal vez por el mismo motivo —dijo Lucy—. Él no le habla de sus planes; por ejemplo, si un día ha ido a hacer unos recados. Le cuenta que ha caminado equis kilómetros pero no concreta adónde ha ido ni cuándo piensa repetir la caminata. Escribe como haría alguien que teme estar siendo vigilado o que otros puedan leer su correo.

—Retrocede unos meses —dijo Berger— y comprobemos si existe alguna pauta.

Eso hicieron. Los e-mails entre Terri y Oscar de la primavera y el verano anteriores eran muy diferentes de los últimos. No sólo carecían del toque tan personal, sino que el tono y el contenido de lo que escribía él eran mucho más sosegados. Hablaba de sus bibliotecas y librerías favoritas. Explicaba por qué parte de Central Park le gustaba pasear y mencionaba un gimnasio al que había ido varias veces, aunque la mayoría de los aparatos no eran de la medida adecuada. Incluía toda una serie de detalles que no habría comentado abiertamente si alguien hubiera estado leyendo su correo o, en otras palabras, espiándolo.

—En ese momento él no tenía miedo —dijo Berger—. La conclusión de Benton parece correcta, dice que Oscar está asustado, ahora mismo. Se siente en peligro ahora.

Lucy tecleó el nombre de Berger en una casilla de búsqueda y dijo:

—Siento curiosidad por saber si se menciona en alguna parte la llamada de Oscar a tu oficina el mes pasado, sus temores de estar siendo objeto de vigilancia electrónica, de que lo seguían, de que le estaban robando la identidad...

Salió un solo resultado, pero el mensaje en cuestión no tenía que ver con la reciente llamada de Oscar a la Oficina del Fiscal del Distrito.

Fecha: lunes, 2 de julio de 2007 / 10:47:31
De: <Terri Bridges>
Para: <Jaime Berger>
CC: <Dr. Oscar Bane>
Asunto: <Entrevista con la Dra. Kay Scarpetta>
Estimada señora Berger:
Soy estudiante de posgrado y estoy escribiendo una tesis sobre la evolución de la ciencia y la medicina forenses desde siglos anteriores hasta nuestros días. El título provisional es *Locuras forenses*.
Resumiendo: Hemos completado el círculo, hemos ido de lo ridículo a lo sublime, del curanderismo de la frenología,

la fisiognomía y la imagen del asesino captada por la retina del ojo de la víctima, a los «trucos de magia» de las películas y series de televisión. Ampliaré encantada todo esto si tuviera usted a bien responderme. Preferiblemente por e-mail, si es tan amable, pero incluyo mi número de teléfono.

Me gustaría mucho conocer su opinión, por supuesto, pero el motivo principal de que le escriba es que estoy intentando ponerme en contacto con la doctora Kay Scarpetta, ¡quién mejor para este tema! Imagino que estará usted de acuerdo conmigo. ¿Podría proporcionarme al menos su dirección de correo electrónico? He intentado varias veces localizarla en su oficina de Charleston, pero sin éxito. Sé que anteriormente han mantenido ustedes alguna relación de índole profesional, e imagino que todavía están en contacto o son amigas.

Saludos cordiales,
Terri Bridges
212-555-2907

—Evidentemente, a ti esto no te llegó —dijo Lucy.

—¿Un e-mail enviado a New York City Government-punto-org por alguien que se hacía llamar Lunasee? No me llegaría ni en un millón de años —dijo Berger—. Pero para mí lo importante es que Kay no sepa que Terri estaba intentando localizarla. Charleston es poco más que un pueblo.

—Qué me vas a contar a mí —dijo Lucy.

Berger se levantó y fue a buscar el abrigo.

—Tengo que irme —dijo—. Seguramente mañana habrá reunión. Te llamaré cuando sepa la hora.

—Finales de la primavera pasada, principios del verano —añadió Lucy—. Ya sé por qué mi tía no recibió el mensaje de Terri, si es que es eso lo que pasó. Y me parece lo más probable.

Se levantó también y caminaron hacia la puerta.

—Rose se estaba muriendo —explicó Lucy—. De mediados de junio a primeros de julio vivió en la cochera reconvertida de mi tía. Ninguna de las dos volvió a ir por la oficina. Y Marino no estaba. La consulta de tía Kay era bastante pequeña, hacía apenas dos años que la había montado, no tenía más personal.

—Nadie que anotara un mensaje ni que contestara al teléfono —dijo Berger mientras se ponía el abrigo—. Antes de que me olvide: mira de reenviarme ese correo para que tenga una copia. Como veo que no imprimes nada... ¿Y si encuentras algo que yo debería saber?

—Marino llevaba fuera desde primeros de mayo —dijo Lucy—. Rose nunca supo lo que le había pasado, lo cual fue una pena. Él se esfumó como si tal cosa, y ella va y se muere. A pesar de todos los pesares, Rose le tenía cariño.

—¿Y tú? ¿Dónde estabas mientras sonaban los teléfonos y nadie contestaba ni se enteraba?

—Es como si no lo hubiera vivido, como si no hubiera estado allí —respondió Lucy—. Casi no puedo recordar dónde estaba hacia el final, ni qué hacía, pero te aseguro que fue horroroso. Mi tía instaló a Rose en el cuarto de invitados y no la abandonaba de día ni de noche. Tuvo un bajón fulminante después de que Marino desapareciera, y yo no pisaba la oficina ni el laboratorio. Conocía a Rose de toda la vida. Era como esa abuela guay que todo el mundo desea tener, muy guay con su traje chaqueta clásico y el pelo recogido, pero trabajaba más que nadie y no le tenía miedo a nada, ya fuera un cadáver, una pistola o las motos de Marino.

—¿Y la muerte? ¿Le daba miedo eso?

—No.

—Pero a ti, sí.

—A todos. A mí en especial. Por eso tuve la brillante idea de estar ocupadísima de repente. Por alguna razón parecía imprescindible hacer un curso de repaso sobre escolta personal, reconocimiento y análisis de ataque, armas de fuego tácticas, lo que fuera. Me deshice de un helicóptero y conseguí otro, después estuve varias semanas en la academia Bell Helicopter, en Tejas, cuando de hecho no me hacía ninguna falta. Y de pronto me entero de que todo el mundo se ha ido al norte. Y de que Rose está en una tumba del cementerio de Richmond, mirando al río James porque ella adoraba el agua y mi tía quiso que Rose disfrutara eternamente de una vista acuática.

—Entonces, se podría decir que lo que tenemos ahora entre manos empezó ahí —dijo Berger—. Se gestó cuando nadie atendía la oficina.

—No sé muy bien qué es lo que empezó —dijo Lucy.

Estaban junto a la puerta y ninguna de las dos tenía demasiadas ganas de abrirla. Berger se preguntó cuándo volverían a estar a solas, o si deberían repetir, y qué pensaba Lucy de ella. Sabía lo que ella, Berger, pensaba de sí misma. No había sido sincera, y por lo tanto debía hacer algo al respecto. Lucy no se merecía esto. Ninguna de las dos.

—Cuando estudiaba en Columbia —dijo, abrochándose el abrigo—, compartía un piso cochambroso con una chica. Yo no tenía dinero, no venía de familia rica ni tenía un marido rico, todo eso tú ya lo sabes. Íbamos a la Facultad de Derecho y luego regresábamos a aquel sitio inmundo en Morningside Heigths; es un milagro que no nos asesinaran mientras dormíamos.

Metió las manos en los bolsillos. Lucy le aguantó la mirada mientras ambas estaban con un hombro apoyado en la puerta.

—Éramos amigas íntimas —dijo Berger.

—No me debes ninguna explicación —replicó Lucy—. Respeto absolutamente tu manera de ser y tu manera de vivir.

—Mira, no sabes lo suficiente como para respetar nada. Y si voy a darte una explicación no es porque te la deba, sino porque quiero dártela. A mi compañera (no diré cómo se llamaba) le pasaba algo. Era un trastorno del estado de ánimo, pero yo entonces no entendía nada, y cuando se le cruzaban los cables me lo tomaba muy a pecho, me liaba a tortas con ella, cuando así no hacía sino empeorar las cosas y de qué manera. Un sábado por la noche, un vecino avisó a la policía. Me sorprende que no hayas averiguado eso en algún buscador. La cosa quedó en nada pero fue bastante desagradable; estábamos las dos borrachas, con unas pintas horrorosas. Si alguna vez me presento a unas elecciones, imagínate si saliera una cosa así.

—No tiene por qué —dijo Lucy—, a no ser que pienses liarte a tortas cuando estés borracha y con una pinta horrorosa.

—Con Greg nunca hubo ese peligro, ¿sabes? Creo que no nos gritamos ni una sola vez. Jamás nos tiramos nada a la cabeza, eso seguro. Coexistíamos sin rencor ni nada. Una tregua casi permanente y, por lo general, agradable.

—¿Cómo le fue a tu compañera de piso?

—Bueno, depende del baremo que utilices para medir el éxito —dijo Berger—. Nada bien, en mi opinión. A ella no le puede ir sino a peor, porque vive en una mentira, es decir, que no vive, y la vida es muy poco indulgente con los que no la viven, sobre todo a medida que pasan los años. Yo nunca he vivido en la mentira. Tal vez pienses lo contrario, pero no es así. Sencillamente he tenido que entender las cosas sobre la marcha, buscarme la vida, y he sido consecuente con las decisiones que he tomado, fueran acertadas o no, por muy duro que haya sido eso. Muchas cosas no cobran verdadera importancia siempre y cuando no se concreten.

—O sea que no hubo nadie ni lo ha habido cuando era incorrecto que lo hubiera —dijo Lucy.

—No soy ninguna maestra de escuela dominical, Lucy. Ni por asomo. Pero mi vida no le incumbe a nadie, si quiero complicármela es asunto mío, y no me la pienso complicar. No permitiré que tú me la compliques, ni yo intento complicártela a ti.

—¿Siempre empiezas con descargos de responsabilidad? —preguntó Lucy.

—Yo no empiezo.

—Pues esta vez vas a tener que hacerlo —replicó Lucy—. Porque yo no voy a empezar. Contigo, no.

Berger sacó las manos de los bolsillos del abrigo y rozó la cara de Lucy. Luego hizo ademán de abrir la puerta pero, en cambio, le tocó de nuevo la cara y la besó.

22

Diecinueve plantas más abajo de la sala para reclusos, en el aparcamiento de la 27 Este, Marino era una silueta solitaria oscurecida por montacargas hidráulicos, la mayor parte vacíos a estas horas y sin nadie que vigilara.

Los estuvo observando a la luz verde de un monocular de largo alcance provisto de visión nocturna, porque necesitaba verla. Necesitaba mirarla en persona, aunque fuera de tapadillo, desde lejos y sólo un momento. Necesitaba, por así decir, cerciorarse de que ella no había cambiado. Si continuaba siendo la misma, no arremetería contra él cuando se encontraran. No lo humillaría ni se lo quitaría de encima. Bueno, antes tampoco habría hecho nada de eso, y no porque él no se lo mereciera. Pero ¿qué sabía ya de ella, aparte de lo que leía por ahí o veía en la tele?

Scarpetta y Benton acababan de salir del depósito y ahora se dirigían a Bellevue atajando por el parque. Le dio casi vértigo verla de nuevo, era alguien irreal, como si hubiera estado muerta todo este tiempo, y Marino se imaginó lo que pensaría si supiera qué cerca había estado él de morir. Después de hacer lo que hizo, no quiso seguir allí más tiempo. Tumbado en la cama del cuarto de invitados, en la cochera, la mañana siguiente a haberle hecho todo aquello, había barajado una lista de posibilidades mientras trataba de vencer las náuseas intermitentes y el dolor de cabeza que le estaba haciendo papilla el cerebro.

Lo primero que pensó fue lanzarse desde un puente al volante de su camioneta, o quizá de la moto, y morir ahogado. Pero podía ocurrir que sobreviviera, y la idea de no poder respirar le aterró. Por lo tanto, recurrir a la asfixia (¿con una bolsa de plástico, quizá?) tampoco era una buena solución, y le asqueó la idea de ahorcarse y quedar allí colgado después de volcar la silla, en plena agonía, retorciéndose y lamentando haber tomado esa decisión. Se le ocurrió también meterse en la bañera y degollarse, pero al primer chorro de sangre de la carótida le iban a entrar ganas de rebobinar y sería ya demasiado tarde.

¿Envenenarse con monóxido de carbono? Eso daba demasiado tiempo para pensar. ¿Otro veneno? Lo mismo, y encima era doloroso y si se acojonaba y llamaba al nueve-uno-uno, acabarían haciéndole un lavado de estómago y perdería el respeto de todos aquellos que se enteraran de lo sucedido. ¿Saltar de un edificio? Eso nunca. Con la mala pata que tenía, seguro que salía con vida y tetrapléjico. Lo último de la lista era su pistola de nueve milímetros, y Scarpetta la había escondido en alguna parte.

Y mientras estaba en la cama tratando de adivinar dónde podía haber ocultado ella la pistola, decidió que igualmente no la iba a encontrar, estaba demasiado mareado para buscar nada. Siempre podía pegarse un tiro más adelante, porque guardaba un par de armas en la cabaña de pescar, pero tendría que ser un disparo muy preciso ya que lo peor de todo sería acabar metido en un pulmón de acero.

Finalmente, cuando localizó a Benton en el hospital McLean y le confesó todo esto, Benton le informó con frialdad de que si el único obstáculo era un pulmón de acero, no tenía por qué preocuparse a no ser que intentara suicidarse con cianuro. Eso exactamente le había dicho, añadiendo que lo más probable era que, si erraba el tiro, acabara con daños cerebrales que comprometerían en gran manera su reputación pero que dejarían difuminado en su conciencia el motivo por el cual había querido quitarse de en medio.

Lo peor de todo, había continuado Benton, sería un coma irreversible que generara una larga discusión entre los magistrados del Supremo antes de dar su visto bueno para desconectar al paciente. Y, aunque dudaba que Marino llegara a enterarse, estas cosas nadie las sabía con certeza. Para eso, había dicho, hay que ser el que está clínicamente muerto.

«¿Quieres decir que podría oír cómo decían que iban a desenchufarme de esa...», había preguntado Marino.

«Máquina corazón-pulmón», había dicho Benton.

«¿Para que dejara de mantener mis constantes vitales, y que yo quizá me enteraría sin que nadie lo supiera?»

«Ya no podrías respirar. Y cabe dentro de lo posible que tal vez tuvieras conciencia de que iban a desenchufarte del respirador. O sea, que te desenchufaban.»

«Eso quiere decir que vería cómo la persona en cuestión se acercaba a la pared y sacaba el enchufe de la toma.»

«Es posible, sí.»

«E inmediatamente empezaría a ahogarme hasta morir.»

«No podrías respirar, pero, con suerte, estarían allí tus seres queridos para ayudarte en el último trayecto, aunque ellos no sabrían que tú te enterabas de todo.»

Lo cual devolvió rápidamente a Marino a su miedo a asfixiarse y a la lóbrega realidad de que sus únicos seres queridos eran, precisamente, aquellos a quienes acababa de joder: especialmente ella, Scarpetta. Fue entonces, en la habitación de un motel cerca del centro de atracciones donde Benton y él habían mantenido esta charla, cuando Marino decidió que no se suicidaría sino que iba a tomarse las vacaciones más largas de su vida, en un centro de tratamiento de la costa norte de Massachusetts.

Si mostraba mejoría una vez que el alcohol y las drogas para aumentar el vigor sexual hubieran sido totalmente eliminados de su organismo, y si continuaba la terapia y era sincero al respecto, el siguiente paso sería conseguirle un trabajo. Y aquí estaba ahora, unos seis meses más tarde, trabajando en Nueva York a las órdenes de Berger y escondido en un aparcamiento para poder ver un momento a Scarpetta antes de que subiera al coche de él y se fueran a la escena de un crimen, siempre tan profesionales, ellos.

La vio moverse en silencio, misteriosa a la luz verde de la visión nocturna, sus gestos tan familiares mientras hablaba, cada detalle intenso pero tan alejado de él que se sentía como un fantasma. Podía verla pero ella a él no; su vida había continuado sin él y, conociéndola como la conocía, estaba convencido de que a estas alturas ya habría superado el trauma. Lo que difícilmente podía haber superado era su repentina desaparición. O quizá, pensó, se estaba dando demasiada importancia a sí mismo. Podía ser muy bien que ella ya no pensara nunca en él y que, cuando lo viera, le diese lo mismo. Scarpetta no sentiría nada, apenas si se acordaría de aquella vez.

Habían ocurrido muchas cosas desde entonces. Ella se había casado. Ya no vivía en Charleston. Era la jefa de una importante oficina a las afueras de Boston. Ella y Benton habían vivido como pareja, por primera vez, en una bonita casa antigua de Belmont frente a la cual había pasado Marino una o dos noches. Ahora tenían vivienda también en Nueva York, y a veces él paseaba junto al río Hudson al oeste de Central Park y miraba de lejos el edificio, contaba las plantas hasta estar seguro de que sabía exactamente cuál era el apartamento donde vivían ellos, se imaginaba cómo debía de ser por dentro y la bonita vista que tenían del río y de la ciudad. Ella salía cada dos por tres en televisión, era verdaderamente famosa, pero cada vez que Marino intentaba imaginarse a alguien pidiéndole un autógrafo, se quedaba en blanco. Ella no era la clase de persona a la que le iban estas cosas, o al menos él así lo esperaba, porque de lo contrario ella no sería la de antes.

La observó a través del potente telescopio que Lucy le había regalado hacía dos años por su cumpleaños. Se sintió solo sin el sonido de la voz de Scarpetta. Reconoció su estado de ánimo por el modo como se movía, cambiando de posición, gesticulando suavemente con sus manos enguantadas. Era demasiado modesta, comentaba la gente a cada momento, una persona que decía menos, no más, y cuyos argumentos eran por ello mismo más convincentes. No era histriónica. Otra palabra que Marino había oído decir. Recordaba, de hecho, que Berger la había pronunciado al explicarle cómo se comportaba Scarpetta cuando la citaban a declarar. No necesitaba levantar la voz ni hacer aspavientos; simplemente se quedaba allí sentada, hablando al jurado directamente, y el jurado le creía, confiaba en ella.

Marino se fijó en el abrigo largo y en su cuidada melena rubia, el pelo un poco más largo que antes, ahora cubría el cuello de la prenda, y lo llevaba peinado hacia atrás. Distinguió sus rasgos fuertes, tan difíciles de comparar con los de cualquier otra persona, porque Scarpetta era guapa y no lo era, tenía el rostro demasiado anguloso como para ser la reina de la belleza o encajar en el tipo de mujer flaca con ropa de diseñador que normalmente veías en las pasarelas de moda.

Creyó que iba a vomitar otra vez, como le había ocurrido aquella mañana en Charleston, y el corazón empezó a latirle como si quisiera hacerse daño a sí mismo.

La deseaba, pero, oculto en aquel espacio sombrío y maloliente, se dio cuenta de que no la amaba como la había amado en otros tiempos. Se había clavado la estaca de la autodestrucción allí donde siempre había tenido alojada la esperanza, y esa parte había muerto. Ya no confiaba en que ella se enamorara de él algún día. Scarpetta estaba casada: se acabó la esperanza. Aunque Benton no saliera en la foto, ya no había nada que esperar. Marino había matado, salvajemente además, la esperanza; no había hecho nada igual en su vida, jamás, y se lo había hecho a ella.

Ni siquiera en sus peores borracheras había forzado nunca a una mujer.

Si besaba a una mujer y ella no quería que le metiera la lengua, él la retiraba. Si ella le apartaba las manos, él no volvía a tocarla a menos que ella lo invitara a hacerlo. Si tenía una erección y ella no estaba por la labor, él nunca la arrinconaba ni le metía las manos entre los muslos. Si ella notaba que su soldadito no quería calmarse, él echaba mano de los viejos chistes de siempre. «Sólo te está saludando, nena.» «Siempre se pone de pie cuando hay una dama en la sala.» «Eh, oye, que yo tenga un cambio de marchas no quiere decir que tú hayas de conducir mi coche.»

Marino podía ser un tipo basto y con poca cultura, pero no era un violador. Tampoco una mala persona. Pero ¿cómo iba a saberlo Scarpetta? Él no le puso remedio a la mañana siguiente, ni siquiera lo intentó al verla entrar en la habitación con tostadas y café. ¿Qué hizo él? Fingir amnesia. Se quejó del bourbon que ella guardaba en el mueble bar, como si fuera suya la culpa por tener algo en la casa que podía ocasionar semejante resaca y dejarlo KO.

No reconoció nada. La vergüenza y el pánico lo habían vuelto mudo porque no sabía muy bien qué era lo que había hecho, y no le iba a preguntar a ella. Mejor si lo deducía por su cuenta, y después de semanas y meses investigando su propio delito, por fin había podido atar cabos. No pudo ir mucho más lejos que eso, porque cuando se despertó a la mañana siguiente estaba completamente vestido y el único fluido corporal detectable era su propio sudor, frío y pestilente.

Con claridad, recordaba solamente fragmentos: acorralarla contra la pared, oír el ruido de la tela al desgarrarse, sentir la suavidad de su piel, su voz diciendo que le hacía daño, y que ella sabía que él no quería eso. Recordaba claramente que ella no se movió, y ahora, al comprenderlo, se preguntó cómo pudo actuar con tanta sensatez dadas las circunstancias. Él estaba fuera de sí y ella fue lo bastante lista como para no incitarlo ofreciendo resistencia. No recordaba nada más, ni siquiera sus pechos, salvo, vagamente, que le habían sorprendido aunque no en un sentido negativo. Fue más bien que, tras tantos años de fantasías, no eran como él se los había imaginado. Pero bueno, le habría ocurrido lo mismo con cualquier otra mujer.

Era algo de lo que uno se daba cuenta en la madurez y que nada tenía que ver con la intuición ni el sentido común. Habiendo sido un niño siempre excitado cuyo único punto de referencia eran las revistas guarras que su padre escondía en el cobertizo, Marino no podía saber lo que descubriría más adelante. Los pechos, como las huellas dactilares, tienen características individuales que no son necesariamente discernibles con la ropa puesta. Cada pecho que había tenido al alcance de la mano poseía un tamaño, una forma, una simetría, una inclinación que le eran propios, y la variante más obvia era el pezón, la parte de donde procedía realmente toda la atracción. Marino, que se consideraba un entendido en la materia, era el primero en decir que cuanto más grande mejor, pero una vez que superaba la fase de amasar y acariciar, ya todo consistía en lo que se metía en la boca.

En el campo verde de la visión nocturna, Scarpetta y Benton salieron del parque y enfilaron la acera. Ella iba con las manos hundidas en los bolsillos, no llevaba nada, lo cual quería decir que harían al menos una parada, lo más probable en la oficina de Benton. Reparó en que no hablaban mucho, y entonces, como si hubieran leído sus pensamientos, se tomaron de la mano y él se inclinó para besarla.

Al llegar a la calle, tan cerca de él que Marino no necesitó intensificación lumínica para distinguir sus caras, se miraban el uno al otro como si el beso de antes fuera el preámbulo de otros besos. Llegaron a la Quinta Avenida y se perdieron de vista.

Marino se disponía a abandonar su refugio seguro de montacargas hidráulicos cuando vio aparecer a alguien, una silueta que caminaba a paso rápido por el parque. Luego vio a una segunda persona que entraba en el parque desde el lado del laboratorio de ADN. En el campo de luz del monocular de visión nocturna, el agente Mike Morales y la doctora Lester se sentaron juntos en un banco.

Marino no alcanzó a oír lo que decían: luego ella le pasó un sobre grande a Morales, tal vez información sobre la autopsia de Terri Bridges. Pero fue una entrega peculiar, casi como entre dos espías. Se le pasó por la cabeza que aquel par tenían un lío y el estómago se le vino abajo al imaginarse la cara avinagrada de ella, su cuerpo de pajarillo, desnuda sobre unas sábanas revueltas.

No podía tratarse de eso.

Era mucho más probable que la doctora Lester hubiera llamado a Morales lo más rápido posible a fin de atribuirse el mérito de los posibles hallazgos de Scarpetta en el depósito. Y él, Morales, querría conseguir la información antes que nadie, incluidos Marino y, sobre todo, Berger. Eso quería decir que Scarpetta había averiguado algo importante. Continuó observando hasta que Lester y Morales se levantaron del banco. Él se perdió de vista al doblar la esquina del edificio del ADN y ella caminó en dirección a Marino, hacia la 27 Este, con sus andares apresurados y la mirada fija en la BlackBerry que llevaba en las manos sin guantes.

Hacía viento y frío y la doctora Lester apresuró el paso hacia la Primera Avenida, donde probablemente tomaría un taxi y después el ferry para volver a Nueva Jersey. Parecía estar escribiendo un SMS sobre la marcha.

Museum Mile era uno de los paseos favoritos de Arpía. Normalmente salía de su apartamento con una botella de agua y una barrita de muesli y enfilaba Madison Avenue, mirando escaparates, mientras la expectación creciente ponía alas a sus pies.

El plato fuerte era el Guggenheim, donde se quedaba extasiada con Clyfford Still, John Chamberlain, Robert Rauschenberg y, por supuesto, Picasso. La última exposición que había visto era de pinturas sobre papel de Jackson Pollock, pero de eso hacía casi dos años y medio.

¿Qué había pasado?

No es que tuviera que fichar cada día, y tampoco una vida muy ajetreada. Pero desde que había empezado a trabajar para el Jefe, poco a poco había dejado de ir a museos, al cine, al teatro, a galerías de arte, a Barnes & Noble.

Intentó recordar la última vez que se había zambullido en las páginas de un buen libro, o que había terminado un crucigrama, o echado unas monedas a músicos ambulantes, o quedado turulata en una sala de cine, o emborrachado con un poema.

Ahora era como un insecto conservado en ámbar, atrapado en vidas de las que nada sabía ni le importaban. Cotilleo: los estridentes y banales avatares de personas con el corazón como un muñeco de papel. ¿Qué más le daba a ella cómo se presentara vestido Michael Jackson el día de la vista? ¿Qué podía importarle, a ella o a nadie, que Madonna se hubiera caído del caballo?

En vez de contemplar obras de arte, Arpía había empezado a mirar en la letrina de la vida, a obtener placer de la mierda ajena. Empezó a comprender ciertas verdades al pensar en el regreso por la Estigia de Lexington Avenue en el Cadillac negro. El hombre del sombrero de *cowboy* había sido amable con ella, incluso le dio una palmadita en las rodillas justo antes de que ella se apeara, pero no le había dicho cómo se llamaba y Arpía, por sentido común, decidió no preguntar.

Se había topado de frente con el mal. Primero Marilyn Monroe, luego el virus, después el sótano. Tal vez Dios le había administrado una especie de terapia de electroshock espiritual, mostrándole la vacuidad de la existencia que llevaba. Y al mirar su pisito alquilado de una habitación vio, quizá por primera vez desde que su marido ya no estaba, cómo era en realidad y que no había cambiado.

El sofá de pana y la butaca a juego eran sencillos y cómodos, y la gastada textura velluda traía de nuevo a su marido a la sala de estar; lo veía sentado en el sillón reclinable leyendo el *Times*, masticando un cabo de cigarro hasta dejarlo baboso, y olía ese humo que saturaba todas y cada una de las moléculas de su vida conyugal. Lo olió ahora como si en el apartamento no hubiera puesto jamás el pie una brigada de limpieza.

Por varias razones no tuvo arrestos para vaciar la ropa de él y guardar cosas cuya vista no podía soportar, o de las que no deseaba separarse.

¿Cuántas veces le había repetido ella que no cruzara la calle aunque el hombrecillo blanco del semáforo le asegurara que no había peligro?

¿No era eso tan estúpido como quedarse en la acera porque la manita roja le prohibía pasar, aunque el cruce estaba cortado y no había un solo coche a la vista?

Al final, se había dejado convencer por el hombrecillo blanco en vez de escuchar los consejos de Arpía, y aquel marido que siempre la estaba fastidiando con sus puros y con no recoger lo que desordenaba, desapareció de un día para otro dejándola sin otra cosa que el olor a humo, el desorden y el recuerdo de las últimas palabras que cruzaron cuando él estaba casi por salir.

«¿Cómo estamos de crema de leche?» Eso mientras se ponía aquel estúpido gorro de cazador de ciervos.

Se lo había comprado ella en Londres hacía varias décadas, y él nunca comprendió que fue sólo un detalle, no un regalo práctico.

«No sé cómo estamos de crema de leche, porque el único que toma café con crema eres tú.» Eso fue lo que ella le dijo.

Las últimas palabras que él oyó de su boca.

Palabras de una arpía que había venido a vivir con ellos aquel nefasto mes de abril, cuando ella se había quedado sin empleo porque ahora el trabajo lo hacía alguien desde la India y los dos estaban allí metidos en el exiguo espacio del apartamento, día tras día, preocupadísimos por el dinero. Él era contable titulado y sabía de cuentas.

Arpía había releído una y otra vez el guión de esos últimos momentos que pasaron juntos, preguntándose si podría haber hecho o dicho algo que hubiera podido modificar el destino. Si ella hubiera dicho que le quería y que si le apetecían unas chuletas de cordero y boniato al horno, si hubiera comprado un jacinto para la mesita de café, ¿habría tenido él en la cabeza una de estas cosas, o todas ellas, en vez de sabe Dios qué cuando cruzó sin mirar antes en ambas direcciones?

¿Estaba enfadado y distraído por culpa de su comentario —un comentario de arpía— sobre la crema de leche?

¿Y si ella le hubiera recordado cariñosamente que tuviera cuidado? ¿Le habría salvado eso la vida?, ¿se la habría salvado a ella también?

Fijó su atención en el televisor de pantalla plana y se lo imaginó a él fumando su cigarro y mirando las noticias con aquella expresión de escepticismo; veía su cara siempre que cerraba los ojos o alguna cosa aparecía en su visión periférica —una sombra, ropa apilada en una silla—, o cuando no llevaba puestas las gafas. Y lo veía antes de bajar a la calle. Y entonces recordaba que él ya no volvería a subir.

Miraba su lujoso televisor y decía: «Pero, querida, ¿para qué la tele? ¿Quién necesita una tele como ésa? Si ni siquiera estará fabricada aquí. No somos ricos para tener una tele de lujo.»

Ponía mala cara a todo cuanto ella había hecho y comprado desde que él ya no estaba.

El sillón reclinable estaba vacío, y la huella de su marido, después de tantas horas allí sentado, la llenó de desesperación mientras los recuerdos se agolpaban en su cabeza:

Dar parte de su desaparición.

Sentir como si estuviera viviendo una escena vista en docenas de películas al llamar por teléfono a la policía.

«Créame, por favor. Es la verdad.»

Dijo a la oh-qué-correcta agente de policía que su marido no iba nunca de bares ni de paseo. No tenía problemas de amnesia ni tampoco un lío de faldas. Siempre volvía puntual como un *boy-scout*, y si por casualidad se hubiera sentido «aventurero» y tenido «malas pulgas», habría tenido el detalle de llamarla.

«Me habría dicho que me fuera a tomar por culo, que volvería a casa cuando le pasara por las narices, como la última vez que se sintió aventurero y tuvo malas pulgas», había explicado Arpía a la muy correcta agente de policía, quien por cierto parecía estar mascando chicle.

Nadie se asustó excepto Arpía.

Nadie se inmutó.

El inspector, uno más en la gran masa del Departamento de Policía de la ciudad, pareció compungido al darle la mala noticia.

«Siento mucho comunicarle, señora... Sobre las cuatro de la tarde me han llamado para que acudiera a...»

El policía fue muy educado pero tenía trabajo, le dijo varias veces que lo sentía pero no se ofreció a acompañarla al depósito de cadáveres como un sobrino bueno habría acompañado a su afligida tía a un velorio o a la iglesia.

«¿El depósito de cadáveres? ¿Y dónde está?»

«Cerca de Bellevue.»

«¿Cuál de los dos?»

«Señora, Bellevue sólo hay uno.»

«Se equivoca usted. Hay el Bellevue viejo y hay el nuevo. ¿El depósito está cerca de cuál?»

A partir de las ocho de la mañana podía ir a identificar el cadáver. Le dieron la dirección, no fuese que se confundiera de Bellevue, y también le dieron el nombre del médico forense:

«Dra. Lenora Lester, licenciada en Derecho y doctora en Medicina.»

Qué mujer tan antipática y desagradable, pese a todos sus estudios. Y qué fría cuando la llevó a toda prisa a aquel cuartito y descorrió la cortina.

Él tenía los ojos cerrados y estaba tapado hasta la barbilla con una muy delgada sábana azul.

Ni rastro de heridas, rasguños, contusiones; por momentos, Arpía creyó que no había ocurrido nada.

«No tiene nada roto. ¿Qué fue lo que pasó realmente? No puede estar muerto, no puede ser. No le pasa nada. Se le ve bien, sólo un poco pálido. Sí, está muy pálido, y, vale, de acuerdo, no tiene buena cara. Pero ¿muerto?»

La doctora Lester era como una paloma disecada dentro de una vitrina, y casi no movió la boca al explicarle, muy brevemente, que su marido era el típico caso de peatón atropellado.

Un taxi lo alcanza por detrás.

Sale volando por encima del capó.

Se da en la nuca contra el parabrisas.

Múltiples fracturas de las vértebras cervicales, había dicho la doctora con su cara de palo.

La tremenda fuerza del impacto le había fracturado ambas extremidades inferiores, había dicho la cara de palo.

Extremidades.

Las piernas de su amado, con sus calcetines y sus zapatos, y en esa gélida tarde de abril un pantalón de pana casi del mismo marrón rojizo que la butaca y el sofá. Un pantalón que ella le había comprado en Saks.

En aquel cuartito, la cara de palo dijo: «Se lo ve bastante bien porque las lesiones más graves corresponden a las extremidades inferiores.»

Que estaban tapadas —las extremidades inferiores— con la delgada sábana azul.

Arpía salió de la morgue no sin antes haber dado su dirección, y más tarde pagó por una copia del informe final de la doctora Lester, pendiente durante casi cinco meses a la espera de los resultados de toxicología. Los resultados oficiales de la autopsia estaban todavía sellados dentro de su sobre, también oficial, en un cajón de su mesa, debajo de una caja con los puros favoritos de su difunto marido, que ella había metido dentro de una bolsa para congelar alimentos porque no quería notar su olor pero era incapaz de tirarlos a la basura.

Puso otro vaso de bourbon al lado del ordenador y se sentó a trabajar. No quería acostarse temprano, ni acostarse siquiera.

En un momento dado se le ocurrió que todo había sido más o menos soportable hasta el momento en que había abierto el *link* con la foto de Marilyn Monroe, hacía unas horas.

Pensó en un Dios inclemente mientras visualizaba al hombre de las patillas de bandolero y las alhajas y recordaba su ofrecimiento de regalarle un cachorro de salchicha, shih tzu o lo que ella quisiera, y acompañarla después a casa. Eso era un intento de soborno por las buenas, y un avance de lo que podía pasarle si el hombre decidía no ser amable. Arpía los había pillado con las manos en la masa y aquel sujeto quería que ella se portara como Dios manda. Por el bien de todos.

Hizo varias búsquedas en Internet hasta que dio con una crónica publicada en el *Times* hacía sólo tres semanas, precisamente cuando el Jefe había escrito aquellas lindezas sobre la tienda de mascotas de Lexington Avenue. El artículo iba acompañado de una fotografía del hombre de pelo blanco con patillas de bandolero y cara de vicioso.

Se llamaba Jake Loudin.

En octubre había sido imputado de ocho cargos por crueldad con animales a raíz de un registro legal practicado en una de sus tiendas, pero a primeros de diciembre había quedado libre de toda acusación.

RETIRADOS LOS CARGOS
CONTRA EL REY DE LAS MASCOTAS

La Oficina del Fiscal del Distrito para el condado de Nueva York ha retirado los ocho cargos por crueldad reincidente contra un empresario de Misuri a quien militantes pro derechos de los animales llaman «El Pol Pot de las mascotas», comparando a Jake Loudin con el líder de los jemeres rojos responsable de la matanza de millones de camboyanos.

A Loudin podían haberle caído hasta dieciséis años de haber sido declarado culpable y recibido la máxima sentencia por los ocho cargos que se le imputaban.

—Pero no fue posible demostrar que los ocho animales

hallados muertos en el congelador de la tienda de mascotas estaban vivos cuando los metieron allí —ha declarado la ayudante del fiscal del distrito, Jaime Berger, cuya brigada anticrueldad animal de reciente formación registró el comercio el pasado mes de octubre. Berger añadió que según el juez la policía no había presentado pruebas suficientes para demostrar que la eutanasia que se practicó a esos ocho animales de compañía, todos ellos cachorros entre los tres y los seis meses de edad, no estuviera justificada.

Berger apuntó a la costumbre de algunas tiendas de mascotas de «eliminar» perros, gatos y demás cuando no pueden venderlos o cuando, por algún motivo, se convierten en un impedimento comercial.

—Un cachorro enfermo o que supere los cuatro meses de edad pierde su aliciente como «animal de escaparate» —dijo—. Muchas tiendas de mascotas, por otro lado, pecan de grave negligencia en los cuidados médicos o incluso a la hora de proporcionar necesidades tan básicas como calor, jaulas limpias y agua y alimento suficientes. Si organicé esta brigada fue, en parte, porque los ciudadanos de Nueva York han dicho basta y me propongo conseguir que algunos de estos criminales acaben en el calabozo...

Por segunda vez esa noche, Arpía llamó al 911.

Sólo que ahora estaba más borracha y más lúcida.

—Asesinos —le dijo a la operadora, repitiendo la dirección de Lexington—. Los pobres animalillos allí encerrados...

—¿Perdón?

—Ese hombre me obligó a subir a su coche y yo estaba hecha polvo... Tenía la cara colorada, de puro mal genio, y había un silencio sepulcral...

—¿Cómo dice?

—Ya han intentado meterlo en la cárcel, ¡por el mismo delito! ¡A ese Hitler! ¡A ese Pol Pot! Pero no hubo manera. Por favor, explíqueselo a la señora Berger. Hágalo cuanto antes, se lo ruego.

—Oiga, ¿quiere usted que vaya un agente a su domicilio?

—Sí, alguien de la brigada de perros de la señora Berger, hágame el favor. Se lo ruego. No, no estoy loca, se lo juro. Saqué una foto de él y del congelador con mi teléfono móvil.

No era verdad.

—¡Se movían! —exclamó—. ¡Las criaturitas se movían!

23

El Impala azul oscuro estaba esperando en la entrada del hospital cuando Benton y Scarpetta salieron.

Ella reconoció primero la cazadora de cuero forrada de terciopelo, y acto seguido vio que era Marino quien la llevaba puesta. El maletero se abrió y Marino tomó el maletín de manos de Benton y empezó a hablar, diciendo que les había comprado café y que los vasos estaban en el asiento de atrás.

Ésa fue su manera de decir hola al cabo de tanto tiempo, después de todo lo que había ocurrido.

—He parado en un Starbucks —estaba diciendo mientras cerraba el maletero—. Dos vasos de los grandes. Ah, y unos sobrecitos amarillos de edulcorante.

Quería decir Splenda. Debía de haber recordado que Scarpetta no tocaba la sacarina ni el aspartamo.

—Pero no hay crema de leche, porque va en esas jarritas y no me la podía llevar. De todos modos, si no recuerdo mal ninguno de vosotros tomaba el café con crema de leche. Están en la consola de atrás. Jaime Berger está sentada ahí delante. Igual no podéis verla, con esta negrura, así que no habléis mal de ella.

Trataba de ser chistoso.

—Gracias —dijo Scarpetta al montar con Benton en el coche—. ¿Cómo te va?

—Voy tirando.

Marino se sentó al volante. Tenía el asiento tan echado hacia atrás que éste tocaba las rodillas de Scarpetta. Berger volvió la cabeza y los saludó, e hizo como si la situación no tuviese nada de extraordinario. Mejor así. Más fácil todo.

Mientras Marino arrancaba, Scarpetta miró su nuca, el cuello de la cazadora negra tipo aviador. Era una prenda sacada de *Los héroes de Hogan*, como Lucy solía decir burlándose de él: trabillas, cremalleras en las mangas, un montón de apliques de latón envejecido. La cazadora había estado más o menos presente a lo largo de los veinte años que hacía que Scarpetta conocía a Marino, quien se había vuelto demasiado grueso para llevarla, sobre todo a la altura de la tripa, y más recientemente demasiado recio de tanto gimnasio y tantos esteroides (eso parecía, al menos).

En el ínterin y sin Marino, Scarpetta había tenido mucho espacio para pensar en lo sucedido y en sus posibles causas. Un día, no hacía mucho tiempo, le pareció entenderlo. Fue después de conectar de nuevo con su antiguo subjefe, Jack Fielding, y contratarlo. Fielding había estado a punto de arruinar su vida por culpa de los esteroides y Marino había sido testigo de ello, pero a medida que se fue volviendo huraño y temeroso debido a una creciente sensación de impotencia respecto de la cual Scarpetta no podía hacer nada, empezó a obsesionarse con sus músculos y su fuerza física.

Marino siempre había admirado a Fielding y su tipo de levantador de pesas, sin por ello dejar de censurar los medios ilícitos y destructivos que aquél empleaba para esculpir su cuerpo. Ella estaba convencida de que Marino empezó a tomar esteroides varios años antes de las drogas sexuales de diseño, lo cual quizás explicaría por qué se volvió tan agresivo y, francamente, malvado, bastante antes del episodio final en su casa la primavera anterior.

Ver a Marino le hizo un daño que no había previsto y que difícilmente podía explicar, trayéndole recuerdos de los años que habían compartido cuando él se dejaba crecer el pelo, ya canoso, y se lo peinaba sobre la calva al estilo Donald Trump, sólo que Marino no era de los que creían en geles ni lacas. A poco que se movía, largos mechones caían por detrás de sus orejas. Después empezó a afeitarse la cabeza y a lucir un pañuelo de aspecto casi siniestro. Ahora llevaba el pelo muy corto en forma de cuarto creciente, no usaba pendientes y no tenía pinta de forajido ni de ángel del infierno.

Parecía el que era —Pete Marino—, sólo que en mejor forma pero más viejo y obligado a portarse bien, como si llevara de paseo a los que controlaban su libertad condicional.

Torció por la Tercera Avenida en dirección al apartamento de Terri Bridges, que estaba a unos minutos del hospital.

Berger preguntó a Scarpetta si recordaba que Terri hubiera llamado a su oficina en Charleston la primavera pasada, o en cualquier otro momento.

Scarpetta dijo que no.

Berger buscó algo en la BlackBerry mientras murmuraba sobre la negativa de Lucy a utilizar papel, y luego leyó en alto un mensaje que Terri le había escrito el año anterior, pidiendo que la ayudara a contactar con Scarpetta.

—Dos de julio —dijo Berger—. El día que envió este mensaje a la dirección de correo electrónico general del ayuntamiento de Nueva York, que es como el Triángulo de las Bermudas, con la esperanza de que llegara a mí ya que no había conseguido localizarte. Por lo que se ve, no tuvo suerte con ninguna de las dos.

—Con un nombre de usuario como Lunasee, no me extraña —dijo Benton desde el asiento de atrás mientras contemplaba el silencioso vecindario de Murray Hill, donde hasta ahora Scarpetta sólo había visto a una persona por la calle, un hombre paseando un bóxer.

—A mí no me extrañaría aunque el nombre de usuario fuese Papa de Roma —replicó Berger—, el caso es que no me llegó. En fin. Kay, ¿estás absolutamente segura de que no recuerdas que Terri llamara a Charleston?

—Absolutamente segura de que yo no me enteré —respondió Scarpetta—. Pero te diré que mi oficina, la primavera pasada y a principios de ese verano, también parecía el Triángulo de las Bermudas.

No quiso explayarse teniendo a Marino justo delante de ella. ¿Cómo podía hablar de lo que había sido que él desapareciera sin decir nada, sin dejar rastro, y que luego Rose tuviera aquella bajada tan repentina que hasta perdió su orgullosa terquedad para oponerse a que Scarpetta cuidara de ella, al final incluso dándole de comer, cambiándole la ropa y las sábanas cuando ensuciaba la cama, y en los últimos días, con la morfina y el oxígeno, cuando Rose decidió que ya había sufrido bastante y la muerte era visible en sus ojos?

¿Cómo se sentiría Marino si supiera lo mucho que Rose se había enojado con él por abandonarlo todo, especialmente a ella, a Rose, cuando Marino sabía que ya no le quedaban muchos años en este mundo? Rose dijo que se había portado muy mal y que Scarpetta hiciera el favor de decírselo a él algún día.

«Dile de mi parte que le daré un sopapo.»

Como si hubiera estado hablando de un niño de tres años.

«Dile de mi parte que también estoy enfadada con Lucy, igual de enfadadísima con los dos. Pete tiene la culpa de que ella esté haciendo lo que hace. En Blackwater, o como se llame el campo de entrenamiento, tirando tiros y dando patadas en los riñones a tíos enormes como si fuera Sylvester Stallone. Y todo porque le asusta volver a casa.»

Aquellas últimas semanas Rose estuvo muy desinhibida, hablaba sin tapujos de ninguna clase. Pero nada de lo que dijo fue una tontería.

«Y dile de mi parte que cuando yo esté en el otro barrio me será todavía más fácil encontrarlo y tomar cartas en el asunto. Y eso pienso hacer, vaya que sí. Ya lo verás.»

Scarpetta había montado una cama portátil de hospital y tenía siempre las contraventanas abiertas de forma que se viera el jardín y los pájaros y se oyera el balanceo de los robles antiquísimos que allí había. Rose y ella charlaban en esa encantadora sala de estar antigua, mientras el reloj que había sobre la repisa de la chimenea marcaba como un metrónomo el ritmo final de sus días compartidos. Scarpetta nunca entró en detalles sobre lo que Marino le había hecho, pero sí le dijo a Rose algo importante, algo que no le había comentado a nadie más.

«Ya sabes que mucha gente dice "ojalá volviera a nacer", ¿no?»

«A mí no me lo has oído decir, seguro —había respondido Rose, incorporada en la cama, cuyas sábanas se veían blanquísimas al sol de la mañana—. No le veo la gracia a volver a nacer, menuda tontería.»

«Bueno, pues yo tampoco lo digo porque no lo siento así, te doy toda la razón. Yo no querría revivir esa noche aunque me lo propusieran, porque eso no cambiaría nada. Puedo intentar reescribirla cuanto me dé la gana: Marino seguiría haciendo lo que hizo. Sólo podría impedírselo si pudiera empezar el proceso desde muy atrás, quizá diez o veinte años. No supe prestar atención, ahí está mi parte de culpa.»

Scarpetta había hecho lo mismo que Marino y Lucy le habían hecho a Rose al final. Ella no había querido mirar, había fingido no darse cuenta, se había ausentado por una repentina acumulación de trabajo, de preocupaciones, o incluso por una crisis: cualquier cosa menos plantarle cara a él. Tendría que haber hecho como Jaime Berger, que no vacilaba en decirle a un poli grandote con los apetitos e inseguridades de Marino, que dejara de mirarle el escote o entre los muslos, que cortara en seco porque ella no se iba a acostar con él; no iba a ser su puta, su madona, su esposa ni su madre, pues todo eso junto era lo que él, como la mayoría de los hombres, había deseado tener siempre: los hombres no daban para más.

Podía haberle dicho algo a Marino en ese sentido cuando la nombraron jefa en Charleston y él se empeñó en acosarla insistentemente, como si fuera un niño malo encaprichado de ella. Había tenido miedo de herirlo, porque a la postre su peor defecto, el de Scarpetta, era temer hacerle daño a alguien, y así lo habría herido y de qué manera. No sólo a él, también a sí misma y a todos.

Al final había reconocido una cosa: que era egoísta.

Esto fue lo que Scarpetta le dijo a Rose:

«Soy la persona más egoísta del mundo. Todo viene de sentir vergüenza. Yo era diferente, no era como los demás. Sé lo que es sentir que te marginan, sentir que te humillan y que no te quieren, y jamás he deseado hacerle eso a nadie. Ni que me lo hicieran a mí otra vez. Y esto último que digo es lo más importante. Se trata, sobre todo, de no querer sentirme yo a disgusto. Es horrible reconocer eso de una misma.»

«Eres la persona más diferente que he conocido nunca —le había dicho Rose—. Entiendo por qué les caías mal a esas chicas y por qué caías mal a muchas personas. Es porque tú, sin quererlo, le recuerdas a la gente lo insignificante que es, por eso se empeñan en hacerte sentir insignificante, como si con eso pudieran ellos ganar en importancia. Tú sabes muy bien cómo funcionan estas cosas, pero ¿quién es tan sabio como para verlo cuando está sucediendo? A mí me habrías caído bien. Si hubiera sido una de esas monjas, o una de tus compañeras, seguro que habrías sido mi favorita.»

«No, probablemente no.»

«Seguro que sí. Te he estado siguiendo durante casi veinte malditos años. Y no es por las estupendas condiciones de trabajo ni por las joyas y las pieles que me regalas ni las vacaciones exóticas en las que me incluyes. Estoy loca por ti. Desde la primera vez que entraste en esa oficina. ¿Te acuerdas? Nunca había conocido a una forense y me imaginé lo más típico: que serías una persona rara, difícil y antipática. ¿Por qué si no elegiría una mujer hacer ese trabajo? No había visto ninguna foto tuya y estaba convencida de que tendrías pinta de bicho salido de un cenagal o de un foco de infección. Incluso tenía ya pensado adónde podía marcharme, tal vez a la Facultad de Medicina. Alguien me contrataría. Y es que en ningún momento pensé que me quedaría contigo... hasta que te vi. Entonces decidí no abandonarte por nada del mundo. Siento tener que hacerlo ahora.»

—Creo que podríamos volver y examinar los registros telefónicos, el correo de la oficina —dijo ahora Scarpetta, a Benton, Berger y Marino.

—Ahora mismo no es prioritario —dijo Berger, volviendo la cabeza—, pero Lucy te ha enviado información que creo que deberías mirar cuando tengas un hueco. Es preciso que leas lo que Terri Bridges estaba escribiendo. Bueno, suponiendo que lo escribiera ella. Quién sabe; podría ser obra de Oscar Bane, o incluso de esa Lunasee...

—Tengo una lista de las pruebas que se han podido reunir —dijo Marino—. Y diagramas de la escena del crimen. He hecho copias para todos.

Berger pasó dos al asiento de atrás.

Marino torció por una calle oscura con muchos árboles y viejos edificios de piedra arenisca.

—Mala iluminación —observó Berger—, y parece que mucha gente está fuera, de vacaciones. No es una zona de mucha criminalidad.

—En efecto —dijo Marino—. Lo último que nos llegó de este barrio antes del asesinato fue una denuncia porque alguien tenía la música a demasiado volumen.

Aparcó detrás de un coche patrulla del Departamento de Policía.

—Otro enigma —dijo Berger—: por los mensajes que Lucy y yo hemos estado mirando, no habría que descartar que Terri estuviera teniendo otra aventura.

—Vaya, se diría que nadie se toma la molestia de esconder el maldito coche de policía —dijo Marino, apagando el motor.

—¿Esconderlo? —preguntó Berger.

—Morales dijo que no quería que estuvieran a la vista de todos. Por si volvía el ogro. Parece que olvidó decírselo a la persona adecuada.

—¿Te refieres a que engañaba a Oscar —dijo Benton—, a que Terri quizás estaba engañando a Oscar? Creo que deberíamos dejar los abrigos en el coche.

Un viento frío maltrató el traje y el pelo de Scarpetta al apearse del Impala. Marino lo hizo después, hablando por el móvil, sin duda para avisar al agente que estaba dentro del apartamento de que habían llegado. La escena tenía que estar exactamente igual que cuando la policía había partido poco después de la una de la noche, según los informes que Scarpetta había leído.

La puerta del edificio se abrió y Marino, Benton, Berger y Scarpetta subieron cinco escalones y entraron en el vestíbulo, donde un agente uniformado se mostró muy serio respecto a su misión.

—Veo que tienes el coche aparcado ahí delante —le dijo Marino—. Creí que las últimas órdenes del cuartel general eran de no dejar el vehículo a la vista.

—El otro agente se encontraba un poco mal. Creo que por

el olor, que no se nota mucho hasta que llevas varias horas dentro —dijo el agente—. Cuando lo he relevado, nadie me ha dicho que no aparcara ahí. ¿Quiere que mueva el coche?

Marino le dijo a Berger:

—¿Alguna opinión? Morales no quiere que se note la presencia policial. Como ya he dicho, por si el asesino regresa a la escena del crimen.

—Ha instalado una cámara en el tejado —dijo el agente.

—Joder, me alegro de que sea una cosa tan secreta —replicó Marino.

—La única persona que podría volver a este apartamento —dijo Benton— sería Oscar Bane, a menos que haya más gente que tenga la llave. Y, con lo paranoico que es, dudo mucho que se presentara e intentara entrar.

—Alguien en su estado emocional es más probable que se presente en el depósito de cadáveres —dijo Scarpetta—, para ver por última vez a su ser querido.

Ya no quería estar más tiempo con la boca cerrada. Había maneras de transmitir información necesaria sin violar la confidencialidad entre médico y paciente.

Marino le dijo al guardia:

—No sería mala idea aumentar los efectivos en las cercanías de la Oficina del Forense, por si aparece Oscar Bane. Pero hazme el favor de no decir nada sobre él por la radio, no sea que lo pille algún periodista, ¿de acuerdo? No queremos que paren a todos los enanos del East Side y los cosan a preguntas.

Como si la zona donde estaba ubicada la Oficina del Forense fuera un centro de reunión de la Gente Pequeña.

—Si tienes que ir a buscar algo de comer o cualquier otra cosa, aprovecha ahora —dijo Marino.

—Me encantaría tomarte la palabra, pero no, gracias —dijo el agente, mirando de reojo a Berger—. Tengo órdenes de permanecer aquí. Ah, y tendrán que firmar el registro.

—No me seas tan profesional, hombre. Aquí no muerde nadie, ni siquiera la señora Berger —dijo Marino—. Y necesitamos un poquito de espacio, ya sabes. Tú puedes quedarte en el vestíbulo. O también puedes hacer una parada en el baño. Te mandaré un aviso quince minutos antes de que nos marchemos. Eso sí, no te me largues a Florida.

El agente abrió la puerta del apartamento y Scarpetta percibió el olor a pollo cocinado en vías de putrefacción. Él recogió su chaqueta, que había dejado sobre el respaldo de una silla plegable, y un ejemplar de *American Rust*, de Philipp Meyer, que estaba en el suelo de madera de roble. Más allá de aquel punto el agente tenía prohibido aventurarse bajo ningún concepto, y, por si le entraban tentaciones, allí estaban a modo de advertencia los conos de color naranja subido que señalaban lugares en donde se habían encontrado pruebas. Daba igual si se moría de hambre o de sed, o si tenía que ir urgentemente al baño: antes de poder aliviarse debía llamar pidiendo un sustituto provisional. Ni siquiera estaba autorizado a sentarse, a menos que llevara su propia silla.

Scarpetta abrió el maletín de la escena del crimen no bien hubo cruzado la puerta, extrajo una cámara digital, una libreta y un bolígrafo, y les pasó guantes a todos. Como de costumbre, echó una primera ojeada sin moverse de sitio ni hablar, y se fijó en que, salvo los conos, no había nada fuera de lugar, ningún indicio de que hubiera ocurrido algún acto violento. El apartamento estaba impecable, dondequiera que miraba veía trazas de la mujer obsesiva y rígida que allí había vivido y muerto.

El sofá y la butaca tapizados con motivos florales, en el saloncito que tenía justo enfrente, estaban perfectamente colocados en torno a una mesa baja de arce, encima de la cual había revistas dispuestas en impecable abanico; en un rincón, un Pioneer de pantalla plana que parecía nuevo, orientado con toda precisión hacia el centro exacto del sofá. Dentro del hogar había un arreglo de flores de seda. La alfombrilla bereber de color marfil estaba limpia y sin una arruga.

Nada indicaba, aparte de los conos naranja, que la policía hubiera estado allí. Los tiempos habían cambiado y ahora los agentes que entraban en la escena de un crimen disponían de prendas desechables, incluso fundas para los zapatos. Habrían empleado cinta dactiloscópica de polvo electrostático para obtener huellas del suelo de parqué, y en lugar de chapuceros polvos negros habrían recurrido a fuentes de luz forense. En departamentos de policía tan sofisticados como el de la ciudad de Nueva York, los técnicos en ciencia forense no destruían ni modificaban nada.

Era un apartamento de reducidas dimensiones; el saloncito comunicaba directamente con la zona de comedor y cocina. Scarpetta alcanzó a ver la mesa puesta y los preparativos sobre una encimera contigua a los fogones. El pollo seguía sin duda en el horno, y a saber el tiempo que iba a pasar allí todavía; daba igual que todo estuviera rancio o podrido para cuando el casero y la familia pudieran acceder libremente al piso. No era responsabilidad ni deber de la policía limpiar o poner orden en las secuelas de una muerte violenta, se tratara de sangre o de una cena especial no ingerida.

—Voy a hacer la pregunta obvia —dijo Scarpetta, a nadie en particular—. ¿Existe alguna posibilidad, incluso muy remota, de que Terri no fuera la víctima planeada? Hay otro apartamento justo enfrente de éste, y dos más arriba...

—Yo siempre digo que todo es posible —respondió Berger—. Pero Terri abrió la puerta de abajo y luego la de aquí. O si lo hizo otra persona, tenía llaves. Parece existir una relación entre ella y la persona que la asesinó. —Se dirigió a Marino—: ¿Qué hay de esa escotilla de techo? ¿Alguna novedad?

—Un SMS de Morales —contestó él—, diciendo que cuando llegó aquí anoche, la escalera de mano estaba exactamente donde él la encontró después de instalar la cámara: en el armario de los utensilios.

Marino puso una cara especial al decir esto último, como si supiera un chiste que no pensaba compartir.

—Es decir, nada nuevo —le dijo Berger—. ¿Ningún posible sospechoso, o testigo ocular, entre el resto de los inquilinos?

—Según el casero, que vive en Long Island —dijo Marino—, era una señora muy tranquila salvo cuando expresaba alguna queja. Era de esas personas que lo quieren todo perfecto. Lo curioso es que si se trataba de un problema que ella no podía solucionar sola, jamás permitía que entrara el casero y se lo arreglara. Siempre decía que ya avisaría a alguien. Según el casero, parecía que tomara nota de todos los problemas del piso por si a él se le ocurría alguna vez subirle el alquiler.

—Vaya, se diría que el casero no le tenía demasiado afecto —comentó Benton.

—Más de una vez la llamó quisquillosa —dijo Marino—. Ah, pero ella sólo se comunicaba por correo electrónico, nunca por teléfono. Como si estuviera preparando el terreno para un posible juicio, en palabras del casero.

—Podemos hacer que Lucy busque esos mensajes —añadió Berger—. ¿Se sabe cuál de los dieciocho nombres de usuario empleaba para quejarse al casero? No creo que fuera Lunasee, a no ser que Lucy y yo no nos hayamos topado con ningún mensaje de él o para él en el rato que hemos estado mirando. Por cierto, le he pedido que me envíe cualquier cosa que pueda encontrar. Eso quiere decir que estamos todos en contacto con ella mientras continúa revisando los ordenadores encontrados en el apartamento.

—El usuario es Railroadrun —informó Marino—. El casero me dijo que es la dirección de correo que tiene de ella. Bueno, pero aquí lo que importa es que, por lo visto, Terri era una pelmaza de cuidado.

—Y, por lo visto también, tenía a alguien que le echaba una mano cuando había que reparar algo.

—Pues dudo mucho que fuera Oscar —dijo Berger—. No he visto ninguna referencia en los e-mails que hemos leído hasta ahora, que ella le pidiese que viniera a arreglarle la cadena del váter o a cambiar una bombilla del techo. Aparte de que, con su estatura, lo habría tenido difícil para según qué tareas.

—Arriba, en el armario, hay una escalera —dijo Marino.

—Quisiera echar un vistazo a esto yo sola, para empezar —dijo Scarpetta.

Cogió la cinta métrica que llevaba en el maletín y se la metió en un bolsillo de su traje chaqueta. Luego miró el inventario donde constaba la lista de pruebas retiradas de la escena del crimen y señaladas ahora por los correspondientes conos. A menos de dos metros de la puerta, a mano izquierda, estaba el cono número uno. Era donde habían hallado la linterna, descrita en el inventario como una Luxeon Star negra, metálica, con dos pilas de litio Duracell y funcionando perfectamente. No era de plástico, como había dicho Oscar, lo cual no tenía mayor importancia salvo que una linterna metálica era un arma considerable, y que Oscar no se había golpeado demasiado fuerte para dejarse las contusiones que ella había examinado.

Los conos numerados del dos al cuatro correspondían a huellas de calzado obtenidas del suelo de parquet; la única descripción era que la suela tenía un dibujo tipo calzado deportivo y unas dimensiones aproximadas de dieciséis centímetros por diez. Era una huella muy pequeña, y siguiendo con la lista, Scarpetta vio que se habían llevado del armario de Terri unos mocasines Reeboks de mujer, talla treinta y seis, blancos con un ribete rosa. Un zapato de mujer de esa talla no mediría dieciséis centímetros de la puntera al talón, y Scarpetta recordó haber mirado los pies de Terri en el depósito y que eran más pequeños que eso, debido a que tenía los dedos desproporcionadamente cortos.

Sospechó que las huellas serían de Oscar y que probablemente las había dejado al entrar y salir del apartamento, para ir al coche a dejar el abrigo y hacer lo que pudiera haber hecho al descubrir el cadáver de Terri.

Suponiendo, claro, que Oscar hubiera dicho la verdad. En parte, al menos.

Habían recuperado más huellas del suelo, y eran interesantes porque en este caso se trataba de pies descalzos. Scarpetta recordó haber visto varias fotos tomadas con iluminación oblicua. Había dado por hecho que las huellas pertenecían a Terri, y su localización era importante.

Estaban todas junto a la puerta del cuarto de baño en donde había sido hallado el cuerpo, y Scarpetta se preguntó si Terri habría usado alguna loción o aceite corporal, quizá después de ducharse, y por ello eran tan visibles las huellas de pies sobre la madera, muy próximas las unas de las otras. ¿Qué podía significar que Terri no se hubiera quitado tal vez las pantuflas hasta segundos antes de entrar en la zona donde iba a ser asesinada? Si había sido agredida justo después de abrir la puerta del apartamento y había ofrecido resistencia o sido empujada hasta el cuarto de baño durante el forcejeo, ¿no era lógico pensar que podía haber perdido las pantuflas mucho antes?

En su larga experiencia en escenas de homicidio, Scarpetta había comprobado que las pantuflas —una o ambas— raramente se quedaban puestas una vez que se producía el encuentro violento. Como si el miedo se las quitara de los pies a la víctima.

Caminó hasta el comedor, y allí el olor a pollo era más potente y desagradable: la cocina quedaba justo enfrente y más allá estaba el «despacho/cuarto de invitados», según el detallado dibujo asistido por ordenador del interior del apartamento, incluido con sus dimensiones en el papeleo que Marino había reunido.

La mesa estaba meticulosamente puesta, platos con el canto azul sobre dos inmaculadas esterillas azules, uno enfrente del otro, los cubiertos de acero inoxidable brillantes y exactos en su emplazamiento, todo perfecto hasta resultar melindroso, obsesivo. Lo único que no alcanzaba la perfección era el arreglo floral, pues los pomos empezaban a agachar la cabeza y de la espuela de caballero habían caído pétalos como lágrimas.

Scarpetta apartó sillas y examinó los cojines de terciopelo azul en busca de señales de alguien que se hubiera puesto de rodillas en ellos para compensar la extrema cortedad de sus extremidades. Si Terri se había subido a la silla para poner la mesa, después había alisado la lanilla. Todo el mobiliario era de tamaño normal y el apartamento no estaba equipado para personas con deficiencias. Sin embargo, abriendo armarios y alacenas, encontró un taburete con asa, una pinza agarradora, y luego algo parecido a un atizador de la lumbre, que Terri probablemente había empleado para pinchar y trasladar.

En la cocina, debajo de donde estaba el microondas, había un caos de manchas de sangre que al secarse habían adquirido un tono negruzco; probablemente era de cuando Oscar se había cortado el pulgar al agarrar unas tijeras, que ya no estaban allí. El bloque de madera de los cuchillos había desaparecido, probablemente enviado también a los laboratorios. Sobre los fogones estaba todavía la cazuela con las espinacas por hervir, el mango vuelto hacia dentro, señal de alguien consciente de la seguridad. En el horno, el pollo despedía un olor acre y estaba pegado al fondo de una fuente honda de aluminio, rodeado de grasa coagulada que parecía cera amarillenta.

Utensilios de cocina y mangos de sartenes y cazos estaban pulcramente alineados sobre la encimera, así como albahaca, molinillos de pimienta y sal, y jerez para guisar. En un cuenco de cerámica había tres limones, dos limas y un plátano que empezaba a lucir motas marrones. Al lado había un sacacorchos (a Scarpetta le pareció que ese utensilio desmerecía el ritual y el romanticismo de abrir una botella) y un chardonnay sin abrir, bastante bueno para el precio. Scarpetta se preguntó si Terri habría sacado la botella de la nevera una hora o así antes de que llegase Oscar, suponiendo que no fuera él quien la hubiera asesinado. La posible explicación sería que Terri había investigado un poco y sabía que el vino blanco hay que servirlo fresco, no frío.

Dentro del frigorífico había una botella de champán, también bastante bueno para el precio, como si Terri hubiera hecho caso de todo tipo de recomendaciones de otros consumidores, quizás a través de Internet. A primera vista, no hacía ninguna compra dejándose llevar por el apasionamiento o la audacia; tanto el televisor como la cristalería y el juego de café, eran artículos elegidos por un comprador muy bien informado que no hacía nada con prisa ni por capricho.

En los cajones de la nevera había brócoli, pimientos, cebollas y lechuga, así como envases de pavo y queso suizo en lonchas que, según las etiquetas, habían sido comprados en una tienda de Lexington Avenue, a pocas manzanas de allí, el domingo, junto con la cena de la víspera. Las salsas y los condimentos en la parte interior de la puerta eran bajos en calorías. En los armaritos había galletas saladas, nueces, sopas preparadas, todo bajo en sodio. Los licores, como todo lo demás, evidenciaban la mejor relación calidad-precio: Dewar's, Smirnoff, Tanqueray, Jack Daniel's.

Scarpetta retiró el cubo de la basura, sin sorprenderse de que fuese de acero cepillado, que no se oxida ni se ensucia. Para abrir la tapa, uno pisaba un pedal y no tenía que tocar nada que pudiera estar sucio. Dentro de la bolsa ajustable blanca de polietileno había los envoltorios del pollo y las espinacas, así como gran cantidad de toallas de papel arrugadas y el papel verde del centro de flores. Se preguntó si Terri habría usado las tijeras de cocina para cortar unos siete u ocho centímetros de tallo, todavía sujetos por la goma elástica de la floristería, y las habría devuelto al bloque de madera después de limpiarlas.

No había dentro ningún recibo porque la policía lo había encontrado y constaba en el inventario. Terri había pagado ocho dólares con noventa y cinco centavos por las flores, en un puesto de mercado. Scarpetta sospechó que el más bien penoso ramo primaveral había sido una ocurrencia de última hora. Le resultó triste imaginarse a alguien tan privado de creatividad, de espontaneidad, de alma. Qué fea manera de vivir, y qué pena que esa persona no hubiera hecho nada para remediarlo.

Terri había estudiado Psicología, sin duda tuvo que saber que existía una terapia para ese tipo de ansiedad, y, de haber seguido una terapia, su destino quizás habría sido otro. Era probable que esas compulsiones hubieran propiciado, aun indirectamente, que unos extraños estuviesen ahora en su apartamento investigando todos los aspectos de su persona y de su manera de vivir.

A mano derecha, pasada la cocina, estaba el cuartito de invitados que servía de despacho. No había allí más que un escritorio, una butaca graduable, una mesa auxiliar con una impresora y, arrimados a la pared, dos archivadores vacíos. Scarpetta volvió al zaguán y miró hacia la puerta del apartamento. Berger, Marino y Benton estaban en el saloncito revisando el inventario de pruebas y cotejándolo con los conos de color naranja.

—¿Sabe alguien si estos archivadores ya estaban vacíos cuando llegó la policía? —preguntó Scarpetta.

Marino examinó su lista y dijo:

—Aquí dice que se llevaron correspondencia y documentos personales. En el armario había un clasificador con cosas de ésas.

—O sea que de los archivadores grandes no se llevaron nada —dedujo Scarpetta—. Es interesante. Aquí dentro hay dos completamente vacíos, ni siquiera una simple carpeta. Como si no hubieran sido utilizados nunca.

Marino se acercó a ver.

—¿Hay algo de polvo? —preguntó.

—Mira tú mismo. Terri Bridges y el polvo eran incompatibles. No hay ni una sola mota.

Marino entró en el pequeño despacho y abrió los archivadores. Scarpetta se fijó en las marcas que dejaban sus botas en la mullida moqueta azul oscuro que cubría todo el suelo, y vio que no había otras señales aparte de las que ella misma había dejado al entrar allí, cosa que le extrañó. La policía podía ser muy meticulosa a la hora de no dejar suciedad entrando y saliendo de la escena de un crimen, pero no tanto como para molestarse en cepillar la moqueta una vez terminado el trabajo.

—Es como si en este cuarto no hubiera entrado nadie anoche —dijo.

Marino cerró varios cajones de archivador.

—A mí me parece que aquí dentro no había nada —dijo—, a menos que alguien haya limpiado el fondo de los cajones. No veo el menor rastro de polvo de carpetas colgantes que debía de haber aquí. Sin embargo, la policía estuvo en este cuarto.

La miró, como preguntando qué opinaba ella.

—En la lista dice que el clasificador lo sacaron de ese armario —añadió. Frunció el entrecejo mirando la moqueta, como si se hubiera fijado en lo mismo que Scarpetta—. Joder, qué raro. Yo he estado aquí esta mañana. En ese armario de ahí —señaló— es donde estaban sus maletas.

Abrió la puerta del armario. Dentro, colgando de la barra, había cortinajes en bolsas de tintorería así como más bolsas de viaje perfectamente colocadas en el suelo. Allí donde pisaba, la moqueta se hundía.

—Sin embargo, parece como si no hubiera entrado nadie, o bien vinieron después y barrieron la moqueta —dijo.

—No sé —dijo Scarpetta—, pero por lo que parece nadie se ha paseado por el apartamento desde anoche, excepto tú cuando has venido esta mañana.

—Quizá me he adelgazado, pero lo que es seguro es que no floto —dijo Marino—. Entonces, ¿dónde diablos están mis huellas?

Cerca del escritorio, en el suelo, había un adaptador de corriente magnético enchufado a la pared, y eso le pareció también curioso a Scarpetta.

—¿Terri deja sus portátiles a punto para el viaje a Arizona y se olvida un adaptador de corriente? —dijo.

—Aquí ha estado alguien —dijo Marino—. Ese cabrón de Morales, casi seguro.

24

Lucy estaba en el *loft*, a solas, con el viejo bulldog dormido junto a su silla. Leyó varios mensajes de Terri y Oscar mientras hablaba por teléfono con Scarpetta:

Fecha: domingo, 11 de noviembre de 2007 / 11:12:03
De: <Oscar>
Para: <Terri>
Ya te dije que la doctora Scarpetta no era esa clase de persona. Evidentemente no recibió tus anteriores mensajes. Es asombroso que a veces funcione lo que uno tiene delante de sus narices. ¿Me harás copia de los e-mails?

Fecha: domingo, 11 de noviembre de 2007 / 14:45:16
De: <Terri>
Para: <Oscar>
No, eso sería violar su intimidad.
El proyecto se ha puesto por las nubes. ¡Estoy sorprendidísima! ¡Y muy contenta!

—¿Qué será eso que tiene delante de las narices? Es como si ella hubiera intentado algo, o quizás él, y todo hubiera salido a pedir de boca —dijo Lucy, hablando por el auricular inalámbrico con micro incorporado—. ¿De qué demonios habla Terri?

—No tengo la menor idea —respondió Scarpetta—, pero está en un error. O miente.

—Eso es más probable. De ahí, supongo yo, que no quisiera enseñarle a Oscar los mensajes que le habías mandado.

—No existen tales mensajes —repitió Scarpetta—. Tengo que preguntarte una cosa, Lucy. Estoy en el apartamento de Terri Bridges y no es un buen sitio para que charlemos tú y yo. Y menos por el móvil.

—El tuyo te lo conseguí yo, ¿no te acuerdas? Es un móvil especial. No tienes nada que temer. Podemos hablar tranquilamente.

Mientras decía esto, Lucy abrió las cuentas de correo de Terri y Oscar y miró en la papelera de reciclaje por si alguno de los dos había eliminado algo que pudiera servir.

—Puede que Oscar viera en esto un motivo para sentirse agraviado por ti —dijo—. Su novia está obsesionada con su heroína, que por fin le ha respondido, o así se lo hace creer a él. Y no le deja ver esos mensajes. Es como si, sin comerlo ni beberlo, hubieras creado un conflicto entre ellos dos.

—Sin comerlo, beberlo ni olerlo —dijo Scarpetta—. Dime, ¿qué tipo de adaptador utilizan sus portátiles? Una pregunta sencilla.

De las cuentas de correo de Terri, una estaba vacía. Lucy la había reservado para el final, suponiendo que después de crearla, Terri no la había utilizado ni una sola vez. Al abrir la carpeta de la papelera, se llevó una sorpresa mayúscula.

—Esto es increíble —dijo—. Lo eliminó todo ayer por la mañana. Nada menos que ciento treinta y seis mensajes. Los eliminó uno detrás de otro.

—¿No un USB sino cable de alimentación magnético? —preguntó Scarpetta—. ¿Qué fue lo que eliminó?

—Espera. No te muevas de donde estás. Sigue conectada conmigo y lo miramos juntas. Te sugiero que hagas venir a Jaime, Benton y Marino y me pases por el manos libres.

Todos los mensajes eliminados eran entre Terri y otro usuario con el nombre Scarpetta612.

Seis-doce. Mes 6, día 12. El cumpleaños de Scarpetta.

La dirección del proveedor de Internet era la misma que la de las dieciocho cuentas que se suponía eran de Terri, pero en el historial no constaba Scarpetta612. La cuenta no había sido creada desde este portátil ni se había accedido a ella desde el mismo, pues de lo contrario —en virtud de las fechas de los e-mails que Lucy estaba viendo ahora— Scarpetta612 constaría en el historial junto con las otras dieciocho cuentas.

Si Terri hubiera creado esa cuenta, estaría ahí. Pero, de momento, no había ninguna prueba de que lo hubiera hecho.

—Scarpetta seis-doce —dijo Lucy sin dejar de leer—. Alguien con este nombre de usuario le escribía a ella, supuestamente a Terri. ¿Puedes avisar a Jaime y a Marino para ver si conseguimos la contraseña de esa cuenta?

—Cualquiera podría inventar algo con las letras de mi apellido, y la fecha de nacimiento tampoco es un secreto, para quien le importe eso —dijo su tía.

—Tú pásale el nombre de usuario a Jaime: Scarpetta seguido de los números seis uno dos.

Lucy le dio el nombre del proveedor de correo electrónico. Mientras esperaba, le pareció oír que Scarpetta hablaba con alguien. Tal vez era Marino.

Momentos después Scarpetta le dijo a Lucy:

—Lo están mirando.

—Quieres decir ahora.

—Sí, ahora mismo. Te preguntaba si alguno de esos portátiles podría utilizar un adaptador de corriente magnetizado.

—No —respondió Lucy—. USB, puerto de cinco puntas, ochenta y cinco vatios. Eso que estás diciendo no lo reconocerían los portátiles de Terri. El IP de Internet de Scarpetta seis-doce corresponde al ocho-nueve-nueve de la Décima Avenida. ¿Ésa no es la dirección del John Jay College?

—¿Qué IP? A lo segundo, sí. Pero ¿qué tiene que ver en esto el John Jay? Jaime y Marino continúan aquí, quieren oír lo que dices. Te pongo por el manos libres. ¿Dónde anda Benton? —les preguntó a ellos dos.

Lucy oyó de fondo a Berger diciendo algo de que Benton estaba hablando con Morales por teléfono. Le molestó oír hablar a Berger de Morales, y no veía otro motivo aparte de su propia sensación de que él estaba interesado, sexualmente, en

Berger, y podía parecer que sabía cómo conseguir sus objetivos.

—La persona que mandaba e-mails a Terri haciéndose pasar por ti escribía desde esa dirección de IP, es decir, desde John Jay —informó Lucy.

Continuó revisando los mensajes eliminados en busca de pistas.

—Voy a enviaros algunos —dijo—. Que los lea todo el mundo, ¿vale? Y necesito la contraseña. El más reciente fue enviado por Scarpetta seis-doce a Terri hace cuatro días, el veintiocho de diciembre por la noche. Acababan de asesinar a Bhutto y tú hablaste de ello en la CNN, tía Kay. Estabas aquí en Nueva York.

—Cierto, pero ésa no soy yo. No es mi dirección de correo —insistió Scarpetta.

El mensaje, enviado a las 23:53:01, decía así:

Te debo una nueva disculpa, Terri. Espero que lo comprendas. Ha sido una verdadera tragedia y yo tenía que ir a la CNN. No te culpo si piensas que no cumplo mi palabra, pero mi agenda siempre se complica cuando muere alguien o surgen otros inconvenientes. ¡Habrá que intentarlo de nuevo!
Scarpetta
P.D.: ¿Recibiste la foto?

Después de leerlo por teléfono, Lucy preguntó:

—Tía Kay, ¿a qué hora te fuiste de la CNN?

—¿Otros inconvenientes? —Era la voz de Berger—. Como si un asesinato o cualquier otro acto violento fueran para ti un mero inconveniente... ¿Quién puede estar detrás de esto? —La pregunta iba evidentemente dirigida a Scarpetta—. ¿Se te ocurre alguien?

—No —dijo la voz de Scarpetta—. Nadie.

—Marino, ¿qué opinas? —Otra vez Berger.

—No tengo ni idea. —La voz de Marino—. Pero ella jamás diría una cosa así. —Como si Scarpetta necesitara que él defendiera su honor—. No creo que sea Jack, si es que a alguno se le ha pasado eso por la cabeza.

Se refería a Jack Fielding, aunque era improbable que a nadie se le hubiese pasado por la cabeza. Era un patólogo forense de toda solvencia, buena persona y, en términos generales, leal a Scarpetta, pero también tenía muchos altibajos de humor y un buen surtido de problemas físicos como colesterol alto y trastornos cutáneos, resultado de años de gimnasio y metiéndose esteroides anabólicos. Fielding no tenía el vigor necesario para interpretar a Scarpetta en la red y tampoco era astuto ni cruel, y por aquello de conceder a Terri Bridges el beneficio de la duda, si ella no era Scarpetta612, el que la estaba engañando quería hacerle daño. Al principio, al menos, Terri idolatraba a Scarpetta, había intentado por todos los medios ponerse en contacto con ella. Si pensó que por fin Scarpetta le hacía caso, tuvo que vivirlo como algo muy emocionante, hasta que su heroína empezó a defraudarla.

—Tía Kay —dijo Lucy—. La noche del veintiocho tú saliste de la CNN y estabas a sólo dos manzanas del John Jay. ¿Volviste andando a tu casa, como haces siempre?

El apartamento estaba en Central Park Oeste, muy cerca de la CNN y del John Jay College.

—Sí —dijo Scarpetta.

Otro mensaje, éste con fecha del día de ayer. De nuevo, la dirección de IP correspondía al John Jay.

> Fecha: lunes, 31 de diciembre de 2001/ 03:14:31
> De: <Scarpetta>
> Para: <Terri>
> Terri:
> Estoy segura de que entiendes que cuando estoy en NY no puedo predecir lo que haré o dejaré de hacer, controlo muy poco el centro de medicina forense, porque yo allí no soy el jefe, solamente un asesor de bajo nivel.
> Estaba pensando, ¿y por qué no nos vemos en Watertown, donde soy yo quien da las órdenes? Te enseñaré mi oficina, y no habrá problema si quieres asistir a una autopsia o lo que te parezca necesario.
> Feliz Año Nuevo y espero que nos veamos pronto.
> Scarpetta

Lucy envió el e-mail a los cuatro mientras lo leía en voz alta.

—Ayer por la tarde yo no estaba en Nueva York —dijo Scarpetta—. No podría haber enviado este mensaje desde el John Jay. Ni que lo hubiera hecho. Y tampoco organizo visitas turísticas al depósito de cadáveres.

—Ese detalle de que aquí en Nueva York no eres quien manda —dijo Berger—. Alguien te está menospreciando por tu propia boca, por así decir. Me pregunto, claro está, si Scarpetta seis-doce no será Terri y es ella quien se envía los mensajes a sí misma haciéndose pasar por Scarpetta. Sería un puntazo para su tesis, imaginaos. Lucy, mi pregunta es si según tú deberíamos descartar completamente la posibilidad de que el impostor sea Terri.

Al escuchar la voz de Berger, Lucy creyó detectar un tono afectuoso.

Todo había sucedido muy deprisa y Berger se había mostrado sorprendentemente segura de lo que quería. Y sorprendentemente atrevida. Después había entrado un viento desapacible al abrir Berger la puerta y marcharse.

—Estos correos dirigidos a Terri —le dijo Lucy a su tía—, que supuestamente escribiste tú, explicarían por qué te citaba en su tesis y daba la impresión de conocerte bien.

—Kay —dijo Berger—, hablando con Oscar ¿salió algo de todo esto?

—No puedo decirte lo que hablamos, pero no negaré que sí salió algo a relucir.

—Bien —dijo Berger—, entonces está claro que él estaba al corriente de este intercambio de e-mails. Que los viera o no, ya es otra cuestión.

—Pero si Terri no es la impostora —dijo Marino—, ¿quién eliminó todos los mensajes? ¿Y por qué?

—Exacto —añadió Berger—. Justo antes de ser asesinada. Justo antes de que Oscar se presentara a cenar. ¿O fue otro quien procedió a eliminar ese correo y metió los portátiles en el armario?

Lucy dijo:

—Si Terri borró todo eso por miedo a que alguien lo viera, debería haber vaciado la maldita papelera. ¡Cómo se puede ser tan idiota! Los archivos eliminados, sobre todo si son recientes, se pueden recuperar de la papelera de reciclaje.

—Creo que de una cosa podemos estar seguros —dijo Scarpetta—. Al margen del motivo que la llevara, si es que fue ella, a eliminar los mensajes, Terri Bridges no esperaba ser asesinada anoche.

—En efecto —dijo Lucy—, no podía esperar que le llegase la hora. A no ser, claro, que pensara suicidarse.

—¿Y después de hacerlo, quitarse la ligadura con la que se estranguló? No creo —dijo Marino, como si hubiera tomado a Lucy al pie de la letra.

—No hubo tal ligadura —dijo Scarpetta—. Terri fue estrangulada por agarrotamiento. No le ataron nada al cuello.

—Tengo que averiguar quién es Scarpetta seis-doce —intervino Lucy— y qué fotografía envió supuestamente esa persona. En la papelera no hay fotografías, ninguna imagen JPEG. Puede que Terri o quien sea la eliminara antes de borrar todos estos e-mails y después quitara el historial de la memoria.

—Ya, ¿y luego? —preguntó Berger.

—Habrá que mirar de recuperarla de este portátil, igual que estamos recuperando archivos de texto del otro —dijo Lucy—. Hacer lo mismo que estabas mirando antes, cuando has venido a mi *loft*.

—¿Alguna otra posible explicación? Hablo de la fotografía. —Era Scarpetta quien preguntaba.

—Si ella —dijo Lucy—, suponiendo que hablamos de Terri, abrió una fotografía recibida como archivo adjunto pero lo hizo desde otro equipo (una BlackBerry u otro ordenador), entonces no estará en el portátil que utilizaba para conectarse a Internet.

—Eso es lo que intentaba decirte —replicó Scarpetta—. En su despacho hay un cable de alimentación que no va con ninguno de los dos portátiles que tienes en tu poder. Tiene que haber otro en alguna parte.

—Deberíamos hacer una visita al apartamento de Oscar. —La voz de Marino, dirigiéndose a los otros—. Morales tenía la llave, creo. ¿La tiene todavía?

—Sí —dijo Berger—. Pero Oscar podría estar allí. No sabemos adónde ha ido.

—No. —La voz de Benton, ahora—. Yo no creo que esté en su casa.

—Estabas hablando con Morales, ¿no? ¿Qué quería? —le preguntó Berger.

—Dice que Oscar se olió que estaban a punto de detenerlo; que uno de los guardianes le ha explicado que Oscar cambió de actitud después de que Kay se marchara. Morales dice (y no olvidemos quién es la fuente) que Oscar se siente traicionado por Kay, faltado al respeto, engañado, y que se alegra de que Terri no haya presenciado el insultante trato al que le sometió Kay durante el reconocimiento. Kay habría inyectado sustancias químicas a Oscar y le habría provocado mucho dolor.

—¿Trato insultante? —preguntó Scarpetta.

Ahora hablaban como si no se acordaran de que Lucy estaba al teléfono. Ella continuó revisando los mensajes eliminados.

—Así lo expresó Morales —dijo Benton.

—En ningún momento hubo un trato insultante por mi parte, y sea quien sea ese Morales, sabe muy bien que no puedo hablar de lo que pasó ahí dentro. —Scarpetta se dirigió a Benton—. Él sabe que Oscar no está arrestado, por lo tanto yo no puedo defenderme si empieza a soltar palabras de ese calibre.

—Yo no creo que Oscar hiciera esos comentarios —dijo Benton—. Sabe que tú no puedes repetir nada. Si realmente no confiara en ti, daría por sentado que tú te defenderías si él empezara a desacreditarte; daría por sentado que violarías la confidencialidad porque careces de integridad profesional. Y yo, personalmente, iré a hablar con ese guardián.

—Estoy de acuerdo —dijo Berger—. La fuente de esos comentarios debe de ser Morales.

—Le gusta remover la mierda —dijo Marino.

—Tiene un mensaje para ti —dijo Benton.

—No hace falta que lo jures.

—La testigo a quien has entrevistado esta mañana, la mujer que vive en el apartamento de enfrente, ya sabes —dijo Benton, y otra vez parecían haberse olvidado de Lucy.

—Yo no le he comentado nada de eso a Morales —dijo Marino.

—Bueno, pues se ha enterado —replicó Benton.

—He tenido que llamar a centralita para convencer a esa señora de que me dejara entrar. Pensaba que yo era un asesino y ha telefoneado al nueve-uno-uno. Puede que Marino lo haya sabido por ellos.

—Resulta que esa mujer ha vuelto a llamar al nueve-uno-uno —le dijo Benton—. Hace sólo un rato.

—Está asustadísima por lo que le pasó a Terri —dijo Marino.

—Ha dado parte de maltrato con animales.

—¿En serio? ¿Por lo de su mascota, la que murió?

—¿Qué?

—Eso es lo que yo pregunto —replicó Marino—. ¿De qué estás hablando?

—Por lo visto, esa mujer ha dicho que le pasaran aviso a Jaime de que se trata del mismo hombre que, y cito textualmente, se salvó por los pelos a primeros de mes.

—Jake Loudin —dijo Berger—. ¿Y qué es eso de que le hizo una foto?

—Sólo sé que la operadora del nueve-uno-uno le pasó el mensaje a Morales. Imagino que por su conexión con Jaime.

Lucy abrió una lata de Diet Pepsi mientras escuchaba y leía. *Jet Ranger*, el perro, seguía roncando.

—¿De qué conexión hablas? —preguntó Marino, enfadado—. ¿De esa mierda de Tavern on the Green? Mira, ese tío no me gusta nada. Es un capullo integral.

—Dice que quizá tendrías que ir a hablar otra vez con tu testigo —dijo Benton—. Y quizás a Jaime le interesará también, ya que esto parece tener relación con aquel caso de crueldad animal. Pero que convendría que antes nos reuniéramos todos con él en el apartamento de Oscar, antes de que sea tarde.

—Esa mujer vive ahí enfrente —dijo Marino—. No ha parado de beber, cuando he ido a verla. Decía que quizá se compraría un perro. No sé por qué no ha comentado nada de ese Loudin. Estábamos hablando de perros y de la brigada de Jaime. Ya que estamos aquí, podríamos ir a verla a ella primero, antes de ir a casa de Oscar. Él vive al otro lado del parque, no muy lejos de vuestro apartamento, y no lejos del John Jay.

—Opino que deberíamos separarnos —dijo Berger—. Vosotros dos id a casa de Oscar. Marino y yo nos quedaremos aquí.

—Me gustaría hacer una visita al John Jay —dijo Scarpetta—. ¿Qué pasa si esa dirección de IP corresponde al John Jay? ¿Se supone que la persona que envió los e-mails tiene que estar allí?

Silencio.

Scarpetta repitió la pregunta y luego dijo:

—¿Lucy? ¿Sigues ahí?

—Perdón —dijo Lucy—. Había olvidado que estaba presente.

—No sabía que ella estaba al teléfono —dijo Benton—. Quizá podrías poner el móvil encima de la mesa. Lo siento, Lucy. Hola.

El móvil hizo un ruido cuando Scarpetta lo apoyó.

—Quienquiera que sea Scarpetta seis-doce —dijo Lucy—, tendría que haber estado físicamente dentro del alcance de la red inalámbrica del John Jay para utilizarla. Por ejemplo, la persona en cuestión tendría que estar utilizando uno de los ordenadores del centro, lo cual no es probable a esas horas de la noche, cuando todo el edificio está cerrado; pero es entonces cuando se envió el último e-mail, minutos antes de la medianoche del veintiocho de diciembre. También podría haber llevado su propio portátil o algo más pequeño como una BlackBerry, un iPhone, una PDA, algún aparato a través del cual conectarse a Internet. Y eso es lo que yo pienso, que ese individuo tenía algo tipo PDA y simplemente se situó en la acera, delante de uno de los bloques, y secuestró la línea inalámbrica. Supongo que la policía encontró el móvil de Terri, ¿no? O una BlackBerry o PDA si es que tenía de eso. En cuanto a la foto que envió Scarpetta seis-doce, podría haber salido de una BlackBerry o una PDA, algo de ese estilo, como ya he dicho.

—Su móvil está siendo revisado —informó Marino—. No había otros teléfonos, ni una BlackBerry ni otro aparato desde el que conectarse a la red. Suponiendo que el inventario sea correcto, claro. Sólo ese teléfono, uno corriente, de color amarillo claro. Estaba sobre la encimera de la cocina, enchufado, recargándose. Y el auricular, lo mismo. Recargándose también.

Continuaron todos discutiendo la jugada y haciendo conjeturas. Luego se produjo una pausa breve mientas Marino y Berger se ponían en contacto con el proveedor de correo de Scarpetta seis-doce.

Obtuvieron la información que Lucy necesitaba.

—La contraseña es *elfiambre*, todo junto —dijo Berger por el teléfono—. Marino, quizá podrías hablar con seguridad del John Jay y averiguar si vieron a alguien delante del bloque de aulas la noche del veintiocho, y también ayer a media tarde.

—En ambos casos —dijo Benton—, el veintiocho y la noche pasada, el edificio habría estado cerrado a causa de la hora y de las fiestas.

—¿Hay cámaras de seguridad? —preguntó Berger.

—¿Sabéis qué pienso? —dijo Lucy—. Creo que todo está calculado para que parezca que los mensajes los envió realmente mi tía. Ella tiene relación con el John Jay, por lo tanto podría haber enviado correo desde la red inalámbrica del centro. La cuestión es, a quienquiera que haya robado la identidad de tía Kay enviando esos mensajes le importa poco que se localizara la IP, o incluso puede que confiara en ello o diera por sentado que así ocurriría. Si no, esa persona habría empleado un *proxy* anónimo, me refiero a un programa de un servidor remoto que descarga archivos escondiendo tu verdadera dirección. O bien algún otro programa que te permite tener una dirección provisional cada vez que envías un e-mail, de manera que nadie pueda averiguar tu protocolo de Internet.

—Ésa es mi gran batalla —dijo Berger, verbalizando su queja favorita sobre Internet.

A Lucy le gustó oírlo; el diablo contra el que Berger parecía luchar era materia conocida para Lucy.

—Delitos económicos, acecho, robo de identidad —dijo Berger—. No sabes lo que me irrita todo eso.

—¿Qué hay de la información de la cuenta Scarpetta seisdoce? —le preguntaba ahora Marino a Lucy, como si jamás hubiera ocurrido nada anormal entre ellos.

Sólo estaba un poco más en guardia, cosa que, por una vez, le hacía parecer relativamente cortés.

—¿Algo más aparte de lo genérico? —añadió él.

—El nombre consta como doctora Kay Scarpetta. Dirección y teléfono son los de su oficina en Watertown. Son datos públicos —dijo Lucy—. No hay perfil, ninguna opción que hubiera requerido que la persona que creó la cuenta utilizara una tarjeta de crédito.

—Igual que en las cuentas de Terri Bridges —dijo Berger.

—Y las de millones de personas —dijo Lucy—. Ahora estoy en Scarpetta seis-doce, y los únicos e-mails enviados o recibidos eran para o de Terri Bridges.

—¿No crees que eso podría indicar que fue Terri quien abrió esa cuenta para hacer ver que era Kay quien le escribía? —sugirió Berger.

—¿Y qué hay del número de identificación, eso que llaman MAC? —preguntó Benton.

Mientras continuaba examinando mensajes, Lucy dijo:

—No encaja con ninguno de estos dos portátiles, pero eso sólo significa que Terri o quien sea no fue con uno de estos portátiles al John Jay y envió los mensajes desde allí. Pero tienes razón. Se diría que Scarpetta seis-doce sólo obedece a un fin: que el impostor, o impostora, se comunique con Terri Bridges, lo cual habría dado más crédito a la teoría de que el impostor y Terri eran la misma persona... de no ser por esto.

«Esto» era lo que tenía ahora en su monitor.

—Mientras hablaba estaba revisando la cuenta Scarpetta seis-doce —prosiguió—. Y aquí veo algo que es verdaderamente importante. Sí, muy importante.

Era tan importante, que Lucy no se lo acababa de creer.

—Anoche a las ocho y dieciocho minutos, Scarpetta seis-doce escribió un mensaje que quedó guardado en la carpeta «borrador», no se llegó a enviar. Os lo estoy reenviando y dentro de un segundo os lo leo en voz alta. Creo que descarta que lo escribieran Terri u Oscar. ¿Me estáis escuchando? Digo que este mensaje descarta que ninguno de los dos pueda ser Scarpetta seis-doce.

—Mierda. —La voz de Marino—. ¿Alguien escribe un e-mail mientras todo esto estaba lleno de polis? Bueno, a esa hora creo que su cadáver ya debía de estar en el depósito.

—Que yo recuerde, el cadáver llegó a eso de las ocho —dijo Scarpetta.

—Veamos. Alguien escribe un e-mail a Terri y por alguna razón decide no enviarlo —dijo Lucy, tratando de entenderlo—. ¿Se enteró de que Terri había muerto justo mientras le escribía ese e-mail, y entonces decidió guardarlo como borrador?

—O quizá quería que nosotros lo encontráramos e hiciésemos esa deducción... —dijo Scarpetta—. No olvidemos que todo esto podría estar pensado para llevarnos en una determinada dirección. Mejor dicho, para despistarnos.

—Sí, es lo que yo sospecho —dijo Berger—. Quienquiera que esté detrás de esto es lo bastante listo para saber que tarde o temprano nosotros veríamos esos mensajes. La persona quiere que veamos lo que estamos viendo.

—Hacernos bailar como peonzas —dijo Marino—. Pues de momento funciona. Yo empiezo a marearme.

—Hay dos cosas indiscutibles —intervino Benton—. Terri llevaba muerta varias horas cuando escribieron ese mensaje y lo guardaron como borrador. Y Oscar se encontraba ya en Bellevue, así que no estaba en condiciones de enviar correos a nadie. Por lo tanto, no pudo haber escrito este del que estamos hablando. Lucy, ¿podrías leerlo en voz alta, por favor?

Lucy leyó lo que tenía en la pantalla:

Fecha: lunes 31 de diciembre 2007 / 20:18:31
De: <Scarpetta>
Para: <Terri>

Terri:
Después de tres copas de champán y un poco de ese whisky que es más caro que todos tus libros, ya puedo ser franca. Bueno, en realidad, voy a ser brutalmente franca contigo. Es mi buen propósito para el año que empieza: ser brutal.

Aunque opino que eres lo bastante inteligente para entender a la perfección lo que es la psicología forense, dudo mucho que puedas ir más allá de dar clases, si es que insistes en seguir en este campo. ¿La dura verdad? Sencillamente, ni los sospechosos ni los reclusos ni las víctimas aceptarían jamás a una enana; y tampoco sé cómo reaccionaría un jurado.

¿Y si te plantearas trabajar de auxiliar en el depósito de cadáveres, donde tu aspecto físico sería irrelevante? Vete a saber, ¡a lo mejor algún día podrías estar en mi equipo!

Scarpetta

—El IP no es John Jay —dijo Lucy—. Esta dirección no la habíamos visto hasta ahora.

—Me alegro de que Terri no recibiera eso —dijo Scarpetta con un tono solemne—. Es horroroso. Bien, si ella no se enviaba esos mensajes a sí misma, es muy probable que pensara realmente que eran míos. Y Oscar debía de pensar otro tanto. Me alegro de que ni ella ni él lo leyeran, que no llegara a enviarse. Es de una crueldad increíble.

—A eso quería ir yo —dijo Marino—. Ese individuo es una basura. Juega al ratón y al gato con nosotros. Esto nos lo dedica: para jodernos, para restregarnos la cara con ello. ¿Quién iba a ver este mensaje no enviado sino las personas que investigáramos el asesinato de Terri? Y, sobre todo, va dedicado a la doctora. Sí, mi opinión es que alguien se la tiene jurada a la doctora.

Benton preguntó a Lucy:

—¿Alguna idea sobre la procedencia de ese IP? ¿Cuál es la dirección, descartado el John Jay?

—Lo único que tengo —respondió Lucy— es una ristra de números del proveedor de Internet. No me servirán de nada a menos que piratee en el ordenador central...

—Haré ver que no he oído eso —dijo Berger—. Tú no has dicho nada de piratear...

25

Scarpetta se encontraba a solas con Marino por primera vez desde que él la había agredido la primavera anterior.

Dejó su maletín frente al cuarto de baño del dormitorio principal, y Marino y ella contemplaron el colchón destripado bajo una ventana que tenía las cortinas corridas. Examinaron fotografías del aspecto de la cama al acudir la policía la noche anterior, y de la ropa sexy que alguien había dejado encima. Se palpaba una cierta intranquilidad entre ambos, ahora que estaban tan cerca el uno del otro, sin nadie por allí que pudiera verlos u oírles hablar.

Marino empezó a toquetear con su grueso dedo índice una de las prendas que había sobre la cama perfectamente hecha.

—¿Crees que esto pudo hacerlo el asesino? —dijo—, ¿que formaba parte de alguna fantasía erótica? Quizá se calentaba haciendo ver que ella se vestía de rojo para él o algo parecido...

—Lo dudo —dijo ella—. Si ésa hubiera sido su intención, ¿por qué no lo hizo? Podía haberla obligado a vestirse como a él le diera la gana.

Señaló las prendas sobre la cama en la fotografía, y su dedo índice era más pequeño que el meñique de él.

—La ropa se ve expuesta como si una persona muy organizada estuviera pensando qué ponerse —explicó—. Del mismo modo que lo había arreglado todo para la velada, con metódica deliberación. Creo que así es como actuaba siempre. Había calculado el tiempo que necesitaba para preparar la cena, incluso puede que sacara el vino de la nevera unas horas antes para que estuviese a la temperatura deseada. Había puesto la mesa, con las flores que seguramente había comprado ayer por la mañana en el mercado. Iba en bata, quizás acababa de tomar una ducha.

—¿Te pareció que se había depilado las piernas? —preguntó él.

—No tenía que depilarse, para eliminar el vello iba a su dermatóloga.

Las fotos emitían deslizantes susurros al barajarlas él en busca de alguna donde se viera el interior de los armarios y los cajones, que la policía no había dejado en su estado de orden original. Empezaron a mirar entre calcetines y medias, debajo de accesorios y prendas de gimnasia, todo hecho un revoltijo cuando múltiples manos enguantadas habían removido las cosas y corrido perchas de un lado a otro. Y otro tanto con la colección de zapatos de plataforma y sandalias con tacón de aguja, piedras preciosas de imitación, cadenas y tobilleras, en diferentes tallas que iban de la treinta y dos a la treinta y seis.

—Encontrar unos que ajusten bien es todo un reto —comentó Scarpetta, mirando la pila de zapatos—. Una verdadera tortura. Y me atrevería a decir que Terri hacía muchas de sus compras por Internet. Si no todas ellas.

Devolvió unas chanclas a la repisa enmoquetada que había bajo la barra de colgar, que, a diferencia de todo lo demás que ella había visto en el piso, estaba instalada más abajo de lo normal. Para que Terri no hubiera de utilizar un taburete.

—Y mantengo mi teoría de que estaba muy influenciada por las reseñas de consumidores, posiblemente incluso para sus gustos provocativos.

—Creo que a esto le pondría tres estrellas —dijo Marino, sosteniendo en alto un tanga que acababa de sacar de un cajón—. Pero, bueno, eso de la ropa interior depende mucho de quién la lleve.

—Todas estas prendas son de marca. Malla abierta, bodis de encaje, pantis con la entrepierna al descubierto, un corsé. Debajo de la bata llevaba puesto un *shelf bra* de color rojo, y me resulta muy difícil imaginar que no llevara unas bragas a juego.

—¿Un *shelf bra*? No sé qué es eso.

—Una prenda que sostiene sin más. Se trata de resaltar y acentuar.

—Ah, eso que el asesino le cortó —dijo él—. No parece que tapara mucho.

—Ni tapaba ni tenía que hacerlo. Por eso mismo se lo puso. A no ser que fuera idea del asesino.

Scarpetta metió la ropa interior en el cajón y por un momento fue incapaz de mirar a Marino al recordar sus suspiros, su olor, su sorprendente fuerza. No lo había sentido hasta después, cuando el dolor se extendió en esa zona íntima atravesando la carne hasta llegar al hueso.

—Y todos los condones —dijo Marino.

Estaba de espaldas a ella, abriendo los cajones de una mesita de noche. La policía había recogido los preservativos.

—Por lo que se ve en las fotos, Terri debía de tener un centenar de condones en este cajón —añadió él—. Quizá sea una pregunta para Benton, pero si Terri era una maníaca de la limpieza...

—Sobra el «si».

—En otras palabras, era muy neura. Todo tenía que estar perfecto. ¿Y cuadra que una persona así tuviera esta faceta salvaje?

—¿Qué quieres decir?, ¿si a una persona obsesivo-compulsiva puede gustarle el sexo?

—Sí.

Marino estaba sudando y tenía la cara colorada.

—Es perfectamente lógico —dijo Scarpetta—. El sexo era un modo de mitigar su ansiedad. Quizás el único momento en que ella se permitía desinhibirse, no estar controlando todo. O, mejor aún, engañarse a sí misma pensando que renunciaba a controlarlo todo.

—Entiendo. Renunciaba siempre y cuando todo se ajustara a sus planes.

—O sea que nunca renunciaba realmente a tener el control. No estaba programada para ello, por así decir. Incluso cuando se soltaba (haciendo el amor, por ejemplo), seguía controlando. Porque no era Oscar ni cualquier otro quien decidía por ella.

Dudo que fuera Oscar o alguno de sus amantes quien decidiera la ropa que se pondría o si se haría depilar. O incluso que Oscar se hiciera depilar. Yo creo que era Terri quien decidía todos estos aspectos. Y el dónde, el cómo y el cuándo.

Recordó lo que Oscar había dicho, que a ella le gustaba su cuerpo muy musculoso, perfectamente limpio y sin vello. Que le gustaba hacerlo en la ducha. Que le gustaba ser dominada, atada.

—Ella tenía siempre la sartén por el mango —dijo—. Hasta el último momento. Ése debió de ser uno de los incentivos para el que la asesinó: controlarla por completo.

—Lo cual hace pensar si Oscar no se cansaría al final de tanto control —dijo Marino, callando después lo que fuera que iba a añadir.

Desde el umbral del cuarto de baño Scarpetta miró el mármol blanco y los apliques dorados, la bañera en un rincón con la alcachofa de la ducha y la cortina apartada; contempló el suelo gris veteado e imaginó las contusiones que Terri habría sufrido si el atacante la hubiera agredido sexualmente allí, y sacó la conclusión de que eso no había pasado. El peso del agresor, aun en el caso de una persona que pesara tan poco como Oscar, le habría producido contusiones en las zonas de contacto con el mármol, sobre todo si ella tenía las muñecas fuertemente atadas a la espalda.

Le hizo un resumen a Marino de lo que estaba pensando, mientras estudiaba el espejo oval con marco dorado que había sobre el tocador, así como la silla de respaldo metálico dorado con forma de corazón. Se vio reflejada en el espejo. Un momento después el torso de Marino apareció también, mirando las mismas cosas que ella.

—Si el asesino quería verla morir —dijo Marino—, quizá también quiso verla siendo violada. Pero desde donde estoy ahora, no se me ocurre cómo, si era de estatura normal. Si el tipo hubiera estado de pie detrás de ella, me refiero. Vaya, que no veo cómo podía hacerlo.

—Y yo tampoco veo claro que a ella pudieran violarla sin dejarle al menos alguna señal —dijo Scarpetta—. Si le hubieran atado las muñecas a la espalda y él se hubiera puesto encima de ella, aun cuando fuese en la cama, Terri habría tenido abrasiones o contusiones, quizás ambas cosas. Por no hablar de que la cama parecía intacta, por lo que se ve en las fotos. Y la ropa que hay encima no parece que la hubiera tocado nadie.

—Terri no tenía marcas en la espalda...

—Ninguna.

—Y estás segura de que ya le habían atado las muñecas.

—No tengo pruebas, pero el hecho de que él le cortara la bata y el sujetador da a entender que en ese momento ella estaba maniatada.

—¿Y por qué estás tan segura de que tenía las manos atadas a la espalda y no al frente? Sé que eso es lo que Oscar declaró a la policía; ¿te basas en lo que él dijo?

Scarpetta estiró los brazos poniendo la muñeca izquierda sobre la derecha, como si estuvieran sujetas por una sola correa.

—Me baso en el dibujo de los surcos que Terri tenía en las muñecas, dónde eran más profundos, dónde más superficiales, etcétera. Si hubiera tenido las muñecas atadas al frente, es probable que la brida hubiera sido insertada debajo de esta muñeca —indicó la suya derecha—, con el bloque un poquito a la derecha del hueso de la muñeca derecha. Atadas a la espalda, sería al revés.

—¿Tú qué crees?, ¿el asesino era zurdo o diestro?

—Si tuviera que juzgar por la dirección en que tensó la correa, me decantaría por zurdo, suponiendo que estuviera delante de ella cuando la maniató. Oscar utiliza sobre todo la mano derecha, ya que estamos, pero eso es algo que quizá no debería decirte.

Se pusieron guantes nuevos y Scarpetta entró en el cuarto de baño, levantó la silla del tocador y la dejó en mitad de la estancia. Midió la altura desde la pata metálica hasta el respaldo de tela negra, que presentaba unas zonas más oscuras, manchadas, que apoyaban su teoría.

—Restos de lubricante, lo más seguro —dijo—. Nadie se fijó porque en ningún momento se ha pensado que ella pudiera estar sentada en esta silla, delante del espejo, al ser estrangulada.

Puede que sea tejido y sangre de las piernas, por el forcejeo. Déjame ver.

Empleó la lupa para mirar de cerca.

—No sé. Quizá no es eso. Tampoco me extraña, puesto que las lesiones están en la cara anterior de las piernas, no en la posterior. ¿Todavía llevas encima esas linternas tácticas que pueden dejar ciego?

Marino metió la mano en el bolsillo, sacó su linterna y se la dio. Scarpetta se puso de rodillas y encendió la linterna bajo el tocador: había rastros de sangre seca en la cara inferior del canto de la superficie del tocador, imposibles de ver a menos que uno mirara desde el suelo. Encontró más sangre en la parte inferior del cajón, que era de contrachapado sin pintar. Marino se puso en cuclillas y ella le mostró lo que veía.

Scarpetta hizo varias fotos.

—Voy a tomar muestras de todo esto, pero de la silla no —dijo—. Lo que haremos es envolverla bien y enviarla a La Guardia. Hazme un favor: sal y dile a Jaime que necesitamos un agente que lleve esta silla hasta donde está el avión de Lucy, que suba a bordo y que la entregue al doctor Kiselstein cuando lleguen al aeropuerto de Knoxville. Lucy puede arreglarlo. Bueno, conociéndola, ya lo tendrá todo a punto.

Examinó la silla.

—El lubricante está todavía húmedo, de modo que no la envuelvan con polietileno ni nada termoplástico. Lo mejor será con papel, para que continúe secándose por contacto con el aire, y después meterla en una caja para pruebas, de las grandes. Lo dejo a tu criterio, pero no quiero una sola bacteria ni nada que vaya restregando la superficie.

Marino se marchó. Scarpetta sacó de su maletín un rollo de cordel, otro de cinta azul para pruebas y unas tijeras pequeñas. Apoyó la silla en la pared de azulejo y empezó a medir y a cortar cordel para cotejar con la estatura de Oscar y de Terri, y la longitud de sus piernas y torsos respectivos. Fijó los cordeles a la pared con cinta adhesiva, más arriba de la silla, y en ese momento volvió a entrar Marino. Acompañado de Berger.

—Pásale, por favor, mi libreta a Jaime —dijo Scarpetta—

para que vaya anotando, y así tú tienes las manos libres. Lo que quiero mostraros es por qué no creo que Oscar pudiera cometer el crimen. No digo que sea imposible, pero voy a demostrar por qué es altamente improbable.

Hizo que se fijaran en las distintas tiras de cordel fijadas a la pared más arriba de la silla.

—Todo esto se basa en la teoría de que Terri estaba sentada en esta silla. Lo importante aquí es la longitud de su torso: ochenta y cuatro centímetros.

—Dímelo en pulgadas —dijo Marino—. No ando muy bien de sistema métrico decimal.

—Aproximadamente treinta y cuatro coma ocho pulgadas —dijo ella—. Se lo medí en el depósito; como ya sabéis, las personas con acondroplasia tienen las extremidades sumamente cortas, pero el torso y la cabeza son de tamaño similar al de un adulto normal, motivo por el cual parecen desproporcionadamente grandes. Por eso la gente pequeña puede conducir coches sin necesidad de poner cojines en el asiento, pero necesita unos pedales especiales para que los pies les lleguen al acelerador, el freno y el embrague. En el caso de Terri, su torso es más o menos de la misma medida que el de Jaime y el mío. He pegado un trozo de cordel a la pared —les mostró cuál—, exactamente lo que mide el torso de Terri, y lo he puesto de manera que empiece en el respaldo de la silla y termine aquí.

Señaló el trocito de cinta azul que sujetaba el extremo superior del cordel a la pared.

—La distancia entre el cojín del asiento y el suelo es de cincuenta y dos centímetros y medio —continuó—. Sumando ochenta y cuatro y cincuenta y dos y medio, tenemos un metro treinta y seis centímetros y medio. Oscar Bane mide un metro veintiséis.

Señaló el cordel que representaba la estatura de Oscar.

Berger comentó mientras escribía:

—Más bajo aún que Terri estando ella sentada.

—Exacto.

Scarpetta levantó de la pared el «cordel de Oscar» y lo sostuvo paralelo al suelo, e hizo lo mismo con el «cordel de Terri sentada». Luego pidió a Marino que sujetara ambos paralelos al suelo y a la misma altura.

Sacó más fotos.

En ese momento llegó Benton en compañía de un agente uniformado.

—¿Alguien necesita escolta para llevar una silla a un avión privado con destino a la fábrica de bombas de Oak Ridge? —dijo el agente—. Oiga, esa silla no explotará ni nada, ¿eh?

—¿Trae el embalaje especial que he pedido? —preguntó Marino.

—Como si fuera UPS —dijo el agente.

Scarpetta pidió a Marino que siguiera sosteniendo los cordeles Oscar y Terri, mientras ella explicaba a Benton qué estaban haciendo.

—Los brazos de él son muy cortos, unos cuarenta centímetros desde la articulación del hombro hasta las puntas de los dedos —añadió mirando a Benton—. Tú, con el brazo estirado, alcanzas unos veinte centímetros más, y si hubieras estado de pie detrás de Terri mientras ella permanecía sentada, habrías superado su altura en casi cincuenta centímetros, y de este modo habrías podido hacer mucha más palanca que Oscar en la misma posición. Imagínate a alguien de su estatura tratando de tirar hacia arriba y hacia atrás con fuerza mientras la víctima se debate y patalea en la silla.

—¿Y ni siquiera está a la altura de ella cuando lo hace? Desde luego, no veo cómo habría podido —concedió Marino—. Menos aún si lo repetía, dejando que ella recobrara el sentido y estrangulándola otra vez hasta que volvía a perderlo, como has explicado tú. Ni que se pasara todo el día haciendo pesas en el gimnasio.

—Yo creo que no pudo hacerlo de ninguna de las maneras —dijo Berger.

—Estoy preocupada por él —dijo Scarpetta—. ¿Alguien ha intentado llamarle?

—Hablando con Morales —dijo Benton—, le he preguntado si alguien sabía dónde estaba Oscar o si habían tenido noticias de él. Me ha dicho que la policía tiene el móvil de Oscar.

—¿Lo entregó él voluntariamente? —preguntó Scarpetta.

—Junto con otras muchas cosas —respondió Benton—. Una pena, al menos por lo del teléfono. Ojalá lo llevara encima, porque en el fijo no contesta, lo cual no me sorprende. No sé cómo vamos a contactar con él.

—Opino que deberíamos dividirnos, como os sugería antes —dijo Berger—. Benton: tú y Kay reuníos con Morales en el apartamento de Oscar y echad una ojeada. Marino y yo nos ocupamos de que esta silla sea empaquetada como Dios manda. Nos aseguraremos de que las muestras que has tomado y todo lo demás vayan directamente a los laboratorios. Después iremos a ver qué nos dice de Jake Loudin la vecina de enfrente.

Scarpetta sacó la silla del cuarto de baño y la puso en manos del agente que debía hacer el embalaje y llevarla a su destino.

—Si todavía estás en casa de Oscar cuando terminemos —le dijo Berger—, te veré allí. Lucy ha dicho que me llamará si por su parte averigua algo importante.

26

Oscar Bane vivía en Amsterdam Avenue, en un edificio de diez plantas y ladrillo amarillo pálido que a Scarpetta le hizo pensar en la arquitectura de la era Mussolini que había visto en Roma. Un conserje les prohibió pasar hacia el ascensor hasta que Morales le mostró la placa. Parecía irlandés, era corpulento y muy mayor, y llevaba un uniforme del mismo verde que el toldo de la entrada.

—No lo he visto desde Nochevieja —dijo el hombre, que no dejaba de mirar el voluminoso maletín de Scarpetta—. Me parece que ya sé por qué están aquí.

—¿En serio? —dijo Morales—. A ver, diga.

—He leído algo. Yo a ella no la vi nunca.

—¿Se refiere a Terri Bridges? —dijo Benton.

—Todo el mundo habla de lo mismo. Me enteré de que lo habían sacado de Bellevue. Hacen mal en insultarlo de esa manera; da mucha pena que se burlen así de una persona.

Que Scarpetta supiese, nadie había tenido noticias de Oscar, nadie parecía tener la menor idea sobre su paradero, y le preocupaba mucho que alguien pudiera hacerle daño.

—De la puerta cuidamos cinco personas, y los cinco coincidimos —dijo el conserje—. Ella nunca estuvo en este edificio, porque si no, uno de nosotros lo sabría. Últimamente él se había vuelto un poco raro.

Procuraba mirar sólo a Scarpetta y a Benton pues era evidente que Morales le caía mal y no intentaba disimularlo.

—No siempre fue así —continuó el conserje—, lo sé porque llevo trabajando aquí once años y él ha vivido en el edificio la mitad de ese tiempo. Antes era un señor muy simpático, muy buena persona. Luego, de un día para otro, cambió. Se cortó el pelo y se lo tiñó de un color como las margaritas, se volvió cada vez más callado, salía muy poco de su casa. Y cuando salía a dar una vuelta o qué sé yo, siempre era a horas raras y estaba nervioso como un león enjaulado.

—¿Dónde guarda el coche? —preguntó Morales.

—En un parking subterráneo que hay al doblar la esquina. Muchos inquilinos lo dejan allí.

—¿Cuándo ocurrió eso? —preguntó Benton—. ¿Cuándo fue que notó ese cambio en él?

—Yo diría que en otoño. Sí, alrededor del mes de octubre fue cuando se hizo evidente que algo pasaba. Y, sabiendo lo que sé ahora, me pregunto en qué lío se debió de meter, ya me entienden, quiero decir con la chica. Cuando dos personas se juntan y una de las dos cambia para peor... Es fácil de adivinar.

—¿Hay alguien en la puerta las veinticuatro horas del día? —preguntó Benton.

—Sí, señor. Todos los días de la semana. Vengan, los acompañaré arriba. Tendrán llave, ¿no?

—Imagino que usted tendrá una también —dijo Benton.

—Es curioso que lo mencione. —Pulsó el botón del ascensor con su dedo enguantado en verde—. El señor Bane cambió la cerradura de su piso hará unos meses, más o menos por la época en que empezó a hacer rarezas.

Entraron en el ascensor y el conserje pulsó el botón de la décima planta.

—Debería darnos una llave. Nosotros hemos de tener una por si hay alguna emergencia, claro. Hace tiempo que se la venimos pidiendo, pero no hay manera.

—Vaya, que el amigo Oscar no quiere que nadie meta las narices en su casa —dijo Morales—. Me sorprende que no lo hayan echado a patadas.

—La cosa estaba llegando al punto de que iba a haber un enfrentamiento con el administrador de la finca. Nadie quería llegar a ese extremo. Confiábamos en que al final se dejaría convencer. Perdonen la lentitud: es el ascensor más lento de toda la ciudad. Cualquiera diría que sube porque alguien tira de él con una cuerda desde el tejado. En fin, el señor Bane va muy a su aire, no recibe visitas. Aquí nunca ha causado el menor problema, pero ya digo que últimamente se había vuelto un poco raro, como eso de cambiar la cerradura. Supongo que uno nunca acaba de conocer a las personas.

—¿Éste es el único ascensor? —preguntó Scarpetta.

—Hay un montacargas. Les pedimos a los inquilinos que lo utilicen para sacar a los perros. Hay quien no quiere estar en un ascensor con un perro. Los peores son los caniches. A mí me dan miedo, sobre todo los grandes. Antes que montar en el ascensor con uno de ésos, prefiero hacerlo con un pit bull.

—Si alguien utilizara el montacargas, ¿usted se enteraría? —preguntó Morales—. Alguien que quiere pasar desapercibido.

—Dudo que pudiera. Igualmente tendría que entrar o salir por la puerta principal.

—¿No hay ningún otro acceso? —insistió Morales—. Quiero decir, ¿está seguro de que Oscar no ha vuelto esta noche y nadie lo ha visto?

—Tendría que haber subido por la escalera de incendios y pasar por el tejado —dijo el conserje, como si para eso Oscar tuviera que ser el Hombre Araña.

Scarpetta recordó haber visto un zigzag de plataformas horizontales conectadas por escalones en el lado oeste del edificio.

El ascensor se detuvo y el conserje salió a un rellano enmoquetado de verde y con paredes de un amarillo pálido. Scarpetta se fijó al salir en una pequeña cúpula de plástico con marco metálico que no parecía una claraboya normal.

—¿Por ahí se accede al tejado? —preguntó.

—Sí, señora. Pero haría falta la escalera de mano. O bien utilizar la escalera de incendios y colarse por alguna ventana.

—¿Y dónde guardan la escalera de mano?

—En el sótano. No sé, eso no lo controlo yo.

—Quizá podría ir usted a asegurarse de que sigue allí —sugirió Benton.

—Sí, cómo no. Pero es evidente que él no ha entrado ni salido por ahí. La escalera estaría aún debajo de la trampilla, ¿no? Miren, me están poniendo un poco nervioso. A ver si habrá que poner un par de polis ahí arriba. Como lo han dejado salir de Bellevue, yo empiezo a estar un poco asustado...

Fueron hasta el final del pasillo. La puerta del apartamento de Oscar era de madera oscura y su número, el 10B.

—¿Cuántos apartamentos hay en esta planta? —preguntó Scarpetta—. ¿Cuatro?

—Sí, cuatro. Los inquilinos trabajan todos, no están aquí durante el día. Salen mucho por la noche porque viven solos, sin hijos. Dos de ellos tienen otra vivienda aparte de ésta.

—Necesitaré toda la información —dijo Morales—. Y una lista completa de la gente que vive en el edificio.

—Desde luego. Hay cuarenta viviendas, cuatro por planta. Naturalmente, ésta es la planta superior. No lo llamaré ático, porque los apartamentos no son más bonitos que el resto, pero la vista es mejor. Desde los que dan atrás hay una bonita vista del Hudson. Miren, les aseguro que estoy muy asombrado. El señor Bane no es de los que hacen esa clase de cosas, a mi entender. Pero ya saben ustedes lo que pasa: todo el mundo dice que es inocente cuando lo acusan. Y como les decía, el señor Bane empezó a tener un comportamiento raro. Iré a ver lo de la escalera.

—Déjeme que le diga algo, amigo —intervino Morales—. El señor Oscar Bane no está acusado de ningún delito; nadie dice que haya asesinado a su novia. Así que ojo con lo que va contando por ahí, ¿vale?

Estaban frente a la puerta de Oscar y Morales tenía una llave que Scarpetta reconoció: pertenecía a una cerradura Medeco de alta seguridad. Y reparó en otra cosa que no quiso mencionar mientras estaba allí el conserje: un trozo de hilo negro, de unos veinte centímetros de largo en la moqueta, justo al pie de la bisagra inferior de la puerta.

—Estaré abajo —dijo el conserje—. Si me necesitan, hay un teléfono interior en la cocina. Un teléfono mural blanco. Sólo tienen que marcar cero. ¿A quién llamo cuando sepa lo de la escalera de mano?

Morales le pasó su tarjeta.

El conserje puso cara de no querer nada de él, pero no tenía más opción que aceptarla. Se encaminó hacia el ascensor y Scarpetta abrió su maletín y repartió guantes. Recogió el hilo del suelo y lo examinó con una lupa: en uno de los extremos tenía un nudo que había sido revestido con algo que parecía un fragmento de cera blanda incolora.

Sospechó que conocía el objeto de ese hilo con el nudo en la punta, pero la puerta era casi el doble de alta que Oscar, de modo que éste no podía haber alcanzado la parte de arriba sin algún tipo de ayuda.

—¿Qué es eso? —dijo Morales. Le arrebató el hilo y lo examinó bajo la lupa.

—Yo diría que es de algo que él pasó por encima de la puerta para saber si había sido abierta durante su ausencia —dijo Scarpetta.

—Menudo lince, el tío. Bueno, pues más vale que averigüemos lo de la escalera. ¿Y cómo llegó hasta arriba de la puerta?

—Sabemos que está paranoico —dijo Benton.

Scarpetta introdujo el hilo en una bolsa para pruebas y escribió algo en la etiqueta mientras Morales procedía a abrir la puerta del apartamento. La alarma empezó a pitar: Morales entró y marcó un código que llevaba escrito en una servilleta de papel. Luego encendió las luces.

—Vaya, vaya, aquí tenemos otro aparatito de cazafantasmas —dijo, inclinándose para recoger del suelo una percha enderezada—. O será que Oscar se dedica a tostar malvaviscos. Busco una línea de harina en el suelo, como ponen los chiflados para asegurarse de que no han entrado extraterrestres en casa.

Scarpeta examinó ambos extremos del colgador y volvió a mirar el pedacito de cera achatado.

—Es posible que fuera así como logró pasar el hilo por encima de la puerta —dijo—. Pegaba el nudo encerado en el extremo de la percha; hay una marca que se corresponde con el diámetro del alambre de la percha. Vamos a comprobar si tengo razón.

Salió del apartamento, y, efectivamente, había el espacio justo entre el suelo y la puerta para que pasara la percha. La introdujo de nuevo hacia el interior y Morales abrió la puerta.

—Chiflados Sociedad Anónima —dijo—. Oh, no va por ti, claro.

El salón era perfectamente masculino e inmaculado. Las paredes estaban pintadas de un azul bastante oscuro y adornadas con una excelente colección de mapas y grabados victorianos originales. Oscar parecía muy aficionado a las antigüedades y al cuero inglés, así como a los artilugios contra el control mental. Los había por doquier, situados estratégicamente: espectrómetros baratos, medidores de radiofrecuencia y TriField, para la supuesta detección de diversas frecuencias de vigilancia como las ondas infrarrojas, magnéticas y de radio.

Mientras recorrían el apartamento descubrieron antenas, tiras de plomo recubierto de vinilo, cubos de agua, viejos artefactos como fuentes metálicas forradas de papel de aluminio conectadas a pilas y pirámides caseras de cobre, así como cascos forrados de espuma a prueba de sonidos y con trocitos de cañería en lo alto.

La cama de Oscar estaba circundada por una especie de tienda de campaña hecha de papel de plata.

—Aparatos para crear interferencias —dijo Benton—. Pirámides y cascos para bloquear ondas sonoras, energías del haz, y hasta energías psíquicas. Oscar trataba de crear a su alrededor una burbuja, un campo de fuerzas.

Marino y el agente de policía iban cargados con una caja del tamaño de una lavadora cuando Lucy se apeó de un taxi frente al edificio de Terri Bridges.

Lucy se echó al hombro una mochila de nailon, pagó al taxista y observó cómo metían la caja en la trasera de un furgón policial. No había vuelto a ver a Marino desde la primavera anterior, cuando lo había amenazado con volarle la cabeza en su cabaña de pesca, y decidió que lo mejor era caminar directo hacia él.

—¿Éste es el agente que va a ir en mi jet? —dijo.

—El mismo —dijo Marino.

—Tiene el número de cola y el nombre de los pilotos, ¿no? —dijo Lucy al agente—. Brent le estará esperando en La Guardia. Brent es el PAM, viste traje negro, camisa blanca, corbata con franjas azules y lleva pantalones.

—¿Qué es un PAM? —preguntó el agente mientras cerraba el portón trasero—. ¿Y qué quiere decir eso de que lleva pantalones?

—Piloto al mando, es el que se sienta en el lado izquierdo. Ya sabe una cosa más. Procure que sepa que va usted armado, no sea que se haya olvidado las gafas. Sin gafas no ve tres en un burro. Por eso lleva pantalones.

—Debe de ser un chiste, ¿no?

—Van dos pilotos a bordo, normas de la administración. Basta con que uno de los dos no sea ciego; pero ambos deben llevar pantalones.

El agente se la quedó mirando. Luego miró a Marino y le dijo:

—Oiga, esta chica me está tomando el pelo, ¿verdad?

—A mí no me pregunte —dijo Marino—. No me gusta ir en avión. Ya no vuelo nunca.

Berger salió del edificio y bajó los escalones sin abrigo, con el frío intenso y el viento racheado. Tuvo que apartarse el pelo de la cara y arrebujarse en su chaqueta.

—Más vale que vayamos a por los abrigos —le dijo a Marino.

No dirigió la palabra a Lucy pero le tocó la mano cuando fueron las dos con Marino hacia el Impala azul de éste.

—Voy a comprobar la red inalámbrica que utilizaba Terri —le dijo Lucy a Marino—. Mira, por favor, que quien esté allí vigilando el apartamento no ponga problemas a mi presencia, no vaya a ser que termine esposada y boca abajo. O, bueno, quizá no hace falta. Si todo el edificio usa la misma red, no tendré que entrar en el apartamento, pero tengo un par de cosas interesantes que comunicar.

—¿Y si seguimos hablando en el coche? Hace un frío del demonio —dijo Berger.

Lucy y ella montaron atrás y Marino delante. Puso el motor en marcha y encendió la calefacción en el momento en que arrancaba el furgón policial con la silla de tocador. Lucy abrió la cremallera de su mochila, sacó su MacBook y lo abrió.

—Dos cosas importantes —dijo—. La primera es cómo conectó Terri con quienquiera que sea Scarpetta seis-doce. El sitio web del John Jay. Aproximadamente un mes después de que Benton y Kay formalizaran su colaboración eventual con el centro, el pasado nueve de octubre, Terri (o la persona que entró en la página como Lunasee) puso un aviso en un tablón de anuncios de la web preguntando si alguien sabía cómo contactar con tía Kay.

Berger estaba poniéndose el abrigo y Lucy percibió sutiles aromas de especias y bambú, de aceite de naranjas amargas: la fragancia favorita de Berger, de una casa de Londres. Lucy ya le había preguntado por ello, confiando en que no fuera otra de las cosas buenas de Berger dejadas en herencia por Greg.

—El aviso está archivado, naturalmente —dijo Lucy.

—¿Y cómo has averiguado eso? —preguntó Marino, volviendo la cabeza, casi invisible en la oscuridad interior.

—Estás mucho más delgado —le dijo Lucy.

—Ya no como, o casi —replicó él—. No sé cómo no se les ha ocurrido a otros. Podría escribir un libro y ganar un montón de pasta.

—Hazlo. Un libro con todas las páginas en blanco.

—Sí, es lo que pensaba. Ni comida ni nada en todo el libro. Funciona.

Lucy notó que él las miraba a las dos, sentadas muy cerca la una de la otra. Marino tenía sensores que le decían qué clase de relación tenían las personas entre sí y cuál era su posición respecto a él mismo. Todo, a su entender, estaba conectado.

Lucy miró cómo Berger leía lo que salía en la pantalla del MacBook:

Hola a todos:
Me llamo Terri Bridges, estoy haciendo un máster en Psicología Forense y necesito ponerme en contacto con la doctora Kay Scarpetta. Si alguien la conoce y pudiera pasarle mi dirección de correo, me haría un gran favor. Llevo in-

tentando localizarla desde la primavera pasada, necesito entrevistarme con ella para mi tesis. Gracias.

TB

Lucy se lo leyó en voz alta a Marino.

Abrió otro archivo y apareció la fotografía de Scarpetta que acompañaba la crónica de *Gotham Gotcha*.

—¿Esto salía en el mismo tablón de anuncios? —preguntó Berger.

Lucy levantó un poco el portátil para que Marino pudiese ver la desfavorecedora imagen de Scarpetta en un depósito de cadáveres, señalando a alguien con el escalpelo.

—Es la imagen original —dijo Lucy—, sin el fondo retocado por Photoshop. Como recordarás, en la foto que salía en Internet sólo se ve a mi tía y no hay modo de conocer el contexto, aparte de que se suponga que está en la morgue. Pero, si recuperamos el fondo, se ve una superficie de trabajo con un monitor para cámaras de seguridad, y un poco más allá una pared de bloques de hormigón con archivadores. Después, cuando hice mis propios retoques —tocó la almohadilla y abrió otro archivo—, obtuve esto.

Les mostró una ampliación de la mascarilla de protección que tapaba la cara de Scarpetta, y la imagen reflejada en el plástico transparente estaba mejor perfilada.

—La doctora Lester —dijo Berger.

—¡Claro! —exclamó Marino—. Es lógico que alguien como ella odie a Kay.

—Podemos establecer unas cuantas cosas que pueden estar o no relacionadas —dijo Lucy—. La foto que ha salido esta mañana en Internet fue hecha en el centro de Medicina Forense de Nueva York durante el examen de uno o más casos, estando presente la doctora Lester, que es con quien mi tía estaba hablando. La doctora Lester no sacó la foto, es evidente, pero yo juraría que sabe quién lo hizo, a menos que simplemente no se enterara cuando la hicieron...

—Tuvo que enterarse —dijo con firmeza Berger—. Controla su feudo como un buitre.

—Y no encontré la imagen en la web del John Jay —dijo Lucy—, aunque es muy probable que esta foto ande dando vueltas por la red y alguien la remitiera a *Gotham Gotcha*.

—¿Y no pudo ser la doctora Lester quien la enviara? —preguntó Marino.

—Para salir de dudas, tendría que entrar en su correo electrónico —respondió Lucy.

—Cosa que no harás —cortó Berger—. Pero no cuadra con el estilo de Lenora. Actualmente, en plena fase de infelicidad, se dedica a despreciar a todo el mundo, a tratarlos como si no importaran. No quiere que nadie, salvo ella, acapare toda la atención.

—Hace un rato los he visto a los dos muy a gusto el uno con la otra —dijo Marino—. A ella y a Morales, en el parque de Bellevue, cerca del bloque de ADN. Han estado hablando unos minutos en un banco después de que Benton y la doctora salieran del depósito. Lo he visto casualmente porque yo había ido a buscarlos. Deduzco que Lester quería poner a Morales al corriente de lo que la doctora había hecho en el depósito, de lo que había descubierto. Pero, sea o no importante, la doctora Lester estaba enviando un SMS a alguien cuando se ha marchado de allí.

—No sé qué puede significar eso —añadió Berger—. Hoy en día todo el mundo envía mensajes por el móvil.

—Es muy raro —dijo Lucy—. ¿Se ve con Morales en un parque, a oscuras? ¿Es que ellos dos...?

—He intentado imaginármelo —respondió Marino—, pero no puedo.

—A Morales se le da muy bien pegarse a la gente —añadió Berger—. Puede que sean más o menos amigos. Pero lo otro, no. Yo diría que ella no es su tipo.

—Siempre y cuando a Morales no le ponga la necrofilia —dijo Marino.

—No pienso hacer broma a costa de nadie —replicó Berger, muy en serio.

—Vale, pero el caso es que me sorprendió porque me cuesta creer que ella tenga algo personal con nadie como para tomarse la molestia de enviar un SMS.

—Probablemente era un mensaje para el jefe del Departamento Forense —dijo Berger—. Mera conjetura, claro. Pero sería muy propio de ella pasarle información, sobre todo si puede atribuirse el mérito de lo que han hecho otros.

—Ya —añadió Lucy—. Se cubre las espaldas porque seguramente no supo ver alguna cosa, y por eso llamaba enseguida al jefe. Para saberlo necesitaría entrar en su correo electrónico.

—Y ya he dicho que de eso nada —repitió Berger. Su hombro estaba fuertemente pegado al de Lucy.

Lucy era tan consciente de cada movimiento de Berger, de cada sonido y aroma, como si hubiera tomado ácido, por lo que había leído sobre el LSD: aceleración del ritmo cardíaco, subida de la temperatura corporal, sensaciones cruzadas tales como «oír» colores y «ver» sonidos.

—Será algo de eso —estaba diciendo Marino—. Es como un pez piloto: tiene que nadar detrás de los tiburones para pillar las sobras que van dejando. Y no me burlo de ella. Es la verdad.

—¿Qué tiene todo eso que ver con Terri Bridges? —preguntó Berger.

—La foto se la enviaron concretamente a ella —respondió ahora Lucy—, a su cuenta de usuario Lunasee.

—¿Quién la envió?

—Scarpetta seis-doce envió la foto el primer lunes de diciembre, día tres, y lo que no acaba de encajar es que por alguna razón Terri (voy a suponer que fue ella) la borró, y quienquiera que la enviara la borró también. Por eso no estaba en la papelera de reciclaje. He tenido que restaurarla con el programa red neuronal.

—¿Estás diciendo que enviaron esa foto el tres de diciembre y que ambas personas la borraron inmediatamente, el mismo día? —preguntó Marino.

—Exacto.

—¿Había algún mensaje con la foto? —preguntó Marino.

—Ahora mismo os lo enseño.

Lucy movió el dedo sobre el pad.

—Aquí está —dijo.

Fecha: lunes, 3 de diciembre 2007 / 12:16:11
De: <Scarpetta>
Para: <Terri>
Terri:
Sé que te gusta el material de primera mano, de modo que considera esto como un regalo adelantado de Navidad... para tu libro. Pero no quiero que se sepa que yo te he dado esto, así que si me preguntan lo negaré. Tampoco voy a decirte quién hizo la fotografía: no fue con mi permiso (el imbécil me dio una copia, pensando que eso me gustaría). Te ruego que pases la foto a un archivo de Word y que la elimines de tu correo, tal como yo acabo de hacer.
Scarpetta

—¿Terri Bridges estaba escribiendo un libro? —preguntó Marino.

—Ni idea —dijo Lucy—. Pero a juzgar por lo que Jaime y yo hemos visto de su tesis, podría ser muy bien que tuviera en mente convertirla en un libro.

—Sobre todo —agregó Berger— si creía realmente que este material procedía de Kay, y me inclino a pensar que así lo creía ella. Yo creo que Lunasse era Terri. Lo digo oficialmente, aunque sea una conjetura.

—Yo también lo creo —dijo Lucy—. Evidentemente, la pregunta del millón es si quien ha estado haciéndose pasar por mi tía en esos mensajes tiene alguna cosa que ver con el asesinato.

—¿Y la dirección de IP? —preguntó Marino.

—¿Cuándo podréis conseguir la información del servidor para identificar al usuario? Porque la dirección que yo tengo corresponde a una manzana del Upper East Side donde están el Guggenheim, el Met y el Museo Judío. Lo cual no ayuda mucho.

Lucy conocía la ubicación exacta pero no estaba dispuesta a soltarla. A Berger le disgustaba que quebrantara las normas y Lucy tenía amistades en el mundo de los servidores de Internet, algunos de ellos de cuando había sido agente federal y otros de más antiguo todavía; todos ellos, gente muy bien conectada. Lo que había hecho no era muy diferente de cuando un poli conseguía una orden judicial sólo después de haber abierto el maletero de un coche y descubierto en su interior cien kilos de cocaína.

—Por cierto —dijo—, en esa misma zona, que está llena de museos, se encuentra también la consulta de la dermatóloga, la doctora Elizabeth Stuart.

La cara de Berger estaba muy cerca de la de Lucy en el asiento de atrás, y su fragancia la tenía hechizada.

—¿Por esa misma zona? —dijo Berger—. ¿No podrías concretar un poco?

—La dermatóloga de los famosos tiene un apartamento que ocupa toda la planta decimotercera del edificio donde está su consulta —dijo Lucy—. Ahora está de vacaciones, y la consulta no abre hasta el lunes día siete.

27

Scarpetta esperó a entrar en la biblioteca de Oscar hasta tener un pretexto para estar a solas, y la llamada de Lucy se lo proporcionó.

Dejó a Morales y Benton en el dormitorio, fue hacia la sala de estar y entró en la biblioteca mientras Lucy le contaba por teléfono algo de un aviso en la página web del John Jay y le preguntaba si sabía algo. Scarpetta, mirando estantes repletos de viejos tomos de psiquiatría, le dijo que no.

—Ojalá hubiera sabido que Terri quería ponerse en contacto conmigo —añadió Scarpetta—. Todo lo que voy sabiendo me pone cada vez más triste.

No vio el libro del que Oscar le había hablado, *The Experiences of an Asylum Doctor*, donde decía haber escondido el CD. Tenía cada vez más dudas sobre él. ¿A qué clase de juego estaba jugando con ella?

—Y la fotografía de esta mañana en Internet —dijo Lucy—. Hecha aquí en Nueva York, en el depósito de cadáveres. Estabas hablando con la doctora Lester. ¿Te suena eso?

—No recuerdo en absoluto que alguien me haya hecho una foto estando allí, de lo contrario, cuando la he visto hoy por primera vez, se me habría ocurrido.

—Cuando vuelvas a mirar la foto, añádele al fondo una superficie de trabajo y unos monitores de cámaras de seguridad. Quizá se te ocurra en qué lugar concreto estaba la persona que hizo la foto, o cualquier otra cosa.

—Tuvo que ser desde donde están las mesas de autopsias. En esa sala hay tres, de modo que seguramente era alguien que trabajaba en otro caso. Te prometo que pensaré en ello, pero ahora mismo no.

En ese momento no podía pensar en otra cosa que en hablar con Oscar y decirle que el libro no estaba. Podía adivinar su respuesta. Eran «ellos», que se habían apoderado del CD. Eso explicaría el hilo que había en el suelo, frente a la puerta. «Ellos» habían entrado. Sí, Oscar le diría eso. Scarpetta no había hablado del libro o del CD con Morales ni con Benton. No podía decirles que el libro y el CD estaban en la biblioteca, y tampoco decirles ahora que no estaban. Siendo el médico de Oscar, lo que había habido entre los dos debía —dentro de lo razonable— seguir siendo confidencial.

—¿Tienes un bolígrafo a mano? —preguntó Lucy—. Te paso los teléfonos de la doctora Elizabeth Stuart. Es la dermatóloga.

—Sí, ya sé quién es.

Lucy le explicó que la fotografía había sido enviada por correo electrónico a Terri Bridges el 3 de diciembre, hacia el mediodía, desde un cibercafé situado frente a la consulta de la doctora Stuart. Le pasó un número de móvil, así como el de una *suite* presidencial en régimen de multipropiedad en el St. Regis de Aspen, Colorado, y le dijo que la doctora utilizaba el apellido de su marido, Oxford, siempre que se hospedaba allí.

—Pregunta por la doctora Oxford —dijo Lucy—. Es asombrosa la de cosas que te cuenta la gente, pero todo esto no se lo he dicho a nadie más. Jaime es muy puntillosa con no traspasar las fronteras de lo legal. En fin, ¿me harás el favor de preguntarle una cosa a Morales y luego decirle a Benton que me llame?

—Ahora voy hacia allá.

—Estoy en el vestíbulo del edificio donde vivía Terri, conectada a la red inalámbrica, que es accesible para todos los apartamentos —dijo Lucy—. Y, además, es visible para cualquiera que esté conectado a ella. Hay un aparato conectado.

El gimnasio casero de Oscar estaba en la habitación principal, dominada por la tienda de papel de aluminio con la cama dentro. Benton y Morales estaban hablando.

—¿Qué es exactamente lo que quieres que le pregunte? —dijo.

Veía por qué Morales era tan popular entre las mujeres y tan respetado —a regañadientes— como mal visto por todos los demás, jueces incluidos. Le recordaba a un par de atletas de élite que estaban becados en Cornell cuando ella estudiaba allí, jóvenes pendencieros y superseguros de sí mismos que compensaban su estatura más bien corta a base de nervio, velocidad, descaro y extravagancia. Jamás escuchaban a nadie, tenían muy poca consideración por el entrenador o el resto del equipo, y eran intelectualmente torpes pero anotaban puntos y complacían a la multitud. No eran buena gente.

—Sólo pregúntale si sabe que hay una cámara —estaba diciendo Lucy.

—Puedo responder yo misma —dijo Scarpetta—. Morales ha instalado una en el tejado. Marino ya lo sabe. ¿Berger está contigo?

Scarpetta no cayó en la cuenta de por qué lo preguntaba hasta que lo hubo dicho. Tenía un presentimiento, tal vez lo había tenido ya la primera vez que las había visto juntas cuando Lucy era poco más que una niña, prácticamente una niña, al menos para Scarpetta. Berger le llevaba quince años a Lucy.

¿Importaba eso algo?

Lucy ya no era ninguna niña.

Le estaba explicando a Scarpetta que Berger y Marino habían ido a hablar con un testigo en el edificio de enfrente. Hacía más de media hora que se habían marchado.

Tal vez era de pura lógica que una fiscal tan atareada e importante como Jaime Berger no se pasara horas en un *loft* de Greenwich Village mirando la pantalla de un ordenador; todo lo que Lucy descubriera podía haber sido comunicado por vía telefónica o electrónica. Si bien era cierto que a Berger se la conocía por ser muy práctica y muy enérgica y muy involucrada en investigar personalmente la escena de un crimen y hacer analizar pruebas lo más rápido posible, presentándose incluso alguna vez en el depósito de cadáveres para presenciar una autopsia si no era la doctora Lester quien la estaba haciendo, Berger no era de mirar ordenadores. No arrimaba una silla cuando estaba en el laboratorio para ver cómo iba todo, se tratara de cromatografía, microscopia, análisis de micropruebas o amplificación de muestras subóptimas de ADN.

Berger impartía órdenes y organizaba reuniones para analizar los resultados. Le molestó a Scarpetta imaginarse a Lucy y Berger solas durante horas en aquel *loft*. Su intranquilidad se remontaba probablemente a la última vez que las había visto juntas, hacía cinco años, al presentarse sin previo aviso en el ático de Berger.

No esperaba encontrar allí a Lucy, que le estaba contando a Jaime lo ocurrido en aquella habitación de hotel en Szczecin, Polonia, dando detalles que hasta la fecha Scarpetta desconocía.

Había tenido la sensación de que ya no era el centro de la vida de su sobrina. O quizás era algo que se veía venir desde hacía tiempo: ésa era la verdad, su propia y egoísta verdad.

Scarpetta le dijo a Benton que Lucy quería hablar con él. Éste dudó, esperando una señal que le dijese que todo estaba bien.

—Voy a echar un vistazo a los archivadores —dijo Scarpetta, y ésa fue la señal.

Benton debía abandonar la habitación a fin de conversar en privado con Lucy.

—Estaré en el pasillo —dijo, al tiempo que marcaba un número en el teclado de su móvil.

Scarpetta se sintió observada por Morales al entrar en el cuarto de baño. Cuantas más cosas veía sobre la forma de vivir de Oscar, más deprimida se sentía por su evidentemente deteriorada salud mental. Los medicamentos que tenía en el armarito dejaban claro que éste se creía sus propias pesadillas, y la fecha de algunos frascos con receta se ajustaba asimismo a los hechos.

Encontró l-lisina, ácidos pantoténico y fólico, calcio, yodo, algas, la clase de suplemento alimenticio que toma quien ha sufrido lesiones por radiación o teme haberlas sufrido. Debajo del lavabo había botellas de vinagre blanco que sospechó eran para el agua del baño, y encontró también una receta de eszopiclone, que se usaba para combatir el insomnio. Había utilizado la receta otras dos veces, la más reciente en una farmacia Duane Reade, el 27 de diciembre. Nombre del colegiado: Elizabeth Stuart.

Scarpetta tendría que llamarla, pero en otro momento y desde otro lugar.

Rebuscó en otro armarito donde Oscar guardaba los típicos medicamentos sin receta y cosas para primeros auxilios como tiritas, alcohol para friegas, gasa... y un lubricante llamado Aqualine. Estaba mirando el envase cuando Morales entró. Faltaba la etiqueta del precio, de modo que no había forma de saber dónde lo había comprado.

—¿Eso no es una especie de vaselina? —preguntó Morales.

—Sí, una especie de.

—¿Crees que los laboratorios podrán decirnos si es lo mismo que tenía la víctima en la vagina?

—Se suele usar más como ungüento curativo —dijo Scarpetta—. Para quemaduras, piel irritada o agrietada, dermatitis atópica, eczemas, cosas así. Cosas que por cierto no tiene Oscar Bane. Son más típicas de gente que corre o que va mucho en bicicleta. Este producto se puede comprar en casi todas las farmacias y en muchos supermercados.

Sonó casi como si estuviera defendiendo a Oscar Bane.

—Sí, bueno, ya sabemos que nuestro pequeño amigo es un gran andarín, de pies planos, puestos a dar más detalles. El conserje dice que sale cada día a hacer su pequeño calentamiento, aunque llueva o nieve. Ah, la escalera está en el tejado. Qué cosa más rara, ¿no? Nadie sabe por qué. Yo creo que nuestro amigo bajito subió por la escalera de incendios, se coló por una ventana de su apartamento, y luego salió por el acceso del tejado y tiró de la escalera una vez arriba. Eso explicaría por qué está ahí.

—¿Para qué iba a hacer tal cosa?

—Para entrar. —Morales la miró de hito en hito.

—Y si abría una ventana, ¿no se iba a disparar la alarma? —preguntó ella.

—Estaba desconectada. He llamado a la empresa de seguridad para investigarlo. Poco después de que Oscar saliera de Bellevue, la alarma se desconectó. Llamaron a su casa, contestó un hombre que dijo que había sido un accidente y dio la contraseña. No pita muy fuerte. En el edificio no se habrían enterado, sobre todo si alguien la desactivaba enseguida. ¿Qué opinas tú?

—De momento, nada.

—Venga ya, doctora CNN, tú tienes opinión para todo. Se te conoce por eso mismo. Eres famosa por todos esos asombrosos pensamientos y opiniones que tienes...

Se acercó al armarito que Scarpetta estaba mirando; chocó con ella al coger el frasquito de Aqualine.

—Químicamente —dijo Morales— se podría saber si esto coincide con la muestra que se obtuvo del cuerpo de Terri, ¿correcto?

—Lo seguro —replicó ella— es que se puede determinar lo que no es, por ejemplo vaselina típica, que lleva antisépticos y conservantes tipo hidróxido de sodio y metilparabeno. El Aqualine no lleva aditivos, es básicamente aceite mineral y un compuesto petrolado. Estoy casi segura de que no se encontró nada parecido en el piso de Terri. Al menos, no consta en el inventario de pruebas, y acabo de mirar en el armario de las medicinas. Tú deberías saberlo mejor que nadie.

—Pero eso no descarta que él lo incluyera en su pequeño maletín de asesino y que se lo llevara al partir. A ver, no estoy diciendo que Oscar sea el asesino. Claro que tampoco estoy diciendo que el asesino y Oscar no sean la misma persona.

Los ojos castaños de Morales la escrutaban. Por su expresión, parecía estar disfrutando y, al mismo tiempo, sacando chispas.

—Pero tú pondrías la mano en el fuego a que no hay nada de eso en su apartamento —continuó—. Anoche yo no sabía que buscábamos un lubricante porque aún no habían practicado la autopsia. Pero cuando volví sí que lo miré.

Era la primera noticia que Scarpetta tenía de que Morales había vuelto a la escena del crimen. Pensó en el despachito de Terri y en el comentario de Marino de que parecía que alguien hubiera cepillado allí la moqueta.

—Después de que tu amigo Marino encontró los portátiles, yo fui a hacer otro repaso para asegurarme de que no nos habíamos dejado nada más —explicó Morales—. Entonces ya conocía los resultados de la autopsia, porque había hablado con Lester *la Peste*. Así que miré por todas partes en busca de un lubricante, y nada de nada. Cero.

—Nos fijamos en la moqueta de su despacho —dijo ella.

—Pues claro —replicó él—. Mi mamá me enseñó a dejar las cosas limpias, poner bien el fleco de la alfombra, ser obediente y responsable... Y, a propósito, creo que meteré en bolsas algunas cositas de éstas. ¿Te he dicho que conseguí una orden de registro por si encontrábamos algo guapo?

Morales acompañó esta pregunta con una sonrisa toda dentadura deslumbrante, al tiempo que le hacía un guiño.

Volvieron a la peculiar alcoba de Oscar. Scarpetta abrió un armario y examinó un estante donde había más cascos forrados de espuma y varias antenas. Rebuscó entre las prendas de vestir, casi todas informales, y reparó en paneles de plástico en los bolsillos de varias americanas; era una modalidad más de protección, y le vino a la mente el comentario nervioso de Oscar sobre que se sentía desprotegido en la enfermería.

En el suelo había botas para la nieve, zapatos de vestir, unas Nike, así como un cesto de mimbre con *hand grips*, cuerdas para saltar, tobilleras con lastre y una pelota de gimnasia desinflada.

Cogió las Nike. Eran un modelo antiguo y no parecían idóneas para alguien que se tomara en serio su cuerpo y tuviera propensión a sufrir problemas de articulaciones.

—¿No hay otras zapatillas de correr? —le preguntó a Morales—. Pensaba que tendría algún par más adecuado que éstas. Mejor dicho, bastantes pares.

—Siempre se me olvida cómo te llama la gente —dijo él.

Morales se acercó a ella.

—Ojo de Águila —añadió—. Eso y otras cosas.

Estaba lo bastante cerca para que ella le viera las pecas ligeramente rojizas que tenía diseminadas por la piel de un moreno claro, y olió también su potente colonia.

—Lleva unas Brooks Ariel, específicas para personas con hiperpronación que necesitan mucha estabilidad —dijo él—. Irónico, ¿no es cierto?

Hizo un gesto con el brazo abarcando el dormitorio.

—Me parece que a tu admirador le vendría bien un poco de estabilidad —añadió—. Las Brooks Ariel son buenas para gente con pies planos. Horma ancha, diseño exclusivo en la suela.

Conseguí las que Oscar llevaba puestas ayer y las dejé en el laboratorio. Junto con la ropa.

—Entonces ¿qué se supone que llevaba puesto cuando ha salido hace un rato de Bellevue? —preguntó ella.

—Otra vez Ojo de Águila en acción.

Ella procuraba apartarse, y Morales persistía en acorralarla. Scarpetta estaba casi dentro del armario; volvió a dejar las Nike en su sitio, dio media vuelta y lo esquivó.

—Anoche, cuando accedí a llevarlo al hotel de los locos —dijo Morales—, hice un pequeño trato. Le dije que si me entregaba la ropa, pararíamos antes que nada en su casa para que pudiese coger cuatro cosillas. Así lo tendría todo a punto cuando quisiera marcharse otra vez.

—Parece que ya te olías que no iba a quedarse mucho tiempo en Bellevue.

—Exactamente. Oscar no iba a quedarse mucho porque el motivo para ir allí era veros a Benton y a ti, sobre todo a ti. Consiguió hacer su sueño realidad y se puso contentísimo.

—¿Vino aquí él solo anoche para coger esas cuatro cosillas que dices?

—No estaba detenido. Podía hacer lo que le diera la gana. Yo esperé en el coche, él subió y volvió a bajar. Total, unos diez minutos. Quizá por eso había ese hilo en el suelo. Olvidó pasarlo por encima de la puerta cuando se marchaba. Estaba un poquito alterado.

—¿Se sabe qué había en la bolsa que se llevó?

—Unos vaqueros, una camiseta azul marino, unas Brooks de esas que utiliza para correr, calcetines, calzoncillos, y una chaqueta de lana con cremallera. En Bellevue tienen el inventario. Jeb lo revisó todo. Ya conoces a Jeb, ¿no?

Ella no dijo nada mientras estaban frente a frente cerca de la tienda de papel de aluminio.

—El guardián que había esta tarde en la enfermería. Para vigilar que no te pasara nada... —dijo Morales.

Scarpetta se sobresaltó al oír a Rod Stewart cantando *Do Ya Think I'm Sexy?*

Era el tono de llamada de la PDA de Morales, un modelo

ostentoso y caro. Se ajustó el auricular de Bluetooth y contestó:

—¿Sí?

Scarpetta salió de la habitación y encontró a Benton en la biblioteca. En las manos, protegidas por guantes, tenía un libro, *The Air Loom Gang*.

—Es sobre una máquina que controlaba la mente hacia finales del siglo XVIII. ¿Estás bien? No quería interferir; he supuesto que gritarías si necesitabas que aplastara a Morales.

—Es un capullo.

—Y que lo digas.

Devolvió el libro a su lugar en el estante.

—Te hablaba de *The Air Loom Gang* —dijo—. Este apartamento parece sacado de una escena del libro. ¡Qué barbaridad!

—Lo sé.

Sus ojos se encontraron, como si Benton esperara que ella dijese algo.

—¿Tú sabías que Oscar tenía una bolsa con ropa en la sala de Bellevue, por si le entraba la prisa por marcharse? —preguntó—. ¿Y que Morales lo acompañó hasta aquí anoche?

—Sabía que Oscar podía irse cuando quisiera —respondió él—. Eso lo sabíamos todos.

—Pues yo lo encuentro muy raro; casi como si Morales lo estuviera animando a marcharse, como si quisiera tenerlo fuera del hospital.

—¿Por qué te lo parece?

—Por algunas cosas que ha dicho.

Scarpetta volvió la cabeza hacia el umbral, temiendo que Morales pudiera aparecer de improviso.

—Tengo la sensación de que anoche hubo largas negociaciones cuando Morales se llevó a Oscar de la escena del crimen.

—Bueno, eso no sería muy raro.

—Supongo que entiendes mi situación —dijo ella, mirando otra vez los viejos tomos, de nuevo decepcionada.

Oscar había dicho que el libro con el CD dentro estaba en la segunda estantería, a la izquierda de la puerta, cuarto estante. Y el libro no estaba allí. En el cuarto estante sólo había clasificadores, todos ellos con la etiqueta CIRCULARES.

—Según tú, ¿qué debería tener en su biblioteca que no tenga? Para que fuese más completa... —Benton lo decía por algo.

—¿Y por qué lo preguntas?

—Hay un tal Jeb, guardián en Bellevue, que me cuenta cosas. Por desgracia, Jeb le cuenta cosas a mucha gente, pero ni que decir tiene que él no quería que sufrieras el menor daño cuando estuviste en la enfermería, y no le gustó nada que lo hicieras salir de la habitación. Cuando me he enterado de que Oscar se había ido, Jeb y yo hemos charlado un poco. Bueno, a lo que íbamos: ¿qué libro debería tener Oscar aquí?

—Me sorprende no ver *The Experiences of an Asylum Doctor*, de Littleton Winslow.

—Qué interesante —dijo Benton—. Sí, es interesante que salgas con eso.

Ella le tiró de la manga y se situaron frente a la segunda estantería.

Scarpetta se puso a sacar clasificadores del estante superior; empezaba a sentirse medio trastornada, como si hubiera perdido el GPS, algo que pudiera indicarle la dirección correcta. No sabía quién estaba loco y quién no, quién mentía y quién decía la verdad, quién hablaba y con qué personas, o quién iba a aparecer ahora que ella no esperara ver.

En uno de los clasificadores encontró folletos del siglo XIX sobre sujeciones mecánicas y curas de agua.

—Pensaba que Oscar tendría ese libro —dijo.

—La razón de que no lo tenga es que no existe tal libro —dijo Benton, con un brazo pegado al de ella mientras miraban los folletos.

Su presencia física la tranquilizó, le era necesaria.

—De ese autor, al menos —añadió Benton—. *The Experiences of an Asylum Doctor* lo escribió Montagu Lomax cincuenta años después de que Littleton Winslow, hijo de Forbes Winslow, escribiera su famosa *Plea of Insanity*, su *Manual de locura*.

—¿Por qué iba a mentir Oscar?

—No se fía de nadie. Está realmente convencido de que lo espían. Quizá los malos se enteran de dónde tiene escondida su única prueba, y por eso habla en tono críptico contigo. O quizá sólo está confuso. O poniéndote a prueba: si de verdad te interesas por él, vendrás aquí tal como has hecho y tú misma lo deducirás. Puede ser por un sinfín de motivos.

Scarpetta abrió otro archivador. Éste contenía circulares sobre Bellevue.

Oscar había dicho que a los dos, a ella y a Benton, les gustaría ver lo que había reunido sobre Bellevue.

Sacó un manual de enfermería y un directorio interno del personal médico y quirúrgico entre 1736 y 1894. Cogió un puñado de circulares que se remontaban a 1858.

En el fondo de la caja había un *pen drive* atado a un cordón.

Se quitó los guantes, envolvió con ellos el lápiz y se los pasó a Benton.

Pudo sentir la presencia de Morales antes de verlo en el umbral. Confió en que él no hubiera visto lo que acababa de hacer.

—Tenemos que marcharnos ya —dijo Morales.

Sostenía una bolsa de pruebas, la parte superior sellada con cinta adhesiva roja.

Benton devolvió el clasificador a su estante y se levantó también.

Scarpetta no vio ni rastro de los guantes con el lápiz USB y pensó que se los habría metido en el bolsillo.

—Jaime y Marino están del otro lado de la calle. No aquí, sino delante del apartamento de Terri en Murray Hill —dijo Morales, nervioso e impaciente—. Resulta que la testigo que puso una denuncia por crueldad con animales no contesta el teléfono ni el interfono. No hay luz en la entrada del edificio y la puerta de la calle está cerrada con llave. Marino dice que cuando él ha ido antes, la puerta de abajo no estaba cerrada con llave.

Saliendo del apartamento de Oscar, Morales no se molestó en conectar de nuevo la alarma.

—Por lo visto, hay una escalera de mano para emergencias y una escotilla de techo —dijo tenso, impaciente—. La escotilla está abierta.

Tampoco se molestó en correr el pestillo de seguridad.

28

Sólo un inquilino había vuelto desde que Marino había estado allí antes, el hombre del 2C. Al rodear el edificio unos minutos antes, Marino había visto luz encendida y el parpadeo de un televisor.

Conocía el nombre del inquilino porque sabía el nombre de todos ellos. De momento el inquilino, un tal doctor Wilson, de veintiocho años, médico interno de Bellevue, se hacía el sueco.

Marino volvió a probar mientras Lucy y Berger esperaban, soportando el viento helado.

—¿Doctor Wilson? —dijo Marino, pulsando el botón del interfono—. Policía otra vez. No quisiéramos tener que entrar por la fuerza en el edificio.

—Aún no ha dicho cuál es el problema. —Una voz de hombre, presumiblemente el doctor Wilson, había respondido por el pequeño altavoz.

—Soy el investigador Marino, del Departamento de Policía —dijo Marino, lanzándole las llaves del coche a Lucy—. Necesitamos entrar en el Dos D, el apartamento de Eva Peebles. Si mira usted por la ventana, verá mi coche, un Impala azul oscuro, ¿sí? Una agente va a encender las luces para que vea usted que se trata de un coche de policía. Entiendo sus recelos, señor, pero queremos evitar en lo posible forzar la entrada al edificio. Cuando usted ha vuelto, ¿ha visto a su vecina?

—Qué quiere que vea; está todo muy oscuro —respondió la voz.

—No me jodas, Sherlock —dijo Marino, soltando el botón del interfono—. Seguro que ha estado fumando maría, ¿os apostáis algo? Por eso no quiere dejarnos entrar. —Pulsó de nuevo el botón del interfono—: ¿Hablo con el doctor Wilson?

—No tengo por qué contestar ninguna pregunta y no pienso abrir la puerta de abajo, y menos después de lo que ha pasado ahí enfrente. Un poco más y no vuelvo.

Una de sus ventanas se abrió: hubo un movimiento en el visillo.

A Marino no le cabía duda de que el tipo estaba colocado y recordó que la señora Peebles había dicho algo de que su vecino fumaba hierba. Qué hijo de puta: le preocupaba más ser acusado de tenencia de droga que la posibilidad de que la pobre viuda del piso de enfrente estuviese en apuros.

—Señor, necesito que abra esta puerta ahora mismo. Si mira por la ventana, verá que la luz de la entrada está apagada. ¿Ha sido usted quien la ha apagado al volver?

—Yo no he tocado ninguna luz, oiga —dijo la voz, ahora nerviosa—. ¿Cómo sé que son de la policía?

—Déjame que pruebe yo ahora. —Berger pulsó el botón del interfono a la derecha de la puerta mientras Marino lo iluminaba con su linterna, porque estaban completamente a oscuras.

—Doctor Wilson. Le habla Jaime Berger, ayudante del fiscal del distrito. Necesitamos comprobar qué le pasa a su vecina, y no podemos hacerlo si usted no nos abre la puerta del edificio.

—Lo siento —dijo la voz—. Mire, si hacen venir algún coche de policía, pero que se note que lo es, quizá me lo pensaré.

—Creo que eso ha empeorado las cosas —le dijo Marino a Berger—. Estaba fumando hierba, segurísimo. Por eso ha abierto la maldita ventana.

Lucy estaba dentro del Impala, y las luces rojas y azules de alta intensidad empezaron a destellar.

—No me convence. —La voz sonaba aún más firme—. Esos focos los puede comprar cualquiera.

—Déjame hablar con él —pidió Berger, protegiéndose la vista de los destellos.

—Mire, doctor Wilson, vamos a hacer una cosa —dijo Marino—. Le voy a pasar un teléfono para que llame usted, y cuando el operador conteste, le explica que hay un tipo que dice ser el investigador P. R. Marino, ¿vale? Pídale que lo verifique, porque ellos saben que estoy aquí ahora mismo, en compañía de la ayudante del fiscal, Jaime Berger.

Silencio.

—No llamará —añadió Berger.

Lucy salió del coche y se les acercó. Marino le dijo:

—Te voy a pedir otro favor, mientras yo me quedo aquí haciendo de canguro.

Le pidió que volviera al coche y llamara por radio a centralita. Lucy preguntó qué le había pasado a su radio portátil, o si es que la policía ya no usaba radios portátiles. Marino dijo que se había dejado la suya en el coche y que si ella podía hacerle el favor de cogerla de paso que pedía un coche de refuerzo, sin identificar, y herramientas para forzar la entrada, incluido un ariete hidráulico. Lucy dijo que la puerta era antigua y que seguramente podrían abrirla haciendo palanca con una barra de uña y él dijo que quería algo más bestia, y que quería que el capullo del médico fumeta del segundo piso viera en acción un ariete turbocompresor como los que usaban para echar abajo los garitos de compraventa de crack, y que quizás entonces no sería preciso hacer uso de ello porque el gilipollas del segundo les abriría la puerta desde arriba. Marino dijo también que pidiera una ambulancia, por si acaso había que llevarse a Eva Peebles.

Seguía sin contestar al teléfono. Marino no podía ver si había luz encendida dentro del apartamento. La ventana frente a la cual tenía ella el ordenador estaba oscura.

No necesitó darle a Lucy los códigos de la radio ni ninguna otra información. Nadie tenía que enseñar a Lucy cómo hacer de poli, y mientras la veía meterse en el coche, sintió como un tirón del pasado, nostalgia de los tiempos en que iban por ahí en moto, a hacer prácticas de tiro, a investigar casos, o a relajarse con unas cervezas. Se preguntó qué llevaría Lucy encima.

Sabía que algo debía de llevar. Lucy era de las que nunca salía de casa desarmada, en Nueva York como en cualquier parte.

Por otro lado, él sabía reconocer una cazadora Pistol Pete a cincuenta metros de distancia, y se había fijado en la de Lucy tan pronto como la vio apearse del coche, mientras él y el otro agente metían la silla de tocador en el furgón policial. Lo que aparentemente era una cazadora negra de motero, tenía un bolsillo exterior abatible lo bastante grande para meter dentro cualquier pistola del mercado, o casi.

Tal vez llevaba la Glock calibre cuarenta con visor de rayos láser, la que le había regalado él hacía un año por Navidad, cuando ambos estaban todavía en Charleston. Una vez más, qué mala pata. En su momento, Marino no había hecho las gestiones necesarias para poner el arma a nombre de ella y luego había desaparecido de su vida, de modo que si Lucy hacía alguna locura, sería él el responsable de la pistola. Lo dicho: mala suerte. De todos modos, la idea de que ella tuviera tanto cariño a esa arma como para pasearla por Nueva York arriesgándose a acabar entre rejas, le hizo sentirse bien. Lucy podía permitirse tener las armas que le diese la gana, comprar una fábrica entera. O varias.

Lucy volvió a bajarse del Impala como si el coche le perteneciera. Regresó a paso vivo hacia donde estaban ellos, mientras Marino pensaba en preguntarle si llevaba alguna pistola encima y, en caso afirmativo, cuál. Pero no lo hizo. Ella se situó al lado de Berger. Algo había entre las dos, eso tampoco le había pasado inadvertido. Berger nunca se acercaba tanto a las personas, ni de pie ni sentada; jamás permitía que nadie traspasara la barrera invisible que necesitaba, o creía, tener a su alrededor. Berger tocó a Lucy, se apoyó en ella, la miró mucho.

Lucy entregó a Marino la radio portátil y le dijo, muy seria de voz y también de cara, lo poco que se veía de ella en la oscuridad:

—Me parece que estás un poco oxidado. ¿Llevas mucho tiempo sin hacer de poli? Mala idea, eso de dejar la radio en el coche. Pequeños descuidos como éste son los que luego provocan que alguien salga malparado.

—Cuando quiera que me des clase, me matricularé, ¿vale? —dijo él.

—Si es que quedan plazas...

Marino conectó la radio y llamó a la unidad en ruta para ver dónde se encontraba.

—En este momento doblando la esquina —fue la respuesta.

—Pon las luces y conecta la sirena —dijo Marino.

Pulsó el botón del interfono.

—Quién —dijo la voz.

—Abra la puerta ahora, doctor Wilson, ¡o la echamos abajo!

Chilló una sirena, e instantes después Marino oyó el timbre y empujó la puerta. Buscó un interruptor para encender la luz del pequeño vestíbulo: justo enfrente estaba la bruñida escalera de roble que subía a los apartamentos. Sacó su pistola mientras se conectaba de nuevo por radio y le decía al refuerzo que apagara las luces y la sirena, se quedara donde estaba y vigilara la entrada del edificio. Corrió escaleras arriba, seguido de Lucy y Berger.

Cuando llegaron a la segunda planta notó el aire frío que entraba por la escotilla del techo; allí también estaban las luces apagadas. Palpó la pared en busca de un interruptor. Pudo ver el cielo a través de la abertura, pero no vio ninguna escalera de mano y eso aceleró su sensación de que algo malo había ocurrido. La escalera debía de estar arriba, en el tejado. Se detuvo frente al 2D y vio que la puerta no estaba del todo cerrada. Guio a Berger hacia un lado y miró brevemente a Lucy a los ojos. Todo su cuerpo estaba en alerta máxima. Empujó la puerta con el pie y ésta chocó suavemente con la pared de dentro.

—¡Policía! —gritó, y ya tenía la pistola agarrada con ambas manos, el cañón apuntando hacia arriba—. ¿Hay alguien? ¡Policía!

No tuvo que decirle a Lucy que iluminara el interior con su linterna; ella lo estaba haciendo ya, y entonces su brazo pasó junto al hombro de él para tocar un interruptor, y un viejo y recargado candelabro bañó de luz suave la habitación. Marino y Lucy entraron, haciendo señas a Berger para que se mantuviera detrás de ellos. Luego, durante cosa de un segundo, nadie se movió. Marino notó el sudor frío que le bajaba por la espalda y los costados; se enjugó la frente con la manga mientras su vista registraba el sillón reclinable en donde había estado sentado hacía unas horas, y el sofá donde la señora Peebles tomaba traguitos de bourbon. El televisor de pantalla plana estaba encendido con el volumen a cero, y César Millán, el encantador de perros, hablaba sin voz a un beagle que le enseñaba los dientes.

Las viejas persianas de lamas de madera estaban echadas. Lucy se encontraba ahora junto al ordenador de Eva Peebles. Pulsó una tecla y el monitor cobró vida, mostrando lo que parecía una versión desquiciada del sitio *Gotham Gotcha*.

Las letras bailaban formando otras palabras; el horizonte urbano de Nueva York era negro sobre un fondo rojo llameante, el árbol navideño del Rockefeller Center estaba en Central Park, boca abajo, y dentro de la tienda FAO Schwarz nevaba copiosamente y una tormenta con rayos y truenos descargaba momentos antes de que la Estatua de la Libertad pareciera volar por los aires.

Berger contempló aquello en silencio. Después miró a Lucy.

—Adelante —le dijo ésta a Marino, para indicar que los cubría a ambos mientras él empezaba a registrar el apartamento.

Marino miró en la cocina, en un cuarto de baño auxiliar, en el comedor, y finalmente se detuvo frente a la puerta cerrada de lo que supuso era la zona principal. Giró el pomo de cristal tallado y empujó la puerta con la punta del pie, al tiempo que barría la habitación con su arma. No había nadie, la cama extra grande estaba bien hecha y cubierta por una colcha con dibujos de perros. Sobre la mesita de noche había un vaso vacío y en un rincón un trasportín para mascotas, pero sin rastro de perro o gato.

Alguien había retirado las lámparas de las dos mesitas de noche y ahora estaban en el suelo, iluminando las baldosas blancas y negras del cuarto de baño. Marino avanzó con sigilo, pegado a un lado de la puerta, y al notar un ligero movimiento dirigió bruscamente el arma hacia un punto sin pararse a ver de qué se trataba.

El frágil cuerpo desnudo de Eva Peebles pendía de una cuerda revestida de hilo dorado que le daba una vuelta al cuello y estaba atada a una cadena del techo. Correas de plástico transparente sujetaban sus muñecas y tobillos, y los dedos de sus pies rozaban apenas el suelo. El aire frío que se colaba por una ventana había originado una misteriosa oscilación, de forma que el cuerpo giraba lentamente, ora hacia un lado, ora hacia otro, en una danza tétrica mientras la soga se retorcía y volvía a su posición inicial, una y otra vez.

Scarpetta se temía que el asesino de Eva Peebles, de setenta y dos años, era el mismo que había matado a Terri Bridges. Y temía que esa persona pudiera ser Oscar Bane.

La idea le había venido a la cabeza un momento después de entrar en la alcoba y ver las lámparas en el suelo y el cadáver suspendido de una cuerda dorada, procedente de los cortinajes del comedor, que había sido atada a un trozo de cadena de hierro. La semiesfera de alabastro del aplique de luz que habían sujetado al eslabón de la cadena estaba dentro de la bañera, sobre una pila de ropa bien doblada que, como pudo observar desde el umbral donde se había situado para sacar fotografías, había sido desgarrada por las costuras y arrancada de la víctima después de atarle los tobillos y las muñecas, muy probablemente mientras ella estaba aún con vida.

Sobre la tapa del inodoro blanco había varias huellas de zapato, no mayores que las de un niño, con un dibujo de suela característico. Parecía que el agresor se había subido allí para alcanzar el aplique cenital; desde esa altura, alguien que midiera poco más de un metro veinte podía haberlo hecho, especialmente si era una persona fuerte.

Si después de todo Oscar Bane era el asesino, entonces Scarpetta lo había juzgado e interpretado mal, en parte basándose en deducciones puramente anatómicas, y se había dejado llevar por su integridad como médico; pero cuando moría gente no había lugar para errores ni para la ética profesional. Quizá debió haberse guardado sus opiniones y hacer que la policía localizara inmediatamente a Oscar, o que, de entrada, le hubieran impedido marcharse de Bellevue. Scarpetta pudo haber dado motivos a Berger para arrestarlo. Podía haber dicho un montón de cosas, entre ellas que Oscar había falsificado sus lesiones, que había mentido a la policía, mentido también acerca de un supuesto intruso, mentido sobre por qué su abrigo estaba en el coche, mentido acerca de un libro con un CD dentro. Los fines habrían justificado los medios, porque Oscar no andaría suelto y, posiblemente, Eva Peebles no estaría colgando del techo de su piso.

Scarpetta se había extralimitado en su papel de médico de Oscar. Había cometido el error de preocuparse y sentir compasión por él. Debería mantenerse alejada de los sospechosos, limitarse a las personas que ya no pueden sufrir más y son por tanto más fáciles de escuchar, de preguntar, de examinar.

Berger volvió a la alcoba pero se mantuvo a distancia, porque tenía experiencia en escenas de crimen y no llevaba las prendas desechables con que Scarpetta iba cubierta de pies a cabeza. Berger no era persona que permitiera que la curiosidad pasara por encima de su sangre fría para analizar la situación. Sabía exactamente lo que había que hacer y lo que no.

—Marino y Morales están con el único inquilino que hay ahora mismo en casa —dijo Berger—. Es un tipo al que nadie querría como médico de familia y en cuyo apartamento, si no lo he entendido mal, hace un frío ártico porque tiene las ventanas abiertas. Todavía huele a marihuana. Tenemos agentes en la calle para impedir que entre nadie en el edificio y Lucy está ocupándose del ordenador en la sala de estar.

—Ese vecino —añadió Scarpetta—, ¿no se fijó en que la maldita escotilla estaba abierta y todas las luces apagadas? ¿Cuándo diablos volvió a casa?

Continuaba mirándolo todo sin tocar nada todavía; el cadáver giraba lentamente a la luz de las dos lámparas.

—Lo que sé hasta ahora es esto —dijo Berger—: el tipo dice que volvió a eso de las nueve, en ese momento no había luz y la escotilla no estaba abierta. Se durmió mirando la tele y no oyó nada, suponiendo que alguien entrara en el edificio.

—Yo diría que está claro que entró alguien.

—La escalera de mano se guarda en un cuartito, igual que en el edificio de enfrente. Benton dice que la escalera está arriba en el tejado. Parece que el agresor conocía este edificio, u otros similares como el de Terri, y que localizó la escalera de mano. Salió a través del tejado y una vez arriba tiró la escalera.

—¿Y la teoría sobre cómo entró?

—Por ahora sólo hay una: ella le abrió la puerta. Después él apagó las luces antes de subir al apartamento. Eva Peebles debía de conocerlo o tener motivos para confiar en él. Otra cosa: el vecino asegura que no ha oído ningún grito. Muy interesante: ¿es posible que ella no gritara?

—Deja que te diga lo que estoy viendo —dijo Scarpetta—, y tú misma tendrás la respuesta. Primero, sin necesidad de acercarme más, puedo afirmar por la cara sofocada, la lengua asomando de su boca, la posición del nudo (muy pegado a la barbilla y atado detrás de la oreja derecha), así como por la ausencia de otras marcas de ligadura, que la causa de la muerte probablemente será asfixia por ahorcamiento. Es decir, no creo que descubramos que fue estrangulada primero mediante una ligadura y que su cuerpo fue suspendido después de una cuerda para cortinas.

—Sigo sin ver la respuesta —dijo Berger—. No entiendo cómo ella no pudo gritar si la estaban matando. Alguien te ata fuertemente las muñecas a la espalda, y los tobillos, mediante una especie de brida. Y encima estás desnuda...

—No, nada de bridas. Parece el mismo tipo de correa que utilizaron para atarle las muñecas a Terri Bridges. Otra posible coincidencia: la ropa cortada o desgarrada. —Scarpetta señaló las prendas que había en la bañera—. Creo que el asesino quiere que conozcamos la cronología de los hechos. Como si se tomara muchas molestias para dejarlo bien claro. Incluso dejó las lámparas ahí para que pudiéramos ver bien, puesto que en el cuarto de baño la única luz es ese aplique que él descolgó y dejó luego en la bañera.

—¿Estás apuntando la posibilidad de que colocara esas lámparas ahí para nosotros?

—Primero para él. Necesitaba ver lo que hacía. Luego, las dejó ahí. Una mayor descarga de adrenalina para quien encontrara el cadáver: buscaba el *shock*.

—Un poco como el destripador de Gainesville: la cabeza

cortada sobre un estante de los libros —dijo Berger, mirando hacia el cuerpo que continuaba balanceándose en su infernal y paródica pirueta.

—Más o menos —añadió Scarpetta—. Y también lo del cadáver girando todo el rato. Creo que por eso está abierta la ventana. Diría que fue su broche final antes de marcharse.

—Para que el cadáver se enfriara más deprisa.

—No, dudo que eso le importara —dijo Scarpetta—. Creo que dejó la ventana abierta para que pasara justo lo que estamos viendo, para hacerla bailar.

Berger contempló en silencio el cuerpo que se meneaba lentamente.

Scarpetta sacó de su maletín la cámara fotográfica y dos termómetros químicos con pantalla de cristal líquido.

—Pero como estamos rodeados de edificios —dijo, ahora con voz dura—, seguro que al menos cerró las persianas mientras se dedicaba a torturarla. De lo contrario, alguien podría haber visto el espectáculo; alguien podría haberlo filmado con una cámara de móvil para colgarlo después en YouTube. De modo que fue lo bastante inhumano para subir las persianas antes de salir, asegurándose de que la corriente de aire crearía efectos especiales.

—Siento que hayas tenido que reencontrarte con Marino de esta manera —dijo Berger, consciente de que Scarpetta estaba furiosa pero sin conocer la verdadera razón.

Ella no estaba así por lo de Marino. Ya había sufrido por ese asunto y creía tenerlo superado, al menos de momento. No era algo importante ahora. Berger no estaba familiarizada con el semblante de Scarpetta en la escena de un crimen porque nunca antes había compartido con ella esta situación, no tenía idea de cómo era la doctora cuando se topaba con semejante crueldad, más aún si pensaba que habría podido evitarse una muerte, que ella misma podría haber contribuido a evitarla.

Qué manera más espantosa de morir. Eva Peebles había padecido dolor físico, había sido presa del pánico, mientras el asesino se divertía sádicamente con ella. Era extraño, y una pena, que no hubiera muerto de un ataque cardíaco antes de que él terminara el trabajo.

Por la fuerte inclinación hacia arriba de la cuerda que tenía alrededor del cuello, no había quedado inconsciente rápidamente sino que, con toda probabilidad, había sufrido la agonía de no poder respirar cuando la presión de la cuerda bajo el mentón obstruía sus vías respiratorias. Perder el sentido por falta de oxígeno es un proceso que puede llevar minutos, unos minutos eternos. La víctima habría pataleado como loca si el asesino no le hubiera atado los tobillos, y era muy probable que lo hubiera hecho por esa razón. Tal vez había mejorado su técnica después de Terri Bridges, viendo que era preferible no dejar que sus víctimas patalearan.

Scarpetta no apreció señales de forcejeo, solamente una pequeña contusión en la pierna izquierda. Era muy reciente, pero poco más podía sacar en claro.

—¿Crees que ya estaba muerta cuando él la colgó de la cadena? —preguntó Berger.

—No. Yo creo que la ató, le cortó la ropa, la metió en la bañera y luego le pasó el nudo corredizo por el cuello y la izó lo suficiente como para que el propio peso del cuerpo tensara el nudo y le comprimiera la tráquea. Ella no pudo debatirse por estar maniatada, y además era una mujer frágil. No llega al metro sesenta y pesa unos cuarenta y ocho kilos. Él lo tenía fácil.

—No estaba sentada en una silla. O sea que no se vio a sí misma.

—Sí, eso parece. Habrá que preguntar a Benton cuál puede ser el motivo. Si es que estamos hablando del mismo asesino.

Scarpetta seguía sacando fotos. Era importante captar todo lo que estaba viendo antes de hacer nada.

—¿Acaso lo dudas? —preguntó Berger.

—Lo que yo pueda pensar no tiene importancia. En eso no voy a meterme. Yo os diré lo que deduzco del cadáver, y ahora mismo observo un gran parecido con el caso de Terri.

Sonó el disparador y hubo un destello de flash.

Berger se había puesto a un lado del umbral, con las manos a la espalda. Se asomó al cuarto de baño y dijo:

—Marino está con Lucy en el salón. Ella piensa que la víctima podría tener algo que ver con *Gotham Gotcha*.

Scarpetta no se volvió para dar su réplica.

—Colapsar la página web no fue una buena manera de solucionar el problema. Espero que se lo metas tú en la cabeza, porque a mí no siempre me escucha.

—Dijo algo de una fotografía de Marilyn Monroe en el depósito de cadáveres.

—Ésa no era forma de actuar —dijo Scarpetta, disparando otra vez—. Preferiría que no lo hubiera hecho.

El cadáver giró lentamente, la cuerda se enroscaba y se desenroscaba. Los ojos, azules, de Eva Peebles estaban muy abiertos y opacos en su cara enjuta y poblada de arrugas. Algún mechón de sus níveos cabellos había quedado prendido en el nudo corredizo. No llevaba más alhajas que una cadenita de oro en el tobillo izquierdo: igual que Terri Bridges.

—¿Lucy lo ha confesado? —preguntó Scarpetta—. ¿O es por eliminación?

—A mí no me ha confesado nada. Y prefiero dejarlo así.

—Hay muchas cosas que prefieres que ella no te diga —replicó Scarpetta.

—Ya tengo cosas suficientes que decirle a Lucy como para encima hacerlo desde una posición de desventaja —dijo Berger—. Pero te entiendo perfectamente.

Scarpetta estudió el embaldosado blanco y negro antes de pisar con su botín envuelto en papel protector. Dejó uno de los termómetros en el borde del lavabo y remetió el otro bajo el brazo izquierdo de Eva Peebles.

—Si lo he entendido bien —dijo Berger—, el virus que desbarató el sitio web fue lo que permitió también que ella lo pirateara. Lo cual, a su vez, le ha permitido entrar en el correo electrónico de Eva Peebles. (No me pidas que te lo explique.) Lucy ha encontrado una carpeta electrónica donde están prácticamente todas las crónicas aparecidas en *Gotham Gotcha*, incluidas la columna de esta mañana y otra que apareció más tarde. Y ha encontrado la foto de Marilyn, que aparentemente Eva Peebles abrió. Resumiendo, parece que no era esta mujer —refiriéndose a la muerta— quien escribía las crónicas. Ella las recibía por correo electrónico desde direcciones de IP que según

Lucy son anónimas, pero puesto que estamos ante otra muerte violenta probablemente relacionada con e-mails, no habrá ningún problema para conseguir que el servidor nos diga a quién pertenece esa cuenta de correo.

Scarpetta le pasó un bolígrafo y una libreta y dijo:

—¿Quieres hacer de secretaria? La temperatura ambiente es de dieciséis grados. La temperatura corporal, treinta y uno. Eso no nos dice mucho, porque la víctima es delgada, no lleva ropa y la estancia se ha ido enfriando poco a poco. Todavía no se aprecia rígor mortis. Cosa que tampoco es de extrañar. El ambiente frío demora su aparición, y sabemos que ella llamó al nueve-uno-uno, ¿a qué hora, exactamente?

—A las ocho cuarenta y nueve. —Berger iba tomando nota—. Lo que no sabemos es a qué hora exactamente estuvo en la tienda de mascotas; sólo que fue alrededor de una hora antes de llamar a la policía.

—Me gustaría escuchar la cinta —dijo Scarpetta.

Puso las manos en las caderas del cadáver para que dejara de balancearse. Lo examinó más de cerca, explorando con la linterna, y apreció un residuo brillante en la zona vaginal.

—Sabemos —continuó Berger— que la víctima dijo estar segura de que el hombre con quien se topó era Jake Loudin. Entonces, si él fue la última persona que la vio con vida...

—Sí, pero no hay pruebas de que fuera literalmente la última. ¿Se sabe si existe alguna conexión personal entre Jake Loudin y Terri Bridges?

—Únicamente una posible conexión que podría no ser más que una simple coincidencia.

Y Berger le explicó que cuando Marino había interrogado a Eva Peebles, ésta había mencionado un cachorro que Terri no quería tener en su casa, un terrier de nombre *Ivy*. Le contó también que no estaba claro quién le había regalado el cachorro enfermo a Terri, tal vez Oscar Bane, tal vez no. Era difícil, por no decir imposible, saber si el cachorro procedía en principio de una de las tiendas de Jake Loudin.

—Como es lógico, está muy alterado —dijo Berger, refiriéndose a Marino—. Es lo que más teme un policía: que hables con un testigo y que después éste sea asesinado. No podrá quitarse de la cabeza en mucho tiempo que quizá podría haber hecho algo para impedirlo.

Scarpetta siguió sujetando el cadáver mientras examinaba de cerca el material gelatinoso que había quedado en el vello púbico gris y en los pliegues de los labios mayores. No quería cerrar la ventana hasta que la policía procediera a examinarla con los métodos forenses que juzgara más oportunos.

—Una especie de lubricante —dijo—. ¿Puedes preguntarle a Lucy si su avión ha despegado ya de La Guardia?

Estaban a tres habitaciones de distancia y Berger la llamó al móvil.

—Esta vez la mala suerte es buena. Diles que esperen —le dijo Berger a Lucy—. Tenemos otra cosa que enviar... Estupendo, sí. Gracias.

Terminó la llamada y le dijo a Scarpetta:

—Hay alerta por viento huracanado. Todavía están en tierra.

29

Las huellas en la tapa del inodoro del cuarto de baño se correspondían exactamente con el dibujo de la suela de las zapatillas que Oscar Bane llevaba la noche anterior en el momento de descubrir, supuestamente, el cadáver de Terri.

Más acusatorias eran las huellas dactilares obtenidas del aplique de luz que el asesino había retirado del techo y puesto en la bañera. Las huellas eran de Oscar. Poco después de la medianoche se expidió una orden de arresto contra él, y se divulgó un boletín dirigido al público en general, por radio y televisión y a través de Internet.

El «Enano Asesino» se había convertido en el «Monstruo Enano» y las fuerzas del orden lo buscaban por todo el país. Morales había alertado también a la Interpol, por si Oscar conseguía eludir el sistema de seguridad de aeropuertos y fronteras, y huía de Estados Unidos. Muchas personas aseguraban haberlo visto; de hecho, el boletín de noticias de las tres de la noche informó de que mucha gente pequeña, en especial hombres jóvenes, no salía de casa por miedo a ser víctima de algo parecido a un linchamiento.

Eran casi las cinco de la madrugada del miércoles y Scarpetta, Benton, Morales, Lucy, Marino y una investigadora de Baltimore que insistía en que la llamasen por su apellido —Bacardi—, se encontraban en el salón del ático de Berger. De hecho, llevaban allí cuatro horas. La mesita de café estaba repleta de fotografías y dosieres, tazas de café y envases de una charcutería próxima al edificio. Cables de corriente iban de los enchufes en la pared a los diversos portátiles, y todo el mundo tecleaba y miraba archivos.

Lucy estaba sentada con las piernas cruzadas en una esquina del enorme sofá; tenía su MacBook en el regazo y de vez en cuando miraba de reojo a Morales, preguntándose si lo que ella estaba pensando podía ser verdad. Berger tenía dos botellas de whisky de malta puro, un irlandés de Knappogue Castle y un escocés de Brora. Eran claramente visibles tras el cristal del mueble bar que quedaba justo enfrente de Lucy. Ella se había fijado en las botellas nada más entrar todos en el apartamento, y, al darse cuenta de ello, Morales se acercó a echar un vistazo.

«Una chica con mis mismos gustos», había dicho.

Su forma de decirlo había provocado en Lucy una sensación de repugnancia que no podía quitarse de encima, y desde entonces le estaba costando mucho concentrarse. En el *loft*, mientras leían la supuesta entrevista en la que Scarpetta le decía supuestamente a Terri Bridges que bebía licores mucho más caros que todos sus libros de texto, Berger había estado sentada a su lado. ¿Por qué no había hecho ningún comentario? ¿Cómo podía tener esos mismos y carísimos whiskys en su propia casa y no mencionar ese detalle a Lucy?

Era ella, Berger, quien bebía ese whisky, no Scarpetta. Y lo que más preocupaba a Lucy era con quién pudiera compartirlo. Eso le había venido a la cabeza cuando Morales la había pillado fijándose en las botellas del mueble bar: la había mirado con una risita, y cada vez que la miraba ahora, había un brillo en sus ojos, como si hubiera ganado un concurso del que Lucy no sabía absolutamente nada.

Bacardi y Scarpetta estaban discutiendo; llevaban así un buen rato.

—No, no, no. Imposible. Oscar no pudo cometer los dos míos —decía Bacardi—. Espero no estar ofendiendo a nadie al decir enano, pero sintiéndolo mucho no me acostumbro a eso de «persona menuda» o «gente pequeña». Yo siempre me he llamado a mí misma persona pequeña porque, bueno, como decimos en el sur, no soy el trago de agua más largo del mundo. Qué queréis, soy como un perro viejo, no me van los nuevos trucos; bastante tengo con los que ya he aprendido.

Podía ser relativamente baja, pero no pequeña ni menuda. Lucy había visto muchísimas Bacardis, casi todas ellas montadas en Harley-Davidsons, mujeres de un metro cincuenta que insistían en comprarse la moto más grande del mercado, trescientos sesenta kilos de metal, y las botas apenas si les llegaban al suelo. En uno de sus anteriores cargos como poli en Baltimore, Bacardi había sido agente motorizada y así parecía corroborarlo su rostro, marcado por un exceso de intimidad con el sol y el viento. Entornaba mucho los ojos y también fruncía bastante el ceño.

Llevaba el pelo corto, teñido de rojo, tenía los ojos azules, era maciza pero no gorda, y probablemente pensó que se vestía de punta en blanco al decidirse por un pantalón marrón de piel, botas de *cowboy* y jersey ceñido con un escote redondo que dejaba ver la diminuta mariposa tatuada en su pecho izquierdo y buena parte de ambos pechos cuando se inclinaba para buscar algo en la cartera que tenía en el suelo. Era sexy a su manera. Era curiosa. Tenía un acento sureño marcado a fuego. No le temía a nada ni a nadie, y Marino no había dejado de mirarla desde que ella había entrado cargada con tres cajas de carpetas sobre los homicidios cometidos hacía cinco años en Baltimore y Greenwich.

—Yo no intento decir que una persona pequeña pueda o no haber hecho tal o cual cosa —replicó Scarpetta.

A diferencia de la mayoría, era lo bastante cortés como para dejar de teclear y despegar la vista de la pantalla cuando se dirigía a alguien.

—Ya, pero él no pudo haberlo hecho —dijo Bacardi—. No es que quiera ponerme pesada y estar interrumpiendo todo el rato, pero tenía que sacar esto y asegurarme de que todos me estéis escuchando, ¿vale?

Miró a su alrededor.

—Vale —se respondió a sí misma—. Bethany, la víctima de mi caso, medía casi un metro ochenta. Bien, a menos que estuviera tendida, es imposible que alguien que mide un metro veinte la estrangulara por agarrotamiento.

—Yo sólo estoy dejando claro que fue por ese método —dijo Scarpetta, paciente—, basándome en las fotografías que me has enseñado y lo que he leído en el informe de la autopsia—. La inclinación de las marcas en el cuello, el que haya más de una, etcétera. No estoy hablando de si lo hizo éste o aquél...

—Pero yo sí. Eso es precisamente lo que estoy diciendo. Bethany no forcejeó, o, si lo hizo, milagrosamente no se produjo un solo rasguño ni un solo moretón. Insisto, quien estaba detrás de ella era de estatura normal, y ambos estaban de pie. Yo creo que la violó por detrás mientras la estrangulaba, porque eso era lo que le ponía. Igual en el caso de Rodrick. El chaval estaba de pie, y ese tipo detrás de él. La ventaja que el pervertido tuvo en mis dos casos es que era lo bastante corpulento para dominar a sus víctimas. Las intimidó para que se dejaran atar las manos detrás: no parece que opusieran la menor resistencia.

—Estaba intentando recordar cuánto medía Rodrick —dijo Benton—; me acuerdo de que tenía el pelo muy enmarañado y barba de dos días.

Fueron dos juergas seguidas por todo lo alto, con razón tenía esa pinta.

—Un metro setenta y cinco —dijo Bacardi—. Sesenta y un kilos de peso. Flaco y flojucho. Y poco amante de las peleas.

—Hay una cosa en la que todas las víctimas coinciden —dijo Benton—. Bueno, las víctimas de que tenemos noticia. Eran personas vulnerables. Tenían alguna discapacidad o estaban en desventaja.

—A menos que el asesino sea Oscar —apuntó Berger—. Entonces la cosa cambia. Me da igual si el chico era flaco o se drogaba. Si tu agresor mide sólo un metro veinte, no necesariamente estás en desventaja. Y detesto insistir, pero, a menos que encontremos otra explicación lógica de por qué sus huellas dactilares están en la escena del crimen de Eva Peebles... Y esas marcas dejadas por una zapatilla deportiva de talla treinta y seis, una Brooks Ariel... Resulta que Oscar usa ese mismo modelo de Brooks y esa misma talla de mujer.

—Y no olvidemos que ha desaparecido del mapa —señaló Marino—. Tiene que saber que lo estamos buscando y ha decidido convertirse en fugitivo. Lo mejor que podría hacer es entregarse a la policía. Estaría más seguro en comisaría...

—Estamos hablando de una persona profundamente paranoica —dijo Benton—. Nada en el mundo podría convencerlo de que es más seguro entregarse.

—Eso no tiene por qué ser verdad —replicó Berger mirando pensativa a Scarpetta, que estaba examinando fotografías de la autopsia y no se dio cuenta.

—No creo —dijo Benton, como si supiera qué estaba pensando Berger—. Oscar no lo haría, ni siquiera por ella.

Lucy dedujo que Berger estaba tramando un plan para que Scarpetta hiciese un llamamiento a Oscar.

—Pues no sé cómo le llegaría el mensaje —dijo Morales—. A menos que ella le llame al fijo. A lo mejor Oscar no resiste la tentación de escuchar el contestador automático.

—Ya puedes descartar eso —dijo Benton—. Métete en su cabeza por un momento. ¿Quién lo va a llamar que él desee oír? La única persona que le importaba de verdad, la única en quien parecía confiar, ha muerto. Y no tengo nada claro hasta qué punto sigue confiando en Kay. Da igual. Dudo mucho que compruebe su buzón de voz por control remoto. Ten en cuenta que cree estar siendo controlado, espiado, y ésa es la razón, pienso yo, de que se esconda. Lo último que se le ocurriría a Oscar es correr el riesgo de aparecer de nuevo en el radar del enemigo.

—¿Y por correo electrónico? —dijo Morales—. Quizá si ella le envía un e-mail... Enviado por Scarpetta seis-doce, ¿no? Él está convencido de que eres tú.

Miró a Scarpetta, quien ahora paseaba la vista entre los presentes oyéndolos planear una estrategia sobre qué podía hacer ella para convencer a Oscar de que se entregara. Lucy adivinó por el gesto de su cara que no estaba dispuesta a servir de cebo. Salvo que ahora podía hacerlo: la confidencialidad ya no contaba. Oscar era un fugitivo de la justicia. Había una orden judicial para arrestarlo y, a menos que ocurriera un milagro, cuando lo detuvieran tendría que ir a juicio y sería declarado culpable. Lucy no quiso ni pensar en lo que podía pasarle una vez en la cárcel.

—Yo creo —dijo— que Oscar ya supondrá que le hemos intervenido el correo electrónico; no va a entrar en su cuenta, a menos que sea un estúpido o esté desesperado o perdiendo el control. Estoy de acuerdo con Benton. Si queréis una sugerencia, yo probaría la televisión. A menos que crea que lo pueden localizar si enciende un televisor en cualquier habitación de motel, probablemente es lo único que hace: mirar las noticias en la tele.

—Podrías hacer un llamamiento desde la CNN, Kay —dijo Berger.

—Genial —intervino Morales—. Cuando estés en antena, le dices a Oscar que se entregue. Tal como están las cosas, es el mejor plan para su desquiciada vida.

—Podría llamar a la sucursal del FBI más cercana —sugirió Benton—. Así no ha de preocuparse por caer en manos de algún sheriff rural que no sabrá qué diablos está pasando. Bueno, según dónde esté ahora.

—Si acude al FBI, se apuntarán el tanto de haber arrestado a Oscar —comentó Morales.

—¿Y a quién coño le importa quién se apunte el tanto? —cortó Marino—. Yo estoy con Benton.

—Yo también —dijo Bacardi—. Oscar tendría que llamar al FBI.

—Agradezco que todo el mundo decida por mí sobre el particular —dijo Berger—, pero, sí, estoy más o menos de acuerdo. Es mucho más arriesgado si cae en las manos equivocadas. Y si resulta que se encuentra fuera de Estados Unidos, igualmente puede recurrir a una sucursal del FBI. Mientras consigamos que vuelva, me importa poco quién lo arreste.

Miró a Morales antes de añadir:

—Lo de menos es quién se apunte el tanto.

Él le devolvió la mirada. Luego miró a Lucy y le hizo un guiño. El muy hijo de puta.

—Yo no pienso salir en la CNN para pedirle que se entregue —dijo Scarpetta—. No sé por quién me habéis tomado. Yo no hago esas cosas: nunca tomo partido.

—¿Estás de broma? —preguntó Morales—. ¿Pretendes hacerme creer que tú no vas contra los forajidos y demás ralea? La doctora CNN siempre pilla a los malos. Bah, no quieres echar a perder tu reputación por un enano.

—Lo que pretende hacerte ver es que ella es la defensora de la víctima —dijo Benton.

—Y así es, a efectos legales —añadió Berger—. Kay no trabaja para mí ni para la defensa.

—Si todo el mundo ha terminado de hablar en mi nombre y no hay más preguntas, me gustaría irme a casa —dijo Scarpetta, poniéndose de pie, visiblemente enfadada.

Lucy trató de recordar la última vez que había visto a su tía tan enojada como ahora, especialmente en público. No era propio de ella.

—¿A qué hora empieza la doctora Lester con el caso de Eva Peebles? Quiereo decir empezar de verdad; no estoy preguntando a qué hora ha dicho ella que se pondría. No tengo intención de presentarme allí y tener que esperar sentada horas y horas. Por desgracia, sin ella yo no puedo empezar a trabajar. Es una pena que ella no se haya puesto ya.

Todo esto lo decía Scarpetta mirando a Morales, quien había llamado a la doctora Lester desde la escena del crimen.

—Eso no lo controlo yo —dijo Berger—. Puedo llamar al jefe de Medicina Forense, pero no me parece muy buena idea. Como ya sabes, allí me consideran una entrometida.

—Porque lo eres —dijo Morales—. Jaime *la Metomentodo*, así es como te llama todo el mundo.

Berger hizo oídos sordos y se levantó de la silla. Después de consultar su reloj de lujo, se volvió a Morales:

—La doctora ha dicho a las siete, ¿verdad?

—Sí, eso ha dicho Lester *la Peste*.

—Bueno, ya que parece que sois muy colegas, quizá podrías ocuparte tú de que se ponga realmente a trabajar a las siete en punto, así Kay se evitará tener que ir allí en taxi y esperar sentada, sin haber dormido en toda la noche.

—¿Sabes qué? —dijo Morales, mirando a Scarpetta—. Voy a buscarla ahora mismo, ¿qué te parece? Te llamo en cuanto estemos de camino. Y si quieres paso por tu casa a buscarte.

—Es la mejor idea que has tenido en mucho tiempo —le dijo Berger.

—Gracias —les dijo Scarpetta a ambos—, ya iré por mi cuenta. Pero sí, llámame cuando estéis de camino, por favor.

Cuando Berger regresó de acompañar a Scarpetta y a Benton hasta la puerta, Marino pidió más café. Lucy fue con Berger a la espaciosa cocina de acero inoxidable, madera de castaño y granito, resuelta a decirle algo ahora. La posible reacción de Berger determinaría si iba a haber un «después».

—¿Te vas? —El tono de Berger, al mirar a Lucy mientras abría un envase de café, volvió a ser familiar.

—Esos whiskys que tienes en el bar —dijo Lucy, enjuagando la jarra de la cafetera.

—¿Qué whiskys?

—Ya sabes cuáles.

Berger le cogió la jarra y volvió a llenar la cafetera.

—No, no sé —dijo—. ¿Es que quieres un trago a estas horas? No sabía que te daba por ahí.

—Esto no tiene ninguna gracia, Jaime.

Berger conectó la cafetera y se apoyó en la encimera. Parecía no saber de qué le hablaba Lucy, pero ésta no lo creía así.

Lucy mencionó las dos botellas de whisky exclusivo que tenía en el mueble bar.

—En el estante de arriba, maldita sea. No me digas que no las has visto.

—¡Ah! —dijo Berger—. Eso es de Greg. Hace colección. Y te juro que ni me había fijado.

—¿Hace colección, dices? No sabía que aún rondara por aquí —dijo Lucy, sintiéndose muy mal, peor que nunca en su vida.

—No, me refiero a que son suyas —dijo Berger, con su calma habitual—. Si empiezas a abrir armarios, verás que hay toda una fortuna en whiskys de marca. Ni me había fijado, en serio. Nunca he tomado un trago de sus preciosos whiskys.

—¿De veras? —dijo Lucy—. Entonces ¿cómo es que Morales parecía saber que tenías esas botellas?

—Esto es absurdo, Lucy, y no me parece el lugar ni el momento adecuados —dijo Berger sin alterarse—. Basta.

—Morales las ha mirado como si supiera algo. ¿Había estado aquí, en tu casa, antes de esta mañana? A ver si eso de Tavern on the Green será algo más que un chisme...

—No tengo por qué responder a eso y además no pienso hacerlo. Imposible —dijo Berger, casi con dulzura—. Si no te importa, ¿puedes ir a preguntar quién quiere café y si lo quieren con algo?

Lucy salió de la cocina y no preguntó nada a nadie. Desconectó su alimentador de corriente, enrolló el cable despacio y lo guardó en un bolsillo de su cartera. Después metió en ella su MacBook.

—Tengo que volver a mi oficina —dijo a todo el mundo, en el momento en que Berger volvía.

Berger preguntó quién quería café, como si no pasara nada.

—No hemos escuchado la cinta del nueve-uno-uno —recordó en voz alta Bacardi—. Yo, al menos, quisiera oírla. No sé los demás...

—Sí, yo debería oírla —dijo Marino.

—A mí no me hace falta —añadió Lucy—. Si queréis que la escuche, me podéis enviar el archivo de audio por correo. Si me entero de algo nuevo, os lo hago saber. Ya conozco el camino —le dijo a Jaime Berger sin molestarse en mirarla.

30

—Pobres porteros —dijo Scarpetta—. Creo que los he asustado más de lo normal.

Normalmente, cuando llegaban al bloque de apartamentos de lujo, a los porteros les bastaba ver el maletín de la escena del crimen para apartarse enseguida. Pero esta mañana la reacción había sido más fuerte de lo acostumbrado debido a las noticias. Un asesino en serie estaba aterrorizando el East Side de la ciudad y podía haber matado, años atrás, en Maryland y Connecticut. Además, Benton y Scarpetta traían una pinta que también daba miedo.

Entraron en el ascensor y subieron hasta la planta treinta y dos. No bien cruzaron el umbral, empezaron a desvestirse.

—Ojalá no tuvieras que ir —dijo Benton. Se arrancó la corbata mientras se despojaba de la chaqueta, habiendo dejado ya el abrigo tirado sobre una silla—. Has tomado muestras, conoces la causa de la muerte. ¿Por qué?

—A lo mejor consigo que hoy alguien me trate como si tuviera cerebro —dijo Scarpetta—, o incluso la mitad del que solía tener.

Tiró la americana y la blusa al cesto de riesgo biológico, una práctica tan normal para ellos que muy pocas veces se le ocurría pensar lo raro que le parecería eso a alguien que estuviera observándolos, tal vez por un telescopio. Entonces pensó en el nuevo helicóptero que había adquirido la policía de Nueva York, algo que Lucy le había mencionado. Disponía de una cámara capaz de reconocer caras a más de tres kilómetros de distancia, o algo así.

Scarpetta se bajó la cremallera de los pantalones, se los quitó, y agarró el mando a distancia de encima de la mesita baja de roble Stickley, en una sala de estar repleta de muebles Stickley y óleos de Poteet Victory. Cerró las persianas electrónicas con la sensación de estar escondiéndose de todo el mundo, igual que Oscar.

—No sé si estabas de acuerdo conmigo —le dijo a Benton, ambos ahora en ropa interior y con los zapatos en la mano—. Por cierto, ahora que estamos aquí los dos, ¿tú eres feliz? Ya ves con quién te has casado, una persona que tiene que cambiarse nada más entrar en casa debido a los sitios poco recomendables que visita.

Él la abrazó y hundió la nariz en sus cabellos.

—No estás tan mal como piensas —dijo.

—Quisiera estar segura de por qué lo dices.

—Claro que estaba de acuerdo. Por supuesto que sí. Si no fuera... —Levantó el brazo izquierdo por detrás de la cabeza de ella, sin dejar de abrazarla, y se miró el reloj—. Las seis y cuarto. Mierda. Vas a tener que marcharte enseguida. Bien, en lo que no estoy del todo de acuerdo es en que tengas que hacer de canguro de la doctora Lester. Rezaré para que caiga una tormenta de aúpa y así no puedas ir a ninguna parte. ¿Ves ese cuadro de Victory, tu favorito, *Elementos en equilibrio*? Pues voy a rezar a Manitú* para que los elementos estén bien equilibrados y así te quedes en casa y te duches conmigo. Podemos limpiar los zapatos los dos juntos en la ducha como hacíamos antes. Bueno, y ya sabes lo que solíamos hacer después de eso.

—¿Qué demonios te ha entrado?

—Nada.

—O sea que estás de acuerdo en que no salga por la tele —dijo ella—. Vale, reza todo lo que puedas. No quiero hacerle de canguro. Todo lo que has dicho es cierto. Sé lo que le pasó a Eva Peebles. Ella y yo lo hemos hablado en ese cuarto de baño; no ne-

---

* Poteet Victory es un pintor indio americano. (*N. del T.*)

cesito discutirlo con la doctora Lester, que ni siquiera escucha y no es tan imparcial y abierta como lo era Eva Peebles. Estoy cansada, estresada, y hablo como tal. Estoy enfadada. Lo siento.

—No conmigo —dijo él.

—No, contigo no.

Benton le acarició la cara, el pelo, la miró intensamente a los ojos como hacía cuando trataba de encontrar algo que se le había perdido, o que creía haber perdido.

—No estamos hablando de protocolos ni de estar de parte de uno o del otro —dijo—. Se trata de Oscar, de todas las personas que han sido objeto de crueldad. Cuando uno no está seguro de quién ha hecho qué o cómo o por qué, es mejor quedarse en un segundo plano. Creo que es un buen momento para dejar hacer a la doctora Lester. Para llevar las cosas con calma. Mierda —añadió de repente.

Volvió al cesto de la ropa y sacó su pantalón. Metió la mano en un bolsillo y extrajo el *pen drive*, envuelto todavía en los guantes de color violeta.

—Esto. Esto sí es importante —dijo—. A lo mejor Manitú acaba de oír mi plegaria.

Sonó el móvil de Scarpetta. Era el doctor Kiselstein, del Y-Doce. Ella le habló antes de que él pudiera decir nada.

—Lucy dice que todo ha llegado bien. Te pido mil disculpas. Confío en que no estuvieras esperando... No sé muy bien dónde.

La voz con acento alemán del doctor Kiselstein por el móvil de Scarpetta:

—Como no suelo recibir muestras vía reactor privado, me puse cómodo y escuché música en el iPod que mi mujer me regaló por Navidad. Es tan pequeño que podría usarlo de clip de corbata. No ha habido ningún problema. Conozco la base aérea de la Guardia Nacional, aunque, como digo, no estoy acostumbrado a aviones de millonarios; normalmente es un C-uno-treinta o algún otro avión de carga que nos trae material de la CIA que la NASA no ha querido aceptar. Pantallas térmicas defectuosas, por ejemplo. O prototipos, cosas que yo prefiero porque no tienen que ver con asesinatos. Cuando recibo cosas raras de ti, siempre es por algo malo. Pero, bueno, tengo ya algunos resultados. Me doy cuenta de que esto corre mucha prisa. El informe oficial del análisis aún tardará un poco.

Benton se apartó de Scarpetta, le rozó la mejilla y se fue a la ducha.

—Básicamente, lo que hay es un ungüento que está mezclado con sangre, quizá sudor y sales de plata, y junto con esto hay fibras de madera y de algodón —dijo Kiselstein.

Scarpetta se acercó al sofá, cogió un bolígrafo y una libreta del cajón de una mesa esquinera y tomó asiento.

—En concreto, nitrato de plata y nitrato potásico. Y, como era de esperar, carbono y oxígeno. Te envío unas imágenes por correo; están tomadas con diferentes aumentos hasta 1000-X. Pero la sangre se ve ya a 50-X, las zonas ricas en plata son brillantes debido a su elevado número atómico. Se observa también nitrato de plata en la madera: pequeñas motas blanquecinas uniformemente distribuidas por la superficie.

—Esto último es curioso —dijo Scarpetta—. ¿Las fibras de algodón también lo están?

—Sí. Se aprecian a mayores aumentos.

Para ella, esa diseminación uniforme era indicativa de algo que podía haber sido hecho adrede, y no de una transferencia debida a contaminación fortuita. No obstante, si lo que estaba pensando era correcto, probablemente se trataba de ambas cosas.

—¿Y células cutáneas? —preguntó.

—Sí, desde luego. Estamos trabajando todavía en el laboratorio; esto llevará un día o dos. No hay descanso para los malvados. Y esto es difícil porque has enviado muchas muestras. Te llamaba por dos de ellas: la silla y un hisopo. Se podría pensar que las fibras de madera y de algodón son de los hisopos que empleaste en el cadáver, y sí, pero quizá no. Por ahora no te lo sé decir. Ahora bien, no en el caso de la silla, porque no tomaste muestras del asiento, ¿verdad?

—No. Eso no se tocó.

—Entonces podemos afirmar que las fibras de madera y algodón de la tela del cojín están ahí por otro motivo, tal vez por transferencia del ungüento, lo cual abre una incógnita, puesto que es calorífugo. Esto nos obliga a utilizar presión variable a fin de mantener el alto vacío del aparato que se necesita para crear el haz de electrones, mientras el resto de la cámara se rellena con aire filtrado seco. Y hemos reducido la dispersión del haz de electrones minimizando la distancia de trabajo. Bueno, supongo que todo esto son excusas. Es difícil visualizar ese ungüento, me temo que el haz de electrones lo derrite. La cosa mejorará cuando se seque.

—¿Tal vez aplicadores de nitrato de plata para cauterizar la piel? —dijo ella—. Es lo primero que me viene a la cabeza. Eso podría explicar la presencia de sangre, sudor, células cutáneas. Y la mezcolanza de perfiles de ADN, si es que estamos hablando de un tarro de ungüento curativo de uso comunitario. Como sería el caso si ese tarro estuviera, por ejemplo, en una consulta médica. ¿Un dermatólogo, tal vez?

—No haré preguntas sobre tus sospechosos —dijo el doctor Kiselstein.

—¿Alguna otra cosa de interés respecto a la silla?

—El armazón es hierro con oligoelementos de oro en la pintura. No había nadie sentado en la silla cuando la metimos en la cámara. Mi trabajo está al margen de sospechosos y condenas.

Colgaron.

Scarpetta probó los dos teléfonos de la doctora Elizabeth Stuart y le salió el buzón de voz. No dejó ningún mensaje; se quedó en el sofá, pensando.

Le parecía estar llevando bien el asunto de Marino hasta que decidió telefonearlo y se dio cuenta de que no tenía su número de móvil. Llamó en cambio a Berger, y la forma de contestar de la fiscal le hizo pensar que sabía quién la llamaba y que era una llamada personal.

—Soy Kay.

—Ah. —La voz de Berger—. Ponía «restringida». No sabía qué pensar.

Cuando telefoneaba Lucy, era siempre llamada restringida. Scarpetta intuyó que algo no marchaba bien entre su sobrina y Berger. Lucy había estado muy callada durante la reunión. Scarpetta no había intentado llamarla, suponía que estaba aún en casa de Berger. Quizá no era así.

—Morales ha telefoneado hace unos minutos —dijo Berger—, diciendo que le sale tu buzón de voz.

—Estaba hablando por teléfono con Y-Doce. No voy a poder ir al depósito ahora mismo.

Le hizo un rápido resumen a Berger.

—Entonces hay un denominador común —dijo ésta después—: la dermatóloga. Terri iba a ella, y dices que Oscar también va. O iba.

Scarpetta había revelado ese detalle en la reunión de hacía un rato porque ya no estaba constreñida por la confidencialidad entre médico y paciente. No era correcto guardarse la información, pero aun así se sintió incómoda al divulgarla. Que la situación hubiera cambiado en lo legal no significaba que lo hubiera hecho para sus adentros. Cuando Oscar había hablado con ella en la enfermería, y llorado amargamente, no podía prever el momento en que ella lo iba a traicionar, por más veces que Scarpetta le hubiera aconsejado que se buscara un buen abogado.

Esto le creaba un gran conflicto interno. Estaba resentida, indignada con él, porque se consideraba una persona digna de confianza. Y estaba resentida, indignada con él, porque la confianza de Oscar le importaba un comino.

—Tengo que informar a Marino de lo que ha descubierto el Y-Doce —le dijo a Berger—. No sé cómo localizarlo.

Berger le dio dos teléfonos.

—¿Sabes algo de Lucy? —preguntó después.

—Pensaba que estaría contigo —respondió Scarpetta.

—Se han ido todos hace cosa de media hora, ella sólo unos minutos después que tú y Benton os marcharais. Creía que igual os habría alcanzado. Morales y ella no se llevan bien.

—A Lucy le cae mal ese tipo de individuo.

Tras una pausa, Berger habló:

—Eso es porque no entiende una serie de cosas.

Scarpetta guardó silencio.

—Nos hacemos mayores y los absolutos no existen. Nunca han existido —dijo Berger.

Scarpetta no iba a echar una mano.

—No quieres hablar de ello y me parece bien. —La voz de

Berger sonaba todavía serena, pero había un pequeño deje de algo más.

Scarpetta cerró los ojos y se pasó la mano por el pelo, dándose cuenta de lo impotente que se sentía en ese momento. No podía cambiar lo que estaba pasando, e intentarlo sería un error y una estupidez.

—Estaba pensando que quizá podrías ahorrarme un poco de tiempo —dijo Scarpetta—. Podrías llamar a Lucy y explicarle lo que hemos sabido a través de Y-Doce. Hazme ese favor, así yo intentaré localizar a Marino. Y ya que hablas con Lucy, quizá que pruebes con otra táctica. Procura ser muy sincera con ella, aunque pienses que se va a subir por las paredes o que lo utilizará después en tu contra. Expón los hechos aunque creas que eso puede ser contraproducente para ti, que puede hacerte perder algo. Para personas como nosotras es duro, y ya no digo más. Me pregunto si Bacardi (cielo santo, no me acostumbro a llamar así a una persona de carne y hueso) podría decirnos si Bethany o Rodrick visitaban a algún dermatólogo en Baltimore o Greenwich en 2003. El informe de la policía decía que el chico estaba tomando Accutane para el acné.

—O sea que hay un dermatólogo de por medio.

—Eso me parece a mí. No es un medicamento cualquiera.

—Le explicaré todo esto a Lucy. Gracias, Kay.

—Sé que lo harás —dijo Scarpetta—. Sé que le dirás todo lo que ella necesita oír.

Benton había salido de la ducha y estaba tumbado en la cama, envuelto en un albornoz grueso, mirando algo en su portátil. Scarpetta apartó el ordenador y se sentó a su lado, fijándose en que tenía el *pen drive* conectado.

—Aún no estoy limpia —dijo—. Seguro que huelo a muerto. ¿Me seguirías respetando si dijese una mentira?

—Según a quién se la digas.

—A otra doctora.

—Entonces, vale. Para futuras referencias, si tuvieras que mentir son preferibles los abogados.

—Fui a la Facultad de Derecho y no me van los chistes del ramo —dijo ella, sonriendo.

Pasó los dedos por los cabellos de Benton. Todavía estaban húmedos.

—Mentiré estando tú delante —añadió—, así parecerá menos un pecado. Tengo ganas de meterme en la ducha y cepillarme los dientes. Y éstos... —Vio que en la otra mano sostenía aún los zapatos sucios—. ¿No habías dicho que íbamos a ducharnos juntos, y que limpiaríamos los zapatos?

—Pensaba ducharme dos veces —respondió él—. Aún no he limpiado los míos.

Scarpetta se levantó de la cama y fue a llamar por el teléfono fijo. Esta vez no probó en la *suite* presidencial de la doctora Stuart y tampoco llamó al móvil, sino a la recepción del St. Regis. Dijo que trabajaba en la CNN y que intentaba localizar a la doctora Stuart, quien según sus datos se alojaba en el hotel bajo el nombre de doctora Oxford.

—No cuelgue, por favor.

Momentos después la doctora se ponía al teléfono.

Scarpetta le dijo quién era, a lo que la doctora Stuart, de manera brusca, contestó:

—Nunca hablo de mis pacientes.

—Y yo, por lo general, no hablo de otros doctores por televisión —dijo Scarpetta—. Pero podría hacer una excepción.

—¿Qué pretende decir con eso?

—Lo que he dicho, doctora Stuart. Al menos uno de sus pacientes ha sido asesinado en las últimas veinticuatro horas, y a otro se le acusa de ese asesinato y tal vez de varios más y ha desaparecido. En cuanto a Eva Peebles, que fue asesinada anoche, ignoro si era paciente suya. Lo que sí sé es que las pruebas de tipo forense indican que haría usted bien en colaborar. ¿Por ejemplo? Bien, me pregunto si cierta mujer de Palm Beach que tiene casa en Nueva York podría ser también su paciente.

Scarpetta le dio el nombre de la parapléjica cuyo ADN fue encontrado en la vagina de Terri Bridges.

—Usted sabe perfectamente que no puedo dar información relacionada con mis pacientes.

El modo en que la doctora Stuart lo dijo confirmaba que dicha mujer era paciente suya.

—Sí, lo sé muy bien —dijo Scarpetta, y por aquello de asegurarse, agregó—: diga sólo que no si esa mujer no es paciente suya.

—Me niego a decir nada.

Scarpetta empleó la misma táctica para hablar de Bethany y de Rodrick, sin mencionar por qué quería saber de ellos. Si la dermatóloga los conocía, no le haría falta que Scarpetta le dijese que ambos habían sido asesinados hacía cinco años. Ya estaría al corriente.

—Como puede usted imaginarse, muchos pacientes míos viven en la zona de Greenwich —dijo la doctora Stuart, mientras Scarpetta se inclinaba hacia Benton para ver lo que éste estaba mirando en la pantalla del ordenador—. Tengo una consulta en White Plains.

Parecían fragmentos de mapas que alguien había estado enviando por correo electrónico a Oscar, supuestamente.

—No voy a decir si a esas dos personas se las ha visto alguna vez en mi consulta —continuó la dermatóloga—. Lo que sí le digo es que recuerdo la muerte del joven. Todo el mundo quedó muy afectado. Como lo estamos ahora por lo que acaba de pasar en Nueva York. Lo vi anoche en las noticias. Pero si recuerdo lo de Greenwich es porque el concesionario de Aston Martin...

—Bugatti —la corrigió Scarpetta.

—Yo voy al concesionario de Aston Martin. Está muy cerca del de Bugatti —dijo la doctora Stuart—. Por eso me enteré de la muerte del muchacho. Habré pasado a unos cien metros del lugar donde fue hallado o asesinado. Cuando llevo mi Aston Martin a revisar. Es por eso que lo recuerdo, no sé si me explico. De hecho, ya no tengo ese coche.

Quería dar a entender que ni Bethany ni Rodrick habían sido pacientes suyos y que se habría enterado de un homicidio con sadismo sexual porque le había hecho recordar un coche que costaba más que la vivienda de muchas personas.

—¿Tiene a alguien trabajando para usted o relacionado de algún modo con su consulta y que le parezca que la policía debería investigar? —preguntó Scarpetta—. No, espere, lo diré de forma que sea más fácil responder. Si estuviera en mi lugar, ¿qué pensaría usted?

—Yo pensaría en alguien de la plantilla. Concretamente, trabajadores a tiempo parcial.

—¿Por ejemplo?

—Técnicos, internos, sobre todo la gente que entra y sale para tareas sin importancia. Por ejemplo, gente que trabaja en una de las consultas durante sus vacaciones de verano o fuera de horas. Puede ser desde hacer la limpieza hasta contestar el teléfono o localizar al médico de servicio. Tengo uno que también es técnico en veterinaria. Pero nunca se ha metido en líos. Lo que pasa es que no trabajo con él en persona y para mí es casi un desconocido. De hecho, se ocupa sobre todo de limpiar y hace de ayudante de otros médicos. Piense usted que tengo cuatro consultas y más de sesenta empleados.

—¿Ha dicho técnico en veterinaria?

—Creo que así es como se gana la vida, principalmente. Sé que tiene que ver con tiendas de mascotas, porque a varios de mis empleados les ha traído cachorros. Un técnico en veterinaria que les echa una mano con las mascotas. Qué hace o cómo lo hace, es algo que prefiero no saber —dijo la doctora Stuart—. Es un tío raro; una vez intentó regalarme un cachorro, fue por mi cumpleaños, el verano pasado. Uno de esos perros chinos que sólo tienen pelo en la cabeza, la cola y las patas. Creo que tendría unas ocho semanas y parecía deforme, como si tuviera alopecia, y lo único que hacía era tiritar y toser. El técnico escribió en una tarjeta que ahora yo podría decir por ahí que hacía depilaciones a perros, o que había ampliado mi práctica de la dermatología a la raza canina, algo así. Eso no me hizo ninguna gracia e insistí para que se quedara el cachorro. Francamente, todo muy desagradable.

—¿Le preguntó alguna vez qué fue del cachorro? —preguntó Scarpetta.

—Tengo una ligera idea.

El tono fue siniestro.

—Digamos que le gusta poner inyecciones —continuó—. Con las agujas es un as, creo que estudió algo de flebotomía.

Oiga, mire, todo esto me está alterando mucho. Se llama Juan Amate.

—¿Es su nombre completo? Casi siempre los nombres hispanos incluyen el de la madre, no sólo el apellido.

—Ni idea. Ha estado trabajando estos últimos años (no sé si tres o cuatro) en mi consulta del Upper East Side. No lo conozco personalmente, y no está autorizado a entrar cuando yo estoy con un paciente.

—¿Por qué?

—Pues mire, la verdad, la mayoría de mis pacientes son personas de mucha categoría, famosos, etcétera, y no dejo que me ayude gente que trabaja por horas. Tengo mis ayudantes normales, que están acostumbrados a tratar adecuadamente con personas muy famosas. No puedes hacer que un eventual le saque sangre a una primerísima estrella de cine.

—¿Veía usted personalmente a Terri Bridges o a Oscar Bane?, ¿o de eso se habría ocupado otro de sus médicos?

—En principio, no habría tenido motivo para conocerlos en persona. Ahora bien, entre mis pacientes hay más personas pequeñas ya que la obesidad es uno de los problemas más comunes y las dietas traen consigo muchos problemas cutáneos: acné, arrugas prematuras en la cara y el cuello. Si no se ingiere la cantidad adecuada de grasa, la piel tampoco conserva la humedad, así que a eso hay que añadir la descamación...

De modo que no veía a Terri ni a Oscar en persona: no eran lo bastante importantes.

—¿Puede decirme algo más acerca de Juan Amate? —preguntó—. No estoy insinuando que haya hecho nada malo. Lo único que quiero, doctora Stuart, es que nadie más acabe muerto. ¿Sabe usted dónde vive o algo de este tipo?

—Ni la menor idea. Dudo que tenga mucho dinero. Tez morena, cabello oscuro. Hispano. Habla español, que siempre viene bien. Pero habla inglés perfectamente: eso es un requisito para trabajar en mi consulta.

—¿Es ciudadano estadounidense?

—Supongo que sí, pero esas cosas no las compruebo yo. En fin, no lo sé.

—¿Algo más que pueda decirme? Por ejemplo, ¿sabe dónde podría localizarlo ahora la policía, para hacerle unas preguntas?

—No tengo ni idea. No sé nada más. Simplemente me disgustó mucho que me regalara aquel cachorro —dijo la doctora Stuart—. Me pareció un gesto muy feo, como si tratara de estafarme, qué sé yo. A mí, nada menos. Imagínese, regalarme a mí un chucho horrible que tenía problemas de pelo y de piel. Sólo recuerdo que fue todo muy desagradable; después quedé mal delante de mis empleados porque le hice sacar de la consulta aquella miseria de perro, y él dijo que no sabía qué iba a hacer con el pobre animal, como si yo lo estuviera condenando a... No sé, como si quisiera hacerme quedar como una persona sin corazón. Creo que casi se me pasó por la cabeza despedirlo a raíz de aquello. Debería haberlo hecho.

Benton había apoyado una mano en el muslo desnudo de Scarpetta y, cuando ella colgó, la rodeó con el brazo y dirigió su atención hacia lo que había estado mirando mientras ella hablaba por teléfono.

—¿Ves esas líneas gruesas, las de color rosa oscuro? —Resiguió una con el dedo: iba de la calle Amsterdam hasta un punto del Upper East Side en la Tercera Avenida—. Son rutas. Esto es una ruta trazada por un GPS.

—¿Una ruta simulada o real?

—Yo creo que son reales. Parecen grabaciones correspondientes a las rutas que hacía Oscar. Algún tipo de proceso de grabación estaba en marcha mientras él iba a tal o cual sitio. Fíjate en esto.

Desplazó la imagen en la pantalla: había como una docena de mapas con rutas.

—La mayoría empieza o acaba en la dirección de Amsterdam donde está su casa. Por lo que veo aquí, estos diarios de navegación empezaron el diez de octubre pasado y terminaron el tres de diciembre.

—El tres de diciembre... —dijo Scarpetta—. El mismo día en que esa foto que me hicieron en el depósito fue eliminada casi simultáneamente del correo electrónico de Scarpetta seis-doce y del de Terri.

—Y el mismo día que Oscar llamó a la oficina de Berger y acabó hablando por teléfono con Marino.

—Sí, ¿qué diablos pasa? ¿Es que se paseaba por ahí con una especie de pulsera con un chip GPS, o quizás utilizaba una PDA que lleva GPS incorporado e iba descargando todos sus movimientos y tal enviándolos por correo electrónico a su propia cuenta? ¿Para hacer ver que alguien lo seguía, que alguien lo espiaba y todo eso que ha dicho?

—Ya viste su apartamento, Kay. Oscar cree en todo eso. Pero si fuera otra persona quien le enviaba estas rutas, ¿te imaginas?

—No, la verdad.

Benton siguió mirando los mapas. Ubicación de tiendas de comestibles, gimnasios, tiendas de material para oficina, o, como lo expresó Benton, sitios adonde Oscar podía haber ido pero sin llegar a entrar: un restaurante, un bar, etcétera.

—Y como puedes ver —dijo, frotando la espalda de Scarpetta—, a medida que pasa el tiempo sus destinos se vuelven más caprichosos y variables. Cambia de ruta a diario. Se palpa que tiene miedo en su manera de zigzaguear, literalmente, por todo el mapa. O su miedo fingido, si es que todo esto no es puro teatro. Pero el miedo parece real. Su paranoia no es fingida, yo al menos no lo creo así.

—Ya te imaginas lo que pensará de todo esto un jurado —dijo Scarpetta, poniéndose de pie—. El ciberprofesor loco elabora este plan para hacer ver que es el blanco de una organización clandestina o una secta de fanáticos, yo qué sé. Se sigue a sí mismo, es un decir, mediante un GPS, y aparte de eso llena su apartamento de extraños artilugios, o los lleva encima y en el coche.

Terminó de desvestirse porque tenía que meterse en la ducha. Había tantas cosas que hacer. Benton la miró intensamente al levantarse de la cama.

—No habrá nadie, ningún jurado, que le crea —dijo ella mientras él la tocaba y se inclinaba para besarla.

—Te ayudaré a ducharte —añadió Benton, guiándola hacia el baño.

31

El viento abofeteaba a Lucy, que estaba sentada en el gélido suelo de cemento en el tejado del edificio, haciendo fotos de la cámara colocada en la base de la antena parabólica.

Era una cámara barata, incluía audio y estaba conectada a la red inalámbrica de Internet de forma que cualquier inquilino pudiera utilizarla para conectarse.

Pero no sólo inquilinos. Mike Morales la estaba utilizando y no para lo que todo el mundo pensaba, razón por la cual no se le había ocurrido a Lucy comprobarlo. Y eso la había puesto furiosa.

Puesto que era cosa sabida que había otro aparato conectado a la red —la cámara que Morales decía haber instalado él mismo—, Lucy no había pensado en acceder al *router* inalámbrico. No se le había ocurrido comprobar la página de administración del *router*.

De haberlo hecho la víspera, habría descubierto lo que sabía ahora. Probó de llamar otra vez a Marino; en la última media hora había intentado localizarlos a él y a Berger, pero sólo le salían buzones de voz.

No había dejado ningún mensaje. No estaba dispuesta a dejar mensajes como los que ella misma recibía.

Esta vez, menos mal, Marino contestó.

—Soy yo —dijo Lucy.

—¿Estás en el túnel del viento, o qué? —preguntó él.

—¿Sabes esa cámara que viste instalar a Morales en el tejado, donde me encuentro yo ahora mismo? Pues no la estaba instalando cuando lo sorprendiste aquí arriba: probablemente la estaba quitando.

—No sé de qué me hablas. Yo le vi... Vale, de acuerdo. En realidad no le vi hacer nada. Acabo de hablar por teléfono con tu tía, deja que te lo explique rápido, porque hace rato que intenta ponerse en contacto contigo. Parece ser que quien ya imaginas está siendo controlado por un GPS o cosa parecida. Y puede que el asesino trabajara como técnico veterinario en la consulta de la doctora Stuart. O sea, Terri podría haber conocido a su asesino en la consulta de su dermatóloga, es un hispano que...

—¡Escucha, Marino! ¡La cámara de los cojones lleva aquí arriba desde hace tres putas semanas! Es sensible al movimiento, de modo que cada vez que registra algo lo envía por correo a alguien que está a punto de ser pirateado. Tengo el maldito IP de Morales. Tengo su puto código de acceso, y es el mismo número que el de Scarpetta seis-doce. ¿Entiendes lo que todo eso supone?

—No soy un retrasado mental, joder.

Como en los viejos tiempos. ¿Cuántas veces no le había dicho eso a ella a lo largo de los años?

—El que instaló esta cámara y está enviando imágenes por e-mail es la misma persona que enviaba mensajes a Terri haciéndose pasar por mi tía Kay. Seguramente es algún tipo de PDA, y el capullo se planta delante del John Jay, les secuestra la red inalámbrica, y por eso la IP indica que la cosa viene de allí. El código de acceso es el mismo del aparato utilizado para enviar la fotografía a Terri, la foto que alguien envió por e-mail desde el cibercafé que hay cerca de la consulta de la dermatóloga. Fue Morales quien le dijo a Terri que borrara esa fotografía el tres de diciembre...

—¿Y por qué?

—Porque le gustan los jueguecitos, ya ves tú. Seguramente estaba en la morgue cuando sacaron la maldita foto, si es que no lo hizo él. Lo mismo que la foto que le hicieron a Jaime en Tavern on the Green. Seguramente lo planeó él y luego la envió a *Gotham Gotcha*.

—Entonces es que tiene que ver con el sitio.

—Ni idea. Lo que sí sé es que Eva Peebles trabajaba para quien sea que esté detrás de *Gotham Gotcha*. Y dudo mucho que la pobre hubiera podido decirnos quién era el autor de las crónicas. En su ordenador no hay nada que identifique quién es. Mientras hablamos estoy husmeando paquetes y mirando datos en puntos de unión. Qué hijo de puta, ese Morales. Ah, y seguramente el técnico en veterinaria, ese hispano de los cojones, también es él. La madre que lo parió. Estoy por hacerle una visita...

Estaba tecleando en su MacBook mientras hablaba, haciendo un escaneo de puertos. Marino se había quedado mudo.

—¿Sigues ahí?

—Sigo.

—¿Quieres decirme por qué coño un poli tiene que instalar una cámara de vigilancia tres semanas antes de un asesinato? —preguntó Lucy.

—¿Y por qué mierda iba a enviar cosas haciéndose pasar por ella?

Lucy oyó una voz femenina de fondo: Bacardi.

—Pregúntaselo a él —dijo—. Seguramente fue quien le dio a Terri la brillante idea de colgar algo en la página del John Jay diciendo que necesitaba ponerse en contacto con mi tía. Terri lo hace, y después, ¡oh maravilla!, ¿quién le escribe? Morales conocía a Terri, de lo contrario no le habría estado enviando e-mails. Ya te digo, seguramente él es el maldito técnico en veterinaria, y ella lo conoció en la consulta de la dermatóloga.

—Y fue él quien probablemente le dio el cachorro enfermo; le parecería gracioso. —La voz de Marino, un murmullo—. Y luego Terri se lo pasa a Eva Peebles. El cachorro muere. Ella también. ¿Qué culpa tenía la pobre vieja? A saber si fue Morales quien hizo esas pequeñas reformas en el apartamento de Terri, eso que comentaba el administrador. Sería muy típico de él ir de colega, de confidente, con alguien que podía necesitar los servicios de un despreciable forzudo. Típico de él hacer que alguien como Terri, una estudiante de Psiquiatría Forense, colgara algo en una página web, para joder a todo el mundo. Pero ¿por qué a Kay?

—Porque Morales es un médico frustrado, y mi tía no. Qué sé yo. ¿Por qué hacemos lo que hacemos?

—No vas a quitar esa cámara de ahí, ¿verdad? Él no tiene que enterarse.

—Claro que no —dijo Lucy, mientras el viento la maltrataba como si quisiera arrancarla del tejado—. Morales debió de subir aquí para desmontarla, y lo último que esperaba era que aparecieses tú por la escalera de incendios. Y como necesitaba una coartada, se tiró el rollo de que había instalado una cámara de vigilancia por si el pervertido volvía a la escena del crimen. Y una mierda. Tengo el *log* abierto en mi portátil. Esta cámara ha enviado más de diez mil imágenes en las últimas tres semanas y continúa funcionando mientras hablamos. Según parece, ese capullo está accediendo ahora mismo a la red. Te alegrará saber que he deshabilitado la función de audio. Claro que con esta ventolera tampoco habría forma de oír nada.

—¿Estás completamente segura de esto? —dijo Marino.

—Y, encima, lo que estoy haciendo es absolutamente ilegal —dijo Lucy—. Dios mío —exclamó, mientras movía la barra de desplazamiento en archivos de vídeo.

Archivos en la cuenta de correo personal de Mike Morales. Nombre de usuario: Forenxxx.

Encontró uno que había sido grabado por un aparato diferente, no por la cámara del tejado. Abrió el archivo y clicó *play*.

—Hostia —dijo—. Una grabación hecha en Nochevieja, sólo que no desde el tejado sino desde el apartamento de Terri. ¡Joder! ¡Oh, no, joder!

El ático de Berger tenía dos niveles, en el de arriba estaba la zona principal, donde Lucy y ella estaban visionando el asesinato de Terri Bridges en una enorme pantalla plana de plasma situada en una zona de estar, junto al dormitorio.

Casi no podían soportarlo, y eso que no había prácticamente nada que ambas no hubieran visto ya. Rígidas en el sofá, observaron la cara de Terri en el espejo de tocador cuando unas manos con guantes de látex la agarrotaban por detrás con un torniquete azul que parecía de goma, como los que se usan cuando hay que extraer sangre. Víctima y agresor estaban desnudos, ella con las manos atadas a la espalda y pataleando salvajemente desde su silla con respaldo en forma de corazón, mientras que él casi la levantaba en vilo para dejarla inconsciente.

Después, aflojaba la presión, y, cuando ella revivía, empezaba otra vez.

Terri no decía nada en todo el rato, sólo emitía los esperados y espantosos ruidos guturales de quien tiene arcadas; los ojos se le salían de las órbitas y la lengua de la boca, y un hilo de saliva le bajaba por el mentón. Tardó exactamente veinticuatro minutos y medio en morir, porque eso fue lo que tardó él en eyacular y acabar con ella, porque ya había dejado de interesarle.

Antes de desconectar la cámara, él tiraba el condón al inodoro.

—Empecemos de nuevo —dijo Berger—. Quiero escuchar con calma lo que dicen cuando él la lleva al cuarto de baño. Tengo la impresión de que antes han copulado. Y las otras cosas que dicen podrían indicar por qué él hace todo esto. Es el factor premeditación. Puede que hubiera un motivo más allá de su sadismo sexual. ¿No le llama ella Juan? ¿O me lo parece?

—Sospecho que ella se acostaba con él mucho antes de hacerlo con Oscar —dijo Lucy—. Hay mucha familiaridad, sobre todo en los comentarios que hace él. Terri seguramente lo conocía de la consulta de la doctora Stuart, desde hacía unos dos años. Me da igual que no sepamos seguro si él es Juan Amate: sé que es la misma persona, no puede ser de otra manera. Sí, yo creo que ella dice «Juan». Pero, de acuerdo, no se oye bien.

Pulsó el *play* en el mando a distancia. La grabación empezaba a media frase con un plano del tocador y la cara de pánico de Terri en el espejo oval. A su espalda había un hombre desnudo que se desplazaba para ajustar el ángulo de la cámara, de modo que se veía su pene enfundado en un preservativo y encajado entre los omóplatos de ella, a guisa de cañón de pistola. El hombre sólo era visible de cintura para abajo.

«Es lo de siempre, nena, sólo que con un poquito de salsa picante añadida», decía la voz del asesino.

«Ay, no sé», respondía ella con voz temblorosa, mientras una mano enguantada sostenía un escalpelo frente al espejo y lo hacía girar, de forma que la hoja de acero captaba la luz.

Sonido de tela rasgada cuando él le abría la bata, le cortaba el sostén rojo de encaje. Era de lencería erótica y sus pechos sobresalían de él, con los pezones al descubierto. Luego el hombre le cortaba las bragas, que hacían juego con el sujetador. Giraba la cámara hacia la bata rosa y las pantuflas rosa y el sujetador cuando lo tiraba todo a la bañera. Luego se veían las manos agitando las bragas de encaje frente a la cámara.

«Capturo la bandera. —La voz con acento hispano—. Me la guardo en el bolsillo para poder disfrutarla después, ¿vale, mi niña?»

«No lo hagamos —decía ella—. Creo que no podré.»

«Deberías haberlo pensado cuando le contaste al hombrecillo todos nuestros secretos.»

«Yo no le dije nada. Los e-mails los enviaste tú. Por eso se enteró.»

«Mira, la has armado buena. ¿Cómo quieres que me lo tome? El tipo va y se queja al fiscal del distrito, no te jode. ¿Cómo quieres que me lo tome, nena? Yo confiaba en ti. Te hice un favor. Y tú vas y se lo cuentas.»

«Yo no le conté nada. Él me lo dijo a mí. Le estabas enviando e-mails y al final él me lo contó. Estaba muy asustado. ¿Por qué? ¿Por qué haces esto?» Y parecía que decía Juan.

«¿Vas a preguntar por qué todo el rato?» El escalpelo hendiendo el aire, rozando casi la mejilla de ella y desapareciendo de la imagen.

«No.»

«Bien. Entonces ¿quién es tu hombre? ¿El pequeñajo o yo?»

«Tú. Eres tú.» La cara de terror hablando al espejo, mientras las manos enguantadas pellizcaban sus pezones.

«Tú sabes que eso no es verdad, porque entonces no le habrías dicho nada a él.» La voz del asesino, regañándola.

«Te prometo que no le dije nada. Él se enteró por esos e-mails, esos mapas que le enviaste. Fue él quien me lo contó. Le metiste el miedo en el cuerpo.»

«Mira, nena —pellizcando ahora con más fuerza—, no quiero seguir oyendo tus mentiras. Y ahora voy a tener que encontrar la manera de quitarle la maldita cosa del culo antes de que lo hagan otros.»

Lucy pulsó la pausa y la imagen quedó congelada y borrosa: Terri con cara de pánico y las manos de él retorciéndole los pezones frente al espejo.

—Es aquí —señaló Lucy—. La forma en que lo dice. ¿Está insinuando que va a matar a Oscar?, ¿que va a ser él quien le quite la cosa del culo?

—Lo mismo me preguntaba yo —dijo Berger.

Subrayó tres veces una frase clave en las notas que estaba tomando: ¿el GPS, idea de Terri?

—Creo que está claro cómo empezó todo esto —le dijo a Lucy—: Terri le pidió a Morales que siguiera a Oscar, porque era una mujer celosa y controladora. No se fiaba nunca de nadie, y antes de pensar siquiera en liarse con Oscar de una forma u otra o quizá de hablar de él a su familia, quería tener pruebas de su honorabilidad.

—Si podemos aplicar la lógica a la psicopatología.

—No queda otro remedio. El jurado espera que uno aporte razones; no puedes decir que alguien es malo porque así te lo parece.

—Puede que ella expresara su deseo de saber cuáles eran las intenciones de Oscar, pero dudo que fuera idea suya implantarle un GPS —dijo Lucy—. No creo que se imaginara ni por un momento que Morales le haría ese favor y que luego iría un poco más allá enviando anónimamente a Oscar las rutas registradas por el GPS para volverlo loco, para torturarlo creándole el pánico de que alguien lo espiaba. Esos mensajes dejaron de llegar cuando finalmente Oscar le comentó algo al respecto a Terri, y es evidente que ella se puso hecha una fiera con Morales.

—Claro. A eso es a lo que Morales se refiere ahí. —Berger señaló la imagen congelada en la pantalla de televisión—. Hizo lo que no debía y protestó, incluso reprendió a Morales, quizás. ¿A un tipo así, tan narcisista? Y como es el típico psicópata, le echa las culpas a ella porque es Terri la que quería que espiara a

Oscar. De golpe y porrazo, es culpa de ella que Oscar llamara a mi oficina para dar parte de todo.

—Y habló con Marino, el tres de diciembre —dijo Lucy—. Y es entonces cuando Oscar destruye el disco duro de su ordenador y esconde el *pen drive* en su biblioteca, donde lo encontraron Benton y mi tía. Morales dejó de enviarle las rutas del GPS porque Terri se había enterado, y ahí acabó todo.

—Kay mencionó ese hilo que había en el suelo, frente al apartamento de Oscar. Y la escotilla de acceso al tejado y la salida de incendios. Me pregunto si Morales entró allí para ver si encontraba este *log*, y ya que estaba dentro, dejó un tarro de Aqualine. Me pregunto si entraría por la ventana, desconectaría la alarma y saldría después por el acceso al tejado, para que el conserje no lo viera. Tenía una llave y el código de la alarma, la contraseña. Pero después de matar a Terri, ocurrieron cosas que él no esperaba. Oscar exigió ser llevado a Bellevue. Exigió ver a Benton y a Kay. Y ahora las apuestas han subido considerablemente. Morales se enfrenta a adversarios temibles. Tú incluida, claro. Necesita el maldito *log* para impedir que alguien como tú descubra que él lo organizó todo. Y quería que Oscar pagara el pato de al menos cuatro homicidios.

—El típico caso de alguien que se está descompensando —dijo Lucy—. A Morales no le hacía falta matar a Eva Peebles. Y ya que estamos, tampoco necesitaba matar a Terri. Antes era listo y se limitaba a desconocidos. Lo que todavía no entiendo es por qué permitió Oscar que alguien le hiciera eso.

—Te refieres al implante.

—Acabamos de oírselo decir, a Morales. Le metió algo en el culo a Oscar y ahora tiene que recuperarlo. ¿Qué puede significar, si no? Yo creo que sólo hay una respuesta. Pero, por otra parte, uno no se acerca al primero que pasa y le dice, oye, tío, ¿te puedo implantar un microchip de GPS debajo de la piel?

Berger puso una mano sobre las rodillas desnudas de Lucy y se inclinó sobre ella para alcanzar el teléfono inalámbrico. Llamó a Scarpetta: era la segunda vez en una hora.

—Nosotras otra vez —dijo—. Creo que tú y Benton deberíais venir.

—Yo puedo —respondió Scarpetta—. Él no.

Berger conectó el manos libres y dejó el teléfono apoyado en la mesita baja, dentro de su magnífico *living* todo piel y cristal y pinturas y serigrafías polimórficas de Yaakov Agam que, cuando Berger se movía, parecían cambiar y centellear.

La habitación de Greg.

Aquí solía él apoltronarse delante del televisor mientras Berger estaba sola en la cama del cuarto contiguo, durmiendo o trabajando. Ella tardó un tiempo en darse cuenta de que una de las razones por las que él empezó a hacer aquel horario tan extraño, como si llevara hora de Gran Bretaña, era porque en efecto llevaba hora de Gran Bretaña. Se quedaba en el *living* y pasada la medianoche, hora de Nueva York, llamaba a su amiguita, que estaría despertándose en Londres.

—Benton está con Marino y Bacardi —dijo Scarpetta—. Han salido, pero no me ha quedado claro el motivo. No sé nada de la doctora Lester. Imagino que tú tampoco.

Morales había pasado a ver a la doctora Lester por la Oficina del Forense; en ese momento ignoraba lo que Lucy estaba a punto de descubrir. Ahora era consciente de que alguien lo buscaba, porque Berger se había puesto en contacto con él. Sólo le había dicho: «Creo que deberías explicar ciertas cosas.»

Mencionó incluso el nitrato de plata y a la doctora Stuart, hasta que él le colgó.

—Supongo que alguien me dirá si hace falta que vaya allí —dijo Scarpetta—. Aunque dudo mucho que eso sea un problema, ella debería hacer radiografías de Eva Peebles. Me repito, porque no conviene que el cadáver abandone la morgue hasta que hayan hecho radiografías completas. Y lo mismo con el de Terri. Radiografías de todo, sin dejar ni un solo rincón.

—Es lo que estaba pensando —añadió Berger—. Me refiero a la idea de implantar un microchip. Cuando hablaste con Oscar, ¿hubo algo, algún detalle, que te indujera a creer por un momento que él hubiera permitido algo así, por el motivo que fuese? Lucy y yo estamos mirando otra vez este vídeo espantoso, y el asesino parece dar a entender que hubo un implante. Quiero decir Morales. Sabemos que es él.

—Oscar no lo habría permitido jamás —dijo Scarpetta—. Es mucho más probable que se quejara de un tratamiento doloroso, como la depilación por láser. Y él se ha hecho depilar la espalda, posiblemente de nalgas para arriba. No tiene vello, o pelo, salvo en la cara y en la cabeza. Y en el pubis. Me habló de Demerol. Si alguien entró allí con una bata de médico y una mascarilla, y Oscar estaba boca abajo, no habría podido ver al técnico o identificarlo después. Por ejemplo, en el apartamento de Terri, cuando él llego y Morales acababa de matarla. Seguro que Oscar no pudo relacionarlo con un empleado de la consulta de la dermatóloga.

—Parece que Terri lo llama Juan, en el vídeo. No estamos seguras. Tendrías que escucharlo —dijo Berger.

—Están investigando con chips de GPS encapsulados en vidrio que llevan antenas en miniatura y un alimentador con autonomía para tres meses. Del tamaño de un grano de arroz, puede que más pequeños. Podrían haberle implantado uno en las nalgas y él ni se habría dado cuenta, sobre todo si el chip ha ido hundiéndose en la carne, cosa que acostumbra pasar. Lo sabríamos con rayos X, pero para eso hay que localizar a Oscar. Por cierto, él no es el único ciudadano con paranoia acerca de estas cosas. El gobierno federal tiene en marcha varios programas piloto y muchas personas temen que en un futuro próximo sea obligatorio llevar un chip.

—Conmigo que no cuenten —dijo Berger—. Me marcho a otro país.

—Tendrás abundante compañía. Por eso hay quien lo llama Tecnología Seis Seis Seis o la Marca de la Bestia.

—Pero tú no has visto nada de eso en las radiografías de Terri, ¿verdad?

—Lo he estado mirando —dijo Scarpetta—. Tengo los archivos electrónicos de todo, y no he hecho otra cosa que trabajar en ello desde la última vez que hemos hablado. Respuesta: no. Es muy importante que la doctora Lester consiga más placas, y yo quiero verlas. Sobre todo de la espalda, las nalgas y los brazos. La gente a la que le han implantado un microchip suele llevarlo en el brazo. Morales tenía que saber mucho de este asunto por la sencilla razón de que ha tratado con animales. Habrá visto muchos implantes de microchips en la consulta del veterinario. Puede que incluso haya hecho algunos él mismo; no requiere más que el chip y una pistola que va provista de una aguja del calibre quince. Calculo que en media hora estaré ahí.

—Estupendo.

Berger volvió a inclinarse sobre Lucy al terminar la llamada y devolver el teléfono a su soporte. Anotó algunas cosas más, subrayando palabras y frases. Luego miró largamente a Lucy, ésta la miró también, y Berger sintió ganas de besarla, de reanudar lo que habían empezado cuando Lucy se había presentado allí y Berger la había tomado de la mano y conducido hasta el sofá. Lucy no había tenido tiempo siquiera de quitarse el abrigo. Berger no sabía cómo era capaz de pensar en algo así en un momento como aquél, con la escalofriante imagen congelada todavía en la enorme pantalla de plasma. O tal vez era por eso mismo que se le había ocurrido. Berger no quería estar sola.

—Es lo que tiene más sentido —dijo Lucy después—. Morales implanta el chip del GPS a Oscar en la consulta de la dermatóloga. Oscar debió de pensar que le ponían una inyección de Demerol. Terri seguramente le había hablado a Morales acerca de Oscar, de que no sabía si fiarse de él, probablemente cuando empezaron a salir. Y Morales representó su papel de mejor amigo, de confidente.

—Y yo pregunto: ¿quién creía Terri que era Morales, Juan Amate o Mike Morales?

—Me inclino por Juan Amate. Demasiado arriesgado que ella se enterara de que era poli. Definitivamente, yo creo que le llama Juan. Creo que lo que se oye es eso.

—Sí, yo también lo creo.

—Si Terri se acostaba con él, ¿cómo se entiende? —dijo Lucy—. ¿A Morales no le importaba que Terri saliera con otro?

—No. Ya te digo, le gusta representar el papel de amigo íntimo. Las mujeres le hacen confidencias. Yo misma confié en él, hasta cierto punto.

—¿Qué punto es ése?

No habían vuelto a hablar de los whiskys.

—No tendría por qué decirlo —respondió Berger—, pero Morales y yo no hicimos eso que cuentan; dudo que tú te lo hayas creído, porque entonces no estarías aquí. No habrías vuelto. Hablo de lo de Tavern on the Green. No son más que rumores, simples rumores. Ah, y seguro que fue él quien corrió la voz. Greg y él se gustaban.

—Qué dices.

—No, no en ese sentido —dijo Berger—. Si hay una cosa sobre la que Greg no tiene dudas es con quién le gusta follar: con tíos no, desde luego.

32

Scarpetta llenó los tazones de café y los puso en una bandeja con algunas cosas para picar. Tenía fe en que la privación de sueño se curaba con buena comida.

Había mozzarella fresca, rodajas de tomate maduro y albahaca, todo aderezado con aceite de oliva virgen prensado en frío. En una cestita de mimbre cubierta con una servilleta de hilo, había puesto pan crujiente italiano casero, y Scarpetta animó a todos a ir pasándolo y que cada cual partiera un trozo con las manos. Le dijo a Marino que empezara él si quería, y después de darle la cesta le puso delante un platito y una servilleta a cuadros azules, y lo mismo delante de Bacardi.

Después de poner plato también para ella, al lado del de Benton, se sentó junto a él en el sofá, inclinada hacia delante porque sólo podía quedarse un par de minutos.

—No olvides —le dijo Benton— que cuando ella se entere de todo, y eso no tardará en pasar, no debes decirle nada sobre lo que me propongo hacer. Ni antes ni después de que yo lo haga.

—Sí, claro —intervino Marino—. Su maldito teléfono no va a parar de sonar. Mira, yo no lo veo nada claro. Ojalá pudiera pensarlo con un poco más de calma.

—Pero no puede ser —dijo Benton—. No disponemos de tiempo para pensar nada. Oscar está en alguna parte, y si Morales no ha dado todavía con él, no tardará en hacerlo. Sólo tiene que seguirle la pista como a un animal acorralado.

—Que es lo que ha hecho hasta ahora —dijo Bacardi—. Gente así te hace creer en la pena de muerte.

—Es mucho mejor poder estudiar a esas personas —dijo Benton—. Matarlas no tiene ninguna utilidad.

Se había puesto un impecable traje que nunca llevaba cuando estaba entre reclusos, azul oscuro con raya diplomática de un azul más claro, camisa celeste y corbata de seda azul plateado. La maquilladora de la CNN necesitaría menos de quince minutos para dejarlo a punto; el aspecto de Benton era casi inmejorable. Tal vez un toque de colorete y otro de spray en sus cabellos color platino, que ya necesitaban un corte. Scarpetta, a quien Benton le parecía el mismo de siempre, confiaba en que estuviera haciendo lo más adecuado. Que los dos estuvieran haciendo lo adecuado.

—No le diré nada a Jaime. Yo me mantendré al margen —dijo, cayendo en la cuenta de que había empezado a llamarla Jaime más o menos a partir de que Berger había empezado a pasar mucho rato con Lucy.

Durante años se había referido siempre a ella como «Berger», que sonaba bastante distante y no especialmente respetuoso.

—Le diré que de eso hable contigo —le dijo a Benton—. No es mi campo, y yo, contrariamente a lo que piensa todo el mundo, no controlo tu vida.

Sonó el teléfono móvil de Marino, y éste miró el indicador luminoso frunciendo el entrecejo.

—Hacienda. Vaya, será por mis fundaciones benéficas —comentó, pulsando para contestar—. Aquí Marino... Pues sí... Bueno, tirando. ¿Y tú?... Espera, que lo anoto.

Todo el mundo calló para que pudiera hablar. Marino puso la PDA encima de la mesita baja y la libreta sobre una de sus amplias rodillas y empezó a escribir. Vista del revés o del derecho, la letra de Marino era casi igual. Scarpetta nunca había sido capaz de entenderla, o de hacerlo sin que ello le supusiera un tremendo fastidio, porque Marino tenía su propio estilo taquigráfico. Aparte de las pifias que pudiera cometer, su letra era mucho peor que la de ella.

—Oye, no quiero ponerme quisquilloso —dijo él—, pero cuando dices Isla de Man, ¿dónde demonios se supone que está eso? Imagino que será uno de esos paraísos fiscales del Caribe, o alguna pequeña isla cerca de las Fidji... Ah, no me digas. No me suena de nada, y eso que he estado por allí. Quiero decir en Inglaterra... Sí, bueno, entiendo que no está exactamente en Inglaterra. Ya sé que Isla de Man es una isla, joder, pero por si cateaste geografía, Inglaterra es una puta isla...

Scarpetta se inclinó hacia Benton y le deseó suerte. Tenía ganas de decirle te quiero, cosa que no era habitual habiendo gente alrededor, pero por alguna razón quería decírselo. No lo hizo. Se levantó, dudando un momento porque Marino parecía a punto de colgar.

—No te lo tomes a mal, pero eso ya lo sabíamos. Tenemos esa dirección —dijo Marino.

Miró a Bacardi y meneó la cabeza como si el funcionario de Hacienda con quien estaba hablando fuera más burro que el hijo del jefe (una de sus expresiones favoritas).

—Exacto —dijo—. No, espera, querrás decir Uno-A. Entonces es Terri Bridges. Sé que es una sociedad limitada y que no tenéis el nombre todavía, pero ése es su apartamento... No. El Dos-D, no. Ella vivía en el Uno-A. —Frunció el entrecejo—. ¿Seguro? Quiero decir, ¿seguro del todo?... Un momento, ese tipo es británico, ¿no? Vale, es italiano pero vive en el Reino Unido, es ciudadano británico... Bien. Entonces creo que encaja con lo de Isla de Man. Pero más vale que sea verdad, porque dentro de media hora vamos a echar abajo la maldita puerta.

Marino tocó un botón y desconectó el móvil sin dar gracias ni decir adiós.

—¿Gotham Gotcha? —dijo—. No sabemos el nombre del interfecto, pero sí sabemos dónde tiene un apartamento. Nada menos que encima del de Terri Bridges. El Dos-D. A menos que algo haya cambiado y nadie nos haya dicho nada, el edificio continúa desierto. El inquilino es un italiano, un tal Cesare Ingicco, con domicilio en Isla de Man, sede oficial de su empresa. Ah, y para que lo sepáis, la Isla de Man no es una isla del Caribe. La sociedad limitada que le alquiló el apartamento es esa de la que

Lucy ha conseguido información. Comprobado que el tipo no vive ahí, que es alguien que trabaja desde el apartamento, o tal vez nadie trabaja en el apartamento, no sé. Habrá que conseguir una orden judicial y entrar a echar una ojeada. O mejor primero entramos y luego conseguimos la orden. En fin. No hay que perder tiempo. Eva Peebles trabajaba indirectamente para ese Cesare Ingicco que vive en la acera de enfrente pero que seguramente no es el que vive en la acera de enfrente; será que vive en su isla y lo que descubriremos, me juego algo, es que trataba con Eva por teléfono, conferencia internacional. En cualquier caso, la pobre mujer no sabía nada de nada. ¡Menudo lío!

—Creo que yo podría ponerme en contacto con la gente que tenéis apostada allí —dijo Bacardi—. Vosotros es mejor que no os mováis de esta zona. Cuando Benton salga en antena, se puede armar la de Dios.

—Me parece bien —dijo Benton—. Morales va a saber, si es que tenía alguna duda, que pensamos que quiere cazar a Oscar y que todo el mundo anda tras él, tras Morales.

—¿Hay alguna posibilidad de que estén los dos conchabados en todo esto? —preguntó Bacardi—. Quizás estoy loca, pero ¿cómo sabemos que no trabajan en equipo? Ha habido casos. Por ejemplo, mucha gente todavía piensa que el Hijo de Sam no actuaba solo. Nunca se sabe...

—Es altamente improbable —dijo Benton mientras Scarpetta se ponía el abrigo, a punto de salir—. Morales es demasiado narcisista para trabajar con otros. No podría trabajar con nadie, haga lo que haga.

—Tienes toda la razón —dijo Marino.

—Ya, pero ¿y las huellas de Oscar que encontramos en el apartamento de Eva Peebles? —preguntó Bacardi, poniendo el dedo en la llaga—. No creo que debamos ignorarlas y suponer alegremente que fueron falsificadas o que hubo un error.

—¿Sabes quién encontró esas huellas? —dijo Marino—. El cabrón de Morales. Además, entre la ropa que le cogió anoche a Oscar hay un par de zapatillas de deporte.

—¿Alguien le vio tomar las huellas de ese aplique de luz? —añadió Bacardi—. Eso no es fácil de falsificar. Vale, te quedas con unas zapatillas del sospechoso, pero ¿cómo haces para tomarle las huellas y luego plantarlas en un sitio determinado? Hay que ser muy listo para procesar huellas en la escena de un crimen y que luego salga una coincidencia en la base de datos. En el IAFIS.*

—Bueno, Morales es muy listo —añadió Marino.

Bacardi se levantó.

—Voy a ir tirando hacia Murray Hill —dijo—. ¿A quién encontraré allí?

—Siéntate otra vez. —Marino le tiró suavemente del cinturón—. Tú no te subes a un miserable taxi, eres una inspectora de homicidios. Te acompaño yo y después vuelvo para acá. En el maletero tengo un ariete hidráulico que te irá bien. Lo trinqué anoche cuando trajeron el que yo había pedido expresamente para entrar en el edificio de Peebles. ¡Ay!, se me olvidó devolverlo.

—Me voy —dijo Scarpetta—. Tened todos mucho cuidado, por favor. Mike Morales es peligroso.

—Y que conste que esto no se lo he contado nunca a nadie —le dijo Berger a Lucy.

—No tienes por qué contarme nada —replicó Lucy.

—Creo que Morales pudo haber engatusado a la amante de Greg, la abogada inglesa; cosa típica en él, pasa de ser el ligón a convertirse en el confidente a quien le cuentas tus problemas. Cada vez veo más claro lo raro que es Morales en algunos aspectos. Por no decir en todos.

—¿Tú crees que Greg lo sabía?

—No, seguro que no. ¿Quieres que haga más café?

—¿Cómo sabes que Morales se acostaba con la abogada?

—No es difícil adivinar estas cosas cuando trabajas en una oficina con más gente. Yo no presto mucha atención, o quizá parece que no, pero las cosas se me quedan. Y, en retrospectiva,

---

* Un sistema automatizado de identificación de huellas dactilares con ámbito federal. (N. del T.)

ahora me parece evidente. Es muy probable que Morales haya hecho esto incontables veces, delante de mis propias narices. Primero seduce a una para que engañe al novio, o marido, y luego establece con la víctima una relación como de médico a paciente; la ayuda a hacer las paces. O bien acaba conociendo al hombre a quien ha jodido, el cual no sabe que lo han jodido, porque a Morales le encanta ir de colega con alguien que desconoce por completo su maldad. Puro sadismo, de principio a fin. Greg y él solían sentarse a charlar mientras bebían ese whisky exclusivo; supongo que hablaban de mí, al menos a ratos. Y no en buenos términos.

—¿Cuánto hace de eso?

—Morales fue transferido a Investigaciones hace cosa de un año, y la cosa empezó entonces. Fue poco antes de que Greg se mudara a Londres. Estoy segura de que Morales le animó a hacerlo, si es que no fue suya la idea; que Greg cortara conmigo, quiero decir.

—¿Para que así él, Morales, tuviera el camino libre?

—Camino libre para machacarme. Eso le encantaría —dijo Berger.

—Entonces es de Greg de donde Morales sacó la idea para escribir eso del whisky irlandés en la entrevista espuria que envió a Terri, cuando se hacía pasar por tía Kay —añadió Lucy—. Y Greg no tuvo que dejarse convencer de nada. Qué coño, él tomó la decisión. Y Morales no va a poder intentar nada, porque antes acabaremos con él. Ya verás.

—Si miras esas botellas que hay abajo en el mueble bar —dijo Berger—, estoy segura de que Greg y él pusieron una marca en cada una. Morales habrá querido el whisky más caro de todos. Así es él. Y tuvo muy mala leche al dar a entender que Kay toma regularmente licores que cuestan seis o setecientos dólares la botella y al decir que eran más caros que todos los libros de texto de Terri. Estaba haciendo un retrato de ella, y si Terri hubiera terminado la tesis, su «libro», las consecuencias habrían sido nefastas. Ya se te habrá ocurrido que Morales podría ser Míster *Gotham Gotcha*. Creo que una cosa así le iría como anillo al dedo.

—El protocolo de quien escribe esas crónicas no contiene datos personales, y el proveedor de Internet tiene una cuenta que remite a una sociedad limitada con dirección en Isla de Man —dijo Lucy—. Esa isla tiene una de las jurisdicciones más fuertes del mundo sobre fondos en paraísos fiscales. El código de acceso no se parece a nada que yo haya visto hasta ahora, de modo que esas crónicas no las escriben desde un portátil ni desde cualquier otro aparato que conozcamos, como tampoco esos mensajes que hemos estado mirando. Lo malo es que jurisdicciones como Isla de Man, Nevis o Belice ofrecen una privacidad tan estricta, que es muy difícil romper el escudo protector y averiguar quién hay detrás de una determinada sociedad limitada. Tengo un contacto en Hacienda que está tratando de hacer averiguaciones. Lo curioso es que sea en una isla del Reino Unido. Yo habría apostado por las Caimán, como en más de la mitad de los fondos de cobertura registrados. Pero yo no creo que Morales sea *Gotham Gotcha*.

—Lo que está claro es que, sea quien sea, tiene un montón de dinero en un paraíso fiscal —dijo Berger.

—Desde luego. Sólo con los avales y las promociones de productos ya gana una pasta. Probablemente también cobra sobornos millonarios que van a parar a cuentas corrientes protegidas. Mi esperanza es que se pase un poco de lista tratando de saltarse ciertas leyes fiscales, y que eso nos lleve a su dirección real. Vamos a ver: ella ha alquilado apartamentos, tiene propiedades, paga facturas o alguien lo hace en su nombre, y probablemente tiene vivienda aquí en Nueva York. Sabemos con toda certeza que pagaba un sueldo a una empleada. Alguien hacía transferencias a Eva Peebles desde el Reino Unido por cuenta de *Gotham Gotcha*. Ese funcionario que antes estaba en la ATF* y ahora trabaja en Hacienda, el que te comentaba antes, le pasé el contacto de Marino y está tratando de conseguir datos del banco de Eva Peebles. Quiero saber quién es esa *Gotham Gotcha* y dónde demonios se mete. Y si resulta que está defraudando al fisco, bueno, pues que se pudra en la cárcel.

* Federación Americana de Maestros. *(N. del T.)*

—¿Pero por qué hablas todo el rato en femenino?

—Cuando salió esa crónica, ejecuté un programa de análisis lingüístico en otras cincuenta ya archivadas. Y estoy casi convencida de que no es Morales quien escribe todo eso y tiene una web de esas características. Es algo que requiere mucho mantenimiento, demasiadas horas de trabajo. Él, como dice todo el mundo, es de los de aquí te pillo aquí te mato. Le puede el descuido, y eso es lo que al final será su ruina.

—Dime, ¿hiciste ese análisis al mismo tiempo que te cargabas la página web? —preguntó Berger.

—Yo no me la cargué. Se la cargó Marilyn Monroe.

—Dejemos eso para otro momento. Que quede claro, no apruebo lo de infectar sitios web con virus y esas cosas —dijo Berger.

—Aparecen constantemente las mismas palabras y frases, alusiones, metáforas, símiles. —Lucy hablaba del programa de análisis lingüístico que había ejecutado.

—¿Cómo puede un ordenador reconocer un símil? —preguntó Berger.

—Te pondré un ejemplo. Haces una búsqueda de la palabra «como», y el ordenador busca esa palabra seguida de adjetivos, sustantivos, etcétera. «Como la larga pata de una silla; como si tuviera tres piernas y no dos.» Más muestras de la florida prosa de *Gotham Gotcha*: «Ligeramente curvada como un plátano verde, dentro de unos Calvin Klein que parecían fundidos con su carne.» Y otra más, a ver si me acuerdo: «Sus tetitas planas como *cookies*, sus pezones pequeños como pasas.»

—¿Y de qué manera, exactamente, reconoce una metáfora tu ordenador? —dijo Berger.

—Discretos cuerpos de información con nombres y verbos que no concuerdan entre sí. «Mi cráneo hibernaba en el húmedo nido de mis cabellos.» Las palabras «cráneo» e «hibernaba» en la misma frase aparecerían como no concordantes; lo mismo que «nido» y «cabellos», tomadas en sentido literal. Pero resulta que la frase es un verso del premio Nobel Seamus Heaney. Ya te imaginabas que eso no era prosa florida, seguro.

—Entonces ese *software* neuronal tuyo, cuando no está siguiendo la pista de algún gilipollas en Internet, se dedica a leer poesía.

—Lo que me dice es que probablemente el autor de *Gotham Gotcha* es mujer —dijo Lucy—. Una persona insidiosa, mezquina, resentida y colérica. Una mujer competitiva para con otras mujeres. Una mujer que odia a las de su propio sexo hasta el extremo de mofarse de una víctima de agresión sexual, capaz de humillar y degradar una y otra vez al objeto de su mordacidad. O de intentarlo, al menos.

Berger cogió el mando a distancia y pulsó *play*.

La cara de pánico de Terri mientras las manos enguantadas lastimaban sus pechos. Los ojos rebosantes de lágrimas. Estaba sufriendo.

Su voz se quebraba al decir:

«No puedo. Lo siento. No te enfades conmigo. No quiero que hagamos esto.»

Tenía la boca muy seca y emitía sonidos pegajosos con los labios y la lengua.

Y luego la voz del asesino:

«Nada, nada. A ti te encanta que te aten y luego te follen, ¿no? Pues esta vez vamos a por el premio gordo, ¿sabes?»

Los guantes depositaban un tarro de Aqualine en la superficie del tocador, desenroscaban la tapa, los dedos se introducían en el tarro. Aplicaba lubricante en la vagina de Terri mientras ella permanecía de espaldas, y él se lo tomaba con calma, clavándole en la espalda el pene erecto revestido por el condón. La vejaba sexualmente con el lubricante y los dedos. La violaba mediante el miedo. A menos que la hubiera penetrado con el pene fuera de cámara, no era ése su juego. No era eso lo que buscaba.

La silla arañaba el suelo embaldosado cuando él la hacía sentar.

«Mira qué guapa estás en el espejo —decía—. Casi tienes la misma estatura sentada que de pie. Quién más podría decir algo así, ¿eh, pequeña?»

«Por favor, no —suplicaba ella—. Oscar va a llegar de un momento a otro. Basta, por favor. No me noto las manos. Quítame esto, te lo ruego.»

Estaba llorando pero trataba de hacer como que sólo lo fingía. Trataba de aparentar que él no le estaba haciendo daño. Era un juego erótico y, a juzgar por las alusiones y el semblante, parecía que, en efecto, habían hecho el amor otras veces y que la dominación podía haber formado parte del guión. Pero nada como lo de ahora. Oh, no, nada como lo de ahora. Ella intuía que la muerte estaba próxima, una muerte horrenda, pero deseaba con todas sus fuerzas que no fuera así.

«Siempre llega a las cinco, el pobre y puntualísimo Oscar. Pero es culpa tuya, ¿sabes? —La voz de Morales se dirigía a ella en el espejo—. Todo lo que pueda pasar, nena, te lo has buscado tú...»

Berger paró la cinta y anotó algunas ideas más en la libreta.

Todo encajaba, sí, pero no podían probar absolutamente nada. No habían visto una sola vez todavía la cara de Morales. Ni en este vídeo ni en el que había grabado al asesinar a Bethany en su piso de Baltimore el verano en que terminó sus estudios de Medicina en Johns Hopkins, y tampoco en el vídeo que había grabado meses más tarde cuando asesinó a Rodrick y arrojó su agraciado cuerpo adolescente cerca del concesionario Bugatti en Greenwich, donde Rodrick debió de llamar la atención de Morales a través de la consulta de veterinaria donde éste trabajaba entonces por horas. Seguramente el mismo sitio donde había conocido a Bethany, sólo que en una consulta diferente, esta vez en Baltimore.

En ambos casos había actuado igual que con Terri. Ató las muñecas a las víctimas. Llevaba guantes de quirófano cuando los penetró digitalmente, usando el mismo tipo de lubricante. A la sazón, cinco años atrás, Morales estaba a punto de empezar sus estudios en la academia de policía y trabajaba a tiempo parcial con veterinarios, no con dermatólogos. Pero los veterinarios utilizan cauterizadores y lubricantes como Aqualine. Que Morales birlara un tarro ya abierto de su lugar de trabajo formaba parte de su modus operandi, tal vez desde el primer asesinato que había cometido.

Berger ignoraba a cuántas personas habría matado, pero se preguntó si el motivo de emplear lubricante era confundir a la policía con una mezcolanza de perfiles de ADN.

—Le parecería gracioso —le dijo a Lucy—. Morales debió de llevarse una sorpresa cuando uno de los perfiles dio positivo en el CODIS y resultó ser la parapléjica de Palm Beach. Seguro que se desternilló de risa.

—No se saldrá con la suya —respondió Lucy.

—Permíteme que lo dude.

La policía no sólo no había localizado todavía a Morales, sino que de momento no tenían orden judicial para arrestarlo. El gran problema, que continuaría siéndolo, eran las pruebas. Las evidencias forenses no demostraban que Morales hubiera asesinado a nadie, y el hecho de que en el apartamento (y en el cuerpo) de Terri se hubiera encontrado su ADN no significaba nada, puesto que él había estado en la escena del crimen e incluso había tocado el cuerpo para comprobar sus constantes vitales. Era el principal investigador del caso Terri Bridges y había tocado todo —cosas y personas— lo relacionado con el caso.

Por lo demás, su cara no aparecía en los vídeos. No se le veía entrar ni salir del edificio de Terri porque seguramente había utilizado el acceso del tejado y retirado después la escalera de mano. Para devolverla más tarde al armario correspondiente. Antes de esa noche lo más probable era que se hubiesen visto en alguna otra parte, no en el apartamento de Terri. Demasiado peligroso. Alguien podía recordar haberlo visto por la zona. Morales era demasiado listo para correr semejante riesgo.

Era posible, pensaba Berger, que hubiera utilizado siempre el tejado. Ella no lo descartaba, pero tal vez no lo sabrían nunca.

Morales era más listo que el hambre. Había terminado estudios en Dartmouth, en Johns Hopkins. Era un psicópata sexual de tendencias sádicas, tal vez el más osado y peligroso al que Berger se había enfrentado nunca. Pensó en las veces que habían estado a solas los dos. En el coche de él. En Tavern on the Green. Y en el Ramble, cuando ella había hecho una visita retrospectiva a la escena del crimen donde aquella corredora de maratón había sido violada y estrangulada. Y ahora no podía sino preguntarse: ¿la habría matado Morales?

Sospechaba que sí. No podía demostrarlo. Ningún jurado iba a dar demasiado crédito a una identificación basada en el sonido de la voz, algo que, como con O. J. Simpson y el guante ensangrentado, se podía modificar a placer de modo que sonara ligeramente distinta de la del asesino en las grabaciones. Ese hombre hablaba con un marcado acento hispano. A Morales, hablando normalmente, no se le notaba ningún acento. Y un juicio no se podía ganar en base a un análisis forense de voz, por muy sofisticado que fuera el *software*.

Probablemente nadie (no, desde luego, una fiscal tan curtida como Berger) iba a sugerir algo tan ridículo como comparar el pene de Morales con el que aparecía en los vídeos, un pene normal erecto, sin circuncidar, nada especial ni nada extraordinario en un sentido o en otro, y el añadido del condón hacía pensar en alguien que se cubre la cara con una media. De ese modo, si había algún rasgo identificativo, aunque sólo fuera una peca, quedaba disimulado.

Lo más que podía hacer la policía —o Lucy— era demostrar que estos vídeos violentos y aparentemente condenatorios estaban en la cuenta de correo de Morales, pero ¿de dónde los habían sacado? Estar en posesión de esas grabaciones no demostraba que Morales hubiera matado a nadie ni que lo hubiese filmado él con una cámara que debió de montar sobre un trípode. Lucy era la primera en reconocer que irle a un jurado con direcciones de IP, códigos de acceso, cuentas anónimas, *cookies*, programas de captura de redes y otros tantos términos que formaban parte de su vocabulario normal, era como volver a los primeros tiempos, a finales de los ochenta o primeros noventa, cuando Berger trataba por primera vez de explicar a jueces y jurados qué era eso del ADN.

La gente la miraba sin entender. Nadie se fiaba un pelo. Berger tenía que invertir mucho tiempo y mucha energía para salvar los controles de admisibilidad cada vez que intentaba pasar una prueba científica ante el tribunal. De hecho, el ADN no le había hecho ningún favor a su matrimonio, que de todos modos difícilmente se habría podido salvar. La proliferación de nuevas técnicas científicas había traído consigo presiones y exigencias que nadie podía haber anticipado. Tal vez si la ciencia forense se hubiera quedado como estaba cuando ella estudiaba en Columbia, viviendo con una mujer que al final le partió el corazón y la precipitó, de puro miedo, en brazos de Greg, le habría quedado algo para su vida privada. Habría hecho más vacaciones, o al menos una sin llevar consigo el maletín y el portátil. Habría conocido mejor —conocido de verdad— a los hijos de Greg. Habría conocido mejor a las personas con quienes trabajaba, como Scarpetta, a quien ni siquiera envió una postal cuando Rose falleció, y Berger se había enterado de ello.

Porque Marino se lo dijo.

Quizá Berger debería conocerse mejor a sí misma.

—Kay llegará de un momento a otro —le dijo a Lucy—. Tengo que vestirme. Bueno, quizá deberías vestirte un poco tú también.

Lucy iba en bragas y camiseta. Habían estado mirando lo que algunos llamaban películas *snuff* y ninguna de las dos estaba lo que se dice vestida. Era temprano, ni siquiera las diez, pero parecía ya la tarde. Berger tenía una sensación de jet lag. No se había quitado el pijama ni la bata de seda que se había puesto al salir de la ducha, minutos antes de que Lucy se presentara en su casa.

En las menos de cinco horas transcurridas desde que Scarpetta, Benton, Marino, Bacardi y Morales habían estado en su salón, Berger había conocido la grotesca verdad y lo había visto todo como si estuviera sucediendo ante sus ojos. Había presenciado la tortura de tres personas que habían caído presas de un hombre que supuestamente debía protegerlas: un médico que nunca ejerció y que no debería haberse metido a policía, alguien a quien jamás deberían haber permitido acercarse a ningún ser vivo a menos de quinientos metros.

Hasta el momento, el único localizado era Jake Loudin. Él no estaba dispuesto a admitir que tal vez conocía a Mike Morales, que tal vez lo había utilizado para practicar la eutanasia a animales que nadie compraba, o sabía Dios qué otros servicios. Quizá Morales se hacía llamar Juan Amate cuando iba a los sótanos de las tiendas de mascotas para convertir este mundo en un lugar todavía más patético. Quizá Berger tendría suerte y hallaría el modo de convencer a Loudin de que reconociera, a cambio de una reducción de condena, que había llamado a Morales después de que Eva Peebles apareciera en un momento inoportuno en el sitio equivocado: el sótano de una tienda de mascotas. Berger no creía que Loudin hubiese pedido a Morales que asesinara a nadie. Pero Eva Peebles estaba convirtiéndose en un inconveniente, y así Morales tuvo la excusa perfecta para divertirse un poco más.

El portero automático pitó cuando ella estaba terminando de vestirse. Lucy continuaba sentada en la cama, porque habían estado hablando sin parar.

Berger levantó el auricular mientras se abrochaba la blusa.

—Hola. Soy Kay. —Era la voz de Scarpetta—. Ya estoy aquí.

Berger pulsó el cero en el teclado numérico y abrió la puerta por control remoto, diciendo:

—Entra. Bajo enseguida.

Lucy dijo:

—¿Te importa que me dé una ducha rápida?

33

Marino iba mirando Headline News en su PDA mientras caminaba a paso vivo por Central Park South, encorvado hacia delante, esquivando a otros peatones como el jugador de rugby que se aproxima a la línea de gol.

Benton, con su traje azul de raya diplomática, estaba sentado a una mesa delante de un periodista, Jim no-sé-cuántos. Marino no se había quedado con el nombre porque no era uno de los más conocidos de esta franja horaria. Al pie de la pantalla se podía leer:

DOCTOR BENTON WESLEY, PSICÓLOGO FORENSE, HOSPITAL McLEAN.

—Gracias por estar con nosotros. Tenemos aquí al doctor Benton Wesley, ex jefe de la Unidad de Psicología Conductista del FBI en Quantico, y si no me equivoco, ahora trabaja usted en Harvard y también aquí, en el John Jay...

—Jim, me gustaría ir directo al grano porque esto es tremendamente urgente. Hacemos un llamamiento al doctor Oscar Bane para que se ponga, por favor, en contacto con el FBI...

—Permítame tan sólo que informe a nuestros espectadores de que esto es en relación con dos casos que están ahora mismo en la palestra, copando las noticias: los espeluznantes homicidios cometidos aquí en Nueva York estas dos últimas noches. ¿Qué puede usted decirnos al respecto?

Marino tenía delante Columbus Circle y los rascacielos de Time Warner, que era donde Benton se encontraba en estos momentos. La idea no le gustaba nada. Él podía entender que Benton pensara que no había otra elección, y entender por qué no quería consultarlo antes con Berger. No quería que la hiciesen a ella responsable, y Benton no tenía que dar cuenta ante ella ni ante nadie. Marino lo comprendía, pero, ahora que Benton estaba saliendo en un canal internacional de televisión, había algo que chirriaba.

—Lo que le pedimos es que, si está escuchando, llame cuanto antes al FBI. —La voz de Benton en directo, a través del auricular de Marino—. Tenemos motivos para estar preocupados por la seguridad del doctor Bane; es muy importante (repito, muy importante) que no se ponga en contacto con la policía local ni con ningún otro organismo. Debe llamar al FBI, y ellos se encargarán de escoltarlo a lugar seguro.

Una cosa que Scarpetta decía siempre era que no hay que presionar a nadie hasta que la persona en cuestión no tiene ya nada que perder o sitio adonde ir. Benton también lo decía siempre; Marino, igual. Entonces ¿por qué estaban haciendo esto? Primero Berger llamaba a Morales, lo cual le pareció a Marino la peor iniciativa posible. Con eso Berger le había dado toda la ventaja, incluso podía ser que el tipo se hubiera regodeado un poco mientras la fiscal le cantaba las cuarenta. Morales el superlisto finalmente descubierto, pillado. Berger era una profesional de tomo y lomo, una mujer dura de verdad. Pero no tenía que haber hablado con Morales, y Marino no acababa de entender por qué lo había hecho.

Tenía la vaga sensación de que se trataba de algo personal, al menos en cierta medida. Scarpetta no había hecho nada parecido, y no le habían faltado oportunidades. La noche en que estaban reunidos en el ático de Berger, Scarpetta podía haber dicho muchas cosas para picar a Morales, que le caía tan mal y le inspiraba tan poca confianza como a Marino, pese a que entonces todavía ignoraban que su hobby era dirigir y protagonizar películas *snuff*. Pero la postura de Scarpetta había sido, como siempre, en todo momento profesional. Si pensaba que Morales era un asesino pero no tenía la menor prueba de ello, se guardaba sus pensamientos para sí. Ella era así.

—Debo decir, doctor Wesley, que éste es probablemente el ruego más insólito que he oído nunca. Bueno, tal vez la palabra «ruego» no sea la más apropiada, pero ¿por qué...?

Marino miró las figuritas que se movían en su PDA. El edificio donde vivía Berger quedaba a unas dos manzanas de allí. Ella no estaba a salvo.

Presionas más de la cuenta a Morales, lo pones entre la espada y la pared, ¿y qué pasa después? Que él actúa. ¿Por quién empezará? Por la mujer a quien ha estado intentando conquistar desde que lo transfirieron a Investigaciones; la mujer de quien cuenta mentiras, para que todo el mundo se quede con la falsa impresión de que él se acuesta con la fiscal de delitos sexuales. Y no era cierto, ni de lejos.

Morales no era su tipo.

Marino había tenido la sensación de adivinar quién podía ser el tipo de Berger: un hombre con pasta, como Greg. Pero luego, al ver a Berger y Lucy juntas mientras el resto de la gente estaba en el salón, y cuando Lucy la seguía a la cocina y poco después se marchaba repentinamente, había cambiado de parecer y ya no le cupo ninguna duda.

La debilidad de Berger, su pasión, no eran los hombres. Sentimental y físicamente, funcionaba de otra manera.

—Oscar hace muy bien no confiando en nadie en este momento —estaba diciendo Benton—. Tenemos motivos para pensar que esos temores sobre su seguridad personal que él expuso recientemente a las autoridades tienen fundamento. Los estamos tomando muy en cuenta.

—Un momento. Existe una orden judicial en contra de Oscar Bane, se le acusa de asesinato. Disculpe, pero parece como si estuviera protegiendo a la persona equivocada.

—Oscar, si me está escuchando —Benton volvió la cara hacia la cámara—, es preciso que llame al FBI, a cualquiera de sus sucursales y dondequiera que se encuentre ahora. Ellos lo escoltarán a lugar seguro.

—Bueno, quizá todos los ciudadanos deberíamos estar preocupados por nuestra seguridad, ¿no le parece, doctor Wesley? La policía sospecha que ese hombre es quien asesinó a...

—No voy a discutir el caso contigo, Jim, lo siento. Muchas gracias por concederme estos minutos. —Benton se quitó el pequeño micro de la solapa y se levantó.

—Bien, hemos asistido a un insólito momento en la investigación criminal. Dos asesinatos han conmocionado Nueva York en este inicio de año, y el legendario (creo que se puede emplear esta palabra) doctor Benton Wesley hace un llamamiento al principal sospechoso de dichos crímenes...

—Mierda —dijo Marino en voz alta.

Después de oír eso, Oscar no iba a llamar al FBI, ni a Dios, ni a su madre.

Marino se desconectó de Internet mientras seguía andando a grandes zancadas. Sudaba bajo la vieja cazadora Harley-Davidson y al mismo tiempo los ojos le lagrimeaban de frío. En lo alto, el sol trataba de huir de unos nubarrones. Sonó el móvil.

—Sí —dijo, esquivando gente como si fueran leprosos.

—Voy a hablar con un par de agentes de la sucursal de aquí —dijo Benton—, para explicarles lo que estamos haciendo.

—Creo que no ha salido del todo mal —añadió Marino.

Benton no había pedido una crítica, e hizo como si no hubiera escuchado.

—Haré unas cuantas llamadas desde el estudio y luego iré a casa de Berger —anunció Benton, con voz de estar deprimido.

—Ha salido bien, creo yo —insistió Marino—. Seguro que Oscar se entera. Tiene que estar metido en algún motel o algo, y allí no habrá otra cosa que la tele para distraerse. Lo que es seguro es que pasarán esa emisión a intervalos durante todo el día.

Marino levantó la vista hacia la torre de cristal y acero de cincuenta y dos plantas, hacia el ático con vistas al parque. En la suntuosa entrada se leía TRUMP en grandes letras doradas. Claro que, por esta zona todo lo caro llevaba ese nombre.

—Si Oscar no lo ve ahora ni después —dijo Marino casi como si hablara solo, pues Benton se había quedado mudo—, no quiero ni pensar cuál puede ser el motivo. A menos que se haya operado él sólo, cada uno de sus movimientos queda registrado en un GPS. Y ya sabes de quién es el GPS, ¿verdad? O sea que has hecho lo único que podías hacer.

Continuó hablando hasta que se dio cuenta de que había perdido la llamada. Marino no tenía ni idea de que había estado hablando en vano.

El tacto del cañón de la pistola en la base del cráneo no evocó en Scarpetta el miedo que ella habría imaginado. De hecho, no podía asimilarlo.

Parecía no haber ninguna sinapsis entre sus actos y las consecuencias, entre causa y efecto, entre el ahora y el después. De lo único que era plenamente consciente era de un desconsuelo de proporciones bíblicas por creerse culpable de que Morales estuviera dentro del ático de Jaime Berger, y que al final de su vida Scarpetta hubiera acabado cometiendo el único pecado que era imperdonable. En ella recaería la culpa de la tragedia y el dolor. Su debilidad, su candidez, habían hecho a otros lo que ella había intentado siempre evitar, aquello contra lo que siempre había luchado.

Todo, al fin y al cabo, era culpa de ella. La pobreza de su familia, la pérdida de su padre. La infelicidad de su madre, la casi subnormalidad de su hermana Dorothy y sus disfunciones extremas, y todas las desdichas que Lucy había tenido que sufrir.

—Él no estaba cuando he llamado al timbre. —Lo dijo una vez más, y Morales se le rio en la cara—. No le habría dejado entrar.

Los ojos de Berger no pestañearon ni una sola vez, fijos como estaban en Morales mientras permanecía inmóvil al pie de la escalera de caracol, con el móvil en la mano. Más arriba de donde estaba, en su espléndido ático, había una galería de espléndidas obras de arte, y a todo su alrededor el horizonte urbano más allá de una pared curva de cristal impoluto. Enfrente se encontraba el salón con muebles de madera noble y tapizados en tonos terrosos, donde habían estado no hacía mucho rato, aliados, amigos, unidos en una campaña contra el enemigo cuya identidad conocían ahora y que estaba otra vez aquí.

Mike Morales.

Scarpetta notó que el cañón del revólver se apartaba de su nuca. No se dio la vuelta, continuó con la mirada puesta en Berger confiando en que ella entendiera que cuando había salido del ascensor y llamado al timbre identificándose, se encontraba a solas. Y, de repente, una fuerza surgida del infierno le había agarrado el brazo y franqueado la puerta con ella. La única razón por la que quizá debería haber estado mínimamente prevenida era el comentario que uno de los conserjes le había hecho al entrar ella en el edificio hacía unos minutos.

Era una joven encantadora vestida con un traje precioso y le había sonreído al decir: «Los otros la están esperando, doctora Scarpetta.»

¿Los otros?

Scarpetta debería haber preguntado a quién se refería. Santo Dios, ¿por qué no lo había hecho? Morales sólo necesitaba enseñar la placa, pero probablemente ni siquiera había tenido que hacer eso. No en vano había estado en el edificio apenas unas horas antes. Y era seductor, persuasivo, no le gustaba recibir una negativa.

Morales miró en derredor. Tenía las pupilas dilatadas, y sus manos enfundadas en guantes de látex dejaron en el suelo un pequeño bolso de gimnasia. Descorrió la cremallera. Dentro había un trípode con las patas recogidas, correas de nailon incoloro y otros artículos que Scarpetta no alcanzó a distinguir, pero fueron las ligaduras lo que le aceleró el corazón. Sabía para qué podían servir y eso le dio mucho miedo.

—Deja marchar a Jaime y haz lo que quieras conmigo —dijo.

—Bah, cállate.

Como si Morales la considerara una pelma.

De un rápido movimiento ató primero las muñecas de Berger a la espalda, la condujo hasta el sofá y la hizo sentar empujándola sin miramientos.

—Pórtate bien —le dijo después a Scarpetta, y procedió a atarle también las muñecas.

Al instante, Scarpetta sintió que los dedos se le contraían; el dolor era terrible, como si la hubieran atenazado con una cosa metálica que le estuviera comprimiendo los vasos sanguíneos e hincándosele en el hueso. Morales la hizo sentar en el sofá, al lado de Berger, en el momento en que un teléfono móvil empezaba a sonar arriba.

Sus ojos se movieron del móvil que le había quitado a Berger a la galería que había en el nivel superior.

El móvil siguió sonando, enmudeció, y oyeron correr agua en alguna parte. Luego eso dejó de sonar también. Scarpetta pensó en Lucy al mismo tiempo que lo hacía Morales.

—Puedes evitar todo esto, Mike —dijo Berger—. No tienes por qué hacerlo...

Scarpetta se puso de pie y Morales le dio un tremendo empujón y ella cayó hacia atrás sobre el sofá.

Morales salió disparado hacia la escalera de caracol y subió como si sus pies no tocaran los peldaños.

Lucy se secó con la toalla el pelo cortísimo y aspiró el vapor que inundaba una de las duchas más bonitas que había utilizado jamás.

La ducha de Greg. Con paneles de cristal, alcachofas de color verde bosque, chorros desde todas direcciones, música envolvente, un asiento con calefacción por si sólo querías sentarte y escuchar música. Berger tenía a Annie Lennox en el reproductor de CD. Quizás era coincidencia, puesto que Lucy había puesto ese disco la víspera en su *loft*. Greg y sus whiskys de gourmet, los detalles lujosos, la abogada británica; Lucy estaba admirada de que un hombre que sabía vivir de verdad hubiera elegido a alguien que nunca estaría a su altura en esto, y todo a causa de un leve murmullo genético.

Era algo así como equivocarse de una cifra en matemáticas. Y cuando por fin terminabas de resolver la complicada ecuación, estabas a años luz de la respuesta correcta. Berger era la persona correcta pero la respuesta equivocada. Lucy lo sintió un poco por Greg, pero no por sí misma. Ella sentía una dicha indescriptible, una felicidad que hasta ahora no había conocido, y le parecía no estar haciendo otra cosa que revivir constantemente.

Era como escuchar una y otra vez la misma embriagadora canción, tal como había hecho antes en la ducha: cada roce, cada mirada, cada intención fortuita daba pie a un contacto entre dos cuerpos que era muy erótico y a la vez muy emocionante porque significaba algo. No era una cosa barata y vulgar. No estaba cargado de culpa ni era motivo de vergüenza. Era sencillamente perfecto, y Lucy no acababa de creer que esto le estuviera sucediendo a ella.

Era un sueño que jamás habría sido capaz de imaginar siquiera, porque ella jamás lo había temido ni querido, como tampoco tenía pesadillas con alienígenas ni sueños fantásticos sobre máquinas voladoras y coches de carreras. O no existían, o eran reales y estaban al alcance de la mano. Jaime Berger no era una cosa imposible o una posibilidad que se le hubiera pasado nunca por la cabeza, si bien era cierto que en sus primeros encuentros Lucy había experimentado una especie de aturdimiento, de nerviosismo, las pocas veces que había estado cerca de Berger, como si se le estuviera ofreciendo la oportunidad de jugar con un felino grande y no domesticado, un puma o un tigre, que nunca iba a estar en la misma habitación con ella y mucho menos dejarse acariciar.

Dentro de la ducha llena de vapor, Lucy no podía ver a través del cristal empañado; pensaba en la mejor manera de conversar abiertamente con su tía, de explicarle, de hablar y nada más.

En el momento en que abría la puerta, una forma se movió allí delante y entre el vapor que se disipaba apareció el rostro de Mike Morales. Él sonrió mientras le apuntaba a la cabeza con una pistola.

—¡Muere, zorra! —dijo.

La puerta cedió a un solo golpe del ariete y rebotó contra la pared de dentro.

Bacardi y un agente cuyo nombre creía que era Ben —no estaba segura— entraron en el apartamento 2D: una canción de Coldplay puso fondo musical a la exposición Scarpetta.

—¿Pero esto qué es? —dijo Bacardi.

La doctora Kay Scarpetta en todas las paredes. Pósteres, algunos desde el suelo hasta el techo, no en pose, sino fotos suyas hechas en el plató de la CNN o caminando por la Zona Cero o en el depósito de cadáveres, concentrada en su tarea y ajena a que alguien estuviera tomando lo que Bacardi llamó una «instantánea del acto de pensar». No significaba que la persona estuviera haciendo algo fuera de lo común, sino que lo hacía mentalmente.

—Córcholis, esto parece un santuario friki —dijo Ben, o como se llamara.

El apartamento, en la parte de atrás del edificio y una planta más arriba que el de Terri, no tenía más muebles que un sencillo escritorio de arce que miraba a una pared y, remetida bajo la mesa, una pequeña silla de oficina. Encima de la mesa había un portátil, uno de esos nuevos PowerBooks o AirBooks o como se llamaran, tan caros como livianos. Bacardi conocía de oídas el caso de más de una persona que había tirado un montón de periódicos viejos a reciclar con el portátil dentro. Éste estaba conectado a un cargador, y en iTunes sonaba *Clocks* a bajo volumen, una y otra vez, interminablemente, porque habían seleccionado «repetir» en el menú.

Encima de la mesa había también cuatro floreros, de cristal barato, y en cada uno de ellos una rosa marchita. Bacardi se acercó a la mesa y arrancó un pétalo.

—Amarillas —dijo.

El agente Ben, como ella había decidido categorizarlo, estaba demasiado atareado mirando el santuario dedicado a Scarpetta como para interesarse por unas rosas mustias, o para comprender que, desde una perspectiva femenina, el amarillo marcaba la diferencia. En materia de rosas, a ella las rojas le proporcionaban la tranquilidad que necesitaba, pero el instinto le decía que un hombre que te regala rosas amarillas es alguien excepcional y que, por ello mismo, una debe mover cielo y tierra para atraparlo. Miró al agente Ben, temiendo por un instante haber pensado eso en voz alta.

—¿Sabes lo que te digo? —Su voz rebotó en paredes de enlucido viejo mientras caminaba sobre un parquet desnudo, de habitación en habitación—. Que no sé qué pintamos aquí, porque yo sólo veo un ordenador y papel higiénico.

Cuando regresó, el agente Ben continuaba mirando fotografías de Scarpetta grandes como Times Square, en proporción a su ubicación. Las contemplaba dirigiendo hacia ellas el haz de su linterna como si eso pudiera darle una pista.

—Oye, mientras te quedas ahí embobado —dijo Bacardi—, yo voy a llamar a Pete (el investigador Marino) y que me diga qué diablos tenemos que hacer con *Gotham Gotcha*. ¿Tú sabes cómo hay que arrestar a una página web, Ben?

—Ban —dijo él—. Es Ban. De Bannerman.

La linterna iluminó cansinamente los carteles como un cometa en fase terminal.

—Si yo fuera la doctora Scarpetta —dijo—, contrataría a un par de guardaespaldas.

34

Sonó un teléfono interior y Berger le dijo a Morales que debían de ser los de seguridad.

Continuaba sentada al lado de Scarpetta en el sofá, pálida y aguantando el dolor. Sus manos, detrás de la espalda, estaban rojas como cerezas. Scarpetta no notaba ya las suyas; parecían piedras.

—Habrán oído el disparo. —Si una voz pudiera ser gris, la de Berger lo fue en ese momento.

Cuando Morales había subido por la escalera de caracol después de que arriba sonara el tono de un móvil conocido, Scarpetta había hecho la pregunta que iba a cambiarlo todo.

Le había dicho a Berger: «¿Lucy está arriba?»

Por toda respuesta, Berger abrió mucho los ojos, y un instante después oyeron el disparo.

Fue un estampido metálico, casi como las puertas correderas de Bellevue al cerrarse.

Y después silencio.

Morales había vuelto a bajar, y a Scarpetta no le importó ya otra cosa que no fuera Lucy.

—Llama a una ambulancia, por favor —le dijo.

—Te voy a contar el plan, doctora. —Morales gesticuló con la pistola; estaba más envalentonado—. El plan es que tu sobrinita, la supermujer, tiene una bala metida en su jodida cabeza. ¡No veas el coeficiente intelectual que me acabo de cargar!

Recogió el bolso de gimnasia, rodeó el sofá y se situó delante. En la pantalla de la PDA que llevaba sujeta a los vaqueros caídos aparecía una ruta de GPS, una línea gruesa que serpenteaba a través del mapa de algún lugar.

Dejó el bolso encima de la mesita y se acuclilló al lado. Buscó en el interior y extrajo unas zapatillas Brooks de talla pequeña y una bolsa de plástico con las impresiones en polivinilo que Scarpetta había hecho de las huellas dactilares de Oscar. La bolsa de pruebas estaba grasienta, como si Morales hubiera aplicado lubricante o aceite a las impresiones. Apoyó el revólver en su muslo.

Sacó las hormas del bolso y se las puso sobre los dedos de la mano izquierda, y ahí fue cuando Scarpetta se dio cuenta por primera vez de que Morales era zurdo.

Sujetando el arma con la otra mano, se incorporó y extendió la mano izquierda con las extrañas e irregulares yemas blancas de caucho. Rió entre dientes; sus pupilas estaban tan dilatadas que era como si en vez de ojos tuviera sendos agujeros negros.

—Yo no estaré aquí para invertir el reverso —dijo—. Éstas ya son invertidas.

Y todo esto moviendo lentamente los dedos encapuchados, pasándoselo bien.

—¿Verdad, doctora Sabihonda? Tú sabes de qué hablo. ¿A cuánta gente se le ocurriría?

Quería decir que, como las huellas eran de una impresión, estarían invertidas cuando se las transfiriera a una superficie. Morales debía de haberlo tenido en cuenta al fotografiar las huellas que él mismo había «pintado» en aquel aplique de luz del apartamento de Eva Peebles. Quienquiera que fotografiara y levantara las huellas en el apartamento de Berger descubriría una secuencia invertida, una imagen especular de lo que se esperaba, y se devanaría los sesos pensando cómo era posible. Un experto en huellas dactilares tendría que hacer ajustes, visualizar diferentes perspectivas para hacer un análisis geométrico preciso a fin de comparar las huellas espurias con las huellas verdaderas de Oscar en IAFIS.

—Responde cuando te hablo, zorra.

Morales se acercó tanto a Scarpetta que ésta pudo oler su

sudor. Luego se sentó al lado de Berger, le metió la lengua entre los labios y empezó a restregar el cañón del arma entre sus muslos.

—A nadie se le ocurriría —dijo a Scarpetta mientras acariciaba a Berger con el revólver y ésta permanecía inmóvil.

—No, a nadie —dijo Scarpetta.

Morales se levantó y empezó a dejar huellas de silicona en distintos puntos de la mesita de cristal. Fue hasta el mueble bar, abrió una portezuela y sacó el whisky irlandés. Cogió un vaso de colores que parecía de cristal veneciano soplado a mano y sirvió whisky. Dejó las huellas de Oscar por toda la botella y el vaso mientras iba echando tragos.

El teléfono volvió a sonar.

Morales, una vez más, hizo caso omiso.

—Tienen llave —le dijo Berger—. Han oído algo en esta parte del edificio, y si no contestas acabarán entrando. Deja que responda y les diga que estamos bien. No hay por qué meter a nadie más en esto.

Morales tomó otro sorbito, se pasó el whisky de un carrillo al otro y blandió el arma en dirección a Berger.

—Diles que se larguen —le ordenó—. Si intentas algo, organizo una masacre.

—No puedo coger el teléfono.

Morales resopló exasperado, alcanzó el teléfono inalámbrico y lo acercó a la oreja y la boca de Berger.

Scarpetta vio que tenía unas manchitas en el cutis, parecían pecas pero no eran sus pecas, y algo se desplazó dentro de ella como las placas teutónicas antes de un gran seísmo.

La serpiente rosada reptaba por el mapa de la PDA: alguien o algo se movía deprisa. Oscar.

—Por favor llama a una ambulancia —dijo.

Morales formó con los labios las palabras «lo siento» y se encogió de hombros.

—¿Sí? —dijo Berger por el teléfono—. ¿En serio? Oh, bueno, habrá sido la tele. Una película de Rambo o similar, me juego algo. Gracias por la llamada.

Morales le apartó el teléfono de la cara.

—Pulsa cero —ordenó Berger, sin la menor inflexión—. Para desconectar el interfono.

Morales marcó cero y devolvió el teléfono a su soporte-cargador.

Marino tocó la puerta con el dedo índice y la empujó ligeramente mientras sacaba la Glock del bolsillo de su cazadora de piel. La alarma pitó al momento, avisando de que una puerta o una ventana habían sido forzadas.

Entró con un rápido movimiento circular en el ático de Berger sujetando la pistola al frente con ambas manos. Tras avanzar unos pasos pudo ver, al fondo del pasillo abovedado, la sala de estar que le recordaba a una nave espacial de película.

Sentadas en el sofá estaban Berger y Scarpetta, los brazos a la espalda, y por la expresión de sus caras Morales supo que era demasiado tarde. Un brazo surgió repentinamente de detrás del sofá en L y apuntó con un arma a la nuca de Scarpetta.

—Suelta eso, capullo —dijo Morales, poniéndose de pie.

Marino le estaba apuntando con su Glock mientras el otro acariciaba el gatillo del arma cuyo cañón había sepultado entre los cabellos de Scarpetta.

—¿No me oyes, Míster Gorila? Suelta la puta pistola o vas a ver sesos de la doctora Genio salpicando las paredes.

—Déjalo correr, Morales. Todo el mundo sabe que fuiste tú. —Mientras decía esto, Marino trataba de sopesar posibilidades, pero todas lo acorralaban contra la misma pared, una pared de la que no podía moverse bajo ninguna circunstancia.

Estaba atrapado.

Si apretaba el gatillo, Morales haría otro tanto. Quizá moriría Morales, y eso dejaría con vida a Berger y Marino. Pero Scarpetta habría muerto.

—Tienes un pequeño problema con las pruebas, Míster Gorila. Eh, oye, ¿nunca te han llamado así? —dijo Morales—. Me gusta: Míster Gorila.

Marino no vio claro si estaba borracho o colocado, pero algo se había metido.

—Porque... porque tú —continuó el otro— eres un mono total, no me dirás que no. Marino *el Simio*. ¿Qué? ¿Te gusta?

—No sueltes el arma, Marino —dijo Scarpetta con sorprendente firmeza, aunque su rostro estaba lívido—. No puede dispararnos a todos a la vez. No tires el arma.

—Oh, la chica es toda una heroína, ¿eh? —Morales le hincó el cañón en la nuca y ella dio un respingo—. Muy valiente, la tía, teniendo todos esos fiambres por pacientes, que no pueden decir gracias ni quejarse.

Se inclinó un poco hacia Scarpetta y le rozó una oreja con la lengua.

—Pobrecilla, ¿no sabías trabajar con personas vivas? Es lo que dicen de los forenses. También se dice que si no tienes el aire acondicionado a tope, no puedes dormir. ¡Baja la pistola de los cojones! —le chilló a Marino.

Se miraron brevemente a los ojos.

—Como quieras —dijo Morales, encogiéndose de hombros. Luego añadió, para Scarpetta—: Dulces sueños; ahora podrás ver otra vez a tu querida Lucy. ¿Le has contado a Marino que le he volado la tapa de los sesos a tu sobrinita? Bueno, saluda a todo el mundo cuando llegues al cielo.

Marino sabía que lo iba a hacer. Sabía cuándo alguien iba en serio porque ya todo le daba igual, y a Morales le daba igual matarla. Scarpetta no significaba nada para él. Ni Scarpetta ni nadie. La iba a matar.

—No dispares —dijo Marino—. Soltaré la pistola. No dispares.

—¡No! —Scarpetta alzó la voz—. ¡No, Marino!

Berger guardó silencio, porque nada de lo que pudiera decir iba a cambiar las cosas. Sí, era mejor quedarse callada.

Marino no quería soltar el arma. Morales había matado a Lucy. Los mataría a todos. Lucy estaba muerta, seguramente en el nivel superior del ático. Si Marino conservaba el arma, Morales no podría matarlos a todos. Pero sí mataría a Scarpetta, y Marino no iba a permitir que hiciera eso. Lucy estaba muerta. Todos morirían.

Un diminuto punto láser rojo aterrizó en la sien derecha de

Morales. El puntito centelleó, temblando de mala manera, hasta que se fue calmando y sólo se movió un poco, como una libélula de color rojo rubí.

—Voy a dejar la pistola en el suelo —dijo Marino, al tiempo que se acuclillaba.

No miró hacia arriba ni hacia atrás. No dejó entrever que había visto algo mientras depositaba la Glock sobre la alfombra oriental, los ojos fijos en Morales.

—Vale. Ahora levántate muy despacio —dijo Morales.

Desvió el cañón de su pistola, apuntando a Marino, no a la cabeza de Scarpetta. La libélula roja se paseaba ahora por su oreja.

—Y di «mamá» —añadió Morales justo cuando el punto de láser se inmovilizaba en su sien derecha.

El disparo fue como un salivazo venido de la galería. Morales se desplomó. Marino nunca había visto nada igual en la realidad, que alguien se desplomara como una marioneta a la que le cortan los cordeles. Se lanzó como un rayo hacia el sofá y cogió la pistola que había caído al suelo. De la sien de Morales salía sangre a borbotones, extendiéndose por el suelo de mármol negro. Marino agarró el teléfono y llamó al 911 mientras iba a la cocina a buscar un cuchillo, pero finalmente se decidió por unas tijeras que había en el bloque de los cuchillos. Con ellas cortó las ligaduras que presionaban las muñecas de Berger y de Scarpetta.

Scarpetta subió corriendo y no notó su propia mano al darse impulso en la barandilla.

Lucy estaba junto a la puerta que comunicaba la galería con el dormitorio principal; había sangre allí por donde se había arrastrado, en el piso del cuarto de baño, en el parquet, en el lugar desde el que había hecho fuego sobre Morales con la Glock calibre cuarenta que ahora yacía a su lado. Estaba apoyada contra la pared, sentada en el suelo, con una toalla en el regazo, tiritando. Scarpetta no supo ver dónde le habían disparado, tanta era la sangre, pero supuso que en la cabeza, tal vez en la nuca. Lucy tenía el pelo empapado de sangre, y la sangre resbalaba por su cuello y por su espalda desnuda, formando un charco alrededor.

Scarpetta se quitó el abrigo y después la americana y se agachó al lado de Lucy. Al palparle la cabeza, sus manos todavía tenían un tacto como de cartón. Presionó la cabeza de Lucy con la americana y Lucy gimió.

—No te preocupes —le dijo Scarpetta—. Todo irá bien. ¿Qué ha pasado? ¿Puedes señalar dónde te ha disparado Morales?

—Ahí, justo donde estás apretando. ¡Ay! ¡Joder! Ahí mismo. Estoy bien. Tengo tanto frío...

Scarpetta recorrió con la mano el cuello y la espalda de Lucy. Continuaba sin sentir apenas nada, las manos empezaban a arderle y a hormiguear, pero era como si los dedos no le pertenecieran.

Berger apareció en el descansillo.

—Ve a por toallas —le dijo Scarpetta—. Cuantas más, mejor.

Berger vio que Lucy estaba despierta, que se encontraba bien, y corrió hacia el cuarto de baño.

—¿Notas algún punto sensible aquí detrás? —preguntó Scarpetta a Lucy—. Dime dónde sientes dolor.

—Ahí detrás, nada.

—¿Estás segura? —Scarpetta hacía lo que podía, palpando con una mano que no acababa de recuperar el tacto—. Quiero cerciorarme de que no tienes nada malo en la espina dorsal.

—No es ahí. Noto como si me hubiera desaparecido la oreja izquierda. Apenas oigo nada.

Se sentó detrás de Lucy con una pierna a cada lado de su sobrina, la espalda apoyada en la pared, y palpó detenidamente el cuero cabelludo de Lucy, que sangraba profusamente.

—Tengo la mano entumecida —dijo—. Guíame, Lucy. Dime dónde es que te duele.

Lucy llevó una mano hacia atrás, tomó la de Scarpetta y la guio hasta un punto.

—Aquí. Cómo duele. Creo que está debajo de la piel. Eso que me hace daño. ¡No, no aprietes ahí! ¡Me duele!

Scarpetta no llevaba puestas las gafas de leer y sólo veía mechones borrosos de pelo teñidos de sangre. Apoyó la palma de la mano en la parte posterior de la cabeza de Lucy, y ésta chilló.

—Tenemos que parar la hemorragia —dijo Scarpetta con dulzura, casi como si estuviera hablando a una niña—. La bala debe de estar bajo el cuero cabelludo, y por eso te duele cuando aplico presión. Te pondrás bien. Dentro de un momento llegará la ambulancia.

Berger tenía surcos profundos en las muñecas y sus manos estaban coloradas; las sintió rígidas y torpes cuando desplegó varias toallas grandes de baño y las anudó en torno al cuello de Lucy y bajo sus piernas. Lucy estaba desnuda, mojada; debía de haber salido de la ducha cuando Morales le había disparado. Berger se sentó en el suelo y sus manos y su blusa se tiñeron de sangre cuando acarició a Lucy, diciéndole varias veces que se pondría bien, que todo iría bien.

—Está muerto —le comunicó después—. Iba a dispararle a Marino, iba a matarnos a todos.

Las terminaciones nerviosas de las manos de Scarpetta empezaban a despertar y fue como sentir un millón de alfilerazos. Vagamente, percibió un pequeño bulto duro en la parte posterior del cráneo de Lucy, varios centímetros a la izquierda de la línea central.

—Aquí —dijo—. Ayúdame si puedes, Lucy.

Lucy levantó la mano y la ayudó a localizar el orificio de entrada. Scarpetta consiguió extraer la bala mientras Lucy se quejaba en voz alta. Era una bala de calibre entre medio y grande, semiblindada, y había quedado deformada. Se la pasó a Berger y presionó la herida con una toalla para contener la hemorragia.

Scarpetta tenía el jersey empapado en sangre y todo el suelo estaba resbaladizo. Parecía que la bala no había penetrado en el cráneo y sospechó que el impacto había sido oblicuo; de este modo la bala habría perdido gran parte de su energía cinética en un espacio relativamente pequeño y en cuestión de milisegundos. Los muchos vasos sanguíneos cerca de la superficie del cuero cabelludo hacen que éste sangre de forma exagerada, siempre parece peor de lo que es. Siguió presionando con fuerza mientras sostenía la frente de Lucy con la mano derecha.

Lucy se dejó caer hacia ella y cerró los ojos. Scarpetta le palpó el cuello para comprobar el pulso; latía muy deprisa pero no como para alarmarse. La respiración era normal. Lucy no estaba inquieta y no mostraba signos de confusión. No había indicios de que fuera a sufrir un *shock*. Le sostuvo la frente de nuevo y volvió a presionar la herida.

—Lucy, tienes que abrir los ojos y mantenerte despierta. ¿Me escuchas? ¿Puedes decirnos qué ha pasado? —preguntó Scarpetta—. Morales ha subido corriendo y hemos oído un disparo. ¿Recuerdas lo ocurrido?

—Nos has salvado la vida a todos —dijo Berger—. Te vas a poner bien. Todos estamos bien.

Estaba acariciando el brazo de Lucy.

—No sé —dijo ésta—. Me acuerdo de que estaba saliendo de la ducha, y un momento después estaba tendida en el suelo y la cabeza me dolía como si me hubieran dado con un yunque. Como si un coche hubiera chocado conmigo por detrás. Al principio no veía nada, estaba ciega. De repente he visto luz, imágenes. Me ha parecido oír que él estaba abajo. No podía andar. Estaba mareada, así que me he arrastrado hasta la silla, donde tenía la chaqueta, y he cogido el arma que llevaba dentro. Entonces he empezado a ver bien otra vez.

La Glock manchada de sangre yacía en el suelo, también ensangrentado, cerca de la baranda de la galería. Scarpetta reconoció la pistola: Marino se la había regalado a Lucy por Navidad. Era el arma favorita de su sobrina. En una ocasión había dicho que era la cosa más bonita que le habían regalado, un arma de bolsillo del calibre cuarenta, con mira de rayos láser y munición de punta hueca de alta velocidad. Marino sabía lo que a Lucy le gustaba; era él quien le había enseñado a disparar cuando era una niña. Se la llevaba a practicar en su camioneta y después la madre de Lucy —Dorothy, la hermana de Scarpetta— llamaba hecha una furia, normalmente después de varios tragos, y entre gritos ponía a Scarpetta de vuelta y media por echar a perder a su hija, amenazándola con no permitirle verla nunca más.

Dorothy probablemente jamás habría permitido que Lucy la visitara, de no ser por el pequeño problema de que ella no deseaba un hijo, porque Dorothy era una niña que siempre quiso tener un papá que cuidara de ella, que la adorara y la mimara como el padre de ambas había mimado a Scarpetta, de quien dependía por completo.

Empujó la frente de Lucy con una mano y con la otra sostuvo la toalla en la parte posterior de su cabeza; ahora sentía las manos muy calientes e hinchadas, el pulso enérgico. La herida sangraba bastante menos, pero siguió apretando para parar del todo la hemorragia.

—Parece un treinta y ocho —dijo Lucy, y cerró los ojos otra vez.

Debía de haber reparado en la bala cuando Scarpetta se la había dado a Berger.

—Quiero que mantengas los ojos abiertos —dijo Scarpetta—. Estás bien, pero es preciso que permanezcas despierta. Creo que oigo algo. Puede que haya llegado la ambulancia. Iremos a urgencias y haremos todas esas pruebas que tanto te gustan: rayos X, resonancia magnética... Dime cómo te sientes ahora.

—Me duele horrores. Estoy bien. ¿Has podido ver su arma? Me preguntaba de qué tipo sería. No recuerdo haberla visto. No me acuerdo de él.

Scarpetta oyó que se abría la puerta de abajo, el ruido y la confusión de voces tensas al entrar la brigada de rescate, y a Marino que los hacía subir deprisa, hablando todos en voz alta. Al llegar, Marino se hizo a un lado, mirando a Lucy envuelta en toallas ensangrentadas y luego la Glock en el suelo. Se agachó para recoger la pistola. Hizo algo que está totalmente prohibido en la escena de un crimen: tocarla con las manos, sin guantes. Luego entró en el cuarto de baño con la Glock.

Dos sanitarios estaban hablando con Lucy, haciéndole preguntas que ella respondía mientras la subían a una camilla. Scarpetta no tuvo tiempo de percatarse de que Marino estaba abajo otra vez, ahora en compañía de tres agentes de uniforme. Otros sanitarios de urgencias procedían a colocar el cuerpo de Mike Morales sobre otra camilla sin molestarse en intentar la reanimación, ya que llevaba un rato muerto.

Marino parecía estar quitando el cargador de la Glock —la

Glock de Lucy— y vaciando la recámara mientras un agente sostenía una bolsa abierta. Marino les estaba explicando que Berger le había abierto la puerta del apartamento por control remoto, sin que Morales se enterara. Estaba inventando una historia, diciéndoles que se había acercado todo lo posible y luego había hecho ruido para que Morales levantara la cabeza.

—He tenido el tiempo justo para meterle una bala antes de que matara a nadie —dijo—. Morales estaba de pie detrás de la doctora y le apuntaba a la cabeza.

Berger, que había bajado también, dijo:

—Estábamos sentadas ahí, en el sofá.

—Un treinta y ocho inofensivo —añadió Marino.

Estaba explicando todo esto y asumiendo él la responsabilidad, que no el mérito, de haber matado a alguien, y Berger le seguía la corriente sin pestañear. Parecía que su nuevo rol en la vida, el de Berger, era evitar a Lucy cualquier posible problema.

Legalmente, Lucy no podía estar en posesión de un arma de fuego en la ciudad de Nueva York, ni siquiera dentro de una vivienda, ni siquiera para autodefensa. Legalmente, el treinta y ocho seguía perteneciendo a Marino porque él nunca había rellenado el papeleo necesario para que su regalo navideño pasara a ser propiedad de Lucy, porque habían ocurrido muchas cosas en Charleston después de aquellas navidades. Nadie estaba contento con nadie, y después Rose empezó a actuar como nunca lo había hecho y Scarpetta no fue capaz de devolver un poco de orden a aquel mundo que paulatinamente se les venía abajo a todos. Fue, según lo analizó ella después, el principio del fin.

Su mano ensangrentada sostenía ahora la mano ensangrentada de Lucy mientras los sanitarios empujaban la camilla hacia el ascensor, uno de ellos avisando por radio a la ambulancia que aguardaba frente al edificio. La puerta se abrió y allí estaba Benton con su traje de raya diplomática, tal como había salido en la CNN y como ella lo había visto en su BlackBerry mientras iba andando a casa de Berger.

Benton tomó la otra mano de Lucy y miró a Scarpetta a los ojos, y la tristeza y el alivio reflejados en su cara no podían ser más profundos.

35

13 de enero

No fue por famosa que Scarpetta consiguió mesa en Elaine's, donde nadie era lo bastante importante como para ganar indulgencias o inmunidad de soberano si en el legendario restaurante no era bien visto.

Cuando Elaine se instalaba cada noche en una de sus mesas, la expectación flotaba en el ambiente como humo de cigarrillo de los tiempos en que el arte era estimado, criticado, redefinido —cualquier cosa menos ignorado— y todo el mundo podía entrar, fuera cual fuese su estado y condición. Las paredes conservaban ecos de un pasado que Scarpetta añoraba sin echarlo de menos; había puesto el pie en Elaine's por primera vez hacía décadas, a raíz de una escapada de fin de semana con un hombre del que se había enamorado en la Facultad de Derecho de Georgetown.

Ese hombre ya no contaba, ahora tenía a Benton, y la decoración del local no había cambiado —todo negro a excepción del suelo de baldosas rojas—, con colgadores para los abrigos y cabinas de teléfono que aparentemente ya nadie usaba. En los estantes, libros autografiados que la clientela sabía no debía tocar, y las paredes totalmente cubiertas por fotografías de gente de letras y estrellas de cine.

Scarpetta y Benton se detuvieron un momento en la mesa de Elaine para saludar: después de un beso en cada mejilla y un

«Cuánto tiempo sin verte, ¿dónde andabas?», Scarpetta se enteró de que un ex secretario de Estado acababa de marcharse y de que la semana pasada había venido un famoso ex jugador de los Giants que a Elaine no le gustó nada, pero menos aún le gustaba el presentador de televisión que había venido hoy. Dijo que esperaba a otros invitados, lo cual no era noticia porque la gran dama conocía a toda la gente que pedía mesa en su salón cualquier día del año.

Louie, el camarero favorito de Scarpetta, les buscó la mesa adecuada.

Al retirar un poco la silla para que ella tomara asiento, Louie le dijo:

—No debería sacar el tema, pero me he enterado de todo. —Meneó la cabeza con gesto contrariado—. No debería decir esto, y menos a ustedes. Gambino, Bonanno... Eran tiempos mejores. Ellos hicieron lo que hicieron, de acuerdo, pero tenían sus razones, no sé si me explico. No se dedicaban a liquidar a la gente porque sí. Y menos a una pobre señora, una enana. Y a esa viuda ya mayor. Aparte de la otra mujer y el muchacho. Ninguno de ellos tuvo una oportunidad.

—En efecto —dijo Benton.

—Lo que es yo, prefiero el método de tirarlos al río. Hay situaciones especiales, ¿no? Oigan, si no les importa que pregunte, ¿cómo está el pequeño...? Bueno, quiero decir el otro enano. Creo que no debería usar esa palabra, porque mucha gente lo dice en sentido peyorativo.

Oscar se había puesto en contacto con el FBI y se encontraba bien. Le habían extirpado un chip de la nalga izquierda y ahora estaba descansando unos días, según lo expresó Benton, en la lujosa y privada unidad psiquiátrica de McLean conocida como el Pabellón, siguiendo una terapia. Lo más importante era que allí se sentiría por fin a salvo hasta que superase sus traumas. Scarpetta y Benton regresaban a Belmont al día siguiente.

—Oscar se encuentra bien —dijo Benton—. Le comentaré que has preguntado por él.

—¿Qué van a tomar? —preguntó Louie—. ¿Algo de beber? ¿Les traigo unos calamares?

—¿Kay? —dijo Benton.

—Escocés. El mejor malta que tengáis.

—Que sean dos.

Louie hizo un guiño y dijo:

—Para ustedes, mi reserva especial. Dos whiskys nuevos que hay que probar de todas todas. ¿Alguno de los dos tiene que conducir?

—Sin agua y sin hielo —dijo Scarpetta, y Louie se fue hacia la barra.

Detrás, en una mesa junto a una ventana que miraba a la Segunda Avenida, había un hombre con sombrero Stetson blanco, a solas, acariciando lo que parecía un vaso de vodka o ginebra con una rodajita de limón en el borde. De vez en cuando estiraba el cuello para mirar el partido de baloncesto que se desarrollaba en silencio en un televisor a media pared, y Scarpetta pudo ver su poderosa quijada, sus labios carnosos y sus largas patillas blancas. Después, el hombre se quedaba mirando al vacío mientras hacía girar el vaso en pequeños círculos sobre el mantel blanco. Aquella cara le sonaba; de pronto recordó haber visto un reportaje en las noticias y, con gran sorpresa, creyó estar mirando a Jake Loudin.

Pero era imposible, Loudin estaba a disposición judicial. Este hombre era bajo y más bien delgado. Comprendió que se trataba de un actor, un actor con poco trabajo.

Benton miró la carta, su rostro quedó parcialmente oscurecido por el plástico en cuya cubierta se veía a Elaine.

—Pareces la Pantera Rosa en plena operación de vigilancia —dijo Scarpetta.

Benton dejó la carta encima de la mesa.

—¿Hay algo en particular que les quieras decir a todos? —preguntó—. No has organizado esta pequeña reunión simplemente por ser sociable. He pensado que debía mencionarlo antes de que se presentaran.

—No, nada en particular —respondió Scarpetta—. Sólo quería airearme un poco. Pienso que todos deberían hacerlo antes de que nosotros volvamos a casa. Ojalá no tuviéramos que marcharnos; todo el mundo aquí y, mientras, nosotros allá arriba...

—Lucy estará perfectamente bien.

Scarpetta notó que los ojos se le llenaban de lágrimas sin poder evitarlo. Una sensación de pánico contenido se había apoderado de su corazón y lo oprimía; era muy consciente, incluso en sueños, de lo que había estado a punto de perder.

—No se irá a ninguna parte. —Benton arrimó la silla un poco más y le tomó una mano—. Si ella pensara irse, hace mucho tiempo que se habría largado.

Scarpetta se secó las lágrimas con la servilleta y miró hacia el televisor mudo, como si le interesara quién estaba jugando al baloncesto.

—Pero es casi imposible —dijo, carraspeando un poco.

—No. Mira, esos revólveres que siempre te digo que son un mal rollo por lo poco que pesan, ya ves lo que pasó —dijo Benton—. Pero la suerte estuvo de nuestra parte. Tienen un retroceso brutal; es como una coz de caballo. Yo creo que Morales dio una sacudida al apretar el gatillo, probablemente Lucy se movió también, súmale el pequeño calibre y la baja velocidad. Además, su sitio está con nosotros. No se irá a ninguna parte. Todos estamos bien. Mejor que bien —añadió, estampando sus labios en la mano de ella, antes de besarla tiernamente en la boca.

Benton no solía ser tan abiertamente afectuoso en público, pero ya no parecía importarle. Si *Gotham Gotcha* continuaba funcionando, a buen seguro mañana serían carne de cotilleo; y lo mismo el resto del grupo.

Scarpetta no había ido finalmente al piso donde el autor anónimo escribía sus mordaces y vengativas columnas, y, ahora que estaba segura de quién era, sentía lástima de ella. Comprendía muy bien por qué Terri Bridges la había atacado. Su heroína, Scarpetta (así lo creía Terri), le enviaba humillantes y despiadados mensajes, y una vez que se hubo hartado de eso encargó a su alter ego que la destripara públicamente. Terri había apretado su propio gatillo, había hecho fuego contra Scarpetta, una mujer cuya presunta crueldad fue la gota que colmó el vaso de toda una vida de humillaciones.

Lucy había determinado que Terri era la autora de las dos crónicas del 30 de diciembre, y que éstas habían sido enviadas automáticamente a Eva Peebles cuando Terri ya estaba muerta. Lucy había descubierto también que la tarde del 31, pocas horas antes de ser asesinada, Terri eliminó todos los mensajes recibidos de Scarpetta612, no porque presintiera que su muerte estaba próxima, al menos en opinión de Benton, sino porque había cometido su propio crimen, de forma anónima, contra una médico forense a quien por fin iba a conocer personalmente... en el depósito de cadáveres.

Benton creía que Terri tenía remordimientos de conciencia y que por eso había eliminado los ciento y pico mensajes intercambiados con la presunta Scarpetta. La ansiedad habría impulsado a Terri a eliminar toda prueba de una posible conexión entre *Gotham Gotcha* y Terri Bridges. Borrando la correspondencia, expulsaba también de su vida a la que había sido su heroína.

Ésa era la hipótesis de Benton. La única hipótesis de Scarpetta era que siempre había teorías para todo.

—Le escribí una carta a Oscar —dijo, sacando un sobre del bolso—. He pensado que se la enseñaré a todos, pero antes quiero leértela a ti. No es un e-mail sino una carta a la antigua usanza, en papel de verdad, uno que no utilizaba desde hace sabe Dios cuánto tiempo. Ahora bien, no está escrita con mi letra normal. Cada vez tengo peor caligrafía. Como todo esto no llegará a los tribunales, Jaime me dijo que le explicara a Oscar todo lo que yo quisiera, y es lo que he hecho. Procuro hacerle ver que Terri sufrió muchas penurias por culpa de su familia y que, por ese motivo, desarrolló un impulso exagerado a controlarlo todo. Estaba furiosa porque le habían hecho daño y sintió el impulso lógico de devolver el golpe, pero en el fondo era una buena persona. Te haré un resumen, la carta es bastante larga.

Sacó del sobre cuatro hojas dobladas de un papel grueso de color crema y las alisó. Resiguió el texto con el dedo hasta dar con la parte que quería leer a Benton.

... En la habitación secreta del piso de arriba donde escribía sus crónicas estaban las rosas amarillas que tú le regalaste. Las conservó todas, y estoy segura de que a ti no te lo dijo. Nadie haría algo así a menos que sus sentimientos fueran tan profundos como importantes. Quiero que lo recuerdes, Oscar, y si se te olvida, vuelve a leer esta carta. Por eso la he escrito: para que la conserves.

También me tomé la libertad de escribir a su familia para darles el pésame y decirles lo que podía, porque son muchas las preguntas que ellos se hacen. Me temo que la doctora Lester no les ha servido de gran ayuda, de modo que he tomado la iniciativa de llenar los espacios en blanco con unos cuantos e-mails.

Les he hablado de ti, Oscar, y puede que a estas alturas hayas tenido noticias de ellos. Si no es así, las tendrás pronto. Querían que te dijera lo que había dictado Terri en su testamento, y parece que tienen intención de escribirte al respecto. Quizá lo han hecho ya.

No voy a divulgar los puntos importantes del documento, porque no me compete hacerlo, pero sí haré honor a la petición de su familia y te adelantaré alguna cosa. Terri ha dejado una suma considerable a la Gente Pequeña de América con el fin de crear una fundación que brinde asistencia médica a quienes necesiten tratamientos (cirugía correctiva, por ejemplo) que no cubre el seguro de enfermedad. Como bien sabes, muchas cosas que pueden y deberían hacerse están injustamente consideradas optativas, como la ortodoncia y, en algunos casos, el alargamiento de huesos.

Baste decir que Terri tenía muy buen corazón...

Scarpetta leyó hasta donde pudo, porque de nuevo se sentía inundada de tristeza. Dobló las hojas y volvió a meterlas en el sobre.

Louie les llevó las bebidas y discretamente se volvió a marchar. Scarpetta tomó un sorbo; el whisky le dio calor y sus vapores elevaron su cerebro como si éste se hubiera enclaustrado y necesitara coraje para salir.

—Si crees que no interferirá con la terapia de tu paciente —le dijo a Benton, pasándole el sobre—, ¿podrás hacerle llegar esto?

—Para Oscar significará mucho más de lo que imaginas —dijo Benton, guardándose la carta en un bolsillo interior de su cazadora de piel.

Era nueva, de un color negro lustroso, como era nuevo también el cinturón con la hebilla Winston con forma de cabeza de águila, así como las botas hechas a mano que llevaba puestas. Hacer regalos a la gente era la manera que Lucy tenía de festejar que había «esquivado otra bala». No eran regalos muy caros. A Scarpetta le había comprado otro reloj que realmente no necesitaba —un Breguet de titanio con esfera de fibra de carbono—, «a juego» con el Ferrari F430 Spider negro que Lucy decía que le había comprado también. Era broma, gracias a Dios. Scarpetta prefería ir en bicicleta que al volante de uno de esos monstruos. Para Marino una moto nueva, una Ducati 1098 roja que Lucy le tenía guardada en su hangar en White Plains, porque dijo que él tenía prohibido conducir nada con menos de cuatro ruedas por la ciudad. Y había añadido, groseramente, que Marino debía vigilar el peso o pronto no podría montar en una *superbike* por muy súper que fuera.

Scarpetta no se imaginaba qué podía haberle regalado Lucy a Berger. No le hacía preguntas a no ser que ella quisiera que se las hiciese. Scarpetta se mostraba paciente con Lucy, que continuaba a la espera de un dictamen que ella, Scarpetta, no tenía intención de dar porque no creía que el asunto fuera en absoluto de su incumbencia. Tras superar el *shock* inicial, aunque en realidad no estaba justificado ningún *shock*, Scarpetta no pudo sentirse más complacida.

De hecho, Berger y ella habían almorzado juntas la semana anterior, solas. Fueron a Forlini's, cerca de One Hogan Place, y ocuparon un reservado que según Berger casi se llamaba Scarpetta. Le explicó que traía suerte porque era el reservado de la separación, y Scarpetta replicó que no veía cómo podía eso justificar que lo llamara el reservado de la suerte. Berger, que resultó ser hincha de los Yankees y antiguamente iba a los partidos, cosa que pensaba hacer otra vez, había respondido que eso dependía de a quién le tocara batear en la novena entrada.

Scarpetta no necesitaba saber de béisbol para captar el sentido de las cosas. Se contentó con que el reservado al que habían puesto el nombre del jefe de bomberos de la ciudad no fuese la silla eléctrica que pudo haber sido en un pasado no tan remoto. Pocas personas sabían tanto acerca de Scarpetta como Jaime Berger.

—No he contestado a tu pregunta —dijo Benton, vigilando la puerta—. Perdona.

—Se me ha olvidado cuál era.

—La carta. Gracias por leérmela, pero es mejor que no se la leas a los demás.

—Yo pensaba que sí.

—No necesitan pruebas de que eres un ser humano decente —dijo Benton mirándola a los ojos.

—¿Tan evidente es?

—Todos saben lo que salió en Internet, me refiero a los e-mails de Morales haciéndose pasar por ti y todo lo demás. Sabemos quién eres, Kay, y quién no eres. Nada de lo ocurrido es culpa tuya; tú y yo seguiremos hablando de esto muchas veces, diciendo las mismas cosas. Se requiere tiempo para que las emociones se pongan al nivel del intelecto. Además, quien debería sentirse culpable soy yo. Morales sacó toda esa basura de Nancy como-se-llame, y Marino jamás habría tenido a un bicho raro por terapeuta si yo no lo hubiera mandado a ese maldito centro de tratamiento. Y encima perdí el tiempo hablando con ella del caso...

—Estoy de acuerdo en que Nancy como-se-llame no debería haberle dicho nada a Morales. Lo que no entiendo es por qué lo hizo.

—Cierto, eso no debería haber pasado —dijo Benton—. Supongo que él la sedujo por teléfono. No sé qué le diría, pero ella jamás debió revelarle ni una palabra de lo que Marino le había confiado. Hasta tal punto viola la normativa de privacidad, que esa Nancy puede considerarse acabada. Yo me ocuparé de ello.

—No castiguemos a nadie. Ya ha habido demasiado castigo, demasiada gente peleándose, decidiendo por los demás, devolviendo ojo por ojo. Bien mirado, Terri está muerta por eso mismo. Y otro tanto Eva Peebles. Si Terri no hubiera empezado a desquitarse de todo el mundo... Pero bueno, si Marino quiere meterse con ese desastre de terapeuta, deja que lo haga él.

—Supongo que tienes razón —dijo Benton—. Mira, ya están aquí.

Se puso de pie para que Marino pudiera verlo en la penumbra del local atestado. El grupito de cuatro, entre los que se contaba la nueva novia de Marino, Bacardi (de hecho tenía nombre propio: Georgia), además de Berger y Lucy, pasaron entre las mesas presentando sus respetos a Elaine, con la que charlaron de cosas que Scarpetta no podía oír. Luego llegaron y se sentaron a la mesa, todo el mundo de aparente buen humor. Lucy llevaba una gorra de béisbol de los Red Sox, quizás en bienintencionada rechifla dedicada a Berger, quien sin duda odiaba a los rivales de los Yankees, pero sobre todo para tapar un pequeño círculo afeitado.

Eso fue todo. La herida de bala en la parte posterior de su cabeza —un insulto a la vanidad de Lucy— había sanado sin mayores contratiempos, y la pequeña contusión en el cerebro desapareció. Marino había puesto el colofón como sólo él podía hacerlo, diciendo que Lucy había salido bien parada porque en la cocorota no tenía más que hueso.

Regresó Louie con platos de los famosos calamares de Elaine's y fue tomando nota mentalmente de lo que querían los recién llegados. Berger y Lucy se apuntaron a probar su escocés de reserva especial; Bacardi no hizo honor a su apellido y pidió un Martini de manzana, Marino dudó y luego hizo que no con la cabeza, sintiéndose incómodo. Nadie prestó la menor atención, y Scarpetta supo lo que pasaba. Alargó el brazo por detrás de Lucy y tocó a Marino.

Él se retrepó en la silla, haciendo crujir la madera, y dijo:

—¿Qué tal?

—¿Habías estado antes aquí? —le preguntó ella.

—¿Yo? No es mi estilo de local. No me gusta hablar en privado teniendo a dos mesas a Barbara Walters.

—Ésa no es Barbara Walters. Aquí tienen Red Stripe, Buckler, Sharps. No sé qué es lo que bebes ahora —dijo Scarpetta.

—¿Todavía tenéis Red Stripe? —le preguntó Marino a Louie.

—Cómo no.

—Bueno, quizá dentro de un rato.

—Quizá dentro de un rato. —Louie lo repitió junto con lo que habían pedido los demás, y fue hacia la barra.

Berger estaba mirando a Scarpetta e hizo un gesto con la cabeza en dirección al hombre del Stetson blanco sentado a la mesa de la ventana.

—Ya sabes qué estoy pensando —dijo.

—No es él —dijo Scarpetta.

—Casi me da un infarto al entrar —dijo Berger—. Ni te lo imaginas. Pensaba: no, es imposible, no puede ser él.

—¿Sigue en donde debería estar?

—¿Te refieres al infierno? —intervino Lucy, que parecía saber de qué y de quién estaban hablando—. Ahí es donde debería estar.

—No empieces con tus ideas, Rocky —le dijo Marino.

Era como solía llamarla en tiempos, porque Lucy nunca sabía cuándo dejar los puños quietos e insistía en practicar con él a todas horas, boxeo o lucha libre. Hasta que cumplió doce años y tuvo la primera regla. El apellido materno de Marino era Rocco, y a Scarpetta siempre le pareció que en el hecho de llamarla Rocky había una cierta proyección: lo que él adoraba en Lucy era lo que le gustaba de sí mismo y simplemente no lo sabía.

—Pues no me importa lo que digan; a mí esas malditas pelis me vuelven loca —dijo Bacardi mientras Louie volvía ya con las copas—. Incluso la última, *Rocky Balboa*. Siempre lloro en la escena final, no sé por qué. Si veo sangre y vísceras de verdad, nada, no suelto ni una lágrima, pero en el cine...

—¿Alguien tiene que conducir? —preguntó Louie de nuevo, y a continuación respondió con sus palabras de costumbre—: no, claro. Nadie tiene que conducir. Vaya, no sé qué ha pasado. Será la gravedad —añadió, para dar a entender que las bebidas eran muy fuertes—. Empiezo a servir y la fuerza de la gravedad me impide poner la botella derecha otra vez y el líquido va cayendo.

—Mis padres me traían aquí a menudo cuando yo era una cría —le dijo Berger a Lucy—. Esto es el viejo Nueva York. Te conviene fijarte en todos los detalles, porque pronto no quedará nada de esa época; entonces, aunque no lo pareciese, todo era mejor. La gente venía aquí y hablaba de arte y de ideas: Hunter Thompson, Joe DiMaggio...

—¿En serio? Yo nunca me he imaginado a DiMaggio hablando de arte y de ideas —dijo Lucy—. Más que nada hablaría de béisbol, pero de Marilyn Monroe no. Todos sabemos que de ella no hablaba.

—Más vale que no existan los fantasmas —le dijo Benton a su media sobrina—. Después de lo que hiciste...

—Eso te quería yo preguntar —dijo Bacardi—. ¡Uau! Este Martini lleva un carretón de manzanas dentro.

Enganchó un brazo en el de Marino y se recostó contra él, y una mariposa tatuada asomó de su ceñido top de punto sobre la loma de un pecho.

—Desde que la web se fue a paseo —continuó Bacardi—, y menudo misterio eso también, ya no he podido ver la maldita foto. Está trucada, ¿no?

—¿Trucada, la foto? —dijo Lucy con cara de inocente.

—No te hagas la mosquita muerta —le dijo Bacardi con una sonrisa, y tomó otro sorbo de Martini sin demasiada finura.

—Supongo que verías a gente interesante, cuando venías aquí con tus padres —le dijo Scarpetta a Berger.

—A muchos de los que están en las fotos de estas paredes. Lucy no conoce ni a la mitad —dijo Berger.

—¡Ya empezamos! —protestó la aludida—. No, si es un milagro que me sirvan alcohol. Todavía tengo diez años y seguiré teniendo diez toda mi vida.

—No habías nacido cuando asesinaron a JFK, ni cuando se cargaron a Bobby, o a Martin Luther King. Ni siquiera cuando el Watergate —dijo Berger.

—¿Y hubo algo un poco bueno que me perdiera?

—A Neil Armstrong caminando por la luna —dijo Berger—. Eso estuvo bien.

—Yo entonces ya había nacido, y cuando murió Marilyn también. —Bacardi volvió a colarse en la charla—. Bueno, cuéntame, Lucy. Lo de la foto esa; el virus, el gusano, o como haya que llamarlo.

—Corren fotos de ella muerta —dijo Marino—. En Internet. Algún tonto del culo que trabaja en una morgue vende una foto, es lo que pasa. Quizá tendríamos que prohibir que la gente entre allí con el móvil —le dijo a Scarpetta—. Hacer que lo dejen en la recepción igual que yo tengo que dejar el arma cuando entro en un calabozo. Es una idea...

—Esa fotografía no es real —dijo Lucy—. Bueno, no toda. Sólo del cuello para arriba. El resto fue cortar y pegar y luego retocar.

—¿Vosotros creéis que es verdad que la asesinaron? —preguntó Bacardi, ahora muy seria.

Scarpetta había visto la fotografía trucada y lo que Eva había escrito en la página web, y conocía bastante bien todos los informes sobre el caso. Iba ya por la mitad del whisky de malta escocés, puro y sin acompañamiento, de lo contrario quizá no habría sido tan cándida.

—Podría ser —dijo.

—Podría ser poco recomendable decir eso en la CNN —observó Benton a Scarpetta.

Ella tomó otro sorbo. El whisky tenía un paladar suave, con un dejo a turba al final que le subía por la nariz y se evaporaba en algún punto de su cerebro, más adentro que antes.

—La gente se llevaría una sorpresa si supiera las cosas que me callo —dijo—. Eva Peebles no andaba muy desencaminada.

Lucy abrazó su vaso con los dedos, lo levantó en un brindis a la salud de su tía y se lo llevó a los labios, explorándolo con la nariz como hace un catavinos. Desde la visera de su gorra de béisbol, miró a Scarpetta y le sonrió.